dtv
premium

Rosa Montero

Die Tochter des Kannibalen

Roman

Deutsch von Astrid Roth

Deutscher Taschenbuch Verlag

Deutsche Erstausgabe
August 2000
Deutscher Taschenbuch Verlag GmbH & Co. KG,
München
www.dtv.de

Titel der spanischen Originalausgabe:
›La hija del caníbal‹
(Espasa-Calpe S.A., Madrid 1997)

Umschlagkonzept: Balk & Brumshagen
Umschlagfoto: © Jim Laragy
Satz: Fotosatz Reinhard Amann, Aichstetten
Gesetzt aus der Sabon Antiqua 10,5/12,75˙ (QuarkXPress)
Druck und Bindung: Kösel, Kempten
Gedruckt auf säurefreiem, chlorfrei gebleichtem Papier
Printed in Germany · ISBN 3-423-24214-0

Die größte Erkenntnis, die ich je in meinem Leben hatte, begann damit, daß ich die Tür eines Pissoirs betrachtete. Ich habe beobachtet, daß sich die Wahrheit oft auf diese Weise zu erkennen gibt, unvernünftig, unbegreiflich und paradox; aus dem Niederen entsteht häufig das Erhabene, aus dem Schrecklichen die Schönheit und aus dem Transzendentalen die größte Dummheit. Und so war ich an jenem Tag, der mein Leben für immer verändern sollte, nicht damit beschäftigt, die Kritik Kants durchzuarbeiten. Und ich entdeckte auch nicht gerade in einem wissenschaftlichen Labor ein Mittel gegen Aids oder tätigte einen gigantischen Aktienkauf an der Tokioer Börse. Nein, ich starrte lediglich geistesabwesend auf die cremefarbene Tür einer gewöhnlichen Herrentoilette im Madrider Flughafen Barajas.

Anfangs verstand ich noch nicht einmal, daß etwas passierte, was nicht normal war. Es war der 28. Dezember, und Ramón und ich wollten nach Wien fliegen, um dort Silvester zu verbringen. Ramón war mein Ehemann: Wir waren seit einem Jahr verheiratet und hatten vorher bereits neun Jahre zusammengelebt. Die Paßkontrolle hatten wir schon hinter uns, wir saßen in der Abflughalle und warteten auf den Aufruf unseres Fluges. Da kam es Ramón in den Sinn, auf die Toilette zu gehen.

Unter meinen gewöhnlichen Vorfahren muß es wohl einen Schäfer gegeben haben. Ich ertrage es nämlich nicht, wenn die Leute, die mit mir unterwegs sind, von meiner Seite weichen.

Und genauso wie meine Hündin Wallie, die sich immer darum bemüht, die Herde beisammenzuhalten, versuche ich mich um die Freunde zu kümmern, mit denen ich ausgehe. Ich gehöre zu den Menschen, die regelmäßig ihre Gruppe durchzählen und die letzten bitten, den Schritt zu beschleunigen, und die ersten, etwas langsamer zu gehen. Die, wenn sie mit Freunden eine völlig überfüllte Kneipe betreten, erst dann Ruhe geben, wenn sie darin ein Plätzchen gefunden haben, wo alle gemütlich zusammensitzen können. Angesichts einer solchen Charaktereigenschaft war ich verständlicherweise nicht gerade begeistert, daß Ramón genau in dem Moment mal mußte, als wir darauf warteten, an Bord zu gehen. Aber es blieb noch genügend Zeit bis zum Abflug, und die Klos befanden sich genau gegenüber in Sichtweite, kaum dreißig Meter von meinem Platz entfernt. Deshalb regte ich mich auch nicht auf und bat ihn lediglich zweimal, sich zu beeilen.

»Mach voran, ja? Beeil dich.«

Ich sah ihm nach, als er durch die Halle ging: Er war groß, hatte aber ein paar Kilo zuviel, vor allem am Hintern und Bauch, und ein schon sehr breit gezogener Scheitel ragte aus feinem kastanienbraunen Haar hervor. Er war nicht häßlich: Er war einfach schlaff. Als ich ihn vor zehn Jahren kennenlernte, war er schlanker gewesen. Und jenes markig-knochige Aussehen damals hatte dazu geführt, daß ich mir einbildete, seine innere Schlaffheit wäre Ausdruck reiner Sensibilität. Vier von fünf Beziehungen bestehen aus diesen nicht wiedergutzumachenden Irrtümern. Mit der Zeit wurde sein Hintern immer dicker und die Langeweile immer größer. Und als wir kaum eine Stunde miteinander verbringen konnten, ohne uns dabei nicht vor lauter Gähnen den Kiefer zu verrenken, kamen wir auf die Idee zu heiraten. Um herauszufinden, ob die Sache so besser werden würde. Aber um die Wahrheit zu sagen: Sie wurde nicht besser.

All das ging mir durch den Kopf, während ich beobachtete, wie die Klotür auf- und zuklappte. Auch wenn ich nicht wirklich darüber nachdachte. Ich ließ vielmehr meine Gedanken mal hierhin, mal dorthin schweifen. Ich dachte also an Ramón und daran, daß ich mit dem Illustrator meiner letzten Erzählung sprechen mußte, um ihm zu sagen, daß er die Entwürfe für das sprechende Eselchen verändern sollte (es sah nämlich eher aus wie ein brüllendes Kälbchen), und daran, daß ich langsam Hunger bekam. Ich dachte daran, daß ich in Wien die »Venus von Willendorf« sehen wollte, und das Bild dieser üppigen kleinen Statue brachte mich wieder auf Ramón, der wie immer ziemlich lange auf sich warten ließ. Dann und wann gingen Männer in die Herrentoilette hinein und kamen wieder heraus; alle waren sie flinker als mein Gatte. Dieser Junge zum Beispiel, der gerade die Tür aufstieß, war lange nach Ramón hineingegangen. Ich fing an, Ramón wie so häufig zu hassen. Es war ein normaler, gezähmter, langweiliger Haß.

Jetzt schob ein Sanitäter vom Roten Kreuz einen halbglatzigen Alten in einem Rollstuhl aus dem Pissoir. Ich sann einige Minuten darüber nach, wie viele ältere Rollstuhlfahrer man doch in der letzten Zeit in den Flughäfen sah. Viele alte Männer, aber noch viel mehr alte Frauen. Sehnige und methusalemische Greisinnen, die von den Jahren an die Rollstühle gefesselt worden waren und die wie ein Paket mal hierhin, mal dorthin geschoben werden: In den Aufzügen stellt man sie mit dem Gesicht zur Wand, und während der ganzen Fahrt betrachten sie dann mit einer stoischen Ruhe das Metall der Kabine. Sie sind aber auch triumphierende Greisinnen, die den Tod, die Ehemänner und die Nöte des früheren Lebens besiegt haben. Unruhige Überschall-Seniorinnen, die sich von den Flughäfen aus wie die Raketen von hierhin nach dorthin schießen lassen, und vielleicht sind sie entzückt, von einem Rotkreuzler geschoben zu werden, was sage ich entzückt, mehr als das; vielleicht fühlen sie sich gerächt: sie, die während so vieler Jahre so viele Kinder getragen haben. Jetzt werden sie auf ihrem hart erkämpften Rollstuhl-Thron wie Königinnen behandelt. Einmal traf ich im Aufzug irgendeines Flughafens auf eine dieser Greisinnen. Sie saß in ihrem Rollstuhl wie eine Auster in der Schale und war nur noch ein Schatten ihrer selbst, eine winzige Mumie mit zahnlosem Mund und vom feuchten Schleier des Alters getrübten Augen. Ich betrachtete sie verstohlen und war hin- und hergerissen zwischen Mitleid und Neugier. Plötzlich hob die alte Dame den Kopf und heftete ihre Augen auf mich. »Man sollte das Leben genießen, so lange es geht«, sagte sie mit einem zarten, aber bestimmten Stimmchen. Und dann lächelte sie mit fast unbändiger Befriedigung. Das ist der endgültige Sieg der Alten.

Und Ramón kam nicht heraus. Ich fing an, mir Sorgen zu machen.

Dann kam mir in den Sinn, ich weiß auch nicht genau warum, ob mich wohl jemand identifizieren könnte, wenn ich vermißt würde. In einem anderen Flughafen sah ich einmal einen Mann, der mich an einen früheren Liebhaber erinnerte. Ich war mehrere Monate mit ihm zusammen gewesen, und es war erst ein paar Jahre her, daß ich ihn zuletzt gesehen hatte. Aber in jenem Moment war ich mir einfach nicht sicher, ob jener Mann Tomás war oder nicht. Ich betrachtete ihn von der anderen Seite der Halle aus, und für einen kurzen Augenblick schien er ihm zum Verwechseln ähnlich: derselbe Körper, dieselbe Art, sich zu bewegen, das lange, glatte Haar, das mit einem Gummi im Nacken zusammengehalten wurde, dieselbe Kieferform, die dunklen Pandabär-Ringe unter den Augen. Aber im nächsten Moment verschwand dieser Eindruck, und ich glaubte nicht mehr, daß er es war, weder was die Gesten, noch die Größe oder den Blick betraf. Um diese Ungewißheit loszuwerden, näherte ich mich ihm unauffällig. Aber nicht einmal bei näherem Hinsehen war ich mir sicher; dann überzeugte mich sein Äußeres doch, und im Geiste erinnerte ich mich daran, wie ich mit der Zungenspitze über seine verführerischen Lippen gefahren war, bis ich plötzlich die Gewißheit hatte, ein vollkommen fremdes Gesicht zu betrachten. Obwohl ich ihn kaum mehr als zwei Jahre nicht mehr gesehen hatte, war ich nicht mehr in der Lage, ihn mir vorzustellen! So als ob wir den anderen, um ihn wiedererkennen zu können, ständig um uns haben müßten. Die Identität hat etwas

Flüchtiges und Zufälliges, so daß man jemanden, wenn man ihn längere Zeit nicht sieht, für immer verlieren kann. Genauso wie wenn man in einem riesigen Aquarium mit den Augen einen kleinen Fisch verfolgt und sich dann plötzlich ablenken läßt. Wenn man dann wieder hinschaut, läßt er sich nicht mehr von seinen Artgenossen unterscheiden. Ich dachte daran, daß mir dasselbe passieren könnte, daß, wenn ich verlorenginge, sich vielleicht niemand mehr an mich erinnern würde. Glücklicherweise kann man in solchen Fällen auf die besonderen Kennzeichen zurückzugreifen: Lucía Romero, groß, dunkles Haar, graue Augen, schlank, einundvierzig Jahre alt, eine Blinddarmnarbe am Bauch, am rechten Knie eine halbmondförmige Narbe von einem Fahrradsturz, im Mundwinkel ein rundes und sehr kokettes Muttermal.

In diesem Moment wurde unser Flug zum ersten Mal über Lautsprecher aufgerufen, und die gesamte Halle sprang auf. Ich griff nach unserer Tasche und steuerte wütend auf die Toilettentür zu. Ich ging in die entgegengesetzte Richtung wie alle anderen und fühlte mich wie ein Flüchtling, der im entscheidenden Moment, wenn alle aus der belagerten Stadt fliehen, zurück ins Verderben rennt. Das Starten und Landen eines Flugzeugs hat immer etwas von einer wilden Massenflucht.

»Ramón! Ramón! Der Flieger geht gleich! Was machst du so lange da drin?« rief ich von der Tür aus.

Einige Jugendliche und ein Mann um die fünfzig, der aussah, als hätte er Probleme mit der Prostata, kamen eilig aus dem Klo. Aber Ramón tauchte nicht auf. Ich stieß ein wenig die Tür auf und spähte ins Innere. Leer. Die Verzweiflung und die wachsende Unruhe gaben mir die Kraft, das Tabu, das Pisssoirs (der verbotene, ungehörige Ort) umgibt, zu brechen und vollen Mutes den Raum zu betreten. So groß und weiß wie er war, sah er aus wie ein Operationssaal. Auf der rechten Seite befanden sich mehrere Kabinen nebeneinander, auf der linken die bekannten dickbäuchigen Keramikschüsseln, geradeaus die Waschbecken. Es gab weder einen anderen Ausgang noch ein einziges Fenster.

»Entschuldigung«, rief ich, um öffentlich für meine Dreistigkeit Abbitte zu leisten. »Ramón? Ramón! Wo bist du? Wir verpassen unseren Flug!«

Das einzige, was man in der Stille hörte, war, daß irgendwo Wasser tropfte. Ich ging in Richtung Waschbecken und machte dabei die Klotüren auf. Ich hatte Angst, hinter einer von ihnen Ramón zu erblicken: am Boden liegend, mit Herzinfarkt, einer Embolie, ohnmächtig. Aber nein. Keine Menschenseele. Wie war das möglich? Ich war mir sicher, daß ich die Toilettentür während der ganzen Zeit nicht einmal aus den Augen gelassen hatte. Nun gut, ich war mir *fast* sicher: Offensichtlich war Ramón herausgekommen, ich hatte wohl irgendwann nicht aufgepaßt; Ramón stand mit Sicherheit jetzt draußen und wartete auf mich, vielleicht war er wütend, weil ich nicht da war, schließlich und endlich hatte ich ja die Bordkarten. Ich rannte aus dem Klo und auf unseren Ausgang zu, vor dem sich immer noch sehr viele Menschen drängten. Ich ließ meinen Blick über die bunte Masse von Reisenden schweifen. Nichts. Da haßte ich ihn wieder, und wie ich ihn haßte. Es war eine dieser wiederholt auftretenden, kurzen und sehr heftigen Haßattacken, derer es so viele im ehelichen Zusammenleben gab.

»Dieser Scheißkerl, wo zum Teufel steckt er, bestimmt ist er noch zum Duty-Free-Shop gegangen und kauft sich Zigaretten, es ist immer wieder dasselbe mit ihm. Als wüßte er nicht, wie nervös ich immer werde, wenn wir verreisen«, murmelte ich kaum hörbar vor mich hin.

Und ich verzog mich an eine gut sichtbare Stelle am Ende der Schlange, stellte die schweren Taschen auf den Boden und wartete verzweifelt auf seine Rückkehr.

Die folgenden Stunden waren die bittersten meines ganzen Lebens. Als erstes ließ der Ansturm der Passagiere vor dem Ausgang immer mehr nach, so gleichmäßig und unerbittlich wie bei einer Sanduhr, deren obere Hälfte langsam leerer wird. Und bald schon stand niemand mehr dort. Die Stewardeß der Iberia forderte mich auf, durchzugehen. Ich erklärte ihr, daß ich auf meinen Mann warten würde, und sie bat mich, ihn zu suchen, weil der Flug schon sehr viel Verspätung hätte.

»Ja, natürlich, ihn suchen, aber wo?« wimmerte ich aufgelöst.

Und trotzdem suchte ich ihn. Ich ließ die Taschen bei der Stewardeß und rannte wie eine Verrückte durch den Flughafen. Ich sah im Duty-Free-Shop nach, in der Kneipe, den Geschäften, am Zeitungsstand und hörte, wie er inzwischen über Lautsprecher ausgerufen wurde:

»Herr Ramón Iruña Díaz, Passagier des Fluges Iberia 349 nach Wien, wird dringend zum Ausgang B26 gebeten.«

Außer Atem und in meinen Winterklamotten vor Schweiß triefend rannte ich zum Ausgang zurück, in der Hoffnung, ihn dort reumütig und mit irgendeiner plausiblen Erklärung anzutreffen. Aber ich konnte schon von weitem sehen, daß er nicht aufgetaucht war. Dagegen war die Anzahl der Angestellten der Fluggesellschaft inzwischen größer geworden. Jetzt standen dort zwei Männer und zwei Frauen in Iberia-Uniform.

»Señora, wir müssen starten, wir können nicht mehr auf Ihren Mann warten.«

Es hat mich immer schon fertiggemacht, wenn mich jemand mit »Señora« angesprochen hat, aber in diesem Moment wollte ich sterben.

»Machen Sie sich keine Sorgen, das passiert häufiger. Und dann tauchen sie wieder auf und sind vielleicht nur besoffen«, sagte eine der Frauen. Ich nehme an, sie hatte die Absicht, mich zu trösten.

Stammelnd brachte ich hervor, daß Ramón keinen Alkohol trinke.

»Oder sie verschwinden einfach so. Erinnerst du dich an den Kerl, der in einen anderen Flieger gestiegen war, um sich für ein Wochenende mit seiner Sekretärin abzusetzen?« meinte einer der Männer zu seinem Kollegen.

Und ich versuchte in mir ein winziges Maß an Würde zusammenzukratzen, um laut zu sagen, daß Ramón so etwas selbstverständlich nie tun würde.

Obwohl ich sehr mit meinem Schmerz beschäftigt war, glaubte ich zu bemerken, daß sich in die Kommentare der Angestellten ein beträchtliches Maß an Wut gemischt hatte. Was eigentlich in gewisser Weise normal war, wenn man bedenkt, daß sie unsere Koffer aus dem Stauraum des Flugzeugs holen mußten und der Flug ohnehin schon mehr als anderthalb Stunden Verspätung hatte. Eine Stewardeß und ein Herr in Zivil, der sich später als Polizist entpuppte, blieben noch einige Minuten bei mir stehen, um sich mit mir zu unterhalten. Ich erzählte zum tausendsten Mal die Geschichte mit der Toilette. Der Polizist betrat den Raum, um ihn sich von innen anzusehen.

»Nichts Auffälliges soweit. Wissen Sie was, ich an Ihrer Stelle würde nach Hause gehen, er taucht mit Sicherheit bald wieder auf. Das kommt in Ehen häufiger vor, als Sie vermuten würden.«

Aber *was* kam in Ehen vor? Der Satz des Polizisten hatte etwas Unheilverkündendes. Plötzlich fühlte ich mich wie ein naiver und dummer Teenager, der von den einfachsten Wahrheiten des Erwachsenendaseins keine Ahnung hatte: Wie, du weißt wirklich nicht, daß Ehemänner immer die seltsame Neigung haben, sich beim Betreten von öffentlichen Toiletten in Luft aufzulösen? Schamröte stieg mir ins Gesicht, und ich fühlte mich schuldig, als ob ich auf irgendeine Weise für das Verschwinden von Ramón verantwortlich wäre.

Die Stewardeß sah, wie ich knallrot wurde, und nutzte meine Verlegenheit, um sich aus der Affäre zu ziehen und sich zu verabschieden. Dasselbe tat der Polizist, und plötzlich stand ich ganz alleine inmitten der leeren Abflughalle. Alleine mit einem Wägelchen, auf dem Koffer lagen, die nach nirgendwohin mehr unterwegs waren. Alleine in diesem trostlosen, leeren Flughafen, eine steckengebliebene Reisende ohne Ziel, so verwirrt wie jemand, der aus einem schlechten Traum erwacht.

Dieses Gefühl von Benommenheit hielt einige Stunden an, ich weiß nicht genau, wie lange. Stunden, in denen ich immer noch hoffte, daß ein Wunder geschehen und Ramón wieder auftauchen würde. Ich durchquerte mehrere Male den gesamten Flughafen und schob dabei das sperrige Wägelchen vor mir her. Ich sah, wie unzählige Flüge an dem unseligen Ausgang B26 abgefertigt wurden. Schließlich machte sich in meinem Kopf die Erkenntnis breit, daß er nicht mehr zurückkommen würde. Vielleicht hat er mich ja, wie der Polizist vermutete, verlassen, sagte ich mir. Oder er war mit seiner Sekretärin auf die Bahamas geflogen (auch wenn Marina sechzig Jahre alt war). Oder er lag tatsächlich stockbesoffen in irgendeiner Ecke. Aber wie hatte er all das geschafft, ohne die Toilette zu verlassen? Ich hatte doch gesehen, wie er hineingegangen war, und er war nicht wieder herausgekommen!

Ich nahm schließlich ein Taxi und fuhr nach Hause. Und als ich bestätigt sah, was ich sowieso schon wußte, nämlich daß Ramón auch dort nicht war, ging ich zur Polizei, um Anzeige zu erstatten. Man stellte mir eine Menge Fragen, die allesamt unangenehm waren: wie wir uns verstanden hätten, er und ich. Ob Ramón Freundinnen gehabt hätte, oder Feinde. Ob wir uns gestritten hätten, ob er nervös gewesen wäre, ob er Drogen nehmen würde, ob sich in letzter Zeit sein Verhalten verändert hätte. Und auch wenn ich so tat, als wäre die Befragung eine Zumutung für mich, zeigte sie mir deutlich, wie unaufmerksam ich meinem Mann gegenüber gewesen war, wie wenig ich in der Lage war, richtig zu antworten und wie sehr uns der Alltagstrott davon abhält, mitzubekommen, was in dem anderen vorgeht.

Als ich in dieser Nacht wie betäubt im Bett lag und nicht verstand, was passiert war, stellte ich erstaunt fest, daß ich einen Schmerz verspürte, den ich seit einiger Zeit nicht mehr empfunden hatte: den Schmerz über Ramóns Abwesenheit. Schließlich hatten wir zehn Jahre lang zusammengelebt, zusammen geschlafen, das Schnarchen und Husten des anderen ertragen, die Hitze im August, die eiskalten Füße im Winter. Ich liebte ihn nicht mehr, er nervte mich eher. Ich hatte schon lange Zeit darüber nachgedacht, ob ich mich von ihm trennen sollte. Aber er war der einzige, der auf mich wartete, wenn ich von einer Reise zurückkam, und ich war die einzige, die wußte, daß er sich jeden Morgen Haarwuchsmittel auf die Glatze rieb. Das Alltagsleben schafft solche Bande, man wird von der Luft, die man gemeinsam atmet, und dem Schweiß, der sich vermischt, durchdrungen, es entsteht die animalische Zärtlichkeit des Unvermeidlichen. In dieser Nacht, als ich verstört und unruhig im leeren Bett lag, begriff ich, daß ich ihn suchen und finden mußte, daß ich erst zur Ruhe kommen konnte, wenn ich wußte, was passiert war. Ich war für Ramón verantwortlich, nicht weil er mein Mann war, sondern weil ich mich an ihn gewöhnt hatte.

Bravo, da habe ich gerade erst angefangen, und schon habe ich geschwindelt. Der Tag, an dem Ramón verschwand, war nicht der 28. Dezember, sondern der 30.; ich dachte aber, daß diese absurde Geschichte runder würde, wenn sie am Tag der Unschuldigen Kinder begänne, wenn alle sich Lügengeschichten erzählen. Diese Veränderung war mir beim Schreiben in den Sinn gekommen, so als Stilmittel; obwohl ich davon ausgehe, daß wir das in Wirklichkeit alle machen, unsere Vergangenheit, unsere Lebensgeschichte ständig neu ordnen und neu erfinden. Manche Menschen glauben, daß Musik die älteste Kunstform sei und daß es seit Anbeginn der Zeit und der ersten Höhle, die von einem menschlichen Wesen bewohnt wurde, eine Kreatur gab, die in die Hände klatschte oder zwei Steine gegeneinander schlug, um so einen Rhythmus zu erzeugen. Ich bin hingegen davon überzeugt, daß die ursprüngliche Kunst die des Erzählens ist, weil wir Menschen, um sein zu können, zuerst *erzählen* müssen. Die Identität ist nichts anderes als das, was wir von uns erzählen.

Mir hat es schon immer sehr viel Spaß gemacht zu erfinden. Das kommt einfach so aus mir heraus, ich kann gar nichts dagegen machen; plötzlich geht es in meinem Kopf los, und alles, was ich mir ausdenke, glaube ich dann auch. Ich erinnere mich, ich muß so etwa neun Jahre alt gewesen sein, daß mein Kannibalen-Vater mich eines Tages in einem Auto warten ließ, das der Schauspielertruppe gehörte, mit der er auftrat. Er wollte unterdessen seine Sachen aus dem Proberaum holen, die er für seine Tour über die Dörfer brauchte. Bei dem Auto handelte es sich um eine schäbige schwarze Ente; es war Juni, die Sonne knallte auf das Autodach, und ich kam vor Hitze fast um. Ich weiß nicht genau, ob es das war oder Langeweile, auf jeden Fall kniete ich mich auf den Sitz, hängte meinen Oberkörper aus dem geöffneten Fenster und fing an, laut um Hilfe zu schreien.

»Hilfe, helfen Sie mir, bitte!«

Es waren nicht viele Leute auf der Straße, sofort blieben aber zwei Jungen stehen und danach ein junges Ehepaar und eine dicke Frau und ein alter Mann. Das waren noch unschuldige Zeiten.

»Was ist los, meine Kleine?«

Tief betrübt antwortete ich auf ihre Fragen und erzählte ihnen mein Leben: Meine Eltern wären von einem Zug überfahren worden und gestorben, ja, beide zur gleichen Zeit, ein Unglück, einfach schrecklich. Und mir begannen die Tränen herunterzulaufen, obwohl ich tapfer dagegen ankämpfte und mich zusammenreißen wollte. Ich würde mit meinem Onkel und meiner Tante, die mich sehr schlecht behandelten, zusammenleben. Sie würden mich schlagen und halb verhungern lassen: Ich hätte gerade einmal wieder seit tags zuvor nichts zu essen bekommen. Sie würden mich, damit ich sie nicht belästige, mehrere Stunden lang täglich in das Auto sperren; manchmal würden sie mich sogar die Nacht über darin lassen. Zu diesem Zeitpunkt weinte ich bereits bitterlich, und die Passanten waren vollkommen außer sich. Sie versuchten, die Tür der Ente zu öffnen. Ich sagte, mein Kannibalen-Vater hätte den Schlüssel weggeworfen, um so zu verhindern, daß ich irgend etwas anstellte. Also packte mich der Mann, der mit seiner Frau dort stand, an den Armen und zog mich durch das Fenster heraus. Er war ein junger, starker und hübscher Kerl. Ich umschlang seinen Nacken und ließ mich in seinen Armen sanft trösten. Das war für mich mit meinem traurigen und düsteren Schicksal als Waise in jenem Moment sehr wichtig. Aber genau da tauchte mein Erzeuger auf, und bevor alles aufgeklärt werden konnte, mußte der Kannibale ein paar Ohrfeigen einstecken. Das Ganze endete auf dem Polizeirevier. Ich glaube, daß der Kannibale mir das bis heute nicht verziehen hat, obwohl er danach viele Jahre lang immer wieder sagte: »Das Mädchen kommt nach mir, sie wird einmal Schauspielerin werden.« Aber auch darin täuschte er sich.

Ramón haben meine Improvisationen über das Leben immer wütend gemacht. Zum Beispiel sind wir einmal übers Wochenende in ein Hotel nach Cuenca gefahren. Da ich ein legeres Kleid aus einem fließenden Stoff trug, glaubte die Dame an der Rezeption, ich sei schwanger, und fragte mit dem komplizenhaften Lächeln einer Matriarchin, ob es mein erstes wäre.

»Mein erstes? Nein, mein sechstes«, reagierte ich sofort und nutzte die Situation aus, daß Ramón zum Auto gegangen war und mich für einen Augenblick allein gelassen hatte.

»Sechs? Wirklich bewundernswert! Die Frauen von heute bekommen ja nur noch ganz selten so viele Kinder. Ich selbst habe nur drei, und das, obwohl ich aus einer anderen Generation bin.«

»Also, ich habe sechs: die Zwillinge und dann Anita und Rosita und danach Jorge und Damián.«

»Aber dann ist das doch das siebte und nicht das sechste«, meinte die Frau spitzfindig, nachdem sie mit ihren dicken Fingern nachgezählt hatte.

»Stimmt, das siebte. Die Zwillinge ähneln sich so sehr, daß wir sie fast immer als ein Kind rechnen.«

Als Ramón erfuhr, daß er sechs Kinder hatte, wurde er böse. Aber weil er immer ein Feigling war, wenn es darum ging, was die Leute sagten, traute er sich nicht, mir in aller Öffentlichkeit zu widersprechen. Beim Frühstück, beim Abendessen, jedesmal, wenn wir hereinkamen oder hinausgingen, machte die Matrone eine Bemerkung über unsere Sippe oder über die erforderliche Sorgfalt im vierten Schwangerschaftsmonat, in dem ich ja war; oder über die Schmerzen und die Bedeutsamkeit der Geburt. Sie gehörte zu den Frauen, die leben, um Mutter zu werden und zu sein, als wäre das Kinderkriegen die größte Leistung der Menschheit, die Leistung, die uns zu einem Platz auf dem Olymp verhilft, neben den Kaninchen.

»Und? Haben Sie heute schon mit den Kindern telefoniert?« fragte sie zum Beispiel mit rührender Zuvorkommenheit.

»Natürlich«, antwortete ich, während Ramón blaß wurde.

»Und wie geht es ihnen?«

»Sehr gut, alles bestens: Rosita ist hingefallen und hat sich ein Knie aufgeschürft, die Zwillinge sind leicht erkältet, und bei Jorgito kommt der erste Zahn durch. Sie wissen ja, wie das mit den Kindern ist, ständig passiert irgend etwas ...«

»Ja, ja«, antwortete die Frau mütterlich weise strahlend.

Das Wochenende war für Ramón in mehrerer Hinsicht sehr bitter.

Ich habe keine Kinder. Damit will ich sagen, daß ich weiterhin Tochter bin und nichts als Tochter. Daß ich noch nicht den üblichen Schritt getan habe, den Männer und Frauen zu tun pflegen, Stuten und Hengste, Widder und Schafe, Vogelmännchen und Vogelweibchen, wie ich selbst in meinen schrecklichen Kindergeschichten schreiben würde. Manchmal ist diese Situation, biologisch versagt zu haben, ein bißchen seltsam. Alle Kreaturen der Schöpfung mühen sich hauptsächlich damit ab, zu gebären, Eier zu legen, zu laichen, zu brüten und die Brut aufzuziehen; alle Kreaturen der Schöpfung werden geboren, um Eltern zu werden. Ich bin in diesem Zwischenstadium der Tochter stehengeblieben, die ewige Tochter bis zum Schluß, bis ich eine alte und ehrwürdige Tochter sein werde, über achtzig und altersschwach, aber immer noch Tochter.

Um auf den Anfang zurückzukommen: Ich habe auch bei zwei weiteren Details gelogen. Erstens bin ich nicht das, was man als groß bezeichnet, sondern vielmehr klein. Um ganz genau zu sein, sehr klein. Meine Jeanshosen kaufe ich sogar in der Kinderabteilung. Und meine Augen sind auch nicht grau, sondern dunkelbraun. Entschuldigung! Ich konnte nicht anders. Dafür stimmt, daß ich jünger aussehe, als ich bin. Sogar sehr viel jünger. Es kommt oft vor, daß die Leute, wenn sie mich von hinten sehen, wegen meiner geringen Größe meinen, ich sei ein Teenager. Dann schauen sie mich von vorne an und sagen »Entschuldigen Sie, Señora«, ohne zu merken, daß ich ihnen eben genau diesen Satz nicht verzeihe. Einmal lag ich im Bikini am Strand und räkelte mich auf dem Bauch in der Sonne, als ich eine grelle Stimme in meinem Rücken hörte.

»Möchtest du mit mir eine Runde Tretboot fahren?«

Ich stützte mich auf einen Ellenbogen und blickte mich um: Vor mir stand ein ungefähr fünfzehn- oder sechzehnjähriger Junge. Ich weiß nicht, wer von uns beiden verdutzter war.

»Was?« fragte ich unbeholfen.

»Ob Sie mit mir eine Runde Tretboot fahren möchten«, wiederholte der Junge äußerst geistesgegenwärtig.

»Nein, vielen Dank, auf dem Wasser wird mir immer schwindelig.«

Daraufhin ging der Junge weg, und wir kümmerten uns höchst erleichtert wieder jeder um sich selbst. Es war wie ein intergalaktisches Treffen der dritten Art.

Ich sehe also jünger aus, und auch wenn meine Augen dunkelbraun sind, so sind sie doch schön. Ich habe eine kleine Nase und einen schön geformten, ziemlich großen Mund. Außerdem habe ich wunderschöne unechte Zähne. Meine eigenen habe ich vor drei Jahren bei dem Unfall verloren. Manchmal, wenn ich sehr nervös bin, neige ich dazu, mit der Zungenspitze die Prothese ständig vor und zurück zu bewegen.

Ebenfalls stimmt, daß Lucía Romero ein kokettes Muttermal im Mundwinkel hat. Dieses winzige Merkmal macht hauptsächlich ihre Attraktivität aus und bildet den Schwerpunkt ihrer Beziehung zu Männern. All ihre Liebhaber, selbst die flüchtigsten, haben versucht, diesen Millimeter Haut dichterisch zu verklären. »Das ist der Markstein, der mir den Weg zu deinem Mund weist«, sagte zum Beispiel einmal jemand dazu. »Das ist eine einsame Insel, an der ich gestrandet bin«, schmückte ein anderer es. »Das ist ein Hurenmal, das mich ganz geil macht«, meinte irgendein anderer findig. Der Kern Lucía Romeros erotischer Ausstrahlung, die Grundlage ihres vermeintlichen Charmes ist also ein Stückchen schwärzliches, abnormes Fleisch, ein Irrtum der Epidermis, eine Anhäufung mißgebildeter Zellen, aus denen vielleicht irgendwann einmal Krebs entstehen wird.

Ein letztes: Manchmal meint Lucía Romero, sie betrachte sich von außen, als wäre sie die Hauptfigur in einem Film oder Buch; und in diesen Momenten spricht sie absolut dreist von sich selbst in der dritten Person. Lucía glaubt, daß sie diese Eigenart ganz früh entwickelt hat, vielleicht durch ihre Liebe zu den Büchern; und daß sie diesen Hang zur Bewußtseinsspaltung gut hätte nutzen können, wenn sie Romanschriftstellerin geworden wäre. Die Erzählkunst ist ja schließlich nichts anderes, als für die eigene Schizophrenie Abbitte zu leisten. Aber irgend etwas mußte in Lucías Leben schiefgegangen sein. Denn obwohl sie immer den Wunsch hatte, zu schreiben, hatte sie bis dahin nur schreckliche Erzählungen für Kinder hervorgebracht, fades Geplapper über Zicklein, Hühnchen und weiße Würmchen, eine wahrhafte Orgie von Verkleinerungsformen.

Sie hat sich mit dem Verfassen dieser Albernheiten für die Kleinsten einen Namen unter den Kinderbuchautoren gemacht und kann von ihren Büchern leben. Aber man kann nicht sagen, daß sie von ihrer Arbeit begeistert wäre. Im Grunde genommen mochte Lucía wie die meisten ihrer Kollegen keine Kinder. Die Autoren von Kinderbüchern hassen normalerweise Kinder genauso, wie Filmkritiker Filme und Literaturkritiker Literatur hassen. Manchmal trifft Lucía ihre Kollegen, auf einer Messe zum Beispiel, oder einem Kongreß. Dann erscheint ihr ihre Arbeit besonders abscheulich und unerträglich, mit all diesen verwelkten Männern und Frauen, die jugendlichen Esprit und unglaublichen Frohsinn vortäuschen. All diese Scharlatane – und sie nahm sich dabei nicht aus –, die die Luft mit einer klebrigen Süße verseuchen. Wo doch jeder weiß, daß die Kindheit in Wirklichkeit grausam und alles andere als klein und niedlich ist.

Durch Ramóns Verschwinden lernte ich, daß einen die Stille betäuben und die Abwesenheit belagern kann. Es war nicht unbedingt so, daß ich meinen Mann vermißte: Ich sagte bereits, daß wir daran gewöhnt waren, uns nicht zu beachten. Aber wir hatten ein Jahrzehnt lang zusammengelebt, und das schafft ein besonderes Verhältnis zum Raum. Ich begegnete ihm nicht mehr nachts im Badezimmer, ich hörte ihn nicht mehr neben mir im Bett schnarchen. Wenn ich morgens aufstand – und immer stand ich nach ihm auf, denn Ramón war Beamter des Finanzministeriums und hatte geregelte Arbeitszeiten –, fand ich in der Küche nun keine Kaffeereste mehr von ihm. Wenn man zusammenlebt, paßt sich die Welt diesen Geräuschen, diesem Rhythmus und diesen Strukturen an, und die plötzliche Abwesenheit des anderen löst eine Katastrophe aus. Ich fühlte mich wie eine Blinde, bei der man eines Tages ohne Ankündigung die Möbel umstellt. Das Wohnzimmer ihres Hauses, das sie so gut kennt, wird für sie plötzlich zu einem absolut fremden und verwirrenden Territorium.

Am frühen Morgen des 31. Dezember rief ich nach einer schlaflosen und unendlich langen Nacht auf dem Kommissariat an, um zu fragen, ob es etwas Neues gäbe. Nein, sie hätten keine neuen Erkenntnisse; da ich aber einen so verzweifelten Eindruck machte und hartnäckig blieb, schlug man mir vor, aufs Präsidium in die Calle Rafael Calvo zu gehen. Dort könne ich mit den Inspektoren sprechen, die für die Vermißtenanzeigen zuständig seien. Ich sah fast aus wie eine Witwe, als ich dort eintraf. Ich hatte ein nüchternes, steifes Kostüm mit einem bleifarbenen Blazer angezogen, um mit meiner Erscheinung Eindruck zu machen: Wir kleinen Menschen müssen einiges dafür tun, daß man uns ernst nimmt. Trotzdem ließ man mich über eine Stunde in einem schäbigen kleinen Raum warten. Schließlich kam ein Mann herein, der sich mit mir unterhalten wollte. Er hieß García. José García, welch origineller Name. Er sah aus, als wäre er schrecklich gelangweilt.

»Ich an Ihrer Stelle würde ein paar Tage lang ruhig abwarten. Er taucht mit Sicherheit wieder auf. So etwas passiert sehr häufig«, riet mir der Typ, genauso wie es schon der Polizist am Flughafen getan hatte, ohne auch nur im geringsten auf meine Besorgnis einzugehen.

Vor meinem geistigen Auge sah ich eine mit verlassenen Ehefrauen vollgestopfte Welt, eine riesige Menge Frauen, die aufgelöst neben dem Telefon warteten. Ich fühlte mich beleidigt.

»Toll! So arbeitet also die Polizei in diesem Land! Natürlich ist es viel bequemer zu glauben, daß Ramón mich verlassen hat, als anzufangen, ihn zu suchen!« brummte ich wütend vor mich hin.

Ohne den gelangweilten Gesichtsausdruck aufzugeben, öffnete der Mann eine blaue Plastikmappe und nahm einige Faxe und getippte Blätter heraus.

»Sehen Sie her. Natürlich suchen wir ihn. Es geht alles seinen gewohnten Gang. Alle Krankenhäuser, alle Notaufnahmen, alle Bahnhöfe. Und selbstverständlich der Flughafen. Außerdem die Leichenhallen. Keine Spur von ihm. Schauen Sie, heute ist der 31. Dezember. Silvester. Das heißt Feste, Verpflichtungen, verschiedene Dinge. Plötzlich bekommen die Leute Lust, ihr Leben zu ändern. Ich könnte Ihnen da Geschichten erzählen. Lassen Sie ihm ein paar Tage Zeit.«

García hatte die Tendenz, ganze Silben zu verschlucken, wenige Verben zu benutzen und ziemlich abgehackt zu reden. Er war groß und hager, hatte welke Haut und ein knochiges Gesicht mit hervorstehendem Kinn und Adlernase. Eines dieser Gesichter, die, wenn sie eine Wange küssen wollen, lediglich ihre kantigen Ausbuchtungen darauf stoßen, ohne daß der Mund, der ganz in den Tiefen verschwunden scheint, jemals die Haut berühren würde. García sprach und bewegte dabei seine versteckten Lippen, und ich hörte ihm zu und stellte mir wiederum Millionen verschmähter Frauen vor, wie sie zu Silvester mit Brillanten und zu Tränen rührenden, schwarzen Kleidern herausgeputzt alleine die traditionellen Trauben schluckten. Mir wurde schlecht, und ich verabschiedete mich. Man kann nicht sagen, daß dieses erste Gespräch unbedingt ein Erfolg war.

Ich fuhr bei der Hundepension vorbei, um Wallie abzuholen, und anschließend nach Hause. Ich wußte nicht, was ich machen sollte, deshalb begann ich, bei unseren Freunden anzurufen. Sie würden erstaunt sein, wenn sie diese Geschichte hörten. Aber als ich ihnen erzählte, was mir der Polizist gesagt hatte, glaubte ich ein seltsames und verlegenes Schweigen bei ihnen (meinen Freunden!) festzustellen. Vielleicht waren die Spannung und die Erschöpfung der Grund dafür, daß ich so paranoid war, aber mir schien es fast, als würden sie die lächerlichen Vermutungen des Inspektors für möglich halten. Als Gloria dann nicht gerade sehr feinfühlig meinte, daß »man seit einiger Zeit das Gefühl gehabt hätte, es ginge uns nicht besonders gut«, legte ich wütend den Hörer auf und beschloß, niemanden mehr anzurufen. Ich schaltete den Anrufbeantworter ein – als Schutzschild gegen die zahlreichen Anrufe, die dann auch sofort kamen – und stellte den Lautstärkeregler so weit es ging zurück, um nicht noch einmal in Versuchung zu kommen, dranzugehen. Was waren das bloß für Freunde, daß sie sich nicht so verhielten, wie ich es von ihnen erwartete? Wie konnten sie so etwas Absurdes glauben wie, daß Ramón freiwillig verschwunden wäre? Auch wenn es eine bittere Erkenntnis war, ich mußte es mir wohl eingestehen: Bei diesen Freunden handelte es sich wohl eher um Bekannte, Pärchen, mit denen man einmal im Monat essen ging, rein gesellschaftliche Verbindungen. Lucía Romero, die Kinderbuchautorin, verliert plötzlich in den Toiletten eines Flughafens ihren Mann und hat niemanden, an den sie sich wenden kann. Was für ein lächerliches Drama, was für eine unerquickliche Rolle haben doch die verlassenen Frauen, die Witwen ohne Witwenstand, die vor lauter Warterei verzweifeln.

Ich trat in Ramóns Arbeitszimmer, das auf einen engen Hof ging. Eine Zeitlang sah ich mich dort aufmerksam um: Bücherschrank, Tisch, Drehstuhl, 14-Zoll-Fernseher. Alles war mit einer gewissenhaften Sorgfalt plaziert: der Aschenbecher immer in derselben Ecke, die Bücher alphabetisch geordnet, der Nippes auf den Regalbrettern immer im gleichen Abstand. Selbst die Büroklammern waren ordentlich hintereinander in einem Kästchen aufgereiht – eine seiner Manien.

Ich schaute immer wieder im Zimmer umher, bevor ich mich traute, etwas anzufassen. Ramón wurde nämlich sehr wütend, wenn jemand in seinen Sachen wühlte. Und als ich schließlich vorsichtig die Hand ausstreckte und die Schubladen des Schreibtisches öffnete, akzeptierte ich zum ersten Mal mit allen Konsequenzen, daß Ramón nicht da war. Ansonsten hätte ich nicht einmal einen Finger in seine Schubladen gesteckt. Es hatte fast etwas Obzönes, als würde man in den Eingeweiden eines Toten herumstochern. Ich suchte nach etwas, das mir hätte weiterhelfen können, aber ich fand nichts: weil man das eben nicht sieht, von dem man nicht weiß, das man es sucht.

Obwohl ich, um die Wahrheit zu sagen, auf ein paar Dinge gestoßen bin. Kleine, nicht besonders bedeutsame Überraschungen, wie zum Beispiel drei Packungen Kondome, die hinten in der Schublade gestapelt lagen. Die natürlich nicht zum Gebrauch in unserem Ehebett gedacht waren. Dann gab es da noch Bleistifte, alle mit glänzender und scharfer Spitze, die aussahen wie kleine, in Reih und Glied stehende Soldaten mit Bajonett im Arm; unsere Scheckbücher, karierte Hefte, in denen die Haushaltsausgaben aufgeführt waren, unbenutzte Kalender aus früheren Jahren, Minzbonbons, einige Broschüren über »Traumhafte Ferien in Thailand« (nein, ich nahm nicht an, daß er sich zusammen mit einer blonden Schönheit dorthin geflüchtet hatte; vor einigen Jahren hätten wir beinahe eine solche Reise gemacht), verschiedene Schlüssel in unterschiedlichen Formen, die in einer alten Bonbonschachtel aufbewahrt wurden, Münzen verschiedener europäischer Währungen, die in einer durchsichtigen Plastiktüte steckten, und ein Bündel mit den letzten Rechnungen: Gas, Strom, Wasser, alle mit einer großen Heftklammer zusammengehalten. Flüchtig sah ich sie durch und wollte sie gerade wieder zurücklegen, als eines der Papiere in mir eine vage Unruhe auslöste. Ich zog es aus dem Stapel heraus: Es handelte sich lediglich um eine einfache Telefonrechnung. Aber, Moment mal: Auch wenn die Rechnung auf Ramóns Namen lief, so bezog sie sich nicht auf unsere Telefonnummer, sondern auf eine 908. Das bedeutete, Ramón hatte ein Handy! Wie seltsam: Warum hatte er mir nichts davon erzählt? Ich begann, die Liste mit den Nummern aufmerksam durchzusehen: Der größte Teil der Anrufe war ins Ausland gegangen. Mich überkam so eine Ahnung, ein Verdacht; ich nahm das Telefon und wählte die erste Nummer, die sogar mehrfach auftauchte:

»Hallo, Liebling ... Ich habe auf dich gewartet ... Ich bin ganz nackt, und ich habe mir für dich die Brustwarzen rot angemalt ...« säuselte eine rauhe Stimme am anderen Ende.

Es handelte sich also um Telefonsex-Nummern. Ramón hatte heimlich ein Handy und ließ sich damit Schweinereien ins Ohr flüstern! Ich wählte nach dem Zufallsprinzip einige weitere Nummern:

»Mmmmm ... Gut, daß du anrufst, ich bin so heiß, daß ich es nicht mehr aushalte ... Ich habe gerade angefangen, mich selbst zu streicheln ...«

Alle sagten sie, daß sie, genauso wie die verlassenen Ehefrauen, auf den Anruf eines Mannes warten würden.

»Ich habe auf dich gewartet, Scheißkerl ... Du möchtest mich ficken, stimmt's? Aber du machst mir angst, weil du sehr böse bist und mir immer weh tust.«

Und obendrein noch sadistische Spielchen! Ich war entsetzt. Damals wußte ich bereits, daß wir menschlichen Wesen wie Eisberge sind und daß wir nach außen nur einen winzigen Teil unserer wahren Dimension sichtbar werden lassen: Wir alle verbergen etwas, wir alle lügen, wir alle haben unser kleines Geheimnis, das sich nicht beichten läßt. In einer Partnerschaft wird das Bild des anderen allerdings immer konturloser, als würde sich der Eisberg in dem heißen Meer der Gewohnheit auflösen. Und oft reduzieren wir unseren Partner sogar auf ein einfaches, zweidimensionales Gekritzel, auf ein Abziehbild, auf ein so oft wiederholtes und oberflächliches Bild, das zwangsläufig todlangweilig wird. Das ist eine der vielen Arten, wie eine Ehe enden kann: Wenn beide sich anschauen und jeder vom anderen nur noch ein plattes Köpfchen wahrnimmt, wie bei einer Briefmarke.

Zu den stereotypen Vorstellungen, die ich von Ramón hatte, paßte wirklich weder, daß er Telefonsex brauchte, noch daß er sadomasochistische Gelüste hatte und erst recht nicht, daß er in der Lage sein sollte, am Telefon in Fahrt zu kommen: Im Bett war er schließlich stumm wie ein Fisch! Die Entdeckung der Rechnung hatte mich ziemlich erstaunt: Plötzlich hatte sich vor mir das ganze Ausmaß des Rätsels Mensch offenbart, war mir klargeworden, wie unmöglich es war, den anderen wirklich zu kennen.

Ich verließ den Raum und setzte mich ins Wohnzimmer, wie immer gefolgt von der dicken und sehr sanften Wallie. Ich hörte mir die Nachrichten auf dem Anrufbeantworter an: ein Durcheinander von Piepstönen und ängstlichen Sätzen verschiedener Freunde; einige von ihnen luden mich ein, den Abend mit ihnen zu verbringen (da fiel mir wieder ein, daß Silvester war); ein hysterischer Anruf meiner Mutter aus Palma de Mallorca, sie habe es aus dem Fernsehen erfahren; und ein Journalisten-Geier, der im Aas picken wollte. Aber wie war die Sache ins Fernsehen gekommen? Ich sah auf die Uhr. Es war genau sechs Uhr abends. Ich machte Radio Nacional an, um zu hören, ob dort etwas in den Nachrichten kommen würde. Und tatsächlich, sie berichteten schließlich darüber, in einer Art Überblick über die Ereignisse des Tages. Sie hatten wahrscheinlich auch nicht sehr viel mehr Meldungen für den 31. Dezember:

»Auf dem Flughafen Madrid-Barajas verschwand kurz vor seinem Abflug ein Beamter des Finanzministeriums. Der 46jährige Ramón Iruña ist mit Lucía Romero verheiratet, Tochter des früheren Schauspielers Lorenzo Romero und Kinderbuchautorin. Zu deren bekanntesten Werken gehört die Reihe ›Egon das Entlein‹.«

Das war alles. Gerade mal vierzig Wörter und ein ärgerlicher Fauxpas, weil die Autorin von ›Egon das Entlein‹ Francisca Odón heißt und meine größte Konkurrentin und Feindin ist (meine berühmteste Figur heißt ›Huberta das hübsche Hühnchen‹). Und darüber hinaus wurde ich über meinen Vater definiert, als ob meine gesamte Identität darauf basieren würde, daß ich die Tochter des Kannibalen bin. Der einzige Ausgleich bei soviel Verdruß war, daß sie meinen Kannibalen-Vater als früheren Schauspieler bezeichnet hatten anstatt »der gefeierte«, »der berühmte«, »der tolle« zu sagen. Ich war mir sicher, daß er bestimmt nicht begeistert sein würde, das zu hören.

Als im Radio Weihnachtslieder gespielt wurden, schaltete ich es ab. Das Telefon klingelte abermals, und der Anrufbeantworter nahm weiter die Anrufe entgegen: wieder meine Freunde, wieder der Journalist, wieder meine Mutter. Ich nahm nicht ab: Ich fühlte mich unfähig, mit irgend jemand zu sprechen. Wallie erhob sich schwerfällig. Sie kam zu mir und fing an, mit dem Kopf energisch gegen meine Beine zu stupsen: Das war kein Ausdruck von Zärtlichkeit, sondern ihre Art, mir mitzuteilen, daß sie Gassi gehen mußte und Hunger hatte. Die Bedürfnisse von Wallie sind immer klar, konkret, unaufschiebbar. Also ging ich mit ihr auf die Straße, und sie wackelte mit ihrem alten, trägen Schäferhündinnen-Leib an die Ecken in der Nachbarschaft. Dann kehrten wir nach Hause zurück, und ich gab ihr etwas zu fressen.

Als das Tier versorgt war, wußte ich auf einmal nicht mehr, was ich mit meiner Zeit und meinem Leben anfangen sollte. Draußen war es dunkel geworden; von Zeit zu Zeit konnte man das feierliche Knallen eines Feuerwerkkörpers hören. Es war einer dieser seltenen Momente, in denen die Welt innezuhalten scheint, als ob die Erde aufhörte, sich zu drehen und alles die Luft anhalten würde. Lucía Romero hätte eigentlich zu dieser Zeit in Wien sein und sich für das Gala-Diner fertigmachen sollen. Lucía Romero hatte plötzlich und auf unerklärliche Weise ihren Mann verloren. Wenn er von wer weiß wo auch immer zurückkäme, würde Lucía ihn umarmen und mit vor Aufregung heiserer Stimme und tränenfeuchten Augen voller Rührung fragen: »Ramón, Ramón, was ist passiert?« Vielleicht aber auch nicht, vielleicht war Ramón ja auch tot. »Frau Romero, er ist tot. Es tut mir leid«, würde der Polizist sagen. Und Lucía würde sich mit zitternder Hand an den Türrahmen klammern, ihr würde die Luft wegbleiben und es würde ihr nicht einmal weh tun, nicht sofort, wie Traumata eben so sind; zunächst würde es nicht einmal weh tun, obwohl ihr die Tränen unaufhaltsam über die Wangen rollen würden. Genau in diesem Augenblick klingelte es an der Tür. Lucía ging sie aufmachen, sie rannte sogar, vielleicht war es ja Ramón (ob er wohl den Schlüssel vergessen hatte?) oder der Polizist mit der schicksalhaften Nachricht. Doch es war keiner von beiden. Nur ein alter Mann. Lucía starrte ihn verwirrt an.

»Hallo. Ich habe die Nachrichten gehört. Ich wollte Ihnen nur sagen, daß ich für Sie da bin, falls Sie mich brauchen. Sie können sich gerne an mich wenden.«

Da erkannte ich ihn: Es war der Nachbar. Ein diskreter und höflicher älterer Herr, der auf der anderen Seite des Flurs wohnte. Wir hatten uns immer nur zufällig und flüchtig gegrüßt.

»Ich heiße Félix, Félix Roble. Nehmen Sie ...«

Er hielt mir ein weißes, sorgfältig gefaltetes Taschentuch hin, und da wurde mir klar, daß mein Gesicht von Tränen überströmt war. Ich wurde rot, teilweise, weil ich mich schämte, und teilweise, weil ich wütend war: Ich war nicht nur darüber verärgert, daß mich meine Tagträume zum Heulen gebracht hatten, sondern auch darüber, daß mich der Nachbar dabei überrascht hatte. Ich gab wohl gerade das typische Bild einer untröstlichen Witwe ab. Was für eine abstoßende Vorführung.

»Nicht, daß Sie jetzt was Falsches denken«, sagte ich unwirsch, während ich ihm das Taschentuch aus der Hand riß und mir schnell das Gesicht trocknete. »Ich war gerade dabei, mir einen Film anzusehen, deshalb habe ich geweint«, fügte ich hinzu, ohne dabei zu sehr lügen zu müssen.

»Natürlich. Ich muß auch oft im Kino weinen. Aber bei mir ist das eine Frage des Alters. Man verweichlicht mit der Zeit.«

Als er das sagte, lächelte er. Es war ein sehr angenehmes Lächeln, weder mitleidig noch väterlich, ein natürliches und ruhiges Lächeln, das mich in die Wirklichkeit zurückholte.

»Ich weiß nicht, wie ich darauf komme, aber Sie scheinen in der letzten Zeit nicht besonders viel gegessen zu haben«, fügte der Mann hinzu. »Ich habe einen außergewöhnlich guten Jabugo-Schinken zu Hause, eine ganz leckere Pastete, einen fabelhaften Rioja und frisches Brot. Es wäre mir eine große Freude, wenn Sie mir armen, alten Mann Gesellschaft leisten würden.«

Ich habe immer Leute gehaßt, die sich in solchen Platitüden ausdrücken, aber er sagte »armer, alter Mann« so, als wollte er mich irgendwie herausfordern, als wäre das ein vertraulicher Scherz, eine Koketterie. Als wäre er in Wirklichkeit gar nicht alt. Dabei war er es, uralt sogar. Doch er war ein ganz reizender Alter und hatte Stil. Und ich stellte plötzlich fest, daß ich hungrig war. Ehe ich mich versah, saß ich in der Wohnung von Félix, dem Nachbarn, und entkorkte die Flasche Rioja. Die ich allerdings dann alleine austrinken mußte, da der Alte nicht einen Schluck probierte.

Zwei Stunden später wußte ich, daß Félix Roble Rentner und verwitwet war und daß er früher im Viertel bis zum Tod seiner Frau eine Buchhandlung betrieben hatte, daß er keine Kinder hatte und gerade achtzig Jahre alt geworden war.

»Achtzig! Dann haben Sie sich aber gut gehalten.«

Ich sagte das, um ihm zu schmeicheln, aber es stimmte auch. Er trug legere Kleidung, was ihm ein jugendliches Aussehen verlieh: Cordhosen, einen Pullover und ein Tweedsakko. Wie ein emeritierter Professor aus Oxford sah er aus. Er war groß, schlank und ziemlich agil. Lediglich der Hals, der seltsam starr auf dem Rumpf saß (wenn er den Kopf drehte, bewegte er dabei die Schultern mit), verriet das steife, alte Skelett. In einem Ohr trug er ein Hörgerät, und er verstand einen, wie ich feststellte, nicht so gut, wenn man ihn beim Sprechen nicht anschaute. Er hatte weißes, glänzendes und üppiges Haar und wunderschöne blaue Augen: Sie tränten ein wenig, waren aber trotzdem sehr intensiv und ausdrucksvoll. Dazu ein feines hageres Gesicht, das von sehr tiefen Falten gezeichnet war.

»Sie werden es nicht glauben, aber ich mache jeden Tag eine Stunde Gymnastik«, antwortete der Nachbar voller kindlichem Stolz, der mich begeisterte.

Dann begann ich, ihm in allen Details das mysteriöse und absurde Verschwinden meines Mannes zu erklären. Ich weiß nicht, warum ich das tat: Ich glaube, ich mußte es einfach jemandem erzählen. Félix Roble hörte aufmerksam und verständnisvoll zu. Oder das meinte ich zumindest, so benebelt, wie ich von dem Rotwein war.

»Gut, fassen wir das, was wir haben, nochmals zusammen«, sagte er schließlich. »Erstens: Ihr Mann ist verschwunden, und der Grund dafür ist vollkommen unklar. Es gibt keine Anhaltspunkte, keinen Hinweis, keine Spur. Zweitens, ein Rätsel, das bisher noch nicht gelöst wurde: Wie kam Ramón aus der Toilette, ohne daß Sie ihn bemerkt haben? Ich denke, wir sollten uns im Moment darauf konzentrieren, zu versuchen, genau diesen Punkt zu klären. Nicht, *warum* er verschwunden ist, sondern *wie* er verschwunden ist. Und ich habe den Eindruck, daß es dafür nur vier Möglichkeiten gibt. Erstens: Er ist nicht verschwunden.«

»Was soll das heißen?«

»Daß Ramón noch dort ist, in der Toilette.«

»Aber wie? Ich habe überall nachgesehen ...«

»Ja, aber es gibt doppelte Wände, Falltüren, Geheimschränke. Wissen Sie, ob irgendein Spezialist der Polizei den Raum untersucht hat?«

Ich blieb stumm: Ich hatte mir gerade vorgestellt, wie Ramón hinter den sauberen, weißen Fliesen eingeschlossen war; Ramón in einem Versteck; Ramón erstickt, niedergestochen, schwarzblau angelaufen, tot.

»Zweitens«, fuhr der Alte fort, »genauso wie es einen Geheimschrank geben kann, könnte dort auch irgendwo eine Geheimtür eingebaut sein. Das heißt, daß er woanders rausgegangen oder rausgebracht worden ist.«

Félix schwieg und betrachtete mich dabei aufmerksam.

»Und weiter?« animierte ich ihn.

»Drittens: Er ist durch die normale Tür rausgekommen ... und Sie waren abgelenkt und haben es nicht bemerkt.«

»Nein. Das ist unmöglich. Ich habe lange darüber nachgedacht, es ist einfach unmöglich. Ich habe während der ganzen Zeit die Toilette nicht aus den Augen gelassen. Ich bin ein bißchen sonderbar, müssen Sie wissen. Es macht mich nervös, wenn Leute noch eben zur Toilette müssen, kurz bevor man in den Flieger steigt.«

»Und viertens schließlich: Er ist durch die normale Tür gegangen, war aber verkleidet. Das sind die einzigen Möglichkeiten, die wir haben. Ich denke, es würde sich lohnen, zum Flughafen zu fahren und sich diese Toiletten näher anzusehen. Einverstanden?«

Nun, am ungewöhnlichsten daran war, daß ich ihm zustimmte. Das Ausmaß meiner ungeheuren Benommenheit läßt sich daran festmachen, daß mir die Idee, in der Silvesternacht gemeinsam zum Flughafen zu fahren, um dort ein paar öffentliche Toiletten zu inspizieren, vollkommen normal erschien. Ehe ich mich versah, saß ich in Félix Robles Auto auf dem Beifahrersitz. Der alte Herr hatte nämlich ein Auto: um genau zu sein, ein ziemlich außergewöhnliches Fahrzeug. Es handelte sich um einen alten Renault 5, den jemand knallgelb angestrichen hatte. Ein dicker, ebenfalls gemalter schwarzer Streifen lief vom Kofferraum über das Dach bis zur Kühlerhaube.

»Ich habe ihn so einem Diskoheini abgekauft. Er ist zwar häßlich, aber dafür war er billig, und er läuft ziemlich gut«, erklärte mein Nachbar.

Wir fuhren inmitten einer Flut von Schrottkisten über den Paseo del Prado. Félix redete und redete, ließ zu oft das Lenkrad los, schaute niemals in den Rückspiegel, wechselte, ohne zu blinken, die Spur. Die Autos um uns herum hupten, aber mein Nachbar bezog das nicht auf sich. Ich drehte das Seitenfenster ganz nach unten: Die kalte Luft ließ meine Wangen erstarren, brachte aber auch eine Spur Klarheit in das düstere Chaos in meinem Kopf. Wir waren an der Plaza de la Cibeles, und Félix hatte gerade den Verkehr lahmgelegt, als er verbotenerweise versuchte, in einem unerträglichen Schneckentempo zu wenden. Die Leute begannen, uns zu beschimpfen. Erschrocken sah ich meinen Nachbarn an: Er sah vollkommen überanstrengt, absolut kopflos und verwirrt aus.

»Scher dich ins Altersheim!« brüllte jemand wütend neben uns.

Und es war wahr: Jetzt sah auch ich, daß Félix ein alter Mann war, zum ersten Mal kam er mir wie ein richtiger Greis vor. Was zum Teufel machte ich hier um diese Uhrzeit, in diesem absurden Auto, mit diesem wunderlichen Achtzigjährigen?

Wir kamen trotzdem an. Wir verfuhren uns zwar ein paarmal, aber wir kamen an. Der Flughafen war praktisch leer bis auf eine große Gruppe Japaner, die sich gegenseitig Luftschlangen zuwarfen, während sie darauf warteten, einchecken zu können. Wir gingen zur Abflughalle für internationale Flüge und zeigten unsere Personalausweise vor. Niemand fragte nach unserer Bordkarte: Es herrschte eine festliche und entspannte Atmosphäre. Félix betrat als erster die Toilettenräume: Ich sah mit fast abergläubischer Unruhe, wie er in der Tür verschwand, als ob auch er sich nun in Luft auflösen würde, als wäre diese einfache, leicht gelbliche Tür der getarnte Eingang zu einem schwarzen Loch. Aber in dem Augenblick rief er mich auch schon:

»Kommen Sie herein, hier ist niemand.«

Er hatte recht, der Raum war genauso leer wie am Tag vorher, als ich hineingegangen war. Roble hatte wer weiß woher einen Schraubenschlüssel organisiert und klopfte damit leicht gegen die Wände.

»Könnten Sie, bitte, während ich das hier überprüfe, einmal überall die Klospülung betätigen und alle Wasserhähne öffnen, um zu sehen, ob sie normal funktionieren?« bat er mich mit einer Stimme, bei der ich plötzlich das Gefühl hatte, daß sie es gewohnt war, Befehle zu erteilen.

Ich gehorchte, und wenige Minuten später waren wir in einem Wasserrauschen versunken, das an die Niagara-Fälle erinnerte. Und da standen wir nun, inmitten von ungemütlich beleuchteten Klos, die nach Urin stanken, vom Rauschen der Wasserspülungen halb taub und vergeblich auf der Suche nach einer nicht existierenden Tür.

»Hier ist nichts«, überschrie der Nachbar das Getöse. »Ich bin mir jetzt fast vollkommen sicher, daß Ihr Mann dieser ältere Behinderte war, der nach Ihren Angaben von einem Rotkreuzler aus der Toilette geschoben wurde.«

Ich war trotz allem beeindruckt: Natürlich, warum war bei mir nicht eher der Groschen gefallen? Ich blickte erneut auf Félix Roble, als aus seiner Richtung plötzlich eine Stichflamme zu sehen war: Er hatte eine Wunderkerze entzündet und hielt sie zwischen Daumen und Zeigefinger vor sich. In den lebhaft sprühenden Funken entdeckte ich, daß seine Hand verstümmelt war: Mittel-, Ring- und kleiner Finger fehlten. Die Klospülung gab ein letztes Gurgeln von sich und verstummte dann. In der wiedergewonnenen Stille hörte man jetzt das Zischen der Wunderkerze.

»Frohes Neues Jahr«, sagte Félix Roble. »haben Sie es nicht gemerkt? Es ist Mitternacht.«

Manchmal packt mich die tiefgründige Erkenntnis, daß unser Dasein mehr ist als der kurze Augenblick, den wir leben, und als das vergängliche Fleisch. Aus dieser eigentümlichen Vorstellung, die einen in den absurdesten Situationen überkommt (wenn man eine Scheibe Brot zum Frühstück toastet, wenn man mit dem Auto im Stau steckt, wenn man in einer Schlange steht, um die Gemeindesteuern zu bezahlen), haben die Gelehrten eines jeden Jahrhunderts den nötigen Impuls gewonnen, ihre Religionen zu erfinden. Da ich nicht gläubig bin, vermischt sich dieser Jenseitsgedanke bei mir mit einer heftigen Sehnsucht nach Schönheit. Dieses Verlangen ist so stark wie die Hungerattacke bei einem Bulimiekranken. Ich rede hier von normalen und alltäglichen Dingen, denn gibt es ein wichtigeres und aktuelleres Thema als dieser Drang zu leben und nicht sterben zu wollen? Es hat wohl seit Anbeginn der Welt kein einziges menschliches Wesen gegeben, daß nicht irgendwann einmal die Illusion der Schönheit erlebt, dieses Bedürfnis nach Beständigkeit verspürt hätte. Selbst die Schwachsinnigen beschäftigen sich mit transzendenten Fragen und streben bisweilen nach Ewigkeit. Die Metaphysik ist unter den gewöhnlichen Leidenschaften die meistverbreitete.

In solch welterschütternde, melancholische Gedanken war ich also am 1. Januar gegen zehn Uhr morgens versunken und schaute dabei aus dem Fenster (die Kälte draußen, eine leise und transparente Welt nach den Ausschweifungen der Nacht davor, die Umrisse der kristallklaren Dinge). Da klingelte hinter mir das Telefon und riß mich aus dem Trancezustand. Der Anrufbeantworter sprang an, und zunächst hörte ich meine auf Band aufgenommene Stimme; sie erschien mir schrecklich laut in der Stille. Danach ließ eine frostige und heisere Stimme, die ich noch niemals zuvor gehört hatte, mir das Blut in den Adern gefrieren:

»Dies ist eine Nachricht von *Orgullo Obrero*. Wenn Sie Ramón Iruña lebend wiedersehen wollen, treiben Sie zweihundert Millionen Peseten auf. Gehen Sie nicht zur Polizei, oder Sie werden es bereuen. Wir werden uns wieder mit Ihnen in Verbindung setzen.«

Ich lief zum Telefon, kam aber zu spät. Man kann nicht gerade sagen, daß meine Reaktionen an diesem Tag die schnellsten waren.

Gerade habe ich wieder gelogen: Ich kam doch nicht zu spät. Das Telefon stand in meiner Nähe, und ich hätte abnehmen und die Nachricht des Anrufers unterbrechen können; ich hätte ihm Fragen stellen, ihn zurechtweisen, beschimpfen können. Aber ich traute mich nicht. Ich hatte plötzlich das Gefühl, in Gefahr zu sein; kalter Schweiß, Schwindel, schneller Puls, Herzjagen, mich überkam alles, was einen Feigling so ausmacht. Ich war schon immer ein sehr furchtsamer Mensch. Deshalb hielt meine Hand zwei Zentimeter über dem Hörer inne und blieb eine ganze Zeitlang in dieser Position, selbst noch lange nachdem jener Mann aufgelegt hatte. Merkwürdig, Ramón hatte es nie etwas ausgemacht, daß ich immer soviel Angst hatte. Um die Wahrheit zu sagen, ich glaube, daß ihm das sogar gefiel. Ramón Iruña war ein langweiliges Gewohnheitstier, nicht sehr mitteilsam und so träge, daß er sich nur selten die Mühe machte, sich mit jemand anderem auseinanderzusetzen. Das heißt, er war das, was jeder unter einem rechtschaffenen Mann versteht. Wenn ich aber eine meiner heftigen Panikattacken hatte, wurde er anders: Er war dann aufmerksam, einfallsreich, zärtlich, witzig. Einmal, zum Beispiel, mußten wir bei einem Spaziergang einen Bach überqueren. Starr vor Angst blieb ich in der Mitte des kleinen Flusses auf einem Stein stehen und traute mich weder zurückzugehen, noch bis zur nächsten rettenden Insel zu springen. In solchen Situationen kam dann Ramón vom anderen Ufer herüber und sagte etwas Nettes zu mir. Er versuchte, mich zu beruhigen, brachte mich zum Lachen, ertrug meine Panik, streckte die Hand über dem brausenden Wasser aus, erklärte mir ein ums andere Mal, wie ich meine ungelenken Füße über die Reihe von Steinen zu setzen hätte, bis ich schließlich voller Dankbarkeit das andere Ufer erreichte. Ich glaube, daß diese Zärtlichkeit und dieses Verständnis (seine Beschützer-Ambitionen und meine Angst ergänzten sich hervorragend) am ehesten der Leidenschaft entsprach, die wir beide füreinander empfunden haben.

Zurück zu jenem 1. Januar. Ich schaffte es, den Panikanfall zu überwinden und mich aus jener Lähmung zu lösen. Ich spulte die Nachricht zurück und hörte sie nochmals ab: *Orgullo Obrero,* der »Stolz des Arbeiters«. Wer zum Teufel war das? Ramón war also entführt worden? Das, was immer den anderen passiert? Was im Fernsehen und in Filmen vorkommt? Ich lief zu der Wohnung meines Nachbarn und donnerte gegen die Tür. Es dauerte sehr lange, bis Félix öffnete, so schien es mir zumindest. Die Haare hingen ihm wirr um den Kopf, als wären es weiße Hühnerfedern.

»Was gibt's, was ist los, was ist passiert?« sagte er auf jede erdenkliche Art. So benommen wie er war, hatte ich ihn mit Sicherheit aufgeweckt.

Ich vergeudete keine Zeit mit Erklärungen: Ich schob ihn in Richtung meiner Wohnung, wobei seine Filzpantoffeln beim Gehen etwas über den Boden schlurften.

»Hören Sie sich das an«, rief ich mit einem vielleicht zu tragischen Ausdruck in der Stimme.

Ich spielte die Nachricht der Entführer nochmals ab.

»Was meinen Sie?« fragte ich.

»Wie?« sagte der Nachbar und hielt sich eine Hand ans Ohr.

Er hatte das Hörgerät nicht an, also mußten wir von vorne

anfangen. Ich ließ die Kassette mehrere Male laufen, bis der Alte es schaffte, mit seinem widerspenstigen Ohr alle Wörter der Entführer aufzunehmen.

»Mmmh, mmmh. Also gut. Dann ist es also das ...« murmelte er schließlich sehr nachdenklich.

Ich mußte plötzlich lachen:

»Und diese Idioten wollen zweihundert Millionen! Sie hätten ja auch gleich tausend sagen können! Glauben die eigentlich, daß sie es mit Rockefeller zu tun haben? Ramón und ich besitzen zusammen noch nicht einmal zwei Millionen. Darauf können die wirklich lange warten! Pah! Sehr witzig! Da haben sich diese Pechvögel wohl ziemlich geschnitten! Das ist ja wohl voll danebengegangen!«

Dann sah ich, mit welchem Gesichtsausdruck mich mein Nachbar betrachtete, es war eine Mischung aus Verwirrtheit und Tadel, und im selben Moment wurde mir bewußt, daß die Situation keineswegs komisch war. Das Lachen blieb mir im Hals stecken.

»Verstehe ... Sie glauben, daß die Tatsache, daß ich die zweihundert Millionen nicht auftreiben kann, die Lage für den armen Ramón noch schlimmer macht. O mein Gott, wie konnte ich mich darüber lustig machen, daß ... Ich weiß nicht, was mit mir los ist, ich bin so durcheinander ...«

Ich war in der Tat so verwirrt, daß ich zuließ, daß Félix Roble bei allem die Initiative ergriff und ich seine Ratschläge befolgte. Wenn ich heute daran denke, erscheint mir das verrückt: Ich kannte ihn überhaupt nicht, und außerdem war er schließlich ein alter Mann. Statt daß ich für ihn da war, wie das dem Alter angemessen gewesen wäre, kümmerte er sich um mich und mein Problem. Und die erste Entscheidung, die er traf, war, sofort die Polizei zu verständigen.

»Aber sie haben in ihrer Nachricht ausdrücklich davor gewarnt, genau das zu tun ...«

»Das macht nichts. Das sagen Entführer immer, das ist so eine Art Berufsnorm, ein Brauch in ihrem Gewerbe. Sie betonen so etwas rein routinemäßig, so wie der Verwaltungsangestellte, der immer schreibt ›mit Bezug auf Ihr Schreiben vom 17. des Monats‹. Die Entführer sagen wirklich immer, daß man sich nicht an die Polizei wenden soll. Aber jeder weiß, daß die Betroffenen das natürlich nicht befolgen.«

Anderthalb Stunden später saßen wir in einer Kneipe und warteten auf Inspektor García. In einer Kneipe, weil uns García mit ziemlichem Desinteresse zu verstehen gegeben hatte, daß er an diesem ersten Januar nicht im Dienst war und überhaupt keine Lust dazu hatte, seine Freizeit auf dem Kommissariat zu verbringen. Als er mit zwanzig Minuten Verspätung kam, wirkte er noch immer gelangweilt und apathisch.

»Nun gut«, schnaubte er und ließ sich auf den Stuhl fallen. »Haben Sie die Kassette dabei?«

Ja, natürlich hatten wir sie dabei. Der Inspektor nahm ein kleines Aufnahmegerät aus der Tasche, legte die Kassette aus dem Anrufbeantworter ein und hörte sich die Nachricht ein paarmal aufmerksam an. Dann wurde er still und dachte nach: Die geistige Anstrengung führte dazu, daß sich auf seiner Stirn vier Falten bildeten.

»Also, in einer Sache bin ich unsicher. Ich hätte dazu gerne Ihre Meinung«, sagte er schließlich. Erwartungsvoll neigten Félix und ich die Köpfe in seine Richtung.

»Alkohol, ja oder nein? Ich habe frei. Ich könnte ein Gläschen Cognac trinken. Das würde mir jetzt zusagen. Aber ich bin auch im Dienst. Oder so ähnlich wie. Das heißt hier. Mit Ihnen. Und im Dienst kein Alkohol. Das weiß jeder. Was meinen Sie dazu?«

Wir waren verdutzt. Bevor wir auch nur irgend etwas sagen konnten, hatte Inspektor García schon den Arm in Richtung Kellner gehoben:

»Ein Bier!« rief er und wandte sich uns dann erneut zu. »Ein Bier ist so halbe halbe. So lala, weder Fisch noch Fleisch. Ein Kompromiß.«

Ich wurde langsam ziemlich wütend:

»Was ist nun mit der Nachricht? Wer ist *Orgullo Obrero*? Glauben Sie, daß Ramón wirklich entführt worden ist? Geht es ihm wohl gut? Werden sie ihn töten? Was können wir tun? Glauben Sie ja nicht, daß wir nur hierhergekommen sind, um einen zu heben!«

José García nahm die Kassette aus dem Gerät, steckte sie in einen weißen Umschlag, schrieb darauf: »Fall Ramón Iruña. Beweis Nr. 1« und steckte den Umschlag in die Tasche. Er tat das alles mit einer Langsamkeit, die einen zum Verzweifeln brachte. Anschließend trank er die Hälfte seines Bieres und schnalzte mit der Zunge:

»Viele Fragen. Ein paar Antworten. Erstens, *Orgullo Obrero* sagt mir gar nichts. Ich werde Fachleute fragen. Zweitens, ja, es sieht so aus, als sei er entführt worden. Drittens, keine Ahnung, ob es ihm gutgeht. Viertens, ich weiß nicht, ob man ihn umbringen wird. Fünftens, wenn Sie das Lösegeld zahlen, werden Sie im Gefängnis landen.«

»Aber wieso? Das ist ungerecht. Und außerdem habe ich gar keine zweihundert Millionen.«

»Wenn wir das rauskriegen sollten, wenn wir das wirklich rauskriegen sollten, daß Sie bezahlen, müssen wir Sie festnehmen.«

»Verstehen Sie nicht? Ich habe das Geld nicht!«

»Es ist verboten, an Terroristen ein Lösegeld zu zahlen. Aber natürlich versuchen das alle. Heimlich. Wenn ich an Ihrer Stelle wäre, würde ich es vielleicht auch zahlen. Um den Entführten zu retten. Das ist für die Familie das Wichtigste. Aber ich bin Polizist. Ich darf nicht mitbekommen, daß Sie zahlen. Weil es meine Aufgabe ist, das zu verhindern.«

»Ich habe dieses Geld nicht«, wiederholte ich und war kurz davor, in Tränen auszubrechen.

»Sehr gut. Das ist Ihre Sache. Ich sage nur, daß ich davon nichts wissen will. Das ist ein Rat. Ich werde in der Zwischenzeit Nachforschungen anstellen. Das ist die Aufgabe der Polizei. Wir sind Inspektoren. Wir inspizieren. Und jetzt muß ich gehen. Wir bleiben in Kontakt. Machen Sie sich keine Sorgen.«

Mutlos fuhren wir nach Hause zurück. Von allen Polizisten, die es in diesem Land gab, hatten wir den dämlichsten erwischt. Genau das sagte auch mein Nachbar, als wir in unserem Haus aus dem Aufzug stiegen:

»Wir haben wirklich den dämlichsten aller Polizisten erwischt.«

Ich bemerkte die erste Person Plural, mit der sich Félix meiner Tragödie angeschlossen hatte. Da waren wir also jetzt beide entmutigt, verwirrt und beunruhigt. Félix hatte sich der Sache angenommen, als beträfe sie ihn selbst. Diese Rentner sind klasse, dachte ich grollend: Sie sind wirklich zu allem bereit, um ihrem Leben einen Sinn zu geben. Dann öffnete ich den Mund, um etwas zu sagen, das die Distanz zwischen uns wiederherstellen würde, um mich wohlerzogen von ihm zu verabschieden, um ihm zu danken und den Rücken zuzukehren. Aber so weit kam ich gar nicht, weil ich plötzlich unter meiner Tür die Ecke eines Papiers liegen sah. Und wieder das Gefühl von unmittelbarer Gefahr, kalte Schweißausbrüche, Schwindel. Die sichere Intuition eines Feiglings: Das Papier (ein großes Blatt in einem weißen Umschlag) war ein Brief der Entführer. Besser gesagt, ein Brief von Ramón:

»Bitte, mach, was diese Männer sagen. Gib ihnen, was sie wollen. Sie behandeln mich gut, aber sie sind zu allem bereit, wirklich, Lucía, *zu allem*. Ich habe Geld. Erinnerst Du Dich an die Erbschaft von meiner Tante Antonia? Es war mehr, als ich Dir damals gesagt habe. Das Geld befindet sich in einem Safe der spanischen Außenhandelsbank. In der Zentrale. Der Safe hat die Nummer 67. Ich habe es so eingerichtet, daß wir für alle Fälle beide daran können: Das war das Formular der Bank, das ich Dich vor einigen Monaten zu unterschreiben bat. Entschuldige, daß ich Dir von alldem nichts gesagt habe, aber ich schämte mich deswegen. Ich habe das Geld nicht angegeben, und ich arbeite schließlich im Finanzministerium. Bitte, hol es so bald wie möglich. Den Schlüssel findest du in meiner Schreibtischschublade. Und tu alles, was diese Leute sagen. Bitte, bitte, *tu es*. Ich liebe Dich sehr.«

Ich erkannte Ramóns Schrift sofort, auch wenn die normalerweise so gewissenhaften und gleichmäßigen Schriftzüge (mein Mann hatte eine saubere, sehr kleine Handschrift) jetzt unregelmäßig und zittrig waren. Ich hatte nicht den geringsten Zweifel daran, daß er unerträgliche Angst haben mußte. Es tat mir weh, seine Worte zu lesen: Jeder Satz wog schwer wie Blei. Außerdem, was sollte das, daß er Geld hatte? Wieviel Geld? Soviel, um eine solch astronomische Summe Lösegeld zahlen zu können? Und das Schlimmste von allem: Wie war dieser Umschlag unter meine Tür gekommen? Schon alleine, wenn ich mir diese Frage stellte, gefror mir das Blut in den Adern: Augenscheinlich waren sie bis hierher gekommen. Bis zu meiner Wohnung. Bis zur Türschwelle. Die Entführer. *Orgullo Obrero*. Die Terroristen.

»Kommen Sie. Lassen Sie sich nicht fertigmachen. Wir gehen den Schlüssel suchen«, sprach Félix mir Mut zu.

Und ging durch den Flur und strich sich dabei das zerzauste Haar mit den Fingern nach hinten.

Wir wühlten in den Schlüsseln in der Schublade und fanden einen großen schlichten Messingschlüssel, in den die Zahl 67 eingraviert war.

»Wo befindet sich die Zentrale der Außenhandelsbank?« fragte Félix.

»In der Carrera de San Jerónimo.«

»Wir werden gleich morgen, sobald sie aufmacht, hinfahren«, bestimmte mein Nachbar und benutzte dabei schon wieder diese ziemlich lästige erste Person Plural.

»In Ordnung. Wir werden etwas später hinfahren, so gegen elf«, stellte ich mit argwöhnischer Kleinkrämerei klar, um deutlich zu machen, daß *ich* diejenige war, die das letzte Wort hatte.

Doch soviel war gewiß: Es war nicht einer meiner besten Tage, um etwas zu entscheiden. Im Grunde genommen ging mir nur eine Sache unablässig durch den Kopf, und das war der letzte Satz in Ramóns Brief, dieses beklemmende »Ich liebe Dich«, das mich so traurig gemacht hatte. Obwohl ich damals sehr genau wußte, daß wir in schwachen Momenten immer meinen, den zu lieben, den wir brauchen. (Das letzte Mal, daß Ramón zu mir »Ich liebe dich« gesagt hatte, war bei seiner Blinddarmoperation.)

Nach dem Gespräch mit Inspektor García hatte Lucía Romero beschlossen, der Polizei nichts über Ramóns Brief und das Geld im Safe zu erzählen. So waren Félix und sie ihrem Schicksal überlassen und gezwungen, auf eigene Gefahr unendlich viele komplizierte Details zu entscheiden. Um auf Nummer Sicher zu gehen, planten sie beim Frühstück den Tagesablauf auf die gleiche minutiöse Weise, wie Attila sich auf die Invasion von Gallien vorbereitet haben mußte. Zunächst einmal sollte Lucía eine ausreichend große Tasche mitnehmen, um darin eine unbestimmte Geldsumme unterbringen zu können. Nachdem sie lange darüber nachgedacht hatte, wählte sie eine Tasche aus leichtem Segeltuch, die sie im Sommer für den Strand benutzte. Aber dann stellte sich die Frage, wie sie das Geld transportieren sollte, sie konnte schließlich nicht mit einem Vermögen unter dem Arm durch ganz Madrid spazieren.

»Wir nehmen mein Auto«, schlug Félix vor. »Da man bei der Bank nicht parken kann, werde ich, während Sie das Geld holen, einige Runden um den Block drehen. Wenn Sie fertig sind, bleiben Sie in der Tür stehen, in der Nähe der Wachposten. Sie warten dort, bis ich wieder vorbeifahre.«

Lucía stimmte diesem Plan zu, obwohl ihr in Wirklichkeit die Gegenwart des Nachbarn ein Hemmschuh erschien. Wenn sie sich von einem solchen Alten begleiten ließ, könnte er sie daran hindern, sich mit der nötigen Schnelligkeit zu bewegen: Sie müßte sich nicht nur um die Millionen kümmern, sondern auch noch um ihn. An all das dachte Lucía und wurde immer wütender. Gleichzeitig fühlte sie sich unfähig, dem energischen Alten die Stirn zu bieten. Genau das, in kritischen Momenten zuwenig Mut zu haben, war ihr größter Fehler. Lucía schwieg zuviel, duldete zuviel, stimmte bei zu vielen Dingen zu. Auch wenn es in ihrem Inneren brodelte, hielt sie den Mund, und das war ekelhaft weiblich. Lucía beneidete die Frauen, die in der Lage waren, sich durchzusetzen und in der Öffentlichkeit zu diskutieren. So wie Rosa Montero. Lucía wäre gerne so gewesen wie sie, etwas beherzter und sicherer.

Aber sie war es nicht. Und deshalb sah sie sich jetzt mit einem lästigen Opa belastet, genauso, wie sie sich vorher während einer viel zu langen Zeit mit Ramón belastet hatte, als beide bereits wußten, daß die Beziehung zu Ende war. Nun gut, sie wollte nicht anfangen, Ramón zu kritisieren, den armen Ramón, der in den Händen dieser gewissenlosen Verbrecher war. Jetzt gab es sogar Momente, in denen sie die Erinnerung an Ramón so sehr rührte, daß sie glaubte, ihn wieder lieben zu können.

Sie machten sich zu dem von ihr bestimmten Zeitpunkt gegen elf Uhr morgens auf den Weg zur Bank. Gegen zwölf Uhr kamen sie an; nachdem sie ohne Benzin liegengeblieben waren, sich falsch eingeordnet und mit einem Polizisten, der sie angehalten hatte, verhandelt hatten.

»Tun Sie mir den Gefallen und passen Sie jetzt beim Fahren besser auf«, sagte Lucía, als sie gegenüber dem Eingang der Bank aus dem Auto stieg.

»Machen Sie sich keine Sorgen. Seien Sie ganz ruhig und kümmern Sie sich um das Geld. Ich werde auf Sie warten.«

Die Bank war ein imposantes Gebäude, genauso pompös wie ein stalinistisches Ministerium. Lucía betrat verschüchtert das Foyer und fragte nach den Safes.

»Zwei Etagen tiefer, nehmen Sie diese Treppe oder den Aufzug.«

Welch beklemmendes Gefühl, was für eine Angst. Dort hinunterzugehen war, wie in ein Grab hinabzusteigen; man spürte förmlich, wie das Gewicht des Geldes und des Steins mehr und mehr auf die Schultern drückte. Unten schließlich eine gepanzerte Gruft. Überall Stahl und Eisenstangen und ein äußerst gelangweilter Herr an einem Schreibtisch.

»Ich wollte ... ähm, ich wollte etwas aus dem Safe nehmen«, stotterte Lucía und fühlte sich so schuldig, als hätte sie vor, die Bank zu überfallen.

Der Angestellte öffnete das Gitter und betrachtete sie mit einem gewissen Argwohn, so kam es ihr zumindest vor.

»Weisen Sie sich bitte aus.«

Lucía nahm den Personalausweis und den Schlüssel heraus. Ihr zitterten die Hände, und sie entschloß sich, alles auf den Tisch zu legen, um sich nichts anmerken zu lassen.

»Unterschreiben Sie bitte hier. Kommen Sie mit.«

Sie traten in die gepanzerte Kammer, einen normal großen Raum, an dessen Wänden sich die Safes befanden. Die Nummer siebenundsechzig war einer der größeren; der Mann drehte den Schlüssel im Schloß, öffnete die Tür und nahm offensichtlich angestrengt eine Kiste von beachtlichem Umfang heraus, die er auf den Tisch in der Mitte des Raumes stellte.

»Sagen Sie Bescheid, wenn Sie fertig sind«, sagte er, bevor er sich zurückzog. Das klang wie ein verstaubtes Filmzitat.

Die ganze Operation hatte etwas Eschatologisches, etwas von einem unaussprechlichen, intimen Bedürfnis. Die Gruft war wie eine unterirdische Kloake, und der Mann wie der Angestellte eines Krankenhauses, der damit vertraut war, sich mit Unrat abzugeben. Lucía hielt die Luft an und machte den Deckel auf. Da lagen die Eingeweide, bläulich, eindrucksvoll. Es war ungeheuerlich. Es war viel. Eine spektakuläre Menge. Alles in Zehntausendern, Bündel für Bündel, schwindelerregend viel schön geordnetes Papier. Donnerwetter, Tante Antonia! Während sie die Bündel in die Tasche packte, zählte sie sie: Es waren insgesamt 201. Sie paßten gut in die Tasche hinein. Sie legte einige Zeitungen darauf, damit man sie nicht sah. Als sie jedoch die Tasche heben wollte, wurde ihr bewußt, daß sie nicht an das Gewicht der Beute gedacht hatte. Sie wog so viel, daß sie das Segeltuch ausbeulte und mächtig an den Griffen riß. Lucía hob die Tasche in die Höhe: Große Güte, sie mußte mindestens zwanzig Kilo wiegen. Sie hängte sie sich mit großer Anstrengung über die rechte Schulter und rief nach dem Angestellten.

»Ich bin fertig.«

Als er die Kiste anhob, um sie wieder an ihren Platz zu stellen, sah er Lucía mit forschendem Blick an: Natürlich, deutete Lucía in ihrem Verfolgungswahn, er hat gemerkt, daß sie nichts mehr wiegt, und weiß jetzt, daß ich eine unglaubliche Menge Geld, das mir nicht zusteht, mit mir herumschleppe. Sie versuchte, sich aufrecht hinzustellen und ganz natürlich zu gehen, so als ob ihr nicht gerade die Schulter auseinanderbrechen würde. Aber die Tasche wog so viel, daß sie noch vor dem Aufzug anhalten, die schwere Last auf den Boden stellen und sich ein wenig ausruhen mußte. Der Schmerz war so stark, daß sie das Gefühl hatte, gerade gevierteilt zu werden. Ohne ein Wort zu sagen oder ihr Hilfe anzubieten, sah der Bankangestellte sie an. Er kannte den unsagbar hohen Wert der Ware und wußte, daß seine Aufgabe als Verantwortlicher der Bank-Gruft genau darin bestand, nichts zu wissen. Schließlich schleppte sich Lucía im Schneckentempo mit der Riesentasche bis zum Aufzug und dann, im Erdgeschoß angekommen, vom Aufzug bis zur Tür. Dabei versuchte sie, so auszusehen, als handele es sich um ein sehr leichtes Gepäckstück. Glücklicherweise wartete dort schon der alte Félix in seinem knallgelben Auto. Alles in allem war die Idee, mit dem Nachbarn zu kommen, vielleicht doch nicht so schlecht gewesen.

»Da bin ich. Es ist unglaublich viel. Berge von Geld«, sagte sie beim Einsteigen zu Félix und stellte fest, daß sie ohne Grund flüsterte.

Hatte Lucía gesagt, daß es 201 Bündel waren? Also dann hätte sie 201 Millionen, weil jedes der Päckchen aus einhundert Scheinen bestünde, dozierte Félix Roble, als Lucía ihre lebhaften Ausführungen beendet hatte. Während der Fahrt zählte sie ihren Schatz erneut. Ja, es stimmte, 201. Also hatten sie genug für das

Lösegeld. Ramón war gerettet: Sie würden ihn doch nun unversehrt freilassen, oder? Plötzlich kam Lucía jedoch ein schrecklicher Gedanke:

»Sie haben ihn gefoltert.«

»Was sagen Sie?« fragte der Alte.

»Wie sonst konnten die Terroristen wissen, daß sie zweihundert Millionen fordern können? Sie haben Ramón gefoltert und sind auf diese Weise an die Information gelangt.«

»Ruhig, meine Liebe, ruhig. Das glaube ich nicht. Sie müssen das mit dem Geld vor der Entführung gewußt haben, weil, aus welchem Grund hätten sie das sonst tun sollen? Sie haben die Information woanders her, keine Ahnung, vielleicht hat ihnen irgendein Bankangestellter einen Tip gegeben ...«

›Der Mann aus der Gruft‹, dachte sie. Der Mann aus der Gruft war vielleicht ein solcher Fachmann, daß er die Kisten nur hochheben mußte, um zu wissen, wie viele Millionen sich darin befanden. Der Mann aus der Gruft konnte von *Orgullo Obrero* eingeschleust worden sein oder war vielleicht ein Denunziant, der sein Wissen an den Meistbietenden verkauft, sei es an eine Gruppe von Terroristen, eine geschiedene Frau, die entschlossen ist, ihren Ex-Mann auszupressen oder ein paar Gangster aus der Madrider Unterwelt. Vielleicht griff der Mann aus der Gruft im selben Moment gerade nach dem schwarzen Verräter-Telefon und teilte irgendeinem Verbrecher mit, daß ein Täubchen mit mehr als zwanzig Kilo Übergewicht rausgeflogen sei.

Sie hatten großes Glück mit dem Parkplatz: An einer Ecke in der Nähe des Hauses war etwas frei. Bevor sie aus dem Auto stiegen, beobachteten sie mißtrauisch die Straße, um einen ruhigen Moment abzupassen, in dem relativ wenige Fußgänger vorbeikamen. Schließlich machten sie sich daran, die Riesentasche so unauffällig wie möglich bis zur Tür zu schleppen. Dort mußten sie stehenbleiben, weil die Tür wie immer abgeschlossen war. Félix begann, seine Taschen nach dem Schlüssel zu durchsuchen. Lucía wurde ungeduldig.

»Beruhige dich ...«, mahnte der Nachbar. »Hier ist er. So, da wären wir ...«

Genau in diesem Augenblick, als Félix den Schlüssel umdrehte, die Tür aufdrückte und triumphierend diesen Satz sagte, spürte Lucía plötzlich einen dumpfen und heftigen Schmerz in den Nieren. Sie stolperte in den Flur und hörte, wie die Tür hinter ihrem Rücken zuschlug.

»Aber was ...?«

Mehr konnte sie nicht sagen: Eine funkelnde Metallklinge im Halbdunkeln fesselte ihre Aufmerksamkeit und ließ sie verstummen. Vor ihr bewegte sich ein riesengroßes Messer durch die Luft, dessen Spitze ihren Bauch anvisierte. Obwohl das Messer eigentlich nicht von alleine in der Luft herumflog: An seinem Griff befand sich eine Hand, und die Hand gehörte zu dem Körper eines bedrohlich wirkenden Mannes.

»Gib mir die Tasche, los«, sagte der Typ.

Tasche oder Leben, dachte Lucía im ersten Schrecken etwas albern. Und hinter ihrem Angreifer, der eher klein war, sah sie einen anderen Mann, der Félix gepackt hatte und ihm ein Messer an die Gurgel hielt.

»Gib sie mir, du dumme Kuh!«

Der Typ streckte die Hand aus, um nach der Tasche zu greifen, aber Lucía wich instinktiv zurück. »Ramóns Geld«, dachte sie. »Ramóns Leben.« Und sie umfaßte den Griff noch fester. Eine unvernünftige Reaktion, die gefährlich hätte werden können, wenn nicht plötzlich ein junger Mann die Treppe heruntergekommen wäre.

»He! Was soll das?« schrie der Junge.

Und warf sich mit voller Wucht auf den Missetäter, der ihm am nächsten stand und Félix festhielt. Der vollkommen überraschte Angreifer ging in die Knie. Der Junge hätte ihm das Messer entreißen können, wenn ihm nicht der andere Mann, der kurzzeitig von Lucía und der Tasche abgelassen hatte, mit etwas Hartem auf den Kopf geschlagen hätte. Er ging wie ein nasser Sack zu Boden.

Also waren sie wieder soweit wie am Anfang, dachte Lucía, während sie rasend schnell mit einem Blick die Situation überflog: Die Angreifer waren erneut am Zug.

»Los, alle stehenbleiben. Die Messer zu Boden und Hände hoch.«

Nein, die Angreifer waren nicht am Zug. Es war unglaublich, es war unmöglich, es war mit Sicherheit eine Sinnestäuschung, aber Félix hatte eine Pistole in der Hand, oder besser gesagt, eine Riesenpistole, eine schwarze und unglaublich große Waffe, die schwer und gefährlich aussah, ein tödliches Eisen, mit dem er herumfuchtelte, als wäre es ein Spielzeug. Lucía hatte fast mehr Angst vor dem Alten als vor den Räubern.

Die Aktion war also für ein paar Zehntelsekunden gestoppt, so als wären alle durch einen biblischen Fluch zu Salzsäulen erstarrt. Dann bewegte sich der am Boden liegende Junge und jammerte. Félix senkte für einen kurzen Moment den Blick, und die Diebe rannten blitzschnell Richtung Tür. Sie rissen sie hastig auf und flüchteten, so schnell sie konnten, die Straße hinunter. Félix lief ihnen mit der Pistole nach:

»Halt, stehenbleiben oder ich schieße!«

»Was machen Sie? Sind Sie verrückt?« schrie Lucía.

Aber bevor sie es verhindern konnte, sah sie, wie er sich mit gespreizten Beinen auf den Bürgersteig stellte und wie im Film die Pistole mit beiden Händen vor sich hielt. Er zielte auf die Beine. Und schoß.

Man hörte nur ein für eine so eindrucksvolle, riesige Pistole unpassend klingendes Klicken.

»Verdammtes Ding!« stotterte Félix. »Jetzt ist sie schon wieder kaputtgegangen.«

»Schon wieder? Schießen Sie etwa öfters?« fragte Lucía entsetzt.

»Ich muß sie fetten. Wirklich ärgerlich, ich dachte, ich hätte es getan.«

»Um Gottes willen!«

Ein erneutes Stöhnen unterbrach sie. Der Junge, der ihnen geholfen hatte, lehnte schwankend am Türrahmen.

»Aua, mein Kopf ...»

Er fuhr sich mit der Hand über die Haare und hielt sie sich anschließend vors Gesicht: Die Innenfläche war voller Blut. Als ihm klar wurde, daß er verletzt war, wurde er kalkweiß und rutschte langsam die Wand hinunter.

»Aua!«

»Was hast du, was tut dir weh, wo haben sie dich getroffen, wie heißt du, wo wohnst du?« fragte Lucía und brauchte dafür nicht länger als eine halbe Sekunde.

»Aua!«

»Das ist halb so wild. Eine harmlose Wunde. Durch das Blut sieht es schlimmer aus, als es ist«, sagte Félix, während er sich den Kopf ansah.

»Müssen wir ihn nicht ins Krankenhaus bringen?«

»In Ordnung. Wenn er sich gleich erholt hat, fahren wir, wenn er das möchte. Ich glaube, daß es gar nicht nötig ist. Schauen Sie, er blutet schon gar nicht mehr.«

Also halfen sie ihm hoch bis zu Lucías Wohnung, wuschen ihm die Haare, gaben ihm ein Glas Cognac und bedankten sich überschwenglich. Er heiße Adrián und lebe seit ein paar Monaten im selben Haus unterm Dach in einem winzigen Apartment. Er sei Galicier, sagte er, und wolle gerne Musiker werden. Manchmal spiele er in einer Kneipe Dudelsack. Während er all das erzählte, lag er auf dem Sofa im Wohnzimmer. Dann streckte er die Beine auf den Tisch, bettete das verletzte Heldenhaupt auf ein Kissen und schlief ein. Lucía schien das unerklärlich.

»Er ist ins Koma gefallen! Das kommt von dem Schlag auf den Kopf!« Lucía erschrak. Sie hatte die traurige Angewohnheit, immer gleich an das Schlimmste zu denken.

Adrián besaß soviel Takt, einen Schnarcher von sich zu geben.

»Von wegen Koma! Der schläft seelenruhig: Du hast doch gehört, wie er eben sagte, daß er gestern abend einen Auftritt hatte. Er hatte sicherlich noch nicht geschlafen«, sagte Félix. »Er bleibt besser ein Weilchen hier, dann können wir sehen, ob es ihm gutgeht.«

Nachdem sie ihm liebevoll eine Decke übergelegt hatten, ließen sie ihn im Wohnzimmer zurück und gingen in die Küche. Die beiden und die Segeltuchtasche. Die hatten sie während des gesamten Gesprächs mit dem jungen Mann in Sichtweite stehenlassen und so getan, als wäre sie völlig harmlos.

»Und was machen wir jetzt mit dem ganzen Geld?« fragte Lucía.

»Es verstecken. Es zunächst einmal an einem sicheren Ort aufbewahren.«

»Ja, aber wo? Es ist ziemlich viel.«

»Ich weiß nicht, im Backofen?«

Lucía stellte sich vor, daß der Backofen irrtümlicherweise an wäre und die Scheine mit einem Knistern in den Flammen verbrennen würden. So mußte für einen Bankier die Hölle aussehen.

»Nein, auf keinen Fall im Backofen.«

»In einem Schuhkarton?« schlug Félix vor.

»Es wird nicht reinpassen. Ich weiß was, ich habe eine Idee.«

Und es war eine gute Idee: das Hundefutter von Wallie. Es handelte sich um einen zwanzig Kilo schweren Sack, und er war bereits zur Hälfte leer. Lucía nahm all das übrige Hundefutter heraus, packte das Geld in Plastiktüten, legte sie auf den Boden des Sacks und schüttete anschließend die trockenen und staubigen Kügelchen wieder darauf. Neugierig und ein wenig unruhig beäugte Wallie den ganzen Vorgang. Sie war ein Vielfraß und fand es noch nie besonders witzig, wenn man mit Essen Späße trieb.

Von der Last des Geldes befreit, ließen sie sich mit einem Seufzer am Küchentisch nieder.

»Ich bin fix und fertig.«

»Du brauchst keine Angst zu haben, meine Liebe. Ich bin hier bei dir«, antwortete der Alte und klopfte sich auf der Höhe, wo sich Herz und Pistole befanden, auf die Brust.

Lucía blickte ihn ungläubig und mißbilligend an.

»Ich habe nicht gesagt ›ich habe Angst‹, sondern ›ich bin fix und fertig‹. Ich bin kaputt«, antwortete sie kühl.

»Ach so. Ich auch, wirklich.«

Was für ein verrückter Alter, dachte sie. Obwohl sie sich auf der anderen Seite eingestehen mußte, daß der Mann ihr das Leben gerettet hatte.

»Möchtest du einen Cognac?« fragte sie ihn; und in diesem Augenblick wurde ihr klar, daß sie sich bereits seit einiger Zeit duzten.

»Danke, ich hätte lieber einen Kaffee«, antwortete er.

Während Lucía den Kaffee machte, beobachtete sie den Alten beiläufig: Er war blaß, hatte Ringe unter den Augen.

»Trägst du immer noch die Pistole bei dir?«

»Natürlich«, sagte Félix.

Er steckte auf Brusthöhe eine Hand in sein ausgebeultes Jackett und nahm die grausige Waffe heraus. Lucía betrachtete sie mit dieser Mischung aus Angst und Abscheu, die Frauen häufig beim Anblick von Waffen empfinden.

»Du hättest ihn ohne weiteres einfach so umgebracht«, brummte sie mit tadelnder Stimme.

»Nein. Ich habe auf die Beine gezielt.«

»Die Friedhöfe sind voll von Leuten, denen irgendein besonders Schlauer auf die Beine gezielt hat.«

»Ich kann aber schießen«, antwortete Félix sehr ruhig.

»Natürlich. Und selbst wenn es so wäre, hättest du von hinten auf sie geschossen?«

Lucía wußte nicht genau warum, aber sie spürte, daß sie immer wütender wurde.

»Ich glaube schon. Ich dachte nämlich, daß sie vielleicht etwas mit der Entführung zu tun haben. Ich dachte, daß sie uns möglicherweise zu Ramón hätten führen können.«

»Meinst du wirklich?« sagte Lucía, die trotz allem von dieser Überlegung angetan war. »Das kann nicht sein; ich glaube, daß das normale Straßenräuber waren, die uns seit der Bank verfolgt haben.«

»Kann sein.«

»Warum sollten uns wohl die Entführer überfallen?« fuhr

Lucía unruhig fort. »Wo wir ihnen doch auf jeden Fall das Geld geben werden ...»

Der Alte lächelte, zuckte die Achseln und hielt dabei die Hände so vor den Körper, als wolle er damit zu verstehen geben, wie geheimnisvoll und wenig vorhersehbar das Verhalten der Menschen ist. Die Riesenpistole lag auf dem Tisch, neben der Kaffeetasse. Lucía betrachtete sie gedankenverloren.

»Ich dachte immer, daß nur Geschäftsleute wie Juweliere oder Kneipenbesitzer sofort eine Pistole ziehen. Ich dachte nicht, das jemand wie du, also der Besitzer einer Buchhandlung, ein so begeisterter Waffenträger ist.«

»In meinem Geschäft habe ich die Pistole nicht ein einziges Mal ausgepackt. Meine Frau wußte nicht einmal, daß ich eine besitze.«

»Wirklich nicht?«

»Natürlich nicht. Einer der ganz wenigen Vorteile des Älterwerdens ist, daß sich auf deinen Schultern immer mehr Leben anhäuft. Diese Pistole stammt noch aus einer anderen Zeit. Einer sehr weit zurückliegenden. Bevor ich Buchhändler wurde, habe ich etwas ganz anderes gemacht.«

Während Félix das sagte, zog er sich das Tweedjackett aus und hängte es über die Rückenlehne des Nachbarstuhls. Über dem Pullover trug er ein Pistolenhalfter aus altem, zerkratztem Leder. Er nahm die Riesenpistole vom Tisch und begann sie mit großer Geschicklichkeit zu zerlegen. Dabei bewegte er seine verstümmelte Hand so präzise, als wäre sie eine Pinzette.

»Was hast du früher gemacht?« fragte Lucía fast flüsternd.

Félix seufzte:

»Das ist eine lange Geschichte.«

»Das macht nichts«, sagte sie, während sie den Kaffee in die Tassen schüttete. »Für mich ist das Schönste auf der Welt eine gute Geschichte.«

Alles, was ich gerade erzählt habe, ist wirklich mir passiert, aber es hätte genausogut jemand anderem zustoßen können: Es ist häufig so, daß uns unsere eigenen Erinnerungen fremd erscheinen. Ich weiß nicht, aus welch besonderem Stoff sich die Identität zusammensetzt, auf jeden Fall ist sie ein unregelmäßiges Gewebe, das wir mit Hilfe unseres Willens und Erinnerungsvermögens zusammenflicken. Wer war zum Beispiel das Mädchen, das ich einmal war? Wo ist sie geblieben, was würde sie wohl über mich denken, wenn sie mich jetzt sähe?

Auch mein Körper ist nicht mehr derselbe: Ich weiß nicht, wo ich gelesen habe, daß sich in unserem Organismus alle sieben Jahre die Zellen erneuern. So sind noch nicht einmal meine Knochen, von denen ich eine gewisse Hartnäckigkeit und Beständigkeit erwartet hätte, verläßliche Erscheinungen. Vom Sprungbein im Fuß bis zum winzigen Steigbügel im Ohr, all diese Knöchelchen und Knochen haben sich mit den Jahren verändert. Es gibt heute nichts mehr in mir, das der Lucía von vor zwanzig Jahren entsprechen würde. Nichts mehr, außer dem Willen zu glauben, ich sei dieselbe geblieben. Dieses Streben, das eigene Selbst zu definieren, ist das, was die Psychologen Identität nennen; oder die Gläubigen Seele. Ich stelle mir die arme Seele wie einen Schatten vor, der von hochfeinen Spinnfäden durchzogen ist; und dieser Schatten klammert sich mit durchsichtigen Fingern an die Zellen des Fleisches, die in einem atemberaubenden

Tempo absterben und entstehen, und versucht so, eine Kontinuität aufrechtzuerhalten. Ein Gefäß, das unter einem Wasserhahn steht, um das Wasser aufzufangen, zwingt der Flüssigkeit immer die gleiche Form auf, obwohl es immer neues Wasser ist. Im Grunde genommen sind wir Menschen nichts anderes als eine Art bis an den Rand gefüllter Wasserkrug. Dank der Fürsorge dieser geheimnisvollen Seele kann ich schließlich sagen, daß dieser sich verändernde Körper *mein* Körper ist. Es erleichtert und vereinfacht die Dinge sehr, wenn man in der ersten Person Singular schreibt.

Aber in Wirklichkeit bin ich nicht die, die ich war, und auch nicht die, die ich sein werde; wenn überhaupt, bin ich kaum mehr als dieser dunkle Moment des Bewußtseins, und dessen bin ich mir noch nicht einmal sicher, weil ich mich häufig selbst als zweigeteilt wahrnehme. So wie in den Minuten, als Félix und ich darüber nachdachten, wo wir Ramóns Geld verstecken sollten. Ich sah mich wie in einer Szene aus einem *Film Noir* von außen, stand mir gegenüber: Wir saßen wie eine Straßenräuberin und deren Kompagnon am Küchentisch und diskutierten über die Beute, die benutzten Kaffeetassen, die Flasche Cognac und die Pistole vor uns. Ich weiß nicht, was während solcher Augenblicke geschieht, in denen man sich als gespalten erlebt, zumindest stärker gespalten als in anderen Lebenssituationen. Wenn man einen Autounfall hat, wenn man die Treppe hinunterfällt, wenn man bei einem Wettlauf die letzten Meter bis zum Sieg rennt: Wenn man sich diese Situationen ins Gedächtnis zurückruft, erscheinen sie einem wie äußere Bilder, wie die Erinnerungen eines anderen. Ganz zu schweigen von der Sexualität, sie ist reine Schizophrenie: Wenn man mit jemandem schläft, sieht man sich wie aus der Ferne zu, nimmt man sich wie ein Schauspieler aus einem schlechten Pornofilm wahr (und hin und wieder, wenn man Glück hat, wie ein Schauspieler aus einem guten Film).

Manchmal kommt es vor, daß ich es nicht schaffe, die Erinnerung an etwas aus der Vergangenheit klar von dem zu trennen, was ich geträumt oder mir vorgestellt habe, oder sogar von etwas, was mir jemand anderes sehr eindringlich geschildert hat. So wie die lange und faszinierende Geschichte, die Félix mir an diesem Nachmittag zu erzählen begann. Ich weiß, daß ich nicht er bin, aber ich habe auf gewisse Weise Anteil an seinen Erinnerungen, als wären es meine eigenen; und deshalb glaube ich, daß ich die heftige Erregtheit während der Überfälle, das mordlustige Toben des Publikums in einer elenden Stierkampfarena und die Verrohung durch den Alkohol erlebt habe, durch den Verrat unwiderruflich gebrandmarkt bin. Obwohl ich mir manchmal auch vorstelle, daß alles in Wirklichkeit nur in der Phantasie existiert, daß wir in der Gegenwart schlafen und nur träumen, was passiert ist. So als würde ich, Lucía Romero, träumen, daß ich einundvierzig Jahre vor dieser ewigen Gegenwart gelebt habe; und möglicherweise träume ich sogar, eines Tages einen gewissen Félix Roble kennengelernt zu haben, der mir wiederum erzählt, was er in seinen Träumen erlebt hat.

Ich wurde 1914 geboren, im Jahr, als der Erste Weltkrieg ausbrach und die vertraute Welt in Scherben ging. Danach war nichts mehr, wie es einmal war, sagte Félix Roble an jenem Nachmittag, als er begann, mir seine Lebensgeschichte zu erzählen.

Es war ein schlechter Zeitpunkt, um geboren zu werden, ein unheilvoller Anfang. Dennoch, oder vielleicht gerade aus diesem Grund nannten mich meine Eltern Félix. Ich habe nichts daran auszusetzen, obwohl mir der Vorname manchmal, wenn ich mich unglücklich fühlte, wie reinster Sarkasmus vorkam. Mein Bruder hieß Víctor. Und wurde in fast allem besiegt. Eltern sollten wissen, daß Vornamen von Bedeutung sind. Die Namen herrschen über uns, sie konditionieren uns, sie verpflichten uns zu etwas. Und manchmal sind sie wie ein Fluch, vor dem man sich nicht schützen kann.

Ich wurde also 1914 geboren, doch für mich begann das Leben in Wirklichkeit erst im März 1925, als ich in Mexiko im Hafen von Veracruz von Bord eines Frachters ging, der so schwarz und stinkend war wie ein Wal. Alles, was vor jenem Tag geschah, interessiert mich nicht, all das Vorher habe ich versucht zu verdrängen. Jetzt, im Alter, steigen jedoch jene ersten Jahre in meiner Erinnerung hoch, sie verfolgen mich wie schlechte Träume und sind immer häufiger in meinem Kopf präsent. Jetzt denke ich oft an meinen Vater zurück, Beni Roble, der ein bekanntes Mitglied der Gewerkschaft CNT war. Er stammte aus

Andalusien und zog dann nach Barcelona, wo ich geboren wurde. Von Beruf war er Buchdrucker und machte damit der libertären Tradition in Spanien alle Ehre. Weißt du, wie der Anarchismus nach Spanien gelangt ist? Initiator war der Italiener Fanelli, ein alter Kriegskamerad von Garibaldi und später leidenschaftlicher Anhänger von Bakunin. Fanelli kam 1868 nach Madrid und tat sich mit zehn Buchdruckern zusammen. Er sprach nur Französisch und Italienisch, und die Buchdrucker nur Spanisch; aber der libertäre Heilige Geist mußte ihnen wohl die biblische Gabe der Zungenrede verliehen haben, weil sie sich verstanden oder zumindest errieten, was der andere sagte. Fünf Jahre später gab es bereits fünfzigtausend Anarchisten im Land.

Dieser Tradition, als die Buchdrucker die Vorkämpfer des Anarchismus wurden, entstammte mein Vater. Er starb sehr jung: Mein Bruder und ich wurden sehr schnell viel älter, als er je geworden war. Mein Vater war uns, Víctor und mir, immer gegenwärtig, so als wäre er statt eines Vaters ein jüngerer Bruder gewesen, der frühverstorbene Benjamin, der zum Märtyrer wurde. Diese Erinnerung wog so schwer wie Blei. Mein Vater starb 1921 während des Streiks von La Canadiense und den Unruhen in Barcelona. Deren Niederschlagung durch General Martínez Anido und Polizeichef Arlegui war so brutal, daß sie selbst für die damalige Zeit übertrieben schien. Viele Anarchisten wurden von Berufskillern einfach hinterrücks erschossen. Mein Vater fiel an der Seite des Anarchisten-Führers Noi del Sucre.

Danach wurde alles schlimmer. Ich werde das schnell und ohne große Details erzählen, weil mir die Erinnerung daran immer noch weh tut: Meine Mutter starb an Tuberkulose, vor Hunger und Elend. Auch sie war noch sehr jung; mein Bruder Víctor wurde geboren, als meine Eltern selbst noch fast Kinder waren. Mein ganzes Leben lang wollte ich die Jahre meiner Kindheit vergessen. Sie waren zu schrecklich, zu erbärmlich. Sie hören sich so nach *costumbrismo*, nach volkstümlicher Sittenschilderung, an. Mein ganzes Leben lang habe ich den *costumbrismo* gehaßt. Ich mag lieber die Schelmendichtung; der Schelm ist wenigstens ein Held, der sich mit List und Tücke gegen die Greuel des Lebens zu verteidigen weiß. Jetzt, wo ich alt bin, verfolgen mich die Erinnerungen von neuem. Flüchtige Sinnestäuschungen. Vor allem von meiner Mutter. Meine keuchende Mutter an dem winzigen, offenen Fensterchen.

Aber ich sagte dir bereits, daß ich in Wirklichkeit erst am 16. März 1925 zu leben anfing, als ich mit meinem Bruder Víctor und Gregorio Jover in Veracruz von Bord ging. Gregorio gehörte zu den sagenumwobenen *Solidarios*. Er war ein attraktiver Mann, immer tadellos in Anzug mit Weste, Hemd und Krawatte gekleidet. Wegen seiner Schlitzaugen und den hohen Wangenknochen wurde er »der Chinese« genannt, und die Frauen waren verrückt nach ihm. Das hatte mir bei den *Solidarios* zunächst am meisten gefallen: daß die Frauen verrückt nach Gregorio waren. Aber er machte sich überhaupt nichts daraus; die wahren Anarchisten waren ernste, sittenstrenge Kerle. Sie tranken keinen Alkohol und blieben ihren Gefährtinnen ein Leben lang treu. Mir, mit meinen elf Jahren, schien das reine Verschwendung. Mir hatten die Frauen immer sehr gefallen. Deshalb wurde ich auch nie ein guter Anarchist. Und aus diesem Grund ist schließlich auch das passiert, was passiert ist. Aber das ist eine andere Geschichte. Eine bedrückende und beklemmende Geschichte; und ich habe jetzt keine Lust, mich an sie zu erinnern. Ich kehre lieber wieder zu dem Schiff in Veracruz zurück.

Wie ich bereits sagte, waren die *Solidarios* sehr puritanisch, eine Art atheistischer Missionare, die um jeden Preis ihren Glauben verbreiten wollten. »Der Chinese« mußte jedoch in seiner Vergangenheit einmal eine etwas lebenslustigere Phase gehabt haben. Als wir uns noch auf dem offenen Meer Richtung Mexiko befanden, erinnere ich mich nämlich, wie er anfing, mit mir über die Frau im allgemeinen, dieses überaus große Rätsel der Menschheit, zu reden, und er ließ sich sogar dazu herab, mir zu zeigen, wie man mit Frauen tanzen muß. Seiner Meinung nach gab es eine untrüglich männliche Art, wie man sie um die Taille zu fassen hatte:

»Du mußt den Arm ganz um sie legen, nicht bloß so halb um die Hüfte. Der Arm muß über zwei Dritteln des Rückens liegen, aber auch nicht weiter. Dann würde sie sich nämlich zu sehr festgehalten fühlen. Frauen sind sehr launisch; zwei Drittel ist das richtige Maß. Und dann mußt du die Klaue gut spreizen und sie fest auf das Fleisch legen, ohne zu drücken. Sie muß die ganze Handfläche und jeden einzelnen Finger spüren. Damit ihr bewußt wird, daß du sie im Griff hast.«

Wenn ich an Jover denke, fällt mir immer dieser Rat ein, für den ich ihm sehr dankbar war und der mich lange Zeit beeinflußt hat. Aber bei allem anderen, dem wirklich Wichtigen, der Erschaffung meiner Welt, waren Buenaventura Durruti und dann mein Bruder Víctor meine Helden. In dieser Reihenfolge. Auch wenn der damals achtzehnjährige Víctor mir sehr viel leichter nachzueifern schien als Durruti. Durruti muß so gegen Ende Zwanzig gewesen sein und war für mich ein lebendes Denkmal, der Große Führer, der Held, die Legende.

Víctor und ich waren nach Mexiko unterwegs, um uns der Bande von Durruti und Ascaso anzuschließen. Das heißt, derjenige, der sich ihr anschließen wollte, war mein Bruder. Durruti hatte ihn aufgefordert, zu Ehren unseres verstorbenen Vaters an seiner Seite zu kämpfen. Víctor weigerte sich, mich als arme Waise in Barcelona zurückzulassen, und so ging ich mit ihm an Bord. Als wir in Veracruz ankamen, wurde Ascaso deshalb sehr wütend.

»Ich hatte keine Ahnung, daß wir nach Amerika gekommen sind, um auf kleine Kinder aufzupassen«, zischte er verächtlich. Wenn ihn die Wut packte, wurde er sarkastisch und kalt und um so furchterregender, je sanfter seine Stimme klang.

Francisco Ascaso und Durruti waren unzertrennliche Freunde und bildeten zusammen mit Juan García Oliver den Kopf des spanischen Anarchismus: Man nannte sie auch »Die drei Musketiere«. Sie gründeten die *Solidarios*, eine Gruppe von Pistoleros im Untergrund, die gegen die vom Staat engagierten Pistoleros kämpften. Damals ermordeten die Polizeischergen Hunderte von Gewerkschaftern der CNT. Sie erschlugen sie mit Knüppeln oder erschossen sie hinterrücks, wie sie das auch bei meinem Vater getan hatten. Man nannte das den »Weißen Terror«; »die Weißen« waren auch die Konterrevolutionäre in Rußland gewesen; blau hatte es in der Geschichte bis dahin noch nicht als politische und bedrohliche Farbe gegeben. Die *Solidarios* ihrerseits antworteten darauf mit der Ermordung von Polizisten, Unternehmern und Spitzeln. Es handelte sich um einen regelrechten Krieg. Die Arbeiter kamen mit einem Revolver in der Werkzeugzeugkiste zur Arbeit und wußten nicht, ob sie abends noch leben würden; und im Café Español im Stadtviertel Paralelo verteilten die Anarchisten die schweren Browning-Pistolen und redeten sich die Köpfe darüber heiß, wen sie ihrerseits am nächsten Tag hinrichten sollten. Eines Abends saß ich mit meiner Mutter im Café Español. Ich weiß nicht mehr genau, warum wir dort hingegangen waren: wahrscheinlich um etwas Geld abzuholen, da die Anarchisten uns nach dem Tod meines Vaters mit dem wenigen, was sie hatten, finanziell unterstützten. An diesem Tag hörte ich zu, wie sie ihre Aktionen planten; sie hatten leuchtende Gesichter und rauhe Stimmen und legten die Pistolen ganz offen auf den Tisch. Einer von ihnen, ein Mann mit Schnauzer, gab mir ein Stück Zucker, das er in Milch getaucht hatte.

Die *Solidarios* hatten aufsehenerregende Taten vollbracht. Sie hatten zum Beispiel den Erzbischof von Zaragoza ermordet, und, um für die CNT Geld zu beschaffen, die Banco de España in Gijón überfallen. Sie waren zwar gewalttätige Kerle, aber ich habe ja schon gesagt, daß die Zeiten auch hart waren. Hoffnungslose Zeiten, unglaublich ungerechte Zeiten, in denen die Menschen vor Hunger und Elend starben. Zeiten von Oligarchen und Opfern. Wenn schon die Mitglieder der CNT arm waren, so kann man sich leicht ausmalen, daß die Gewerkschaft, selbst bei einer Million Mitglieder, immer pleite war. 1936 konnten sie nur einen Angestellten bezahlen. Libertäre Gewerkschafter hatten es damals sehr schwer: Sie wurden in die Illegalität abgedrängt und kamen ständig ins Gefängnis. Durruti wurde dreimal zum Tode verurteilt und verbrachte sein halbes Leben hinter Gittern.

Als wir also 1925 in Veracruz ankamen, befand sich die CNT gerade im Untergrund. Es war die Zeit des Diktators Primo de Rivera, und vierzigtausend Anarchisten saßen im Gefängnis. Deshalb starb meine Mutter: weil die Gewerkschaft kein Geld hatte, um die vielen auf der Straße sitzenden Familien zu unterstützen. Die Situation war so kritisch, daß sich die *Solidarios* entschieden hatten, eine Reihe von Überfällen in Amerika durchzuführen, um so die Kassen der Gewerkschaft wieder zu füllen. Im Dezember 1924 fuhren Durruti und Ascaso mit gefälschten Papieren auf einem holländischen Frachter nach Kuba. Sie waren allein unterwegs und halfen zunächst bei der Zuckerrohrernte in Santa Clara. Es gab dort bald einen Streik, um eine Erhöhung der Löhne zu fordern, und die Vorarbeiter taten, was die Vorarbeiter damals mit den Streikenden zu tun pflegten: Sie griffen sich drei Bauern heraus und schlugen sie erbarmungslos nieder, bis sie keinen Mucks mehr taten und halbtot waren. Am nächsten Morgen fand man den Besitzer der Zuckerrohrpflanzung tot in seinem Haus, mit einer Kugel im Kopf. Auf seiner Brust lag ein handgeschriebener Zettel, auf dem stand: »Die Gerechtigkeit der *Errantes*.«

Das war das erste Mal, daß dieser Name auftauchte. Ascaso hatte ihn eingeführt: Er meinte, daß sich die *Solidarios,* solange sie sich in Amerika aufhielten, *Errantes* nennen sollten. So war Ascaso, er hatte Ideen. Aber ich könnte nicht sagen, ob seine Ideen gut waren. Er war ein temperamentvoller Mann, sehr klein, sehr ironisch. Er sah aus wie ein Snob und hatte eine provokante Ader. Als müßte er seine geringe Größe und sein schwächliches Aussehen dadurch wettmachen. Er war einer von diesen Typen, bei denen sich die Luft sofort mit Spannung lädt, wenn sie einen Raum betreten. Ich stellte ihn mir vor, wie er noch als Kellner arbeitete, wie er vor Wut fast platzte wegen der Schmach, eine Servierschürze tragen und unterwürfig sein zu müssen. Auch wenn ich vielleicht ungerecht zu ihm bin: Ich mochte ihn nicht, weil er mir bei meiner Ankunft in Veracruz das Gefühl vermittelte, ich sei ein kleiner Wurm. Ich wollte ein Mann sein, und er erniedrigte mich vor allen anderen:

»Gut, sehr gut. Das nächste Mal, wenn wir auf die Polizei stoßen, sagen wir dieser Rotznase, daß sie ein bißchen heulen soll. Vielleicht beeindruckt sie das. Im Ernst, Pepe, wir können doch nicht so einen kleinen Scheißer mit uns herumschleppen.«

Und dabei wandte er sich nicht einmal mir zu, sondern Durruti. Er schaute mich nicht ein einziges Mal an, was mich am meisten traf. Aber dann kam immerhin Buenaventura auf mich zu, er war riesig und stark behaart, und sah mir in die Augen, als wollte er Maß nehmen oder etwas abwägen; dann legte er seine Stahlarbeiterpranke auf meine Schulter und drehte sich mit einem sanften Lächeln Ascaso zu:

»Du hast recht, Paco, du hast wie immer recht, aber fürs erste wird dieser Junge bei uns bleiben, und anschließend sehen wir weiter.«

So blieb ich, weil Durruti immer derjenige war, der das letzte Wort hatte. Auch wenn er es so verpackte, daß es von Ascaso zu kommen schien.

Durruti und Ascaso waren ein kurioses Paar. Buenaventura, den alle, die ihm näherstanden, Pepe nannten, war ein großer, athletisch gebauter, ungestümer Mann, der mit der Faust auf den Tisch schlug und die Luft mit seiner mächtigen Stimme erzittern ließ. Er hatte unglaublich viel Energie; und schon eine geringe Portion davon, das war offensichtlich, konnte tödlich sein. Bei Durruti konnte man sehr genau spüren, daß er ein Mann war, der, wenn er wollte, einen Menschen umbringen *konnte*: Er besaß genügend Kraft, Wut, Disziplin, Entschiedenheit und Wildheit. Aber mit dem gleichen Grad an Sicherheit konnte man auch spüren, daß Durruti das *nicht wollte*. Später, während des Bürgerkriegs, wurden ihm unglaubliche Vergehen nachgesagt, die er angeblich begangen haben sollte. Wie zum Beispiel, daß er die Kathedrale von Lérida angezündet hätte. Das war eine Lüge: Seine Leute waren einen Monat vor dem Brand dort gewesen, und als die Brandstifter, Anarchisten, die in der Stadt zurückgeblieben waren, sich an der Front mit den Truppen von Durruti zusammentaten, ließ er sie bestrafen. Er versuchte immer, gerecht zu sein; er war ein hitziger und impulsiver Mensch, aber er hatte ein erstaunliches Gefühl für das richtige Maß, trotz der Maßlosigkeit seiner Epoche: des Krieges, der Revolution, des Chaos. Er war ein blutrünstiger Held, weil er in einer Zeit lebte, in der viel Blut vergossen wurde, aber niemals verlor er dabei seine Unschuld.

Ascaso war da ganz anders. Ich sagte bereits, daß ich ungerecht bin mit meiner Erinnerung an ihn: Aber wir sind alle subjektiv, die Realität ist nur das, was wir aus unserem besonderen Blickwinkel betrachten, übersetzen und verändern. Es gibt so viele Realitäten wie Augen. Und meine Augen sagten mir, daß Ascaso kalt, geringschätzig und hochmütig war. Immer mit einem verzerrten Lächeln auf den Lippen. Dort, wo bei Durruti Gefühle waren, stand bei Ascaso Ideologie. Er war der Intellektuelle der Gruppe, der ausgezeichnete Stratege. Er war zwar klug und intelligent, aber auf mich wirkte er bedrohlich. Der Gigant Durruti mit seiner Donnerstimme und den Fausthieben auf den Tisch machte mir sehr viel weniger angst als Ascaso, der Gnom, der Winzling, der Ruhige und Flüsternde. Er war fünf oder sechs Jahre jünger als Durruti, und Buenaventura umgab ihn mit der bewundernden und beschützenden Liebe, mit der man einen kleinen Bruder umgibt. Diesen Benjamin, der anerkanntermaßen gebildeter und belesener war, der aber trotzdem noch einiges im Leben lernen mußte. Deshalb redete Ascaso soviel, und deshalb hörte man ihm mit großer Aufmerksamkeit zu; aber wenn Durruti ein Wort sagte, war das maßgebend.

Ansonsten waren sie jung, feurig, verwegen, attraktiv. Sie waren die Belesensten in einer Welt voller Analphabeten, die modernsten, die innovativsten, der Fortschritt der Epoche. Du hättest sie mit ihren gut geschnittenen Anzügen sehen sollen, den Fliegen, dem passenden Taschentuch, das aus der Tasche ragte. Modisch immer der letzte Schrei. Das war ihre Verkleidung, um nicht als das erkannt zu werden, was sie waren: Pistoleros. Oder vielleicht auch, um genau so auszusehen. Ich erinnere mich nämlich, daß die Schergen der Rechten genauso angezogen waren. Wie *Dressmen*. Jedenfalls zogen die *Solidarios* recht selbstbewußt durch die Straßen. Ich erinnere mich so genau daran, weil ich mit ihnen zusammen war. Auch wenn ich nur eine Rotznase war, die mit den Älteren einherstolzierte, spürte ich diesen Rausch, dieses Fieber. Damals waren wir wirklich davon überzeugt, daß die Zukunft in unseren Händen lag, daß die Taten, die wir im Heute vollbrachten, das Morgen bestimmen würden. Weißt du, was die *Solidarios* mit dem Geld machten, das sie aus der Bank in Gijón gestohlen hatten? Das war 1923, vor Veracruz. Sie gingen nach Paris ins Exil und eröffneten die Internationale Buchhandlung in der Rue Petit Nr. 14. Und sie begannen, die ›Anarchistische Enzyklopädie‹ herauszugeben. Sie wollten eine neue Welt erschaffen, und zu diesem Zweck brauchten sie neue Wörter. Da hinein steckten sie all das Geld, das sie hatten. »Die Pistole und die Enzyklopädie sind die Schlüssel zur Freiheit«, pflegte Ascaso zu sagen. Er liebte es, Phrasen zu dreschen.

Sie behielten niemals auch nur eine Pesete dessen, was sie gestohlen hatten. Zum Leben, zum Essen, für die Miete ihrer schäbigen Wohnungen und die Medikamente für ihre Kinder hatten sie ihre normale Arbeit. Durruti arbeitete in Paris zum Beispiel als Mechaniker bei Renault. Buenaventura war immer ärmer als eine Kirchenmaus: Er verbrachte die Hälfte seines Lebens im Gefängnis, und später wollte ihn niemand mehr anstellen. Er war als Gewerkschafter zu bekannt. Oft hatte er nicht einmal Geld für einen Kaffee. Als sie ihn 1936 umbrachten, besaß er nicht mehr als die Kleidung, die er am Leib trug, die Pistole, einen Wechsel, eine Sonnenbrille und seine Lederkappe, diese unverwechselbare Mütze, die später *la durruti* genannt wurde. Du weißt doch, welche ich meine? Vielleicht weißt du es aber auch nicht: Es ist schon so unglaublich lange her ...

Aber ich greife vor. Wir waren in Veracruz, und Durruti hatte bestimmt, daß ich bleiben durfte. Also blieb ich. Zusammen fuhren wir alle auf ein Landgut nach Ticomán, um von dort aus die Aktionen vorzubereiten. Das Landgut gehörte der Witwe eines Anarchisten: einer rundlichen Frau, die mir schon recht alt erschien, aber noch keine vierzig gewesen sein dürfte. Sie hatte pechschwarzes Haar und Augenbrauen, die von der einen Seite der Schläfe bis zur anderen reichten, als wären sie ein Schnurrbart. Aber sie hatte wunderschöne Augen und die weißesten Zähne, die ich jemals gesehen habe. Wenn sie in der Abenddämmerung im Halbdunkel des Hauses lächelte, erstrahlten die Wände. Obwohl sie fast nie lächelte. Nur wenn sie Gregorio Jover ansah. Dann glänzten ihre Augen, und sie zeigte ihre funkelnden Zähne.

Die Älteren verbrachten die Tage damit, hinter verschlossenen Türen Pläne zu schmieden, und ich trieb für die Witwe den Ochsen bis zur Wasserstelle, holte aus dem Brunnen Wasser und erntete Tomaten. Die Witwe war eine grausame Schlächterin: Sie griff sich ein Huhn, legte den kahlen Kopf auf den Holzklotz, und bevor das Vieh auch nur blinzeln konnte, hatte sie ihm bereits mit der Axt den Kopf abgeschlagen. Sie schlachtete Spanferkel, brach Kaninchen das Genick, schnitt wehrlosen Lämmern die Kehle durch. Bei ihr lernte ich zu töten: Ich drehte einer Ente den Hals um. Ich erinnere mich noch an das Funkeln des Blutes unter der mexikanischen Sonne, ein Rinnsal von glänzenden Tropfen.

Eines Tages in der Frühe fuhren alle zusammen in einem riesigen Ford, bei dem schon die Farbe abblätterte, in die Stadt. Mein Bruder umarmte mich ganz fest, bevor er in den Wagen stieg: Er hatte mir nichts gesagt, aber ich wußte, daß sie einen Anschlag vorhatten. Sie verschwanden in dem Staub der Straße, und wir beide, die Witwe und ich, blieben auf diesem erstickend heißen und ausgedörrten Fleckchen Erde zurück. Die Witwe seufzte laut und tötete dann einen Hahn. Ich weiß nicht, warum sie es getan hat: Wir haben ihn nicht gegessen. Ich denke, das war ein Ritus, um Beistand zu erbitten, eine Opferhandlung, die aus früheren Zeiten stammte, ein Überbleibsel aus ihrer aztekischen Vergangenheit.

Es funktionierte. Nach zwei Tagen kamen sie zurück. Sie schienen sehr zufrieden zu sein: Sie hatten einige Fabriken überfallen und dabei eine beachtliche Summe erbeutet.

»Es war alles sehr einfach, wir mußten nicht einmal schießen«, prahlte mein Bruder. Víctor hatte sich sehr verändert: Er kämmte sich wie Jover die Haare mit Pomade zurück und schaute wie Ascaso aus den Augenwinkeln. Jetzt fühlte er sich wichtig, jetzt hatte er sich einen Platz unter den *Solidarios* erkämpft. Er war sehr gut gelaunt, wie alle anderen auch. Der beschwingte Durruti stellte mir ein Lektüreprogramm zusammen: Als guter Anarchist sorgte er sich sehr um meine Bildung. Und später dann lehrte er mich in den Nächten das Handwerk der Aktivisten. So lernte ich zum Beispiel, aus Schießpulver und alten Fleischkonserven Bomben zu bauen. Oder dem Mann, den ich überfalle, ganz fest in die Augen zu schauen:

»Der Trick besteht darin, nicht einen Moment den Blick von ihm abzuwenden; du mußt seine Augen fixieren und sie nicht wieder loslassen, als wäre er ein Fisch an der Angel«, erklärte Durruti. »Wenn plötzlich ein Mann in eine Bank kommt, in der du arbeitest, dir eine Riesenpistole vor den Mund hält und dir auf diese Weise in die Augen sieht, dann erschreckst du dich mit Sicherheit so sehr, daß du nur noch das schwarze Loch in der Waffe siehst und das schwarze Loch in den Pupillen und das schwarze Loch deiner eigenen Angst. Deshalb kann ein guter Bankräuber auch unmaskiert herumlaufen, weil sich die Zeugen später nicht mehr an ihn erinnern werden.«

Selbst Ascaso schien sanftmütiger geworden zu sein. Er fing an, sich mit mir zu unterhalten, und sagte noch nicht einmal etwas, wenn die anderen begannen, in meiner Gegenwart Pläne zu schmieden. Bald wurde mir zu meiner großen Erleichterung klar, daß sie mich mitnehmen würden, falls wir das Landgut verlassen sollten. Ab da begann die beste Zeit: die verwegensten Überfälle, die abenteuerlichste Reise, der herrliche Nervenkitzel. Ich war wahnsinnig aufgeregt und zählte die Tage bis zur Abfahrt; auch die Witwe zählte sie, sie war jedoch dabei sehr melancholisch. Ich nehme an, daß sie sich ein bißchen in Gregorio verliebt hatte. Allerdings war ich derjenige, den sie in der Nacht vor unserer Abreise besuchte. Wie immer schlief ich in der Küche auf einem Strohsack. Ich wurde wach, als ich ein Knistern hörte und spürte, daß jemand im Raum war. Erschreckt öffnete ich die Augen; es war die Witwe. Sie hatte sich neben mich niedergekauert und sah mich mit einem sonderbaren, rätselhaften Gesichtsausdruck an. Sie war mit einem riesigen, gräulichen Hemd aus grobem Leinen bekleidet, das ihr von den Schultern bis zu den Füßen reichte; in der einen Hand hielt sie eine krumme Kerze, mit der anderen streichelte sie mir sanft über den Kopf. Durch diese leichte Berührung wurde ich hellwach.

»Ist etwas passiert?« schrie ich fast, heiser vor Schreck und Schlaftrunkenheit.

»Schhhhhhh«, sagte sie und streichelte mich stärker, wie jemand, der ein Kind beruhigt: »Schhhhh.«

Und sie streckte sich neben mir auf dem Strohsack aus.

Wir lagen bis zum Morgengrauen zusammen. Sie, die niemals sprach, flüsterte mir in einem fort mütterliche Zärtlichkeiten ins Ohr: Wiegenlieder, die sie leise mehr vor sich hin sprach als sang, sanfte Melodien, gute Ratschläge.

»Paß auf dich auf, mein Söhnchen, mein Kleiner, deck dich gut zu, die Jungfrau Maria möge dich beschützen, benimm dich, bleib schön ruhig ...«

Später habe ich in der Liebe verschlossene und schweigsame Frauen kennengelernt, deren Zunge sich überraschenderweise im Bett löste und die zu einer blühenden und wunderbaren Sprache fanden. Etwas Vergleichbares ereignete sich in jener Nacht mit der Witwe, aber die Stimme, die sich in ihrer Kehle formte, war nicht erotisch, sondern klang vertraut und sanft. Zwischen uns geschah nichts Sexuelles: Die Witwe, die weder Mann noch Söhne hatte und an der Schwelle zum reifen Alter stand, sah in mir für einige Stunden das eigene Kind; und ich, das Waisenkind, voller Sehnsucht nach der eigenen Mutter, ließ mich entzückt in ihren kräftigen Armen wiegen. So blieben wir bis zum Morgengrauen, der eine fest an den anderen gedrückt, mein zerlumptes und dreckiges Leibchen gegen ihr grobes und knisterndes Hemd, ihr starker Geruch nach Brot und Schweiß, der mich ganz umhüllte. Sie streichelte mir mit ihren Händen, mit denen sie Hähne, Schweine und Enten tötete, sehr sanft über den Kopf, mit diesen starken Frauenhänden, die in gleicher Weise schlachten, nähren und beruhigen konnten. Jene Nacht werde ich nie vergessen, weil damals meine Kindheit endete. Es war die letzte Nacht der Unschuld.

Ich war alleine, und das gefiel mir nicht.

Auch wenn sie so klein sind, daß wir sie nicht sehen können, so sind wir doch von Billionen von mikroskopisch kleinen Organismen umgeben, die sich mit uns die Welt teilen. Am weitesten verbreitet sind die Milben, spinnenartige, überall herumkrabbelnde Winzlinge. Ich habe sie auf einer Vergrößerung gesehen: Sie haben einen kugelförmigen Körper, lange Beine und sehen einfach grausig aus, wie außerirdische und giftige Wesen. Seitdem ich einmal gelesen habe, daß jeder Zentimeter einer Matratze soundsoviel hunderttausend Viecher enthält, höre ich jedesmal, wenn ich mich abends hinlege, wie sie sich an meinem Ohr unterhalten. Gezirpe, Knistern, Getrappel winziger Beinchen. Die Milben wissen nicht, daß ihr Universum lediglich aus meiner Matratze besteht. Wir sollten gut darüber nachdenken; schlimmstenfalls ist unser eigenes Universum nichts anderes als die Matratze eines Megagiganten. Wenn ich bedenke, wie vollgestopft diese Welt mit Leben ist, mit Insekten, Milben, Bakterien und anderen Mikroben, kann ich eigentlich nicht verstehen, wie es möglich ist, daß wir Menschen uns alleine fühlen.

Aber so fühlte ich mich nun einmal, als Ramón entführt wurde, alleine mit meiner Verzweiflung, alleine mit meiner Angst. Damals verstand ich, warum ich mich nicht von meinem Mann getrennt hatte; auch wenn ich mich mit ihm langweilte, auch wenn er mich zur Verzweiflung brachte, Ramón war der Duft meiner Höhle, der primitive Schutz des Artgenossen, Augen, die einen sehen, und eine komplizenhafte Anwesenheit gegen die Unbilden der Witterung, gegen diese äußere Welt voller Gewitter, gewaltiger Orkane und Erdbeben. Damals machte mir die Einsamkeit große Angst.

Das muß der Grund dafür gewesen sein, weshalb ich Félix Roble erlaubte, sich dermaßen in mein Leben einzumischen, weshalb ich ihm von morgens bis abends die Tür zu meiner Wohnung und meinem täglichen Leben öffnete. Félix seinerseits war begeistert. Auch er mußte sich sehr einsam fühlen, wie so viele andere alte Witwer und Rentner. Wenn man das bedenkt, so war es nicht weiter verwunderlich, daß er sich vom ersten Moment in den Fall hing.

So ähnlich war es bei Adrián. An jenem ersten Tag des fehlgeschlagenen Überfalls erwachte unser junger Nachbar aus seiner Siesta und ertappte Félix und mich in der Küche, wie wir uns über Durruti unterhielten und die Riesenpistole fetteten. Der Junge betrachtete überrascht die Waffe, und ich dachte, daß es angemessen wäre, ihn über die Situation ins Bild zu setzen. Natürlich erzählte ich ihm nicht die ganze Wahrheit: Zum Beispiel behielt ich für mich, daß im Futtersack von Wallie zweihundert Millionen Peseten versteckt waren.

»Was, dein Ehemann ist entführt worden?« fragte Adrián verwundert und schien eindeutig von dieser Nachricht fasziniert zu sein. »Das ist ja unglaublich. Ich würde dir natürlich gerne helfen. Du kannst voll auf mich zählen.«

Ein angenehmer Kerl, ein wenig schwermütig. Er sprach nicht sehr viel: Ich dachte, er wäre schüchtern. Trotzdem lud ich ihn an jenem Abend zusammen mit Félix Roble zum Essen ein. Adrián erschien mit einem Kaktus als Geschenk, ein kleines und niedliches Pflänzchen mit einer winzigen Blüte darauf; und mir schien, als würde diese Mischung aus stacheliger Rauheit und Zartheit seinen eigenen Charakter versinnbildlichen. Der Alte kam mit einer Flasche Rioja, von der er wieder keinen Schluck selber trank.

Es war ein wunderbares Abendessen. Zu meiner Überraschung fühlte ich mich mit den beiden sehr wohl. Es war klar, daß ich auf sie angewiesen war, und man neigt dazu, das, was man braucht, zu idealisieren. Ich benötigte sie, weil ich nicht allein sein wollte, und weil ich weder meine Familie noch meine Freunde ertrug, die immer so zurückhaltend waren, ständig etwas von Trauer faselten, heimtückische Fragen stellten, mich bevormundeten. Als meine Verwandten und Bekannten mich anriefen oder mich besuchen kamen (in den ersten Tagen schauten einige von ihnen unangemeldet bei mir vorbei), war mir ihre kritische Haltung, die sich in ihrer Stimmlage und ihrem forschenden Blick zeigte, so lästig, daß ich sie mir sofort vom Hals schaffte. Vielleicht bin ich dabei etwas zu rüde vorgegangen, da sie bald gar nichts mehr von sich hören ließen. Ich weiß nicht genau, was meine Freunde von mir als Ehefrau eines Entführten erwarteten, aber ich wußte sehr wohl, daß sie etwas erwarteten: vielleicht eine elegante Bedrücktheit, eine gemäßigte Unruhe, eine Art Witwenschaft in der Warteschleife.

Félix und Adrián dagegen erwarteten nichts von mir: keine Inszenierung, keine Erklärung. Zwischen uns kam sehr schnell Vertrautheit auf, es entstand eine von diesen beschleunigten Kameradschaften, die sich zwischen Urlaubsreisenden entwickeln, oder zwischen vom Hochwasser geschädigten Bewohnern eines Viertels. Die Entführung Ramóns war die höhere Gewalt, der wir zum Opfer gefallen waren, wir waren wie Schiffbrüchige, die von wer weiß woher angetrieben worden waren. Denn niemand von uns hatte eine feste Arbeit, etwas Bestimmtes im Leben zu tun oder familiäre Verpflichtungen. Zunächst war Félix derjenige, der damit anfing, mit der ein oder anderen Entschuldigung die Zeit in meiner Wohnung totzuschlagen; und bald darauf übernahm auch Adrián diese neue Gewohnheit. Wir lebten, als würden wir von außen belagert, immer in der Hoffnung, daß sich die Entführer mit mir in Verbindung setzen würden. Wir verjagten die unvorsichtigen Besucher, die sich bis zu meiner Tür vorgewagt hatten, wimmelten Anrufer kurz und bündig ab, belogen Inspektor García, aßen Orangen und Rührei und ließen uns von Félix bruchstückweise seine Lebensgeschichte erzählen. Nach vierundzwanzig Stunden mochten wir uns so sehr, daß wir Adrián bereits erzählt hatten, vierzig Millionen Peseten in der Zuckerdose versteckt zu haben. Nach zwei Tagen fühlten wir uns so vertraut miteinander, daß wir ihm gestanden, daß es nicht vierzig Millionen, sondern zweihundert Millionen seien und daß sie auf dem Schrank lägen. Und am dritten Tag, wir waren bereits unzertrennlich, erklärten wir ihm in allen Details die Idee mit Wallies Futtersack.

»Das habe ich bereits gewußt«, antwortete Adrián.

»Wie, du wußtest das schon?«

»Klar, schon seit dem ersten Tag. Ich habe nicht die ganze Zeit geschlafen und mitbekommen, wie ihr im Flüsterton über mögliche Verstecke diskutiert und den Futtersack weggeschleift habt und das alles.«

»Und warum hast du nichts gesagt, warum hast du es zugelassen, daß wir uns die ganzen Tage über lächerlich machen?«

»Darum: Ich wollte wissen, ob ihr mir vertraut. Der Mensch, der die Wahrheiten nicht scheut, darf keine Angst vor den Lügen haben. Das stammt von Thomas Jefferson. Außerdem war ich mir sicher, daß ihr mich nicht lange anlügen würdet. Eine Lüge wird niemals alt. Das hat Sophokles gesagt.«

Am vierten Tag war es, als hätten wir schon immer so gelebt, in dieser Art Dasein in Klammern, in der Hoffnung auf etwas Unklares, aber Definitives. Wir trennten uns nur noch zum Schlafengehen, das tat jeder in seiner eigenen Wohnung. Ich machte die Tür hinter ihnen zu und verschloß sie wie eine Besessene mit allen Schlüsseln, warf die Orangenschalen in den Müll und verabreichte Wallies Bauch die entsprechende Zahl von allabendlichen Streicheleinheiten. Dann legte ich mich ins Bett und las mehrere Stunden lang dieselbe Seite eines Romans, weil ich es vor lauter Panik nicht schaffte, mich zu konzentrieren. Und wenn es hinter den Jalousien in meinem Zimmer langsam hell wurde und ich die wohlbekannten Geräusche zwitschernder Vögel hörte und vernahm, wie Nachbarn die rauschenden Wasserspülungen betätigten, machte ich das Licht aus und ließ mich in die Angstgrube fallen. Daß wir uns richtig verstehen: Ich meine nicht die Angst um Ramóns Wohlergehen oder den Schrecken über die Entführung, sondern die jedem eigene Angst, die Grube, die man um sich herum gräbt, je älter man wird, diese Angst, die man Tropfen für Tropfen ausschwitzt, die zu einem gehört wie die eigene Haut, die Panik, zu wissen, daß man lebt und doch zum Tode verurteilt ist. Wer war nachts nicht schon einmal in einer solchen Angstgrube, im Halbschlaf, bevor man in einen Traum versinkt. Schlafen heißt den Tod erproben, deshalb macht das angst.

Ich hatte einmal einen Liebhaber, der es nicht ertrug, in einem richtigen Bett zu schlafen. In seinem Schlafzimmer stand ein kahles und mönchisches Lager, auf dem wir uns gelegentlich liebten. Zum Schlafen benutzte er jedoch immer das Sofa im Wohnzimmer. Darauf bettete er sich halb angezogen zwischen Kissen und mit einer Reisedecke über den Beinen, so als ob er sich, anstatt richtig zu schlafen, für eine Siesta hinlegen würde. Als gäbe es weder Tag noch Nacht, noch den Lauf der Zeit, noch diesen tiefen Schlaf, der einen vom Antlitz der Erde fegt, sondern immer wieder nur ein leichtes und belangloses Einnicken, Situationen, die vorläufig und umkehrbar sind. Man sollte sich darüber im klaren sein, daß das Bett ein beunruhigendes Möbelstück ist, das Nest der Alpträume, die letzte Rückzugsmöglichkeit oder der äußerste Schlupfwinkel des Tieres in uns. Wir sind die größte Zeit unseres Lebens in vertrautem Kontakt mit dieser Räuberhöhle, dort schwitzen wir, werden wir krank und wieder gesund und träumen und zeugen Kinder. Und in diesem gestrandeten Schiff aus Metall oder Holz sterben wir. Das Wahrscheinlichste ist nämlich, daß wir tatsächlich in einem Bett sterben, vielleicht sogar in unserem *eigenen* Bett, in diesem verfluchten, von den Milben eingenommenen Möbelstück, das wir so oft wie keinen anderen Platz auf der Welt aufsuchen und in dem wir jetzt schon jede Nacht die endgültige Finsternis proben.

Ich war also aufgrund der Entführung und meiner üblichen

Ängste so nervös, daß ich kein Auge zumachte; und als ich schließlich im Morgengrauen einschlief, schlief ich wie ein Stein, als wäre ich in Ohnmacht gefallen. Als am Morgen des fünften Tages das Telefon zu klingeln begann, dauerte es deshalb eine halbe Ewigkeit, bis ich wach wurde.

»Ich komme ja schon«, murmelt ich völlig verwirrt und schlaftrunken und unfähig, auszumachen, was das für ein Lärm war.

Langsam kam ich zu mir. In der Wohnung war es kalt, und durch das Fenster drang eine späte winterliche Sonne. Ich lief barfuß bis zum Telefon, das wie ein wütendes Tier weiterschrillte: Für den Fall, daß die Entführer anriefen, hatte ich den Anrufbeantworter nicht mehr angestellt. Schlechtgelaunt nahm ich den Hörer ab:

»Ja?«

»Hören Sie gut zu. Dies ist eine Nachricht von *Orgullo Obrero*. Ich werde Ihnen Anweisungen geben für die Übergabe des Lösegelds. Hören Sie gut zu: Ich werde alles nur einmal sagen, und ich würde Ihnen empfehlen, nichts zu vergessen.«

Sie waren es. Endlich. Plötzlich war die Müdigkeit wie weggeblasen, statt dessen fühlte ich mich wie erstarrt, so als würde sich alles in Zeitlupe bewegen. Ich dachte: ›Ich bin allein, die ganzen Tage war jemand bei mir, und gerade jetzt bin ich allein, was für ein Pech.‹ Ich dachte: ›Ich kann das nicht, ich kann ihm nicht zuhören, ich kann ihn nicht verstehen, ich werde etwas vergessen, ich werde alles verwechseln, ich werde schuld sein, daß sie Ramón umbringen.‹ Ich dachte: ›Meine Füße erstarren langsam zu Eis, ich hätte mir Hausschuhe anziehen sollen, das fehlt mir gerade noch, daß ich mir jetzt einen Schnupfen hole.‹ All diese Dinge gingen mir durch den Kopf, als der Mann einen ganz kurzen Moment Pause nach dem Absatz machte, der auf das »nichts zu vergessen« folgte. Dann fuhr er fort:

»Gehen Sie ins Kaufhaus Mad & Spender und kaufen Sie sich dort einen Samsonite, das neue Modell, den kleinsten Hartschalenkoffer der Serie, in schwarz. Der Verkäufer wird Ihnen am

Griff eine Mad & Spender-Plastiktüte befestigen: Machen Sie sie nicht ab. Gehen Sie nach Hause, packen Sie das Geld in den Samsonite und kleben Sie die Quittung mit einem Klebeband auf die Außenseite des Koffers. Gehen Sie dann heute am frühen Abend noch einmal zu Mad & Spender in die Kofferabteilung und stellen Sie sich in die Schlange an der Zentralkasse, so als wollten Sie etwas umtauschen. Stellen Sie den Koffer neben sich auf den Boden und blicken Sie nach vorne; alles andere übernehmen wir. Seien Sie genau um sieben Uhr abends in der Schlange. Und lassen Sie die Polizei aus dem Spiel, oder Sie werden Ihren Mann nie wiedersehen.«

Das war alles. Der Mann legte auf, und ich begann zu zittern. Was hatte er gesagt, was für ein Koffer? Wie groß? Um wieviel Uhr sollte ich dort sein? Ich mußte mir die Nachricht ein paarmal laut vorsagen, um endlich ihren Inhalt zu begreifen. Als ich sie verstanden hatte, notierte ich alles auf einen Zettel und rannte zu Félix' Wohnung.

»Mmmm. Er besteht auf der Quittung und darauf, daß du die Plastiktüte an dem Griff läßt, weil das die Beweise dafür sind, daß der Samsonite nicht geklaut worden ist«, überlegte der Nachbar. »Das heißt, sie haben vor, mit dem Koffer in der Hand aus dem Mad & Spender zu spazieren, als wären sie Kunden und hätten ihn gerade gekauft. Ganz schön unverfroren und dreist. Man muß schon gute Nerven haben, wenn man so durch ein großes Kaufhaus gehen will: Bis sie an der Tür sind, wären sie ziemlich lange gut zu sehen. Mut haben sie ja, das läßt sich wirklich nicht leugnen.«

Und er sagte das merkwürdigerweise so, als würde es ihm gefallen, daß die Entführer so viel Grips hatten, als wäre das der Maßstab für sein eigenes Heldentum.

Und dann war es doch nicht so. Trotz der bewundernden Vermutungen von Félix waren die Entführer in dem Moment der Übergabe des Lösegelds keineswegs sichtbar. Es war der 7. Januar. Das heißt, genau der Tag, an dem der berühmte Winterschlußverkauf im Mad & Spender anfängt. Aus diesem Grund sah das Kaufhaus aus wie Sarajevo in den härtesten Kriegszeiten. Ungeheure Massen von Käufern stürmten auf die Kleiderstangen zu und schnüffelten wie Raubtiere zwischen den Bügeln. Blasse und verschwitzte Verkäuferinnen mit abgerissenen Blusenknöpfen und Verkäufer mit verrutschtem Krawattenknoten unterm Ohr verschanzten sich völlig umsonst hinter den Verkaufstischen. Wir brauchten fast zwei Stunden, um in diesem Chaos den verfluchten Koffer zu kaufen. Halb ohnmächtig verließen wir das Geschäft. Und am Abend versprach es noch schlimmer zu werden.

Ich weiß nicht, ob ich das, was an jenem Abend geschah, richtig wiedergeben kann. Ich erinnere mich nur an Einzelheiten, als hätte ich im Fiebertaumel Wahnvorstellungen gehabt. Oder als wären es die Überbleibsel eines Alptraums. Es ist aber das Adrenalin, das dazu führt, daß man die Dinge derart verzerrt, wie unter Hypnose, erlebt. Es ist eine stärkere Droge als Haschisch. Und an diesem Abend war bei uns allen der Adrenalinspiegel ziemlich hoch.

In Anbetracht der Menschenmenge beschlossen wir, eine Stunde eher am Treffpunkt zu sein. Also durchschritten wir um sechs Uhr die Türen des Kaufhauses, den Koffer mit viel Mühe hinter uns her zerrend. Er war zu diesem Zeitpunkt bereits mit Geld vollgestopft und unglaublich schwer. Da ich panische Angst hatte, dort alleine aufzutauchen, hatten wir uns riskanterweise dazu entschlossen, so zu tun, als hätte das Verbot, die Polizei zu informieren, nichts damit zu tun, daß mich ein Freund begleitete; bei jeder Entführung gibt es schließlich eine Vertrauensperson. Das wußte ich aus den Nachrichten und Spielfilmen, und die Entführer mußten das ja wohl noch besser wissen. Deshalb war Félix die ganze Zeit an meiner Seite: sein Alter, darauf hofften wir, würde die Entführer milde stimmen. Im Hinblick auf Adrían wurde nach langer Diskussion entschieden, daß er uns mit einem sicheren Abstand unauffällig folgen sollte. Und er war tatsächlich so vorsichtig und unauffällig, daß ich ihn, nachdem wir das Kaufhaus betreten hatten, aus den Augen verlor.

Wir kamen also schließlich in der Kofferabteilung an, die sich auf derselben Etage wie die Herrenbekleidung befand; und obwohl sie nicht zu den problematischsten Zonen des Gebäudes gehörte, war das Wirrwarr dort ebenfalls unbeschreiblich. Die tobenden Massen erzeugten einen dumpfen und bedrohlichen Lärm, der an das aufgepeitschte Meer erinnerte; und manchmal warfen einen die Ellenbogenstöße der Leute um uns herum drei bis vier Meter nach rechts oder links aus der Bahn. Es war deshalb wirklich eine Heldentat, die Etage mit dem unglaublich schweren Koffer in der Hand zu durchqueren. Außer Atem, vor Schweiß triefend und zitternd erreichten Félix und ich den äußersten Rand der Zentralkasse.

Dort warteten wir, durch eine Säule ein wenig abgeschirmt, eine halbe Stunde lang auf den genauen Zeitpunkt des Treffens. Wir waren so ängstlich, daß wir während der ganzen Zeit nicht ein Wort wechselten. Ich weiß nicht, was Félix gemacht hat: Ich habe ihn nicht angesehen. Ich war darauf konzentriert, meiner eigenen Atmung und dem Pochen in meinen Ohren zu lauschen. Die Zeit verging unerträglich langsam, die Sekunden teilten sich in noch kleinere Zeiteinheiten und krochen wie Würmer einer hinter dem anderen her. Ich betrachtete die Gesichter der Leute: die ältere Dame mit dem Pelzmantel und den Schweißperlen auf der Stirn, der junge Mann mit dem unangenehmen Gesicht und dem viel zu großen Jackett, der dünne, schläfrige Verkäufer. Ob einer von ihnen der Entführer war? Selbst der Verkäufer, warum eigentlich nicht? In diesem Chaos konnte es doch sein, daß er sich einfach ein Namensschild ans Revers gesteckt hatte und so tat, als würde er hier arbeiten. Oder er hatte sich für den Anlaß einstellen lassen: Während des Schlußverkaufs gab es in den großen Kaufhäusern jede Menge Gelegenheitsarbeiter. Klar war, daß *sie* bereits hier sein mußten. Ich war mir sicher, daß sie mich in diesem Moment beobachteten. Ein Tropfen eiskalter Schweiß lief mir vom Nacken den Rücken hinab.

Nun denn, auch wenn es kaum zu glauben ist, alles geht vorbei. Nicht nur die schönen Momente sind irgendwann einmal vorüber, die Liebschaften, leidenschaftlicher Sex, die Jugend, sondern auch – und das ist sehr erleichternd – die Streitigkeiten, die Kopfschmerzen, die düsteren Nächte und die Zahnarztbesuche. Genauso ging auch diese nervenaufreibende Warterei in der Kofferabteilung vorbei, und der vereinbarte Zeitpunkt war endlich da. Um zwei Minuten vor sieben setzten wir uns in Bewegung; dreißig Sekunden vor sieben standen wir am Ende der langen Schlange vor der Zentralkasse. Ich stellte den Koffer neben mich auf dem Boden ab, und wir beide, Félix und ich, begannen mit einem überlegenen und unbeteiligten Ausdruck im Gesicht in eine andere Richtung zu starren.

Nach einer unendlich langen Zeit konnte ich nicht anders und mußte die Augen in Richtung des verbotenen Ortes senken: Mist, der Samsonite war immer noch da, wie ich es schon befürchtet hatte. Neben mir hatte sich nämlich noch immer nichts bewegt. Ich sah auf die Uhr: vier nach sieben! Aber wie war es möglich, daß erst vier elende Minuten verstrichen waren?

»Und wenn sie nicht kommen?« wagte ich mit erstickter Stimme zu fragen.

»Sie werden kommen. Gerade sind sie dabei, uns zu umkreisen und zu prüfen, ob alles in Ordnung ist. Bleib ruhig und sei still«, antwortete Félix.

Ich war still, aber nicht sehr ruhig, wenn ich ehrlich sein soll. Da es in der Schlange nur langsam voranging, mußten wir nur ab und zu einen Schritt nach vorne machen. Es war eine in sich zusammengedrängte Schlange, in der es zum Teil sehr übel zur Sache ging; manchmal wurde vor oder hinter uns Radau geschlagen, und zwei oder drei Kunden gerieten in eine heftige Diskussion darüber, wer als erster dagewesen war; außerdem war die Schlange so lang, daß sie ständig von Leuten, die sie durchqueren wollten, unterbrochen wurde. Inmitten dieses Chaos schoben Félix und ich den Koffer mit dem Fuß weiter nach vorne. Aber die Zeit verging, und nichts passierte. Ich bemühte mich, den Blick weiterhin nach vorne zu richten, aber bei jeder Gelegenheit glitten meine Augen zur Seite. Ich war genauso unruhig und ängstlich, die Entführer zu überraschen, wie damals, als ich noch ein kleines Mädchen war und mitten in der Nacht des Dreikönigstags aufwachte und verstohlen Richtung Fußende des Bettes blickte, um zu sehen, ob sie schon vorbeigekommen wären und mir Geschenke dagelassen hätten (die Heiligen Drei Könige in dem Moment, wo sie die Pakete niederlegten, zu ertappen, wäre ebenfalls eine verhängnisvolle Dummheit gewesen).

Und es vergingen zehn Minuten, dann zwanzig und danach eine halbe Stunde; und um neunzehn Uhr fünfzig standen wir schon im vordersten Abschnitt der Schlange an einer verlängerten Verkaufstheke, die bis zur Kasse reichte, und vor uns waren nur noch sieben oder acht Personen. Und dann, genau in diesem Moment, nach so viel unerträglichem Nichtstun, ereignete sich plötzlich eine unglückselige Kette von Begebenheiten. Zunächst einmal fiel Félix, der vor mir gestanden hatte, wie eine Marionette in sich zusammen. Ich stürzte mich über ihn, wie ein weiteres halbes Dutzend Personen auch: Bei öffentlichen Ohnmachtsanfällen sind wir Spanier für gewöhnlich sehr kooperativ.

»Félix!«

»Er ist ohnmächtig geworden«, sagte jemand.

»Kein Wunder bei der Hitze hier drin«, sagte ein anderer.

»Bei diesem Gedrängel.«

»Also mir ist auch schwindelig, und es ist noch keine zwei Minuten her, da habe ich zu meiner Tochter gesagt: ›Laurita, wenn wir hier nicht bald rausgehen, fall ich um.‹«

»Kein Wunder bei dem ganzen Lärm.«

»Ich will ja nichts sagen, aber wenn sogar mir schon schwindelig ist, ja, daß dann der Opa ..., also überlegen Sie mal.«

Ich kniete neben Félix auf den Boden, hob seinen Kopf hoch und fächerte ihm mit einer Garantiekarte, die mir jemand in die Hand gedrückt hatte, Luft zu. Ich war über mich selbst bestürzt und wütend: Natürlich mußte er bewußtlos werden, was hatte ich denn erwartet? Die Vitalität und der gute Gesundheitszustand meines Nachbarn hatten mich vergessen lassen, daß er ein alter Mann war. Doch er war es. Zu alt, um ihn in so etwas hineinzuziehen. Félix öffnete die Augen. Er sah mich erstaunt an und versuchte, seine fünf Sinne wieder zusammenzunehmen:

»Was ist passiert?«

»Nichts. Du bist in Ohnmacht gefallen.«

»Die Hitze«, sagte jemand.

»Der Lärm«, urteilte ein anderer.

»Kein Wunder.«

»Fühlst du dich gut?« fragte ich ihn.

»Ja«, antwortete Félix etwas munterer.

Dann drehte er das Gesicht nach rechts und erstarrte.

»Schau mal«, murmelte er mit erstickter Stimme.

Ich sah in die Richtung, in die er blickte. Ich sagte bereits, daß wir an der verlängerten Verkaufstheke gestanden hatten; vom Boden aus, wo wir uns nun befanden, entdeckte ich, daß die Theke eher eine Art riesige, auf die Seite gekippte Kiste ohne Boden war, die zwei leere Fächer hatte, so daß man durch sie hindurchsehen konnte. Und wir sahen auf der anderen Seite, halb verschanzt hinter einigen Bügeln und manchmal von der Menschenmenge verdeckt, das hagere und unverwechselbar dämliche Gesicht von Inspektor José García. Das Herz blieb mir für eine Zehntelsekunde stehen, und in dieser Zeit ging mir all das durch den Kopf, was man in einem solchen Moment denkt. Natürlich, sagte ich mir, ich bin ein Idiot: als würde mich die Polizei nicht beschatten. Wahrscheinlich hörte sie auch mein Telefon ab. Es war offensichtlich, daß der Inspektor uns beobachtete, auch wenn ihm bis dahin noch nicht klar war, daß wir ihn entdeckt hatten. Die Gegenwart von García brachte das ganze Unternehmen in Gefahr; ohne Zweifel würde er versuchen, den Entführer festzunehmen. Das wäre für Ramón sehr ungünstig, und außerdem würde er selbstverständlich die zweihundert Millionen beschlagnahmen. Wie sollte ich dann noch das Lösegeld bezahlen können?

»Was ist los?« fragte Adrián, der plötzlich neben uns auftauchte: Er hatte sich ziemlich erschrocken, als Félix in Ohnmacht gefallen war.

»Wir müssen das Ganze abbrechen!« war das einzige, was ich rausbrachte.

Und ich drehte mich um, um nach dem Koffer zu greifen. In dem Gedränge noch halb gebeugt und überall auf Knie blickend packte ich den Griff. Aber der Griff bewegte sich unter meinen Fingern, er war weich, warm und menschlich. Verblüfft stellte ich fest, daß meine Hand auf einer anderen Hand lag; und für einen ganz kurzen Moment blickten meine Augen in ein anderes Paar Augen, das sich auf derselben Höhe wie meine befand und ebenfalls erstaunt war; dunkle, männliche und junge Augen. Das war das einzige, was ich sah, ich könnte kein weiteres Detail über den Besitzer jener Augen hinzufügen. Dann zog der Entführer kräftig am Griff und hatte den Samsonite ganz in der Hand. Sein Triumph war jedoch nur von kurzer Dauer: Genau in diesem Moment fegte eine Art Wirbelsturm zwischen uns durch und riß ihm den Koffer aus der Hand. Es war Adrián. Der Mann mit den dunklen Augen verschwand sofort in dem Wald aus Beinen, genauso leise und schnell wie ein Stein, der im Wasser versinkt. Ich stand verblüfft auf; in der Hand hielt ich die Quittung über den Kofferkauf, ich mußte sie während des Handgemenges abgerissen haben. Ich sah mich um: Weder Inspektor García, noch der Enführer, noch Adrían waren zu sehen.

»Ich warte auf dem Parkplatz auf dich, am Auto«, sagte ich zu Félix.

Und mit einer gewissen Vorahnung rannte ich so schnell ich konnte durch das Gedränge bis zu den Treppen, dort hinunter und dann Richtung Ausgang. Ich war schon fast dort angelangt, als ich Adrián sah: Er befand sich nur ein paar Meter vor mir, quasi an der Türschwelle und war gerade von einem korpulenten Kerl in Zivilkleidung, eindeutig ein Kaufhausdetektiv, angesprochen worden.

»Würde es Ihnen etwas ausmachen, mir bitte den Kassenzettel für den Koffer zu zeigen?« sagte der elegante Gorilla.

Adrián stotterte irgend etwas und stellte den Samsonite auf dem Boden ab. Dabei versuchte er, sich nicht anmerken zu lassen, wieviel der Koffer wog, und machte Anstalten, seine Taschen zu durchsuchen. Mit einem großen Schritt war ich bei ihnen:

»Du brauchst nicht weiter zu suchen, ich habe ihn.«

Ich streckte dem Mann das zerknitterte Papier hin. Der Kerl sah es sich aufmerksam an und gab es mir dann mit einem leichten Kopfnicken zurück.

»In Ordnung, vielen Dank.«

Adrián ergriff erneut mit gespielt ungezwungener Haltung den Koffer, und wir gingen Richtung Ausgang. Dann rannten wir, den Koffer hinter uns her schleppend, wortlos und ohne daß uns jemand anderes festgehalten hätte, bis zum Parkplatz. Als wir an Félix' Schrottkiste ankamen, wären wir fast zusammengebrochen. Wir waren vollkommen verschwitzt und keuchten.

»Eben an der Tür, wo wolltest du da so schnell hin?« fragte ich schließlich nach einer Weile, als ich wieder einigermaßen zu Atem gekommen war. Und ich glaube, meine Stimme hörte sich nicht gerade sehr freundschaftlich an.

»Was heißt hier, wo wollte ich hin? Ich habe natürlich versucht, das Geld in Sicherheit zu bringen, das ist doch wohl klar.«

»Was heißt für dich denn in ›Sicherheit bringen‹?« hakte ich nach.

»Was willst du damit sagen?« antwortete Andrián und zog die Stirn in düstere Falten.

Schön, da waren wir beide also am selben Punkt angekommen und stellten uns mißtrauische Fragen. Ich dachte einen kurzen Moment lang darüber nach, wie ich am besten weitermachen sollte, und wagte eine neue Frage.

»Warum hast du dir den Koffer geschnappt?«

»Wie, warum? Du hattest kurz zuvor gesagt, daß wir das Ganze abbrechen müßten.«

»Stimmt.«

»Wenn du glaubst, daß ich mit deinen zweihundert Millionen abhauen wollte, kannst du sie dir sonstwohin stecken.«

»Sei nicht böse. Entschuldigung. Ich bin vollkommen durcheinander. Als ich dich in diesem Affenstempo wegrennen sah . . .«

»Ich dachte mir, daß es das Beste sei, das Geld zu retten und hier am Auto auf euch zu warten.«

In der Tat, es war logisch, daß er daran dachte, sich hier mit uns zu treffen; schließlich standen wir beide jetzt auch hier, um auf Félix zu warten. Ich schaute Adrián an: Er schien wütend zu sein. Mit dieser gequälten Miene und diesem Ausdruck von verletztem Stolz sah er sehr hübsch aus. Ich weiß nicht, ob ich das bereits gesagt habe, aber Adrián ist ein schöner Mann. Sehr attraktiv. Ich schaute in seine dunkelgrünen Augen, die durch die Wut noch dunkler geworden waren, und spürte einen Knoten im Magen, ein leichtes Würgen, Schwindel. Ich spürte dieses ganz besondere Schwächegefühl, das einen überkommt, je nachdem über welchen Abgrund man sich beugt, je nachdem in welche Augen man blickt. Ich seufzte.

»Entschuldige«, wiederholte ich. »Ich bin einfach sehr durcheinander.«

Adriáns Stirn glättete sich, er sah mich an und lächelte. Ich glaube, ich konnte in dem kalten Winternachtwind seine Pheromone riechen. Der Raum zwischen ihm und mir, der kaum mehr als zwei Handbreit war, füllte sich mit knisternder Spannung.

»Gut. Eigentlich ist das auch nicht so wichtig. Schau mal, da kommt Félix«, sagte Adrián schließlich und machte dem Zauber ein Ende.

Und er hatte recht. Der alte Mann kam an den Autos vorbei auf uns zu, er winkte mit einer Hand und lächelte in der dunklen Nacht. Wir waren wieder zu dritt.

Adrián war jung, sonderbar und dreist. Ständig brachte er berühmte Zitate an, wahrscheinlich, weil er noch nicht genug auf seine eigenen Worte vertraute. Und er besaß ein ungewöhnlich großes Wissen über vollkommen unwichtige Dinge. So wie andere Jungen Comics oder Hardrock-Platten sammelten, sammelte er Kuriositäten und Zufälle.

»Wußtest du, daß Charles II. von England eine Perücke trug, die er sich aus dem Schamhaar seiner vielen Geliebten hatte anfertigen lassen?« fragte er zum Beispiel.

Nein, das wußte ich nicht, und ich nehme an, daß jene Information mein Leben nicht besonders erhellt hat. Adrián hatte etwas Eigensinniges und Rauhes. Er hatte das zarte Gesicht einer Katze, das nicht zu seinem restlichen Körper paßte; denn er war breit und kräftig gebaut, hatte muskulöse Oberschenkel und Arme und schwere Knochen. Obwohl ich immer mehr auf schmale, sehnige Typen mit kleinem Po gestanden habe, fand ich dieses Kind mit dem riesigen Männerkörper eigenartigerweise anziehend. Weil er ein Kind war. Ich hätte wirklich seine Mutter sein können. Er selbst hatte es bereits mit verräterischer Unschuld gesagt:

»Dann bist du also einundvierzig Jahre alt? Mensch, das ist ja lustig. Meine Mutter ist gerade zweiundvierzig geworden.«

Ich fand das keineswegs lustig. Wenn ich irgend etwas fand, dann, daß es unsinnig war und mich unruhig machte, daß ich diese Rotznase attraktiv fand. Eigentlich sehe ich das alles nicht so eng. Als ich jung war, hatte ich hier und da meine Liebesaffären. Aber Adrián war zwanzig Jahre jünger als ich; und ich färbte meine grauen Haare, und ich benutzte Cremes zur Straffung der Brust, und ich hatte Cellulitis am Hintern, und abends, wenn ich mich im Badezimmer verschanzt hatte, nahm ich mir die verfluchten Zähne raus, um sie zu reinigen. Noch mehr Elend? Ja, natürlich: Altersflecken auf dem Handrücken, Wackelpudding an den Armen, unerträgliche Falten um den Mund, eingefallene und schlaffe Wangen. Das heißt, ich glaube, daß ich psychologisch nicht darauf vorbereitet war, mit einem Jungen wie Adrián zu flirten.

Die Situation war kaum zu ertragen. Einmal legte ich ihm, während er sprach, beiläufig die Hand auf die Brust (oder vielleicht war die Geste ja doch nicht so beiläufig) und entdeckte unter meinen Fingerspitzen auf der anderen Seite des zarten Leinenstoffes überzeugendes und behagliches, elastisches Fleisch, so daß ich eine Gänsehaut bekam. Und wenn er mich zufällig streifte – zum Beispiel, wenn er hinter mir durch eine Tür ging und mir mit einer Hand über den Rücken fuhr –, hätte man an der Stelle, wo wir uns berührten, ein Streichholz anzünden können. Trotzdem bewahrten wir beide Anstand und spielten unsere Rollen tadellos; und so erzählte er mir mit Begeisterung von seiner Mutter oder den Mädchen, die ihm gefielen, und ich gab ihm Ratschläge und tadelte ihn freundlich, als wäre er mein Sohn. Aber das war er nicht, weil ich keine Kinder habe. Und da, wo die Mütter einen kindlichen Körper sehen, Popöchen, die sie früher gepudert haben, und sich an das arglose Plantschen in der Badewanne oder an die Pampers erinnern (sie, die das Wunder vollbracht haben, männliche Wesen in sich heranwachsen zu lassen, sind in der Lage, sie sich als Kinder vorzustellen), sah ich nur einen männlichen Körper, einen aufregenden und faszinierenden Männerkörper, das Geheimnis des anderen, der einen ergänzt.

Ansonsten war Adrián schwer einschätzbar und ein bißchen verrückt. Er hatte Hirngespinste, Vorahnungen, wilde Phantasien. Als wir uns gerade kennengelernt hatten, kam er eines Morgens zum Frühstücken in meine Wohnung; und wir saßen alle drei, Félix, er und ich, um den Küchentisch herum und kauten Toastbrot, als Adrían mit einer Geschichte anfing:

»Ich werde euch etwas erzählen. Also, zwei Bergsteiger steigen auf einen abgelegenen Gipfel in den Alpen, als ...«

»Ist das ein Witz?«

»Nein, das ist kein Witz. Also nochmal: Sie steigen auf einen abgelegenen Gipfel in den Alpen. Plötzlich gibt es keinen Schnee mehr, und ein Eisblock ist zu sehen. Und in dem Eis eingeschlossen liegen die nackten Leichen eines Mannes und einer Frau. Die erstaunten Bergsteiger schlagen Löcher in das Eis und ziehen die beiden Körper heraus. Sie sehen sie an und sehen sie wieder an, und dann wird einer der Kletterer ganz aufgeregt und sagt: ›Das sind Adam und Eva! Wir haben das erste Paar der Menschheit entdeckt!‹ Warum?«

»Warum was?«

»Warum ist der Typ so sicher, daß die beiden Leichen Adam und Eva sind?«

Ich zuckte die Schultern.

»Keine Ahnung. Warum?«

»Ich weiß es auch nicht. Manchmal träume ich solche Weissagungen oder Rätsel. Und dann beschäftige ich mich oft stunden- und tagelang damit, bis ich eine Antwort gefunden habe. Das von Adam und Eva habe ich letzte Nacht geträumt.«

Adrián war kein Genie, aber er strahlte einen ganz besonderen Charme aus. Hübschen Männern und Frauen wird ungewöhnlich oft nachgesagt, sie seien etwas Besonderes. Die Häßlichen müssen sich dagegen mächtig anstrengen, um ihre Qualitäten unter Beweis zu stellen. Wir neigen dazu, der Schönheit Tugenden zuzusprechen, die jenseits des rein Physischen liegen, so als müßten die körperlich schönen Menschen auch geistige Schönheit besitzen. Und so sagen wir nicht nur häufig, daß der Hübsche hübsch ist, sondern eben alles andere auch: daß er intelligent, elegant, souverän, sympathisch, gutmütig ist und Stil hat. Dann stellt sich heraus, daß er ein Serienmörder ist, wie dieser Psychopath aus Milwaukee, der vierundzwanzig Jugendliche gevierteilt hat; aber was für ein Engelsgesicht der hatte, was für unschuldige blaue Augen, was für wundervoll zarte Lippen. Wie viele Frauen mochten sich nach ihm gesehnt haben, wie viele Nachbarinnen hielten ihn wohl für sensibel und zärtlich, unwissend, daß dieser göttliche Junge genau in jenem Augenblick dabei war, im Keller Kinder zu häuten.

Ich hatte Angst, daß mir mit Adrián dasselbe passieren könnte. Vielleicht hatte mich sein hübsches Gesicht geblendet und mich dazu verleitet, ihm voreilig zu vertrauen. Ich konnte das Bild des Jungen nicht vergessen, der den Koffer an sich riß und sofort Richtung Ausgang rannte. In Wirklichkeit hatte ich überhaupt keine Ahnung, wer dieser Adrián war. Vor einer Woche war er wie aus dem Nichts aufgetaucht. Was wußte ich schon von dem Jungen, er konnte ein Junkie sein oder ein Dieb. Oder sogar, jetzt, wo ich es so recht bedachte, ein Komplize von *Orgullo Obrero*. War er nicht direkt nach Ramóns Entführung aufgetaucht? Félix ist immerhin seit ewigen Zeiten mein Nachbar; ich hatte zwar nichts mit ihm zu tun gehabt, aber ich kannte ihn vom Sehen. Doch Adrián war, welch Zufall, erst einen Monat vor der Entführung meines Mannes hier eingezogen. Und bei den terroristischen Vereinigungen lief das ja immer so: Sie wurden von ganz normal lebenden Aktivisten unterstützt.

Diese Gedanken beschäftigten mich so sehr, daß ich mit Félix darüber sprach, als wir von unserer fehlgeschlagenen Kaufhaus-Aktion zurückkamen.

»Adrián, ein Dieb? Nein, das glaub ich einfach nicht«, antwortete der Nachbar. »Wenn er uns die zweihundert Millionen hätte klauen wollen, hätte er das vorher machen können. Erinnere dich, er wußte, wo wir sie versteckt hatten.«

»Aber denk doch nach, er war nie alleine in meiner Wohnung«, erwiderte ich und tat so, als hätte ich die erste Person Plural nicht gehört, mit der sich Félix des Geldes bemächtigte. »Hier wäre es für ihn viel schwieriger gewesen, er hätte das Geld aus dem Versteck holen und es irgendwo hinbringen müssen; ich weiß nicht, ich glaube, daß es einfacher war, den Koffer zu nehmen und in dem Gedränge bei Mad & Spender abzuhauen.«

»Blödsinn. Wenn er das Geld in dem Kaufhaus hätte klauen wollen, warum hätte er dann warten sollen, bis du und der Entführer beide den Koffer festhieltet? Und wenn er, wie du vermutest, zu *Orgullo Obrero* gehört, warum sollte er dann seinem Komplizen das Lösegeld aus der Hand reißen? Denk mal ein bißchen nach: Wenn Adrián die Millionen hätte stehlen wollen, hätte er das hier in der Wohnung wirklich hundertmal vorher tun können, und zwar auf eine unauffälligere und bequemere Art. Zum Beispiel hätte er uns ein Schlafmittel in den Kaffee schütten können. Er hätte sich eine Kopie von dem Türschlüssel machen und nachts hier eindringen können. Oder er hätte einfach nur unsere Sorglosigkeit ausnutzen müssen. Das wäre ziemlich einfach gewesen. Nein, ich denke, daß Adrián so schnell weggerannt ist, weil er ein sehr nervöser Junge ist. Als du sagtest, daß wir die Aktion abbrechen sollten, ist bei ihm eine Sicherung durchgebrannt. Er tat einfach das erstbeste, was ihm in den Sinn kam, und er tat es sogar, bevor er zu Ende gedacht hatte. Adrián ist ein Grünschnabel, ein Anfänger. Aber schließlich und endlich hat er es auch gar nicht so schlecht gemacht. Jetzt werden wir zwar niemals erfahren, ob der Entführer den Koffer wirklich genommen hätte, aber es hätte sowieso sein können, daß Inspektor García die Übergabe vereitelt hätte. Adriáns Eingreifen kann deshalb so etwas wie göttliche Vorsehung gewesen sein.«

Félix' Worte beruhigten mich ungemein, aber nicht vollkommen. Weil ich die Blicke der beiden Männer vor Augen hatte, als wir das Geld aus dem Futtersack genommen hatten: der unglaublich gierige Ausdruck, mit dem Adrián und Félix die Riesenmenge gebündelter Geldscheine betrachteten. Und der faszinierte Adrián rief sogar aus:

»Das ist ja Wahnsinn!«

Nehmen wir einmal an, daß Adrián ein guter Junge ist. Nehmen wir des weiteren an, daß er vorher noch niemals daran gedacht hat, irgend jemandem etwas zu stehlen. Aber nehmen wir auch an, daß er ein ziemlich schwacher Typ ist. Daß er der Versuchung nicht widerstehen konnte; das ist es, daß der Anblick des Geldes ihn so sehr berauscht hat, daß er deshalb mit dem Koffer rausgerannt war. Das Leben ist genau das, ein gefährlicher Weg voller Versuchungen; und ob ein Mensch nun redlich ist oder nicht, hängt nicht allein von seinen Tugenden ab, sondern ist auch in gewisser Hinsicht eine Frage von Glück. Davon, wie, wann und wo man in Versuchung geführt wird. Meiner Meinung nach gibt es auf der Welt eine unvermeidliche Minderheit von Bösen – harte, brutale und unverschämte, niederträchtige Menschen; und ebenfalls eine beständige Minderheit ehrlicher und reifer Menschen, die in der Lage sind, selbst in den schlimmsten Augenblicken Würde und Anstand zu bewahren. Und zwischen diesen Extremen befindet sich die übrige Menschheit, unbehauener Stein, Kreaturen mit guten Absichten, die aber sehr schwach sind; normale Menschen, zweifelnd und verwirrt, die gut sind, wenn das Umfeld positiv ist, und schlecht, wenn sie in einer verkommenen Umgebung leben. Innerhalb dieses Pendelschlags zwischen Gut und Böse machen wir unseren Weg, zerstören ihn aber manchmal auch.

Vielleicht waren zweihundert Millionen Peseten in Scheinen wirklich eine zu heftige, zu direkte Versuchung. Vielleicht konnte oder wußte der junge Adrián nicht, wie man bei soviel Reichtum widerstehen sollte. Darüber mußte ich in jener Nacht nachdenken; aber ich teilte diese letzten Zweifel Félix nicht mit, weil schließlich auch er zu schwach sein könnte; auch bei ihm wäre es möglich, daß er dem Verlangen nicht widerstehen könnte. Denn war Félix nicht früher einmal Bankräuber und Gangster gewesen? Er selbst hatte das in jenen ersten Januartagen in allen Einzelheiten erzählt, während wir auf einen Anruf der Entführer warteten, Orangen aßen und dabei seiner Lebensgeschichte lauschten.

Von Mexiko aus reisten wir nach Santiago de Chile, fuhr Félix Roble fort. Damals war die Welt viel größer als heute. Um von Mexiko nach Chile zu gelangen, brauchte man Wochen, vor allem, wenn man mit falschen Papieren reiste. Wir fuhren mit der Bahn, dem Schiff und dem Auto. Manchmal schliefen wir in Luxushotels und andere Male in schmutzigen Pensionen. Wir überließen – erlaubt mir, daß ich im Plural spreche, auch wenn ich noch ein kleiner Junge war –, wir überließen die Hälfte des Geldes, das wir gestohlen hatten, vor Ort ansässigen anarchistischen Organisationen. Damit sollten sie Schulen bauen, Witwen unterstützen und Bücher kaufen. Für die Genossen dort waren wir Götter. Ich sah mich im Spiegel an und sagte zu mir: »Paß auf, Félix, laß dir nichts entgehen: Du gehörst zu Durrutis Leuten, du bist in Amerika, das ist die beste Zeit deines Lebens.« Bei ihren Aktionen begleiten durfte ich sie jedoch nicht: Sie überfielen den Reitclub von Chile und dann einen Kassierer der Eisenbahngesellschaft, und ich blieb zu Hause und kochte. Ich war ihr Küchenjunge und ihr Dienstmädchen. Aber ich lebte mit ihnen zusammen, mein Schicksal war mit ihrem verknüpft, und jeden Moment konnte die Polizei kommen und uns auf der Stelle umbringen. Ich liebte die Gefahr, sie war das größte Vergnügen, das es für mich gab. Junge Menschen verstehen kaum, was es heißt zu sterben, und empfinden ihren eigenen Tod als etwas zum Leben Gehörendes, als wäre er etwas, das man einmal erleben und wovon man dann später den Freunden begeistert erzählen könnte: »Stellt euch das mal vor, es war so aufregend und so gefährlich, und ich wurde dabei sogar umgebracht!« Es waren wundervolle Monate.

Eines Tages, am 16. Juli 1925, mitten im Winter, hatten sie eine sehr große Aktion vor. Sie wollten eine Bank überfallen, die Zweigstelle der Banco de Chile in Matadero. Ich war wütend, weil sie mich immer zu Hause ließen; deshalb tat ich so, als würde ich nicht zuhören, wenn sie darüber sprachen, spitzte aber gleichzeitig die Ohren. Auf diese Weise erfuhr ich die Einzelheiten des Überfalls. Diesmal war ich entschlossen, mir diese großartige Gelegenheit nicht entgehen zu lassen. Ich fuhr mit der Straßenbahn nach Matadero und drückte mich in der Nähe der Bank herum. Kurz darauf fuhr ein großes Taxi vor, ein Hudson, das sie mit gezogener Pistole überfallen hatten. Der Taxifahrer mußte sie dann zur Bank fahren: Diese Methode hatten sie bereits bei anderen Gelegenheiten angewandt. Víctor blieb beim Fahrer, um zu verhindern, daß er sich aus dem Staub machte, und Jover, Ascaso und Durruti gingen in die Zweigstelle hinein. Sie waren nicht sehr lange dort drinnen: Man hörte Schüsse, Schreie, ein Geräusch von zersplitterndem Glas. Ich war derartig angespannt, daß ich ganz automatisch hinter dem Baum hervorkam, hinter dem ich mich versteckt hatte; aber noch bevor ich am Taxi angelangt war, waren die drei mit Pistolen in der Hand und vermummten Gesichtern aus der Bank auf die Straße getreten. Dort war ziemlich viel los. Die Fußgänger blieben wie gelähmt stehen und sahen zu, was passierte. Und das größte war dann, daß das Auto versagte, oder vielleicht war auch der Taxifahrer schuld, daß er es vor lauter Nervosität nicht ankriegte; auf jeden Fall sprang der Hudson nicht an. Es war eine unglaubliche Szene: Durruti und Ascaso steckten den Kopf und die Brownings aus dem Seitenfenster und schrien: »Mach voran, los, los!« Der Wagen bewegte sich nicht einen Zentimeter. Währenddessen wurden auch die Rufe aus der Bank immer lauter: »Hilfe, Hilfe, haltet die Diebe!« Kurz darauf erschienen zwei Angestellte in der Tür und schrien laut nach der Polizei; als sie jedoch sahen, daß die Bankräuber noch nicht weg waren, verstummten sie sofort. Durruti und Jover stiegen aus dem Auto und begannen, es zu schieben. Es war eines dieser typischen Automobile von damals, riesengroß und so schwer wie ein Panzer. Víctor kümmerte sich weiterhin um den Fahrer, und Ascaso behielt die Fußgänger im Auge. Es hatte sich nämlich inzwischen ein großer Kreis von Neugierigen gebildet, die vergnügt zusahen, wie ein paar maskierte Banditen Blut und Wasser schwitzten, um dieses Monstrum in Bewegung zu setzen. Ich konnte nicht anders: Ich stellte mich zu Durruti und schob trotz meiner geringen Kräfte mit. »Was machst du denn hier?« knurrte Buenaventura, als er mich sah. Aber er hatte keine Zeit, mehr zu sagen, denn daß ich zu der Gruppe gestoßen war, hatte unerwarteterweise die Zuschauer ermutigt. Drei oder vier Männer, die in dem Kreis gestanden hatten, schlossen sich uns an, und alle zusammen schafften wir es, dem Hudson genug Schwung zu geben. Der Motor sprang an, und Buenaventura verfrachtete mich in das Taxi, indem er mich mit seiner Riesenpranke wie ein Kaninchen am Nacken packte. In der Ferne hörte man die Sirenen der Polizei. Doch wir konnten ihnen entkommen.

Am Abend gab es eine Nachbesprechung. Mein Bruder wurde getadelt, daß er dem Fahrer erlaubt hatte, den Motor abzustellen, und ich bekam einen ordentlichen Rüffel dafür, daß ich ihnen gefolgt war. Aber im Grunde genommen waren sie alle zufrieden, deshalb war der Ärger auch sehr schnell verflogen. Sie hatten dreißigtausend Pesos Beute gemacht; zum ersten Mal in der Geschichte war eine Bank in Chile überfallen worden. »Alles in allem«, sagte Durruti, »müssen wir Félix danken, daß er uns nachgeschlichen ist. Wenn er nicht gewesen wäre, hätten uns die anderen nicht beim Anschieben geholfen. Siehst du, Paco, dieser Junge bringt uns Glück. Seitdem er hier ist, gelingt uns einfach alles. Er ist unser Maskottchen.«

Ab diesem Zeitpunkt begann Buenaventura, mich *Fortuna* zu nennen, und diesen Namen behielt ich auch; außerdem wurde ich nun stärker in das Leben der Gruppe eingebunden. Zwar mußte ich natürlich während der Überfälle weiterhin zu Hause bleiben, aber sie fingen an, mir einige kleine Aufgaben zu übertragen. Zum Beispiel wurde ich damit betraut, der Ehefrau des Taxifahrers Geld zu bringen. Der Hudson war von der Polizei ausfindig gemacht und der Fahrer festgenommen worden. Sie wollten nicht glauben, daß der arme Mann nichts mit der Sache zu tun hatte, und steckten ihn für viele Monate ins Gefängnis. Außerdem verprügelten sie ihn mehrmals und schlugen ihm die Zähne ein, um ihn so zum Reden zu bringen. An seinen Namen kann ich mich nicht erinnern, wohl aber an den seiner Frau: Engracia. Sie war von der Taille an aufwärts sehr schlank und zart gebaut und hatte eine winzige Brust; von der Taille an abwärts war sie jedoch ungewöhnlich dick, was ihr auf gewisse Weise das Aussehen eines Zentauren verlieh. Durruti dachte, daß ein Kind wie ich kein Aufsehen erregen würde. Also ging ich sie im Auftrag der *Errantes* besuchen und nahm zweitausend Pesos mit. »Ich habe Freunde, die Freunde Ihres Mannes sind«, sagte ich. »Das Geld hier ist für die Unannehmlichkeiten.« Ich hatte die Sätze auswendig gelernt. Sie sagte nichts, sah mich nur an und heulte herzzerreißend wie ein Schloßhund. »Für die Unannehmlichkeiten«, wiederholte ich und streckte der Frau das Geld entgegen. Ich dachte, daß die Frau des Taxifahrers wegen der zweitausend Pesos, was ein Vermögen war, vollkommen verrückt vor Freude werden würde; ich hatte mir vorgestellt, daß sie mich dankbar, voller Bewunderung und Erstaunen ansehen würde. Aber nein, nichts davon: In ihren Augen lag nichts als eine unglaubliche Menge an Wut und Verachtung. »Keiner der Freunde meines Mannes hat so viel Geld«, sagte sie schließlich mit heiserer Stimme. »Das muß von einem Feind kommen.« Mehr wollte ich nicht hören, ich ließ die Scheine auf dem Tischchen liegen und ging. Ich sehe sie noch immer vor mir, dieser winzige, schlanke Torso, der wie ein Vogel auf den üppigen Hinterbacken saß. Dies war der einzige düstere Augenblick in diesen herrlichen Monaten.

Nach zwei oder drei weiteren Überfällen in Chile fuhren wir nach Buenos Aires. Dort richteten wir uns in einer sauberen und einfachen Pension ein, weil Durruti »auftauchen« wollte. Das hieß für ihn, eine Zeitlang mehr oder weniger vollkommen legal und ohne Straftaten zu begehen zu leben, um so unsere Verfolger abzuhängen. Weil damals alle Polizisten der hispanoamerikanischen Länder einer spanischen Truppe von Banditen und Revolutionären auf der Spur war. Ascaso nahm in Buenos Aires eine Stelle als Hotelkoch an, Jover eine Stelle als Tischler, mein Bruder arbeitete als Laufbursche in einem Lebensmittelgeschäft und Durruti mit seinen Bärenkräften als Stauer im Hafen. Mich schickten sie ohne Wenn und Aber in die Schule. Ich mußte sehr fleißig sein, weil Víctor mich sonntags abhörte. So lebten wir ein paar Monate lang, als wären wir eine ganz normale Familie, nur daß es keine Frauen gab und wir die Pistolen in die Matratzen eingenäht hatten.

Eines Tages fuhren Víctor, Durruti und ich mit der Straßenbahn aus der Stadt zurück, als mir plötzlich das Blut in den Adern gefror. Genau da, wo Ascaso und Buenaventura saßen, direkt über ihren Köpfen, hingen ihre Fahndungsfotos mit Angabe der Namen. Eine Woche vorher hatte eine Bande zwei Banken in Buenos Aires überfallen, und obwohl dies gar nicht auf unser Konto ging, hatten sie uns diese Vergehen angehängt. Wir wurden steckbrieflich gesucht. Wir stürzten aus der fahrenden Bahn, rannten bis zur Pension und zogen unsere besten Sachen an, ich wie ein Schulstreber einen Pullover und eine Hose und sie ihre teuren Anzüge, die Pistolero-Verkleidung; in diesem Aufzug und mit den Waffen unterm Arm verborgen kauften wir Tickets erster Klasse für das erste Schiff nach Uruguay. Ich nehme an, daß ich an dieser Stelle erklären muß, daß die Welt vor dem Zweiten Weltkrieg anders war als heute. Damals war der Abstand zwischen erster, zweiter und dritter Klasse so groß wie der zwischen Sonne und Mond. Die Welt teilte sich in abgetrennte Abteile, in Wirklichkeiten, die so weit voneinander entfernt waren, daß es zwischen ihnen überhaupt keinen Berührungspunkt gab. Gerade diese strenge Hierarchie versuchten wir Anarchisten mit unseren Bomben aufzubrechen.

In der Notlage, in der wir uns befanden, half uns die extreme Klassentrennung aber ausnahmsweise: weil die Polizei es nicht wagte, die auserlesenen Passagiere der ersten Klasse zu belästigen und nur bei den unteren Klassen nach den Papieren fragte. Diese Diskriminierung war nicht so simpel, wie sie auf den ersten Blick erschien; auch einmal abgesehen von der Aufteilung in erste, zweite und dritte Klasse, war es wirklich fast unmöglich, einen Arbeiter mit einem eleganten Herrn zu verwechseln: aufgrund der Manieren, der Kleidung, der Art zu sprechen und sich zu benehmen; aufgrund der physischen Erscheinung, die bei den Armen seit Generationen von Hunger gezeichnet war. Deshalb dachte die Polizei, daß diese rüden und häßlichen spanischen Banditen und Revolutionäre lediglich in der dritten oder vielleicht noch in der zweiten Klasse nicht auffallen würden.

Es war aber so, daß einige anarchistische Führer wesentlich belesener waren und bessere Manieren hatten als viele Vertreter des Großbürgertums. Ascaso hätte mit seinem Aussehen und Benehmen ohne Probleme als hochmütiger Fatzke durchgehen können; mein Bruder, der durch das gute Essen in den letzten Monaten an Gewicht zugelegt hatte und nun richtig männlich aussah, wurde jeden Tag eleganter (man nannte ihn später *el Figurín*, den Modegeck), und im Hinblick auf Jover habe ich bereits erwähnt, daß er ein zurückhaltender, gutgebauter Kerl war. Das Problem war Durruti: Auch Durruti trug einen teuren Anzug, aber er sah darin weiterhin wie ein Bauer aus. Seine Haare waren unsäglich: Er war behaart wie ein Gorilla, und sie standen in alle Richtungen ab. Dasselbe galt für seine Hände, diese groben und riesigen, mit Schwielen übersäten Pranken, oder für die Art, wie er sich bewegte. Durruti hatte einen intelligenten Gesichtsausdruck und war überraschend sensibel und geschickt, aber er sah aus wie ein Menschenfresser. Außerdem hatte er nicht die geringste Ahnung von gutem Benehmen. Das gehörte für ihn zu den gesellschaftlichen Konventionen, die er ablehnte. Zum Beispiel weigerte er sich immer, einen Hut zu tragen, und ließ sich lediglich zu einer Mütze überreden; eine ziemlich gefährliche Einstellung in einer Zeit, in der das Nichttragen eines Hutes eines der untrüglichen Zeichen dafür war, daß man nicht aus gutem Hause kam.

Das alles wäre damals, als wir auf der Flucht waren, beinahe zu einem großen Problem für uns geworden. Die Überfahrt dauerte nur einige Stunden, fiel aber genau in die Mittagszeit. Deshalb beschlossen wir, wie die übrigen Passagiere der ersten Klasse in das Restaurant zu gehen, um nicht aufzufallen. Aber schon als Durruti den Saal betrat, begann er, Fehler zu machen: Er gab dem Boy an der Tür nicht seine Mütze, wie es üblich gewesen wäre, und als der Junge ihm nachlief, um ihn darum zu bitten, stopfte Buenaventura sie vor dem erstaunten Publikum einfach in seine Tasche. Das Erstaunen wurde immer größer, als die Gäste dann die Eßgewohnheiten unseres Freundes sahen. Daß wir uns richtig verstehen, es war nicht so, daß er wie ein Schwein aß, aber er war natürlich auch nicht gerade Königin Victoria: Die Orangen teilte er mit seinen riesigen Fingern, und das Brot biß er vom Laib ab. Wir erregten immer mehr Aufmerksamkeit, und Ascaso wurde langsam nervös: »Wir werden uns verraten, alle Welt starrt uns an. Wir müssen etwas erfinden. Wir könnten sagen, daß wir Artisten seien«, schlug er vor. Aber Durruti kapierte das nicht ganz: »Ich, ein Artist? Was willst du, soll ich komisch gehen?« Durruti verstand nicht, worum es ging. Dann kam mir eine hervorragende Idee. Erlaubt mir, daß ich damit ein wenig angebe: Schließlich war ich erst elf Jahre alt. Es ist alles schon so lange her, daß es mir scheint, ich spräche von einer anderen Person und nicht von mir. Dieses Persönchen, das ich war, meinte: »Warum tut Ihr nicht so, als wärt Ihr Pelotari-Spieler?« Das sagten sie dann auch, daß sie spanische Pelotari-Meister auf dem Weg zu einem Turnier wären; und die Idee war so gut und erschien so passend und realistisch, daß wir – als wir das dem Kellner sagten und der es allen anderen Anwesenden im Saal – spürten, wie sich die Stimmung um uns herum entspannte und die Luft erträglicher wurde. »Das hast du sehr gut gemacht, *Fortuna*«, sagte Ascaso. Das war das einzige Mal, daß Ascaso mich lobte, das einzige Mal, daß er meinen Spitznamen benutzte.

Die Lage war für uns in Amerika so gefährlich geworden, daß wir uns trennen mußten: Ascaso und Durruti blieben ich weiß nicht mehr wo, und Jover, Víctor und ich gingen zurück nach Mexiko. Dort regierte General Plutarco Elías Calles mit harter Hand. Es waren kaum noch Errungenschaften von Zapatas und Pancho Villas Revolution übriggeblieben, und den Anarchisten, die sich in inneren Kämpfen aufrieben, ging es alles andere als gut. Die Stimmung war bedrückend und deprimierend; wir lebten eher schlecht als recht in einer schrecklichen Hütte, die uns zur Verfügung gestellt worden war. Wir durften diese Baracke jedoch kaum verlassen, da man Angst hatte, wir würden auffallen. Nach soviel Freiheit und soviel Ruhm war das eine ziemlich harte Umstellung. Ich vermißte Durruti wirklich sehr und fühlte mich von den libertären Idealen angesteckt: Niemals mehr habe ich mich derart für Politik begeistert wie damals. Obwohl, vielleicht doch: vielleicht zu Beginn des Krieges, unseres Krieges.

Wie dem auch sei, da stand ich also nun mit meinen elf Jahren wie ein durchgegangenes Fohlen und fühlte mich absolut verzweifelt angesichts der lähmenden Situation. Dann erfuhr ich etwas Schreckliches, das mich schließlich vollkommen aus der Bahn warf: Die Witwe von Ticomán war tot. Die Polizei hatte unsere Spur verfolgt oder hatte vielleicht auch einen Tip bekommen, war auf das Landgut gestoßen, auf dem wir gelebt hatten, und hatte die Witwe mit den dicken schwarzen Augenbrauen mitgenommen. Die Frau starb einige Tage später unter nicht geklärten Umständen auf dem Polizeirevier: höchstwahrscheinlich durch Prügel. Ich erinnerte mich an jene letzte Nacht auf dem Landgut: ihr Geruch nach weichem, mütterlichen Körper, der rauhe Nachthemdstoff. Ich wollte nicht weinen, ich war schließlich schon groß; ich wollte nicht weinen, weil ich ein *Errante* war, ein revolutionärer Pistolero aus Durrutis Bande, selbst wenn ich noch keine Pistole trug. Aber das alles schmerzte derart in meiner Brust und schnürte meine Kehle so sehr zusammen, daß ich etwas unternehmen mußte. Um nicht in Tränen ausbrechen zu müssen, baute ich deshalb eine Bombe.

Ich verwendete, so wie Buenaventura es mir gezeigt hatte, eine Fleischkonservendose, Schießpulver aus leeren Patronenhülsen, kaputte Schrauben, Dichtungsmaterial und einen Kerzenstumpf. Es entstand eine kleine, aber ziemlich brauchbare Bombe, so dachte ich zumindest; ich hatte sie in den Nächten, in denen weder Víctor noch Jover nach mir sahen, zusammengebastelt.

Eines Morgens schließlich verließ ich in aller Frühe die Hütte, noch bevor die anderen wach wurden. Die Bombe hatte ich in meine Hosentasche gesteckt und trug das Hemd lose darüber. Ich nahm den Vorstadtbus und fuhr zur Polizeizentrale. Ich wußte nicht, auf welchem Revier meine Witwe gestorben war, aber ich dachte, mir das Hauptquartier vorzunehmen, wäre Rache genug. Als ich dort ankam, setzte ich eine verzweifelte und unschuldige Miene auf und erklärte, daß ich Sohn spanischer Emigranten sei; daß wir in ärmlichen Verhältnissen in einer Hütte in einem Vorort leben würden und daß mein Vater vor vier Tagen verschwunden sei und ich nicht wüßte, was ich machen solle. Sie schluckten diese Lüge ohne weiteres, ich glaube, daß sie sich durch meine blauen Augen und blonden Haare hatten blenden lassen, und ließen mich in einen großen, ungemütlichen Raum voller wartender Menschen eintreten.

Mein Plan bestand darin, die Bombe zu werfen und das Wirrwarr auszunutzen, um fliehen zu können; aber es waren zu viele Menschen um mich herum, Bauern, Witwen in Trauerkleidung und unruhige Männer in zu kleinen Anzügen, die nach altem Schweiß und Naphtalin rochen. Alles in allem unschuldige Leute, die es nicht verdient hatten, von einer Bombe zerrissen zu werden, und die außerdem wahrscheinlich Alarm geschlagen hätten, wenn ihnen aufgefallen wäre, daß ich an meiner Konstruktion herumfingerte. Schließlich mußte ich die Bombe ja auspacken und sie an einen geeigneten Ort in die Nähe des Zielobjekts stellen, da es sich um einen Sprengkörper mit nur geringer Reichweite handelte; und obendrein mußte ich die Lunte mit dem Feuerzeug anzünden und verhindern, daß jemand sie in den Sekunden, die sie brauchte, um abzubrennen, ausmachte. So sorglos und dumm wie ich war, hatte ich geglaubt, daß ich mich, sobald ich erst einmal in dem Gebäude wäre, mehr oder minder frei bewegen könnte. Aber nein, so war es nicht. In dem Augenblick wurde mir klar, daß es nicht einfach war, Terrorist zu sein. Die Minuten vergingen, und es wurde immer wahrscheinlicher, daß ich von dem Beamten aufgerufen würde, um meine Situation darzulegen, und schlimmstenfalls würde meine Lüge die ganze Bande in Gefahr bringen. Ich begann, vor lauter Panik und Angst zu schwitzen. Später gab es in meinem Leben viele Momente, in denen ich verzweifelt war und Angst hatte, aber ich habe niemals mehr wie in diesem Augenblick geschwitzt. Ich saß auf dem äußersten Rand einer Bank, und der Schweiß lief mir nur so an den Händen runter und bildete zwei kleine Pfützen auf dem Boden; um nicht aufzufallen, umfaßte ich mit den Händen die Knie, und kurze Zeit später waren meine Hosen durchweicht.

Dann fiel mir die rettende Idee ein: die Toilette. Der Pförtner zeigte auf einen Gang am Ende des Warteraums. Und dorthin ging ich dann mit zitternden Beinen. Der Flur endete in einem stinkenden, großen, verwahrlosten Raum, in dem sich mehrere an die Wand gebaute Latrinen befanden. Die dazugehörigen Türen waren nicht abschließbar und halb kaputt, so daß sie die Benutzer kaum verdeckten. Männer kamen herein und gingen wieder hinaus: normale Bürger, aber auch Polizisten in Uniform. Ich verschwand in einem der Verschläge und schloß die Tür, indem ich sie am unteren Rand mit der Hand nach innen zog. Zu meiner Linken befand sich eine Mauer und auf der rechten Seite ein weiteres Klo; unter der schmutzigen Trennwand hindurch, die nicht bis zum Boden reichte, konnte ich das Latrinenloch, die Füße und die heruntergelassene Hose des Benutzers sehen.

Halberstickt von dem Gestank blieb ich eine Weile in dem Verschlag stehen und sah zu, wie kaputte Stoffschuhe ein und aus gingen. Schließlich traten ein Paar Militärstiefel ein. Das war ein Polizist, da gab es keinen Zweifel: Sogleich ließ er die Uniformhose herunter. In allen Latrinen stand an der Rückwand ein schmutziger kleiner Behälter für das gebrauchte Papier; ich hatte mir überlegt, die Bombe unauffällig dahinter zu plazieren. Ich hielt die Luft an, bemühte mich, nicht zu zittern, und zündete die Lunte mit dem Feuerzeug an, während sich der Nachbar ächzend und keuchend auf sein Geschäft konzentrierte. Und die Lunte brannte leise und gleichmäßig ab, wie die Lunten in den Comics, oder besser noch, wie die Lunten bei den richtigen Bomben. Sehr vorsichtig streckte ich die Hand aus und stellte den Sprengkörper hinter den Behälter, direkt an die Wand, zwei Handbreit von dem Hintern des Opfers entfernt. Ich hatte noch nicht einmal sein Gesicht gesehen, aber ich war damals so dumm, daß mich die Idee, ihn hochgehen zu lassen, vollkommen euphorisch machte.

Aber alles ging schief, sogar schlimmer als das. In einer halben Sekunde war alles vorbei. Nachdem ich das »Geschenk« an seinen Platz gestellt hatte, verließ ich eilig die Latrine: Ich ging schnell, vermied es aber zu laufen, damit sich hinterher niemand an mich erinnern konnte. Aber kaum hatte ich den Toilettenraum durchquert, hörte ich hinter mir ein Geräusch: Ich drehte mich um und sah, wie *mein* Polizist, dieser Mistfink, mit halbhochgezogenen Hosen aus dem Klo trat. Aber das Schlimmste war, daß augenblicklich ein anderer Mann dort hineinging: Er sah wie ein Bauer aus, hatte ein billiges Hemd an, ein pockennarbiges Gesicht und schielte. Ich hielt nicht einmal inne, um nachzudenken, alles geschah automatisch: Ich rannte zu meinem noch freien Klo zurück, warf mich auf dem schmierigen Boden auf die Knie und streckte die Hand aus, um die Bombe wieder an mich zu nehmen und die Lunte zu löschen.

Was dann passierte, kann man sich leicht vorstellen. Die Bombe explodierte und zerfetzte meine Hand: Seitdem sieht dieser Stumpf so aus wie jetzt. Die Zwischenwand schützte mich, auch wenn sie nicht sehr stabil war, vor der übrigen Explosion. Um ehrlich zu sein, ich spürte nichts. Nur ein dumpfes Geräusch, einen Schlag im Rücken. Zunächst dachte ich, daß ich nur hingefallen, ausgerutscht wäre. Ich erinnere mich, wie ich auf dem Latrinenloch saß, die Schultern an die Wand gelehnt. Ich sah mir die verstümmelte Hand an, und sie tat mir nicht einmal weh. Neben mir lag auf einer Unmenge blutbespritzter Holzsplitter der Schielende und sah mich mit starren Augen an. Ich hörte Stimmen, Schreie und sah ein Wirrwarr von Menschen um mich herum. Jemand nahm mich auf den Arm, und rannte mit mir durch Zimmer und Gänge. Wahrscheinlich war ich ohnmächtig geworden: Das einzige, woran ich mich deutlich erinnere, war das Krankenhaus, und das war hinterher.

Ich hatte sehr viel Glück. Der arme Mann, der durch meine Bombe umgekommen war, trug eine Machete in der Hose, wie das bei vielen Bauern durchaus üblich war. Aber wegen der Waffe waren die Polizisten davon überzeugt, daß auch die Bombe von ihm stammen mußte; daß er aufs Klo gegangen war, um sie scharf zu machen, und daß sie ihm aus Versehen explodiert war. Sie nahmen dann die beiden Indios fest, die mit ihm zusammen gekommen waren, ein Schwager und ein jüngerer Bruder; und sie folterten die beiden so lange, bis der Junge gestand, daß der Schielende die Bombe nachts in der Küche ihrer armseligen Hütte gebaut hätte. Ich, der wirkliche Mörder, war für sie das Opfer; und ich kam ins Krankenhaus und wurde gut gepflegt, da man diplomatische Schwierigkeiten befürchtete. Einige Wochen später tauchte mein Bruder im Krankenhaus auf: Die *Compañeros* hatten ihm neue Papiere besorgt, laut denen er gerade aus Venezuela eingereist war.

»Wie bist du nur auf so eine dumme Idee gekommen?« flüsterte er böse. »Für dich ist das Abenteuer jetzt zu Ende. Jover hat eine Cousine in Madrid, die in den Markthallen einen Obststand betreibt. Sie wird sich um dich kümmern. Sobald es dir wieder gutgeht, fährst du nach Spanien zurück.«

Ich fühlte mich gedemütigt, aber ich sagte nichts. Der Tod des Schielenden quälte mich: Nachts konnte ich nicht einschlafen, und wenn ich es doch schaffte, wachte ich schreiend wieder auf. Dabei machte mir nicht nur der Mord, der starre Blick des Opfers und sein armes, vergeudetes Leben Kummer, sondern auch das Leid der beiden anderen, ihr Gefängnisaufenthalt und die Verzweiflung der Ehefrauen und der Witwe, dieser ganzen trauernden, hungrigen Frauen, von denen es bei den Armen so viele gab. Ich war für diesen Schmerz verantwortlich, und das machte mich schier verrückt, ich konnte an nichts anderes mehr denken. Deshalb erschien mir die Maßnahme meines Bruders, mich nach Hause zu schicken, im Grunde genommen eine gerechte Strafe und eine gute Möglichkeit, Distanz zu gewinnen.

Also war ich bald darauf wieder mit dem Schiff Richtung Heimat unterwegs. Ich war verstümmelt, gerade zwölf Jahre alt geworden und hatte einen Menschen auf dem Gewissen. Daß ich Mexiko verließ, machte meinen Kummer erträglicher: so als ob ich auf diese Weise für die begangene Tat sogar Buße tun könnte. Ich erinnere mich, wie ich mit aufgestützten Ellenbogen an der Reling des Ozeandampfers stand und freudig an meine Zukunft dachte. War ich nicht *Fortuna*, das Glückskind? Das Glück hatte dafür gesorgt, daß statt meiner der arme schielende Kerl in die Luft geflogen war; und das Glück schickte mich jetzt wieder nach Spanien zurück, wo, so dachte ich, ein langes Leben voller Abenteuer auf mich wartete. Mit diesem unbändigen, für junge Menschen typischen Egoismus entschloß ich mich, das, was in Mexiko passiert war, zu vergessen. Nicht alles natürlich, sondern nur den schmerzhaften Teil. Ich war damals so naiv zu glauben, ich könnte den Toten hinter mir lassen und gleichzeitig weiterhin auf meine Heldentat stolz sein. Es erfüllte mich mit Stolz, daß ich in der Lage gewesen war, eine Bombe zu bauen, und es geschafft hatte, sie in die Polizeizentrale zu schmuggeln, um sie dort explodieren zu lassen. Und vor allem bildete ich mir viel darauf ein, verstümmelt worden zu sein: Meine kaputte

Hand war eine Art Auszeichnung als harter und altgedienter Anarchist. Es ist seltsam, welche Beziehung wir Menschen zu einem Verlust haben. Damals, in meiner frühesten Jugend, war der Verlust der drei Finger in Wirklichkeit ein Gewinn für mich: weil ich dafür eine Narbe, eine heldenhafte Wunde erhielt und vor allem eine Vergangenheit, die sich horten und erzählen ließ.

Später wurden mir mit der Zeit ganz unvermeidlich zwei Dinge klar. Erstens, daß ich jenen unschuldigen Tod nicht vergessen konnte und er sich mehr und mehr in meinen eigenen Tod verwandelte. Das geht so weit, daß ich heute, wenn ich die Augen schließe, sein pockennarbiges Gesicht deutlicher vor mir sehe als in meiner Jugend. Und zweitens habe ich mit der Zeit gelernt, was es wirklich heißt, zu verlieren. Wie sollte man es auch nicht lernen, wo leben doch verlieren heißt. Seit damals, seit meinem zwölften Lebensjahr, bin ich ständig dabei zu verlieren. Das Augenlicht, das Gehör, die Beweglichkeit, die Erinnerung. Auch den Krieg habe ich verloren; und Margarita, die geliebte Gefährtin meiner reifen Jahre. Und *Manitas de Plata*, die mich verrückt gemacht hat und mein Ruin war; und meinen Bruder. Ich möchte nicht weiterreden. Es wird mit der Zeit unmöglich, über das, was man verloren hat, zu sprechen. Unerträglich. Als Kind glaubt man, daß das Leben eine Anhäufung von Dingen ist, die man mit den Jahren erobert, gewinnt und sammelt und hortet, wo doch Leben in Wirklichkeit bedeutet, unerbittlich beraubt zu werden. Ich dachte, daß meine verstümmelte Hand nichts anderes wäre als der Beginn des Aufstiegs, wo sie doch in Wirklichkeit der Beginn des endlosen Niedergangs war.

Manchmal frage ich mich, ob Wallie sich ihrer Vergänglichkeit bewußt ist. Ob sie so wie ich Angst vor dem Sterben hat. Sie ist zwölf Jahre alt, das entspricht vierundachtzig Menschenjahren. Also ist sie fast genauso alt wie Félix Roble, obwohl ich den Eindruck habe, daß ihr Allgemeinzustand viel schlechter ist. Sie ist dick und plump, und manchmal versagen ihr die Hinterläufe; außerdem ist sie inzwischen stocktaub, und da es für Hunde keine Hörgeräte gibt, kann man sich mit ihr nur mittels Gesten verständigen. Komm, sitz, lauf, schau in deinen Freßnapf: Alles muß ich ihr durch das Hin- und Herbewegen meiner Hände sagen. Mit sehr großen Bewegungen, da sie außerdem noch grauen Star zu haben scheint. Ich weiß nicht, ob Wallie mit ihrem eigensinnigen Mückenhirn bewußt ist, daß sie einmal stirbt, oder ob dieses Wissen, sterblich zu sein, nur uns Menschen vorbehalten ist; so egozentrisch wie wir sind, vom eigenen Ich gepeinigt und darauf bestehend, Erinnerungen und eine Zukunft zu haben.

Ja, ich weiß, daß die Tiere nicht das Privileg und die Qual des Selbstbewußtseins haben, zumindest wird das angenommen. Aber manchmal sehe ich Wallie an und denke, daß sie doch genau weiß, daß ihr Ende nahe ist, daß die Finsternis lauert. Die alten Tiere in der Wildnis spüren, daß sie wehrlos sind; sie wissen, daß sie dem nächsten Gegner unterliegen oder vom nächsten Tiger gefressen werden. Wallie hat keine Tiger zum Feind, aber sie hat Angst. Es gibt tatsächlich kein Geschöpf, das keine

Angst hat: Man könnte sagen, daß das, was das Leben an sich ausmacht, die Angst ist.

Und Wallie hat offenbar vor ihrer eigenen Hilflosigkeit Angst. Sie hat Angst, nicht zu hören, daß sich ihr jemand nähert, und denjenigen, den sie liebt, nicht mehr riechen zu können. Sie hat Angst, etwas nicht mitzubekommen und sich nicht kontrollieren zu können. Seit sie so kränklich und lahm ist, hängt sie sich sehr viel mehr an mich, um nicht verlorenzugehen; und sie legt sich direkt vor die Türen, damit derjenige, der hereinkommt, unausweichlich über ihren Körper stolpern muß; und sie seufzt melancholisch, weil, einmal abgesehen von den Menschen, der Hund das einzige Wesen ist, das in der Lage ist, zu seufzen; und sie legt ihren Riesenkopf zwischen die Pfoten und sieht mich mit ihrem alten, traurigen Gesicht an. Natürlich, auch sie weiß es. Auch sie ahnt den Verlust, wie Félix sagen würde. Und die Trostlosigkeit.

Riesenverluste hatte natürlich ich in jenen Tagen der Entführung zu beklagen. Ich hatte nicht nur meinen Ehemann verloren, sondern wir hatten es außerdem verpatzt, das Lösegeld zu zahlen und diesen Alptraum zu beenden. Am Morgen nach der gescheiterten Aktion im Kaufhaus wurde ich langsam hysterisch.

»Und was passiert jetzt? Werden sie Ramón etwas antun? Was meinst du, was sollen wir tun?« fragte ich Félix beim Frühstück.

»Also, momentan können wir nichts anderes tun als warten«, antwortete er. »Sie werden sich wieder mit uns in Verbindung setzen, da bin ich mir ganz sicher.«

»Aber die Entführer haben wahrscheinlich nichts kapiert«, meinte ich immer erregter. »Sie kennen den Inspektor nicht! Und wenn sie ihn doch erkannt haben, um so schlimmer: Sie werden denken, daß wir diejenigen waren, die die Polizei eingeschaltet haben.«

»Nein, meine Liebe, bleib ganz ruhig«, sagte Félix. »Ich bin sicher, daß sie García nicht gesehen haben, ansonsten hätten sie sich nicht getraut, nach dem Koffer zu greifen.«

»Das ist ja dann noch schlimmer! Weil sie denken werden,

daß wir sie reingelegt haben, daß wir verrückt sind. Stell dir das mal vor«, stöhnte ich. »Genau in dem Moment, als der Typ nach dem Geld greift, tata!, steht Adrián plötzlich da und reißt es ihm wie ein Wahnsinniger aus der Hand.«

»Ich hab es ihm nicht wie ein Wahnsinniger aus der Hand gerissen«, meinte Adrián beleidigt. »Ich habe gehört, wie du gesagt hast, daß wir die Aktion abbrechen sollen, und dann habe ich sie eben abgebrochen.«

»Ja, ja, natürlich. Tut mir leid, wirklich«, entschuldigte ich mich. »Ich wollte dich nicht kritisieren. Es ist nur so, daß ich … daß ich Angst habe! Aber du hast recht, ja, wenn du den Koffer nicht genommen hättest, hätte der Inspektor diesen Typen vielleicht festgenommen, und dann müßten wir uns wirklich Sorgen machen.«

»In der Tat«, mischte sich Félix ein. »Das beste ist, zu akzeptieren, daß es im Leben immer so kommt, wie es kommen muß. Weil die Dinge nun mal so sind, wie sie sind, und es hätte ja noch viel schlimmer kommen können. Wir haben zum Beispiel das unglaubliche Glück gehabt, daß García Adrián nicht festgenommen hat. Das ist etwas, was ich immer noch nicht verstehe …«

»Vielleicht will er uns just in dem Moment erwischen, wo wir dem Entführer das Geld übergeben. Ich meine, um uns alle zu kriegen«, warf ich ein.

»Ich denke ja, das ist es. Auf jeden Fall hatten wir viel Glück. Vielleicht hat Adrián ja ein wenig übereilt gehandelt, aber seine Reaktion …«

»Kann schon sein, daß ich vorschnell reagiert habe, aber ich habe immerhin gehandelt«, schnitt ihm Adrián das Wort ab. »Während du, so klug, wie du bist, und so weise und so erfahren mit Überfällen und dem allen, wie eine Mumie auf dem Boden lagst.«

»Gut, also das bedeutet, daß wir mal wieder so weit sind wie am Anfang«, unterbrach ich ihn, um den aufkommenden Streit zu verhindern. »Oder schlimmer noch. Weil wir jetzt wissen, daß uns die Polizei beobachtet. Félix, glaubst du, daß ich Inspektor García anrufen sollte?«

Mein Nachbar schwieg sehr würdevoll und goß sich eine weitere Tasse Kaffee ein, wobei er die Kanne unnötigerweise übermäßig hoch hielt. Es war mir schon aufgefallen, daß Félix hin und wieder so etwas machte; in Situationen, in denen er glaubte, daß jemand seine körperlichen und geistigen Fähigkeiten in Frage stellte, wenn er sich als alt abgestempelt fühlte, vollführte er bestimmte jugendliche Renommierstückchen und gab kleine Beweise seiner Kraft und Geschicklichkeit. Zum Beispiel versuchte er, mit einem einzigen, langen Schritt die drei Stufen vor der Haustür zu nehmen; oder er machte sich daran, nicht einfach zu öffnende Marmeladengläser aufzumachen. Oder er goß, wie eben jetzt, den Kaffee aus der Stratosphäre herab in die Tasse, um zu beweisen, daß er immer noch eine sehr ruhige Hand hatte. Aber er hatte sie nicht. Die Hälfte der Flüssigkeit ergoß sich in die Untertasse und bespritzte sein Hemd breitflächig.

»Ja, also, ich denke, wir sollten den Inspektor anrufen«, sagte er und ignorierte dabei auf elegante Weise den verschütteten Kaffee. Wieder benutzte er diese lästige erste Person Plural. »Spiel die Unwissende. Mal sehen, was er uns sagt. Wir haben seit gestern nichts mehr von ihm gehört, und es ist ratsam, ihn zu kontrollieren. Außerdem haben sie vielleicht etwas entdeckt, das uns nützlich sein könnte. Obwohl ich das bezweifle.«

»Wetten, daß du nicht weißt, wie man einen Knoten für einen Galgenstrick macht?« fragte Adrián mich plötzlich sehr lebhaft.

»Ich weiß es nicht, und es interessiert mich auch nicht«, antwortete ich, ohne daß ich seiner Frage große Aufmerksamkeit geschenkt hätte. Dann wandte ich mich wieder Félix zu und fuhr fort: »Du hast recht. Wenn ich es recht bedenke, ist es schon komisch, daß sich der Inspektor heute noch nicht gemeldet hat.«

Seit dem Verschwinden von Ramón hatte García jeden Morgen angerufen.

»Ja, natürlich. Und es ist doppelt seltsam, wenn man bedenkt, daß der Inspektor wegen der Übergabe einen Verdacht hatte. Ich meine, daß – wenn ich García wäre und etwas von der Lösegeldübergabe mitbekommen hätte, weil er unser Telefon abgehört hat oder durch einen Spitzel oder wie auch immer davon erfahren hat – ich sofort angerufen hätte, um dir irgendeine Information zu entlocken«, überlegte Félix.

Unterdessen hatte sich Adrián einen Turnschuh ausgezogen, hatte ihn, das alte Schwein, auf den Frühstückstisch gestellt und war nun ganz damit beschäftigt, den Schnürsenkel aus den Löchern zu ziehen. Plötzlich überkam mich eine düstere Ahnung:

»Adrián«, sagte ich streng, »du ziehst doch nicht etwa diesen Schnürsenkel heraus, um eine Schlinge für einen Galgen zu knoten, oder?«

Adrián hielt bei seiner Werkelei inne.

»Eh. Möchtest du ihn nicht sehen?«

»Natürlich nicht! Das ist ja wohl die Höhe. Das ist ... krank. Das ist bescheuert.«

»Gut, in Ordnung.«

Leicht wütend zog er die Stirn kraus und band den Schnürsenkel wieder fest.

»Der Bauchnabel«, sagte Félix voller Freude.

»Was?«

»Das Rätsel von neulich. Wovon du geträumt hast. Die Lösung ist der Bauchnabel. Der Mann und die Frau, die in dem Eisblock eingeschlossen waren, hatten keinen Bauchnabel, und deshalb weiß man, daß es Adam und Eva waren.«

»Das weiß ich schon längst«, brummte Adrián verächtlich. »Das fällt dir ja früh ein! Ich hatte die Lösung sofort, gleich am ersten Tag. Das war ja wohl ziemlich albern.«

»Es mag ja albern sein, aber es kam schließlich von dir.«

»Schlimmer, als alt zu sein, ist es, ein brummiger und impertinenter Alter zu sein«, murmelte Adrián leise vor sich hin.

»Was sagst du?« regte sich der Alte auf und legte eine Hand ans Ohr: Es machte ihn wütend, wenn er nicht verstehen konnte, was gesagt wurde. »Sprich mal etwas deutlicher, man versteht ja kein Wort von dem, was du sagst!«

Wir steckten also mitten in einem Streit, als es an der Tür klingelte. In der Wohnung eines Entführten löst jedes Klingeln großen Schrecken aus; alle drei sprangen wir auf und bewegten uns eingeschüchtert Richtung Tür. Ich sah vorsichtig durch den Spion und erblickte eine weißblonde, glänzende Haarpracht. Farbe und Schnitt waren unverwechselbar. Ich öffnete. Es war meine Mutter.

»Mama! Was machst du denn hier?« rief ich fassungslos aus. Sie hatte mir direkt nach der Entführung angeboten, nach Madrid zu kommen, und ich hatte es relativ einfach geschafft, ihr diese Idee auszureden. Aber wie man sah, hatte ich sie nicht vollkommen überzeugen können.

»Ja, was werde ich hier wohl machen, mein Kind? Mich um dich kümmern, dir helfen und dich unterstützen.«

»Mama, ich bitte dich: Du hast dich bestens von Mallorca aus um mich gekümmert, mich unterstützt und mir geholfen.«

»Aber was sagst du da? Du hast doch die ganzen Tage sofort wieder aufgelegt! Und nicht eine von meinen Fragen beantwortet. Kind, du bist genauso spröde und unausstehlich wie dein Vater.«

Es war, als hätte sie eine Zauberformel gesprochen. Sie hatte den Kannibalen lediglich erwähnt, als einer dieser unmöglichen Zufälle eintrat, die es manchmal im wirklichen Leben gibt: Als wäre er eine Halluzination, erschien mein Vater glatzköpfig, fettleibig und schnaubend auf der Treppe. Die beiden sahen einander überrascht an, und nach einem Moment der Stille begrüßten sie sich argwöhnisch:

»Hallo, Mama.«

»Hallo, Papa.«

Es schockierte mich, daß sie sich immer noch mit Mama und Papa ansprachen, wenn man bedenkt, daß sie seit mindestens zehn Jahren getrennt waren und sich ziemlich lange nicht gesehen hatten.

»Was machst du denn hier?« fragte Mama und übernahm damit sofort das Kommando.

»Das frage ich mich auch gerade: Was machst du hier?« beeilte ich mich einzugreifen.

»Wie, was mache ich hier? Ich komme gerade von einer Reise zurück. Und du bist meine Tochter. Ich bin, so schnell ich konnte, hierhergekommen, um dir wo ich kann zu helfen«, sagte der Kannibalen-Vater mit beleidigter Miene. Das mußte einen nicht weiter beunruhigen: Verletzte Eitelkeit war eine der Rollen auf der Bühne, die er am besten beherrschte.

Ich mußte sie natürlich reinlassen und noch einmal Kaffee kochen, um dann mit Engelszungen auf sie einzureden und sie davon zu überzeugen, wieder zu gehen.

»Ich danke euch beiden von Herzen, daß ihr gekommen seid, aber wenn ihr hierbleibt, weiß ich, daß ich sehr nervös wäre und mir Sorgen um euch machen würde, und das ist das letzte, was ich jetzt gebrauchen kann.«

»Wir möchten nicht, daß du dir wegen uns Sorgen machst, wir wollen uns nur um dich kümmern.«

Um mich kümmern. Daß ich nicht lache. Wo sie sich doch während meiner ganzen Kindheit nicht für mich interessiert hatten. Die meisten wissen nicht, was es heißt, zwei Künstler als Eltern zu haben. Obwohl vielleicht das Problem nicht darin bestand, daß sie Künstler waren, sondern daß es sich um *sie* handelte. Ich war davon überzeugt, daß sie nicht eher gekommen waren, weil beide ihre Weihnachtsferienpläne nicht fallenlassen wollten. Mein Kannibalen-Vater nicht seine Ferien in Rom. Meine Mutter nicht das Dreikönigsfest mit ihren Freunden. Deshalb waren beide jetzt gleichzeitig aufgetaucht und ganz begierig darauf, sich in der ihnen verbleibenden Zeit um mich zu kümmern.

Mit der tatkräftigen Unterstützung von Félix und Adrián, die schworen, daß sie die ganze Zeit bei mir bleiben würden, schaffte ich es schließlich, sie zum Gehen zu bewegen: Mama fuhr zu einer Freundin und dann nach Mallorca; der Kannibale in sein Haus in einem Vorort von Madrid.

»Aber du rufst uns sofort an, wenn du etwas brauchst.«

»Selbstverständlich.«

Ich verabredete mich mit ihnen zum Essen, mit jedem an einem anderen Tag natürlich. Um die Mühsal für mich noch zu vergrößern, beanspruchten sie mich nämlich immer getrennt. Meist wird vergessen, daß die Kinder von geschiedenen Eltern ihre Fürsorge den Erzeugern gegenüber verdoppeln müssen. Nach drei Stunden konnte ich sie endlich sanft aus der Tür schieben. Sie stritten sich schon, als sie die Treppe hinuntergingen, und ich blieb erschöpft zurück.

Ich hätte mich gerne ins Bett gelegt, mir das Kissen über den Kopf gezogen und in Frieden sterben mögen oder wenigstens eine Weile geschlafen, doch Félix und Adrián ließen mich nicht. Ich begann mich zu fragen, wie sie wohl gelebt hatten, bevor sie mich kannten, bevor sie in die Entführung hineingezogen worden waren. Jetzt suchten sie gerade nach Spaghetti für das Mittagessen. Ich weiß nicht, wie wir das gemacht haben, aber wir verbrachten die Hälfte unserer Zeit am Küchentisch.

Wir hatten gerade angefangen zu kochen, als es wieder an der Tür klingelte. Ein weiterer unerwarteter Besuch: Inspektor García.

»Inspektor! Was für eine Überraschung! Sie wollte ich heute morgen anrufen. Aber dann kamen meine Eltern und ...«

Er trat ein, ohne daß ich ihn darum gebeten hatte, und ließ mich mitten im Satz stehen. Ich machte den Mund zu und folgte ihm. García warf einen kurzen Blick ins Wohnzimmer und hob ein paar Kissen vom Sofa hoch. Als ob wir Ramón irgendwo dort versteckt haben könnten. Oder war er vielleicht hinter dem Geld her? Erleichtert erinnerte ich mich daran, daß wir die Millionen wieder in Wallies Futtersack versteckt hatten. Ich wurde langsam etwas unruhig:

»Suchen Sie etwas?«

Der Inspektor warf mir mit seinen verkniffenen Lippen ein schiefes Lächeln zu. Ob dieser schreckliche Typ wohl verheiratet war? Ob er wohl eine liebende oder resignierte Ehefrau hatte, die ihn zu Hause erwartete, eine Ehefrau, die einmal seine Geliebte war? Die, obwohl schon die Vorstellung allein unerträglich war, sich danach gesehnt haben könnte, in die tiefe Schlucht, die von Nase und Kinn des Polizisten gebildet wurde, hinabzusteigen, um ihm mit einer unbegreiflich wollüstigen Gier einen Kuß auf den versteckt liegenden Mund zu drücken?

»Warum?« antwortete García.

»Mann, weil es so aussieht, als würden Sie zwischen den Kissen herumschnüffeln ...«

»Ich meine, warum wollten Sie mich heute morgen anrufen?«

»Ach so. Ja, um zu hören, ob es etwas Neues gibt, natürlich. Es ist schon eine Weile her, daß wir telefoniert haben.«

Wir waren, wie konnte es anders sein, in der Küche angelangt und setzten uns alle vier auf die vier Stühle, die rund um den eben gedeckten Tisch standen.

»Sie wollten gerade essen«, meinte García ausdruckslos.

»Ja, natürlich.«

»Spaghetti. Ich liebe Spaghetti«, fügte er genauso lustlos hinzu.

Einen Moment lang blieb es still. Normalerweise fällt es mir sehr schwer, unhöflich zu sein, aber ich konnte die Idee nicht ertragen, mit diesem Trottel vor der Nase zu essen. Also antwortete ich etwas angestrengt und brummig:

»Wir auch.«

Wieder Stille. García stieß so etwas wie einen tiefen, gefühlvollen Seufzer aus; dann ließ er die Gelenke seiner Finger knacken und räusperte sich.

»Gut. Ich werde nur einmal fragen. Haben Sie etwas von den Entführern gehört?« sagte er.

»Nein.«

»Ich verstehe. Ich frage. Sie sagen nein. So läuft das Spiel. Ich ermittle. Und Sie verhandeln hinter meinem Rücken. Das machen alle so.«

»Ich verhandle nicht.«

»Seien Sie nicht dumm: Antworten Sie nicht auf das, was ich Sie nicht gefragt habe. Warum unnötig lügen? Man merkt, daß Sie keine Erfahrung mit Entführungen haben.«

»Nein, natürlich nicht. Und Sie, haben Sie als Polizist Erfahrung? Das heißt, tun Sie etwas, stellen Sie Nachforschungen an, arbeiten Sie auch, außer daß Sie hier auftauchen und unter meinen Kissen nachsehen?« antwortete ich wütend. García hatte wirklich die Gabe, mich aus dem Häuschen zu bringen.

»Sehr nervös. Sie sind sehr nervös, wie alle Ehefrauen von Entführten. Ja, wir arbeiten. Und wir haben etwas entdeckt. Erstens: Wir wissen, daß er lebt.«

»Und wie haben Sie das erfahren?«

»Berufsgeheimnis. Zweitens, *Orgullo Obrero*. *Orgullo Obrero* ist eine kleine, linksextreme Organisation, die ursprünglich maoistisch war. Sie hat eine städtische Guerilla gebildet, die in ihrem Vorgehen dem peruanischen *Leuchtenden Pfad* ähnelt. Wir glauben, daß es dieselbe ist, die vor einigen Monaten in Valencia einen hohen Politiker der Autonomie-Verwaltung entführt hat. Es gibt nicht viele Mitglieder, aber sie sind sehr gefährlich. Und tatkräftig. Was sie sagen, führen sie auch durch.«

Ich erschauderte.

»Und weiter?«

»Weiter. Ich forsche nach. Sie verhandeln und zahlen. Ich weiß von nichts. Sie sagen mir Bescheid, wenn Herr Iruña wieder frei ist. So läuft's. Mir scheint, die Spaghetti werden kalt.«

Noch kälter war's uns ums Gemüt geworden. Nachdem der Inspektor gegangen war, war Adrián der einzige, der mit seinem für ihn typischen Schmarotzer-Bärenhunger den Klumpen Nudeln verschlingen konnte. Félix und ich versuchten, den Grund für Garcías Besuch herauszufinden.

»Vielleicht wollte er gar nichts. Vielleicht ist er nur gekommen, um uns mitzuteilen, was er wußte, und uns zu raten, das Lösegeld zu zahlen«, meinte ich.

»Nein, nein, nein. Das wäre zu einfach. Ich glaube, er möchte uns als Köder benutzen. Ich glaube, daß er die Entführer in dem Moment der Übergabe schnappen und sich so profilieren will. Es interessiert ihn nicht die Bohne, was diese Fanatiker mit deinem Mann anstellen.«

Dann, was für ein unseliger Tag, klingelte es wieder an der Tür. Wie bei einem Vaudeville, allerdings keinem sehr fröhlichen. In diesem Fall war es der Portier: Er sei in der Mittagszeit nicht dagewesen, und jemand hätte für mich ein Paket vor seine Wohnungstür gelegt. Es handelte sich um ein kleines Paket, ein Viertel eines Schuhkartons groß. Es kam von dem Verlag, bei dem ›Huberta das hübsche Hühnchen‹ erschien. Erwartungsvoll zerriß ich das Packpapier und hoffte auf etwas Mutmachendes von meinem Verleger, eine nette, kleine Aufmerksamkeit. In dem Paket lag ein hübsches Kästchen mit Blumenmuster; in dem Kästchen eine Menge zerknittertes Seidenpapier. Und in diesem blassen, knisternden Seidenpapier-Nest lag wie zusammengekauert ein abgeschnittener Finger. Der kleine Finger von Ramóns linker Hand.

Ich erkannte ihn sofort, diesen Finger. Man kann nicht zehn Jahre lang mit einem Mann zusammenleben, ohne zu wissen, wie seine Finger aussehen, ohne den Achselgeruch zu kennen, ohne die Haare entdeckt zu haben, die aus den Ohren herauswachsen. Diese ganzen intimen Dinge des anderen eben, mit denen man langsam vertraut wird, als gehörten sie zu einem selbst. Ramóns Finger war lang und wohlgeformt: Er hatte immer schöne Hände gehabt. Der Nagel war quadratisch und perfekt geschnitten (und dies trotz der Entführung, wunderte ich mich), und auf dem ersten Fingerglied befand sich ein kleiner Haarbüschel. Der Schnitt war sauber, keine Hautfetzen, keine Sehnen, keine Knochensplitter. So sauber, als hätten sie den Finger mit einem Beil abgeschlagen. Oder hätte die Wucht des Beils das Fleisch stärker gequetscht und in Mitleidenschaft gezogen? Es war auch möglich, daß sie ein Fleischermesser benutzt hatten. Ich wälzte in meinem Kopf das Für und Wider dieser Möglichkeiten hin und her und ging mich übergeben. Dann weinte ich den ganzen Nachmittag lang.

Der Finger von Ramón. Armer Finger, so alleine, blaß und tot, ohne Blut und Kraft. Armer Ramón, Schrecken, Schmerz und Verstümmelung ausgesetzt. Mein Hirn arbeitete nicht gut, es war voller blitzender Messer. Der Finger von Ramón. Ich habe diesen Finger in die Hand genommen, als er noch lebte und voller Bewegung und mit dem Ramonianischen Kontinent verbunden war. Ich habe gespürt, wie sich dieser Finger bewegt hat, heiß und schwitzend im Sommer, kalt im Winter, aber sicher niemals so kalt wie jetzt in meiner hohlen Hand. Dieser Finger hatte mir über den Kopf gestreichelt, hatte mir beim Frühstück die Zeitung gereicht, er war wahrscheinlich sogar schon in mir gewesen: Zehn Jahre ehelichen Lebens sind lang genug für alle Finger, auch wenn es sich um eine ziemlich blasse Ehe handelt. Und jetzt war dieses menschliche Körperteil nicht mehr als ein wenig organischer Müll.

»Das ist natürlich sehr brutal und schrecklich. Aber in diesen Fällen leidet man normalerweise stärker in der Vorstellung als während der Tat selbst«, erklärte mir Félix, als er versuchte, mich aus meiner tiefen Betrübnis zu befreien. »Du erlebst gerade den Moment der Verstümmelung tausendmal und auf tausend verschiedene Arten nach. Aber für ihn ist dieser Augenblick längst vorbei. Ich möchte dich daran erinnern, daß ich drei Finger verloren habe, und das war auch kein so schreckliches Trauma.«

»Aber für dich war es schließlich kein Verlust, das hast du selbst gesagt. Da gibt es überhaupt keinen Vergleich. Was der Ärmste gelitten haben muß!«

Ramón hatte seinen Finger verloren, und ich hatte Ramón verloren, sehr lange vor der Entführung schon. Ich hatte ihn in mir verloren, zusammen mit meiner Jugend, meinen Zähnen, meinen literarischen Ambitionen, der Fähigkeit, mich lebendig zu fühlen, meiner Lust, mich zu verlieben, meinem weiblichen Körper und so vielen anderen wohlklingenden und wesentlichen Dingen, an die ich nicht aufhören konnte zu denken. Félix hatte recht: Leben heißt verlieren. Alles geht zu Ende, alles verfällt.

Meine Eltern zum Beispiel. Während ihres Besuchs hatten sie wieder über tausend Dinge gesprochen und sich wie immer in ihrer Geschwätzigkeit gegenseitig übertroffen. Irgendwann begannen sie, eine seltsame Geschichte zum besten zu geben, die ihnen vor vielen Jahren ein befreundeter Zahnarzt erzählt hatte. Meine Mutter übernahm bei der Wiedergabe den Hauptpart:

»Also, das Ganze geschah, als Doktor Tobías sich gerade in seiner neuen Praxis eingerichtet hatte. Eines Tages kam ein älterer Kerl mit seiner Frau zu ihm und bat Tobías, seiner Frau die Zähne zu richten«, begann meine Mutter.

»Was teuer und viel Arbeit war«, fügte der Kannibale hinzu.

»Dieser Herr war Marrasate, du weißt schon, der Besitzer von Wurstwaren Marrasate, ein superreicher Typ.«

»Millionenschwer«, unterstrich er.

»Dann legte Doktor Tobías ihm den Kostenvoranschlag zur Unterschrift vor, so wie er das immer macht, doch Marrasate antwortete ihm, daß er so reich wäre, daß er keine Kostenvoranschläge unterschreiben würde. Er war wirklich ein Gauner. Und Doktor Tobías war es peinlich, darauf zu bestehen.«

»Er traute sich nicht.«

»Also, er sollte der Frau die Zähne machen und dem Millionär anschließend die Rechnung schicken. Und dann vergingen zwei Wochen, und nichts passierte, keine Antwort. Also ging Doktor Tobías eines Abends zu Marrasates Haus, das zufällig in der Nähe der Praxis lag . . .«

»Direkt nebenan.«

»Und dort erklärte ihm der Portier, daß die beiden nicht da wären, daß sie Hals über Kopf nach Barcelona abgereist waren, weil die Frau sehr krank geworden war. Gut, Doktor Tobías gab sich damit zufrieden und machte mit seiner Arbeit weiter. Und nach einem Monat oder so klingelt es an der Praxistür, und ein Bote übergibt der Sprechstundenhilfe ein Paket.«

»Ein kleines Paket.«

Der Kannibale unterlegte den Bericht meiner Mutter mit seinen Bemerkungen, ohne sie zu stören oder zu unterbrechen, und meine Mutter nahm ihm diese Einwürfe nicht übel. Sie waren nicht der Versuch, ihr das Wort abzuschneiden oder sie aus ihrer Rolle zu drängen, sondern, im Gegenteil, sein Beitrag zur gemeinschaftlichen Stimme, zum zweistimmigen Vortrag eines

Paares. Es gibt nichts, worin sich ein langes Zusammenleben deutlicher spiegelt als in dieser unbewußten und automatischen Art und Weise, zu zweit zu reden, mit den eigenen Gedanken das Denken des anderen zu vervollständigen. Weil der stetige Umgang miteinander in der Zweisamkeit dazu führt, daß die Grenzen des Seins verwischen. Im Laufe der Jahre, vieler Jahre, hat man dem anderen alles, was man mit ihm erlebt hat, entweder unzählige Male erzählt oder es von ihm bis zum Überdruß gehört. Es gibt dann kein Wort mehr, das nicht schon einmal gesprochen worden wäre.

»Und sie öffneten das Kistchen, und was, glaubst du, war darin? Die Zähne der Frau natürlich, oder besser gesagt, die falschen Zähne. Weil die Frau nämlich gestorben war und dieser komische Kauz ihr die Zähne gezogen hatte, um sie dem Zahnarzt zurückzugeben und sie nicht bezahlen zu müssen. Und stell dir vor, dazu kommt noch, daß es festsitzende Brücken waren. Um sie rauszukriegen, mußte man sie aus dem Mund der Toten herausgeschlagen haben.«

»Mit dem Hammer.«

Meine Eltern hatten mehr als dreißig Jahre zusammengelebt, und sie sprachen sich nicht nur immer noch untereinander mit Mama und Papa an, sondern sie hatten – es schauderte mich, mir das einzugestehen – weiterhin dieses eheliche Echo beibehalten, dieses aus Gewohnheit geteilte und schmarotzende Reden. Aber all das, diese Paarstruktur, die sich so langsam und zäh aufbaut wie ein Stalaktit, bricht in einem bestimmten Moment zusammen. Meine Eltern hatten sich vor mehr als zehn Jahren getrennt. Vorbei die Verzückung der jungen Liebe, die Langeweile des reiferen Alters und die Erbitterung der letzten Zeit. Alles verloren. Von ihren dreißig Jahren Zusammenleben blieb ihnen jetzt nur der alte Automatismus, im Duo zu erzählen.

Manchmal gehe ich über die Straße und frage mich, welche Leidensgeschichte jeder einzelne Passant, dem ich begegne, wohl hinter sich hat. Wann und wie sie alle das verloren haben, was wir alle verlieren. Dieser Herr im Anzug zum Beispiel: Ob er wohl viel geweint hat, als ihm die Haare ausfielen? Wie lange hat er wohl gebraucht, seinen kahlen Schädel zu akzeptieren, sich morgens nicht mehr zu erschrecken, wenn er in den Spiegel schaut? Spürte er immer noch eine gewisse Melancholie, wenn er sich mit der Zukunft und seiner vollen Haarpracht vor Augen, die ihm mit voller jugendlicher Kraft auf dem Kopf sproß, auf alten Fotos betrachtete? Und diese dicke, alte und aufgedunsene Frau: Wie hat sie sich daran gewöhnen können, unsichtbar zu werden, niemals wieder von einem Mann angesehen zu werden? Und wie sieht es in diesem Bus aus: Wie viele Fahrgäste haben wohl schon ihre Eltern verloren? Und wie erlebt man das, wie weint jeder einzelne darüber und wie vergißt er das? Und eine Tochter zu verheiraten, sich von einem Liebhaber zu trennen, einen Job aufzugeben, in Rente zu gehen? Neulich lag der Reklamezettel einer Lebensversicherung im Briefkasten. Dazu gehörte eine Tabelle, in der haargenau der Wert verschiedener schrecklicher Verluste aufgeführt war. Vollkommene Bewegungsunfähigkeit in der rechten Schulter, drei Millionen Peseten; in der linken, zwei. Verlust des Unterkiefers, drei Millionen. Teilamputation eines Fußes, alle Zehen eingeschlossen, vier Millionen. Die Liste setzte sich mit eiskalter, administrativer Gleichgültigkeit unendlich fort, als ließe sich der ganze Schmerz und der Schock und das zerstörte Leben, eben alles, was sich hinter solchen Katastrophen verbirgt, berechnen. Verlust von Mittel-, Ring- und kleinem Finger, zweieinhalb Millionen: das hätte Félix bekommen können. Verlust von Mittel- oder Ring- oder kleinem Finger, eine Million. Das hätte mein Mann fordern können. Dennoch fehlten dieser Tabelle des Versicherungsunternehmens die wichtigsten Posten; zum Beispiel führte sie nicht den Verlust des Selbstwertgefühls auf, obwohl das ein äußerst schwerwiegendes und weitverbreitetes Leiden ist. Und sie sagte auch nichts zu den Zähnen, die bei einem Auffahrunfall auf einen Lastwagen mitsamt der Wurzel herausgerissen wurden. Mein verstümmelter Mund ist unbezahlbar.

Der Verlust, jeder Verlust, ist ein Vorgeschmack auf den Tod.

Der Verlust will uns nicht in den Kopf, genausowenig, wie uns die Vorstellung von unserem Tod in den Kopf will. Man ist niemals darauf vorbereitet, zu verlieren.

»Ich war auf so etwas nicht vorbereitet«, sagte mir vor einigen Jahren eine Frau im Wartezimmer des Zahnarztes.

Nach dem Unfall mußte ich nämlich im Anschluß an meinen Krankenhausaufenthalt viele Monate lang zum Zahnarzt, der versuchen sollte, das Irreparable in Ordnung zu bringen: Er zog die in Stücke gebrochenen Wurzeln, nähte das Zahnfleisch, flickte den Kiefer zusammen. Und bei einem meiner zahlreichen Besuche traf ich im Wartezimmer auf jene Frau. Sie war so um die dreißig, nicht häßlich, aber kahlköpfig, absolut kahlköpfig.

»Ich war auf so etwas nicht vorbereitet«, erklärte sie mir mit schwacher Stimme und zeigte auf ihr glänzendes Haupt. »Ich hätte niemals gedacht, als Kind nicht, als Heranwachsende nicht und später auch nicht, daß ich einmal kein einziges Haar mehr auf dem Kopf haben würde. Aber es ist geschehen, und ich finde diese Situation unerträglich. In meiner Erinnerung gibt es ein Davor und ein Danach; davor war ich ich, und danach wurde ich zu einer Unbekannten. Sie haben mich zum Zahnarzt geschickt, um zu sehen, ob er irgendeinen Bezug zwischen dem Zustand meiner Zähne und dem meiner Haare herstellen kann. Aber ich weiß, daß alles umsonst ist, ich weiß, daß man diese Situation nicht rückgängig machen kann. Schlimmer noch als der Verlust meiner Haare ist, wie ich mich selbst verlieren konnte. Ich bin in der Mitte meines Lebens von meinem Weg abgekommen, wie andere sich im Wald verirren.«

Dies sagte jene Frau, und ich fühlte mich in ihren Worten derart widergespiegelt, daß ich spontan auf etwas absurde Weise reagierte: Ich nahm mein provisorisches Gebiß aus dem Mund und warf es in die Luft, als wollte ich damit jonglieren. Und wir lachten eine ganze Weile lang, bis uns die Tränen kamen, die Glatzköpfige und die Zahnlose, für einen Augenblick mit der mißlichen Situation versöhnt.

Früher oder später verliert man alles, bis man schließlich beim endgültigen Verlust ankommt. Selbst Wallie hat schon das Augenlicht und das Gehör verloren und läuft nun nicht mehr sehr schnell: Jetzt jagt sie nur noch in ihren Träumen den Katzen nach. Ramón hat einen Finger verloren. Und ich habe Ramón verloren.

»Aber das stimmt nicht. Leben heißt nicht nur verlieren. Leben bedeutet reisen. Einige Dinge zurücklassen und andere finden. ›Das Leben ist so wunderbar, wenn man keine Angst davor hat‹, hat Charly Chaplin einmal gesagt«, widersprach Adrián.

Das war in der Nacht, einige Stunden, nachdem wir den amputierten Finger meines Mannes erhalten hatten. Ich hatte eine Valium genommen und lag im Pyjama im Bett, Félix war in der Küche und machte mir einen Kamillentee, und Adrián saß auf dem Sessel neben mir und erzählte mir irgendwelchen Blödsinn, um mich aufzuheitern. Die beiden waren so gut zu mir ...

»Das sagst du nur, weil du erst einundzwanzig bist«, antwortete ich. »Du wirst es schon noch sehen, wenn du mal so alt bist wie ich.«

»Du bist nicht alt. Du siehst im Bett aus wie ein kleines Mädchen. Du *bist* ein kleines Mädchen.«

Er nahm meine Hand in seine Hände und tätschelte sie ein wenig ungeschickt. Ein elektrischer Schlag durchzog meinen Arm, als hätte ich die Finger in eine Steckdose gesteckt. Vielleicht hatte er dasselbe gespürt, denn augenblicklich ließ er mich los. Er sah sehr hübsch aus mit seinem Katzengesicht und seinen Grübchen. Doch ich war kein kleines Mädchen mehr.

»Adrián, was hast du dir heute morgen eigentlich dabei gedacht, als du mit deinen Schnürsenkeln einen Galgenstrick knoten wolltest?« fragte ich.

Adrián wurde rot.

»Ja, das war Blödsinn. Kinderkram. Keine Ahnung, ich wollte dir wohl beweisen, daß ich auch tolle Sachen kann. Ich wollte dich auf mich aufmerksam machen. Du achtest immer nur auf Félix. Wenn er den Mund aufmacht, kriegst du dich gar nicht mehr ein. All die ganzen Geschichten aus seinem Leben, die er erzählt. Das ist ja schon sehr interessant, aber ... Mich fragst du nie was. Immer nur ihn.«

Ich sah ihn an. Im Grunde hatte er recht.

»In Ordnung, ich werde dich also in Zukunft häufiger um Rat fragen. Aber nimm dir das nicht so zu Herzen. Es ist doch logisch, daß Félix viel mehr zu erzählen hat. Das ist gerade einer der wenigen Vorteile des Alters. Félix ist voller Erinnerungen und interessanter Dinge und du ...«

»Und ich?«

»Du hast dein Leben noch vor dir, Adrián, und das ärgert mich und macht mich neidisch. Beschwer dich also nicht und genieße es.«

Ich glaube, daß es langsam an der Zeit ist, daß ich ein wenig von mir erzähle. Das heißt, daß es Zeit wird, von Lucía Romero zu erzählen. Es ist für mich nämlich bequemer, mich auf *sie* zu beziehen: Der Gebrauch der dritten Person verwandelt das Chaos der Erinnerungen in ein erzählerisches Trugbild und verleiht dem Dasein eine gewisse Ordnung. So als wären wir aus einem bestimmten Grund hier, wo doch allen bekannt ist, daß diese Anstrengung, die Leben bedeutet, in Wirklichkeit zu nichts führt.

Zu Beginn dieses Buches ging es Lucía Romero sehr schlecht. Tatsächlich war die Entführung Ramóns nur der Tropfen, der das Faß zum Überlaufen gebracht hatte: Sie fühlte sich damals sowieso schon ziemlich verloren. Das Leben ist wie eine Reise, und auf der Hälfte des Weges, hatte Lucía gerade entdeckt, begann die Einöde. Wohin war die Schönheit der Welt entschwunden? In welchem Augenblick genau hatte sie den Glauben an die Leidenschaft und die Zukunft verloren? Plötzlich fühlte sich Lucía alt. Es spielte keine Rolle, daß sie sich äußerlich mehr oder weniger gut gehalten hatte: Das war nur die letzte Bastion, die letzte Verteidigungslinie vor dem Fall. Und außerdem kannte sie die versteckten Mängel des heldenhaften Widerstands sehr genau, besser als jeder andere: das schlaffe Fleisch, die ersten Falten. Und vor allem die falschen Zähne. Als sich ihre echten Zähne in die Karosserie jenes Lastwagens gruben, zerbrach in ihr etwas. Etwas war auf immer und ewig zu Bruch gegangen.

Aber das Alter zeigte sich nicht nur am Körper. Die schlimmere Einöde war die geistige. Nachts träumte sie schon nicht mehr davon, jemand anderes zu sein als die, die sie bereits war. Und die, die sie war, langweilte sie ziemlich. Sie dachte schon nicht mehr daran, besser zu schreiben, besser zu lieben, Leute kennenzulernen, in der Welt umherzureisen und Abenteuer zu erleben. Ihre Beziehung zu Ramón war langweilig, ihre Freundschaften waren konventionell, ihre Arbeit fad und ihr Hühnchen Huberta ein unerträglicher Blödsinn. Ihre Eltern waren alt, einsam, dem Tod nicht mehr fern: Sehr bald würde sie beginnen müssen, sich um sie zu kümmern. Die ganze Welt schien ihr ein beunruhigender, zu brutaler, zu zynischer und korrupter Ort zu sein. Und außerdem hatte sie Angst. Jedesmal mehr Angst. Eine existentielle und grundlegende Angst: Sie hatte Angst, alt zu werden und zu sterben. Das war nicht gerade das, was sie sich als Kind, als Heranwachsende und junge Frau vom Leben erhofft hatte. Nicht, daß sie davon exakte Vorstellungen oder eine genaue und klare Idee von der Zukunft gehabt hätte, aber auf jeden Fall, da war sie sich ganz sicher, hatte sie nicht diese fade und elende Welt erwartet, diese minderwertige Welt, die plötzlich so sehr zusammengeschrumpft zu sein schien, daß sie sie an allen Ecken und Enden zwickte. »Was du hast, ist eine Midlife-crisis«, sagte Emilio, ihr Verleger, zu ihr. »Vielleicht kommst du langsam in die Wechseljahre«, meinte Ramón, als er einmal so freundlich war zu bemerken, daß etwas mit ihr los war. Wechseljahre! Das fehlte gerade noch. Nein, das war keine hormonelle Umstellung: Dazu war sie noch zu jung. Aber das Schlimmste war, daran zu denken, daß sie sich unausweichlich darauf zu bewegte; und wenn sie sich jetzt schon so schlecht fühlte, wie sollte es dann erst später werden, in dieser Wechseljahre-Dürreperiode, wenn zu der Depression noch die bekannte Geißel der Atemnot kam?

Die Midlife-crisis, natürlich. Vor einigen Tagen hatte Lucía in einer Kneipe einen Kaffee getrunken und war irgendwann hinunter auf die Toilette gegangen. Ich sage hinunter, weil sich die

WCs im Keller am Ende einer engen Treppe befanden. Als Lucía aus dem Waschraum trat, stieß sie fast mit einem Mann um die fünfzig zusammen, der darauf wartete, telefonieren zu können. Die Kneipe, um die es hier geht, ist ein billiger und im Viertel beliebter Laden, der hauptsächlich von Arbeitern und recht urwüchsigen Gestalten besucht wird; und der Mann war so ein keltiberischer Prototyp von der Sorte »ungehobelter Lastwagenfahrer«, eines jener Individuen, die vor Testosteron überlaufen und mit absoluter Sicherheit jede Frau, die ihnen über den Weg läuft, mit Blicken verschlingen, selbst wenn es sich dabei um das abstoßendste weibliche Wesen auf dem Planeten Erde handeln sollte. Lucía hatte an diesem Tag ein extrem enganliegendes, elastisches Jersey-Pullöverchen an, unter dem sie keinen BH trug, und ein eher kurzes und schmal geschnittenes, schwarzes Röckchen. Ohne groß auf den Typen zu achten, ging sie an ihm vorbei und die Treppe hoch. Als sie bereits fast am oberen Treppenabsatz angekommen war, kam ihr ein beunruhigender Gedanke: ›Mal sehen, ob der ungehobelte Kerl mir nachsieht‹, dachte sie bei sich und war sich sicher, dessen geilen Blick zu erhaschen. Als sie ganz oben war, drehte sie sich also unauffällig um. Und tatsächlich, der Mann stand immer noch dort unten: aber sein Blick ging in eine vollkommen andere Richtung, nicht zu Lucía oder Lucías Beinen und ihren wogenden Brüsten, die sich gegen den elastischen Stoff abzeichneten! »Schluß, aus und vorbei, du bist unsichtbar geworden«, sagte sie sich. »Jetzt ist es endgültig vorbei.«

Auch die Umfragen belegen das: Ab einem bestimmten Alter verschwindet man einfach. Alle Befragungen und statistischen Untersuchungen dieser Welt sind entsprechend dem Alter der befragten Subjekte geordnet: von achtzehn bis fünfundzwanzig Jahre, von sechsundzwanzig bis fünfunddreißig, von sechsunddreißig bis vierundvierzig ... Und bei allen kommt eine Grenze, ab der dann die Dunkelheit beginnt: »Ab fünfundvierzig« sagen die unhöflichen statistischen Tabellen, als ob ab diesem Zeitpunkt das weite Feld beginnen würde, Niemandsland, das unwürdige Universum der Unsichtbaren. Genau an dieser Stelle befand sich Lucía: Sie war dabei, die Grenzlinie zum Zappenduster zu übertreten.

Vielleicht ist es angebracht, ein wenig über die Vergangenheit von Lucía Romero zu sprechen. Lucía ist das einzige Kind ihrer Eltern und fühlte sich immer zu wenig geliebt. Der Kannibalen-Vater war ein Verführer und Egoist, ein guter Bühnenschauspieler, der immer ganz groß rauskommen wollte, es aber nie geschafft hatte, und der jetzt einigermaßen gut von ein paar Fernsehproduktionen lebte. Er konnte wunderbar lächeln und versprühte Charme im Überfluß. Das war der einzige Überfluß, mit dem er aufwarten konnte, denn alles andere war von ihm nicht zu bekommen: weder Geld noch Zeit noch wirkliche Aufmerksamkeit. Nie stritt er, nie schrie er: Er hatte keine Leidenschaften und vielleicht auch keine Ansichten, und auf der anderen Seite war er davon überzeugt, daß schlechte Laune ihn alt und häßlich machen würde, weshalb er sehr auf sich achtete. Er hatte kein Rückgrat, war oberflächlich und wirkte leicht geistesabwesend; wenn er nicht gerade über sich selbst sprach, gab es kein Thema, das seine Aufmerksamkeit lange fesseln konnte.

Diese eher sympathische Harmlosigkeit verwandelte sich jedoch in dem Augenblick, wo er seine Interessen verteidigen mußte, in eine gefährliche Waffe.

Als der Krieg begann, war er noch ein kleiner Junge. Damals wollte er sich, das erzählte er ihr immer, von Madrid aus zu den Nationalen durchschlagen: Politisch stand er eher rechts und sympathisierte mit den Falangisten. Obwohl er mit der Zeit, zumindest nach außen hin, Antifranquist wurde. Sie waren zu dritt, er und zwei Freunde, und sie versuchten, mitten im Winter querfeldein die schneebedeckten Berggipfel von Navacerrada zu überqueren. Es war Nacht, es schneite, sie waren erschöpft, und ein Schneesturm versperrte ihnen die Sicht; da brach das Eis unter ihren Füßen, und die drei fielen in eine Erdspalte. Einer starb sofort; der andere und der Kannibale wurden verletzt und kamen nicht mehr heraus. In den folgenden Stunden schrien sie um Hilfe, bis sie heiser waren; sie waren in diesem unzugänglichen und einsamen Gebiet in den Bergen, mitten in einem Krieg, verloren; außerdem war es sehr kalt, was einerseits verhinderte, daß sie an ihren Wunden verbluteten, andererseits eine tödliche Bedrohung darstellte. Diese ganzen Überlegungen führten dazu, daß Lucías Vater, als es am Nachmittag des ersten Tages dunkel wurde, sein Taschenmesser zückte und dem toten Freund ein Stück Arm abschnitt. Vier Tage lang ernährten sie sich von der Leiche und schlürften Schnee, bis sie halb erfroren von einer Patrouille der Republikaner entdeckt wurden. Der Unteroffizier, der den Spähtrupp befehligte, war über ihre Widerstandskraft sehr verwundert; sie wurden gesundgepflegt und landeten anschließend im Gefängnis. Und der Unteroffizier sagte ihnen, daß sie alles in allem Glück gehabt hätten; daß sie, wenn sie von den Nationalen gefunden worden wären, bei all dem geistigen Müll von Religion und Seele und so, den es bei den Falangisten gab, auf der Stelle als Menschenfresser erschossen worden wären. Und wenn Lucías Vater das erzählte, fügte er immer hinzu: »Der Unteroffizier hatte bestimmt recht. Die Nationalen waren immer so engstirnig!« Denn damals hatten sich die Zeiten geändert. Die Mehrheit der Theaterwelt war antifranquistisch gesinnt, und er teilte aus Gewohnheit immer die Meinung der Mehrheit.

Lucía Romero wußte nicht, ob das, was ihr Kannibalen-Vater erzählt hatte, stimmte oder nicht. Als sie schon etwas älter war, hatte sie nämlich entdeckt, daß ihre eigene Neigung, Lügen zu erfinden und sie so zu leben, als wären sie wahr, ein Charakterzug war, den sie von ihrem Erzeuger geerbt hatte. Und ich sage, daß sie das erst entdeckt hatte, als sie schon älter war, weil Lucía dem Kannibalen viele Jahre lang hartnäckig geglaubt hatte. Als vom Verführer Verführte hatte sie seine ständigen Zurückweisungen verdrängt, die Ausflüchte, seine Abwesenheit, das mangelnde Interesse, das systematische Vergessen ihres Geburtstages und die spärlichen und phänomenalen Entschuldigungen, die Lügen, die so viele Zweige und Äste hatten wie ein alter Baum.

Es war möglich und sogar wahrscheinlich, daß Lucías Vater niemals wirklich einen Toten aufgegessen hatte; aber sie hatte das lange Zeit geglaubt, und eben deswegen war der väterliche Kannibalismus eine unzweifelhafte Realität, weil wir alle das sind, was die anderen uns glauben und wie sie uns sehen. Darüber hinaus war Lucía davon überzeugt, daß dieser kannibalische Instinkt eine poetische Wahrheit im Hinblick auf ihren Erzeuger enthielt, eine Metapher, die zu seinem Charakter paßte. Die Mutter, zum Beispiel, hatte der Vater schon frühzeitig gefressen.

Lucías Mutter war früher wunderschön, hysterisch und feige gewesen. Sie war eine bessere Schauspielerin als ihr Mann, aber eine traditionelle Erziehung, eine rückschrittliche Umgebung und ihre eigene Schwachheit hatten dazu geführt, daß sie ihren Ehrgeiz zurückgeschraubt und sich in die Mittelmäßigkeit ergeben hatte. Um ihren Mann nicht zu verletzen, verzichtete sie auf wichtige berufliche Chancen; und ertrug es der Familie wegen, daß der Kannibalen-Vater mit diesen oder jenen Frauen umherzog, daß er sogar für Monate mit der einen oder anderen verschwand. Wegen einer Familie, die auf der anderen Seite mit der Zeit für sie zu einem Gefängnis geworden war:

»Schaff dir bloß keine Kinder an, meine Kleine«, pflegte die Mutter zu Lucía zu sagen, als diese erst sechs oder sieben Jahre alt war und sie ihr Chemiebaukästen schenkte und ihre Puppen in den Müll warf.

»Schaff dir bloß niemals Kinder an, Liebes: Wegen dir habe ich mich nicht von deinem Vater getrennt, und du siehst ja, was er mit meinem Leben macht«, wiederholte sie Jahre später, als Lucía so um die vierzehn war.

Lucías Mutter kompensierte ihre vielen Frustrationen mit Nervenzusammenbrüchen, phänomenalen Schreianfällen und Heulkrämpfen. Kurz danach lief das Leben jedoch genauso öde und ungerecht weiter wie vorher. Bis diese Frau eines Tages, als sie schon über sechzig war, in einer Anwandlung von Mut oder weil das Maß nun wider Erwarten endlich voll war, ihre Koffer packte und nach Mallorca floh. Der Kannibale, der zu jener Zeit gerade in eine Zwanzigjährige verliebt war, erfuhr erst mehrere Wochen später, daß seine Frau ihn verlassen hatte: als er alt und grau, zurückgewiesen, dickbäuchig und fast siebzigjährig in das leere Haus zurückkehrte. Lucías Mutter hatte sich endgültig von ihrem Ehemann getrennt: Sie wollte nie wieder etwas von ihm noch vom Theater wissen. Auf Mallorca knüpfte sie Kontakte zur Modewelt, sie trank, tanzte, schminkte sich und ging aus. Sie lebte zehn Jahre lang wie eine verjüngte Siebzigjährige.

Lucía Romero wollte nicht wie ihre Mutter werden. Wie ihr Vater natürlich auch nicht, aber es war das Gespenst der Mutter, das sie verfolgte, das Schicksal ihrer Mutter nahm ihr die Luft zum Atmen. Wenn Lucía in einer Umkleidekabine eine Jeans oder ein Sommerkleid anprobierte, stellte sie voller Schrecken fest, daß sie diesselben Körperformen wie ihre Mutter besaß. Zufällig erspähte sie ihren Rücken im Spiegel und erkannte mit Schaudern, daß ihre Schultern genauso wie die ihrer Mutter fielen, daß sich um ihre Hüfte genau dieselben altersbedingten Röllchen entwickelten, daß sie letztendlich auf dieselbe Art und Weise wie ihre Mutter alterte und vielleicht auch genauso war wie sie. Im Leben einer jeden Frau gibt es einen Zeitpunkt, an dem sie anfängt, ihrer Mutter zu ähneln, der alternden, verwelkenden Mutter, als wolle die bald dahinscheidende Erzeugerin zum Ausgleich ihre Tochter genetisch heimsuchen, sich auf fast diabolische Weise ihres Körpers und Geistes bemächtigen. Lucía erschreckte dieses Schicksal, sie wollte auf keinen Fall irgendwie ihrer Mutter ähnlich sein. Und das noch weniger angesichts der Tatsache, daß sie als tochterlose Tochter für alle Zeit Tochter blieb und niemals ihr eigenes Bild auf die Gene ihrer Nachfolgerin übertragen konnte und so die endlose mütterliche Kette von Ausgesaugten und Blutsaugern unterbrach.

»Die Tragödie der Männer ist, daß sie niemals ihren Vätern gleichen. Die Frauen dagegen ähneln immer ihren Müttern. Und das ist deren Tragödie«, hatte Adrián irgendwann einmal in einem seiner zahlreichen und vielfach unbedeutenden Zitate behauptet.

Aber dieser Satz von Oscar Wilde hatte in Lucías Kopf doch Widerhall gefunden: Er hatte unbeschränkte Gültigkeit und schmerzte, auch wenn sich die Dinge seit Wilde sehr geändert hatten. Nein, Lucía wollte kein Feigling sein wie ihre Mutter. Aber sie hatte die ganzen Jahre hindurch nicht das gemacht, was sie machen wollte, und nicht so gelebt, wie sie leben wollte. Sie wollte nicht wie ihre Mutter ihren beruflichen Ehrgeiz begraben: Dennoch traute sie sich nur, über Hühner zu schreiben. Sie wollte nicht auf eine glückliche Beziehung verzichten: Und trotzdem hatte sie sich in einer langweiligen und erbärmlichen Routine mit Ramón eingerichtet. Als junge Frau war Lucía viel ruheloser, viel wagemutiger, viel ehrgeiziger gewesen. Dann, während das Leben so dahinplätscherte, war ihr irgendwie die Energie abhanden gekommen. Ein Roman, den sie versucht hatte zu schreiben und den sie nie beendet hatte, und einige turbulente Liebesbeziehungen, die scheiterten. Und der Unfall. Insgesamt nichts Katastrophales oder wirklich Unerträgliches, aber Lucía hatte es nicht geschafft, darüber hinauszuwachsen. Obwohl es vielleicht auch nur einfach so war, daß sie keinen langen Atem hatte. Über all diese Dinge dachte Lucía zu Beginn des Buches gerade nach und fühlte sich dabei sehr elend.

Vielleicht ist es an dieser Stelle angebracht, zu erzählen, was einige Jahre zuvor passiert war. Es handelt sich dabei nur um eine winzige Anekdote, aber sie könnte ein Schlüssel dafür sein, die Protagonistin des Buches besser zu verstehen. Es geschah kurz bevor sie Ramón kennenlernte, und sie war gerade dabei, ein unseliges Verhältnis mit einem verheirateten Mann zu beenden. Der Mann hieß Hans und war ein bekannter und erfolgreicher Maler. Er hatte wunderbare schwarzbraune Augen, dichte Wimpern und geheimnisvolle dunkle Ringe unter den Augen; und riesige, starke Hände, heiß und trocken, mit denen er Lucías Körper mit derselben Kraft knetete, wie einst Gott Eva geknetet haben mußte. Quer auf dem Bett liegend ließ sich unsere Protagonistin voller stiller Begierde ausziehen; und Hans, der noch angezogen war und am Kopfende des Bettes kniete, hielt mit gebieterischer und harter Hand ihre Handgelenke über ihrem Kopf fest und streichelte sie mit der anderen am ganzen Körper: Hals, Kehle, die heißen Achselhöhlen, die Brustwarzen, den gekräuselten Rand des Vorhofs, den Nabel, den Eva nicht hatte, die Wölbung des Bauches, die glühenden Leisten. Dort verweilte er und öffnete Lucía langsam und gleichmäßig mit beiden Händen und entfaltete die nachtblaue Finsternis dort unten. Dies geschah alles, ohne daß einer der beiden ein Wort sprach, er mit dem aufmerksamen Blick des Insektenforschers oder vielleicht Künstlers, die Rundungen des Weiblichen erforschend, sie keuchend und fast verrückt, schon ganz Körper, ihre eigene, unglaubliche Passivität genießend. Dann begann er (er hatte bereits eine Unendlichkeit, ungefähr zwei oder drei Menschenleben lang, in dieser Position verharrt) sich zu entkleiden: Er zog das Hemd aus, nahm den Gürtel ab und riß sich schließlich die Hose herunter. Und als er so nackt, erregt und schön vor ihr stand, versenkte er sich mit einem einzigen Stoß in sie.

Ich denke, daß es klar sein dürfte, daß Lucía von dem obengenannten Hans absolut hingerissen war. Sie begehrte ihn mit ihrem ganzen Körper, was dasselbe ist wie daß sie ihn mit dem ganzen Geist liebte, weil Sex eine geistige und spirituelle Erfahrung ist, das Gefühl, mit dem Geliebten zu verschmelzen, ein geschlechtliches Seelenbündnis. Wenn Sex nicht diese Transzendenz besitzt, ist es schlechter Sex, Routine-Sex, fade Turnerei und immer Masturbation, auch wenn zwei Menschen daran beteiligt sind.

Lucía konnte mit Hans gar keine Routine beim Sex entwickeln, weil ihr Liebhaber sie verließ. Er hielt sich immer öfter von ihr fern, und sie verstand sich selbst immer weniger. Hans liebte sie nicht, die Geschichte ging zu Ende, und Lucía durchlebte diesen Moment heftiger Verzweiflung, wenn es vorbei ist und man das bißchen Würde, das einem geblieben ist, verliert und anruft, wenn man nicht anrufen sollte, und fleht und weint und pathetische Sätze von sich gibt, von denen man nie gedacht hätte, daß sie jemals über die eigenen Lippen kommen würden.

Und so wie den Verletzten alle Schläge an die frische Wunde erinnern, wird der Schrecken des Verlusts für die Liebeskranke durch die Wirklichkeit noch größer. Ihr bleibt das Herz stehen, wenn sie ein Auto sieht, das seinem ähnelt; oder wenn sie im Fernsehen in irgendeiner Kneipe das Lied hört, das sie einmal abends zusammen gehört haben; oder wenn sie zufällig bei einem Fußgänger, der an ihr vorbeigeht (vielleicht ein schrecklicher, fetter Mensch mit Haaren in der Nase), den unverwechselbaren Duft *seines* Rasierwassers riecht.

Genau inmitten dieses Gefühlsaufruhrs befand sich Lucía Romero, als das passierte, was ich erzählen wollte. Es war Weihnachten, und sie war allein. Sie hätte mit ihren Eltern, die damals noch nicht getrennt lebten, essen gehen können; aber sie konnte sie nicht ertragen, also log sie und sagte ihnen, daß sie verreisen würde. Die beiden schienen andererseits auch nicht besonders interessiert oder enttäuscht zu sein.

Sie war also allein, und es war Weihnachten, zwei wunderbare Ausreden, um mit grausamem Masochismus die Depression als verlassene Geliebte noch zu steigern. Sie war den ganzen Tag über zu Hause gewesen und hatte auf das Wunder, einen Anruf von Hans, gewartet. Als es Abend wurde (jetzt würde er nicht mehr anrufen, jetzt würde er mit seiner Frau und seinen Kindern zu Abend essen und Weihnachten feiern), ging sie mit Wallie Gassi, die damals noch nicht ausgewachsen, sondern ein wenige Monate alter, kleiner, süßer Welpe war. Als sie zurückkam, blinkte der Anrufbeantworter. Aber es war natürlich nicht Hans.

»Hör mal, hier ist deine Tante Victoria. Ich rufe dich an, weil dein Vater im Sterben liegt. Die Ärzte glauben nicht, daß er diese Nacht überstehen wird. Er ist bei Bewußtsein und fragt nur nach dir. Ich weiß schon, was du denkst, aber er ist dein Vater. Er liegt im Krankenhaus La Concepción, Zimmer 507. Ich glaube, daß du hinfahren solltest. Er ist dein Vater, und er stirbt. Sei nicht so herzlos. Also, ich habe meinen Teil getan und dir Bescheid gesagt. Jetzt mach das mit deinem Gewissen aus.«

Das war die Nachricht. Ziemlich beunruhigend natürlich, vor

allem, wenn man bedenkt, daß Lucía Romero keine Tante Victoria hatte. Als erstes rief Lucía ihre Eltern an; der Kannibalen-Vater ging ans Telefon:

»Lucía? Was für eine Überraschung! Wo bist du?«

»In Wien«, log sie. Und in wenigen Minuten wußte sie, daß sich der Kannibale sehr guter Gesundheit erfreute und daß weder er noch ihre Mutter sie vermißten: Sie hatten einige Freunde zum Essen eingeladen, und man hörte im Hintergrund ein lebhaftes Stimmengewirr.

Nachdem sie diesen etwas abergläubischen Kontrollanruf hinter sich hatte, war das zweite, was Lucía tat, die Nachricht zurückzuspulen und sie erneut einige Male abzuhören. Sie entdeckte dabei, daß Tante Victoria zu Anfang nicht »Hör mal« sondern »Toñi« gesagte hatte. Sie hieß also Toñi, Antonia, und ihr Vater lag in einem Krankenhaus im Sterben.

Und was sollte sie jetzt tun? Mach das mit deinem Gewissen aus, hatte Tante Victoria gesagt, und Lucía hatte kein sehr gutes Gewissen. Sie konnte den Anruf ignorieren, die Nachricht löschen und diese falsche Tante vergessen. Aber die Situation erschien ihr zu wichtig, zu herzzerreißend, als daß sie nicht hätte reagieren müssen. Sie mußte diese Tante Victoria ausfindig machen, sie mußte ihr erklären, daß Toñi, also Antonia, die Nachricht noch nicht erhalten hatte. Mein Gott, es war aber doch Weihnachten! Konnte sie sich noch nicht einmal zu Weihnachten ganz masochistisch in ihrer Wohnung einer Depression hingeben, ohne gestört zu werden? Sie spürte, wie großes Selbstmitleid in ihr hochstieg. Nur ihr passierten solche Sachen. Ganz schön traurig, ihr Leben.

Sie versuchte, im Krankenhaus anzurufen, aber in der Zentrale ging niemand ans Telefon. Natürlich, an einem Feiertag wie diesem. Sie machte sich Rührei, aß zwei Bissen, rief wieder ohne Erfolg an. Gegen zwölf konnte sie nicht mehr anders und entschloß sich, hinzufahren.

Das Krankenhaus war alt, heruntergekommen und ähnelte einem Labyrinth. Am Empfang saß niemand, auch wenn ein kleines Radio Weihnachtslieder auf einen Tisch spuckte und die Zuversicht vermittelte, daß es in dem Gebäude irgendeinen Nachtwächter gab. Lucía nahm den erstbesten Aufzug und fuhr in den fünften Stock. Aber dort gab es keine Krankenzimmer, sondern nur medizinische Abteilungen (Augenheilkunde, Nuklearmedizin), alle geschlossen. Lucía stieg Treppen rauf und runter, lief durch Flure, sah in gespenstische Wartezimmer mit schrecklichen Stühlen aus rotem Kunstleder. Auf den halbdunklen Gängen, in denen nur die schwache Notbeleuchtung brannte, war niemand zu sehen. Ab und zu hörte man von weitem, wie jemand lauthals auflachte, oder leichtes Getrippel aus einer Ecke, ohne daß jemand zu sehen war. Es roch nach Medizin, und das Licht der Lampen prallte an den alten Wandfliesen ab und verlieh den Schatten einen schwachen, orangefarbenen Widerschein. Das gab den Korridoren des Krankenhauses ein merkwürdiges und etwas unheimliches Aussehen, so als wären sie Gänge, die unter Wasser gesetzt worden wären, oder das Innere eines Raumschiffs vom Mars. Auf einmal kam ein junges Pärchen lachend die Treppe herauf: Sie hatten einen Strauß Blumen und eine Flasche Sekt in einem mit Eis gefüllten Sektkühler bei sich. Laut glucksend grüßten sie Lucía und versuchten dabei, sich einigermaßen zu beherrschen; sie sahen sich die Nummern an den Türen an, klopften vorsichtig an eine und fielen unter fröhlichem Geschrei in das Zimmer ein. Sie war auf der Entbindungsstation.

Zimmer 507 dagegen gehörte zur Krebsstation. Dort erschien Lucía die Stille durchdringender, die Luft dicker und drückender. Fünf Minuten blieb sie vor der Tür stehen, ohne zu wissen, was sie tun sollte. Sie war verrückt, vollkommen verrückt. Was machte sie hier? Sie wußte noch nicht einmal, wie der Sterbende hieß! Wenn sie wenigstens eine Krankenschwester gesehen hätte, dann hätte sie ihr eine Nachricht hinterlassen können, in der sie das Mißverständnis hätte erklären können. Das konnte sie wirklich tun, eine Nachricht schreiben und sie unter der Tür durchschieben. Oder einfach so wieder gehen, sofort nach Hause gehen und alles vergessen. Aber nein, da sie nun schon einmal im Krankenhaus war, konnte sie die Dinge nicht mehr auf sich beruhen lassen: Sie hatte sich zu sehr auf die Situation eingelassen und konnte nun nicht mehr zurück. Sie holte dreimal tief Luft und klopfte vorsichtig an die Tür. Keine Antwort. Tief atmete sie durch und drückte sanft die Klinke nach unten. Die Tür öffnete sich geräuschlos nach innen.

Das Zimmer war leer. In gewissem Sinne leer, wenn man von dem Kranken absah, der in einem der beiden Betten lag. Keine Spur von Tante Victoria. Auf Zehenspitzen betrat Lucía den Raum. Auch er wurde lediglich von der Notlampe, einem leuchtenden Dreieck, das sich knapp über dem Boden an der Wand befand, erhellt. Das leere Bett war perfekt gemacht, das Bettuch tadellos und ohne Falten. Der Armsessel und der Stuhl, die sich in sämtlichen Krankenhauszimmern befinden, standen an der Wand, als ob niemals jemand den Kranken besucht hätte. Lucía näherte sich ihm vorsichtig und sah ihn an: Er lag ruhig und steif auf dem Rücken, ein kleiner Alter mit einer verschrumpelten Rosinenhaut, aus dessen Nase und Armen Schläuche hingen. Seine Augen waren geschlossen, und er sah aus, als wäre er tot. Lucía beugte sich ein wenig weiter nach vorne. Nein. Er war nicht tot. Seine Bartspitze zitterte, seine Hände bewegten sich leicht. Und man hörte ihn atmen, ein stockendes und mühsames Pfeifen. Lucía wollte ihn gerade aus nächster Nähe betrachten, als der Sterbende die Augen öffnete. Sie schreckte zurück. Die Augen des Mannes waren zwei kleine dunkle und fiebrige Knöpfe. Der Kranke sah sie eine Weile an.

»Toñi«, sagte er schließlich mit schwacher, aber gut verständlicher Stimme.

Lucía schwieg.

»Antonia«, wiederholte der Mann jetzt mit stärkerem Nachdruck.

Und er hob eine zitternde, mit Schläuchen gespickte Hand.

»Ja«, antwortete Lucía.

Sie nahm die Hand des Alten in ihre Hände.

Der Greis schloß die Augen.

»Ich habe keinen Stolz«, murmelte er.

Zwei Tränen liefen ihm die welken Wangen hinunter.

Lucía drückte ihm die von Arthritis gezeichnete Hand und streichelte über den übel zugerichteten Handrücken. Sie wollte nicht sprechen, um sich nicht zu verraten. Und was hätte sie auch sagen sollen? Daß sie sich diesem sterbenden, ihr unbekannten Alten näher fühlte als ihrem Vater? Jetzt wird die Tür aufgehen und der Arzt oder die Krankenschwester werden hereinkommen, sagte sich Lucía voller Angst; oder Tante Victoria wird hereinkommen und mich fragen, was ich hier mache, ein Eindringling, eine Betrügerin, eine Lügnerin. Madrid jenseits des Fensters sah aus wie eine unbewohnte Stadt. Die Nacht war kalt und regnerisch, in dem nassen Asphalt spiegelten sich die Lichter der Ampeln. Lucía klammerte sich an die Hand des Toten wie eine Schiffbrüchige an ein Stück Holz, und sie dachte, daß das ganze Leben vielleicht nicht mehr als eine Vorbereitung auf den Tod wäre, genauso wie ein Schachspiel nicht mehr ist als eine Vorbereitung auf das Schachmatt. Und sie sagte sich: Wie wird das wohl bei mir sein, wer wird meine Hand halten, was für ein Nieselregen wird hinter was für einem Fenster fallen, was werde ich dann aus meinem Leben gemacht haben. Aber sie dachte auch: Du stirbst, und ich lebe. Und sie spürte eine tiefe und ungeheure Erleichterung.

Wir wickelten Ramóns Finger in Alufolie ein und legten ihn in den Kühlschrank. Der Vorschlag kam von Adrián, eine zwar ekelhafte, aber vielleicht doch vernünftige Idee. Auf jeden Fall konnten wir, während dieses tote Stück Fleisch im Gefrierfach lag, keine Eiswürfel in unsere Gläser füllen, weil ich mich weigerte, dieses provisorische Haushaltsgeräte-Grab wieder zu öffnen. Alles hatte wieder von vorne angefangen, das Warten, die Ungeduld, die Ungewißheit, die Angst. Wir verließen die Wohnung nur, wenn es unbedingt sein mußte: um Milch, die Zeitung oder Brot zu kaufen oder um mit Wallie Gassi zu gehen. Immer blieb einer von uns dreien in der Nähe des Telefons. Aber das Telefon schwieg oder, was noch schlimmer war, es klingelte, und wir erschraken fürchterlich über überflüssige und langweilige Anrufe, wie zum Beispiel von Inspektor García oder meiner Mutter, oder vom Kannibalen oder sogar meiner Freundin Gloria, die mir jetzt unerträglich und so weit weg wie eine Außerirdische vorkam.

Es war erstaunlich, wie sehr sich meine Wahrnehmung seit der Entführung Ramóns verändert hatte, als wäre mein Leben davor nicht wirklich meins gewesen, sondern das einer anderen, einer Frau, die so hieß wie ich und die mir ähnlich war. Die aber irgendwie überhaupt nicht mehr von meinem jetzigen Ich wiederzuerkennen war, von diesem starken und ungewöhnlichen Ich, das von den letzten Tagen ein wenig durchgedreht war, Tagen, die wie Wochen erschienen, wie Monate, wie Jahre. Als hätte mein Dasein in Wirklichkeit daraus bestanden, die Frau eines Entführungsopfers zu sein, den Anruf der Entführer abzuwarten, die zweihundert Millionen Peseten, die jetzt nach Hundefutter rochen, von hier nach dort zu befördern. Wenn ich mich zu Anfang der Geschichte darüber gewundert hatte, wie Adrián und Félix jeder für sich alleine hatten leben können, bevor mein Problem und ich auftauchten, fällt es mir nun schwer, mir vorzustellen, wie ich es selbst geschafft hatte, mich durch jenes öde und normale Leben vor der Katastrophe durchzuschlagen.

Für sie, den Jungen und den Alten, schien das Leben durch Ramóns Verschwinden eine Ordnung erhalten zu haben; es gab ihnen einen Grund, morgens aufzustehen, sich zu bewegen, etwas zu tun. Für mich bedeutete die Entführung im Gegensatz dazu die Zerstörung meiner bisherigen Existenz. Die ganze frühere Ordnung, meine Arbeit, die Telefonate mit meinen Eltern alle zwei Wochen, das Huhn Huberta, die netten und langweiligen Abendessen mit Freunden, die Diskussionen mit meinem Mann und meinem Verleger, die genau festgelegten Spaziergänge mit Wallie, die allabendliche Melancholie um sieben Uhr und die allnächtlichen Ängste gegen zwei Uhr, diese ganze Ordnung, dieses Flechtwerk eines voraussehbaren, vollgepackten und beständigen Daseins, war zusammengestürzt wie ein Kartenhaus.

Mit den Jahren schrumpfen wir Menschen normalerweise innerlich zusammen. Von den tausend Lebensalternativen, die wir alle haben, setzen wir häufig nur eine einzige um: und die übrigen erstarren, werden welk. Die prophetischen Schriftsteller mit ihrem kindischen Gemüt bezeichnen dies als Reifeprozeß; sich über die eigenen Ziele klarwerden, das Alter akzeptieren: für mich ist das ungefähr so wie verfaulen. Daraus werden dann später diese lebenden Toten. Die kenne ich. Männer und Frauen so um die vierzig, meistens gut situiert und sogar beruflich erfolgreich, die von Zeit zu Zeit seufzen und einem sagen: »Früher habe ich so gerne Sport gemacht ...« (heute sind sie durch ihre Seßhaftigkeit zu niederträchtigen Dickwansten geworden); »Als ich noch jung war, habe ich so gerne geschrieben« (heute schreiben sie nicht nur keine einzige Silbe mehr, sondern es ist auch so, daß das einzige Buch, das sie in den letzten fünf Jahren gelesen haben, die Bedienungsanleitung ihres Videorecorders war) oder auch »Du wirst es nicht glauben, aber früher habe ich so in den Tag hineingelebt, es genossen, etwas spontan zu tun, und ich bin ein Jahr lang per Anhalter durch Europa gereist« (und es ist tatsächlich schwierig, das zu glauben, weil der betreffende Typ heute so vital und fit wie ein alter Turnschuh aussieht und sich noch nicht einmal traut, am Kiosk die Zeitung zu holen, ohne sie vorher telefonisch reserviert zu haben). Alle diese Menschen beherbergen in ihrem Inneren eine Mumiensammlung, ihr Körper ist ein Friedhof. Als Ramón verschwand, war mein Körper ebenfalls ein wenig angemodert und meine inneren Persönlichkeiten waren voller Spinnweben. Vielleicht half die Krise mir, sie zu retten. Die gute Nachricht: Wenn man überlebt, kann man aus dem Leiden etwas lernen. Die schlechte Nachricht: Wirkliches Leiden bringt einen fast immer um.

Wir waren also wieder da angelangt, wo wir am Anfang auch schon standen, das heißt, wir waren wie schmachtende Verliebte auf das Klingeln des Telefons fixiert. Schließlich kam am späten Nachmittag des zweiten Tages der ersehnte Anruf. Ich war diejenige, die den Hörer abnahm:

»Lucía ...«

Es war Ramón! Der Schreck fuhr mir durch den Magen, ich spürte so etwas wie einen Stich oder einen Schlag. Eigentlich war es lächerlich, aber ich hatte nicht gedacht, daß Ramón selbst anrufen könnte. Ich glaube, daß ich ihn mir krank, schwach, leidend, fiebrig vorgestellt hatte. Aber er war es, da gab es nicht den geringsten Zweifel. Er war es, auch wenn er mit einer seltsamen Stimme sprach, mit der Stimme eines schwachen, leidenden, fiebrigen Kranken.

»O Ramón, Liebster, was haben sie dir angetan, wie geht es dir?« sagte ich fast weinend.

»Schlecht, es geht mir schlecht...« stotterte er. »Hör zu, Lucía, sie erlauben mir nur, eine Minute lang mit dir zu sprechen, sie sind schrecklich brutal und zu allem bereit, gib ihnen bitte das Geld, mach, was sie von dir verlangen...«

»Ich tue es, ich tue es, das neulich war nicht meine Schuld, wir hatten das Geld und haben alles getan, aber als wir bereit waren, sahen wir, daß die Polizei schon dort war, ich habe ihnen nichts gesagt, ich schwöre es, sie müssen so auf unsere Spur gekommen sein!« stammelte ich hastig und mußte ständig daran denken, ob sie uns zuhören würden.

»Mach, was sie dir sagen, oder sie werden mich umbringen«, stöhnte Ramón.

»Dieses Mal wird es klappen«, versprach ich.

Aber er konnte mich schon nicht mehr hören: Sie hatten aufgelegt.

Zwei Stunden später kam ein Bote von Fleurop und brachte einen wunderschönen Strauß blauer Tulpen. Gerade Tulpen, meine Lieblingsblumen: Sie erwiesen sich als ironisch gemeint und unheilvoll.

Mit zitternden Händen öffnete ich den Umschlag. Die Nachricht auf der Karte, die mit Laserdrucker in einer winzigen Schrift gedruckt war, lautete folgendermaßen:

> Die Übergabe wird an diesem Abend um 19.46 Uhr im Bahnhof Atocha erfolgen. In der Bahnhofshalle befindet sich am Bahnsteig von AVE und Talgo ein Kiosk, und neben diesem Kiosk steht eine Bank. Setzen Sie sich auf das äußerste, rechte Ende der Bank und stellen Sie den Koffer neben sich im rechten Winkel zur Bank auf den Boden. Schauen Sie nach vorne, tun Sie so, als würden Sie nichts merken, und warten Sie, bis die Übergabe stattgefunden hat. Das ist Ihre letzte Chance. Wenn es noch einmal schiefgeht, werden Sie Ihren Mann nicht mehr lebend wiedersehen.
>
> *Orgullo Obrero.*

Wenn es noch einmal schiefgeht! Und dann, war es dann alles meine Schuld, wie ich immer befürchtet hatte? War ich schuld daran, mittelmäßig zu sein, die Erwartungen meiner Eltern nicht erfüllt zu haben, nicht so lieben zu können, wie man lieben sollte, so klein zu sein, wie ich war, meine Zähne in die Karosserie eines Lastwagens gehauen zu haben, unglücklich darüber zu sein, daß andere unglücklich waren und daß es auf der Welt Hunger gab? Und jetzt war ich auch noch schuld daran, daß Ramón entführt worden und daß die erste Übergabe gescheitert war und sie meinem Mann den kleinen Finger amputiert hatten? Ich rastete vollkommen aus.

»Beruhige dich! Diesmal wird alles gutgehen«, sagte Félix gelassen.

Aber ich zitterte weiter.

»Ruhig, Süße. Ich bin bei dir«, sagte Adrián.

Und er umarmte mich von hinten und drückte seine Brust gegen meinen Rücken (oder eher seinen Bauch, da ich ja so winzig bin) und legte seinen Kopf auf meine Schulter. Als wäre er ein verliebter Bär, ein angenehm wärmender Mantel mitten im Winter, eine schützende Zuflucht, wie er mich, so stark, groß und warm wie er war, mit seinen Armen und seinem Duft umschloß. Es war wirklich albern, aber ich hatte plötzlich keine Angst mehr. Eigentlich vertraute ich eher weniger auf den Jungen und glaubte weder, daß seine Gegenwart mir eine zusätzliche Sicherheit in bezug auf die Entführer verleihen könnte, noch daß er einen beruhigenden Einfluß auf meine Ängste haben würde. Aber der leichte Druck seiner Arme und sein wunderschönes Katzengesicht sowie die Wärme seines Körpers an meinem Rükken, seine unschuldigen Beruhigungsversuche, dieses »Ich bin bei dir«, das mir aus einem anderen Mund lächerlich vorgekommen wäre, genügten, daß ich mich vollkommen entspannte, meine Beine sich entkrampften und ich aufhörte, Angst zu haben und zu zittern. Mein ganzes Ich wurde augenblicklich feminin, oder besser gesagt *feminoid*, was eine Rückentwicklung bedeutet, eine Rückkehr zu den Wurzeln des Seins, zu den Ursprüngen, als würde man plötzlich den Kopf ausschalten und wäre nur noch Substanz, bestünde nur noch aus Weichteilen, so ähnlich wie eine Qualle, ein Klumpen pulsierende Gallertmasse, nur Salz und Wasser, das dahin treibt, wohin die Ströme es tragen.

Also ließ ich mich von Adriáns Armen wiegen und wimmerte nun schon ein bißchen ruhiger:

»Es wird schiefgehen. Ich habe noch nicht einmal die Anweisungen kapiert!«

Und das war in der Tat so: Ich hatte die Karte mehrere Male gelesen, ohne auch nur ein einziges Wort zu verstehen, so als würde ich während einer Prüfung versuchen, ein mathematisches Problem zu begreifen.

»Mach dir keine Sorgen, es ist ziemlich einfach«, sagte Félix. »Wir müssen uns nur um zwei Dinge kümmern: schnell dorthin zu kommen, um zu verhindern, daß die Bank besetzt ist, und daß die Polizei uns folgt. Ich mach das schon.«

Es war halb fünf Uhr nachmittags, und wir hatten nicht mehr viel Zeit. Wieder durchwühlten wir den Hundefuttersack, wieder packten wir den Koffer voll und schleppten uns an dem Gewicht des verfluchten Geldes ab. Félix hatte tatsächlich eine Idee, um eine polizeiliche Verfolgung zu verhindern.

»Zunächst einmal werden wir nicht mit meinem Auto fahren. Es ist zu einfach zu identifizieren, und man kann es leicht verfolgen. Besser, wir nehmen ein Taxi.«

»Gut. Ich werde eins hierher bestellen«, sagte ich.

»Nein, nein. Wahrscheinlich wird unser Telefon abgehört, und sie bringen es fertig, uns einen als Taxifahrer verkleideten Polizisten zu schicken. Nein, wir werden uns eins auf der Straße heranwinken, das ist sicherer.«

Es war sicherer, das schon, aber auch langsamer und unbequemer, vor allem, wenn man bedenkt, daß wir zweihundert Millionen Peseten bei uns hatten. Wir standen fast zehn Minuten lang vor der Tür und warteten darauf, daß Adrián ein Taxi anhielt, und die ganze Zeit über dachte ich voller Angst an den mißglückten Überfall vor ein paar Tagen.

»Sie werden uns das Geld noch klauen«, winselte ich schließlich, unfähig, die Anspannung auszuhalten und in heldenhaftem Gleichmut zu verharren.

Felix lächelte und öffnete ein wenig sein Tweedjackett. O Gott, er hatte diese Riesenpistole bei sich, die schwarz wie die Nacht und schwer wie eine Kanone Napoleons war. Im Gegensatz zu Adriáns Umarmung, die in mir wenigstens uralte Trugbilder wachrief, beschützt zu sein, erhöhte Félix' Waffe nicht gerade mein Gefühl von Sicherheit, verstärkte eher meine Angst. Wo landete ich wohl mit diesem bescheuerten Achtzigjährigen, der unter seiner Jacke ein museumsreifes Mordinstrument trug?

»Sie werden uns das Geld *und* die Pistole klauen«, meinte ich mit finsterer Miene.

Aber in diesem Moment tauchte Adrián in einem Taxi auf.

»Wir wollen zur Plaza de Callao«, wies Félix den Fahrer an.

Der Umweg war Teil des Plans meines Nachbarn, um die möglichen Verfolger abzuhängen. Als wir an unserem Zielort ankamen, bezahlte Félix den Taxifahrer und gab ihm außerdem ein üppiges Trinkgeld.

»Wissen Sie, wir müssen meine Frau abholen. Sie ist sehr krank und kann sich nur sehr schlecht bewegen«, erklärte Félix dem Taxifahrer und legte dabei den mitleiderregenden Blick eines wehrlosen Alten auf. »Könnten Sie uns bitte den riesigen Gefallen tun und jetzt in die Unterführung an der Plaza de Jacinto Benavente fahren und uns da unten, direkt am Eingang zum Parkplatz, wieder aufsammeln? Wir werden in zehn Minuten dort sein. Ich wäre Ihnen sehr dankbar, wenn Sie das für uns tun könnten. Sie bekommen auch tausend Peseten extra dafür.«

»Wird gemacht«, sagte der Taxifahrer.

»Gut. Also dann im Tunnel. Unter der Plaza. Am Parkplatz. In zehn Minuten.«

»Ich werde da sein.«

Der Plan war natürlich gut. Wir würden bei Callao gegenüber der Fußgängerzone aussteigen und die Calle de Preciados langgehen: Adriáns frische Muskeln konnten sich dann des sperrigen und schweren Koffers annehmen. Unsere vermeintlichen Verfolger hätten keine andere Chance, als uns zu Fuß zu verfolgen, und wenn wir am Ende der Fußgängerzone angekommen wären, stünde der Polizeiwagen ziemlich weit weg, und es würde etwas dauern, bis er uns eingeholt hätte. Wir würden dann die Treppen zu dem Parkplatz hinunter nehmen, und dort unten würde ein Taxi auf uns warten. Der Polizist, der uns zu Fuß gefolgt wäre und nun alleine und ohne eigenen Polizeiwagen mitten im Tunnel stehen würde und keine Möglichkeit hätte, sofort ein anderes Taxi aufzutreiben, um uns zu verfolgen, würde einige wertvolle Sekunden verlieren. Bis er aus der Unterführung heraus käme, wären wir bereits in dem starken Verkehr verschwunden. Schließlich würden wir einige Straßen weiter das Taxi wechseln, falls der Verfolger die Nummer des Wagens notiert hätte.

»Wenn wir diese letzte wichtige Vorsichtsmaßnahme hinter uns haben, können sie unmöglich unsere Spur verfolgen«, behauptete Félix zufrieden, nachdem er uns seine Flucht- und Verschleierungstaktik erklärt hatte.

Und tatsächlich, es schien wirklich ein guter Plan zu sein, vernünftig und nicht zu kompliziert. Schade nur, daß, als wir in der Unterführung ankamen, weit und breit kein Taxi zu sehen war. Wir warteten.

»Wie seltsam«, meinte Félix vollkommen verwirrt.

»Wirklich eine ganz tolle Idee. So habe ich mir das schon gedacht. Bist ja ein richtiger Profi«, grummelte Adrián, der noch immer schwitzte und keuchte, nachdem er halb Madrid im Laufschritt mit einem zwanzig Kilo schweren Koffer in der Hand durchquert hatte.

Wir warteten weiter. Die Autos, die an uns vorbeifuhren, ließen die Luft erzittern und vergifteten uns mit Kohlendioxid. Keine Spur von diesem schuftigen Taxifahrer. Ich ärgerte mich über den Kerl: Die arme schwerkranke und gehbehinderte Frau von Félix wäre jetzt wahrscheinlich an der verpesteten Luft gestorben. Und dann dachte ich: Jeden Moment wird ein Auto anhalten und uns einsammeln, und das werden die von der Polizei sein, die uns auf die Spur gekommen sind.

»Ich verstehe das nicht«, stammelte Félix. Er sah niedergeschlagen und verwirrt aus, erneut plötzlich wie um Jahre gealtert.

»Da gibt es nicht viel zu verstehen: Der Typ hat uns einfach versetzt«, sagte Adrián ungeduldig.

Und so mußten wir mit gefaßter Miene und ohne Taxi, den Samsonite hinter uns her zerrend, die Treppen wieder nach oben steigen. Als wir draußen auf der Plaza standen, brauchten wir mindestens fünf Minuten, um ein freies Taxi zu entdecken. Ich starrte mir die Augen aus dem Kopf, konnte aber kein Auto entdecken, das verdächtig aussah oder sich verdächtig verhielt, genauso, wie ich vorher unter den Fußgängern keinen Verfolger hatte ausmachen können. Aber natürlich, die Qualität eines guten Verfolgers bestand genau darin, nicht gesehen zu werden, also hieß das gar nichts. Wir waren so fertig und deprimiert, daß wir diesen Ablenkungsquatsch sein ließen und noch nicht einmal mehr das Taxi wechselten. Wir fuhren direkt zum Bahnhof Atocha. Es war 18.20 Uhr, als wir dort ankamen.

Wir hatten vereinbart, daß ich allein hineingehen sollte, um die Entführer nicht zu verunsichern: Bei dieser Operation wollten wir nichts dem Zufall überlassen. Adrián und Félix blieben also draußen in der Nähe der Taxihaltestelle, und ich zerrte voller Angst den Koffer in die Haupthalle. Ich entdeckte die Bank; sie war zu meiner Erleichterung leer. Fast anderthalb Stunden Wartezeit hatte ich vor mir. Zur Sicherheit stellte ich den Koffer unterdessen auf die Bank und hielt ihn gut fest. Wieder verging die Zeit im Schneckentempo, wieder starrte ich begierig in alle Gesichter und versuchte, die Polizei oder die Entführer auszumachen. In einem Hauptbahnhof ist immer eine Menge los. Nach wenigen Minuten wurden die Gesichter undeutlich und verschwammen vor meinen Augen. Austauschbare, bedeutungslose Physiognomien. Aber als ich damals in dieser trostlosen Bahnhofsatmosphäre, in diesem kalten, künstlichen Licht auf der Bank saß, schien nichts von Bedeutung zu sein. Im

Schaufenster gegenüber betrachtete ich mein Spiegelbild: eine düstere Silhouette, die in warme Kleidung gehüllt war und mir traurig und fremd erschien. War ich wirklich diese reife und einsame Frau, die dort auf einer Bahnhofsbank saß? Die ruhige und wartende Haltung dieser Person, der Geruch nach Winter, unzureichender Heizung und feuchter Kleidung, das Geräusch von hastigen Schritten, das alles deprimierte mich. Manchmal scheint es, als wäre das Leben nicht mehr als eine Durchgangsstation, ein Bahnhof, nicht mehr als eine riesige, verwahrloste Halle mit einem grauen, schmutzigen Boden, die Ecken voller Zigarettenstummel und Kaugummipapier.

Um zwanzig vor acht stellte ich den Koffer entsprechend der Anweisungen der Entführer neben die Bank, und die Melancholie, in die ich vorher versunken war, wurde zu purer Angst. Und wenn jetzt so ein Dieb vorbeikäme und in aller Seelenruhe den Koffer mitnähme? Waren die Bahnhöfe nicht berühmt dafür, daß sie vor solchen Typen nur so wimmelten? Und war mein Koffer, so offensichtlich unbeaufsichtigt er neben mir stand, nicht ein verlockendes und einfaches Opfer? In diesem Moment wurde die Ankunft eines AVE angekündigt, und eine Minute später wurde meine Bank von einer neuen Welle Reisender überrollt. Ich hielt das Gesicht nach vorne gerichtet, aber ich konnte nicht verhindern, daß mein Blick aus dem Augenwinkel Richtung Koffer ging. Der Samsonite war ein schwarzer Fleck, um den herum sich die Menschenmassen drängten, ein Stein, der von Wellen umspielt wurde. Jetzt mußte es passieren, sagte ich mir. Genau jetzt. Aber die Minuten vergingen, und es kamen immer weniger Leute vorbei. Schließlich liefen die letzten Reisenden eilig an mir vorüber, und der Lärm in der Bahnhofshalle wurde wieder weniger. Es war eine quälende, aufreibende Ruhe.

»Das wird nicht gutgehen. Ich spüre es. Heute klappt's wieder nicht«, wimmerte ich kaum hörbar.

In diesem Moment blieb eine Frau vor mir stehen, die ein unwillig und mürrisch dreinblickendes Kind auf dieselbe Art hinter sich herzerrte wie andere Frauen einen Einkaufswagen.

»Sind Sie es ... sind Sie es wirklich?« wiederholte sie mehrmals und zeigte mit dem Finger auf mich.

»Wie bitte?« fuhr ich erschreckt auf. Es war unmöglich, daß diese Frau meine Kontaktperson war.

»Ja, Sie sind es«, behauptete die Frau triumphierend und klopfte mir leicht mit dem Daumen auf die Schulter. »Sie sind doch diese Kinderbuchautorin, oder?«

Es war weder der richtige Ort noch der richtige Zeitpunkt, um ein Gespräch über Literatur zu beginnen, und ich hätte lügen, mich verstellen, diese Frau abschütteln, nein sagen sollen. Aber es war das erste Mal, daß mich ein Fan auf offener Straße überfiel, und ich konnte der Verlockung nicht widerstehen.

»Ja, doch, ich denke schon.«

»Was für eine Freude. Schau mal, Martita, diese Dame hat die Bücher geschrieben, die dir so gefallen.«

Martita lächelte mit kindlicher Einfalt, sie sah aus wie die verkleinerte Kopie ihrer Mutter, sie hatte dieselbe Riesennase und die gleichen Pausbacken.

»Was für eine Freude, genau dieses Jahr Weihnachten hat sie den letzten Band aus der Reihe bekommen, sie läßt sich keinen einzigen entgehen, ist das nicht so, Martita? Sie liebt ›Egon das Entlein‹, sie hat alle Bücher von ihm.«

Für meinen Stolz war das ein kleiner Schlag, ich spürte ihn so ungefähr auf der Höhe der Leber.

»Huberta. ›Huberta das hübsche Hühnchen‹«, murmelte ich.

»Wie bitte?«

»Daß ich nicht ›Egon das Entlein‹ geschrieben habe. Das stammt von Francisca Odón.«

»Na so etwas, was sagen Sie da? Sind Sie sicher?«

»Meine Reihe heißt ›Huberta das hübsche Hühnchen‹«, antwortete ich mit einer gewissen Hoffnung, während ich mich nervös umschaute.

»Na so etwas. Also die kennen wir nicht, stimmt's, Martita? Wie schade, ja dann, entschuldigen Sie«, sagte die Frau verlegen.

Sie verschwand schleunigst und zog ihre Tochter hinter sich her.

Ich war gerade dabei, mich von diesem Zusammentreffen zu erholen, als sich mir ein kleiner, schmuddeliger Junge, der Plastikblumen verkaufte, näherte. Was für intensive Minuten: Ich war noch niemals in meinem Leben so gefragt gewesen. Bei soviel nicht eingeplanten Besuchern würde die Geldübergabe wieder scheitern.

»Ich möchte nichts kaufen, mein Kleiner«, beeilte ich mich zu sagen. Ich wollte, daß er ging und nicht weiter störte.

»Aber was sagst du da. Ich verkaufe doch gar nichts. Ich habe eine Nachricht für dich. Und die Blume schenke ich dir«, antwortete der Dreikäsehoch ziemlich forsch. Dann übergab er mir einen kleinen Zettel und eine rote Rose.

Ich faltete das Papier auseinander: Es handelte sich um einen in winziger Schrift gedruckten Text, der so ähnlich aussah wie die letzte Nachricht von *Orgullo Obrero*:

> Dies war ein Sicherheits-Check. Gehen Sie nun sofort, ich wiederhole, *sofort*, zum Kino Platerías. Kaufen Sie sich eine Eintrittskarte und gehen Sie alleine, ich wiederhole, *alleine*, hinein. Setzen Sie sich in eine der hinteren Reihen auf der rechten Seite auf einen Platz am Gang, und lassen Sie neben sich einen Sitz frei. Stellen Sie den Koffer vor sich auf den Boden und genießen Sie den Film. Versuchen Sie nicht, mit jemandem zu telefonieren: Wir beobachten Sie.

Ich hob den Kopf und hielt nach dem Jungen mit den Blumen Ausschau, er war jedoch verschwunden. Hastig verließ ich den Bahnhof und zeigte meinen Begleitern die Nachricht. Sie hatten wegen meiner Verspätung schon gedacht, die Sache wäre schiefgelaufen.

»Sie überwachen uns«, flüsterte ich ängstlich.

»Kann sein, kann aber auch nicht sein«, antwortete Félix. »Egal, wir fahren hin.«

Nur zehn Minuten später waren wir in einem Taxi am Kino. Das Platerías befand sich in einem Gäßchen in der Madrider Altstadt, hinter der Puerta del Sol. Es war klein und schäbig, und auf einem handgemalten, riesigen Plakat war zu lesen: »Heute Wahnsinns-Dreier-Programm: ›Der neueste Schwanz in Paris‹, ›Leck mich‹, ›Eier im Überfluß‹.« Der kalte Schweiß lief mir den Rücken hinunter: *Da* sollte ich also *alleine* hineingehen. Es war sehr dunkel in dieser Nacht, die Straße war nur schwach beleuchtet, und es waren nicht viele Leute unterwegs. Das Innere des Kinos schien so einladend wie die Höhle eines Löwen.

»Also, ich denke, du mußt da wohl rein«, sagte Félix.

»Wir werden hier auf dich warten, mach dir keine Sorgen«, beruhigte mich Adrián. »Wenn du zu lange drinbleibst, komme ich dich holen.«

Ich ging auf die Kasse zu, um mir eine Eintrittskarte zu kaufen, und hätte mich zu Tode geschämt, wenn mich jemand dabei gesehen hätte. Aber für die Kartenverkäuferin, eine rothaarige Mumie mit einer verwarzten Nase, schien meine Gegenwart die normalste Sache der Welt zu sein:

»Bitte, Schätzchen. Und beeil dich, jetzt fängt nämlich gerade ›Leck mich‹ an. Das ist der schönste von den dreien, er hat eine unwahrscheinlich interessante Handlung«, sagte die Mumie.

Und ich ging tatsächlich hinein und zerrte dabei den schweren Koffer mit größter Anstrengung über den total verdreckten Teppich hinter mir her. Ich trat durch einen schäbigen Vorhang und stand im Dunkeln, es war heiß, und die stickige Luft raubte mir den Atem. Es roch nach Fußschweiß und muffiger Wäsche. Nach und nach konnte man in der Finsternis die Umrisse der Sitze erkennen: Der Saal war ziemlich klein und fast leer. Entsprechend den Instruktionen suchte ich mir einen Platz auf der rechten Seite in den hinteren Reihen und ließ mich in den Sessel fallen. Das Herz schlug mir bis zum Hals. Es war ein Glück, daß es so dunkel war, auf diese Weise mußte ich mir wenigstens nicht die Schweinereien, die die Sitze zierten, ansehen: Die Armlehne, auf die ich einen kurzen Augenblick meine Hand gelegt hatte, fühlte sich feucht und klebrig an. Ich stellte den Koffer zwischen meinem Sitz und dem Nachbarsitz ab und begann zu warten. Einige Minuten vergingen, und mir wurde langsam bewußt, was auf der Leinwand zu sehen war: überall Fleisch, schwarze und stark behaarte Löcher, geifernde Münder, riesige Penisse. Also gut, sagte ich mir voller Erleichterung, das ist ein Pornofilm für Schwule. Ich sah mich um; alle anderen Zuschauer saßen zu zweit da und waren eifrig auf ihre Angelegenheiten konzentriert: Das Platerías war also ein Schwulen-Kino, ein Umstand, der mich ziemlich beruhigte. Wenn ich mir nicht allein dadurch, auf einem dieser substanzreichen Stühle zu sitzen, irgendeine Geschlechtskrankheit holte oder schwanger würde, wenn ich nicht an dieser übelriechenden Luft erstickte, würde ich es vielleicht diesmal schaffen, das verdammte Lösegeld zu übergeben, sagte ich mir voller Hoffnung. Und im selben Moment setzte sich, als hätte ich ihn gerufen, ein großer, dicker Typ neben mich.

Das mit dem groß und dick erriet ich durch seinen Schatten, den ich aus dem Augenwinkel sah, weil ich mich nicht traute, ihn von vorne anzuschauen. Ich ließ meinen Blick nicht von der Leinwand, wo ein riesiger Schwarzer sein Glied in einen spindeldürren Weißen rammte. Nun, mein neuer Nachbar begann sich an etwas zu schaffen zu machen. Ich merkte, wie sich der Koffer bewegte: Er stieß gegen mein Bein. Aber was zum Teufel tat dieser Typ? Wollte er die Millionen vielleicht zählen, bevor er sie mitnahm? Dann sah ich flüchtig etwas, das in mir Panik aufkommen ließ: Der Mann hatte eine Pistole in der Hand. Würde er mich vielleicht töten? Instinktiv drehte ich mich in seine Richtung und sah ihn direkt an: ein breites und einfältiges Gesicht, den Mund halb geöffnet, aus dem ein wenig die Zunge heraushing. Und in der Hand hielt er ein blutwurstähnliches, schwärzliches Geschlechtsteil, das so hart war wie ein Knüppel. Es handelte sich hier also nicht um meinen Kontakt, das war nicht der Terrorist, sondern das einzige bisexuelle Wesen, das es wohl in diesem Kino gab, vielleicht der einzige richtige Bisexuelle auf der ganzen Welt, und den hatte ausgerechnet ich erwischt, gerade mich hatte er auserwählt, um sich neben mich zu setzen und sich einen runterzuholen.

Vor Wut schnaubend stand ich auf und verließ mit dem Samsonite in der Hand eilig meinen Platz. Und dann passierte es: Ich bewegte mich im Gang rückwärts auf der Suche nach einem anderen Sessel, als jemand von hinten den Koffer packte.

»Der gehört uns«, flüsterte mir eine Stimme ins Ohr.

Die Bewegung war ruhig und bestimmt: Ich spürte seine Hand auf meiner und ließ den Griff los. Ich sah die Schultern des Mannes; er trug einen dunklen Anzug und ging vor mir Richtung Ausgang. Einige Sekunden lang stand ich wie gelähmt mitten im Gang, bis jemand aus dem Publikum anfing, sich zu beschweren, daß er nichts sehen könne. Ich rannte hinaus und traf am Ausgang auf Félix und Adrián.

»Habt ihr ihn gesehen? Habt ihr ihn gesehen?« schrie ich sie sehr aufgeregt an.

»Wen?«

»Den Mann mit dem Koffer.«

»Nein. Hier ist niemand vorbeigekommen. Es muß noch einen anderen Ausgang geben.«

In Wirklichkeit war es mir egal, wo er rausgegangen war. Wir hatten es geschafft, das Lösegeld zu bezahlen! Das Katz-und-Maus-Spiel war zu Ende.

Wortlos und erschöpft kehrten wir nach Hause zurück. Seltsamerweise hatte ich nicht einen Augenblick daran gedacht, was nach der Übergabe des Lösegeldes geschehen würde: Ich hatte meine gesamte Energie auf die Operation konzentriert. Jetzt, da die Anspannung langsam nachließ, fühlte ich mich wie betäubt. Gut, wir hatten es geschafft, die geforderte Menge Geld zu bezahlen, und jetzt war davon auszugehen, daß Ramón freikommen und nach Hause zurückkehren würde. Die Vorstellung, daß er freikam, erleichterte mich, natürlich erleichterte sie mich. Aber die Vorstellung, daß er zurückkam, beängstigte mich auch. Jetzt, wo Ramón wieder bei mir sein würde, glaubte ich, ihn nicht mehr so gern zu haben wie noch in den Tagen zuvor. Ich stellte mir vor, wie er mit seiner verunstalteten Hand (der Arme) durch die Tür trat, sich ins Wohnzimmer setzte und mir ein ums andere Mal erklärte, wie die Entführung abgelaufen war, hundertfünfzigtausendmal in den nächsten Jahren, hundertfünfzigtausendmal dieselbe schrecklich langweilige Leier, weil Ramón langsam und langweilig war und nicht erzählen konnte.

Ich stellte mir vor, wie Ramón seine Entführung zum tausendstenmal erzählte und dabei rauchte, wie er die Zigarette mit seiner verstümmelten Hand (der Arme) ergriff, und wenn er den Rauch wieder herausblies, mit den Lippen einen feuchten und saugenden Schmatzlaut von sich gab, als wäre er eine nach Luft schnappende Barbe. Früher habe ich dieses Geräusch nicht ertragen können, ebensowenig wie dieses fischartige Öffnen des Mundes. Es ist schon seltsam zu sehen, wie sich die Abneigungen in einer häuslichen Gemeinschaft entwickeln: Was einen zuerst bei dem Partner zur Verzweiflung bringt, ist, daß er nicht zuhört, wenn man mit ihm spricht, oder daß er nicht so zärtlich ist, wie man sich das vorgestellt hat, oder daß er immer unerträglich schlechte Laune hat; aber dann, mit der Zeit, wenn die heftigste Phase der ehelichen Auseinandersetzungen hinter einem liegt, macht es einen wirklich krank und bringt einen zur Verzweiflung, wenn er beim Löffeln der Suppe schlürft oder unter der Dusche pfeift; und langsam werden diese persönlichen Manien, hinter denen keine Absicht steckt, zum Auslöser von heftigen Streitereien, zur Grundlage für Wutausbrüche und die große Ernüchterung. Was mich deshalb am meisten an Ramóns Rückkehr erschreckte, war, ihn zu sehen und zu hören, wie er beim Rauchen mit seiner verkrüppelten Hand (der Arme) den Mund auf- und zuklappte: da mich dabei jedesmal ein solcher Haß überkam, daß ich ihm zum Beispiel mit größtem Vergnügen einen Regenschirm in den Rachen gestopft hätte.

Ich dachte auf der anderen Seite voller Unbehagen daran, daß diese plötzliche Grausamkeit Ramón gegenüber in gewisser Weise von der beunruhigenden Anwesenheit Adriáns beeinflußt sein konnte. Ramón mit seiner bedachtsamen Art und den Zigaretten und dem amputierten Finger (der Arme) würde zurückkommen, und ich müßte zu meinem gewohnten Leben zurückkehren. Wäre ohne Félix und seine tollen Geschichten. Und ohne Adrián. Es ist nicht so, daß ich mit Adrián etwas anfangen wollte; aber unsere Beziehung hatte etwas von einem Spiel, sie war aufregend, ließ die Welt um uns herum strahlender werden und machte uns ein wenig trunken. Mir wurde nun bewußt, daß es mir eine Menge ausmachen würde, wenn ich auf die beiden verzichten müßte. Daß es mir eine Menge ausmachen würde, ihn entbehren zu müssen.

Über all das dachte ich bei Sandwich und Wein in der Küche nach, als Adrián in einem irgendwie feierlichen Ton sagte:

»Ich habe etwas entdeckt, von dem ich denke, daß es wichtig sein könnte.«

Wir sahen ihn erwartungsvoll an.

»Also, ein Achtundzwanzigjähriger wurde im Madrider Zoo von einem Blitz getroffen. Das Seltsamste daran ist, daß an diesem Tag nicht eine einzige Wolke über der ganzen Stadt zu sehen war, es hat auch keinen einzigen Tropfen geregnet, es gab kein Gewitter, und selbstverständlich war dieser Blitz der einzige in der gesamten Umgebung.«

Wir sahen ihn verwirrt an.

»Ein anderer junger Mann, dreiundzwanzig Jahre alt, ist mit seinem Auto auf der Straße von Guadalajara verunglückt. Der Wagen war von einer unglaublich starken Windböe erfaßt und von der Straße geschleudert worden. Aber an diesem Tag ging überhaupt kein Wind, und schon gar keiner, der so stark gewesen wäre, das Auto von der Straße zu drücken. Der Junge ist natürlich tot. Und noch eine Sache: Zwei Tage später verunglückte ein Fünfundzwanzigjähriger tödlich. Er war ebenfalls mit dem Wagen auf einer Madrider Autobahn unterwegs gewesen, und die Frontscheibe seines Wagens wurde von einem Stein zertrümmert. Der Stein ist untersucht worden, es war ein Meteorit! Ein bißchen Sternenmaterie. Ein Stückchen von einem Asteroiden, ein Fragment des Kosmos! Daß ein Meteorit einem die Windschutzscheibe durchschlägt, ist so offensichtlich unwahrscheinlich, daß es fast ummöglich scheint. Aber es passierte. Was haltet ihr davon?«

Wir sahen ihn ein wenig wütend an.

»Ich weiß nicht. Was sollen wir davon halten?« sagte ich.

»Ist doch sehr merkwürdig, außerordentlich merkwürdig, oder?«

»Ich verstehe nicht, worauf du hinauswillst.«

»Also, es ist so ... ich weiß, daß sich das paranoid anhört, oder dumm oder vielleicht auch beides, aber scheint das nicht so eine Art Verschwörung zu sein, um junge Leute umzubringen? Man könnte auch sagen, daß das Ganze etwas Übersinnliches hat. Ihr wißt ja, daß ich nicht an Zufälle glaube.«

Wir sahen ihn betrübt an. Oder vielleicht auch nur ich: Félix lachte höhnisch. Dieser unreife Junge, dieser absurde Kerl, der mit einer unglaublichen Leidenschaft Blödsinn von sich geben und dabei weiter sein Sandwich verzehren konnte, erschien mir heute sehr viel attraktiver, reizender und begehrenswerter als Ramón, mein Ehemann (der Arme). Wenn ich mit Adrián zusammen wäre, mit ihm leben würde, käme wahrscheinlich irgendwann der Augenblick, wo ich ihn dafür hassen würde, daß er gleichzeitig ißt und spricht, wie er es gerade im Moment tat und dabei überallhin kleine Stückchen aus Brot und Speichel verteilte. Aber heute kam mir selbst diese Schweinerei rührend vor. Es gibt auf dieser Welt eben nichts, das willkürlicher und ungerechter ist als Gefühle.

Aber er kam nicht zurück. Ich meine Ramón: Er kam nicht in jener Nacht und auch nicht am nächsten Tag. Je mehr Zeit verstrich, ohne etwas von ihm zu hören, desto schuldiger fühlte ich mich. Ich glaubte wirklich, daß ein gewöhnlicher Gauner den Koffer an sich genommen haben mußte. Ich dachte, daß die Entführer ihre Meinung geändert hatten und jetzt planten, noch mehr Lösegeld zu erpressen. Aber vor allem dachte ich, daß mein Mann nicht zurückkehren würde, weil ich nicht gewollt hatte, daß er zurückkehrte; daß meine mangelnde Liebe der magische und unselige Grund für sein Unglück war; daß Ramón vielleicht tot war, von der Gleichgültigkeit meiner Gefühle hingerichtet. Dann bekam ich Fieber, mir wurde schwindelig, meine Lippen waren von Bläschen übersät. Aber selbst diese Strafen führten nicht dazu, daß Ramón wieder auftauchte.

Wer erschien, war eine Richterin namens María Martina. Am zweiten Tag erhielt ich einen überraschenden Anruf: Man bat mich, die Justizbeamtin noch am selben Nachmittag aufzusuchen. Es handele sich dabei nicht um eine Vorladung, sondern um einen rein informellen Besuch; aber es gehe um etwas, das mit der Entführung meines Mannes zu tun habe, weshalb es gut wäre, wenn ich käme, erklärte mir der Beamte mit amtlichem Hochmut.

Ich fühlte mich ziemlich verunsichert, als ich beim Gericht ankam: Und als man mich in das Sprechzimmer von María Martina führte, hatte mein Schuldgefühl derart riesige Ausmaße angenommen, daß ich ohne weiteres zugegeben hätte, den Postzug von Glasgow überfallen zu haben. Zu meiner Überraschung war ich nicht die einzige, die zu dem Termin geladen war: Der gelangweilte Inspektor García saß dort auf einem Stuhl, ganz artig, mit zusammengepreßten Knien, wie ältere Damen dies zu tun pflegen. Er nickte zur Begrüßung kurz mit dem Kopf und wies mit der Hand auf den anderen freien Stuhl. Wir waren alleine. Das Zimmer war klein und erbärmlich, das perfekte Beispiel für ein unheilverkündendes Büro. Die Wände waren voller Flecken, und ein wackeliger und riesiger Arbeitstisch füllte fast den gesamten Raum aus. Die einzige persönliche Note war ein Kissen, das auf dem Holzstuhl der Richterin lag. Ein recht auffälliges, grellgelbes Kissen aus einem glänzenden Stoff, das aufgeblasen war wie ein Ballon. Über die gesamte Oberseite war ein weißes Huhn gestickt, ein Hühnchen mit Absätzen und einem Tupfenröckchen. Mein Schicksal schien von widerlichen Hühnchen bestimmt zu sein.

»Vielen Dank, daß Sie gekommen sind, Frau Iruña.«

Ich drehte mich um. Die Richterin hatte gerade den Raum betreten. Sie war fast genauso klein wie ich und sehr viel jünger: wahrscheinlich noch keine dreißig. Sie trug ein weites, dunkelblaues Kleid, unter dem ein riesiger Bauch sichtbar wurde, ein prächtiger Schwangerschaftsbauch, den sie vor sich her trug, wie der Besitzer einer Luxusjacht den Bug seines Schiffes steuert: angeberisch, hochmütig und leicht aggressiv. Mit einer gewissen Anstrengung kletterte sie auf das Kissen und stieß einen Seufzer aus: Vielleicht brauchte sie das Kissen, um größer als ihre Gesprächspartner zu wirken, um sich besser durchzusetzen, um die Leute einzuschüchtern. Sie war eine nüchterne, sehr direkte Frau. Sie hatte mich noch nicht einmal angesehen, und abgesehen von ihrem trockenen Satz am Anfang hatte sie sich nicht die Mühe gemacht, sich vorzustellen, mir die Hand zu geben oder irgend etwas zur Begrüßung zu sagen. Sie öffnete eine blaue Aktenmappe und vertiefte sich in die Lektüre einiger Papiere. Dann hob sie den Kopf und wandte sich mir zu:

»Seit wann arbeitet Ihr Mann mit *Orgullo Obrero* zusammen?«

»Wie bitte?«

»Seit wann hat Ihr Mann *Orgullo Obrero* Geld gegeben?«

»Was sagen Sie?«

Es gibt im Leben Wissen, um das man sich bemüht, und Wissen, das einem einfach so zuteil wird. Wissen, um das man sich bemüht, ist meistens fachlicher oder wissenschaftlicher Natur. Normalerweise wird es Schritt für Schritt erworben, und man hat bereits eine Vorstellung von dem, was kommt. Natürlich kann es dabei auch um emotionale und intime Dinge gehen; ein junges Mädchen, das noch Jungfrau ist, kann zum Beispiel wissen wollen, was Sex ist. Aber selbst in diesen Fällen bedeutet das erworbene Wissen eine Weiterentwicklung des eigenen Lebens. Es ist eine Bereicherung und nimmt nichts weg. Daten werden zusammengetragen, Erinnerungen und Erlebnisse angehäuft.

Im Gegensatz dazu nimmt das Wissen, das einem einfach so zuteil wird, etwas weg. Plötzlich wird einem die Unschuld geraubt. Man war so ruhig, unwissentlich glücklich über das eigene Unwissen, bis man plötzlich, paff, eine Neuigkeit erfährt. Man hat plötzlich eine verfluchte Erkenntnis, nach der man nicht gestrebt hatte. Im allgemeinen ist eine solche Offenbarung wie eine Stichflamme von unerträglicher Helligkeit, ein Blitz der Wirklichkeit, von dem man getroffen wird. Ein erbarmungsloses Licht, in dem man entdeckt, daß das, was vorher für einen Landschaften waren, nichts als Kulisse sind, und daß man in einem Theater gelebt und gedacht hat, es wäre das Leben; so daß man seine Vergangenheit neu ordnen muß, die Erinnerung neu schreiben und sich selbst dafür verzeihen muß, daß man so dumm und so schrecklich blind gewesen war. Nach einer solchen Offenbarung bleibt nichts mehr, wie es war, im guten wie im schlechten Sinne.

So erging es mir an jenem Tag im Büro der Richterin Martina: Die Worte dieser Frau hatten die Wirkung eines Erdbebens, und die zehn Jahre meines Zusammenlebens mit Ramón zerfielen zu Staub. Wer war mein Ehemann wirklich, was dachte er, was machte er? Und wer war ich, daß ich nichts davon gewußt hatte?

»Soweit wir wissen, stand Ramón Iruña seit einigen Jahren in Kontakt mit *Orgullo Obrero*. Wir haben im Ministerium im Tresor seines Büros diese beiden Briefe gefunden.«

In Ramóns Büro, natürlich! Warum war ich nicht darauf gekommen, dort nachzusehen? Obwohl, auf der anderen Seite, würde ein Entführter im voraus eine Spur seiner eigenen Entführung hinterlassen? Ich nahm die beiden Zettel, die mir die Richterin entgegenstreckte, und las sie begierig. Es handelte sich um weiße Blätter, die mit der gleichen winzigen Schrift bedruckt waren wie die Karte, die in den Tulpen gesteckt hatte. Auf dem ersten stand ein Datum, das drei Jahre zurücklag:

> Das ist das letzte Mal, daß wir Ihnen das sagen: Wir erwarten die nächste Zahlung am 27., fünf Schecks auf die vereinbarten Konten. Wir akzeptieren keine weitere Entschuldigung. Arbeiten Sie mit uns zusammen, und alles wird gutgehen. Wenn Sie nicht mit uns kooperieren wollen, werden Sie sterben.
>
> *Orgullo Obrero.*

Der andere Brief war vor kaum einem Monat verfaßt worden:

> Wir wollen die zweihundert. Wir sind keine Banditen, wir kämpfen für die soziale Gerechtigkeit. Wir dulden es nicht, daß ein korrupter Kleinbürger wie Du unsere Sache mißbraucht. Triff Deine Wahl: Entweder Du gibst uns das Geld oder wir werden es uns holen. Übermorgen, um zwölf, am Treffpunkt Z. Wenn Du nicht kommst, wird dies fatale Folgen haben.
>
> *Orgullo Obrero.*

»Was meinen Sie zu den Briefen?« fragte die Richterin.

Ich hob den Kopf:

»Ich weiß nicht.«

Die Richterin streichelte einen Kater, der plötzlich wer weiß woher gekommen war. Aber nein, es war kein Kater, sondern eine Katze: ein trächtiges Tier mit einem hin- und herschaukelnden Riesenbauch.

»Also gut. Das mit den ›zweihundert‹ in dem zweiten Brief, sagt Ihnen das etwas?« sagte die Justizbeamtin kühl. »Glauben Sie, daß sich das vielleicht auf zweihundert Manchego-Käse bezieht, auf zweihundert Schrauben oder auf zweihundert Kinderschuhe?«

Mein Gott, die Richterin war ganz schön sarkastisch. Hämorrhoiden. Sie mußte sich dieses schreckliche Kissen unterlegen, weil sie wie fast alle Schwangeren Hämorrhoiden hatte, dachte ich mit finsterer Genugtuung (oder war das mit den Hämorrhoiden bei den Wöchnerinnen?).

»Ich glaube, daß es um Geld geht, um zweihundert Millionen Peseten«, antwortete ich sehr würdevoll.

»Genau, um zweihundert Millionen. Genau der Betrag, den Sie ihnen gegeben haben.«

Ich schwieg.

»Sehen Sie, Frau Iruña, ich glaube, es wäre ratsam, daß Sie mir alles erzählen. Wir wissen, daß Sie einen Safe in der Außenhandelsbank haben; und wir wissen, daß Sie am 2. Januar etwas, das sehr viel wog, aus diesem Safe geholt haben. Ich werde Ihnen noch etwas sagen, weil ich gerne glauben möchte, daß Sie es nicht wissen: In den letzten vier Jahren hat Ihr Mann Gelder des Ministeriums veruntreut, Berichte gefälscht und Geldstrafen eingetrieben, für die es in Wirklichkeit offiziell gar kein Verfahren gegeben hatte. Ich spreche von sehr, sehr viel Geld: ein Betrag so um die sechs Milliarden. Das Geld wurde auf die Konten zweier fiktiver Aktiengesellschaften überwiesen, die Capital AG und die Belinda AG, und gelangte von da aus über Schecks an den Inhaber oder verschwand mittels komplizierter Transaktionen. Die beiden Aktiengesellschaften gibt es nicht mehr, und bei allen Inhabern stellte sich heraus, daß sie unter falschem Namen aufgetreten sind. Das heißt, daß sich die sechs Milliarden in Luft aufgelöst haben.«

Eine Sekretärin trat ins Zimmer, und die Richterin hielt einen Augenblick lang inne. Es war wirklich unglaublich, aber die Sekretärin war ebenfalls schwanger. Sie war so groß und kräftig wie eine olympische Diskuswerferin und hatte einen kugelrunden, riesigen Bauch. Der kleine Raum begann, nach angestautem Blut zu riechen: Die Östrogenkonzentration pro Quadratmeter war unerträglich hoch. Die Justizbeamtin unterschrieb ein paar Briefe, der schwangere Kraftprotz verschwand, und die Darlegung der Fakten ging weiter.

»Wir glauben, daß Ihr Ehemann von *Orgullo Obrero* kontaktiert worden ist und man ihn gezwungen hat, die Gelder des Ministeriums zu veruntreuen. Er wird nicht der einzige Beamte sein, den sie bedroht haben: Uns ist bekannt, daß es mindestens noch einen weiteren Fall in Valencia gab, es handelte sich dort um einen hohen Funktionär der Autonomie-Verwaltung. Dieser Mann verschwand ebenfalls, und wir sind fast sicher, daß er von *Orgullo Obrero* entführt worden ist. Wir glauben, daß es sich dabei um eine Art revolutionäre Steuer handelt, die nur sehr selektiv erhoben wird. Es ist nicht einfach, die Reichen zu erpressen. *Orgullo Obrero* ist eine kleine Organisation, und wahrscheinlich erscheint es ihnen lohnender, sich auf zwei oder drei Personen auf entscheidenden Posten zu konzentrieren und den Staat auf diese Weise zu melken. Natürlich muß es unter den Terroristen jemanden geben, der das alles organisiert und sich in Verwaltungs- und Finanzfragen gut auskennt. Haben Sie in den letzten vier Jahren im Charakter Ihres Mannes eine Veränderung beobachten können? War er nervöser, unruhig, schien er Angst zu haben?«

Beobachten? Wo es doch schon eine Ewigkeit her war, daß ich Ramón überhaupt *ansah*! Natürlich war das eine dieser ehelichen Niederträchtigkeiten, über die man gerade nicht spricht.

»Nein, mir ist nichts aufgefallen«, antwortete ich mit Unbehagen.

»O.k. Nun, wir glauben, daß Ihr Ehemann an irgendeinem Punkt anfing, einen Teil der Gelder, die er veruntreute, für sich zu behalten. Er baute sich nach und nach einen kleinen, persönlichen Schatz auf. Mit der Zeit kam er auf diese Weise, so nehmen wir an, zu etwa zweihundert Millionen.«

Sie schwieg und blickte mich für einen kurzen Moment mit Nachdruck an:

»Vielleicht war die Versuchung, dieses ganze Geld durch die eigenen Hände fließen zu sehen, größer als seine Kräfte. Obwohl es auch möglich ist, daß er dieses Kapital angehäuft hat, um zu verschwinden. Zu fliehen. Es muß schon sehr hart sein, mehrere Jahre lang von Terroristen erpreßt zu werden.«

In Gedanken dankte ich der Richterin für dieses würdige Hintertürchen. Ja, ich dankte ihr von Herzen dafür.

»*Orgullo Obrero* hat auf irgendeine Weise von diesem Geld erfahren, das Ramón Iruña beiseite geschafft hat, und sie bedrohten ihn, damit er es an sie abtrat. Aber es scheint offensichtlich zu sein, daß Ihr Ehemann bei der Verteidigung seiner eigenen Millionen sehr viel heldenhafter war als bei der Verteidigung der öffentlichen Gelder. Er mußte sie ihnen verweigert haben, und deshalb haben sie ihn entführt.«

Ich zog meinen Dank an die Richterin zurück. Im Grunde genommen handelte es sich um eine sehr unangenehme Frau.

»Ich möchte Ihnen mitteilen, daß Ihr Telefon abgehört worden ist. Aufgrund der Unterhaltungen, die Sie geführt haben, und weil ich normalerweise ein friedfertiges Wesen bin und an das Gute im Menschen glaube, gehe ich davon aus, daß Sie von der ganzen Sache nichts gewußt haben. Ich kann verstehen, daß Sie anfangs geschwiegen haben, um Ihren Mann zu schützen, aber jetzt würden Sie ihm besser helfen, wenn Sie alles erzählen. Und außerdem helfen Sie sich so selbst. Weil ich Sie sonst wegen Beihilfe bei den Vergehen von Herrn Iruña anklagen könnte. Und es sind eine Menge, das kann ich Ihnen versichern.«

Deshalb erzählte ich also alles. Das Lösegeld war schon bezahlt, und die Richterin wußte alles, was sie nicht wissen sollte, was sollte an diesem Punkt schon Schlimmes passieren, wenn ich auspackte? Im Gegenteil: Ramón tauchte nicht auf, und vielleicht half das, was ich erzählen konnte, die Missetäter ausfindig zu machen. Ich erzählte also das mit den Millionen, von der Aktion im Kaufhaus Mad & Spender und das mit dem abgetrennten Finger. Alles in Anwesenheit des einfältigen Inspektors García, der sich die ganze Zeit über weder bewegte noch einen Ton sagte. Natürlich wurde Ramóns Finger abgeholt und in einem Labor untersucht, wobei der gefrorene Flaum auf dem Fingerglied mit ein paar Haaren, die ich aus der Bürste meines Mannes gezogen hatte, verglichen wurde. Ein medizinisches Gutachten bestätigte schließlich, was ich bereits wußte: daß beide Proben von derselben Person stammten. Aber das war erst eine Woche später, und in der Zwischenzeit passierte eine Menge.

An diesem Tag fuhr ich nach Hause zurück und berichtete meinen Freunden, was die Richterin gesagt hatte. Erst als ich alles mit lauter Stimme wiederholte, wurde mir richtig klar, wie peinlich meine Rolle in der ganzen Sache war. Wie war es möglich, daß ich nichts gemerkt hatte? Mir hatte einmal eine Frau ihre Geschichte erzählt: Sie war verheiratet und hatte drei schon erwachsene Söhne. Sie sagte, ihre Familie hätte sie mit der gleichen Aufmerksamkeit und dem gleichen Gefühl bedacht wie den Durchlauferhitzer oder den Kühlschrank, für den täglichen Gebrauch unentbehrliche Haushaltsgeräte, mit denen man aber für gewöhnlich keine nennenswerten Gespräche führt. Als Beweis für das, was sie sagte, führte sie an, daß sie sich einmal an einer Schranktür ein blaues Auge geholt hätte, das zwei Wochen lang zu sehen gewesen sei; und daß während dieser ganzen Zeit niemand, weder ihr Ehemann noch die drei Flegel, denen sie das Leben geschenkt hatte, nur ein einziges Mal ihr Veilchen erwähnt hätten. Dieses ignorante Verhalten, das mir, als sie mir davon erzählte, geradezu schändlich erschien, diese skandalöse und ungeheuerliche Mißachtung verblaßte nun angesichts meiner eigenen, unglaublichen Unsensibilität.

»Unfaßbar. Ich kann es nicht glauben, daß ich die ganzen Jahre über mit Ramón verbracht habe, ohne ihn überhaupt zu kennen. Wie ist es möglich, daß er so lange erpreßt wurde und daß ich nichts gemerkt habe ... Der arme Ramón.«

»Ja, in der Tat, unfaßbar ...«, sagte Félix nachdenklich. »Aber vor allem, weil sich die Geschichte ziemlich seltsam anhört.«

»Was willst du damit sagen? Mir erscheint das absolut logisch und nachvollziehbar ... das heißt, das mit der revolutionären Steuer und dem ›den Staat melken‹ und den anderen Dingen, die die Richterin erzählt hat.«

»Ist es auch. Und jetzt kommt raus, daß dein Mann in seinem Safe zwei Briefe der Terroristen aufbewahrt hat. Nicht alle, sondern nur diese beiden. Und anhand genau dieser beiden läßt sich nachvollziehen, warum er das Ministerium betrogen hat und warum er entführt worden ist.«

»Und was ist daran so seltsam? Möglicherweise waren das die einzigen Briefe, die er bekommen hat. Die Terroristen haben sich bestimmt per Telefon mit ihm in Verbindung gesetzt, um keine Spuren zu hinterlassen. Oder persönlich.«

»Das stimmt«, unterbrach Adrián, der Félix, wann immer er konnte, ins Wort fiel. »Ich habe gehört, daß die ETA-Leute zum Beispiel die Erpreßten häufig persönlich kontaktieren.«

»Ja, natürlich«, beharrte der Nachbar. »Und es ist ebenfalls völlig normal, daß die Terroristen auf ihren Drohbriefen das Datum angeben. Sie schreiben das Datum, machen eine Kopie für die Ablage und notieren die Nummer des Briefes. Mensch, verstehst du nicht, daß das absolut lächerlich ist?«

Gut, in Ordnung, einverstanden; jetzt, wo Félix das sagte, fiel mir auf, daß mir das mit dem Datum in dem Moment, als ich die Briefe las, auch schon etwas merkwürdig vorgekommen war. Es befremdete mich etwas, ich hatte dem aber keine größere Bedeutung zugemessen. Schließlich war die ganze Situation höchst sonderbar, und die Enthüllungen der Richterin waren ungeheuerlich.

»Ja, das ist schon seltsam«, gab ich zu. »Aber was, glaubst du, geht da vor?«

»Vielleicht gibt es eine Verschwörung gegen Ramón, und man versucht, ihm die Schuld am Verschwinden der Millionen zu geben«, schlug Adrián vor. »Vielleicht sind die Briefe gefälscht, und man hat deinen Mann entführt, damit es so aussieht, als wäre er der Verantwortliche. Deshalb hast du auch nichts gemerkt, weil nichts gewesen ist, weil alles gelogen war.«

Ich fühlte mich sehr versucht, diese tröstliche Version zu glauben, diese Version, die Ramón von aller Schuld freisprach, die mich von aller Schuld befreite. Félix schüttelte ungläubig den Kopf:

»Es gibt zu viele weiße Flecken in dieser Geschichte. Wir müssen bei den Sachen deines Mannes nachsehen, ob wir irgend etwas finden.«

»Was soll das sein?«

»Was auch immer, irgendwas, etwas, wodurch wir an zusätzliche Informationen kommen. Natürlich, hast du nicht gesagt, daß du die Rechnung von einem Handy gefunden hast? Wir gehen alle Nummern durch. Vielleicht ist ja eine interessante dabei.«

Das war zwar eine gute Idee, leider war es jedoch unmöglich, besagte Rechnung zu finden. Wir sahen in dem Schreibtisch meines Mannes nach, in der Kiste aus der Küche, in der ich alle Papiere aufbewahre, auf den Regalen, im Notizblock am Telefon, zwischen den Büchern, den Briefen auf dem Flurtischchen, wir sahen sogar unter dem Schrank nach, für den Fall, daß sie hinuntergefallen war. Nichts. Wir verbrachten eine Stunde mit der Suche nach diesem Papier, von dem ich dachte, daß ich es auf Ramóns Schreibtisch liegengelassen hätte; und als sich das Ganze als erfolglos herausstellte, hatte ich plötzlich einen verrückten Verdacht, den ich aber für mich behielt: Es konnte nur Adrián gewesen sein, der sie weggenommen hatte. Er war die ganze Zeit über in meiner Wohnung gewesen, er kam und ging, wann er wollte, es wäre für ihn sehr einfach gewesen, die Telefonrechnung an sich zu nehmen. Schließlich wußte ich überhaupt nichts über den Jungen, sagte ich mir wieder. Schließlich war er wie aus dem Nichts in mein Leben getreten. Er hatte keine Freunde, niemand kannte ihn und bürgte für seine Identität und seine Vergangenheit. Und seine sehr widersprüchliche Art, manchmal kindisch und manchmal klug und reif zu sein: Verstellte er sich nicht in Wirklichkeit? Das betraf auch seine Kokettiererei. Denn so wie die Dinge lagen, war ich mir fast sicher, daß er mit mir flirtete. War das normal, daß ein junger Mann von einundzwanzig Jahren eine Frau von einundvierzig attraktiv fand? Oder gehörte das vielleicht auch zu seiner Rolle als Spitzel und war Teil seiner Maskierung?

»In Ordnung«, sagte Félix. »Vergessen wir die besagte Rechnung. Mal sehen, ob wir etwas anderes finden, was interessant sein könnte.«

Also begannen wir, die Wohnung systematisch zu durchsuchen, und konzentrierten uns dabei besonders auf Ramóns Bereiche, wie seine Schränke, seine Regale, seine Koffer. Das Ganze war anstrengend, unnütz und lästig. Am frühen Abend hatten wir immer noch nichts Ungewöhnliches entdeckt und mehr Staub geschluckt, als wenn wir in einem Wüstensturm gekommen wären. Ich wollte schon aufgeben, als Félix triumphierend ausrief:

»Seht einmal, was ich hier habe!«

Es war ein Handy. Das heißt, das mußte Ramóns Handy sein, dieses Gerät, das ich ihn niemals habe benutzen sehen und mit dem er die Sex-Nummern anrief. Es befand sich in einem Strumpf, der in der Spitze eines Stiefels meines Mannes versteckt war. Natürlich ein sehr sonderbarer Ort, um ein Telefon aufzubewahren. Im anderen Stiefel fanden wir, ebenfalls in einem Strumpf verborgen, das Ladegerät für die Batterie.

»Seltsam, daß er es so versteckt hat, oder?« meinte Adrián.

Félix sagte nichts: Er winselte nur jämmerlich. Er hatte ziemlich lange auf allen vieren in den Schuhen im Schrank gewühlt und versuchte nun vergeblich, auf die Füße zu kommen.

»Helft mir bitte mal«, mußte er uns schließlich gequält auffordern.

»Entschuldige, natürlich, entschuldige«, beeilte ich mich zu sagen.

»Das liegt an dem Knie. Ich bin einmal mit einem Lastwagen zusammengestoßen, und danach ist das Gelenk ein wenig steif geblieben«, erklärte Félix sehr würdevoll, als wir ihm aufhalfen. Er zog es vor, sich selbst und uns einzureden, daß sein Problem eine äußere Ursache hatte und von einem Unfall herrührte und es nicht das Ergebnis dieser persönlichen Schande war, die das Alter bedeutete.

»Die Batterie funktioniert noch. Es ist zwar nicht mehr viel drin, aber sie ist auch noch nicht ganz leer«, sagte Adrián, nachdem er das Handy eingeschaltet hatte.

Und dann tat Adrián etwas Naheliegendes, etwas, an das ich ebenfalls gerade gedacht hatte, etwas, das Félix auch sofort eingefallen wäre, wenn er nicht einer anderen Generation angehört hätte, einer anderen Zeit, in der es weder Handys noch Speicherfunktionen gab: Er drückte die Wahltaste, und auf dem Display war automatisch die letzte Nummer, die mit dem Gerät angewählt worden war, zu sehen. Es war die (91)3 37 81 46. Das war keine Telefonsex-Nummer, sondern die eines Anschlusses in Madrid.

»Sagt dir diese Nummer etwas?« sagte Félix.

»Nein. Überhaupt nicht.«

»Wir könnten sie ausprobieren. Mal sehen, ob wir Glück haben.«

»Ausprobieren und dann?« fragte ich und hatte gleichzeitig Angst vor der Antwort.

»Wir könnten anrufen. Mal sehen, was passiert. Ruf du an. Und wenn jemand drangeht, sag, daß du im Auftrag von Ramón anrufst. Sag, daß du seine Frau bist. Das stimmt.«

Ich habe noch nie gerne telefoniert, und es ist verständlich, daß es mir noch weniger gefiel, mit dem Handy zu telefonieren, das mein entführter Ehemann in der Spitze eines Stiefels versteckt hatte. Aber auch mich machte diese Nummer neugierig. Ich holte tief Luft, drückte mit zitternder Hand die Wahltaste und hielt mir das Gerät ans Ohr. Ein Klingeln, zwei, drei. Ich begann mich zu entspannen, weil ich dachte, daß niemand abheben würde, als plötzlich jemand am anderen Ende sagte:

»Ja?«

Ich hörte die Stimme eines jungen, mürrischen Mannes.

»Ha... hallo, ich bin ... ich rufe im Auftrag von Ramón an.«

Einen kurzen Moment lang blieb es still.

»Sie haben sich verwählt.«

»Im Auftrag von Ramón Iruña. Sie wissen doch ... Iruña.«

Diesmal blieb es länger still. Als der Mann erneut sprach, klang er angespannter. Seine Stimme war jetzt härter, greller.

»Ich kenne keinen Ramón.«

»Ich glaube schon, daß Sie ihn kennen. Ramón sagte mir, ich solle Sie anrufen. Ich bin Lucía. Ramóns Frau.«

»Ich habe Ihnen bereits gesagt, daß Sie sich verwählt haben. Lassen Sie mich in Frieden«, murmelte der Typ. Und legte abrupt auf.

Nun, das Gespräch war nicht gerade sehr aufschlußreich gewesen. Aber ich war davon überzeugt, daß jener Kerl log. Er verheimlichte etwas. Natürlich kannte er meinen Mann. Ich war gerade dabei, genau das meinen Freunden zu schildern und die Stimmlage meines Gesprächspartners und sein Schweigen zu beschreiben, als plötzlich das Handy klingelte. Wir fuhren alle drei zusammen und sahen uns erschreckt an. Es war, als handelte es sich um einen Anruf aus dem Jenseits.

»Geh dran, geh dran, sonst legt er noch auf«, drängten Félix und Adrián mich schließlich.

Ich nahm das Gerät mit größter Vorsicht in die Hand, als würde es sich um einen Skorpion handeln, und näherte es zitternd meinem Ohr:

»Ja?«

»Ramón Iruña?«

Das war die Stimme. Es war derselbe Typ.

»Nein ... Er ist nicht da. Ich bin Lucía, seine Frau. Ich ... ich habe Ihnen bereits gesagt, daß ich in seinem Auftrag angerufen habe.«

Wieder eine kurze Pause.

»Gut. Sie verstehen, daß ich den Anruf überprüfen mußte«, sagte er schließlich.

»Ja, ja, natürlich.«

»Außerdem hatte er mir gesagt, daß Sie nicht Bescheid wüßten.«

»Ja, ja, natürlich. Das heißt, ich wußte nicht Bescheid. Nein, nein, ich hatte keine Ahnung.«

»Sprechen wir von derselben Sache?«

»Ja, ja, natürlich«, sagte ich und fühlte mich verlorener als Robinson Crusoe.

»Gut. Dann entschuldigen Sie, daß ich Sie erschreckt habe, aber Sie verstehen, daß das nicht persönlich gemeint war.«

»Nein, nicht persönlich gemeint.«

»Ich bin ein Profi, damit das klar ist.«

»Natürlich.«

»Gut, also, ich höre.«

»Was?« fragte ich erschreckt.

»Was soll ich tun?«

»Ach so!« Ich erschrak noch mehr: Mein Kopf war ein einziges Chaos.

»Aber ich sage Ihnen gleich, daß sich der Preis jetzt verdoppelt hat. Ich möchte diesmal keine Überraschungen mehr erleben.«

»Gut«, stimmte ich ihm zu und war so nervös, daß ich mich fast verraten hätte. Dann kam mir die rettende Idee. »Hören Sie, ich möchte darüber nicht am Telefon sprechen. Sie ... Sie wissen ja, wie das mit den Handys ist. Die ganze Welt kriegt mit, was man redet. Wir treffen uns besser.«

»In Ordnung. Da, wo wir uns immer treffen?«

»Gut. Das heißt nein! Nicht dort, wo wir uns immer treffen. Besser im ... im ...«

Félix hielt mir einen in aller Eile gekritzelten Zettel hin.

»Im Paraíso?« fragte ich vorsichtig. »Sie wissen schon, das Café in der ...«

»Gut. Kenne ich. Einverstanden, morgen mittag um eins im Paraíso. Und bringen Sie Geld mit. Ohne Geld läuft gar nichts.«

Ich beendete das Gespräch und war unglaublich aufgeregt. Ich schwitzte, mir dröhnten die Ohren, mir zitterten die Hände, und das Herz schlug mir bis zum Hals, und ich muß sagen, daß all diese Symptome außerordentlich anregend waren. Ich kann mir vorstellen, daß unsere jagenden Vorfahren ein ähnliches Vergnügen empfunden haben.

Als aber dieser Rausch und die Nervosität langsam nachließen, stieg in mir ein anderes Gefühl hoch, das nach wenigen Minuten meinen ganzen Kopf beherrschte: totale Panik, die begleitet wurde von einem absoluten Reuegefühl, daß es mir überhaupt in den Sinn gekommen war, so jemanden anzurufen.

»Mein Gott! Wie konnte ich nur so unverantwortlich sein, wieso habt ihr zugelassen, daß ich das gemacht habe? Jetzt habe ich mich mit irgend so einem Typen verabredet, vielleicht mit einem Terroristen oder einem Mörder, und jetzt will dieser Mörder für was weiß ich Geld von mir und weiß, wer ich bin, und wird auch wissen, wo ich wohne, und wenn ich morgen nicht ins Paraíso gehe, wird er mich hier aufsuchen, und wenn ich hingehe, wird alles noch viel schlimmer werden!«

Mich überkam schreckliche Angst, und ich hatte wirklich gute Gründe, diese Angst zu haben, daß wir drei uns schließlich entschieden, die Polizei zu benachrichtigen. Also rief ich Inspektor García an, der, als er hörte, worum es ging, schleunigst vorbeikam. Eine halbe Stunde später saß er, das Handy in der Hand, am Küchentisch, und sein hageres Frettchen-Gesicht war etwas lebhafter als sonst.

»Sehr interessant. Wichtige Spur. Gut gemacht. Das Treffen. Der Anruf. Wir werden morgen alle dort hingehen«, telegraphierte er in seinem üblichen Stil.

»Wie bitte? Haben Sie etwa auch vor, ins Paraíso zu gehen?«

»Natürlich. Wir werden Sie beschützen. Ihnen wird nichts passieren. Viele Polizisten.«

»Genau *das* macht mir am meisten angst! Daß es vor Polizisten nur so wimmelt. Das heißt, daß der Typ merkt, daß ich ihn reingelegt habe und mir die Kehle durchschneidet.«

»Nein, auf keinen Fall. Wir werden ihn davon abhalten. Ganz sicher.«

»Könnte man nicht eine Polizistin an meiner Stelle nehmen?« fragte ich, weil ich mich an irgendeinen Film erinnerte.

»Nein. Er kennt Sie. Glaube ich. Sie müssen hingehen.«

Er hatte recht, auch ich wußte das: Ich mußte hingehen. Das war die einzige Spur, die uns zu Ramón führen konnte, von dem es immer noch kein Lebenszeichen gab. Ramón und sein amputierter Finger, der Arme; fremder Ramón, von mir verkannter Ramón, ein etwas verschwommener und beunruhigender Ramón, der weiterhin mein Mann war und der sich vielleicht in diesem Moment in extremer Gefahr befand. Ich war es ihm schuldig.

Also ging ich hin. Mit leerem Magen, weil ich den Lindenblütentee, den ich zu trinken versucht hatte, wieder erbrochen hatte. Das Paraíso ist dieses alte Café auf der Gran Vía, das hauptsächlich von Künstlern, Malern und Schriftstellern, besucht wird. Die große U-förmige Theke und die schmiedeeisernen Stehtische mit den Marmorelementen waren von einer Horde getarnter Polizisten eingenommen worden. Es war ein Aufmarsch an Sicherheitskräften, der einer Superproduktion in Hollywood würdig war; aber im Gegensatz zu den Polizisten in den Filmen stanken diese Ordnungshüter hier so sehr nach Polizei, daß es unmöglich war, ihre Anwesenheit nicht zu bemerken. So zivil sie auch aussahen, zumindest für mich lag es auf der Hand, daß jene drei soliden, derben Jungs in der Ecke, von denen jeder ein Mikro im Ohr hatte, keine zufälligen Gäste waren. Genausowenig wie der Mann mit dem Schnauzer an der Tür, der eine Ewigkeit lang dieselbe Zeitungsseite las. Ganz zu schweigen von Inspektor José García, der die ganze Zeit über mit derselben desinteressierten und unschuldigen Miene wie ein Geier vor dem Sterbenden an der alten Bronze-Theke saß. Man sagte mir, daß die Männer bereits um halb eins an ihren Plätzen gewesen wären; um zehn vor eins kam ich. Ich setzte mich an die Theke, an das Ende, das am weitesten von der Tür entfernt lag, und wartete dort mit trockenem Mund, verlagerte das Gewicht von einem Fuß auf den anderen und hielt jedesmal den Atem an, wenn jemand die hohe und schmale Tür mit den getönten Scheiben aufdrückte. Es verging sehr viel Zeit; der Kaffee, den man mir gebracht hatte, wurde kalt, ohne daß ich ihn probiert hatte, und der Kiefer begann mir vor lauter Zähnezusammenbeißen weh zu tun. Um Viertel nach zwei fuhr ich erschreckt zusammen, als es plötzlich einen kleinen Aufruhr gab. Bei einer Routineüberprüfung der Polizei hatte ein Junge versucht zu fliehen; er wurde geschnappt, mußte sich zur Einschüchterung mit geöffneten Armen und gespreizten Beinen gegen die Wand stellen, und seine Personalien wurden überprüft. Sie fanden ein wenig Haschisch und ein Gramm Kokain mittlerer Qualität bei ihm, aber ganz offenkundig war er nicht unser Mann. Als die mit dem Mikro nachmittags um drei beim Kellner Schinkensandwichs bestellten, beschloß Inspektor García, die Operation zu abzubrechen.

»Es hat nicht geklappt. Das kommt vor. Polizist zu sein, ist hart. Das ist mehr als ein Beruf, es ist eine Berufung«, sagte er düster. »Vielleicht ist er nicht gekommen. Vielleicht ist er auch gekommen und hat Verdacht geschöpft. Sie erhalten für alle Fälle Polizeischutz.«

Das bedeutete, daß ich auf die schlechtest mögliche Art nach Hause zurückkehrte: mit der gleichen Angst wie vorher, mit einer größeren Unsicherheit und Ungewißheit und mit zwei Wachposten, die mir im Nacken saßen. Diese Gorillas gingen mit mir hoch, betraten als erste meine Wohnung, um zu überprüfen, ob alles in Ordnung war, und stellten sich anschließend unten vor die Portaltür.

»Wenigstens wirst du dich mit den beiden Polizisten da unten jetzt sicherer fühlen«, sagte Adrián, um mir Mut zu machen.

Für mich war genau das Gegenteil der Fall: Die Polizisten waren eben aus dem Grund da unten, weil die Situation jetzt schlechter einzuschätzen und gefährlicher war. Mein früheres langweiliges und gehaltloses Leben schien mir immer mehr das beste aller Leben zu sein. Ich bin immer sehr feige gewesen: Meine Phantasie und meine emotionale Labilität trugen maßgeblich dazu bei. Deshalb stellte ich mir in diesen Stunden, die auf das gescheiterte Treffen im Café folgten, tausendundeine Möglichkeit vor, wie ich umgebracht werden sollte: daß der Unbekannte vom Telefon, nachdem er sich von der Terrasse abgeseilt hätte, durch das Küchenfenster hereinkäme; daß er die Polizisten überlisten würde und in aller Seelenruhe durch die Türe spaziert käme; daß er sich im Heizungskeller versteckt hätte; daß er an der Regenrinne im Hof hochklettern würde; daß er sich (vielleicht), falls Adrián (vielleicht) etwas mit den Entführern zu tun hätte, schon in dessen Wohnung befand.

Dieser Anfall von Paranoia fand jedoch sehr schnell ein Ende. Am selben Abend erhielt ich einen Anruf von Inspektor García. Es war fast zwölf, die Zeit der Verwünschungen und der Hexen.

»Kommen Sie bitte ins Kommissariat. Wichtige Information.«

Ich fuhr verschüchtert und von den Gorillas eskortiert zu ihm. Der Inspektor bat mich sofort in sein Büro, in dem es muffig und nach kaltem Tabak roch. Er hielt mir eine Zeitung hin, die auf der Lokalseite aufgeschlagen war.

»Das ist die ›El País‹ von morgen.«

»Mann beim Verlassen seiner Wohnung erschossen. Vermutlich ein Racheakt«, hieß die Schlagzeile, und darunter war ein kleines Paßfoto zu sehen: ein junger, dunkelhaariger, einfach wirkender Mann, von den Gesichtszügen her nicht unbedingt unsympathisch. Ein mir bekanntes Gesicht.

»Ich glaube ... ich glaube, daß das einer der Männer ist, die versucht haben, uns zu überfallen«, sagte ich entsetzt.

»Ja? Interessant.«

García zeigte mir daraufhin weitere Fotos, Bilder aus den Polizeiarchiven, düstere Schnappschüsse, die bei der Festnahme gemacht worden waren. Ja, es bestand kein Zweifel: Dieser Mann war einer derjenigen, die uns überfallen hatten.

»Er ist es«, wiederholte García unnötigerweise. »Der vom Paraíso. Auf den wir gewartet haben. Sein Telefon ist unser Telefonanschluß. Deshalb ist er nicht gekommen.«

»Warum?«

»Weil er schon tot war.«

Aufmerksam las ich den Artikel: Er war um 10.45 Uhr morgens umgebracht worden. Von einem Unbekannten, der mit tödlicher Präzision aus einem Autofenster heraus geschossen hatte. Diese Methode war nicht sehr häufig, wurde aber ausgiebigst von Terroristen angewandt. »Urbano Rejón Olla, alias ›der Russe‹, hatte bereits mehrere Vorstrafen wegen bewaffnetem Raubüberfall, Entführung und Sachbeschädigung.« Urbano Rejón Olla war der Verstorbene, die Stimme, derjenige, der mich überfallen hatte. Ein Toter, der mich mit seinem Blut befleckte und durch den ich mich auf seltsame Weise in die Sache verwickelt, ja sogar für sie verantwortlich fühlte, was mich noch weiter in diesen sumpfigen Alptraum versinken ließ.

»Pech gehabt. Jemand hat ihn zum Schweigen gebracht, damit er nicht auspackt.«

Ich fuhr mit dem Taxi zurück, weil García entschieden hatte, meinen Polizeischutz noch in derselben Nacht wieder abzuziehen. Seiner Meinung nach befand ich mich, da Urbano nun tot war, in keiner Gefahr mehr, eine Begründung, die ich nicht unbedingt nachvollziehen konnte.

»Ich habe den leisen Verdacht, daß er den Polizeischutz nicht angeordnet hat, um dich zu schützen, sondern um dich als Lockvogel zu benutzen und Urbano festzunehmen, falls er versucht hätte, sich mit dir in Verbindung zu setzen«, sagte Félix. »Ich glaube, daß du in Wirklichkeit niemals richtig in Gefahr gewesen bist.«

Möglich; aber der Mord an Urbano hatte gezeigt, daß diese Leute töteten. Sie entführten nicht nur und schnitten Finger ab;

sie töteten auch. Armer Ramón. Obwohl nein, vielleicht war ich ja die Arme. Weil ich jetzt langsam das Telefongespräch mit dem Typen zu verstehen begann. Die Sache, daß sie ihm gesagt hatten, daß ich nicht Bescheid wüßte. Und warum er gesagt hatte, daß es nicht persönlich gemeint wäre. Hatte Ramón ihn beauftragt, mich zu überfallen? Aber nein, das war absurd. Das ergab keinen Sinn. Jemand mußte sich für meinen Mann ausgegeben haben. Das ja. Das war möglich. Jemand, der vorgegeben hatte, etwas zu sein, was er nicht war. Das ist nicht schwer. Das kommt sehr häufig vor. Wie viele tun so, als wären sie jemand anderes, als wären sie jemand, der sie nicht sind. An diesem Morgen war Adrián sehr spät zum Frühstück heruntergekommen: Es war fast halb zwölf. Er sagte, er hätte eine sehr schlechte und unruhige Nacht gehabt und hätte nicht einschlafen können, weshalb er dann zu lange geschlafen habe. Viele Erklärungen, vielleicht zu viele. Worte, um die Abwesenheit zu erklären, um sich ein Alibi zu konstruieren. Worte, die die Möglichkeit einer Autofahrt vertuschen konnten und eine bewaffnete Hand, die schießt und tötet.

Man sollte sich fragen, warum Lucía Romero Adrián gegenüber so mißtrauisch war. Warum verdächtigte sie nicht Félix, der ja schließlich sogar nach eigener Aussage ein Verbrecher und Terrorist gewesen war. Oder José García, den Inspektor, der einen genauso finsteren Blick und verkniffenen Mund hatte wie die Bösewichte im Film. Aber nein, sie konzentrierte ihren Verdacht auf den Jungen. Es stimmte, daß es im Hinblick auf ihn seltsame Zufälle gegeben hatte, daß man ihm Verschiedenes hätte unterstellen können. Aber all das waren nur unzureichende und letzten Endes haltlose Argumente. Sie genügten nicht, um ihm etwas anzuhängen.

Vermutlich rührte Lucías Angst woanders her. Vielleicht hatte sie etwas mit Adriáns Jugend, seiner Attraktivität zu tun. Und mit der wesentlichen Tatsache, daß er ein Mann war. Die Jugend, um von vorne zu beginnen, beunruhigte Lucía. Man sagt, daß die Jugend unschuldig sei, wobei unter Unschuld das Glück verstanden wird, automatisch zum Gutsein veranlagt zu sein. Luciá machten die jungen Menschen dagegen unruhig, weil sie so unklar waren: Sie waren nicht unschuldig, sondern nur unbestimmt, halbfertige Wesen, die ihre Veranlagungen noch nicht preisgegeben hatten, groß oder niederträchtig, solidarisch oder tyrannisch zu sein. Es ist nicht so, daß sie nicht schon das in sich tragen würden, was sie später einmal werden: gewöhnliche Egoisten oder Retter der Menschheit oder Serienmörder. Das alles und noch viel mehr waren sie bereits, nur daß sie die Taten, die sie nach außen zu Persönlichkeiten machten, noch nicht vollbracht hatten. Hitler war einmal jung gewesen, und Jack the Ripper war einmal jung gewesen, und auch der junge Stalin mußte wohl das reizende Lächeln eines georgischen Jugendlichen auf den Lippen getragen haben. Die Jungen waren also eine Art Drückeberger vor sich selbst, getarnte Identitäten, die sich im Laufe der Jahre entwickelten, bis sie die höchste Stufe des Seins erreichten, das Alter. Deshalb hatte Lucía auch keine Angst vor Félix: Der Alte hatte bereits gezeigt, wer er war, er hatte seine Metamorphose abgeschlossen. Aber Adrián war noch ein unbeschriebenes Blatt. Wer weiß, welcher Betrug, welche Schlechtigkeiten und welche Schande sich noch in ihm verbargen.

Aber wovor sich Lucía bei Adrián noch mehr fürchtete, war die Gefahr, die von ihm als Mann ausging. Es gibt keine Frau auf der Welt, die diese Verletzung nicht kennt oder ahnt, den Schmerz, den ein Mann ihr zufügen kann, als würde durch die Liebe die Pest übertragen. Und damit meinte Lucía nicht die Tränen über eine zu Ende gegangene Liebe und die Tränen der Ernüchterung, oder daß man nicht so geliebt wurde, wie man geliebt werden wollte, oder daß der Geliebte einen schließlich wegen einer anderen verläßt. Dies alles ist einfacher Herzschmerz, auch wenn er einen innerlich zerreißt. Nein, wovor sich Lucía in Wirklichkeit fürchtete, war die Gefahr, die von dem Mann an sich ausging, sie hatte Angst vor all dem Unsagbaren, welches das andere Geschlecht umgibt, der Perversion, dem dunklen Spiegel. Der Fähigkeit des Mannes, sie zu zerstören.

Wir alle tragen unsere eigene Hölle in uns, die Veranlagung, uns selbst ins Verderben zu stürzen, einen persönlichen Entwurf der Katastrophe. An welchem Punkt, warum und wie wird der Vagabund zum Vagabund, der Gescheiterte zu einem aussichtslosen Fall, der Alkoholiker zu einem Außenseiter? All diese Menschen hatten Väter und Mütter, und vielleicht wurden sie sogar sehr geliebt; ohne Zweifel glaubten sie alle einmal an das Glück und die Zukunft und waren lebhafte Kinder und Jugendliche, die ein ebenso strahlendes Lächeln hatten wie Stalin. Aber eines Tages ging etwas schief, und das Chaos siegte.

Der eigene Untergang ist heimtückisch: Er versteckt sich in unserem Inneren wie eine verborgene tropische Krankheit, die Jahre oder Jahrzehnte darauf wartet, daß wir uns weniger in acht nehmen, daß sich unsere Abwehrkräfte verringern, um dann unsere Zerstörung einzuleiten. Lucía hatte herausgefunden, daß die Liebe häufig wie das Trojanische Pferd ist, das den Sieg des inneren Feindes ermöglicht. Das war Lucías größte Angst vor dem Mann: die Angst, sich zu verlieren, sich selbst fremd zu werden. Furcht vor dem Mann, der tyrannisiert, und vor der Frau, die sich tyrannisieren läßt. Ihm alles zu überlassen, sogar den eigenen Verstand, und diesen schmerzhaften Akt gewöhnlicher Zerstörung Liebe zu nennen. Die Beziehung auf den Schmerz zu gründen und davon abhängig zu sein. Wegen all diesem Obskuren, Geheimnisvollen zwischen den Geschlechtern hatte Lucía Angst vor den Männern. Und vielleicht war das der Grund, warum sie Adrián mißtraute: Er war gefährlich, weil er attraktiv war.

Vor vielen Jahren, noch bevor Ramón in ihr Leben getreten war, in einer ziemlich verrückten Zeit, in der Lucía häufiger wechselnde Beziehungen hatte, war ihr etwas Seltsames passiert. Auf ihrem Anrufbeantworter waren plötzlich Nachrichten, in denen sie beschimpft wurde: »Du Schlampe, du Hure, du Puffmutter.« Die Stimme gehörte einer Frau, einer jungen Frau, die ziemlich abgedroschene und billige Beleidigungen von sich gab, die in ihrer arglosen Bestimmtheit fast etwas Naives hatten. Manchmal kamen die Anrufe auch, wenn Lucía zu Hause war. Wenn sie dann abhob, war niemand zu hören, oder besser gesagt, man hörte dieses erwartungsvolle und feuchte Schweigen, das durch den zurückgehaltenen Atem entsteht und immer wahrnehmbar ist, wenn jemand am anderen Ende der Leitung nichts sagt. Das Ganze dauerte drei oder vier Wochen, und für Lucía schien es nicht weiter von Bedeutung, weil ihr weder die Stimme noch der Inhalt der Nachricht in Wirklichkeit beunruhigend vorkam: Vielleicht handelte es sich dabei um einen dummen Teenager oder um eine harmlose Verrückte oder um eine gelangweilte Telefonistin, die gleichzeitig Teenager, dumm und ein wenig verrückt war. Außer in den Augenblicken, wo Lucía sich die Nachrichten anhörte, dachte sie noch nicht einmal an diese anonyme Stimme.

Eines Nachts kam sie jedoch von einem Abendessen zurück und schloß gerade die Wohnungstür auf, als sie hörte, wie das Telefon klingelte. Sie stürzte sich auf den Apparat, wie man das eben macht, wenn man von solch späten Anrufen erschreckt wird. Darüber hinaus wahrscheinlich in der Hoffnung, daß es Hans wäre. Aber er war es nicht. Sie hörte die Stimme einer Frau.

»Lucía?«

»Ja.«

»Ich bin es, Regina.«

»Ah, Regina«, heuchelte Lucía höflich, während sie in ihrem Gedächtnis kramte. Der Name war nicht sehr verbreitet, trotzdem sagte er ihr gar nichts. »Regina ... Welche Regina?«

»Spiel du nur die Dumme, die Unwissende. Ich hätte nicht gedacht, daß du so tun könntest, als würdest du mich nicht kennen.«

Was Lucía am meisten erstaunte, waren nicht die Worte, sondern die Wut und die Bitterkeit, mit denen sie herüberkamen.

»Was soll das? Entschuldige, aber ich weiß gerade nicht, wer du bist.«

»Ich bin die Frau von Constantino«, fauchte die Stimme.

Erneutes Nachforschen im Gehirn. Constantino: nicht die leiseste Ahnung. Und noch viel weniger die beiden Namen Regina und Constantino zusammen, das hörte sich so nach einem österreichisch-ungarischen Kaiserpaar an. Wenn ich die beiden gekannt hätte, hätte ich sie mit diesen Namen wahrscheinlich nicht so einfach vergessen.

»Constantino sagt mir gar nichts, und dich kann ich einfach auch nicht einordnen.«

»Ihn willst du auch nicht kennen?! Das ist ja wohl die Höhe! Du bist das ... das gemeinste, du bist ... du bist schrecklich.«

Jeder vernünftige Mensch, der nachts um halb eins einen derartigen Anruf erhält, würde den Hörer auf die Gabel knallen und es nicht zulassen, daß eine anonyme Verrückte ihn beschimpft. Selbst Lucía, die man nicht unbedingt als vernünftig bezeichnen kann, war tatsächlich kurz davor, aufzulegen, da sie die zusammenhangslose Aggressivität ihrer Gesprächspartnerin nervte. Da fügte die Frau noch etwas hinzu:

»Aber die Geliebte meines Mannes zu sein, mit ihm anzugeben und ihn in ganz Madrid rumzuzeigen, das kannst du wohl. Und jetzt traust du dich nicht, es vor mir zuzugeben. Du bist ganz schön feige.«

Geliebte ihres Mannes? Erneute fieberhafte Suche in den Windungen des Gehirns: Constantino, oder vielleicht Constante, oder auch Tino; kannte sie jemanden, der so hieß? War es möglich, daß sie mit ihm geschlafen und es vergessen hatte? Vor Lucía tat sich ein Abgrund auf: War es möglich, daß sie einmal ein solches Verhältnis hatte, ohne daß sie sich daran erinnerte? Kann man ähnlich wie ein Schlafwandler nachts tagsüber ein zweites Leben leben, ohne daß man sich daran erinnert? Das kalte und halbdunkle Zimmer, in der Eile hatte sie nämlich nur das Licht im Flur angemacht, begann sich vor Lucías Augen in einen fremden Ort zu verwandeln, so als könnte sie schon nicht mehr die vertrauten Möbel wiedererkennen, so als wären alle Oberflächen leicht, aber unzweifelhaft verzerrt, so als würde selbst die Luft zu einer fremden und nicht atembaren Materie werden.

»Was hast du da gesagt?« fragte Lucía mit trockenem Mund.

»Und du schenkst ihm Ringe, die er dann tragen soll, um mich zu demütigen.«

Nein, also das bestimmt nicht. Sie erinnerte sich nicht, jemals einem Mann einen Ring geschenkt zu haben. Das würde ihr im Traum nicht einfallen. Das war ja wohl geschmacklos! Das konnte sie nun wirklich nicht gewesen sein! Die Luft wurde wieder schwerelos, und das Zimmer verlor seinen irrealen Anstrich.

»Mit wem möchtest du eigentlich sprechen?« fragte sie, nun schon ruhiger.

Zum ersten Mal erschien die Stimme am anderen Ende etwas verwirrt.

»Mit ... mit Lucía Romero natürlich.«

»Lucía, die Frau mit den braunen Haaren, ziemlich klein, so um die Mitte Zwanzig?« drängte Lucía und versuchte, sich mit jeder Angabe gegen die beunruhigende Vorstellung abzugrenzen, daß es eine Schwemme von Lucía Romeros geben könnte, die herumwirbelten und verheirateten Ehemännern Ringe schenkten.

»Ja, ja, natürlich! Die, die Kinderbücher schreibt«, antwortete die andere ungeduldig.

Lucía seufzte: Ja, sie war es. Und auch wieder nicht.

»Ja, das bin tatsächlich ich. Aber ich bin es nicht. Ich verspreche dir, ich schwöre dir: Ich kenne keinen Constantino!«

Es sah so aus, als würde Reginas Überzeugung langsam ins Wanken geraten. Mit aufbrausender Stimme zählte sie ihre Beweise auf, aber in Wirklichkeit schien sie sie nur zu wiederholen, um sich selbst zu überzeugen:

»Was heißt hier, du kennst ihn nicht, ich habe doch gehört, wie er mit dir telefoniert hat, ich habe doch deine Briefe gelesen und deinen Ring gesehen!«

Immer dieser verdammte Ring.

»Hast du meine Stimme gehört, wenn du davon ausgegangen bist, daß er mit mir gesprochen hat? Wetten, daß du nichts gehört hast? Und Briefe kann man ganz einfach fälschen. Dasselbe gilt für den Ring. Den wird er sich selbst gekauft haben.«

»Es stimmt, ja, einmal, als ich den Hörer nehmen wollte, hattest du schon aufgelegt ...«, murmelte Regina nachdenklich. »Aber das kann doch nicht sein. Das kann nicht alles gelogen sein, das glaube ich nicht. Und außerdem weiß er alles über dich und deine Wohnung, er kennt deine Adresse und deine Telefonnummer, und er kann sogar das Zimmer beschreiben, in dem du jetzt bist! Du hast einen runden Tisch, auf dem eine Decke mit einem indischen Muster liegt, und einen antiken Schaukelstuhl mit einem Strohgeflecht und ein rotes Sofa ...«

Jeder vernünftige Mensch, der nachts um halb eins einen Anruf von einer ihm unbekannten Frau erhält, die ihm eine so sonderbare Geschichte wie diese erzählt, hätte zu diesem Zeitpunkt bereits genug gehabt und das Gespräch unverzüglich beendet. Aber vielleicht tickte Lucía nicht richtig, und außerdem hatte sie wirklich einen Schaukelstuhl aus Holz und einen runden Tisch, auf dem eine Decke mit einem indischen Muster lag. Das Sofa war dagegen dunkelblau, aber in dem zwielichten Halbdunkel des Zimmers wurde es plötzlich blutrot. Lucía versuchte sich zusammenzureißen:

»Ja, daß dieser Constantino so einige Dinge über mich weiß, das ist beunruhigend, und ich wüßte gerne, warum das so ist. Ich schwöre dir, daß ich nicht weiß, wer er ist und daß wir in keinster Weise ein Verhältnis haben. Und daß ich niemandem jemals einen Ring geschenkt habe.«

Genau, der Ring, durch ihn kam Lucía wieder auf den Boden der Tatsachen zurück, er war ein beruhigendes und untrügliches Element.

»Und wenn du mir nicht glaubst, bin ich bereit, mich auf der Stelle mit diesem besagten Constantino zu treffen. Dann werden wir ja sehen, ob er seine Lügenmärchen aufrechterhalten kann. Schau mal, mir ist es ja egal, aber ich sage das wegen dir. Dir sollte nämlich klar sein, daß dich dieser Mann betrügt.«

Jeder vernünftige Mensch usw.; aber Lucía, anstatt usw., das heißt, anstatt aufzulegen, fühlte sich plötzlich von einem unwiderstehlichen Aufklärungsdrang besessen. Ich tue das für diese Frau, für dieses arme Opfer, für besagte Regina, aus Solidarität mit der betrogenen Ehefrau, sagte sich Lucía, während sie versuchte, die Frau zu einem Treffen überreden. Aber in Wirklichkeit tat sie es, weil sie der Gedanke an diese andere Lucía Romero, dieses Phantom, nervös machte. Sie mußte ihr den Garaus machen, sie töten, sich endgültig in Sicherheit vor ihrem anderen Leben wissen. Es war schon schwierig genug, mit den verschiedenen Persönlichkeiten im eigenen Inneren klarzukommen, da mußte man sich nicht noch mit denen in der Außenwelt auseinandersetzen.

Lucía schaffte es, die verängstigte und zweifelnde Regina, die zu diesem Zeitpunkt schon vollkommen hysterisch war, zu überzeugen, daß es sinnvoll wäre, sich zu verabreden.

»Aber er wird nicht kommen wollen, da bin ich mir sicher ...«

»Sag ihm nicht, daß du mit mir gesprochen hast. Schlepp ihn in irgendeine Kneipe, in die ihr normalerweise geht, und dann tauche ich da auf.«

Der vereinbarte Ort war eine elende kleine Kneipe in der Calle de la Victoria, weil dieses österreichisch-ungarische Kaiserpaar dort in der Nähe wohnte. Regina würde ihren Mann abholen, der in der Küche eines Restaurants arbeitete und nachts um halb zwei Schluß hatte (vorher hatte er bei einem Pizza-Service gearbeitet, und angeblich hatte er so Lucía kennengelernt, das erzählte zumindest seine Frau. Eines Tages wäre Lucía im Fernsehen zu sehen gewesen, und Constantino hätte gesagt: »Diese Frau da kenne ich, das ist eine meiner Kundinnen, ich habe ihr schon ein paarmal Pizza gebracht, sie flirtet ganz schön viel und wollte mit mir anbändeln«), und ihn überreden, mit in die Kneipe zu kommen.

Als Lucía die Bar betrat, war niemand da. Es war zwanzig vor zwei, und der unsympathische Kellner weigerte sich, sie zu bedienen:

»Wir machen gleich zu.«

Sie mußte hinausgehen und vor der Tür warten: Der Überraschungseffekt war dahin. Es war Februar, es war kalt, die schmalen Straßen waren menschenleer. Die alten, schmutzigen Häuser, von denen der Putz abbröckelte, sahen in dem dusteren Licht der Straßenlaternen noch erbärmlicher und trauriger aus. Der unfreundliche Kellner verschloß geräuschvoll die Tür und ging. Lucía wartete weiter und wurde immer unruhiger. Es gefiel ihr nicht, allein und mitten in der Nacht in der Altstadt von Madrid zu stehen. Sie begann gerade darüber nachzudenken, ob sie gehen sollte, als sie ein Mädchen auf sich zurennen sah.

Sie war nämlich wirklich noch ein Mädchen: Sie sah nicht älter aus als zwanzig.

»Hallo ... Ich bin Regina ...«, sagte sie ganz außer Atem.

Sie war wirklich hübsch, eine Schönheit sozusagen, trotz der schlechtgefärbten blonden Haare, der sehr enganliegenden, billigen Hose und der schrecklichen Jeansjacke mit dem unechten Lammfellfutter und den vergoldeten Nieten auf der Schulter. Sie hatte ungewöhnlich schöne Augen und einen liebenswürdigen und lebendigen Gesichtsausdruck; und sie war groß, sehr viel größer als Lucía, eine große und gutgebaute, junge Frau.

»Ich konnte ihn nicht mitbringen ... Er hat irgendwas geahnt ... Er wollte direkt nach Hause ... Wenn wir uns beeilen, kriegen wir ihn noch.«

Und sie beeilten sich tatsächlich so sehr, daß Lucía nicht einmal Zeit hatte, kurz darüber nachzudenken, was sie da gerade tat. Regina verschwand blitzschnell, und Lucía lief ihr durch das Labyrinth der Altstadt hinterher. Sie bog mehrmals um eine Ecke, quetschte sich an schlecht geparkten Autos vorbei, visierte ein Gäßchen nach dem anderen an, die immer düsterer, immer enger wurden, schwarze Sträßchen, die noch feucht und glänzend vom Regen waren, der kurz davor gefallen war, verlassene Pfade in einer Gespensterstadt, bis Regina in eine heruntergekommene Einkaufspassage einbog, die selbst bei Tageslicht schäbig aussehen mußte, die aber nun, mit den geschlossenen, im Halbdunkel liegenden Geschäften (ärmliche Tuchhandlungen, staubige Kurzwarenläden, dürftige Sanitär-Geschäfte), das Szenario für einen Alptraum lieferte. Wohin führt sie mich, was will diese Frau wirklich von mir, warum bin ich in diese Falle geraten, fragte sich Lucía in einem Anfall von Panik, während sie durch die armselige Galerie lief, vom Echo der eigenen Schritte taub geworden und den Kopf voller verschwommener, blutiger Bilder. Aber nein, sie waren schon durch die Passage durch, sie liefen schon an der anderen Seite wieder raus; wieder die Straße und die Nacht und der Regen und die Straßenlaternen mit ihrem schummrigen Licht. Diese Einkaufspassage war eine Abkürzung gewesen, weil dort, einige Meter weiter vorne, auf dem Gehweg auf der anderen Seite, eine dunkle Gestalt mit gesenktem Kopf durch die Dunkelheit schritt.

»Da ist er«, keuchte das Mädchen. »Das ist Constantino.«

Mit langem Walkürenschritt rannte sie auf den Mann zu, und Lucía folgte ihr keuchend. Sie sah, wie sich die beiden oben auf der Anhöhe der Straße umarmten, zwei zueinandergebeugte Köpfe, die sich Unhörbares zuflüsterten, und ihr erschöpftes Herz tat einen Sprung. Das war das Ende der Suche, die Lösung des Rätsels, der verhexte Spiegel. Sie versuchte, ihren Schritt zu beschleunigen und legte die letzten Meter der Steigung im Spurt zurück. Sie stürzte sich auf das Paar, das ihr den Rücken zugewandt in der Nähe einer Straßenlaterne stand. Sie konnte sein Gesicht sehr gut sehen, als er sich umdrehte. Auch er war jung, vielleicht fünfundzwanzig. Klein, sehr klein, kaum zehn Zentimeter größer als Lucía; er war häßlich, hatte große Hasenzähne und blondes, dünnes Haar, das bereits Ansätze einer baldigen Glatze zeigte. Aber das auffälligste an ihm waren seine Augen, die durch eine dicke Astigmatiker-Brille vergrößert waren, erschreckte, riesige und hervorquellende Augen, die sich wie aufgescheuchte Fische in seinem Brillen-Aquarium bewegten.

»Entschuldigung ... Entschuldigung«, stammelte das Nagergesicht halb ohnmächtig vor Schreck.

Er kannte sie nicht, dachte Lucía triumphierend und erleichtert, es stimmte, er kannte sie nicht, die andere Lucía Romero existierte nicht, es gab nur eine Lucía Romero, und das war sie. Und sie dachte: Also das war es. Die Schöne und das Biest. Ein außergewöhnlich häßlicher Mann und eine wunderschöne Frau. Ein unsicherer Mann, der seine Geliebte quält, um sie an sich zu binden. Und eine masochistische Frau, die den liebt, der ihr weh tut. Lucía erkannte diese unergründliche Materie, dieses heiße Magma wieder. In einem ihrer Leben, ahnte Lucía, hätte sie Regina sein können oder Constantino oder die Geliebte, die Ringe schenkt. In der Verdammnis gibt es eine düstere, unbestimmte Zone, in der alle Rollen austauschbar sind.

»Laß nur, macht ... macht nichts«, antwortete Lucía dem Mann mit den verstörten Fischaugen. »Ist in Ordnung, verziehen, für mich ist das okay so, du solltest dich jetzt mal um dich selbst kümmern und überlegen, warum du so etwas machst, das ist nämlich wirklich nicht ganz normal.«

Nein, das war nicht normal, oder vielleicht war es ja auch das Normalste der Welt, ein Teil der gewöhnlichen Verrücktheit in uns, daß Constantino sich ein zweites Leben erfand, daß Regina die angebliche Rivalin mit anonymen Beschimpfungen überhäufte, daß Lucía wie eine Wahnsinnige das Haus verließ, um schillernde, morgendliche Chimären zu verfolgen. Und all das, der Schmerz, die Unruhe, die schmähliche Abhängigkeit, das Elend der Tage und Nächte, all das aus Liebe, oder so wurde diese pathologische Erscheinung zumindest genannt, das Bedürfnis nach dem anderen, der einen zerstört, die Grausamkeit eines Menschenfressers. Es sind nämlich Kannibalen, die einen vor Liebe auffressen. Wenn das Unheimliche das Hereinbrechen des Grauens in die Alltäglichkeit und Gemütlichkeit ist, gibt es nichts Unheimlicheres als die Liebe, die einen erniedrigt; und in diesem schwarzen Loch, das wie ein Drache faucht und Feuer speit, entspringt der Untergang eines jeden von uns.

Lucía erinnerte sich jetzt, vierundzwanzig Stunden nach dem Tod des Missetäters, an jene alte Geschichte von Constantino und Regina, und sie spürte, daß sie mit Adrián Gefahr laufen konnte, daß sich vor ihr ein ähnlicher Sumpf auftat. Ihre Beziehung zu dem Jungen wurde immer verwirrender und undurchsichtiger. Sie mißtraute ihm immer mehr, allerdings aus irrationalen, unwillkürlichen Motiven. Adrián war am Tag vorher sehr spät zum Frühstücken heruntergekommen, aber machte ihn das etwa zu einem Mörder? Glaubte Lucía wirklich, daß Adrián mit den Terroristen unter einer Decke steckte? Nein, nicht wirklich, im Grunde glaubte Lucía das nicht. Warum dann die ganzen Verdächtigungen, und warum wurde sie ihm gegenüber immer aggressiver? Eine idiotische und unkontrollierbare Aggressivität, die dazu führte, daß sie sich wie ein kleines Mädchen benahm. So war es auch an diesem Nachmittag gewesen, als Félix und Adrián nach dem Essen bei einer ihrer üblichen Diskussionen aneinandergerieten:

»Aber ja, selbstverständlich, natürlich glaube ich, daß es noch etwas gibt. Ich sage nicht, daß es Gott ist, ein Gott im herkömmlichen Sinne, ich meine, aber ja, etwas gibt es, ich weiß nicht ... Zum Beispiel halte ich die Reinkarnation für eine absolut kluge Idee«, behauptete Adrián gerade in einem heftigen Ton.

»Soso, die Reinkarnation. Also mir will das einfach nicht in den Kopf. Dann bin ich also im sechzehnten Jahrhundert eine Prostituierte gewesen. Absurd«, antwortete Félix barsch.

»Genau das ist es nicht. Du machst dich darüber lustig, du ziehst die Sache ins Lächerliche.«

»Kann sein. Aber du glaubst ja nicht nur an die Reinkarnation, sondern du scheinst sogar bereit zu sein, an fast alles zu glauben. Dir kann man jeden Bären aufbinden. Du bist ein kluger Junge, aber manchmal faszinieren dich Dinge, die eigentlich zur Abteilung Budenzauber gehören. Ehrlich, ohne dich beleidigen zu wollen, manchmal behauptest du einen solchen Blödsinn, daß mir die Spucke wegbleibt. Wie deine Theorie von den Zufällen, von den Blitzen ohne Gewitter und den wunderlichen Toten«, sagte Félix.

»Toll, gefällt mir, es ist sehr bequem zu sagen, ›ohne dich beleidigen zu wollen‹, und anschließend sein Gegenüber zu beleidigen. Und außerdem, nenn mich nicht kluger Junge: sonst platze ich. Und in bezug auf das andere, ich sage nicht, daß ich für all diese Toten eine Erklärung habe, ich behaupte noch nicht einmal, daß es sich hundertprozentig um ein übernatürliches Phänomen handelt: Ich sage nur, daß das einige sehr komische Zufälle sind, und weißt du, ich bin nicht der einzige, der Zufälle seltsam findet. Arthur Koestler zum Beispiel, ein sehr interessanter Intellektueller, hat ein Buch geschrieben, in dem er sagt, daß die Zufälle ...«

»Ach was! Ein Kommunist war dieser Koestler. Wirklich hervorragende Intellektuelle, diese Kommunisten.«

»Nein, mein Herr, zufällig war es nämlich so, daß er sofort wieder aus der Partei austrat und heftig den Stalinismus attackierte. Da siehst du mal, wie du dich irren kannst«, prahlte Adrián mit seinen Kenntnissen, ganz begeistert davon, daß er so einfach einen Punkt gemacht hatte.

»Das ist egal, daß er später ausgetreten ist, ich weiß selber, daß er das getan hat. Aber die Tatsache, daß er einmal zur Partei gehört hat, zeigt, wie er gestrickt ist. Der Anarchismus lehrte zu denken, lehrte zu lesen, den individuellen Standpunkt zu entwickeln, moralisch und intellektuell frei zu sein. Der Kommunismus war dagegen immer eine Sekte. Dort endeten die schwachen Geister, die sich bei Dogmen und Wahrheiten ausruhen wollten.«

»Ich denke gar nicht daran, mit dir jetzt über den Kommunismus oder die Quadratur des Kreises zu diskutieren. Wir waren dabei, über all die Dinge zu sprechen, die wir nicht kennen. Sieh mal, in diesem Buch da von Koestler, ›Der Krötenküsser‹, geht es um einen Biologen, der in den zwanziger Jahren in Wien lebte, Paul Kammerer. Der sagte, daß es keine Zufälle gäbe, sondern daß sie auf einem universalen Gesetz beruhen würden, das noch nicht entdeckt worden sei, einem physikalischen Gesetz wie das der Schwerkraft; er nennt es das Gesetz der Serie. Demnach haben die Dinge und Elemente, die Formen und Tatsachen die Tendenz, sich in Ähnlichkeitsreihen zu ordnen, in homogenen Serien. Weil es im Universum, so Kammerer, ein blindes Streben in Richtung Harmonie und Einheitlichkeit gibt.«

»Eines Tages wirst du noch Gott erfinden.«

»Die Theorie von Kammerer interessierte jedenfalls eine Menge wichtiger Leute. Einstein, Jung und so weiter. Natürlich muß man, um sie zu verstehen, schon ein wenig offen sein. Du prahlst ja ziemlich mit intellektueller Flexibilität, aber ich glaube, daß du in Wirklichkeit ein Dogmatiker bist.«

»Ich, ein Dogmatiker? Jetzt bist allerdings du derjenige, der beleidigend wird. Ich ein Dogmatiker, der ich mein ganzes Leben lang gegen intellektuellen und politischen Totalitarismus gekämpft habe? Hast du eigentlich eine Ahnung, was Anarchismus ist? Paß mal auf, ich werde dir sagen, was los ist. Deine Generation hat keinen Mumm, die Welt so zu sehen, wie sie ist, eine Welt ohne Gott und ohne Paradies und ohne ein Jenseits; außer dieser gibt es keine andere Welt, und das ist schwer zu schlucken, das ist hart, und man muß schon eine starke Persönlichkeit sein, um die Angst auszuhalten, und das sage ich dir mit meinen achtzig Jahren, wo ich schon beinahe in der Kiste liege. Ich habe gesehen, wie fast alle meine Bekannten mit dem Alter wie durch ein Wunder gläubig wurden. Als junge Menschen waren sie heißblütige Atheisten und später wurden sie zu Hosenscheißern; weil die Dunkelheit angst macht, das schwör ich dir. Aber heutzutage seid ihr jungen Leute so feige, so oberflächlich und schwach, daß ihr noch nicht einmal in eurer Jugend die Leere ertragt, und deshalb seid ihr bereit, sogar an Märchen zu glauben oder an den ›Krieg der Sterne‹, nur um an irgendwas zu glauben. Wir, in meiner Generation, konnten zumindest den Rausch des Lebens aushalten, ohne uns an einen Glauben klammern zu müssen.«

In Wirklichkeit war Lucía nicht mit dem einverstanden, was der Alte sagte; eigentlich dachte sie, daß die Welt in den Jahren, als Félix jung war, voller Glauben war, vielleicht nicht an einen Gott, aber doch eine Art Glauben religiöser Art, den Glauben an den endgültigen Sieg des Proletariats oder an die zukünftige Revolution der Maschinen oder an einen nationalsozialistischen Sieg; selbst Félix war einst gläubig gewesen, ein Apostel der Frohen Botschaft, ein Prediger für eine glückliche und anarchistische Menschheit. In Wirklichkeit waren sie es, Lucía, sie und ihre Generation der Vierzigjährigen, die sich im Niemandsland befanden, in einer Welt ohne Glauben und Transzendenz, in einer mittelmäßigen Gesellschaft, der es an Größe fehlte und in der nichts Sinn zu haben schien. Was wußte Félix schon von diesem rauhen Leben! All das hätte sie Félix entgegnen müssen, aber das hätte bedeutet, daß sie Adrián unterstützt und bestärkt hätte, und Lucía war an jenem Abend nicht bereit, den Jungen auch nur im geringsten zu würdigen. Eher im Gegenteil, sie wollte ihn verletzen und sich für die Wunden, die er ihr noch nicht zugefügt hatte, für die Narben der Zukunft rächen. Also sagte sie:

»Ich bin ganz deiner Meinung, Félix.«

Und warf ihrem Nachbarn ein bezauberndes Lächeln zu, das eigentlich einzig und allein Adrián galt.

Der Junge runzelte die Stirn:

»In Ordnung, wenn ihr euch beide jetzt gegen mich stellt, dann möchte ich diese absurde Diskussion beenden«, sagte er, stand auf und verließ die Küche.

Lucía vermißte ihn sofort. Was ist bloß los mit mir, dachte sie verwirrt, warum verhalte ich mich so. Nun, weil Lucía damals sehr viel weniger über sich wußte, als ich heute über sie weiß. Und all das, was ich eben über die Angst vor den Männern, die Gefahr, die Verletzung geschrieben habe, ahnte Lucía damals zwar, aber sie war sich darüber noch nicht so richtig im klaren. Sie vermißte Adrián also und war wütend darüber, daß sie sich nach ihm sehnte. Dann entschloß sie sich, die Lampe im Wohnzimmer zu reparieren, die schon seit ein paar Monaten kaputt war. Ja, sie würde die Lampe reparieren und so zumindest einen zehnmillionsten Teil dieser verdammten Welt in Ordnung bringen. Sie nahm die Klappleiter, die Schraubenzieher, die Zangen. Es handelte sich um eine Halogenlampe, eine schwere Schale aus Glas und Metall. Man konnte sie über eine Rollwinde Richtung Decke bewegen oder auch weiter herunterziehen. Eines der Seile, mit denen sie befestigt war, war aus der Winde gesprungen, und die Lampe hing nun in Schräglage an der Decke. Es machte einen ganz nervös, sie dort so zu sehen, genauso wie ein schiefes Bild beunruhigt.

Sogleich stellte Lucía die Leiter auf und kletterte hinauf. Das Haus war alt und hatte hohe Decken, so daß sie bis auf die letzte Stufe, die fünfte, steigen mußte, um an die Lampe zu kommen; und selbst so mußte sie sich auf die Zehenspitzen stellen und die

Arme ausstrecken. Das Ganze war sehr unbequem und ziemlich wacklig. Wie ärgerlich, so klein zu sein.

»Du fällst noch. Laß mich mal«, sagte Félix.

Kommt gar nicht in Frage, sagte sich Lucía. Das fehlte gerade noch, daß der Alte jetzt auf die Leiter stieg und sich verletzte. Kommt gar nicht in Frage.

»Nein, laß nur. Es geht hervorragend.«

Nun gut, nicht ganz so hervorragend. Das Seil klemmte fest, und es war unmöglich, es zu lösen, was vor allem damit zu tun hatte, daß sie kaum drankam. Sie entschied sich, die Lampe abzumachen, den Schaden dann bequem zu beheben und sie anschließend wieder anzubringen. Mit viel Mühe begann sie den Rahmen loszuschrauben.

»Du fällst noch. Ich hab dir gesagt, laß mich das machen.«

Adrián stand plötzlich neben ihr. Es stimmte, Adrián hatte gesagt, daß er die Lampe in Ordnung bringen würde. Also warum zum Teufel hatte sich Lucía da eingemischt. Außerdem wäre es für den Jungen viel leichter gewesen. Zumindest war er sehr viel größer.

»Mach dir keine Umstände«, antwortete Lucía mit eisiger Stimme. »Ich kriege das schon alleine hin.«

Sie war wütend. Sie packte die Kristallschale und zog sie aus der Metallführung heraus. Ein riesiger Fehler, weil das Glas, wie sie sofort merkte, sehr schwer war, sehr viel schwerer, als daß sie es auf der fünften Sprosse auf Zehenspitzen, ohne das Gleichgewicht zu verlieren, hätte halten können.

»Du fällst«, wiederholte Félix.

Mehr als eine Warnung war es ein Schrei, weil Lucía tatsächlich gerade mit der Lampe im Arm zu Boden stürzte.

Aber nein, sie fiel nicht ganz herunter. Denn Adrián hatte mit einer Behendigkeit, die sich nur noch mit seiner Stärke vergleichen ließ (und beides erinnerte an die Qualitäten eines romantischen Romanhelden), einen Satz zur Leiter gemacht und die herunterfallende Lucía und ihre Lampe aufgefangen. Als Lucía in seinen Armen gebettet lag, seinen Brustkorb im Rücken fühlte und seinen Atem, der an ihrem Ohr kitzelte, spürte sie die wonnige Versuchung, in Ohnmacht zu fallen. Ich könnte bewußtlos werden, dachte sie einen verrückten Moment lang, nur die Worte spürend. Ich könnte in seinen Armen ohnmächtig werden und mich von ihm halten lassen und mich in eine zweite Haut verwandeln, die sich an ihn schmiegt. Als hätte er ihre Gedanken erraten, setzte er sie auf dem Boden ab. Dann, nachdem er ihr das Glas aus der Hand genommen und es auf das Sofa gelegt hatte, sah er sie lange an.

»Fast wäre ... wirklich, du bist ein Dickkopf, Lucía«, sagte Adrián.

Und lächelte hinreißend, vielleicht sogar zärtlich.

Die Liebe ist eine Erfindung des Westens, keine sehr alte Erfindung, wahrscheinlich nicht älter als die Romantik, sagte sich Lucía. In Indien, in China, in Äthiopien haben Männer und Frauen Hunderte von Jahren ohne Liebe gelebt. Sie lebten in Vernunftehen, die wahrscheinlich glücklicher und dauerhafter waren als die Ehen, die aus Liebe geschlossen wurden. In solchen Gesellschaften spielte die Unbeständigkeit des Herzens keine bedeutende Rolle im Leben.

»Laß mich in Ruhe«, fauchte Lucía giftig.

Adrián zog verletzt die Stirn kraus:

»Keine Angst, ich laß dich ja.«

Vielleicht waren es ja die mangelnden Überzeugungen, das Fehlen einer Struktur, die Sinnlosigkeit, auf die Félix sich vorhin bezogen hatte. In der Gehaltlosigkeit des modernen Lebens, im Chaos der Tage konnte die Liebe ein trügerisches Licht sein, wie die Laterne des Fischers, auf die die Fische zuschwimmen, ohne zu wissen, daß eben das, was sie bezaubert, sie auch töten wird. Die Liebe als Droge, als Zwang. Die Liebe als Abgrund und als Gefahr. Diese strahlende Liebe, für die man sich verliert.

Woran ich, offen gestanden, glaubte, als ich mit meinen gerade zwölf Jahren, ein paar Knochen und ein bißchen Haut und Fingernägel weniger, nach Spanien zurückkehrte, war die unbedingte und vollständige Wahrhaftigkeit meines Spitznamens, sagte Félix Roble eines Tages, den Faden seiner Geschichte wieder aufnehmend. Ich war *Fortuna*, weil ich wirklich ein Glückspilz war und ich fest daran glaubte, daß mir mit meinem Glück die Welt zu Füßen liegen würde. Das ist das, was mir aus dieser Zeit am besten im Gedächtnis haften blieb, der Lebenshunger, das Vertrauen. Und die Zeit, die Zeit verfloß so langsam, sie war endlos, Stunden erschienen wie Tage und Minuten wie Stunden. Wieviel Zeit hat man doch in der Kindheit! Genau dann, wenn man sie nicht braucht. Die reinste Verschwendung.

Im März 1926 kam ich in Madrid an. Die Stadt erschien mir kalt und grau, wie eine Stadt im Norden, obwohl sie weiter im Süden lag als Barcelona, wo ich geboren wurde. Es regierte der Diktator Primo de Rivera, und die *Compañeros* befanden sich in einer sehr prekären Lage. Die Gefängnisse waren mit Anarchisten vollgestopft, und man muß sich vergegenwärtigen, wie die Gefängnisse damals aussahen: Sie waren dreckig und heruntergekommen, menschenunwürdig. Die Gefangenen starben vor Kälte und Hunger.

Paquita, die Cousine von Jover, die sich angeboten hatte, sich um mich zu kümmern, war eine Frau unbestimmten Alters, sehr häßlich und ziemlich stämmig. Sie hatte einen winzigen Obst- und Gemüsestand auf dem Markt an der Plaza del Carmen im Zentrum von Madrid und steckte ihre ganze Energie da hinein, das Geschäft vorwärtszubringen und ihre vier kleinen Kinder zu versorgen. Der älteste war kaum sieben Jahre alt. Sie schloß sie den ganzen Tag lang in ihrer elenden Wohnung ein; ein einziges Zimmer mit einem Ofen, der als Heizung und Kochgelegenheit diente. Vom Vater gab es keine Spur: Möglicherweise war er tot, möglicherweise war er abgehauen, vielleicht war er ein Anarchist, der im Gefängnis saß, oder vielleicht gab es ja auch mehrere Väter, die sich die Verantwortung für die Nachkommenschaft teilten. Die Kinder waren nämlich, obwohl sie altersmäßig nicht weit auseinanderlagen, rein physisch sehr unterschiedlich; einer war braun-, ein anderer rothaarig, wiederum ein anderer hatte eine zu große Nase. Ich traute mich niemals, Paquita danach zu fragen: Ich hatte Angst vor ihr, weil sie immer sehr schlecht gelaunt, schroff, hart und absolut wortkarg war. Den ganzen Tag lang arbeitete sie wie eine Furie, und ich glaube, daß sie in ihrem Leben nicht viel Grund hatte, fröhlich zu sein. Paquita hatte riesige, kräftige Hände, mit denen sie einen Apfel in zwei Hälften brechen konnte, eine großartige Leistung, die ich nicht noch einmal in meinem Leben gesehen habe. Dieses Äpfel-Auseinanderbrechen vor Zuschauern war ihre einzige Schwäche, das einzige kurze Vergnügen, das sie sich gönnte. Manchmal baten die Jungen aus dem Viertel oder die Kunden oder ein Fremder, der von dieser außergewöhnlichen Heldentat gehört hatte, um eine Vorführung. Sie ließ sich immer sehr bitten und schüttelte dabei wütend den Kopf:

»Das ist doch albern! Ich habe jetzt keine Zeit! Ich habe jetzt keine Zeit!«

Aber schließlich nahm sie einen Apfel, drehte ihn zwei- oder dreimal in ihren groben Händen, um ihn richtig greifen zu können, und, knack, brach sie ihn mit einer einzigen und sehr leicht aussehenden Bewegung sauber in zwei Hälften. Und dann lächelte sie, ein blitzartiges, winziges und zahnloses Lächeln in den Mundwinkeln. Auf dem Markt nannte man sie *la Samsona*. Sie war eine gute Frau. Ein Teil des Geldes, das sie unter derart großer Anstrengung verdiente, verschwand in den Händen der anarchistischen *Compañeros*.

»Die Männer, ha ... Sie sind alle gleich. Entweder sind sie hinter einer Frau oder einem Hirngespinst her, arbeiten tun sie aber nie«, murrte sie manchmal.

Oder sie sagte:

»Sie könnten langsam mal den ganzen anarchistischen Quatsch und das ständige Gefasel drangeben und mit anpacken, wie es sich gehört.«

Doch trotz ihrer ganzen Proteste opferte sie für die Sache alles, was sie konnte: Sie war so großzügig, wie das nur bei Armen möglich ist. Paquita gehörte zu der Klasse Frauen, die sich im Laufe der Geschichte um die Alltagsgeschäfte kümmerten, während die Männer Kriege führten und Kontinente entdeckten und das Pulver erfanden und die Trigonometrie. Wenn sie nicht gewesen wären und sich nicht um so gewöhnliche und nichtige Dinge wie Nahrung und Fortpflanzung und die Wirklichkeit gekümmert hätten, würde die Menschheit seit Jahrtausenden schon nicht mehr existieren.

Ich schlief im Gemüsestand. Ich faßte das als Kompliment auf, weil es zeigte, daß sie mich als Mann betrachtete oder wenigstens Mannsbild genug, um nicht mit ihr im selben Zimmer schlafen zu können. Ansonsten behandelte sie mich genauso wie ihre Kinder, mit derselben schlechten Laune und ungelenken Zärtlichkeit, und sie zahlte mir sogar immer, wenn sie konnte, ein Lehrlingsgehalt.

Trotzdem, nach der ganzen Großtuerei, und wo ich doch überzeugt war, an Durrutis Ruhm teilgehabt zu haben, konnte ich mich nur sehr schwer an das Marktleben auf der Plaza del Carmen gewöhnen. Es kränkte mich, daß ich einen Arbeitskittel tragen mußte, und es ärgerte mich, daß ich aus Gründen der Vorsicht nicht über meine jüngste, glorreiche Vergangenheit reden durfte. Auf dem Markt war ich nur ein weiterer Junge unter einer Unzahl von schmuddligen und hungrigen Lehrlingen. Wenn die wüßten, daß ich in Amerika gewesen bin, daß ich Bomben gelegt, daß ich mit Durruti zusammen Banken überfallen hatte! Wenn die wüßten, daß ein Toter auf meine Kappe geht, sagte ich mir, wenn ich mich nachts vollkommen frustriert auf dem Strohsack am Stand hin- und herwälzte. Tagsüber war ich damit beschäftigt, mich mit meinen Kameraden zu prügeln. Sie nannten mich *Manco*, den »Einhändigen«, und das konnte ich nicht auf mir sitzen lassen. Obwohl der Stumpf noch rosa und weich war und ich die Hand kaum benutzen konnte, schlug ich mich mit allen. Das habe ich wohl nicht so schlecht gemacht, weil ich es schließlich schaffte, meinen eigentlichen Spitznamen durchzusetzen und für alle nun *Fortuna* war.

Ich versuchte, diese recht mittelmäßige Zeit als Strafe für meinen Fehler zu verstehen, als Vergeltung für den Schmerz, den ich verursacht hatte, und für den Toten, der mich immer noch in Gedanken verfolgte. Aber selbst so erschienen mir die Frustration und die Langeweile übermäßig. Víctor hatte mir verboten, daß ich mich in politische Angelegenheiten einmischte, wenn er nicht da war, um auf mich aufzupassen, und Durruti hatte ich versprechen müssen, daß ich lernen würde. Ich kam beidem nach, aber es ärgerte mich. Ich brauchte Heldentaten, Abenteuer und Ruhm.

Eines Morgens, es war im November 1926, passierte etwas Eigenartiges. Ich war am Stand und sah, wie sich plötzlich unter den Verkäufern und Käufern eine unerklärliche Unruhe ausbreitete. Wie der Druck einer Welle, wie ein Windstoß, der das Getreide immer weiter zu Boden drückte. Schließlich gelangte das Gemurmel auch an meinen Stand:

»Ein Stier! Ein Stier!«

Es handelte sich um einen Stier, der zum Schlachter getrieben werden sollte; er war aus der Herde ausgebrochen und die Gran Vía hochgelaufen, verloren inmitten der Stadt, wütend und verängstigt. Die Menschen suchten irgendwo Schutz, die meisten rannten in ihre Häuser oder die anderer, während fast alle Jungen in entgegengesetzte Richtung auf den Markt liefen, auf das Spektakel und die Gefahr zu. Eine Handvoll Männer drängte sich an der Ecke der Calle Fuencarral zusammen, und sie sagten aufgeregt einer zum anderen:

»Es ist *Fortuna*! Der da, das ist *Fortuna*!«

In meiner jugendlichen Egozentrik dachte ich zunächst einige Sekunden lang, daß sie mich meinten. Aber nein. Es war jemand anderes. Es ging um jemand anderen.

Fortuna war der Spitzname von Diego Mazquiarán, einem Matador so um die fünfunddreißig, der eine schöne Frau geheiratet hatte und dort um die Ecke in der Calle Valverde wohnte. Dieser Mazquiarán war ein altgedienter Torero; seine besten Jahre lagen bereits einige Zeit hinter ihm, und er hatte sich mit dem immer geringer werdenden Erfolg bereits abgefunden. An diesem Morgen war er zu einem kurzen Spaziergang zum Retiro-Park unterwegs gewesen, als er auf den verirrten Stier stieß. Er zog den Mantel aus und machte zwei oder drei Ausweichbewegungen Richtung Stier, um zu verhindern, daß er weiterrannte und die Straße hoch Panik verbreitete; und in diesem Augenblick hatten die Taxifahrer, die damals praktisch die einzigen waren, die mit einem Kraftfahrzeug durch Madrid fuhren, plötzlich die Idee, mit ihren Wagen die Straße zu blockieren. Sie bildeten auf der Gran Vía gegenüber dem alten Café Pidoux, zwischen der Calle Fuencarral und der Calle Peligros, eine Art Arena. Man hätte diese Szene sehen müssen: Jener schnaubende, dunkle Riesenstier zwischen den eleganten Häusern, die glänzenden Taxis, die schönen Frauen, die sich aus den Fenstern beugten, die neugierigen Passanten, die mit offenem Mund dastanden. Wir Menschen waren damals viel naiver, viel unschuldiger, und fast alles brachte uns zum Staunen. Ein Kellner aus dem Pidoux ging in Mazquiaráns Wohnung, um den Stoßdegen zu holen, und *Fortuna* tötete den Stier. Der Vorfall wurde zu einem nationalen Ereignis; *Fortuna* erhielt den zivilen Verdienstorden, er hatte erneut Erfolg als Matador und unterschrieb, seinem Künstlernamen alle Ehre machend, für einige Saisons bedeutende Verträge.

Ich war begeistert: Ich hatte eine Art zu leben entdeckt, die legal war und so interessant sein konnte, wie eine Bank auszurauben, mit dem Vorteil, daß das einzige Menschenleben, das in Gefahr gebracht wurde, das eigene war. Etwas, das mir wesentlich schien, so sehr wie mich der glasige Blick meines Toten verfolgte. Und außerdem hieß der Stierkämpfer genau wie ich. Darin glaubte ich ein gutes Omen zu entdecken, einen glückverheißenden Zufall. Ja, einen Zufall! Auch mich läßt so etwas nicht kalt, aber ich sehe nicht die Notwendigkeit, deshalb verrückte Theorien zu entwickeln. Außerdem war ich gerade erst zwölf Jahre alt. Irgendwie spürte ich, daß all das, die Flucht des Stieres, der zeitlich günstig gelegene Spaziergang Mazquiaráns, der Kreis der Taxis, der treffsichere Stoßdegen, nur für mich existiert hatten. Daß dieses Ereignis für mich gedacht war.

In Barcelona hatte mich der Stierkampf nie interessiert, es gab ihn dort praktisch auch gar nicht. In Madrid dagegen spielte er im öffentlichen Leben eine bedeutende Rolle. Ich begann, mich unter die *aficionados*, die Stierkampfbegeisterten, zu mischen; ich kämpfte mit meiner Schürze gegen einen imaginären Stier, ich strich um die Arenen, wenn es einen Stierkampf gab, und ich freundete mich mit den *Maletillas,* den Helfern, an. So vergingen ein paar schrecklich langsame Jahre. Víctor kam zurück, er blieb jedoch im Untergrund. Wir trafen uns heimlich, allerdings nur sehr selten. Er erzählte mir, daß Ascaso und Durruti in Frankreich wären: Sie waren zu bekannt, als daß sie es hätten wagen können, zurückzukehren. Beide hatten sich französische Freundinnen zugelegt, oder besser gesagt, Ehefrauen. Sie lebten nämlich mit ihnen richtig zusammen, wie das für die Anarchisten üblich war, wenn sie eine Beziehung zu einer Frau eingingen. Mein Bruder konnte meine plötzliche Leidenschaft für den Stierkampf nicht verstehen:

»Du bist verrückt, Félix, du bist wirklich verrückt«, sagte Víctor, der sich immer weigerte, mich *Fortuna* zu nennen.

Ihm erschien diese Begeisterung eitel und dumm. Sie entferne mich von der revolutionären Sache und der Gewerkschaft, was für ihn das Wichtigste im Leben war. Víctor wollte, daß ich in seine Fußstapfen und die unseres Vaters trat. Mit mehr Beaufsichtigung und mehr Köpfchen als damals bei der Bombe in Mexiko. Gleichzeitig wollte er es jedoch auch nicht zulassen, daß ich mich der Sache ganz verschrieb. Durruti, der von meiner Neigung und der Unzufriedenheit meines Bruders gehört hatte, schickte eine Nachricht aus Frankreich: Er halte es für richtig, unter der Bedingung, daß ich lernen würde. ›Laß ihn in Ruhe, er ist noch sehr klein‹, schrieb er meinem Bruder. ›Er soll sich durch die anarchistischen Texte bilden und sich mit den Stieren ein paar Jahre lang die Zeit vertreiben.‹ Also ließ Víctor mich machen. Durrutis Wort zählte weiterhin für uns.

Nachdem ich von allen Seiten die Einwilligung bekommen hatte, wurde ich mit fünfzehn Jahren selbst ein *Maletilla* und ließ mir einen Zopf wachsen, wie ihn die Stierkämpfer früher hatten. Auch wenn es bereits viele gab, die eine Perücke trugen. Ich wollte das nicht: Ich flochte mir meine Haare im Nacken, steckte sie auf dem Kopf mit einer Haarnadel fest und trug sie so unter meiner Kappe oder unter dem Hut. Ich hatte mir nämlich einen Filzhut gekauft: Ich dachte mir, daß ein Torero zu jeder Tageszeit ein Torero sein müsse, den ganzen Tag lang, von morgens bis abends. Ich kaufte mir auch die Utensilien, die ein Stierkämpfer brauchte, die *Muleta* und den Mantel; und eine Stierkämpfertracht aus dritter oder vierter Hand, blau und silbern, die Paquita ändern mußte (wobei sie die ganze Zeit schrecklich murrte), weil sie mir viel zu groß war. Als ich endlich sechzehn war, fuhr ich nach Barcelona, um mit meinem Bruder und Durruti zu sprechen, der gerade aus dem Exil zurückgekehrt war. »Ich möchte ein richtiger Stierkämpfer werden«, gestand ich ihnen ziemlich nervös. »Ich habe für den nächsten Monat schon zwei Kämpfe ausgemacht.« Ich erinnere mich sehr genau an diese Szene; wir saßen an einem Tisch in der Bar del Paralelo: Ascaso, Buenaventura, Víctor und ich. Ascaso grinste verächtlich: »Sieh mal einer an, der kleine Félix Roble, er überrascht mich immer wieder. Mit elf hat er Bomben gelegt und war der anarchistischste unter den Anarchisten, und jetzt ist das auf einmal alles vergessen, und er ist der überzeugteste Stierkämpfer von allen Stierkämpfern. Was du in Wirklichkeit willst, ist, daß dich die Frauen anhimmeln. Was du willst, ist, reich sein und bürgerlich und ein feiner Pinkel.« Ich sah, wie Víctor blaß wurde; ich nehme an, daß er von mir das gleiche dachte wie Ascaso, aber er konnte es nicht ertragen, daß dieser den guten Namen unserer Familie öffentlich in den Schmutz zog. Zwischen zwei so gegensätzlichen Gefühlen gefangen, biß mein Bruder die Zähne zusammen und schwitzte. Ich fühlte mich elend, schlimmer noch, wie der letzte Dreck: weil in den Worten von Ascaso, der einen immer so geschickt und sicher verletzen konnte, ein Körnchen Wahrheit steckte; durch die Art, wie er es gesagt hatte, erschienen mir meine Ambitionen schmutzig, verräterisch, erbärmlich. Betrübt senkte ich die Augen. Durruti versetzte mir einen zärtlichen Klaps auf den Hinterkopf und zwang mich, ihn anzusehen: »Kümmere dich nicht um diese Dummköpfe und komm mit, *Fortuna*. Laß uns einen Spaziergang machen.«

Wir gingen nebeneinander durch die Straßen, und Durruti erzählte mir von seinen finanziellen Problemen und seinen Schwierigkeiten, jetzt nach seiner Rückkehr Arbeit zu finden. »Du möchtest also Torero werden«, sagte er schließlich. »Ja«, antwortete ich. »Das finde ich gut. Ein Mann muß das machen, was ihm wirklich gefällt. Mir gefällt meine Arbeit. Ich bin ein guter Mechaniker, ein guter Metallarbeiter.« Wir gingen eine Weile schweigend nebeneinander her. »Der Anarchismus ist keine Religion«, sagte Durruti. »Und er ist auch keine Verpflichtung, die dir jemand anderes aufzwingen kann, wie zum Militär zu gehen. Nein, der Anarchismus steckt in einem selbst, er ist ein Bedürfnis des Herzens und des Kopfes. Und es gibt viele Möglichkeiten, für die Sache zu arbeiten.« Wiederum Schweigen. »Was macht die Hand?« Die Frage überraschte mich. Es waren vier Jahre vergangen, seit ich die Finger verloren hatte. Damals war das für mich eine Ewigkeit. »Gut«, antwortete ich. »Und das andere?« sagte er. »Was?« »Die Erinnerung an den Mexikaner. Deinen Toten.« Wir hatten vorher noch niemals darüber gesprochen. Die Genauigkeit seiner Worte erschreckte mich: mein Toter, ja, genauso war es für mich. Niedergeschlagen schüttelte ich den Kopf, zuckte die Schultern und brummte etwas, alles zur selben Zeit; und hoffte, daß dieser Mischmasch aus Geräuschen und Gesten für Durruti Antwort genug war. Ich wußte nicht, was ich sagen sollte. Wir gingen weiter. Ich dachte an das Leben, das schön und faszinierend vor mir lag, aber auch beunruhigend und dunkel wirkte; und wie einfach es war zu töten und vielleicht auch zu sterben. »Ich habe Angst«, murmelte ich, ohne genau zu wissen, was mir Angst einjagte. Aber Buenaventura mußte es wohl wissen: »Ich habe genausoviel Angst wie du«, sagte er. »Angst und Mut gehören zusammen. Manchmal weiß ich nicht, wo das eine aufhört und das andere anfängt.« Als wir in die Bar del Paralelo zurückkamen, sagte er zu den anderen: »Ich glaube, daß es für die Gewerkschaft sehr gut sein könnte, wenn *Fortuna* Stierkämpfer wird und ›sauber‹ bleibt. Dann können wir in schwierigen Momenten auf ihn zurückgreifen.« Und er bestellte eine Flasche Wein, um auf meinen künftigen Erfolg anzustoßen. Weiter wurde über die Angelegenheit nicht gesprochen, wie immer. Vier Wochen später betrat ich zum ersten Mal eine Arena. Ich hatte mich entschieden, mich mit Künstlernamen *Fortunita* zu nennen, um nicht mit dem anderen verwechselt zu werden.

Man kann sich nicht vorstellen, wie die Welt der Stierkämpfer damals ausgesehen hat. Obwohl man vielleicht besser sagen sollte, man kann sich nicht vorstellen, wie die Welt überhaupt ausgesehen hat, die Stiere spiegelten nur die allgemeine Brutalität jenes Lebens wider. Der Stierkampf hatte etwas Grausames und Heldenhaftes zugleich. Es gab kein Penizillin, und die Verletzungen von den Hornstößen entzündeten sich natürlich. Damit die Infektionen abklingen konnten, durften die Wunden nicht genäht werden, wodurch der Heilungsprozeß zu einem endlosen Martyrium wurde. Drei oder vier Monate lang mußte die Wunde jeden Tag ausgebrannt werden; und jeden Tag mußten unzählige Meter in Äther getränkten Mulls aus ihr geholt und auf sie gelegt werden. Jedes Jahr starb ein Dutzend Toreros, und das, obwohl es damals sehr viel weniger gab als heute, weil der Beruf den meisten zu hart, geradezu unerträglich schien. Eine Wirklichkeit, die von Sonne und Rausch, Blut und Eingeweide bestimmt war. Die Pferde der *Picadores* wurden jeden Abend von den Stieren aufgeschlitzt; man drückte ihnen die Eingeweide durch die Wunde wieder in den Bauch, nähte sie auf dem Innenhof zusammen und trieb sie wieder in die Arena. Als unter der Diktatur Primo de Riveras der Gebrauch der Bauchpanzer eingeführt wurde und so das Blutbad unter den Pferden ein Ende fand, schrieb der Philosoph Ortega y Gasset einen haarsträubenden Artikel, in dem er sagte, daß mit dieser Schutzmaßnahme die Kunst des Stierkampfs zu Ende sei und er keine Arena mehr betreten würde. Und das, obwohl Ortega ein Intellektueller war, ein guter Intellektueller. Ich habe bereits gesagt, daß das Leben damals sehr hart war. Diese ganze Grausamkeit und Brutalität kam später im Bürgerkrieg zum vollen Ausbruch.

Außerdem hatte wir keine Ahnung. Wir, die Neulinge. Es gab kein Fernsehen, in dem Stierkämpfe gezeigt wurden, wir hatten kein Geld, um Eintrittskarten für die Arena zu bezahlen. Wir waren von vagen Hoffnungen auf Erfolg berauscht und von Hunger und Analphabetismus getrieben und betraten die Arena, ohne jemals zuvor einen Stierkampf gesehen zu haben. Ein Stierkämpfer wurde man, indem man über die Dörfer zog und ohne *Picadores* oder Ärzte auf den Wagenplätzen auftrat. Jeder *Novillero*, das heißt, jeder angehende Stierkämpfer, jeder *Matador* war verpflichtet, eine Mannschaft, eine *Cuadrilla*, bestehend aus drei Toreros, dabeizuhaben. Aber auf den Dörfern verdiente man nur sehr wenig, weshalb der wenig erfolgreiche *Matador* oder ein *Novillero* nur einen richtigen Torero, einen *Subalterno,* bei sich hatte, den er bezahlte, und ein paar *Tocinos*, das waren die Anfänger, die den Stierkampf erlernen wollten und bei denen man nur für die Verpflegung aufkam.

Und so begann ich natürlich auch: Mit sechzehn wurde ich *Tocino*. Ich schloß mich einem alten Stierkämpfer an, *Crespito*, ein ganzer Mann mit einem guten Herzen und ein guter Torero. Er nahm mich mit zu den *Corridas*, für die er engagiert worden war. Im September jenes ersten Jahres – das war 1930 und ich war gerade mal ein paar Monate lang *Tocino* – fuhren wir zu einem Stierkampf auf den Wagenplatz des Dorfes Bustarviejo. Wir gehörten zur Mannschaft von Teófilo Hidalgo, einem siebenundzwanzigjährigen *Novillero*, der schon aussah wie ein Greis. Wir hatten es mit einem gefährlichen Stier zu tun. Die Stiere auf den Dörfern waren keine guten Stiere, und wenn sie nicht mit der Pike gestochen worden waren, waren sie um so gefährlicher. Es waren zweitklassige Kampfstiere, sechsjährige, dreihundert Kilo schwere Viecher, flink und teuflisch stark. Ich erinnere mich, wie *Crespito* Teófilo hinter der Schutzwand aufmunternd zurief: »Locker bleiben! Locker!« Aber jener Junge, der wie ein Greis aussah, blieb nicht locker genug. Der Stier packte ihn und versetzte ihm mit den Hörnern vier gewaltige Stöße. Er zerfetzte ihm die Lunge und riß ihm die Geschlechtsorgane vom Leib. Jeder einzelne dieser Hornstöße wäre tödlich gewesen, und es waren deren vier. Er blieb wie eine kaputte Puppe am Boden liegen. Ich erinnere mich an die blendende Sonne; die Sonne blendet immer, wenn jemand von einem Stier erwischt worden ist, auch wenn es bewölkt war. Ich erinnere mich an das gleißende Licht, meine halbgeschlossenen, tränenden Augen, den Blutgeruch, das tobende Publikum. Es war Dorffest, und die Menschen waren betrunken. Betrunken und erregt von dem tödlichen Spektakel. Sie trugen Teófilo in die Schule, die als provisorische Unfallstation diente. Wie eine Katze, die von einem Wagen überrollt worden war, lag er dort auf dem rauhen Lehrerpult. Zurück auf dem Platz sagte *Crespito*: »Dieser Stier muß getötet werden.«

Das ist der Ritus, das ist Gerechtigkeit. Das Tier darf nicht stärker sein als der Mensch, es darf den Platz nicht lebendig verlassen und so zur Schlachtbank gehen. Also nahm *Crespito* den Stoßdegen. Mich hielten die Frauen fest, von ihren Sitzplätzen auf den Wagen aus hielten sie mich am Hals, an den Schultern, am Kopf zurück. »Geh nicht, Junge, geh nicht!« Ich war noch sehr jung, und ich tat ihnen leid. Sie wollten nicht sehen, daß mir wie Teófilo der Bauch aufgeschlitzt wurde. Aber die Musikkapelle fing zu spielen an, und nachdem *Crespito* mit jenem Stier fertig war, versuchten sie uns zu zwingen, mit dem anderen Stier zu kämpfen, und drohten uns mit Gefängnisstrafe. Ein Menschenleben war damals nichts wert, und nicht einmal die Tragödie eines öffentlichen, gewaltsamen Todes wie Teófilos konnte während eines Dorffests auch nur für einen Augenblick dem Rausch der schwitzenden, schmutzigen und betrunkenen Menschen Einhalt gebieten. Als wir nach Madrid zurückkamen, verbrannte Paquita meine blau-silberfarbene Tracht in ihrem Ofen im Zimmer, und dann setzte sie mich auf einen Stuhl und schnitt mir mit einer einzigen Handbewegung den Zopf ab. Ich ließ sie gewähren: Es war unmöglich, ihren gewaltigen *Samsona*-Händen zu entkommen. Aber zwei Wochen später war ich wieder mit *Crespito* unterwegs, ich trug eine geliehene Tracht, die ich mir mit einer Kordel um die Hüfte befestigen mußte.

Ein Jahr später, das heißt 1931, wurde *Crespito* in Torrelaguna von einem Stier der Oberschenkel aufgerissen. Einen Monat nach dem Hornstoß starb er. Das Horn des Stieres blieb, nachdem es ihn durchbohrt hatte, im Holz auf dem Platz hängen. *Crespito* war dreiundfünfzig Jahre alt und schon nicht mehr so schnell; aus diesem Grund hatte er sich gezwungen gesehen, diese erbärmlichen Stierkämpfe anzunehmen. Vorher, in seinen guten Zeiten, war er ein sehr gefragter *Subalterno* gewesen und mit den besten Stierkämpfern unterwegs. An jenem Tag in Torrelaguna war die Schutzwand voller Menschen, Menschen, die dort nicht hätten stehen dürfen, und deshalb konnte *Crespito* dort auch keinen Zuflucht suchen, als es brenzlig wurde. Ein Arzt, der im Publikum gesessen hatte, band ihm die Arterien ab. Aber ich sah, daß er sterben würde. Verzweifelt fuhr ich nach Madrid, um einen Krankenwagen aufzutreiben. Aber in dieser Zeit gab es nur drei Krankenwagen, die für die ganze Stadt zuständig waren, und die Fahrer waren nicht bereit, aufs Land zu fahren. Also kratzte ich all mein Geld zusammen, versetzte meine Tracht und meinen Hut; und dank Paquita, die mir das restliche Geld gab, mietete ich ein Taxi, einen dieser großen Citroëns, legte eine Matratze in den Wagen und holte *Crespito* ab. Sein Bein hatte sich bereits entzündet, und in Madrid mußten sie es ihm dann amputieren. »Daß dieser Stier am Leben geblieben ist!« jammerte er unentwegt, weil das Tier, das ihn aufgespießt hatte, zurück auf die Weide gelassen worden war. Ich tat alles für ihn, was ich konnte, aber nach zwanzig Tagen starb er. »In dem Alter...« sagte der Arzt, als würde es sich um einen alten Mann handeln. Dabei war er erst dreiundfünfzig! Und im Gegensatz dazu ich nun mit meinen achtzig Jahren. So wie bei *Crespito* das Bein verfault ist, verfaule ich von innen.

Später wurde ich *Novillero*, mogelte mich über die Dörfer und versuchte, Karriere zu machen. Als *Subalterno* hatte ich einen guten Mann an meiner Seite, Primitivo Ruiz; dieser Primitivo kämpfte nach einem Hornstoß eine lange Zeit mit einer Fistel am Anus und mußte mit Tüchern in der Hose herumlaufen, aber da er das Geld brauchte, arbeitete er weiter. Eines Tages wollte ich ihn für einen Stierkampf in irgendeinem Dorf abholen und fand ihn bleich und vor Fieber zitternd. »Ich kann nicht mitkommen, du siehst ja, wie es mir geht.« Ich war vollkommen entsetzt. »Primitivo, ich gehe alleine. Ich werde nur die beiden *Tocinos* mitnehmen.« Und Primitivo wußte als Profi, was einem Torero passieren konnte, wenn er sich alleine mit zwei *Tocinos* auf so einem verfluchten Wagenplatz in einem verfluchten Dorf befand. Also packte er die Tücher in die Hose, zog sich an und kam mit. Es war eine Frage der Ehre.

Aber natürlich war nicht alles nur schrecklich. Nicht alles war Schmerz, Not und zerfetzte Körper.

Da gab es auch die Begeisterung für die Kunst des Stierkampfs, den Rausch der Gefahr, der immer kurze Glanz des Ruhms. Man war vierundzwanzig Stunden lang Stierkämpfer, ich sagte das bereits. Stierkämpfer zu sein hieß, gewandt und arrogant aufzutreten, das Leben zu genießen, weil man noch am Leben war. Ein junger Stierkämpfer und dazu blond zu sein wie ich hieß, die Gunst des weiblichen Geschlechts zu erobern. Ich erinnere mich, daß ich 1934 einen Stier zu Ehren eines Agenten tötete, den ich flüchtig kannte und der in Begleitung einiger sehr gutaussehender Frauen gekommen war. Als ich meine Stierkämpferkappe wieder holte, wurde sie mir von einer Dame, die rechts von dem Kerl saß, zusammen mit einer kurzen Notiz zurückgegeben: »Gilt für eine Nacht mit einer Frau nach Wahl.« Jene Frau war Adela *la Botones*, eine berühmte Puffmutter. Es waren glückliche Jahre. Ich hatte sogar gewissen Erfolg; und in Madrid kämpfte ich gemeinsam mit Pascual Montero, *El Señorito*, einem *Novillero*, der damals sehr gefragt war.

So jung wie ich war, war das Leben als Torero eine feine Sache. Vor allem zwischen den Kämpfen, wenn man sich nicht auf einem Wagenplatz umbringen lassen mußte. Morgens trainierten wir ein paar Stunden, wie die Athleten. Und gegen die Mittagszeit ging man zum Rompeolas, dem oberen Teil der Calle Sevilla. Dort trafen sich sowohl die Toreros als auch die Schauspieler. Die Schauspieler auf der einen Seite, am Café Inglés, und die Toreros auf der anderen, an der Ecke zur Calle Alcalá. Wir beobachteten uns gegenseitig, nur durch wenige Meter Bürgersteig voneinander getrennt und ohne daß sich diese Zirkel jemals vermischt hätten. Wir bildeten zwei Gruppen voller eingebildeter Gestalten, wir rivalisierten darum, wer der eleganteste, prächtigste und stattlichste war. Wir waren blank, ohne eine einzige Pesete in der Tasche, aber wir plusterten uns unglaublich auf. Ich erinnere mich an eine kleine Anekdote, die ein paar Tage lang am Rompeolas kursierte: An einer Stelle, genau zwischen den beiden Gruppen, treffen ein paar Stierkämpfer und ein paar Schauspieler aufeinander. Die Schauspieler fragen: »Und die Neuen da vorne?« »Das sind auch Toreros«, antworteten die anderen. Die Komödianten machen sich lustig: »Toreros! Hier prahlen alle damit, Toreros zu sein, aber wenn plötzlich ein Stier auftaucht, mal sehen, wer sich dann mit dem anlegt!« »Es würde gar nicht dazu kommen. Weil ihr Komödianten das arme Vieh längst aufgegessen hättet, bevor es bei den Toreros angekommen wäre«, antworteten die anderen. Dort, am Rompeolas, habe ich deinen Vater kennengelernt, er war etwas jünger als ich; er erinnert sich nicht an mich, ich dagegen habe sein Gesicht nicht vergessen, weil ich ihn später oft im Theater gesehen habe.

Danach ging man am frühen Abend zur Tertulia. Und wenn es dunkel wurde, begann die Fiesta. Und was für Fiestas! Mit einem Mischmasch aus Zigeunern, Künstlern und Stierkämpfern, Dieben und feinen Herren, Schriftstellern und *Picadores*, die weder lesen noch schreiben konnten, ehemaligen Huren, die sich in beeindruckende Damen verwandelt hatten, oder unruhigen jungen Mädchen, die zu schön waren, um Huren zu sein. *La gente de bronce*, die Bronze-Schicht, wie Valle-Inclán uns nannte. Das waren Nächte, die kein Ende nahmen, ewige Nächte der Jugend, die sich, aus meinem Alter betrachtet, zu einer einzigen verbinden.

Es war ein Grenzgänger-Leben, in vielerlei Hinsicht armselig und isoliert, aber gleichzeitig erlaubte es einem, mit Blut- und Geldadel per du zu sein. Es war ein unkonventionelles Leben, in dem ständig Gesetze übertreten wurden, was sehr gut zu meinen politischen Überzeugungen paßte. Trotzdem stand seltsamerweise die Mehrheit der Stierkämpfer politisch rechts. Ich gab mich als Republikaner aus und diskutierte mit ihnen. Ich achtete aber sehr darauf, meine wahren Neigungen nicht preiszugeben. Meine libertäre Gesinnung hielt ich weiterhin geheim. Diese Vorsicht war angebracht: Die Anarchisten wurden während der Republik weiterhin brutal verfolgt. 1932 wurden Durruti und Ascaso sogar für mehrere Monate nach Ostafrika deportiert. Wenn sie nicht gerade im Gefängnis saßen, traf ich mich heimlich mit ihnen und meinem Bruder Víctor, der inzwischen eine Führungsposition in der Gewerkschaft innehatte. Sie setzten mich für besondere Gelegenheiten ein: um schriftlich Befehle zu überbringen, wenn alle anderen möglichen

Boten von der Polizei überwacht wurden oder um einen *Compañero*, der auf der Flucht war, als *Tocino* getarnt aus Madrid herauszuschmuggeln. Und was für eine Angst hatte dieser abgehärtete Aktivist, wenn er in die Arena sollte, um seinen Job zu machen.

Ich erinnere mich, daß mein Bruder mir eines Tages den Tip gab, eine Versteigerung zu besuchen: »Das wird sehr lustig werden. Geh hin und sieh dir das an.« Die republikanische Regierung hatte unrechtmäßigerweise die Druckmaschinen der libertären Zeitung ›Solidaridad Obrera‹ konfisziert und wollte sie an diesem Nachmittag zum Verkauf anbieten. Voller Neugier ging ich dorthin, und als ich in den Saal kam, in dem die Versteigerung stattfinden sollte, entdeckte ich nach und nach unter den Anwesenden an die zwanzig *Compañeros* der Gewerkschaft. Die Versteigerung begann, mehrere Objekte wurden verkauft, und schließlich kam die Druckmaschine an die Reihe. Als geboten werden durfte, hob Durruti die Hand und sagte: »Zwanzig Peseten.« Es war eine lächerliche Summe, der reinste Hohn. Ein glatzköpfiger Geschäftsmann, der einige Reihen weiter hinten saß, bot dann tausend; im nächsten Augenblick drückte ihm der Lauf einer Browning das Ohr platt. Der Geschäftsmann verstand das Signal und zog sein Gebot zurück. Niemand wagte es, noch etwas zu sagen. Und dann machte Ascaso in einem trägen und spöttischen Tonfall ein höheres Gebot: »Fünfundzwanzig Peseten.« So lagen die Dinge damals. Überall sah man Pistoleros und hörte das dumpfe Pochen der Kriegsvorbereitungen.

Aber es gab auch noch bewegendere Momente. Ich erinnere mich dabei besonders an einen Besuch bei Buenaventura Durruti schon fast gegen Ende von allem, im Frühling 1936. Ich war bei einem Stierkampf in Südfrankreich gewesen und fuhr über Barcelona nach Madrid zurück, weil ich unbedingt meinen alten Helden besuchen wollte. Durruti ging es damals sehr schlecht; er stand seit vielen Jahren auf der schwarzen Liste und bekam keine Arbeit, und die Gewerkschaft war zu arm, um ihre Führer finanziell unterstützen zu können. Er wohnte mit Emilienne, seiner *Compañera*, die mit ihm aus Frankreich gekommen war, und Colette, der Tochter der beiden, die damals vier oder fünf gewesen sein mußte, in einem erbärmlichen Loch. Emilienne arbeitete ab und zu als Platzanweiserin in einem Kino, und von diesen mageren Einkünften lebten sie dann eher schlecht als recht. Ich besuchte sie zusammen mit Germinal, einem Cousin zweiten Grades aus Barcelona, der ebenfalls Anarchist war. Als wir dort ankamen, hatte Durruti eine Schürze um die Hüfte gebunden und war dabei, zu spülen und das Abendessen für das Kind und seine Frau vorzubereiten, die bald von der Arbeit kommen mußte. Germinal begann zu lachen: »Ich bitte dich, das ist doch wohl Frauensache ...« Es stimmte, daß Durruti mit der Frauenschürze, die auf seinem enormen Brustkorb winzig schien, und seinem Gorillakopf, der aus den Rüschen hervorschaute, lächerlich aussah. Aber dann richtete Durruti sich auf, er runzelte die Stirn und seine Augen blitzten; und schon sah er keineswegs mehr lächerlich aus, sondern wild und gefährlich. Germinal ging ein paar Schritte rückwärts, und selbst ich, der ich Durruti liebte, wie man einen Vater liebt, konnte nicht anders und duckte mich auf meinem Stuhl. »Nimm dir das zum Beispiel«, donnerte Buenaventura und drohte dem eingeschüchterten Germinal mit dem Finger. »Wenn meine Frau arbeiten geht, putze ich die Wohnung, mache die Betten und koche das Essen. Ich bade auch die Kleine und ziehe sie an. Wenn du glaubst, daß ein Anarchist in einer Kneipe oder einem Café herumlungern sollte, während seine Frau arbeitet, dann hast du nichts begriffen.«

Nein, wir hatten noch nichts begriffen. Wir konnten uns nicht vorstellen, was auf uns zukam, obwohl wir wie die Hunde, die den Beginn der Jagd ahnten, nervös in der Luft witterten. Wir wußten nicht, daß sehr bald alles zu Ende sein würde. Lebt wohl, libertäre Träume; lebt auf ewig wohl, Freunde und Stiere, Jugend und unbeschwertes Leben. Die Welt, die wir kannten, neigte sich ihrem Ende zu.

Aber damals wußten wir noch nichts davon; wir waren unschuldig, das heißt, unwissend und hatten den Kopf voller nichtiger Sorgen, die uns Menschen immer beschäftigen, diese Kleinigkeiten, die dann im Anblick der Katastrophe unwichtig werden. Ich war mit der Entwicklung meiner Stierkämpfer-Karriere zufrieden und wollte nun *Matador* werden; und außerdem hatte ich zum ersten Mal eine richtige Freundin. Aber vor allem war ich glücklich, mich mit Durruti treffen zu können, den ich seit langer Zeit nicht mehr gesehen hatte. Buenaventura schien auch glücklich zu sein, mich zu sehen; nach dem Rüffel an die Adresse von Germinal entspannte sich sein großes Kindergesicht wieder. Er ging hinunter, um in der Kneipe Wein zu kaufen und bei der Nachbarin ein paar Eier zu borgen. Er machte eine hervorragende Tortilla, und als Emilienne kam, gab es ein Festessen mit Tortilla, Chorizo, Käse und *Pa amb tomaca*. Durruti war ein wenig angetrunken und sehr gut gelaunt. »Sieh mal einer an, der kleine Félix, wie der gewachsen ist«, sagte er. »Kommt als Stierkämpfer groß raus. Ich finde das sehr gut, aber vergiß nicht, daß der Kampf das allerwichtigste ist. Der Kampf, die Solidarität und die Freiheit. Das bist du deinem Vater und deinem Bruder schuldig. Und das bist du auch mir schuldig, du Idiot. Und vor allem bist du das den Armen schuldig, den ganzen armen Teufeln. Félix Roble, *Fortunita*, der berühmte Torero ... du bist immer ein Glückskind gewesen, du Scheißkerl ... Ich trinke auf dich, *Fortuna*. Ich freue mich, daß du gekommen bist. Du wirst mir sicherlich Glück bringen, das brauche ich nämlich.«

Das war das letzte Mal, daß ich Durruti gesehen habe. Kaum einen Monat später brach der Krieg aus.

Für große Probleme gibt es auch immer große Lösungen. Da die Tage vergingen und wir nichts Neues von Ramón hörten, entwarf Félix einen Notstandsplan:

»Wir sollten so schnell wie möglich nach Holland fahren.«

Adrián und ich, wir waren sprachlos. Jetzt dreht er durch, dachte ich unruhig in meinem Innersten.

»Ich kann alleine fahren, aber ich glaube, daß es besser wäre, wenn du mich begleitest. Und wenn der Junge will, kann er auch mitkommen.«

»Toll, recht vielen Dank«, sagte Adrián spöttisch.

»Aber warum Holland? Und wozu?« fragte ich.

»Weil sich dort das Zentrum des weltweiten, illegalen Diamantenhandels befindet. Oder dort war es zumindest, als ich noch politisch aktiv war. Und es spielt sicherlich weiterhin eine wichtige Rolle für den Handel: Es ist nicht so einfach, ein heimliches Reich wie dieses zu zerstören.«

»Also mir ist das weiterhin nicht klar. Was haben wir mit Diamanten zu tun?«

»Laß mich mal ausreden. Ihr seid beide viel zu ungeduldig, eben zu jung. Hört zu: Der größte Teil Schwarzgeld, der in der Welt zirkuliert, wird in Diamanten getauscht. Sie sind ideal für die Geldwäscherei, und außerdem lassen sich so große Mengen transportieren. Ich spreche von richtigem Schwarzgeld, großen Summen, die komplizierte Wege hinter sich haben. Ich meine damit Geld aus dem Drogen- und Waffenhandel, aber auch

Geld aus der Politik. Die italienische Mafia kauft ihre Minister und Richter mit Diamanten, die ETA und die IRA benutzen für ihre Geschäfte Diamanten, Gaddaffi bezahlt die terroristischen Bewegungen in den Ländern, die er destabilisieren will, mit Diamanten. Aus meinen Zeiten als Pistolero weiß ich, daß es auf dieser Welt viele Welten gibt, und daß die größte, die tüchtigste und die beständigste Welt die des internationalen Verbrechertums ist. Es ist die größte multinationale Vereinigung, die es auf diesem Planeten gibt; sie arbeitet nach strikten Normen, hat eine Verwaltungsstruktur, eine gut funktionierende Hierarchie. Und sie ist in allen Ländern der Erde vertreten. Das ist wirklicher Internationalismus und nicht die bolschewistischen oder libertären Träume. Ich kenne in Amsterdam jemanden – oder ich kannte ihn, vielleicht ist er ja tot –, der im Diamantenhandel ziemlich viel zu sagen hatte. Wir könnten dorthin fahren und versuchen, mit ihm zu sprechen; und wenn nicht mit ihm, dann mit seinen Nachkommen: normalerweise ist das ein Familiengeschäft. Es gibt eine Handvoll holländischer Händler, die in der internationalen Hierarchie des Verbrechens eine herausragende Stellung innehaben. Möglich, daß sie etwas über *Orgullo Obrero* wissen oder, falls nicht, daß sie uns wenigstens sagen können, an wen wir uns wenden müssen, um diesen Fall aufzuklären. Es geht nämlich nur darum, herauszufinden, wen man fragen muß, wie in einer Behörde. Frag die richtige Person, und du wirst Antworten kriegen. Ich glaube, daß wir das ausprobieren sollten: Wir haben nichts zu verlieren. Laßt uns versuchen, meinen alten Freund ausfindig zu machen.«

So wie Félix die Angelegenheit geschildert hatte, hörte sie sich exotisch, aber ziemlich einfach an, als ob man in Amsterdam in ein Informationsbüro gehen, einen Antrag abgeben könnte und in ein Zimmer gebeten würde, wo ein hyperkorrekter Beamter einem mit freundlicher Miene alles bereitwillig erklärt.

»In Ordnung, warum nicht?« räumte ich ein. »Fahren wir nach Holland. Ich werde noch verrückt, wenn wir hier weiterhin Däumchen drehen.«

Obwohl Félix zunächst hartnäckig darauf bestand, die Reise aus eigener Tasche zu bezahlen (Adrián hatte keinen Pfennig und ließ sich ganz dreist einladen, eine für junge Menschen typische Haltung, wenn es darum geht, die Älteren finanziell auszubeuten), schaffte ich es, ihn davon zu überzeugen, das restliche Geld aus dem Safe zu nehmen: Wir hatten 201 Millionen Peseten geholt, aber *Orgullo Obrero* nur zweihundert geben.

»Das ist nicht mein Geld, es ist kein sauberes Geld, und ich will es nicht. Was wäre besser, als es gemeinsam auszugeben und zu versuchen, auf eine heiße Spur zu stoßen?«

Nachdem wir uns einmal für die Reise entschieden hatten, machten wir uns daran, sie sorgfältig zu planen. Ich brauchte eine gewisse Zeit, um Félix davon zu überzeugen, daß er seine Räuberpistole nicht mitnahm; ich mußte ihm erklären, daß es keine Möglichkeit gab, in den Flughäfen die Metalldetektoren und die Röntgengeräte zu umgehen; daß man den Revolver finden würde und daß wir dann ein Problem hätten, weil Félix keinen Waffenschein besaß. Mein Nachbar zog voller Zorn die buschigen, weißen Augenbrauen zusammen: Er war alles andere als überzeugt von meinen Worten. Die Tatsache, daß er keine Ahnung von den Sicherheitsmaßnahmen am Flughafen hatte, machte mir deutlich, daß es lange, lange her sein mußte, seit er das letztemal geflogen war:

»Margarita hatte Angst vorm Fliegen, und nachher, als ich schon Rentner war, also ...«, rechtfertigte er sich ein wenig beschämt.

Was für ein seltsamer Mensch, dieser Félix Roble; mal weise, der Kosmopolit und Kenner der größten Geheimnisse des Lebens, dann wieder der greise Rentner, der nicht vor die Türe kommt und noch nicht einmal weiß, daß man Pistolen nicht durch einen Flughafen geschleust kriegt. Obwohl, sagte ich mir dann, sonderbar waren wir im Grunde alle, ein absurdes Trio. Félix, der schon nicht mehr im Leben stand, weil er alt war, aber sich seinem Alter nicht ergab und den Revolverhelden spielte; Adrián, der noch nicht im Leben stand, weil er jung war, ein

Junge ohne Beruf und Geld, ohne Vergangenheit oder voraussehbare Zukunft; und ich, Lucía Romero, die Schlimmste von allen, eigentlich genau im sogenannten reifen Alter, aber ohne meinen Platz gefunden zu haben und zu wissen, wer ich war, absolut widersprüchlich und zwiegespalten, eine Frau in den Vierzigern, der schwindlig war vor Angst. Wallie zu unseren Füßen machte beim Atmen dasselbe Geräusch wie ein Motor mit verrußten Zündkerzen; sie schlief zufrieden und war absolut überzeugt davon, daß wir sie beschützen würden, daß wir allmächtige Götter und in der Lage wären, sie zu ernähren und zu kratzen und die ganze Hunde-Ewigkeit lang mit ihr Gassi zu gehen, anstatt uns so zu sehen, wie wir wirklich waren, ein paar elende und orientierungslose Wesen. Auf der anderen Seite der Fenster plagte sich der Rest der Erdenbewohner mit seinen Verpflichtungen ab; sie bewegten sich geschäftig von einem Ort zum anderen, als hätten sie ausreichend Grund dazu; sie hielten ihren Arbeitsplan ein, pflanzten Bäume, gaben den Babys Brei, kauften am Sonntag Kuchen, fuhren im August mit dem Wohnwagen in Urlaub. Sie erledigten Dinge. Sie lebten.

Gut, jetzt taten wir wenigstens *etwas*: Wir fuhren nach Amsterdam, um nach der Wahrheit zu suchen. Es ging jetzt nicht mehr um Ramón oder nicht mehr *nur* um Ramón. Das mußte ich mir am Flughafen eingestehen, als ich noch einmal mit einem gewissen Schauder das Verschwinden meines Mannes nacherlebte; und während des Fluges, als ich so tat, als würde ich schlafen, und Adrián und Félix diskutierten; und im Taxi, auf dem Weg zu unserem billigen und deprimierenden Hotel, in der Nähe der Straßen, in denen Prostituierte in Schaufenstern posierten. Was mich jetzt antrieb, war der Eifer, die Wahrheit herauszufinden. Ja, ich wollte Ramón wiederhaben, ihm helfen, gesetzt den Fall, daß es darum ging, ihm zu helfen. Aber ich mußte auch wissen, was mein Mann gemacht hatte, daß es so weit mit ihm gekommen war; welche Beziehung er zu *Orgullo Obrero* hatte; wie jener Ramón wirklich war, mit dem ich seit mehr als zehn Jahren zusammenlebte; warum ich mich so leicht hatte betrügen lassen. Und wer schließlich diese völlig ahnungslose Lucía Romero war.

Am Morgen unseres ersten Tages in Amsterdam wurde es nur sehr langsam hell. Es war sehr kalt, und ein unangenehmer Schneeregen schmerzte auf den Wangen. Unter dem bleiernen Himmel verbreitete Amsterdam, das so schön wie immer war, eine feierliche Grabesstimmung. Die Straßen waren leer, die Kanäle trübschwarz, und hinter jeder Ecke konnte gerade ein Verbrechen geschehen. Voll düsterer Vorahnungen verließen wir das Hotel. Dies entsprach zumindest meinem Gefühl; Félix erschien mir sehr lebendig und geschwätzig. Vielleicht war das nervlich bedingt.

Die Tweede Onno Ligtvoetstraat war zwei Minuten vom Roskin entfernt, der Hauptgeschäftsstraße der Diamantenhändler. Legaler Diamantenhändler, mit angesehenen Juwelierläden, nur daß einige von ihnen unter dem Schutz der holländischen Goldschmiede und ihrem soliden Ruf zusätzlich zu dem eigentlichen Verkaufsraum noch ein Hinterzimmer für die anderen Geschäfte hatten. Für die millionenschweren und geheimen Transaktionen.

In der Tweede Onno Ligtvoetstraat befand sich der ehrwürdige Juwelierladen van Hoog, ein kleines, edel wirkendes Geschäft mit einer aus Holz geschnitzten Vorderfront. Darüber konnte man in goldenen, verzierten Buchstaben »Founded in 1754« lesen. Wir drückten uns noch ein wenig vor dem kleinen Schaufenster herum, bevor wir uns trauten, den Laden zu betreten. In der Auslage waren vor allem Diamanten zu sehen, aber auch Smaragde, Aquamarine und Rubine; und wunderschöner alter Schmuck, der mit viel Geschick auf rotem Samt ausgebreitet lag. Nirgendwo waren die schrecklichen Goldkettchen für Touristen mit den Miniatur-Mühlen und Holzschuhen zu entdecken, die es in den anderen Läden gab. Van Hoog war ein vortrefflicher Juwelierladen, ein erstklassiges und geschmackvolles Geschäft.

Wir gingen hinein und stellten uns ein wenig unbeholfen und eingeschüchtert an die Verkaufstheke.

»*Can I help you?*«

Ein Herzog so um die vierzig hatte sich angeboten, uns zu bedienen. Ich sage Herzog, weil er den elegantesten perlgrauen Anzug trug, den ich jemals gesehen habe, ein Doppelreiher aus einem unglaublichen Stoff; dazu ein passendes blaues Hemd und eine Seidenkrawatte in Gelbtönen. Darüber ein britisches Prinzengesicht, mit stechenden, grauen Augen, einer Adlernase und einem vornehmen Kinn, das höflich in unsere Richtung wies. Die wirklichen Aristokraten sind so edelmütig ...

»*May I speak with Mr. van Hoog?*« fragte Félix mit akzeptabler Syntax und erbärmlichem Akzent: »Kann ich mit Herrn van Hoog sprechen?« Was für eine Überraschung: Ich wußte nicht, daß der Alte Fremdsprachen beherrschte.

»Ich bin Herr van Hoog. Sie wünschen?« antwortete der Herzog in feinstem Englisch.

»Nein, Entschuldigung, nicht Sie; ich meine den alten Herrn van Hoog, ein Mann in meinem Alter. Wir sind alte Bekannte, auch wenn es schon lange her ist, daß ich ihn gesehen habe. Ich hoffe, daß er noch lebt«, erklärte Félix.

»Ich nehme an, daß Sie meinen Vater meinen. Er hat sich aus dem Geschäft zurückgezogen. Er kommt nicht mehr hierher. Womit kann ich Ihnen dienen?« antwortete der Mann unerschütterlich.

Félix sah mich ein wenig bedrückt an. Gut, wenn die Dinge so lagen, gab es keine andere Möglichkeit, als sich weiter vorzuwagen. Ich sah, wie er sich auf den Sprung vorbereitete, und ich hielt vorsichtshalber die Luft an.

»Also, es geht um ... Das Ganze ist etwas schwierig zu erklären ...«, begann Félix zu stottern. »Ich heiße *Fortuna* und ... mein Bruder und ich standen auf seiten des anarchistischen Widerstands in Spanien ... Wissen Sie, wir waren anarchistische Pistoleros. Und vor vielen Jahren waren wir hier und haben bei Ihrem Vater Diamanten vom Schwarzmarkt gekauft.«

Obwohl wir alleine in dem Geschäft waren, hatte Félix die Stimme gesenkt.

»Ich fürchte, Sie haben sich geirrt, mein Herr. Wir haben noch nie auf dem Schwarzmarkt gehandelt«, antwortete der Herzog, ohne die Miene zu verziehen.

»Entschuldigen Sie, daß ich darauf bestehe, aber wir haben mit Ihrem Vater mindestens vier- oder fünfmal ein Geschäft abgeschlossen. Und ich hatte damals den Auftrag, hierherzukommen, und ich habe persönlich mit Herrn van Hoog zu tun gehabt.«

»Ich wiederhole, Sie haben sich geirrt.«

»Sehen Sie, ich möchte nur einen Augenblick mit Ihrem Vater sprechen. Warum lassen Sie mich nicht zu Herrn van Hoog? Ansonsten muß ich mich an anderer Stelle auf die Suche nach ihm begeben. Dann muß ich wohl mit den Nachbarn hier in der Straße reden. Ihnen meine Geschichte erzählen. Nach ihm fragen.«

Je mehr Félix insistierte, desto mehr erschien mir das gesamte Vorhaben dieser Holland-Reise und insbesondere der Besuch im Juweliergeschäft van Hoog absoluter Wahnsinn. Selbst wenn Félix seine Erinnerungen nicht durcheinandergebracht hatte (ältere Menschen haben ein Gedächtnis wie ein Sieb) und wir uns am richtigen Ort befanden: Wie kamen wir darauf, einem fürstlichen Sohn, der wahrscheinlich nichts von den Jugendabenteuern seines Vaters wußte, solchen Blödsinn zu erzählen? Natürlich konnte die Sache noch schlimmer kommen. Es konnte sogar wirklich so sein, daß dieses feine Geschäft die Anlaufstelle einer international operierenden Mafia war; hierherzukommen und sie mit Unverschämtheiten vollzustammeln, wie Félix das gerade tat, erschien mir unter eben dieser Voraussetzung eines der unangebrachtesten und ungesündesten Dinge zu sein, die man im Leben je tun kann.

Ich versuchte zu schlucken, aber mein Mund war staubtrocken.

»Gut ...«

Der unechte Herzog ließ für einen Moment seine majestätischen grauen Augen in die Ferne schweifen. »Ich nehme an, daß dies nicht der geeignete Ort ist, um über diese Angelegenheit zu sprechen. Wenn Sie bitte so freundlich wären und es Ihnen keine Umstände bereitet, begleiten Sie mich doch in die obere Etage.«

Nein, es bereitete uns keine Umstände. Obwohl ich insgeheim davon überzeugt war, daß sie uns eine Tracht Prügel verpassen würden, sobald wir das Hinterzimmer betreten hätten. Aber nein, ich täuschte mich. Vom Juwelierladen aus gelangten wir in ein winziges Zimmerchen mit Aktenschränken und Ledersesseln und von da aus über eine knarrende Holztreppe, auf welcher der Herzog voranschritt (er entschuldigte sich dafür und erklärte, daß er vorgehen müsse, um uns den Weg zu zeigen), ins obere Stockwerk, zunächst in einen düsteren Flur und dann in ein Zimmer. Dort wurden sie dann handgreiflich.

Das heißt, sie prügelten Adrián. Als wir den Raum gerade betreten hatten, stürzten sich zwei riesige Gorillas in Armani-Anzügen auf uns; im Nu bezwangen sie Félix und den Jungen, indem sie ihnen den Arm auf den Rücken drehten. Unterdessen packte mich der Herzog im Genick. Das war sehr erniedrigend: Er hielt mich wie ein Kaninchen, ich kam kaum noch mit den Zehenspitzen auf den Boden, schwebte beinahe. So mit einer Hand gepackt ging er mit mir Richtung Félix.

»Wer seid ihr, und was wollt ihr?« stellte der Mann mit ruhiger Stimme die üblichen Fragen.

»Ich habe die Wahrheit gesagt!« schrie Félix. »Ich will keinen Streit, ich brauche nur ein wenig die Hilfe Ihres Vaters; fragen Sie Herrn van Hoog nach *Fortuna* und Víctor *el Figurín*, die spanischen Anarchisten ...«

Der Mann schien nicht sehr überzeugt. Er hob die rechte Faust, und für einen Moment dachte ich, daß er sie Félix ins Gesicht schmettern würde. Aber es mußte ihm wohl geschmacklos vorgekommen sein, einen Greis zu schlagen: Der Herzog war schließlich ein sehr feiner Herr. Also drehte er sich etwas und traf Adriáns Mund. Es war ein hervorragender Fausthieb, wenn man bedenkt, daß er kaum ausgeholt hatte und das Gewicht meines Körpers in der linken Hand ausgleichen mußte und ihn keine Leidenschaft oder Wut angetrieben hatte: Der Herzog wirkte genauso wohlerzogen und ruhig wie vorher. Fast hätte ich erwartet, daß er Adrián dafür um Verzeihung bitten würde, daß sein Hemd vom Blut, das von seiner aufgesprungenen Lippe tropfte, beschmutzt wurde.

Die Dinge hätten sich für uns ziemlich übel entwickeln können, wenn nicht plötzlich eine energische Stimme zu hören gewesen wäre, die einige Sätze auf niederländisch sagte. Das hätten die Worte sein können, mit denen Moses das Rote Meer teilte: Die Gorillas stießen Félix und Adrián sofort von sich weg, und der Herzog ließ meinen Nacken los und trat ein paar Schritte zurück. Eilfertig bezeugte er einem Alten seinen Respekt, der auf eine Gehhilfe gestützt das Zimmer betrat. Der Alte sah niedlich aus: Er war in einen farbenfrohen Flanell-Morgenmantel mit Karomuster gehüllt, trug dazu die passenden Pantoffeln und eine rote, große Märchenonkel-Schlafmütze aus Wolle, die am Ende spitz zulief und einen Pompon hatte. Unter der Mütze lugten weiße, ungekämmte Locken hervor, die ein gutmütig wirkendes, rosiges und pausbäckiges Gesicht mit arglosen blauen Augen umgaben. Er sah aus wie der Weihnachtsmann kurz vor dem Zubettgehen.

»Du sagst, daß Anarchist?« fragte der Alte in mittelmäßigem Spanisch. »Du Bruder von zwei Brüdern, die Guerillakämpfer? Mal sehen.«

Mühsam näherte er sich Félix mit der Gehhilfe, bis er eine Handbreit vor dessen Gesicht stand. Er betrachtete es eine Weile mit großem Interesse.

»Ja . . . Ich erinnere mich. Du *Suerte?*«

»*Fortuna*, ich heiße *Fortuna*, Herr van Hoog.«

»Genau, *Fortuna*. Und Bruder Victoria.«

»Víctor. Víctor *el Figurín*.«

»Genau.«

Van Hoog sah Félix noch einmal von oben bis unten an.

»Mmmmm . . . Du gut, sehr gut. Ich hinken! Alt, ein Ekel. Wie alt du?«

»Achtzig, Herr van Hoog.«

»Ich neunundsiebzig! Du Scheißkerl.«

Aber er lächelte dabei, wahrscheinlich weil er erfreut war, einen alten Bekannten aus der Jugend wiedergetroffen zu haben. Oder vielleicht, weil er sich in seinem Rentnerdasein langweilte.

Das Lächeln des Weihnachtsmannes veränderte alles. Der Sohn tauschte mit dem Vater einige Sätze auf niederländisch, bedachte uns anschließend mit einem flüchtigen Kopfnicken und ging in den Laden hinunter.

Die mit Armani bekleideten Bodyguards mutierten zu aufmerksamen Kellnern und servierten uns an einem Mahagonitischchen in zerbrechlichen Tassen aus englischem Porzellan Kaffee mit Gebäck. Sie brachten sogar einen Eisbeutel für Adriáns geschwollene Lippe.

Wir saßen dann den ganzen Morgen über beim alten van Hoog, tranken Kaffee und knabberten Gebäck. Der Alte nahm nur die Kekse mit den Kirschen, die durch ihre Strahlenform an kleine Sonnen erinnerten. Er aß eine Kirsche nach der anderen und warf den Rest in einen Papierkorb. Sobald dieses Gebäck zur Neige ging, brachten die Kellner-Gorillas mehr davon.

Wir erzählten ihm unsere Geschichte bis ins kleinste Detail, und ich glaube, daß er sie sehr unterhaltsam fand. Er nickte bestätigend und stimmte den Erklärungen von Félix und meinen Kommentaren mit einem leichten Grunzen zu; als wir jedoch zu Ende berichtet hatten, fing er an zu erzählen. Er sprach von seinen Abenteuern als junger Mann während des Zweiten Weltkrieges. Wie er im Widerstand gegen die Nazis gekämpft hatte; wie er Juden zur Flucht verholfen hatte. Von seinen Bräuten, seinen Freunden, seinen ersten Geschäften. All das in diesem schlechten, gestotterten Spanisch. Gegen Mittag hatten wir drei die Hoffnung schon aufgegeben. Er sagte uns nichts zu unserer Angelegenheit, und die Pausen im Gespräch wurden immer länger. Irgendwann schloß der alte van Hoog die Augen und ließ das Kinn auf die Brust fallen.

»Und jetzt pennt uns der Opa auch noch ein«, stammelte Adrián, der verständlicherweise über seine immer stärker anschwellende Lippe wütend war.

»Er schläft nicht, er denkt«, rührte sich der Juwelier, öffnete die Augen und richtete sich im Stuhl auf.

Er hob eine Hand und sagte zu einem der Gorillas etwas auf niederländisch. Mit dienstfertiger Miene verließ der Hausdiener-Rausschmeißer das Zimmer und kam kurz darauf mit einem wertvollen, chinesischen Lackkästchen zurück. Van Hoog nahm ein paar cremefarbene Blätter mit einer wunderschönen, unregelmäßigen Struktur heraus. Er schraubte einen dickbäuchigen Mont-Blanc auf und schrieb mit zittriger Hand:

»*They only want to talk. They are my friends.*«

Er unterschrieb mit seinem vollständigen Namen und setzte mit grüner Tinte ein Siegel auf den unteren Teil des Blattes: ein eher breiter als hoher Turm mit gezackten Zinnen, der an eine Schachfigur erinnerte.

»Nun also. Sprechen mit ...»

Er fuhr wiederum mit einer Hand durch die Luft, der Gorilla näherte sich ihm und verließ mit der erneuten Anweisung seines Chefs hastig das Zimmer. Wir warteten schweigend. Drei Minuten später kam er mit einem Papier in der Hand zurück und gab es van Hoog.

»Sprechen mit Manuel Blanco«, sagte der Juwelier, nachdem er die Nachricht gelesen hatte. »Telefonnummer in Madrid, hier Zettel. Unser kleiner Mann. Klein! Wird helfen. Hier mein Brief. Mein Siegel. Meine Unterschrift. Wird auch helfen. Viele Freunde Madrid. Ein paar wichtige. Sie gewiß wissen. Das ist alles. Auf Wiedersehen. Nächstes Mal ich und du dich sehen, *Fortuna*, wir beide ein bißchen tot. Genau.«

Und er lachte aus vollem Halse über seinen eigenen Witz und ähnelte mehr denn je dem Weihnachtsmann. Dann sagte er etwas zu seinem Bodyguard, und dieser nahm ihn auf die Arme, als wäre er eine Puppe. Der andere Gorilla griff die Gehhilfe, und wortlos verschwand die Gruppe durch die Tür. Da saßen wir nun, mit zwei Zetteln, die uns der Alte gegeben hatte, dem Rest Kaffee und einem Papierkorb voller angeknabberter Plätzchen. Ohne fremde Hilfe verließen wir das Geschäft (das Zimmer in der unteren Etage hatte einen Zugang zur Straße, das ersparte uns, durch das Geschäft gehen zu müssen), und als wir schließlich draußen waren, atmeten wir tief durch.

»Wir haben es geschafft.«

Es war unglaublich, aber wir hatten es geschafft. Ich sprudelte förmlich über vor Begeisterung, als hätte ich zuviel getrunken. Wir hatten mit einem hohen Tier gesprochen, wir hatten eine Kontaktperson in Madrid und sogar eine Art Empfehlungsschreiben. Und all das, ohne daß sie uns die Zähne eingeschlagen hatten! Oder immerhin nur ein bißchen.

»Armer Adrián. Wie geht es dir?« sagte ich, als ich mich an den Fausthieb erinnerte und mir auffiel, daß der Junge für seine Verhältnisse sehr still war.

»Gut. Es ist nichts«, antwortete er.

Aber als ich ihm näherkam, bemerkte ich, daß er zitterte.

»Was ist los mit dir?«

Ich berührte eine seiner Wangen: Es war, als hätte ich die Hand an einen Ofen gehalten.

»Du hast Fieber. Ich glaube sogar sehr hohes Fieber.«

»Ich habe mich schon heute morgen nicht gut gefühlt.«

Das stimmte, er hatte es gesagt. Er hatte gesagt, daß ihm schwindelig wäre, nur hatte ich mir aufgrund der Anspannung an diesem Tag nicht sehr viele Gedanken darüber gemacht. Jetzt stolperte er mit leeren und glasigen Augen über die Straße. Wir nahmen ein Taxi und fuhren zum Hotel; wir stiegen die schäbige Treppe bis zur zweiten Etage hoch und gingen zu dritt in Adriáns Zimmer. Es war schlauchförmig und hatte ein jungfräuliches, schmales Bett, einen wackligen Schrank am Fußende und ein Fenster, das auf einen dunklen Innenhof wies.

»Geh sofort ins Bett«, sagte ich überflüssigerweise, da Adrián bereits dabei war, sich die Turnschuhe aufzuschnüren. »Möchtest du, daß wir dir helfen?«

»Nein, nein«, sagte er wie betäubt und zog sich unbeholfen den Pullover über den Kopf.

Obwohl ich viel unbeholfener war, weil ich nicht wußte, ob ich gehen oder bleiben sollte. Ich dachte mir: daß ein junger Mann von zwanzig Jahren halbnackt vor mir steht, ist wirklich nicht schlimm; wenn Adrián mir nicht gefallen würde, wäre es mir überhaupt nicht unangenehm, daß er sich vor mir auszieht. Aber das Problem war, daß er mir gefiel. Unruhig sah ich Félix an.

»Also, es sieht aus, als würde er uns nicht mehr brauchen.«

Adrián hatte sich bereits die Jeans ausgezogen und stand in Unterhose da, und im nächsten Moment war er schon im Bett. Blitzendes weißes, festes Fleisch, der kräftige und reizvolle Oberkörper eines ausgewachsenen Mannes.

Aber wie er so im Bett lag und nur sein trauriges Katzengesicht zeigte, sah er aus wie ein Kind.

»Geht nicht weg«, sagte er.

Klein, sehr klein. Und es mußte ihm sehr schlecht gehen, daß er uns bat zu bleiben. Adrián bat nie um etwas. Das war eines seiner Probleme.

»Bleib du bei ihm. Ich werde einen Arzt holen«, sagte Félix.

Und er ging tatsächlich und kam später mit einem Arzt zurück, der bei Adrián eine Angina diagnostizierte. Eine schlimme, eitrige Mandelentzündung, wie kleine Kinder sie bekommen. Aber das war später. Jetzt war Félix gerade gegangen, und ich setzte mich auf eine Ecke des Bettes. Adrián glühte, ich hatte fast den Eindruck, daß er dampfte, als würde die Luft um seinen Kopf herum wie Wüstensand in der glühenden Sonne schillern. Er hatte rote Wangen, funkelnde Augen, die Oberlippe war durch den Schlag reizvoll angeschwollen. Er war so schön, daß es weh tat, so unendlich anziehend. Wie sehr ich mich danach sehnte, sein Gesicht zu streicheln. Mit einem Finger über seine weiche und heiße Ohrmuschel zu fahren. Über seinen Nacken. Über seine trockenen Lippen. Aber ich konnte es nicht. Er würde denken, daß ich ihn aus einem mütterlichen Gefühl heraus streichelte, weil er krank war. Nicht aus Begierde und Lüsternheit und Raserei und unbändigem Hunger nach seinem Körper.

»Lucía ...«

»Ja?«

»Dieser Turm, der Turm auf dem Brief, der Turm auf dem Siegel ...«

»Ja?«

»Nein, nichts. Es ist Zufall, ich hatte heute einen meiner Träume ... Die mit den Rätseln. Und darin kam ein Turm vor. Ein Turm aus Stein, mit vielen, vielen Stockwerken, sehr vielen Fenstern, ein sehr hoher Turm. Aber er war total kaputt, fast eine Ruine. Ein Mann. Oben auf dem Turm stand ein trauriger Mann. Er beugte sich vor; und dann stürzte er sich hinunter. Aber während er fiel, seinem Tod entgegen, hörte er plötzlich ein Geräusch. Dann sah man in seinem Gesicht absolute Verzweiflung, und er schrie: Neiiiiiiin!«

»Nein?«

»Neiiiiiiin!«

»Und dann?«

»Nichts weiter. Dann bin ich aufgewacht. Ich weiß noch nicht, warum er geschrien hat, die Lösung kenne ich noch nicht. Weil ich Fieber habe ...«

Erschöpft von der Anstrengung, mir das Rätsel erzählt zu haben, schloß Adrián die Augen. Aber eine seiner Hände kroch wie ein blinder Krebs über das Bettuch und suchte mich. Der trockene und glühende Krebs legte sich in meine Handflächen, als wäre er auf der Suche nach einem sicheren Versteck. Um nicht vom Turm zu fallen. Ich verhielt mich still, ganz still. Vielleicht, dachte ich, würde Adrián so nicht merken, daß ich zitterte.

Ich lernte van Hoog gegen Ende meiner aktiven Jahre als Pistolero kennen. Aber das war nach dem Krieg, und bevor ich zu der Nachkriegszeit komme, muß ich vom Krieg erzählen, auch wenn das nicht einfach ist, sagte Félix Roble. Als der Krieg ausbrach, war ich zweiundzwanzig Jahre alt und hatte eine richtige Freundin, Dorita, Dorotea, und eine Verpflichtung, der ich nachkommen mußte. Eine politische, soziale, libertäre Verpflichtung. Wie Durruti gesagt hatte, war ich das meinem Vater schuldig; aber vor allem meiner Mutter, die vor Elend gestorben war, und mir selbst. Meiner Vorstellung von Gerechtigkeit. Meinen Träumen und der Wut aus meiner Kindheit.

Obwohl das ganze Land mit Krieg rechnete, hatte ich es vorgezogen, die Vorbereitungen, die zunehmenden Zeichen für den bevorstehenden Kampf zu ignorieren. Deshalb fühlte ich mich schuldig, als er schließlich ausbrach. Mein Mangel an Engagement für die Sache bedrückte mich; die früheren Skrupel, diese kleine Angst, die mich wegen meines Toten immer begleitete, schien mir plötzlich eine billige, egoistische Entschuldigung zu sein, um mich vor dem schwierigsten Teil des Kampfes zu drükken, um mich meinem eigenen Vergnügen und meinen Leidenschaften, dem Stierkampf, den Frauen und dem Leben, widmen zu können. Ich hatte mich wissentlich sehr dreist verhalten, wie ein verdammter Parasit, fast schlimmer als die Bürgerlichen, die ich vorgab zu bekämpfen (das Bürgertum enteignen und den Staat abschaffen: So würde sich die Arbeiterklasse emanzipieren). Aus diesem Grund bedeutete der Aufstand Francos für mich eine tiefe Bewußtseinskrise. In mir waren plötzlich wieder die große Begeisterung für den Anarchismus, die Solidarität und die Hoffnung auf die Zukunft. Der Augenblick der Wahrheit war gekommen. Revolution oder Tod. Das Paradies war in greifbare Nähe gerückt.

An jenem 18. Juli hätte ich in Calatayud einen Stierkampf gehabt. Ich ließ mein Gepäck in der Pension, die Stierkämpfertracht, den *Capote*, meinen Mantel, alles, und begab mich mit einigen *Compañeros* von der FAI auf eine turbulente Reise nach Barcelona. Ich wollte mich unter Durrutis Befehl stellen: Ich wollte mein Leben in seine Hand legen, er sollte damit machen, was er wollte. Die Revolution und der Krieg (wir Anarchisten machten nämlich beides) waren wie das Auge eines Orkans: Sie saugen alles in sich auf, so daß außer ihnen nichts mehr wichtig war. Das heißt, nichts Persönliches. Weder die Begeisterung für die Stiere, zum Beispiel, noch meine Liebe zu Dorita. Sie wurde in Madrid von dem Aufstand überrascht. Danach sah ich sie viele Jahre lang nicht wieder. Sie war ein gutes Mädchen: Sie war die erste Frau gewesen, die mich wirklich rührte, die erste, die ich zudecken wollte, wenn sie an meiner Seite schlief. Ich dachte, es wäre Liebe; ich dachte, daß ich es schon geschafft hätte, daß ich schon angekommen wäre. Wenn junge Menschen sich zum ersten Mal verlieben, glauben sie, daß diese Liebe ein Ziel ist, der Ort, an dem sie sich endgültig niederlassen können; wo er doch in Wirklichkeit nur der Ausgangspunkt des Abenteuers Liebe für einen langen Weg mit Hindernissen ist. Als ich in den sechziger Jahren nach Madrid zurückkehrte, traf ich Dorita einmal in einer Metrostation. Ich erkannte sie sofort, obwohl sie zugenommen und ein welkes und irgendwie trauriges Gesicht hatte. »Du hast dich nicht verändert«, sagten wir uns gegenseitig. Und logen uns dabei an. Dorita war in Begleitung zweier pickliger und unflätiger Jugendlicher. »Das sind die beiden Jüngsten«, erklärte sie. »Wie viele Kinder hast du?« »Vier«, antwortete sie verschämt, als müsse sie sich dafür entschuldigen. Ich betrachtete die Jungen: Sie hatten dicke Nasen, waren häßlich. Wenn es meine gewesen wären, dachte ich mit idiotischem Stolz, wären sie hübscher gewesen.

Aber wir sprachen gerade vom Krieg. Ich kam am 20. Juli in Barcelona an und hörte, daß Ascaso gerade gestorben war. Sie hatten ihn einige Stunden vorher bei dem Überfall auf Las Atarazanas niedergeschossen. Er wäre ein Held, ein Verrückter, ein tapferer Mann, ein Selbstmörder gewesen, erklärten uns verschiedene Stimmen. Er war alleine auf Erkundung gegangen, um zu versuchen, einen Maschinengewehrschützen zu erwischen. Nur mit einer Pistole bewaffnet, mehr nicht. Da ich Ascaso kannte, dachte ich, daß er in erster Linie stolz gewesen war. Daß er bei dem Angriff auf die Kaserne Angst gehabt haben mußte, soviel Angst, daß er sie nur mit diesem verwegenen Renommierstückchen besiegen konnte. Sein Hochmut tötete ihn, die gewaltige Höhe der Meßlatte, mit der er sich selbst maß. Wir Stierkämpfer wissen, was es heißt, mit der Angst zu leben. Je mehr Angst man hat und je mehr man sich darüber hinwegsetzt, desto furchtloser nähert man sich dem Stier. Armer Ascaso. Ich sah seine Leiche auf einem Tisch in der Zentrale der FAI liegen. Er hatte einen leichten, feinen, braunen Anzug an, der selbst jetzt, wo er zerknittert und mit seinem Blut durchtränkt war, modisch und elegant wirkte. Und ein paar Stoffschuhe, wie die Arbeiter sie trugen. Selbst im Tod zeigte er Stil und einen Hang zur Verrücktheit. Genauso wie im Leben.

Ich dachte, daß ich bei der Totenwache Durruti treffen würde, aber dem war nicht so. In jenen Tagen war Buenaventura wie Gott, ungeheuer, allgegenwärtig, allmächtig und doch unerreichbar, zumindest für mich. Er kämpfte, ohne sich Schlaf zu gönnen, und weinte ununterbrochen um seinen Bruder Ascaso, bis er den Widerstand der aufständischen Nationalen gebrochen hatte. Er verhandelte mit Companys über die militärische und politische Führung. Nebenbei organisierte er die Kolonne Durruti, die vier Tage später Richtung Zaragoza aufbrach, das sich in der Gewalt der Nationalen befand. In diesen vier Tagen bis zu seinem Aufbruch suchten Buenaventura und ich uns gegenseitig, wenn es die Situation erlaubte, aber wir schafften es nicht, uns zu treffen. Schließlich schickte Durruti mir über ein Mitglied der CNT eine Nachricht: Ich solle den baskischen *Compañeros* auf welche Weise auch immer einen Lastwagen mit Gewehren bringen. Die Waffen waren für uns Anarchisten während des Krieges das Hauptproblem: Es gab viel zuwenig davon, wir hatten keine Munition, die rostigen Maschinengewehre explodierten uns in den Händen. Während meine Lieferung vorbereitet wurde, hatte ich noch Zeit, mir den Abmarsch der Kolonne Durruti anzusehen. Es war ein wunderschöner Sommernachmittag, und die Straßen von Barcelona waren voller Menschen: Alle wollten die Milizionäre verabschieden. Das war keine Militärparade, es gab keinen zackigen Gleichschritt in Reih und Glied. Es war ein fröhlicher Zug, dreitausend junge Männer in bunter Kleidung, dreitausend Jugendliche, die sangen und die Mädchen küßten und aus den Fenstern Nelken zugeworfen bekamen. Obwohl jene Jungen Granaten am Koppelzeug trugen, sah es nicht so aus, als würden sie in den Krieg oder Tod ziehen, und eigentlich taten sie das auch nicht: An jenem strahlenden sommerlichen Nachmittag des 24. Juli marschierte die Kolonne Durruti in die Zukunft, dem Triumph der Revolution und der historischen Glückseligkeit entgegen.

Ja, die Glückseligkeit. Ich meine damit den Mythos der kollektiven Glückseligkeit, der so sehr in den Menschen verwurzelt ist; den Glauben, daß es das Paradies auf Erden geben kann, ein vollkommenes Erdenglück, in dem kein Kind mehr vor Hunger sterben wird. Heute glauben wir noch nicht einmal mehr an die Möglichkeit, nur annähernd einen solchen Zustand zu erreichen. Wir, die westliche Kultur. Die stolzen Bürger der ersten Welt. Wir glauben nicht an das Glück, weil wir diesen Glauben nicht mehr brauchen. Nur die Elenden und Ärmsten brauchen das, den Glauben an die Möglichkeit, ins Paradies zu kommen. Wie sollten sie sonst soviel Leid aushalten können? Die Milizionäre der Kolonne Durruti zogen aus, ihnen diese Glückseligkeit zu bringen, das versprochene und endlich wahr gewordene Glück, das wir den Armen und Verstoßenen seit Jahrtausenden schuldig waren, das sie sich Tag für Tag mit ihrem Schmerz verdient hatten.

Ich bin ein alter Idiot. Deshalb werden jetzt meine Augen feucht. Das kommt bei uns Achtzigjährigen oft vor: Wir heulen wegen jeder Kleinigkeit, wie verhätschelte Hunde, die Staupe haben. Gut, ich gebe es zu, es hat mich bewegt. Ich dachte, daß es nicht mehr schmerzen würde, aber es tut nach wie vor noch weh. Mich an diese Hingabe, an all jene Begeisterung zu erinnern. An die Redlichkeit so vieler unbekannter Männer und Frauen. Und an die historische Gerechtigkeit: weil es klar war, daß wir die Glückseligkeit *verdient* hatten. Aber sofort begann der Schrecken, und wir versanken im Blut; und dieser Schrecken sollte sich mehrere Jahrzehnte lang fortsetzen. Jeder Krieg ist grauenhaft; Bürgerkriege sind zudem pervers. Das hat man gerade in Jugoslawien gesehen. In Spanien war es ebenso. Unendlich viel Brutalität und Grausamkeit. Auf republikanischem Gebiet erschwerten die Zersplitterung der Macht und das Chaos der inneren Kämpfe die Kontrolle der Exzesse. Auf nationalem Gebiet wurden die Greueltaten von einer normalen und disziplinierten Armee begangen, mit dem Einverständnis der Obrigkeit. Für mich macht das einen feinen Unterschied, aber ich glaube nicht, daß diese moralische Haarspalterei einen Mann interessiert, dem zunächst gemächlich die Ohren abgeschnitten werden, bevor man ihm in den Kopf schießt. Mit der Zeit habe ich gelernt, daß ein Toter überall ein Toter ist.

Der Traum war für mich sehr schnell zu Ende. Ich hatte es mit meinen Gewehren gerade nach Bilbao geschafft, als die Stadt im Januar 1937 von den deutschen Bomben dem Erdboden gleichgemacht wurde. Die Menschen, die wegen der Belagerung halbtot vor Hunger waren, drehten vor Wut und Angst vollkommen durch. Riesige Menschenmengen stürzten sich auf die Straße, um die Gefängnisse mit den politischen Gefangenen zu stürmen. Die Regierung schickte ein Bataillon der UGT zur Verteidigung der Gefängnisse, aber die Soldaten wurden von der Blutrünstigkeit der Menge angesteckt und schlossen sich dem Pöbel an. Im Gefängnis von Laronga tötete das Bataillon der UGT 94 Gefangene; im Konvent Ángel Custodio 96. Sie wurden wie Ungeziefer totgeschlagen. Voller Entsetzen beobachtete ich das Ende des Überfalls auf das Kloster und versuchte erfolglos, einige Anhänger der CNT, die ich unter dem Mob erkannte, zurückzuhalten. Ich hörte, wie sie sagten, daß sie anschließend zum Kloster der Karmeliterinnen gehen würden, das ebenfalls übergangsweise in ein Gefängnis für politische Gefangene verwandelt worden war, und ich rannte dorthin, um Alarm zu schlagen. In dem Gebäude befanden sich sechs baskische Wächter, die von den Gerüchten über das Massaker mächtig eingeschüchtert waren, aber die Bereitschaft zeigten, Widerstand zu leisten. Wir entschieden uns, die Gefangenen aus den Zellen zu holen, und bauten mit ihnen zusammen auf der Treppe eine große Barrikade aus Möbeln. Gerade noch rechtzeitig, denn die ersten Mörder waren bereits im Anmarsch. Wir verfügten lediglich über sieben Gewehre, die sechs der Wärter und meins, und uns gegenüber stand ein perfekt ausgerüstetes Bataillon und eine Horde Wilder, die mit den unterschiedlichsten Mordinstrumenten ausgestattet waren. Ich glaubte, daß mein letztes Stündlein geschlagen hatte, und verfluchte mich: Wie war es mir bloß in den Sinn gekommen, mich in diese Sache einzumischen? Die baskischen Wärter hatten letzten Endes keine Chance, sich anders zu verhalten, es war irgendwie ihr Schicksal, sie waren moralisch verpflichtet, die Gefangenen zu verteidigen. Aber ich, was hatte ich bei diesem Massaker verloren? Wer hatte mir befohlen, den Helden zu spielen und für eine Handvoll Faschisten mein Leben zu lassen? Obwohl ich es in Wirklichkeit nicht für *sie* tat. Ich tat es für *uns*. Dann geschah etwas Unglaubliches. Einer der Gefangenen, ein Kerl mit Köpfchen und Ahnung von Technik, hatte den genialen Einfall, das veraltete und wacklige Stromnetz des Klosters zu manipulieren. Auf diese Weise schaffte er es, die Glühbirnen des Gebäudes alle auf einmal explodieren zu lassen.

Der Mob dachte deshalb, daß die Deutschen wieder Bomben werfen würden, und stob auseinander; und auf so pfiffige Art retteten wir unser Leben. Die republikanische Regierung war bestürzt angesichts der Greueltaten; sie verhaftete zahlreiche Milizionäre, und sechs Angehörige des Bataillons der UGT wurden zum Tode verurteilt und hingerichtet. Außerdem wurde die während des Krieges geltende Pressezensur aufgehoben, damit die Zeitungen über das Massaker berichten konnten und die öffentlich gemachte Schande als Abschreckung diente. Mich hatte dieses schreckliche Schauspiel vollkommen fertiggemacht und mir den Boden unter den Füßen weggezogen. Zu diesem Zeitpunkt, denke ich, geriet mein Glaube an die historische Glückseligkeit ins Wanken. Ich erinnere mich, daß ich dachte: ›Wir haben die Revolution verloren, wir werden auch den Krieg verlieren. Und wenn wir gewinnen, wäre das so, als hätten wir verloren.‹

Kaum einen Monat vorher war Durruti gestorben. Man hatte ihn mit seiner Kolonne zur Verteidigung der Front nach Madrid geschickt. Die Stadt wurde von den Nationalen bedrängt und befand sich in einer äußerst kritischen Lage. Ich glaube, daß sie ihn dorthin schickten, um ihn loszuwerden: Er war kein bequemer Führer, er war zu ehrlich, zu anständig, fühlte sich zu sehr der Revolution verpflichtet. Aus diesem Grund hatte man ihn an einen unmöglichen Ort abkommandiert, ohne daß sich seine Männer hätten ausruhen können, ohne daß er vernünftig ausgerüstet gewesen wäre. Ein Überlebender der Kolonne Durruti übergab mir viele Monate später einen Brief, den Buenaventura an mich geschrieben, es aber nicht geschafft hatte, ihn mir noch zu schicken. Es war ein einfacher Brief, so, wie er war. Er sprach darin von den Politiker-Holzköpfen, von den Versorgungsengpässen, daß er an der Front von Bujaraloz vor Wut geheult hatte, weil ihnen die Munition ausgegangen war und sie sich mit Handgranaten verteidigen mußten. »Der Krieg ist eine Schweinerei«, schrieb er, »er zerstört nicht nur Häuser, sondern auch die edelste Gesinnung.« Und am Schluß schrieb er: »Paß auf dich auf, *Fortunita*. Ich brauche dich.«

Der *Compañero*, der mir den Brief überbrachte, wiederholte mir die Worte, die Durruti zu seinen Milizionären gesagt hatte, als er sie darüber informierte, daß sie in der Hauptstadt kämpfen würden: »Die Situation in Madrid ist beängstigend, fast hoffnungslos. Sollen sie uns doch umbringen, uns bleibt nichts anderes übrig, als in Madrid zu sterben.« Nun, diese Worte entsprechen zu sehr der historischen Wirklichkeit, als daß sie wahr sein könnten. Vielleicht waren sie nicht genau so, vielleicht wurden sie später geprägt, im Mythos um seine Person, der nach seinem Tod entstanden ist. Aber sie paßten zu ihm. Sie paßten zu diesem verfluchten, unvernünftigen Dickschädel. Jedenfalls ließen sie sich umbringen. In der Woche vom 13. bis zum 19. November 1936 starben sechzig von hundert Männern der Kolonne Durruti, die knapp vier Monate zuvor so zuversichtlich und von sich überzeugt aus Barcelona ausgezogen war. Und am 21. November starb Durruti. Sein Tod war von merkwürdigen Umständen begleitet; man munkelte, daß ihn die Kommunisten umgebracht hätten oder daß ihn die Anarchisten selbst getötet hätten, als Durruti ihnen vorwarf, sie würden von der Front fliehen. Natürlich ist alles möglich, aber jetzt, nachdem ich mit Augenzeugen gesprochen habe und mit den Zeugen der Zeugen, neige ich langsam dazu, eine pathetischere und stupidere Version der Geschichte zu glauben. Durruti fuhr mit drei *Compañeros* Richtung Front, und als er aus dem Auto stieg, löste sich aus Versehen ein Schuß aus seinem Gewehr und tötete ihn. Ein absurder, unheldenhafter und lächerlicher Unfall. Es ist schon schlimm genug, den charismatischen Führer an der nicht mehr zu haltenden Front zu verlieren, noch schlimmer ist es jedoch, ihn aufgrund seiner eigenen Ungeschicklichkeit zu verlieren, so als wäre er ein Idiot. Deshalb logen sie und behaupteten, daß ihn eine feindliche Kugel tödlich getroffen hätte. Um die mutlosen Milizionäre dazu zu bringen, ihn zu rächen.

Langsam und unerbittlich verloren wir nach und nach alles. Die Schlachten. Die Städte. Die Menschen. Paquita *la Samsona* starb. An Typhus, wie man mir sagte. In Wirklichkeit war sie vor Hunger gestorben, während der schrecklichen Hungersnot, die das belagerte Madrid drei Jahre lang peinigte. Sie hatte auf Essen verzichtet, um ihre Kinder ernähren zu können, und man erzählte mir, daß Paquita in den letzten Monaten vor ihrem Tod nur noch ein Knochengerüst gewesen war, ein wandelndes Skelett mit immer noch riesigen Händen, durch die man fast habe hindurchsehen können.

Trotz meines Spitznamens bin ich nicht sehr davon überzeugt, daß das Glück existiert. Aber ich weiß, daß das Unglück existiert. Das Unglück ist wie eine Welt ohne Sonne und Sterne, eine Welt, die parallel zu jener existiert, in der wir leben. Eines Tages gleitet man, vielleicht aus Unachtsamkeit, aus Zufall oder aus Ungeschicklichkeit, ohne es zu wollen in die Welt der Schatten ab. Zunächst merkt man die Veränderung kaum, zunächst ist einem nicht bewußt, daß man sich in der Wirklichkeit getäuscht hat. Etwas klappt nicht mehr, etwas geht schief, der Schmerz kommt dazu. Aber wir können alle in unserem Leben eine hohe Dosis Schmerz aushalten. Zunächst glauben wir, daß wir darüber hinwegkommen, daß wir da wieder herauskommen. Daß wir schon das Schlimmste hinter uns haben, weil es nichts Schlimmeres geben kann als das, was wir gerade durchleben. Aber klar, ja, natürlich kann es das geben. Führe das Unglück nicht in Versuchung: Es ist ein sadistischer Henker. Und so entpuppt sich das, was zunächst aussah wie ein kurzer Sturz in das Leiden, als ein unaufhaltsamer Abstieg. Man entfernt sich immer mehr von dem, der man war. Man versinkt immer weiter in der Dunkelheit. Das Unglück ist ein Ort, von dem nur wenige zurückkehren.

Das Unglück begann für mich an jenem 18. Juli 1936, und seitdem wurden die Dinge immer schlimmer. So, als würde die Welt nach und nach verlöschen: zuerst der Krieg, dann das Scheitern der Republikaner, der chaotische Rückzug, die französischen Konzentrationslager, das Exil, der Ausbruch des Zweiten Weltkrieges. Wir hatten uns nicht ergeben. Wir hatten die Niederlage nicht akzeptiert. Wir dachten, wenn Hitler einmal besiegt wäre, würde auch Franco verschwinden. Unsere Vergangenheit war voller Bonzen und Tyrannen gewesen, und die revolutionäre Bewegung hatte sie alle überlebt, war immer größer geworden, immer stärker, hatte sich immer weiter entwickelt bis zum Ausbruch des Krieges. Es ging darum, sich wieder an die Not zu gewöhnen. Von neuem der Untergrund und die Guerilla. Von neuem das Opfer.

So opferten wir uns. Anarchisten, Sozialisten, sogar die Kommunisten. In Frankreich kämpften wir gegen die Nazis und überfielen, um an Geld zu kommen, die Postämter, die von den Deutschen kontrolliert wurden; in Spanien schleusten wir Guerilla-Kommandos ein und versuchten, im Untergrund die politischen und gewerkschaftlichen Organisationen wiederaufzubauen. Es war ein wahnsinniges Leben, wir waren oft am Ende unserer Kräfte und der Verzweiflung nah. Ein selbstmörderisches, verrohtes Heldentum, ein unnützes Gemetzel. Die Guerilleros, die in den Bergen abgeschnitten und halbtot vor Hunger lebten, wurden wie die Kaninchen gejagt. Und die Repression innerhalb der Gesellschaft war noch schlimmer. In Pozo Funeres zum Beispiel wurden zweiundzwanzig Arbeiter der UGT angeklagt, mit den Guerilleros unter einer Decke zu stecken. Sie wurden von einem Felsenkliff gestoßen: Einige starben sofort, andere blieben mit dem zerschmetterten Körper halbtot dort unten liegen; sie wurden anschließend mit Dynamit liquidiert. Natürlich forderte niemand Rechenschaft für diese Morde, obwohl sie sich 1948 ereigneten, in einem politisch stabilisierten Land, das seinen Krieg neun Jahre vorher beendet hatte. Ich erfuhr während einer meiner geheimen Reisen durch Spanien von dieser Greueltat, als ich die Frauen von zwei der Ermordeten kennenlernte. Es war nicht die einzige Grausamkeit jener Epoche. Lautlose Schandtaten der düsteren Nachkriegszeit.

Am meisten wurden wir Anarchisten verfolgt. Wir bekamen für die gleichen Vergehen doppelt so lange Gefängnisstrafen und wurden doppelt so häufig zum Tode verurteilt. Die *Compañeros*, die im Land geblieben waren, wurden zu Hunderten festgenommen; allein von 1940 bis 1947 mußte der Vorstand der CNT siebzehnmal ausgetauscht werden, alle fünf Monate einmal. Es wurde so viel gefoltert, daß ich mich, wenn ich heimlich durch Spanien reiste, wunderte, kein Stöhnen zu hören. Die Folter war damals unser größter Alptraum. Man träumte Tag und Nacht von ihr, versuchte, sich geistig darauf vorzubereiten, überlegte, ob man in der Lage wäre, ihr standzuhalten. Weil man wußte, daß der Henker einen früher oder später erwischen würde, so häufig, wie jemand festgenommen wurde. Ich hatte Glück: Mich kriegten sie nie. Vielleicht war das während meiner Reise durch das Land des Unglücks das einzige Licht am Horizont; oder vielleicht hatte das Unglück mir von Anfang an eine andere Folter bestimmt.

Unsere Operationsbasis befand sich in dem nicht besetzten Teil Frankreichs. Von dort aus fuhr ich regelmäßig nach Spanien und schmuggelte Waffen, Sprengkörper oder Geld ein, an das wir durch die Überfälle auf deutschen Ziele gekommen waren. Es war eine sehr bittere Zeit für mich. Auf jeder Reise traf ich neue *Compañeros*, die mir von dem schrecklichen Schicksal meiner früheren Kontakte erzählten: den Toten, den Gefolterten, den Gefangenen; und wenn wir uns verabschiedeten, taten wir dies in der stillen und verzweifelten Überzeugung, uns nie wiederzusehen. Es gab nur einen Gewerkschaftsführer, den ich auf mehreren Reisen hintereinander immer wieder traf; er hieß Fabio Moreno. Er gehörte zur Führungsspitze in Katalonien, ein sympathischer Kerl, obwohl mich die Einfältigkeit seiner politischen Anschauungen, die totale Unbeirrbarkeit seines anarchistischen Glaubens ein wenig langweilte, denn jedes zweite Wort war eine begeisterte Rede auf die libertären Prinzipien. Aber es war so tröstlich, ihn Jahr für Jahr überleben zu sehen, ihn aufs neue unversehrt und frei anzutreffen, daß mich sogar seine fade Schwärmerei rührte. Ich mochte Fabio Moreno.

Bis ihn eben die Tatsache, daß er überlebte, verriet. Er hatte es geschafft, sich ab 1943 obenauf zu halten, während in seinem Umfeld die *Compañeros* wie die Fliegen starben. Schon 1947 war niemand mehr von seiner angeblichen Schlauheit überzeugt: Es war buchstäblich *unmöglich*, so viel Glück zu haben. Wir stellten ihm eine Falle; wir ließen ihm eine falsche Information zukommen, von der nur er wußte. Monsieur Roger Laurent würde an einem bestimmten Tag zu einer bestimmten Uhrzeit mit wichtigen Unterlagen für die Guerilla und einer Ladung Gewehre in dem doppelten Boden seines Koffers über die Grenze gehen. Monsieur Roger Laurent passierte an jenem Tag und zu jener Uhrzeit tatsächlich die Grenze, allerdings vollkommen sauber. Er war ein französischer *Compañero*, lebte ganz legal und hatte einen korrekten Paß. Sie hielten ihn zwei Tage lang fest und zerstörten auf der Suche nach dem doppelten Boden seinen Koffer, aber schließlich mußten sie ihn freilassen. Damit war das Urteil über Fabio Moreno gesprochen: Jetzt bestand kein Zweifel mehr, daß er ein Spitzel der Polizei war.

Am 12. Juli des Jahres 1947 gingen drei *Compañeros* von Frankreich aus über die Grenze, Toño Parado, Jesús Ortiz und ich, um uns um die Angelegenheit zu kümmern. Es war ein Job, der mir zuwider war; aber ich kannte Moreno, und ich war sein Kontakt, deshalb würde er nicht mißtrauisch werden, wenn er mich sah.

Wir fanden Moreno in einem Billardsalon auf der Plaza del Buen Suceso in Barcelona. »Ich hatte dich erst in ein paar Monaten erwartet«, begrüßte er mich und schaute Toño und Jesús erschrocken an. »Wir haben Probleme«, antwortete ich ihm. »Sehr große Probleme in Madrid. Wir brauchen deine logistische Unterstützung.« Dann lächelte er. Das war sein erster Fehler: Moreno lächelte, nachdem ich ihm gesagt hatte, daß die Organisation große Probleme hat? Früher hätte er irgendeinen welterschütternden Quatsch von sich gegeben. Jetzt lächelte er und sagte: »Gut, o.k. Ich tue, was ich kann. Mal sehen. Das beste wäre, wenn ich die Jungs hole.« »Einverstanden. Wir gehen gemeinsam«, antwortete ich ihm und lächelte ebenfalls. Zu viert verließen wir den Billardsalon und gingen langsam, sehr langsam die Straße hinunter. Es war elf Uhr nachts. Wir bogen in die menschenleere Calle Montealegre ein und bewegten uns immer träger, wie Bälle, die nach und nach an Schwung verlieren. Das übliche Gespräch – wie läuft's da, wie läuft's dort, wie war der Übergang über die Grenze – verstummte ebenfalls. Die Pistole im Halfter glühte; das einzige, was ich in jenem Moment an meinem ganzen Körper spürte, war dieses Glühen, diese Beule, diese Last. Wir blieben alle vier gleichzeitig mitten auf der Straße stehen, einfach so, unsere Schritte waren einfach so immer langsamer geworden. Moreno drehte sich zu uns um. Er sah mich an. Mit riesigen, entsetzten Augen: »Jedem nach seinen Bedürfnissen, jeder gemäß seinen Fähigkeiten«, stammelte er plötzlich zusammenhangslos. Ich hätte fast Lust gehabt zu lachen: Es war einer der Lehrsätze des libertären Katechismus. Ja, ich hätte anfangen können zu lachen, wenn der Grund dafür nicht der gewesen wäre, daß ich hätte weinen wollen. Aber anarchistische Terroristen weinen nicht, Henker weinen nicht, das wäre grotesk gewesen. Moreno stand zitternd vor mir, und ich hatte die Pistole in der Hand. Ich weiß nicht, wie diese Pistole aus ihrem Halfter gekommen war, aber sie lag dort, in meiner Hand. Ich betrachtete Moreno. Der sympathische Moreno. Der Überlebende. »Drück ab«, dachte ich. »Er ist ein Betrüger. Ein Spitzel. Ein Schurke. Wegen ihm sind Hunderte guter *Compañeros* aufgeflogen und gefoltert worden. Töte ihn. Je eher du mit ihm Schluß machst, desto besser.« Moreno starrte mich mit sperrangelweit aufgerissenen Augen an. Seine Augen unterschieden sich nicht sehr von denen meines Toten. Jenes Indiobauern, den ich vor Jahren in die Luft hatte fliegen lassen. Der Stumpf tat mir weh. Mein Gedächtnis brannte. Dann setzten sich in meinem Kopf acht entscheidende Wörter fest. So etwas kommt manchmal vor, aber nur sehr selten. Daß sich ein Satz, ein Gedanke mit aller Macht im Kopf festsetzt und alles andere von dort verdrängt. Das sind dann grell leuchtende, unbestreitbare Wörter. »Der Unschuldige ist tot. Der Schuldige wird leben.« Das waren die acht unwiderruflichen Wörter, die mich beherrschten. Ich dachte sie kaum. Ich verstand sie kaum. Ich gehorchte ihnen nur. Ich konnte nicht anders. »Der Unschuldige ist tot. Der Schuldige wird leben.« Ich hob den Arm über den Kopf und drückte ab. Die Kugel verschwand in der düsteren Nacht. Einen Moment lang hielten alle entsetzt inne, dann wandten sich meine *Compañeros* mir zu und sahen mich ungläubig an. Fabio nutzte den Augenblick, versetzte Jesús Ortiz, der ihm am nächsten stand, einen heftigen Stoß und nahm ihm die Waffe weg. Er schoß und verfehlte uns; Toño und Jésus schossen ebenfalls, und Moreno fiel tödlich getroffen zu Boden.

Ich war Pistolero, und ich habe bei einem Krieg mitgemacht, deshalb nehme ich an, daß ich getötet habe. Ich habe Granaten in Schützengräben geworfen, und ich habe auf Menschen geschossen. Aber niemals habe ich jemanden hingerichtet, niemals habe ich mich meinen Opfern genähert, um meinen Erfolg als Mörder zu überprüfen, niemals habe ich vorher die Augen meiner potentiellen Opfer gesehen. Ich kenne nur die glasigen Augen meines Bauern, und deshalb zähle ich nur ihn als meinen Toten. Obwohl ich andere Menschen auf dem Gewissen habe, die zu einer Tragödie gehören, für die ich in letzter Instanz verantwortlich war: Aber bei diesem Schmerz sind wir noch nicht angelangt.

Mein Widerwille gegen Gewalt hatte mir bereits einige Streitereien mit den *Compañeros* eingebracht. Aber jetzt, aufgrund dessen, was mit Moreno passiert war, verschlechterte sich die Situation unwiderruflich. Ich hatte eine fürchterliche Auseinandersetzung mit meinem Bruder Víctor, der inzwischen zur Führungsspitze im Exil gehörte. Er war schrecklich wütend, weil er sich persönlich gedemütigt fühlte. Ein Roble, sein Bruder, der sich wie eine Memme verhielt, fast wie ein Verräter. Den Namen des Vaters beleidigte. Das sagte Víctor. Er verstand nicht, daß ich in meinem Gedächtnis ein für allemal die glasigen Augen meines Toten schließen mußte. Obwohl ich in Wahrheit noch nicht einmal versuchte, ihm das zu erklären. Damals hatten wir uns schon lange Zeit nichts mehr zu sagen.

Ich sah in diesem Leben, in soviel Leid, dem blinden Opfer

tausender Kämpfer, Generationen um Generationen von Anarchisten keine Zukunft. Der Zweite Weltkrieg war zu Ende, und Hitler war tot, aber Franco lebte; jetzt überfielen wir Anarchisten rein französische Postämter und wurden für unsere Nachbarn immer mehr zu einfachen Verbrechern. Manchmal fragte ich mich, ob wir den Kampf aus Strategie und wirklichem Glauben an die Zukunft weiterführten oder ob wir schon gar nicht mehr anders leben konnten. Wie sollte sich mein Bruder Víctor – der seit seinem fünften Lebensjahr Anarchist war und seit seinem achtzehnten Pistolero – mit vierzig ein anderes Leben aufbauen können? Wie sollte er sich selbst ertragen, ohne die Gewalt, die einen abstumpft, ohne die perverse Macht eines führenden Untergrundkämpfers, ohne den rechtfertigenden Balsam der Kindheitsträume? Tag für Tag hatte das, was wir taten, weniger Sinn. Tag für Tag wurden wir unbeherrschter. Zersplitterten wir mehr und mehr. Waren einander immer feindlicher gesonnen. Tag für Tag wurden wir weniger: Es gab unter uns zu viele Tote, zu viele Verhaftete, zu viele Verräter. Finstere Dinge ereigneten sich. Diamanten von van Hoog kamen niemals an ihrem Ziel an. Pistoleros bereicherten sich persönlich und verließen die Gewerkschaft. Und Anarchisten ließen sich töten, um sich nicht eingestehen zu müssen, daß wir besiegt worden waren. Weil nämlich genau das der Fall war. Wir waren dabei, ein weiteres Mal den Krieg zu verlieren. Und dieses Mal scheiterten wir endgültig.

Da wir aufgrund von Adriáns Krankheit gezwungen waren, ein paar Tage länger in Amsterdam zu bleiben, ging ich zur Rezeption hinunter, um zu fragen, ob dieses schmierige Hotel auch anständigere Zimmer hätte. Ja, sagte man mir; in der letzten Etage gäbe es ein paar Suiten, die allerdings das Doppelte kosten würden. Ich reservierte sie sofort: Schließlich war es besser, das Schwarzgeld für gute Hotelzimmer als für elende Pensionen auszugeben. Nachdem Adrián in eine Decke gewickelt war und ich Félix' harten Widerstand gebrochen hatte, zogen wir nach oben. Die neuen Zimmer waren ziemlich gut. Sie lagen direkt unterm Dach, hatten Fenster, die zur Straße hinaus gingen, und waren sehr viel größer. In einem befand sich sogar ein Kamin und ein Korb mit Reisig und Brennholz, um ein Feuer anzuzünden. Dort brachten wir den Jungen unter. Ich dachte, daß wir eigentlich allein wegen Adrián die Zimmer getauscht hatten. Es tat mir leid, ihn vor Fieber glühend in diesem alten, düsteren und deprimierenden Zimmer zu sehen. Ich überlegte kurz: Soviel Fürsorge machte mir angst. Darum und wegen anderer Kleinigkeiten, die ich ihm geschenkt hatte, und weil ich ihm gegenüber jetzt viel aufmerksamer war und ihn unterschwellig verhätschelte, begann ich langsam zu befürchten, daß Adrián mein Herz unwiderruflich erobert hatte. Die erste Phase der Liebe besteht nämlich genau darin, sogar in einem fürchterlichen Hotel annehmbare Suiten zu finden; in der Wohnung des Geliebten, deren Fenster seit einigen Jahren glücklich und zufrieden nackt waren, Gardinen aufzuhängen (die man vorher selbst gekauft hatte); in der ganzen Stadt nach dieser außergewöhnlichen, sauerkirschfarbenen Tinte zu suchen, mit der er so gerne schreibt. Um es kurz zu fassen: das Unmögliche zu erreichen, das Mögliche zu erfinden und vor allem jemand sein, der man nicht ist. Weil die erste Phase der Liebe nicht von einem selbst, sondern vom zweiten Ich gelebt wird, diesem wahnsinnigen Wesen, in das man sich verwandelt.

Als der Arzt an jenem Nachmittag in Amsterdam bei Adrián eine Mandelentzündung diagnostizierte, befand ich mich in diesem Grenzbereich des Wahnsinns. Mein verliebtes Ich hatte mich halb verschlungen, und ich war tatsächlich bereits so sehr außer mir, daß ich trotz meiner Bescheidenheit und emotionalen Feigheit und trotz meiner lähmenden Angst, zurückgewiesen zu werden, meiner Überzeugung, daß ein Altersunterschied von zwanzig Jahren eine unüberbrückbare Distanz zwischen uns bedeutete, anfing, die beängstigende Gewißheit in mir zu verspüren, daß ich mit ihm im Bett landen oder genau das zumindest versuchen würde. Es war wie bei einem Betrunkenen, der über eine breite und gutgepflasterte Straße geht, auf der sich ein einziges tiefes Schlagloch befindet, nur ein einziges, mitten auf der Straße; und der Betrunkene betrachtet das Loch aus der Ferne und weiß, daß er ohne Probleme daran vorbeigehen könnte, aber da ist eine unselige Kraft, die seine Schritte auf die Vertiefung zulenkt; und während sich der Betrunkene ihr nähert, sagt er: »Gut, schön ruhig bleiben, noch kann ich so über das Loch kommen und einen großen Schritt darüber tun.« Aber in ihm ist etwas oder jemand, der wiederholt: »Du wirst fallen, du Blödmann. Du wirst in das einzige Schlagloch auf dieser Straße fallen.« Und der Betrunkene kommt an dem verdammten Loch an und fällt tatsächlich hinein. In dieser letzten Phase befand ich mich in Amsterdam. Absolut berauscht und bereit zu fallen.

Also pflegte ich ihn, verhätschelte ihn und deckte ihn zu, wie eine Mutter das bei ihrem Sohn gemacht hätte. Weil ich seine

Mutter hätte sein können. Aber ich war es nicht. Adrián kochte zwei Tage lang in seinem eigenen Saft, und am dritten wachte er erstaunlich frisch und erholt auf: Die Antibiotika begannen zu wirken. Ich trat zur Frühstückszeit in sein Zimmer. Der Junge saß mit einem weißen T-Shirt im Bett, vor sich das Tablett auf den Knien. Er war blaß und hatte dunkle Ringe unter den Augen, schien aber einen Bärenhunger zu haben.

»Du siehst viel besser aus.«

»Ich fühle mich auch viel besser.«

Draußen fing es an zu hageln, das Eis prasselte gegen die Scheiben, als wolle es zu Adriáns Genesung applaudieren. Durch das Fenster trat ein ungewohntes, milchiges und schmieriges Licht; ein kaltes und schwaches Licht, das sich über den Fußboden ergoß, als sprudele es aus einer Quelle. Adrián beendete sein Frühstück, und ich zündete den Kamin an: Es war ein perfekter Tag für ein Holzfeuer, um sich in dessen wärmender Nähe niederzukauern, während sich draußen Trostlosigkeit breitmachte.

»Und Félix?« fragte der Junge.

»Er ist ins Rijksmuseum gegangen.«

Félix hatte vor ein paar Tagen ganz plötzlich und unerwarteterweise das Touristen-Fieber gepackt. Während ich den Jungen pflegte, besuchte er mit dem Guide Michelin unter dem Arm ein Museum nach dem anderen und zog über die Kanäle. Vielleicht hatte auch er die Nähe des Schlaglochs gespürt. Vielleicht war ihm auch bewußt geworden, daß er überflüssig war. Félix war draußen in der unerbittlichen, eisigen Kälte, verfolgt von der Finsternis und dem wilden Heulen des Windes. Mich durchfuhr ein stechendes Schuldgefühl. Aber es war sofort wieder weg. Ich stellte das Tablett beiseite und setzte mich ans Fußende des Bettes. Adrián sah mich an und lächelte mir mit seinen leicht angeschwollenen Lippen zu. Er lächelte matt, irgendwie müde, das Lächeln eines Genesenden, es roch nach verschwitztem Bett, körperlicher Vertrautheit. Er lächelte mich an, als ob wir ein Liebespaar wären. Aber wir waren es nicht.

Damit meine Ängste in bezug auf Adrián verständlich werden und klar ist, warum mir der zwanzigjährige Altersunterschied riesengroß vorkam, will ich, nur als Beispiel, folgendes erzählen.

Ich bin während der Hippie-Zeit aufgewachsen, und ich war damals stolz darauf, genügsam zu sein und einen ganzen Monat lang mit nur einem Pullover und einem zum Wechseln im Rucksack unterwegs sein zu können. Wenn ich jetzt verreise, selbst nur für ein Wochenende, ist meine Reisetasche so vollgestopft, daß ich den Reißverschluß kaum zukriege. Und es geht dabei nicht um Kleidung oder irgendeinen Firlefanz, unnützen Kram. O nein, das meine ich nicht. Ich brauche das alles! Ich brauche das Döschen für die Kontaktlinsen, mit zwei verschiedenen Reinigungsflüssigkeiten und den Tabletten zur Entfernung der Proteine. Außerdem zum Wechseln die Brille gegen Kurzsichtigkeit, und die Sonnenbrille aus ungeschliffenem Glas, weil mich die Linsen lichtempfindlicher machen, und die Brille gegen die Weitsichtkeit, weil ich jetzt zusätzlich auch noch weitsichtig geworden bin. Das im Hinblick auf einen nur kleinen Teil meines Ichs, meine Augen.

Außerdem habe ich Ampullen bei mir, deren Inhalt man auf der Kopfhaut verreibt, weil mir langsam die Haare ausfallen; und eine Flüssigkeit, die auf den Beinen, zwischen den Augenbrauen und über der Oberlippe verteilt wird und das Haarwachstum verhindert, weil ich da, wo es nicht sein sollte, immer haariger werde (einmal habe ich mich vertan und mir Haarwuchsmittel auf meinen Damenbart gerieben und Haarentferner auf den Kopf; anschließend habe ich eine Woche lang meine Wohnung nicht verlassen). Ich glaube, damit haben wir die Sache mit den Haaren erledigt.

Der Hautbereich ist schwieriger. Zunächst das Gesicht: Reinigungsmilch, Antifaltenlotion für die Augen, Fettcreme für die Nacht, Feuchtigkeitscreme für den Tag, einmal in der Woche eine regenerierende Gesichtspackung. Und der Körper: bruststraffender Schaum, Anticellulitis-Creme für den Po, ein Spezialgel gegen Hautalterung der Hände.

Und der Mund! Das ist das lästigste. Oben trage ich ein Gebiß. Zahnseide für die Zähne unten, die immer noch meine eigenen sind. Eine Literflasche Antiseptikum für den Mund. Salbe für die offenen Stellen, die die Prothese verursachen kann. Papiertaschentücher, um die Tränen abzuwischen (ich weine immer noch jede Nacht, wenn ich das Gebiß raushole, um es zu reinigen).

Dazu kommt schließlich das rein medizinische Fach. Tabletten zur Haarkräftigung. Vitamin C für alles. Almax gegen Gastritis. Alka-Seltzer gegen einen Kater (ich vertrage jetzt nicht mehr soviel wie früher). Aspirin gegen alles. Nolotil und entzündungshemmende Mittel für den Mund, weil der Oberkiefer durch den Unfall ziemlich in Mitleidenschaft gezogen worden ist. Schlaftabletten. Tonopan mit Koffein, um munter zu werden. Ich glaube, damit bin ich dann fertig.

Es könnte schlimmer sein. Ich könnte – nur mal als Beispiel – eine Creme gegen Fußpilz bei mir haben oder eine Salbe gegen Hämorrhoiden. Aber nein, ich brauche nichts dergleichen. Noch nicht.

All diese Flaschen, Fläschchen, Behälter, Tuben, Kistchen, Schachteln, Röhrchen, Töpfchen, Ampullen, Gefäße und Dosen häuften sich auf ungebührliche Weise in meinem Badezimmer im Amsterdamer Hotel. Als wären sie eine Mahnung an meine im Verfall begriffene Natur, die der toten Natur bereits so nahe stand. So fühlte ich mich damals zumindest. Wie ein Bild mit einem Tonkrug im Vordergrund und einem Kaninchenkadaver, der so steif wie ein Brett war und an den Ohren aufgehängt von der Wand hing. All diese Flaschen, Fläschchen, Behälter, Tuben, Kistchen, Schachteln, Röhrchen, Töpfchen, Ampullen, Gefäße und Dosen waren das eigentliche Sinnbild meines Lebens. Wenn man älter wird, verfällt man immer mehr, und die Objekte, billige Ersatzprodukte für das Subjekt, das man war, verdrängen immer mehr die immer stärker beschädigte und zerstückelte Existenz. Und das Schlimmste daran ist: Das ist nicht nur ein Problem des Körpers. So wie die Antifaltencreme natürlich frische Wangen ersetzt, kann ein bestimmter Gedankengang aus zweiter Hand die Neugier der Jugend ersetzen, eine egozentrische Routine eine erste und zaghafte Zärtlichkeit und ein neues Auto die Lebensfreude. Je älter wir werden, mit desto mehr Gemeinplätzen und Objekten umgeben wir uns, um die Leere zu füllen, die sich in unserem Inneren auftut. Niedergeschlagen betrachtete ich in Amsterdam all dieses Zeug, mit dem mein Badezimmer überhäuft war. Und ich dachte mir, daß ich in meinem Alter ganz eindeutig nicht mehr zu Adrián paßte. Dessen ödes Badezimmer beherbergte lediglich einen elektrischen Rasierapparat, ein Deo, eine Zahnbürste und Zahnpasta, die in der weißen und polaren Unendlichkeit des Porzellans wie verwegene Forscher wirkten.

Ich will damit sagen, daß ich Adrián auf dieselbe Weise fürchtete wie der Betrunkene, der direkt auf das Loch zusteuert und fürchtet, sich bei dem Unfall das Genick zu brechen. Aber der Sturz war bereits unvermeidlich. Das Feuer knisterte im Kamin, und wir waren alleine auf der Welt, durch das Bett getrennt und gleichzeitig vereint. Ich schaute ihn an. Er schaute mich an. Viele romantische Szenen fangen so an. Im Roman, im Film, aber auch im eigenen Leben. Es gibt so viele Türen, vor allem Türen, auf die sich diese erwartungsvollen Blicke geheftet haben, starre, vorgreifende Blicke, die die Gefahr der Liebe offenbaren. Türen von Hotelzimmern, von Schlafzimmern, der eigenen Wohnung, von Autos. Türen, die für eine Verabschiedung geöffnet wurden, die sich um eine, zwei oder zehn Minuten verlängert. Und immer diese Blicke: bittend, voller Hingabe, voller wonniger Zweifel, nicht zu wissen, ob man sich schließlich küßt oder nicht. Verlockende Blicke, die einen zärtlich umstreichen. So muß das Vogelmännchen das Vogelweibchen ansehen, wenn er vor ihr den Hochzeitstanz aufführt; so müssen sich die Kühe und die Stiere anglotzen, die Giraffen und die Tausendfüßler. Es ist der Ur-Blick, der so alt ist wie das Wissen um den Tod.

So sah ich ihn an, und er sah mich an, doch die Zeit verging, und es passierte nichts. Die erste Phase der Liebe ist wie ein

Schachspiel: Man zieht einen Bauern und riskiert, daß man eine Figur verliert. Was wäre der angemessenste Zug? Wie eine Wahnsinnige dachte ich nach, bis mir das Herz und der Kopf rauchten. Dann erinnerte ich mich an Lawrence Durrell. In ›Alexandria Quartett‹ verführt eine Mutter den Freund ihres Sohnes. An den Roman erinnere ich mich kaum, aber *sie* war wohl eine *Mutter*, und er war der Freund *ihres Sohnes*. Das war das einzige angemessene Beispiel aus dem Bildungsbereich, das mir in jenem Moment durch den Kopf ging. Also, sie sagte zu ihm: »Du hast etwas am Mundwinkel. Laß mich das wegmachen.« Und sie beugte sich über ihn und fuhr mit der Zungenspitze alles andere als mütterlich über die Lippen des Jungen. Und der Zufall wollte es, daß Adrián einen Krümel Toast am Kinn hängen hatte.

»Laß mich das wegmachen ...« begann ich und bewegte mich mit einer ausgestreckten Hand auf Adrián zu. Ich hoffte, die Hand als Vorhut für den Angriff nutzen zu können: Ich würde sie auf die Wange des schönen Jungen legen und so meinen Mund abstützen.

»Komm näher ...« protestierte Adrián im selben Moment, beugte sich plötzlich im Bett vor und spießte sein rechtes Auge am Zeigefinger meiner ausgestreckten Hand auf.

Gut, wenigstens waren wir uns etwas nähergekommen. Der Junge schnaubte vor Schmerz und hielt sich das Auge zu. Erschrocken und besorgt näherte ich mich ihm und klopfte ihm kräftig mit der Hand auf den Rücken.

»Habe ich dir weh getan? Habe ich dir sehr weh getan? Sehr sehr weh getan?«

Adrián sah mich mit einem blutunterlaufenen, tränenden Auge an, das aber nicht so aussah, als würde er darauf blind werden.

»Ist schon okay. Ich glaube, daß es besser ist, wenn ich Wasser darüber laufen lasse.«

Er streckte die Hand aus, um nach dem alten Flanellhemd zu greifen, das über dem Stuhl hing. Er zog es allerdings nicht an.

Das heißt, nicht richtig. Er setzte sich auf den Bettrand, schlang das Hemd um die Hüfte und verließ dann das schützende Laken. Mir wurde klar, daß er außer dem kurzärmligen T-Shirt nichts anhatte. Ungelenk, steif und albern stand ich am Bett. Adrián ging an mir vorbei Richtung Bad und hielt sich das Hemd über den Bauchnabel. Aber nein, einen Augenblick, er ging nicht vorbei. Als er auf meiner Höhe ankam, blieb er stehen. Er drehte sich um und zog mich mit dem freien Arm zu sich hin. Ich sank an seine weiche Brust, wie jemand, der in einen Heuhaufen sinkt. Ich sank auf seine trockenen und heißen Lippen, in seinen Geruch nach Schweiß und animalischer Unruhe, nach Fieber und Begehren. Nach dem ersten Kuß, der ersten Feuchte, dem ersten Zusammenprall trennten wir uns, um uns anzusehen. Das Flanellhemd lag auf dem Boden, und das kurze weiße T-Shirt bedeckte kaum seine Hüften. Lächelnd und vertrauensselig bot sich Adrián meinem Blick dar, die Arme locker am Körper hängend, die nackten und starken Beine fest auf dem Boden. Jung, schön und mein, daß es weh tat.

Es stimmt nicht, daß wir Frauen mit vierzig anfangen zu faulen. Es stimmt nicht, daß wir im Abgrund der Unsichtbarkeit verschwinden. Im Gegenteil: Reife Frauen, sogar sehr reife Frauen, besitzen einen ganz eigenen, glanzvollen Charme. Wir sind daran gewöhnt zu akzeptieren, daß ältere Männer auf junge Frauen einen gewissen Charme ausüben können; und die Welt ist voller solcher glücklicher Paare. Was wir verkennen, ist, daß der Charme, den ältere Frauen auf junge Männer ausüben, ebensogroß ist. Es handelt sich um ein Phänomen, das unter den Menschen tatsächlich so verbreitet ist, daß man es als eine natürliche Etappe innerhalb des emotionalen Reifeprozesses bezeichnen könnte. Deshalb fühlt sich die Mehrzahl der jungen Männer und Frauen irgendwann in ihrem Leben zu älteren Männern und Frauen hingezogen. Es kann sein, daß es sich dabei um einen Ödipus-Komplex handelt, wie ein Freudianer sagen würde, oder um die auf unsere Vorfahren zurückgehende Veranlagung, eine Lehrzeit zu durchlaufen. Bei einigen der sogenannten primitiven Völker werden die Jugendlichen von den älteren Männern und Frauen des Stamms in die Sexualität eingeführt. Ich weiß nicht, wie es kommt, daß die Flugzeuge fliegen können, warum das Licht angeht, wenn ich einen Schalter drücke, warum man gähnt noch warum ich in der Lage bin, mich an meinen eigenen Namen zu erinnern. Deshalb bemühe ich mich auch gar nicht, etwas so Umfassendes und Verworrenes wie die Liebe, etwas so Rätselhaftes wie das Begehren zu verstehen. Ich weiß nicht, warum das alles passiert. Aber es *passiert.*

Trotz gesellschaftlicher Verbote und Vorurteile ist im Laufe der Geschichte eine Unzahl älterer Frauen eine Beziehung zu jüngeren Männern eingegangen: So wie sich das Wasser seinen Weg durch die schlecht reparierten Risse in einem Wehr bahnt, findet das Natürliche seinen Weg an dem Konventionellen und Scheinheiligen vorbei. Man muß sich nur ein wenig mit dem Leben berühmter Frauen beschäftigen, und schon stößt man auf solche Geschichten. George Sand verliebte sich mit sechzig in einen dreißigjährigen Mann; Agatha Christie heiratete mit vierzig einen Mann von fünfundzwanzig; Simone de Beauvoir hatte mehrere Affären mit jüngeren Männern; Eleanor Roosevelt, die amerikanische First Lady, liebte ihr ganzes Leben lang einen zwölf Jahre jüngeren Mann und wurde auch von ihm geliebt. Die Liste ist endlos lang: Madame Curie, George Eliot, Edith Piaf, Alma Mahler ... Damit wir uns richtig verstehen, diese Geschichten sind nicht ungewöhnlich, sie sind nicht die Konsequenz der Berühmtheit ihrer Protagonistinnen. Im Gegenteil, deren Berühmtheit verdanken wir, daß diese Geschichten bekannt sind, daß sie aus der zähflüssigen Stille des Heimlichen heraustreten. Sogar ein so grauer, konventioneller und langweiliger Mann wie der ehemalige britische Premierminister John Major hatte in seiner Jugend eine feurige Affäre mit einer älteren Frau! Man muß nur das gewöhnliche Leben unter die Lupe nehmen, und schon stellt man fest, daß wir im Verbotenen leben. Das, was man gemeinhin als *normal* bezeichnet, ist nicht das Übliche, sondern die Norm, das durch Konventionen Verpflichtende. Im Verborgenen unserer Intimität weichen wir jedoch alle von der Norm ab, sind wir alle in gewisser Hinsicht heterodox.

All das lernte ich in Adriáns Armen: Es war eine plötzliche, strahlende Offenbarung für mich. Ich lernte, daß es ihm nicht auffiel, daß ich Cellulitis hatte oder daß meine Zähne nicht echt waren; daß ihm die Fältchen an meinen Augenwinkeln gefielen und daß es ihm vollkommen schnuppe war, daß meine Unterarme ein wenig schlaff waren. Ich lernte, daß der schonungslose Blick, mit dem wir Frauen uns auseinandernehmen und vierteilen und herabwürdigen, ein uns eigener Blick ist, ein innerer Blick, ein verrückter Anspruch, mit dem wir uns selbst tyrannisieren; und daß das wirkliche Begehren, das, was Männer schätzen, sich auf andere Dinge bezieht: auf den erregten Körper, auf den Schweiß, der sich im Halbdunkeln mischt, auf den verborgenen Geruch der Haut, auf die vollkommene Mattigkeit eines eroberten Körpers.

Nachdem ich in Adriáns Armen gelegen hatte, begann ich schließlich meine Umgebung zu betrachten und entdeckte, daß es noch andere junge Männer gab, die mich ansahen. Ich sagte bereits, daß ich ziemlich klein bin; ansonsten kann ich mich nicht über meine Erscheinung oder mein Gesicht beschweren, und ich glaube, daß ich insgesamt gar nicht so schlecht aussehe. Aber ich war niemals besonders auffallend, ich habe niemals bei den Männern einen bleibenden Eindruck hinterlassen. Jetzt erschien es mir jedoch, als würden sie mich mehr denn je ansehen. Die jungen Männer in den Bussen, der Junge in der Bäckerei, der Kerl im Auto, der am Zebrastreifen anhielt und mich anlächelte, damit ich über die Straße gehen konnte, die Studenten im Café an der Ecke. Diese Entdeckung war für mich ein großes Vergnügen, ein Fest, ein unverhofftes Geschenk des Lebens; nicht weil ich dachte, mich ab jenem Zeitpunkt der Verführung Minderjähriger zu widmen, sondern weil das unschuldige Flirten und die Art, wie meine Gegenwart fremde Augen zum Funkeln brachte, mir das Gefühl gaben, lebendig, schön und begehrenswert zu sein. Was für eine Verschwendung, so viele Frauen in meinem Alter, die vor Traurigkeit und Niederlagen welk geworden sind, ohne zu sehen, daß man sie anschaut, ohne zu merken, welchen Charme sie auf die Jungen ausüben, ohne ganz natürlich ihre Glanzzeit genießen zu können.

Der Himmel muß, wenn es ihn gibt, ein erstarrter Augenblick Sex sein. Ich meine Sex aus Liebe, die leidenschaftliche Begegnung mit dem anderen. Wenn Sex eine rein körperliche Angelegenheit wäre, bräuchten wir niemanden; wer könnte besser unsere Bedürfnisse befriedigen als unsere eigene Hand, wer sollte uns besser kennen als diese fünf fleißigen Fingerchen. Wenn uns das Masturbieren nicht ausreicht, liegt das daran, daß Sex etwas anderes ist. Es bedeutet, aus sich herauszutreten. Die Zeit anzuhalten. Sex ist ein übermenschlicher Akt: die einzige Gelegenheit, bei der wir den Tod besiegen. Wir sind mit dem anderen verbunden und für einen Augenblick ewig und unendlich, Sternenstaub und Krebsschale, glühendes Magma und Zuckerkristall. Wenn es den Himmel gibt, kann er nur das sein.

Der Himmel war in Amsterdam ein regnerischer Nachmittag. Im Kamin knisterte das Feuer, und es war sehr viel kälter als Adriáns feste Brust. Sein Geruch, sein zarter und straffer Körper, sein so glatter Bauch, die gekräuselte Schamgegend, die ein wenig feuchten Leisten.

»Erinnerst du dich an das Rätsel mit dem Turm?« sagte Adrián. Ich lag mit einem Ohr auf seiner Brust, und seine Stimme hallte dort drinnen wider, ein dumpfes Dröhnen wie aus einer Meereshöhle.

»Ich glaube ja.«

»Das von dem Mann, der sich von einem ziemlich kaputten Turm stürzt und auf der Hälfte des Sturzes schreit: Neiiiiiin! . . .«

»Ja.«

»Ich hab die Lösung: Es ist das Ende der Welt. Die Welt ist untergegangen, vielleicht nach einem Atomkrieg oder was weiß ich; deshalb ist der Turm in einem so schlechten Zustand. Und der Mann ist der letzte Mensch auf der Erde. Deshalb bringt er sich um. Aber während er durch die Luft fliegt . . .«

»... hört er das Telefon klingeln.«

»Genau. Das heißt, daß er nicht alleine ist. Er hätte sich nicht umbringen müssen.«

»Wer weiß. Vielleicht war der, der angerufen hat, auch ein ziemlicher Idiot.«

»Du bist ganz schön gemein.«

Wenn zwei frisch Verliebte im Bett liegen und einer sagt zum anderen »du bist ganz schön gemein«, berührt man normalerweise, während man das sagt, den anderen, umarmt ihn hier, zwickt ihn dort, streichelt diese oder jene Rundung; und die Berührungen bringen das Blut in Wallung und die Erregung wächst, und dann kommt der stechende Schmerz des Begehrens, das so lange stärker wird, bis es befriedigt ist. Das geschah auch an jenem Nachmittag in Amsterdam, während ich an den Selbstmörder auf dem Turm dachte. Armer Mann, so unendlich einsam. Ich hatte mich über ihn lustig gemacht, aber ich verstand ihn. Ich verstand ihn völlig, weil jetzt Adrián und ich ebenfalls die einzigen Lebewesen auf der Erde waren. Die Überlebenden der Apokalypse. Und so machten Adrián und ich uns daran, an jenem Nachmittag in Amsterdam mit ineinanderverschlungenen Armen und Beinen, Schiffbrüchige des Fleisches im Meer der Zeit, noch einmal für eine Weile ewig zu sein.

Als ich mich, wieder in Madrid, bei jenem Manuel Blanco meldete (als Vorsichtsmaßnahme von einer Telefonzelle aus) und ihm sagte, daß ich im Auftrag von van Hoog anrufen würde, breitete sich am anderen Ende der Leitung eine unangenehme Stille aus. Jetzt, wo ich ihn kenne, kann ich mir vorstellen, daß er die Zeit brauchte, um angesichts des Namens des Alten eine unterwürfige Haltung einzunehmen, aber damals hatte ich noch keine Ahnung und dachte einen Moment lang, daß der Mann aufgelegt hätte.

»Hallo? Hallo?«

»Ja. Ich bin noch dran«, hüstelte der andere. »Sie sagen, daß Sie im Auftrag von, ähm, Herrn van Hoog anrufen ...«

»Ja. Ich habe einen Brief von ihm.«

»Einen Brief von van Hoog?« Blanco schrie fast. »Für mich?«

»Also, nicht direkt für Sie ... Es handelt sich um so eine Art Empfehlungsschreiben ...«

Ich fühlte mich ziemlich dämlich, als ich das sagte. Es war anzunehmen, daß ich mit einem Mafioso oder so etwas ähnlichem sprach, mit einem Mann, der für uns einen Kontakt zur Unterwelt herstellen würde, und ich stand da und erwähnte ein Empfehlungsschreiben, als wollte ich versuchen, eine Anstellung in einer Wurstwarenfabrik zu bekommen. Genauso dumm stellte ich mich an, aber klar, wer kennt schon die Gepflogenheiten in der Ganovenszene.

»Das heißt, Herr van Hoog erklärt darin, daß wir seine ... seine Freunde sind.«

Der andere seufzte:

»Wie kann ich Ihnen helfen?«

»Wir möchten uns nur einmal mit Ihnen unterhalten. Was halten Sie davon, wenn wir heute nachmittag im Paraíso einen Kaffee trinken?«

Er war einverstanden, also trafen wir uns um Punkt halb fünf an der ausladenden Theke des Cafés. Ich sah auf den ersten Blick, daß Manuel Blanco nicht wirklich ein Mafioso war, sondern höchstens so etwas in der Art. Er war ein winziger, unscheinbarer Typ, sicherlich noch keine dreißig, mit vor Pomade triefenden Haaren und einem Kaninchengesicht. Er trug einen teuren Anzug, der ihm überhaupt nicht paßte, ein Modell, wie es von irgendwelchen Vorstandmitgliedern oder Abgeordneten getragen wurde und das er von jemandem, der korpulenter war als er, geerbt zu haben schien. Die Ärmel reichten ihm bis zu den Fingernspitzen, und die Hose ragte über die tadellosen Yuppie-Slipper. Er sah aus, als wäre er verkleidet, als wäre er ein armer Mann, der sich für die Beerdigung eines reichen Onkels einen eleganten Anzug ausgeliehen hatte. Er warf uns ein unechtes, arrogantes Lächeln zu und verdrehte dann ein wenig die Augen. Man merkte, daß er versuchte, uns hochmütig und von oben herab anzusehen, aber um das tun zu können, mußte er, da er so klein war, den Kopf in übertriebener Weise nach hinten beugen.

Wir setzten uns auf eines der schäbigen Samtsofas in eine Ecke des Cafés und erklärten ihm die Situation. Ich sah, wie er sich immer mehr entspannte, je mehr er kapierte, was wir wollten, und sich immer wohler fühlte, geradezu glücklich schien. Ich glaube, daß es ihm sehr gefiel, sich als Experte gefragt zu fühlen. Oder vielleicht gefiel es ihm einfach, sich *gefragt* zu fühlen.

»Gut. O. k.«, sagte er schließlich mit eitler Geste. »Ich glaube, ihr habt euch genau an den richtigen Mann gewandt – ihr erlaubt doch, daß ich euch duze? –, genau an den richtigen. Ähm.

Ich habe, ähm, viele Kontakte. Sogar auf höchster Ebene. Aufgrund meiner Arbeit. Ich bin ein Killer, müßt ihr wissen. In der letzten Zeit mache ich allerdings andere Sachen, aber mein richtiger Beruf ist Killer.«

»Meinen Sie damit, Sie sind ein Mörder?« fragte ich vollkommen ungläubig. Selbst wenn der Typ mir das bei der Ehre seiner Mutter geschworen hätte, hätte ich nicht glauben wollen, daß er auch nur einer Fliege etwas zuleide tun könnte.

»Natürlich kein richtiger Mörder, mit Dolchen und Blut und diesen Dingen, so nicht. ›Killer‹ heißt auf deutsch ›Mörder‹, aber das ist nicht dasselbe. Ich bin ein ökonomischer Killer. Aber ich sehe schon, daß ihr den Begriff nicht kennt«, anmaßendes Lächeln, Vorschieben des Kinns. »In der Finanzwelt und der Welt des globalen Handels, in der ich mich bewege, ähm, ist der Killer ein Spezialist für Firmensanierungen. Wenn es darum geht, eine Firma zu rationalisieren, sie in Rekordzeit rentabel zu machen und die Hälfte der Mitarbeiter zu entlassen, dann wird ein Killer engagiert. Zum Beispiel das multinationale, norwegische Unternehmen Nilsen-Olsen. Erinnert ihr euch an die Sanierungspläne von Nilsen-Olsen, aufgrund derer alle Kläranlagen, die die Firma in Spanien hatte, geschlossen wurden? Das war mein Job.«

»Aber war das nicht ein gewisser Sardá?« widersprach ich und erinnerte mich dabei an das fürchterliche Chaos, das entstanden war, als die Werke schließen mußten. An die Fotos von den Demonstranten, die eine Puppe erhängten, auf deren Brust der Name Sardá genäht war.

»Ja, natürlich, ähm, Sardá, natürlich. Aber ich war einer seiner Assistenten. Also, ähm, man kann sagen, daß ich seine rechte Hand war. Es hat sehr viel Spaß gemacht, mit Sardá zu arbeiten. Er ist ein sehr guter Killer. Von ihm kann man eine Menge lernen. Ich erinnere mich an die erste Versammlung mit den Arbeitern des größten Werkes, das sich in Cádiz befand. Sie fand auf einem Schiff statt, und es waren mindestens tausend Angestellte anwesend. Sardá trat auf und fing an, ihnen zu erklären, daß sich die Welt verändert hätte und sich in schwindelerregender Geschwindigkeit weiter verändern würde. Daß man am Ende dieses Jahrhunderts, dieses Jahrtausends nicht erwarten könne, daß die Dinge so blieben, wie sie waren. Ein ausgezeichneter Redner, dieser Sardá. Und er sagte ihnen, daß das Wissen von früher nicht mehr gebraucht würde. Daß Tradition in einem Unternehmen ein absurdes Konzept sei und Loyalität einem Unternehmen gegenüber eine dumme und überholte Vorstellung. Daß jetzt das einzig Wichtige sei, die Geschäftsziele zu erreichen, die Bedürfnisse der Firma zu befriedigen; das sei das einzig Reale, weil man in der ganz eindeutig wettbewerbsorientierten Welt von heute entweder ganz klar die Ziele erreicht oder zugrunde geht. Was sie vorziehen würden: daß ein rentables und saniertes Unternehmen Nilsen-Olsen mit dreihundert Angestellten existiere oder daß nichts existiere? Deshalb müsse man sehr viele Leute entlassen. Die Alten, die nicht in der Lage seien, sich den neuen Gegebenheiten anzupassen. Und die Faulenzer, von denen es viele gäbe. Und zudem alle, die dann noch zuviel seien, obwohl sie weder alt noch Faulenzer waren. Die Welt sei so. Die Welt hätte aufgehört, ein Schlachtfeld zwischen Reich und Arm zu sein. Die Frage würde nicht mehr lauten, ob jemand mehr oder weniger Geld verdienen kann, ob die Firma größere oder kleinere Gewinne macht, sondern ob es Raum zum Überleben gibt. Die Welt sei für uns alle plötzlich sehr eng geworden, und es gebe jetzt nicht mehr für alle Platz. Das beziehe sich nicht nur auf die Arbeiter, sondern auch auf die Firmen. Die Entscheidungen würden nicht mehr an den Verhandlungstischen zwischen Arbeitgeber und Gewerkschaft getroffen. Jetzt würden die technologische Realität und der unerbittliche Markt die Ordung bestimmen. Das sagte Sardá an jenem Tag zu den Arbeitern von Nilsen-Olsen. Und als er seine Ausführungen beendet hatte, fügte er noch hinzu: ›Und jetzt erlaubt mir, euch einen Rat zu geben: Lächelt. Mehr zu lächeln ist sehr gesund, man ist leistungsfähiger bei der Arbeit, man fühlt sich viel besser. Hört auf mich: lächelt bitte.‹ Ich war damals noch sehr jung, und ich muß gestehen, daß ich dachte, sie würden uns die Kehle durchschneiden; wir waren nur zu dritt, und uns gegenüber standen über tausend Menschen. Aber nein. Sie sagten nichts. Sie blieben alle sehr ruhig und sehr aufmerksam. Das war ein außerordentlicher Augenblick. Damit ihr mal seht, wie toll ein guter Killer ist. Damit Ihr mal seht, welche Kraft die Wahrheit hat, wenn sie gut formuliert wird.«

»Aber was für eine Wahrheit?« entrüstete ich mich über den Quatsch, den dieser komische Kauz da von sich gab. Und stellte mir das stille Entsetzen der Angestellten vor, als sie sich den Unsinn von Sardá anhören mußten. »Nilsen-Olsen hat schließlich alle seine Werke in Spanien zugemacht. Weder dreihundert Arbeitsplätze in einer sanierten Firma noch sonstwas. Sardá hat sie terrorisiert, sie betrogen, um sie problemlos rauszuschmeißen.«

»Also, ja, gut, ähm, ein Killer muß ... ähm, die Wahrheit zu einem bestimmten Zeitpunkt verschleiern können. Das ist eine Frage von Taktik und Strategie. Wie zum Beispiel die Arbeit, die ich danach gemacht habe. Also, man geht zu den Zulieferern eines großen Unternehmens. In meinem Fall zu denen von Nilsen-Olsen; und dann ist da zum Beispiel eine Fabrik, die Ventile herstellt; und diese Ventile sind das einzige, was sie produzieren, und die ganze Produktion geht direkt an Nilsen-Olsen. Man erklärt ihnen, daß man im Auftrag des norwegischen Multis komme und daß man für sie völlig umsonst eine Rentabilitätsstudie der Fabrik erstellen würde, ein Geschenk von Nilsen-Olsen an seine Zulieferer. Alle sind begeistert und öffnen einem Tür und Tor, überlassen einem die Bücher zur Einsicht, beantworten einem alle Fragen. Nach zwei oder drei Wochen kennt man das Fabriklein in- und auswendig, weiß, wo die Fehler in der Organisation liegen, kennt die Kosten, die Verluste. Und dann geht man zum Firmenchef und sagt zu ihm: ›Wir haben dir bisher 3000 Peseten für jedes Ventil gezahlt. Ab jetzt zahlen wir dir nur noch 1500.‹ Der Firmenchef wird totenbleich: ›Was? Aber warum denn?‹ Jetzt hat der Killer seinen Auftritt, hier kommt seine Macht zum Tragen, die Macht des Wissens. ›Weil die Fabrik unmöglich geführt wird. Sieh dir diese Papiere an, diese Studie, diesen Rentabilitätsplan. Wirf die Hälfte der Arbeiter raus, mach die Sachen vernünftig, und die Ventile werden die Hälfte kosten.‹ Das sagt man und geht. Wenn der Firmenchef zu den Siegern gehört, saniert er, wenn er ein Verlierertyp ist, unternimmt er nichts oder macht die Sachen schlecht, und er wandert in die Hölle zu den unfähigen Fabrikanten. So ist das Leben, meine Kleine.«

Und er zog wichtigtuerisch eine Augenbraue nach oben und warf mir einen verführerischen Blick zu. Der haute mich allerdings alles andere als vom Hocker.

»Wie interessant. Und sag mal, wo du so wichtige Jobs hattest, wie die Ventilfabrik kaputtzumachen, wie kommt es, daß du jetzt nicht mehr als Killer arbeitest?«

Sein Kaninchengesicht verkrampfte sich ein wenig.

»Also ... ähm ... sowas kommt halt vor.«

»Aber das mit der Ventilfabrik, das warst doch du, oder?«

»Ja, ähm ... das heißt, fast. Sardá hatte das einem seiner Assistenten übertragen, und ich war der Assistent des Assistenten. Also, man könnte sagen, daß ich seine rechte Hand war. Ähm ...«

»Und jetzt bist du arbeitslos.«

»Also, nein ... Jetzt ... Jetzt arbeite ich auch für die Finanzwelt ... und für wichtige Leute, wie die Holländer. Sardá hat mich weiterempfohlen an ... Und dann habe ich ... Also, wenn Geld schnell von einem Ort zum anderen gelangen soll, ohne daß dabei Spuren hinterlassen werden, dann mache ich das.«

»Ich habe den Eindruck, daß unser Freund hier ein Kurier ist. Mal ehrlich, der Typ ist nichts weiter als ein Bote. Jemand, der die Koffer mit dem Schwarzgeld von hier nach dort bringt«, meldete sich Félix zu Wort.

Manuel Blanco preßte verärgert die Lippen zusammen:

»Also, ja, ähm, das mache ich auch, abgesehen von anderen Dingen.«

»Dinge, die, um die Wahrheit zu sagen, für uns nicht unbedingt von Belang sind«, fiel Félix ihm ins Wort. »Wir sind hier, weil wir etwas über *Orgullo Obrero* und die Entführung von Ramón Iruña wissen wollen. Van Hoog meinte, daß du uns helfen könntest. Kannst du uns dazu irgend etwas sagen oder nicht?«

Der Typ verfärbte sich von seinem spitzen Kinn bis zum Ansatz seiner Glanzpomade dunkelrot:

»Ja, ich glaube, daß ich das kann«, sagte er, als hätte man ihn in seiner Ehre verletzt.

»Hervorragend. Wir warten.«

Es folgten einige Sekunden Stille. Manuel Blanco nippte an seinem Kaffee, rückte den Krawattenknoten zurecht und räusperte sich zweimal. Als er von neuem anfing zu sprechen, war er wieder ganz der harte Mann von Welt.

»Durch meine Arbeit als ... ähm, Kurier, habe ich Umgang mit allen vorstellbaren illegalen Kreisen. Das soll heißen, daß ein Kurier Grenzen überschreitet, und ich alle Grenzen, die es gibt, kenne. Ich meine nicht die horizontalen Grenzen, die zwischen den Ländern verlaufen, die sind langweilig, voller Pässe und Stempel und Visa, sondern die vertikalen Schichten, die direkt hier liegen.«

Und er malte parallel übereinanderliegende Linien in die Luft.

»Ich weiß nicht, wer hinter *Orgullo Obrero* steckt, aber ich weiß schon, daß sie sich hinter einer dieser Grenzen befinden. Es geht darum, sie zu finden. Also, wie bei den horizontalen Grenzen gibt es bestimmte Gruppierungen wie zum Beispiel die Länder der Europäischen Union oder die Arabischen Staaten; bei den vertikalen Schichten gibt es ebenfalls eine solche Ordnung. Die Hauptunterteilung, auch wenn es dann noch Unterklassen gibt, ist die in Tagesorganisationen und Nachtorganisationen. Die Nachtorganisationen sind die bekanntesten. Das sind die, die das gemeine Volk als Mafia kennt. Sie sind im allgemeinen auf dem Sektor Freizeit und Dienstleistungen tätig: Drogen im kleinen Stil, Prostitution, Geldwäsche, Pornographie- und Päderastenringe, diese Sachen eben. Es gibt feste Lieferanten, Spezialabteilungen, internationalen Handel. Das ist alles sehr gut organisiert. Die weltgrößten Vereinigungen der Nachtorganisationen sind heute die chinesische Trias und die japanische Yakuza. Sie haben ein Abkommen getroffen, den Planeten unter sich aufzuteilen; und dann gibt es da noch die neue russische Mafia, die großen Druck ausübt und zusehends ihre Erträge verbessert. Was die Italiener angeht, die sind inzwischen die zurückgebliebenen Armen; und die Kolumbianer brauchen bald ein Sanierungskonzept, auch wenn sie zur Zeit noch sehr stark sind. Vielleicht würde es ihnen etwas nützen, ähm, einen guten Killer einzustellen ...«

Der Typ ließ seinen Blick in die Weite schweifen, als würde er über die verheißungsvolle Möglichkeit nachdenken, daß ihn die kolumbianische Mafia einstellt, um ihre wirtschaftliche Situation zu verbessern. Er ist ein Idiot, dachte ich und war fast erstaunt über das Ausmaß seiner Blödheit.

»Dann sind da noch die Tagesorganisationen, das sind die mächtigsten. Zum Tagessektor gehören alle politischen Gruppierungen: Terroristen, Guerilla-Gruppen, Befreiungsbewegungen, die IRA, die ETA, der internationale Bund der Nazis. Und die Verwaltungskloaken: der Staatsterrorismus, der geheimste Kreis der Geheimpolizei ... Dann gibt es noch die Finanzmagier, die mit dem Geld jedes Mätzchen veranstalten: sie waschen es oder lassen es verschwinden. Und noch höher stehen die Wirtschafts-Mafiosi auf Regierungsebene: Bestechungen, Korruption im großen Stil, Unterschlagung von öffentlichen Geldern. Die höchste Machtposition haben schließlich die Waffenhändler, sie sind die obersten Chefs des Tagessektors und werden auch vom Nachtsektor respektiert. Diese Kerle sind die Könige der Welt, herausragende Figuren des Vaterlandes, die internationalen Wohltätigkeitsvereinen vorstehen und sich am Ende in Denkmäler verwandeln. Ist euch aufgefallen, daß, wenn es zwischen zwei entfernten Stämmen ein bißchen Ärger gibt, sie am nächsten Tag bis zu den Zähnen bewaffnet sind? Also von diesem Handel leben die Könige des Planeten.«

»Und wo paßt da *Orgullo Obrero* hinein?« fragte ich.

»Also, ähm, bisher weiß ich es noch nicht. Aber ich werde es erfahren. Diese Welten sind gut organisiert. Da bewegt sich nichts, ohne daß die entsprechenden Vorgesetzten nicht davon Wind bekommen. Ich weiß nicht, ob *Orgullo Obrero* zur nächtlichen Mafia gehört, ob sie einfache Gauner sind, die so tun, als wären sie eine politische Gruppierung, oder ob sie zur Tagwelt gehören. Das erste, was ich machen werde, ist, daß ich mich informiere. Ich werde nachforschen. Ich werde mit einigen Leuten sprechen. Der Name van Hoog öffnet viele Türen. Ihr habt Glück gehabt, daß ihr an ihn geraten seid.«

Er seufzte, ich glaube, weil er uns um die Qualität unserer Kontakte beneidete. Dann stand er auf, und als wir uns verabschiedeten, legte er wieder sein großtuerisches Gehabe an den Tag. Obwohl das Ganze dadurch, daß seine Finger kaum aus den Ärmeln hervorschauten und er mit seinen Schuhen unbarmherzig auf den langen und schmutzigen Hosenbeinen herumtrat, etwas fade wirkte.

»Ihr werdet von mir hören. Bestellt Herrn van Hoog schöne Grüße von mir und sagt ihm, daß Manuel Blanco, ähm, stets zu seinen Diensten ist.«

»Wir werden es ihm ausrichten«, log ich gelassen: Warum sollte ich ihm erzählen, daß wir den Holländer nie mehr wiedersehen würden? Ich verschleierte lediglich die Wahrheit, wie ein Killer eben.

Das Treffen mit Manuel Blanco hatte mich ein wenig verwirrt. Er war ein so sonderbarer Kerl und schien so unbedeutend, daß es nicht sehr wahrscheinlich war, daß er für uns einen Kontakt zur Unterwelt herstellen konnte. Oder zu dem, was jenseits der vertikalen Grenzen lag, wie er es nannte.

»Was haltet ihr von ihm?« fragte ich meine Begleiter, als Blanco das Café verlassen hatte.

»Ein Verrückter, eine lächerliche Figur«, urteilte Adrián.

»Aber erinnert euch daran, daß wir den Namen von van Hoog bekommen haben. Auch wenn das nicht möglich scheint, auf irgendeine Weise wird er schon mit den Mafiosi zu tun haben«, wandte Félix mit matter Stimme ein. »Er ist ein Kuppler, ein Frettchen; so hätten wir solche Typen genannt: unsichere Kerle, die am Rande der Gesellschaft leben, Botschaften überbringen, Dinge hören, den Mächtigen Türen öffnen und viel lächeln. Wir werden wieder von ihm hören, da bin ich mir sicher.«

Also fuhren wir nach Hause und begannen wieder zu warten, obwohl bei dieser Gelegenheit die Warterei durch Adriáns Arme versüßt wurde, durch Adriáns warmen Bauch, durch Adriáns Speichel, der sich in meinen Mund mit meinem mischte. So vergingen zwei Tage, die in meiner Erinnerung zu einer einzigen Nacht verschmolzen. Bis schließlich eines Morgens jemand gegen neun Uhr erbarmungslos auf die Klingel drückte und nicht mehr losließ.

»Ich komme ja schon! Ich komme ja schon!« schrie ich, während ich unter Adriáns Körper hervorkroch, halb wütend über das beharrliche Klingeln und halb erschreckt, weil ich es noch nicht einmal durch die Beziehung zu dem Jungen geschafft hatte, die ständige Angst auszuschalten, die ich seit Ramóns Entführung hatte. Ich warf mir den Bademantel über und linste durch den Spion: Es war Félix. Ich öffnete sofort.

»Was ist los?«

Mit großen dunklen Ringen unter den Augen stand Félix bleich und zitternd an den Türrahmen gestützt.

»Mach dir keine Sorgen, es ist nichts weiter, nur eine ganz natürliche Sache«, keuchte er. »Ich sterbe nur gleich.«

Und fiel vor mir in Ohnmacht.

Ich hätte es mir denken können. Ich hätte wissen müssen, warum Félix krank geworden war, was geschehen war, daß er plötzlich derartig zusammenbrach. Aber damals war ich ganz auf diesem Egozentrik-Trip, der typisch ist für den Beginn einer Romanze, wenn der strahlende Schein der Liebe einen blind und das Glück einen blöd macht, wenn alles Erregung und Rausch ist und man nichts anderes mehr kann, als die eigene Haut zu fühlen und den anderen anzuschauen. Als Félix in meinen Armen zusammenbrach, zog ich es deshalb vor, an das Naheliegende zu denken; daß er alt war und daß alten Menschen so etwas nun mal passiert. Daß sie eines Tages krank werden und schlimmstenfalls sterben.

Als wir ihn ins Krankenhaus brachten, war er bewußtlos. Auch er glühte vor Fieber, genau wie Adrián kaum eine Woche vorher. Aber im Unterschied zu dem Jungen, dessen Fieber nach Halsentzündungen bei Kindern roch, nach frischem Brot und verregnetem Sonntagnachmittag, rief Félix' Fieber bei den Krankenschwestern aufgeregtes Flüstern hervor, erinnerte an abgezehrte Körper und unendlich lange Korridore, durch die ein kalter Luftzug strich. Die Ärzte erklärten uns sofort, daß Félix eine Lungenentzündung hätte. Eine besorgniserregende Diagnose für sein Alter und für den Zustand seiner Lunge. Man gab ihm Antibiotika, aber sein Organismus reagierte nicht darauf. Zuerst zog ich im glühenden Halbschatten des Zimmers, dessen Heizung auf vollen Touren lief, meinen Mantel aus und anschließend meine Jacke. Und dann krempelte ich die Ärmel meines T-Shirts hoch und beobachtete ihn stundenlang, wie er im Halbschlaf lag. Die Hitze und die Nähe des Todes hatten mich sehr verängstigt. Mit seinen weiten Tweedjacketts war Félix immer eine stattliche Erscheinung gewesen, aber jetzt, in dem Krankenhaushemd, sah er sehr knochig aus, schrumpelig, winzig, steinalt, weißer als die Laken, schrecklich zerbrechlich und schwächlich. Ich stellte ihn mir vor, wie er eine Woche zuvor ausgesehen hatte, wie er bei dem polaren Wind allein durch Amsterdam spaziert war, mit eiskalten Füßen und die Augenbrauen voller Rauhreif. Es war nicht verwunderlich, daß er sich eine Lungenentzündung zugezogen hatte. Etwas, das ich der langen Liste der Dinge, die ich verschuldet hatte, hinzufügen mußte, wozu auch der Untergang der Titanic und das Verschwinden der Dinosaurier gehörte. Wie vergänglich waren doch die Menschen: Hier lag Félix nun, mit seinem ganzen langen Leben und seinen Erinnerungen, und war kurz davor, in einem einzigen Moment zu verschwinden, sich einfach in Luft aufzulösen. Ich erinnerte mich, ich weiß nicht warum, an Compay Segundo, den greisen kubanischen Künstler, der traurige Lieder sang, sinnliche Schmusemusik, heiße Melodien für tropische Nächte. Compay war ungefähr genauso alt wie Félix: Und er mußte genau wie Félix in seiner Vergangenheit jung und begierig gewesen sein. »Ich bin verliebt, Clarabella, du Frau meines Lebens, geliebtes Schätzchen, das ich niemals vergessen werde; deshalb glaube ich, wenn ich dich betrachte und sehe, wie schön du bist, daß ich niemals sterben muß«, sang Compay jetzt mit seinen achtzig Jahren. Und jedesmal, wenn ich ihn hörte, stellte ich ihn mir als Gefangenen der Sehnsucht nach sich selbst vor, nach jenem Compay, der er einst gewesen sein mußte, mit starker Brust, verführerischen Augen und dem Duft der Frauen noch auf den Lippen. Bei solch außerordentlich vitalen Männern wie Compay oder Félix war die Melancholie über die Vergänglichkeit des Lebens noch stärker, noch bewegender. Mich zumindest bewegte sie. Daß ich mir derart viele Sorgen um Félix Roble machte, erstaunte mich: Ich hatte ihn vor kaum anderthalb Monaten kennengelernt, und schon war er ein Teil meines Lebens. Ich verbrachte in jenem trockenen und heißen Krankenhauszimmer viele Stunden, wachte bei dem Kranken und spürte dunkel, daß wir dabei waren, an einem Endpunkt anzukommen. Etwas ging zu Ende.

Am dritten Tag, als sich die Ärzte anschickten, bei Félix das vierte Antibiotikum auszuprobieren, fuhren Adrián und ich für eine Weile nach Hause, um die Wäsche zu wechseln, was wir, wen wundert's, schließlich im Bett und mit großer Begeisterung taten. Wir lagen im Halbschlaf, als das Telefon klingelte. Ich fuhr erschreckt hoch und sah auf den Wecker. Es war sieben Uhr abends.

»Ja?«

»Li-Chao. Er erwartet dich im ›Glücklichen Himmel‹. In einer halben Stunde. Nimm den Brief des holländischen Freundes mit.«

Dies richtete mir Manuel Blanco aus, er war es nämlich zweifelsohne, und legte dann abrupt auf.

»Was für ein Blödmann! Kann der sich nicht vorstellen, daß das Telefon abgehört wird?« schnaubte ich. »Und dann auch noch in einer halben Stunde. Was soll das sein, ›Der Glückliche Himmel‹?«

»Ein chinesisches Restaurant, ist doch klar«, sagte Adrián.

Natürlich. Wir mußten im Telefonbuch nachsehen, um die Adresse zu finden. Paseo de la Cuesta del Río, Nummer 11. In rasender Geschwindigkeit zogen wir uns an und hatten das Glück, sofort ein Taxi zu erwischen, als wir das Haus verließen. Aber weder der Taxifahrer noch wir wußten, wo sich die Straße befand, und deshalb verfuhren wir uns. Mit fast einer Stunde Verspätung erreichten wir das Restaurant. Es war inzwischen Nacht geworden, und der einsam gelegene Paseo de la Cuesta del Río wirkte ziemlich unheimlich. Er war auf der ganzen Länge von Mauern begrenzt, die zu verlassenen Fabriken, geschlossenen Autowerkstätten und Grundstücken voller Müll gehörten. Wie bei einem Kirmeswagen flimmerten inmitten der Dunkelheit die vielen roten Glühbirnen eines kleinen chinesischen Restaurants. Vor dessen Tür angekommen, stiegen wir verschüchtert aus dem Taxi, das hinter unserem Rücken im Dunkeln verschwand. Wie sehr vermißte ich Félix; auch wenn er nur ein alter Mann war, durch sein umsichtiges Auftreten fühlte ich mich sicherer. Wir holten tief Luft und drückten den Türknauf, einen in sich zusammengerollten Plastikdrachen. Wir betraten den Raum: Er war rechteckig, klein, hatte sieben für das Abendessen gedeckte Tische, die aber noch leer waren. Chinesische Papierlaternen, ziemlich schmuddelige Wände. Geruch nach Kochfisch.

»Hallo?« fragte ich vorsichtig. »Ist da jemand?«

Ein Mädchen trat aus einer Tür. Eine Chinesin natürlich. Sehr jung, zerzaustes Haar, sympathisch.

»Hallo. Lestaulant noch geslossen. Halbe Stunde spätel.«

»Wir wollten nicht essen. Wir haben eine Verabredung mit ... mit Herrn Li-Chao.«

Die kleine Chinesin hörte auf, sympathisch zu sein.

»Einen Augenblick.«

Sie verschwand durch die Tür, und ich dachte erneut daran, abzuhauen. Aber dazu blieb keine Zeit. Das Mädchen steckte den Kopf heraus:

»Kommen Sie mit.«

Und wir folgten ihr. In die schmierige Küche voller dampfender Kessel, die von ein paar Männern hin- und hergeschwenkt wurden, in einen dunklen Gang und dann in ein Wohnzimmer. Die kleine Chinesin schloß hinter uns die Tür.

»Setzen Sie sich, bitte.«

Wir gehorchten. Li-Chao war ein ziemlich dicker Mann mit einem fleischigen, glatten und weichen Gesicht, das an eine reife Pflaume erinnerte. Er schien so um die vierzig zu sein, trug westliche Kleidung, ein graues Jackett und ein schwarzes Hemd, das meisterlich bis oben zugeknöpft war, keine Krawatte. Er saß an einem Klapptisch und hatte ein lackiertes Tablett mit einer Teekanne und mehreren winzigen Porzellantäßchen vor sich stehen.

»Ein wenig Tee?«

Adrián und ich stimmten beide zu, wahrscheinlich, um etwas in den Händen zu halten. Wir befanden uns in einem kleinen Zimmerchen, in dem kaum etwas anderes Platz hatte als der Klapptisch und ein halbes Dutzend billiger Stühle mit hoher und gerader Rückenlehne. Hinter Li-Chao befand sich eine schmale Anrichte, und auf der Anrichte stand die Figur eines alten Seemanns aus Jade und ein offenes Paket Kellogg's Cornflakes. Das einzig Außergewöhnliche war das Licht: Eine Papierlaterne tauchte den Raum in Rosa, in dickflüssiges, klebriges Rosa, das so süß war wie ein aufgelöstes Bonbon und einem das Gefühl gab, inmitten eines Fischmauls in einer Luftblase zu sitzen. Die Luft war zum Ersticken.

Bedächtig goß Li-Chao den Tee ein und stellte die Tassen vor uns. Natürlich bot er uns keinen Zucker an, und der Tee war, abgesehen davon, daß er noch fast kochte, schrecklich bitter. Ich stellte die Tasse wieder auf den Tisch und lächelte Li-Chao mit meinen verbrannten Lippen wohlerzogen an. Ich bin in China gewesen und weiß, daß dieses höfliche Vorspiel eine gewisse Zeit dauert.

»Sie sind also Freunde von meinem Freund van Hoog ...«

Er sprach ein perfektes Spanisch. Ich nickte mit dem Kopf, um Zustimmung auszudrücken; diese Geste erschien mir weniger heikel als mit lauter Stimme ja zu sagen. Ich nahm den Brief heraus und legte ihn auf den Tisch.

»Wir haben eine Nachricht von ihm.«

Li-Chao nahm das Papier und vertiefte sich eine unbegreiflich lange Zeit in die Lektüre, wenn man bedenkt, daß das Geschriebene nur aus einer Zeile bestand. Dann hob er den Blick, und auch er nickte mit dem Kopf. Ich machte es ihm mit meinem überzeugendsten, freundlichen Lächeln nach und bemerkte, daß Adrián an meiner Seite dasselbe tat. Da saßen wir drei nun, in dieser kandierten Puppenhaus-Luft, lächelten blöd und bewegten den Kopf rauf und runter, als wären wir Stehaufmännchen. Das machten wir noch zwei weitere Minuten.

»Mein Freund van Hoog schreibt in seinem Brief, daß Sie nur reden wollen«, sagte Li-Chao schließlich. »Aber was Sie in Wirklichkeit wollen, ist zuhören. Sie wollen, daß ich spreche.«

Er schloß die Augen und saß so still, als wäre er eine Buddha-Figur. Oder als würde er schlafen. Seine Augen waren von unzähligen, winzigen Fältchen umgeben. Er war nicht um die vierzig, sondern mußte sehr viel älter sein. Fünfzig, vielleicht sogar sechzig.

»Sie wollen etwas wissen, und das, die Suche nach Erkenntnis, ist ein sehr erhabenes Streben. Aber ich möchte nicht sprechen, weil auch die Diskretion eine sehr rühmliche Tugend ist. ›Die Stille ist ein Freund, der niemals betrügt‹, so sagt ...«

»Konfuzius«, unterbrach ihn Adrián.

Wir beide betrachteten ihn einigermaßen überrascht.

»Das ist ein Zitat von Konfuzius«, wiederholte Adrián ein wenig verlegen.

»So sagt der große Kung-Fu-Tsé, den Sie in der Tat Konfuzius nennen«, fuhr der Mann unerschütterlich fort. »Es freut mich, daß unser junger Freund unsere Klassiker so gut kennt, was man leider von der heutigen chinesischen Jugend nicht behaupten kann. Meinen Glückwunsch. Aber niemals hätte einer unserer jungen Leute, so ungebildet diese Armen auch sein mögen, es gewagt, die Rede einer älteren und angesehenen Person zu unterbrechen. Und erst recht nicht, wenn die besagte Unterbrechung lediglich das Ziel gehabt hätte, sich eben damit zu brüsten. Der Kommentar des Jungen trug nämlich nichts zu dem Gespräch bei, was der Redende nicht bereits gewußt hätte, und war nichts als eine einfältige Prahlerei mit Wissen. Trotzdem und in Anbetracht der Tatsache, daß unser Gast jung ist und aus dem Westen stammt, und folglich doppelt unwissend ist, werden wir dieses Mal den Mangel an Benehmen übersehen. Um die Wahrheit zu sagen, Ihr bescheidener Diener hat den Vorfall bereits vollkommen vergessen.«

Ich spürte, mehr als ich sah, wie Adrián an meiner Seite mächtig rot wurde: Er strahlte richtig Hitze ab und gab dabei ein dumpfes und ersticktes Geräusch von sich, wie ein kleiner Motor, der kurz davor war, auszugehen.

»Entschuldigung«, stammelte er.

»Noch etwas Tee?« bot Li-Chao mit ausgesuchter Freundlichkeit an.

Adrián und ich nickten wie wahnsinnig mit dem Kopf. Der Mann bediente uns. Ich beobachtete, daß er nur die linke Hand benutzte. Die rechte blieb seit dem Beginn unseres Treffens unter dem Tisch verborgen. Vielleicht hatte er nur eine Hand, dachte ich. Oder er versteckte eine Pistole. Die linke Hand, mit der er alle Bewegungen ausführte, war voller Altersflecken, trocken und faltig, und zeigte von Arthrose deformierte Fingerknöchel. Siebzig. Li-Chao mußte mindestens siebzig sein. Oder vielleicht sogar achtzig. Das war die Hand eines alten Mannes.

»Ich bin meinen Freunden ein guter Freund, und Sie sind Freunde meines Freundes«, fuhr Li-Chao nach der bedächtigen Tassen-Zeremonie fort. »Ich würde Ihnen gerne helfen. Aber wir haben ein Problem, weil wir entgegengesetzte Dinge wollen. Zuhören und schweigen. Wissen und geheimhalten. Nun, das Leben ist immer so, nicht wahr? Das Leben ist ein komplexes Gleichgewicht, das aus dem Zusammenstoß gegensätzlicher Kräfte entsteht. Das Leben ist immer paradox. Die Dinge definieren sich nach dem, was sie sind, aber auch nach dem, was sie nicht sind; ohne den anderen, das andere würde nichts existieren. Das Licht ist nicht ohne die Dunkelheit wahrnehmbar, das Männliche nicht ohne das Weibliche, das Yin nicht ohne das Yang. Das Gute nicht ohne das Böse.«

Er ließ das Kinn auf die Brust sinken und schloß erneut die Augen. Eine unendlich lange Minute verstrich. Vielleicht hätte Félix in einer solch befremdlichen und verwirrenden Situation gewußt, was zu tun ist, vielleicht hätte Félix das richtige Wort gefunden, damit sich der Chinese aus seiner Erstarrung löste und uns etwas Brauchbares erzählte. Aber der arme Félix lag zu diesem Zeitpunkt im Krankenhaus, vielleicht lag er sogar im Sterben. Das Leben nicht ohne den Tod.

»Meine Brüder und ich wissen, daß das Böse Teil des Guten ist und das Gute Teil des Bösen. Der tugendhafte Mensch versteht das und trägt zur universellen Harmonie bei, zum Einklang der gegensätzlichen Kräfte. Meine Brüder und ich sind seit Jahrtausenden bescheidene Bestandteile des großen Lebensrades. Wir verwalten das Böse, und dank uns existiert das Gute. Das ist eine hochmoralische und sehr schwierige Arbeit. Ich werde es Ihnen noch etwas anders erklären, damit sogar Sie es mit Ihrem kleinen westlichen Geist verstehen können. Ich werde Ihnen ein Beispiel geben: Spanien im Jahre 1992. Die Weltausstellung, die Olympischen Spiele ... Fanden Sie es nicht seltsam, daß es während der Feiern keinen terroristischen Anschlag gegeben hat? Die Ausstellung in Sevilla und auch die Spiele in Barcelona waren gigantische Ereignisse, es war unmöglich, sie komplett zu überwachen. Bei dem heutigen Wissensstand kann jeder eine Tüte mit Sprengstoff in einen Papierkorb werfen. Die Sicherheit eines solchen Ereignisses zu gewährleisten, ist vollkommen unmöglich. Und trotzdem passierte nichts. Haben Sie sich jemals gefragt, warum?«

Ich mußte zugeben, daß ich mich das noch nie gefragt hatte.

»Weil dort, wo es Tradition und Organisation gibt, die Ordnung regiert. Sie haben die ETA, sie spielt im Untergrund eine bedeutende Rolle. Die Regierung mußte der ETA nur heimlich den Preis für eine Waffenruhe zahlen, um in diesen Monaten Frieden zu haben; und die ETA ihrerseits kümmerte sich darum, daß keiner daherkam und den Pakt brach. Das ist Ordnung. Das ist Harmonie. In den chinesischen Vierteln der großen westlichen Städte gibt es keine Kriminalität. Sie und dieser bescheidene Diener konnten zu jeder Nachtzeit in New York durch die Straßen von Chinatown spazieren, ohne daß Ihnen etwas zustoßen würde. Weil meine Brüder und ich uns darum kümmern. Das ist Ordnung. Das ist Harmonie. Trotzdem ...«

Li-Chao unterbrach seine Ausführungen und seufzte leise. Seine weichen, gelben Obst-Wangen erzitterten ein wenig.

»Trotzdem schreitet das Chaos fort, und die Unordnung wird

uns verschlingen. Und es geht dabei nicht um diese kosmische Unordnung, aus der die Ordnung hervorgeht, sondern um das Durcheinander, das Verschwommene, den Mangel an Hierarchie und Inhalt. Die Tradition geht verloren, die Erinnerung wird zerstört. Das Nichts lauert uns auf.«

Als Li-Chao das sagte, holte er seinen rechten Arm aus den Tiefen hervor und legte ihn auf den Tisch. Ich mußte mich gewaltig anstrengen, um mir nicht anmerken zu lassen, wie erschrocken ich war. Die Hand war nur noch ein verbrannter Stumpf, eine in sich verkrallte Klaue, ein verwachsener und klumpiger Gliederstummel, der so aussah, als hätte man ihn langsam über dem Feuer gebraten.

»Sie sind Freunde meines Freundes, und ich bin meinen Freunden ein guter Freund, deshalb werde ich Ihnen zumindest etwas sagen. Zwei kleine Dinge. Zwei Kleinigkeiten. Erstens: *Orgullo Obrero* ist einer der Namen, die zur Unordnung gehören. Und zweitens: Passen Sie auf, mit wem Sie reden. Weil eine der Personen in Ihrer Umgebung in die Sache verwickelt ist.«

»Wer?«

Li-Chao lächelte und ging nicht auf meine Frage ein.

»Ich würde Ihnen noch Tee anbieten, aber er ist kalt. Kaltgewordenen Tee zu servieren ist eine unverzeihliche Unhöflichkeit. Aber natürlich, die Zeit vergeht, ohne daß wir es merken. Ich hoffe, Sie wissen diese Unachtsamkeit Ihres bescheidenen Dieners zu entschuldigen.«

»Wir sind diejenigen, die sich bei Ihnen entschuldigen müssen«, sagte ich sofort, weil ich die Botschaft verstanden hatte. »Ich glaube, wir haben Sie schon viel zu lange aufgehalten. Vielen Dank, daß Sie uns empfangen haben.«

Während ich sprach, konnte ich nicht verhindern, daß meine Augen noch einmal in Richtung der verletzten Hand wanderten, in Richtung dieser schrecklichen Masse aus hervorstehenden Sehnen und gepeinigtem Fleisch. Li-Chao fing meinen Blick auf, und mir wurde klar, daß er meine Gedanken erraten hatte. Ich wurde rot.

»Ich stelle fest, daß der Zustand meiner Hand Ihre Aufmerksamkeit erregt. Sie ist ebenfalls eine Konsequenz der Unordnung.«

Er hob den Stummel in die Luft: die Finger, oder das, was von den Fingern geblieben war, schienen ineinander verschmolzen zu sein.

»Der Schmerz kann auch Teil des universellen Gleichgewichts sein. Genauso wie die Gewalt. Und die Rache.«

Mit großer Anstrengung öffnete er die knöcherne Klaue: Dort, wo einmal die Handfläche gewesen war, befand sich ein durchsichtiger Glasbehälter, der mit einer wasserähnlichen Flüssigkeit gefüllt war; und darin schwamm, wie ein winziger Fisch in einem billigen Becken, das Auge eines Menschen. Träge, rund, versonnen.

Als ich aus dem ›Glücklichen Himmel‹ rannte, konnte ich nur mit Mühe und Not das Würgen im Hals unterdrücken. Im Nu war ich durch das noch leere Restaurant geeilt, hatte mit einem Stoß die Tür geöffnet und war auf die Straße gestürzt, wo ich begierig die kalte Luft einsog. An eine Fabrikmauer gelehnt kam ich allmählich wieder zu Atem. Adrián an meiner Seite sprudelte nur so los. Solche Anwandlungen hatte er manchmal, wenn er sehr nervös war.

»Scheiße, was für ein Typ, wie unheimlich das war; als er mir das mit Konfuzius sagte, dachte ich einen Moment lang, daß er mir sofort die Kehle durchschneiden würde, und da hatte er uns noch nicht das Auge gezeigt, ekelhaft, und die Hand, schrecklich, und dieses rosa Licht, ein Alptraum, und ...«

»Wie kommen wir jetzt von hier weg?« schnitt ich ihm das Wort ab.

Weil ich mir langsam, als ich wieder zu Sinnen kam, der Situation bewußt wurde. Adrián schaute umher: eine extreme Straße in einem extremen Viertel, trostlos, verlassen, Angst einflößend. Kein Mensch war zu sehen, kein verdammtes Auto. Noch nicht einmal ein Fenster, aus dem ein Lichtschein drang. Die einzigen Lichter, die man in der Straße sehen konnte, waren die trüben städtischen Straßenlaternen und das billige Flimmern des chinesischen Restaurants.

»Wir könnten zum ›Glücklichen Himmel‹ zurückgehen und ein Taxi bestellen«, schlug Adrián vor.

»Da noch mal reingehen? Kommt gar nicht in Frage.«

»Dann müssen wir zu Fuß gehen.«

Also marschierten wir los, obwohl wir nicht recht wußten, in welcher Richtung wir am ehesten aus diesem schrecklichen Viertel herauskamen: Das Taxi hatte tausend Runden gedreht, um dorthin zu gelangen.

»Ruhig, Lucía! Du läufst ja fast. Du bist zwar ziemlich klein, aber es ist ganz schön anstrengend, dir zu folgen«, sagte Adrián mit einem Lächeln und zündete sich eine Zigarette an. Als wollte er dieser anormalen und finsteren Nacht einen normalen Anstrich geben.

»Ich habe Angst. Diese Gegend gefällt mir nicht. Ich will an irgendeinen zivilisierten Ort.«

»Ich kenne einen tollen Trick, wie man ganz entspannt an düsteren Ecken vorbeikommt. Wenn ich durch eine Gegend laufe, in der ich Angst habe, stelle ich mir vor, ich wäre der Mörder. Wenn ich der Aggressor bin, kann ich nicht angegriffen werden. Das klappt sehr gut.«

Ich sah ihn verdutzt an. Männer werde ich wohl nie verstehen. Hinter uns gingen die Scheinwerfer eines Autos an, und es fuhr los. Ich fühlte mich ein klein wenig erleichtert: Wenigstens gab es außer uns noch jemanden in dieser Straße. Vielleicht hatte es damit zu tun, daß es für sie unmöglich war, sich die eigene Angst einzugestehen, dachte ich weiter nach; Männer wollten sich wohl lieber vorstellen, sie seien Mörder, als zuzugeben, sie wären Feiglinge. Das Auto, das kurz vorher den Motor angelassen hatte, war noch nicht an uns vorbeigefahren. Eine ganz leichte Unruhe in der Größe einer Erbse begann sich in meiner Magengegend breitzumachen. Ich warf einen flüchtigen Blick über die Schulter. Das Auto fuhr im Schrittempo, fast auf unserer Höhe, hinter uns her. Die erbsengroße Unruhe wurde sofort zu einem großen Stein, der auf meine Brust drückte und mir fast den Atem raubte.

»Adrián«, flüsterte ich.

»Ich habe es schon gesehen.«

Die Straße vor uns wurde schwarz und riesig, es gab weder Hauseingänge, in die man sich flüchten konnte, noch Möglichkeiten, sich zu verstecken, noch konnten wir vor unseren Verfolgern wegrennen.

»Was machen wir?« fragte ich.

»Wir gehen weiter. Schnell, fangen aber nicht an zu laufen. Tu so, als hättest du sie nicht bemerkt.«

Unsere Schritte hallten auf den kaputten Pflastersteinen wider: ein Riesenschritt von Adrián, zwei Hüpfer von mir. Und das Rattern des Autos, das uns verfolgte. Aus dem Augenwinkel konnte ich den Kotflügel des Wagens erspähen. Durch die hellen Scheinwerfer war es unmöglich, etwas Genaues zu erkennen, aber mir schien es, als könnte ich durch die Scheiben mindestens zwei Schatten sehen.

»Ruhig, da vorne stehen Leute.«

»Was?«

»Da vorne stehen Leute«, wiederholte Adrián.

Tatsächlich, ein paar Meter weiter vorne konnte man an einer gelblichen Straßenlaterne zwei oder drei Personen ausmachen. Wir gingen noch etwas schneller: Die Seite tat mir weh, ich spürte beim Atmen ein starkes Stechen. Es waren drei, das konnte man jetzt deutlich sehen, drei junge, normal aussehende Männer, zwei trugen Jeans, der dritte einen Anzug. Das Auto schlich ganz dicht hinter uns am Bordstein entlang.

»Adrián ...«

Es gefiel mir nicht, was ich sah, es gefiel mir ganz und gar nicht. Die drei Männer sahen uns an, sie sprachen untereinander kein Wort, sie betrachteten uns nur mit starrem Blick und stellten sich auf der ganzen Breite des Bürgersteigs in einer Reihe auf. An ihrer Seite hatte ein weiteres Auto geparkt, ein großer, teurer Wagen.

»Adrián!«

Sie hatten uns den Weg abgeschnitten. Ich fühlte mich wie ein Schaf, das man so geschickt treibt, daß es von ganz alleine zur Schlachtbank trottet. Wir gingen immer langsamer und blieben schließlich stehen. Hinter uns öffneten und schlossen sich die Türen des Autos, das uns gefolgt war: Jemand stieg aus. Aber wir blickten uns nicht um, ich zumindest tat das nicht. Meine gesamte Konzentration richtete sich auf die drei Männer, die vor uns standen. Die beiden mit den Jeanshosen hatten rechts und links Position bezogen. Sie hatten schwarze, glänzende Pistolen in der Hand, die sie auf uns richteten. Die Person in der Mitte war rothaarig, groß und muskulös und sah aus wie der Liebhaber aus einer billigen Fernsehserie. Er war einer dieser Kerle, die so eingebildet sind, daß in ihrer protzigen Art etwas Aggressives lag. Ich spürte, wie mir jemand von hinten etwas Kaltes aus Metall ans Ohr hielt. Das mußte der Lauf einer Waffe sein, Adrián hatten sie ebenfalls eine Riesenpistole an die Kehle gedrückt.

»Was für eine Überraschung aber auch«, sagte der Rothaarige mit verstellter hoher Stimme. »Sieh mal einer an, wen wir hier haben: die arme und untröstliche Ehefrau.«

»Wer … wer sind Sie?« stotterte ich mit einer so dünnen und zittrigen Stimme, daß ich dachte, sie könnten mich nicht hören.

Aber das Schöngesicht mußte etwas verstanden haben.

»Du fragst zuviel, meine Liebe, das ist das Problem. Wer in Frieden leben will, muß den Mund halten können.«

Er machte mit der Hand ein Zeichen, und ich hörte wieder, wie sich hinter mir die Tür des Autos öffnete. Sofort trat ein weiterer Mann in mein Blickfeld, der etwas an einer Kette hinter sich herzog. Bevor ich überhaupt etwas sah, erkannte ich das Wimmern: Es war Wallie. Das Tier versuchte, zu mir zu gelangen, aber der Kerl hielt es am Halsband fest.

»Was macht sie hier?« stammelte ich.

»Siehst du? Du bist unverbesserlich: Du fragst immer weiter«, sagte der Rothaarige.

Er beugte sich hinunter und begann, Wallie zu streicheln.

»Es ziemt sich nicht, da- und dorthin zu fahren, Fragen zu stellen und die Leute zu belästigen. Nein, wirklich nicht.«

Da sich die Sache in die Länge zu ziehen schien, seufzte Wallie und entschied sich hinzulegen, in der Hoffnung, daß diese extravaganten Menschen so freundlich wären, die für sie unverständliche Situation zu beenden. Der Rothaarige hockte sich neben sie.

»Was für eine hübsche Hündin.«

Sie war nicht hübsch. Sie war dick und alt, und ihr Fell wurde immer dünner, und sie lag alle viere von sich gestreckt auf dem Boden. Mir zog es das Herz zusammen.

»Ich habe Freunde, sehr wichtige Freunde, und die mögen keine Leute, die zuviel fragen«, sagte das Schöngesicht.

Und er zog ein Messer aus der Hosentasche. Es war ein Springmesser, mit einer sehr spitzen, feinen, geraden Klinge.

»Meine Freunde haben zu mir gesagt: Geh und mach die Kleine darauf aufmerksam, daß Fragen sehr schlecht für die Gesundheit ist.«

Er begann, das Messer über Wallie zu führen. Ohne zu drücken, als würde er sie streicheln. Die Metallspitze zeichnete einen Weg über die Leisten des Tieres, den Rücken, den Hals.

»Geh und mach die Kleine darauf aufmerksam, daß zu viele Fragen schädlicher für die Gesundheit sind als Junkie zu sein oder aus dem zehnten Stock zu fallen.«

Die Spitze strich träge über Wallies Bauch.

»Fragen kann letzten Endes sehr schmerzhaft sein, man wird brutal verstümmelt ...«

Die scharfe Spitze lief die behaarten Vorderläufe entlang und begann, über den Hals hoch Richtung Kopf zu wandern; Wallie leckte an der Hand des Rothaarigen und betrachtete ihn sanft aus ihren kurzsichtigen Augen. Das Auge, dachte ich gebannt. Wie das Auge von Li-Chao. Er wird dem Tier ein Auge ausstechen, und ich werde das nicht ertragen können. In diesem Augenblick drückte der Grobian mit der rechten Hand den Kopf der Hündin auf den Boden. Er war Linkshänder. Ich mußte mich irgendwie bewegt haben, ich erinnere mich nicht daran, weil ich plötzlich spürte, wie sie mir die Arme verdrehten und mir den Lauf der Waffe mit noch größerem Nachdruck ins Gesicht stießen.

»... zu etwas sehr Unangenehmen, das versichere ich dir.«

Alles ging sehr schnell: Das Schöngesicht war sehr geschickt. Mit einer einzigen nach oben gerichteten Bewegung des Handgelenks schnitt der Mann Wallie ein Ohr ab. Sie fing an zu jaulen, als würde sie umgebracht, schüttelte den Kopf und bespritzte alles mit ihrem Blut. Dann ließen sie sie los, und das Tier lief schutzsuchend auf mich zu. Adrián und ich beugten uns zu ihr hinunter, um sie festzuhalten und sie zu beruhigen; wir waren frei, die Männer hatten ihre Pistolen weggesteckt und liefen in rasender Geschwindigkeit zu ihren großen Autos. Der Rothaarige war der letzte, der einstieg:

»Jetzt weißt du es, meine Liebe, frag nicht weiter. Verärgere meine Freunde nicht noch einmal.«

Die Wagentüren wurden sehr geräuschvoll zugeschlagen, und die beiden Autos verschwanden mit laut aufheulenden Motoren auf der leeren Straße. Wallie winselte und stieß ständig mit ihrem Kopf gegen meine Knie: Die Wunde mußte ihr weh tun, aber es hätte viel schlimmer kommen können. Mir zitterten derart die Beine, daß ich kaum laufen konnte. Wir brauchten fast zwanzig Minuten, bis wir eine Telefonzelle erreichten und ein Taxi rufen konnten.

Das erste, was wir taten, war, einen Tierarzt im Notdienst aufzusuchen, und das zweite, Inspektor García anzurufen, der sofort kam. Er war häßlich und dämlich, aber dienstfertig. Ich war so verstört, daß ich Lust hatte, ihn zu küssen, als er kam.

»Das Schlimmste ist, daß sie in die Wohnung hineingekommen sind, um die Hündin mitzunehmen. Und es sieht nicht so aus, als hätten sie die Tür aufgebrochen«, sagte ich, nachdem ich ihm von unserer unangenehmen Begegnung in dieser Nacht erzählt hatte.

Mit zäher Betriebsamkeit überprüfte García alle Fenster und Schlösser der Wohnung.

»Alles in Ordnung. Nichts aufgebrochen. Professionelle Arbeit. Aber machen Sie sich keine Sorgen. Sie werden nicht zurückkommen. Fürs erste. Das war eine Warnung. Was haben Sie auf dem Paseo de la Cuesta del Río gemacht?«

Ich hatte ihm nämlich nicht die *ganze* Wahrheit erzählt. Ich hatte weder von van Hoog gesprochen noch von Manuel Blanco noch von Li-Chao. Jetzt war ich versucht, ihm alles zu beichten. Dem Inspektor mein Herz zu öffnen und die Sucherei sein zu lassen. Mit der Fragerei Schluß zu machen, wie der abscheuliche Rothaarige sagte, und mit der Angst. Aber nein, ich konnte nicht, weil *auch* Li-Chao mir angst machte. Ich war mir sicher, daß es dem Chinesen in keinster Weise gefiele, wenn wir mit der Polizei über ihn sprechen würden. Wir waren schon zu weit gegangen. Das Heimliche mußte weiterhin das Heimliche bleiben.

»Wir sind zu einer ... zu einer Werkstatt in jener Gegend gefahren, um ... Man hatte uns gesagt, daß dort ein gebrauchtes Motorrad verkauft würde, das noch gut in Schuß ist. Adrián hatte sich dafür interessiert.«

»Was für eine Werkstatt?«

»Wir ... wir haben sie nicht gefunden. Wir haben uns verlaufen. Die Werkstatt Sánchez war's. Aber wir haben sie nicht gefunden. Deshalb sind wir dort herumgeirrt. Und dann ist es plötzlich dunkel geworden, und es gab keine Möglichkeit, an ein Taxi zu kommen.«

Garcías Gesicht verkrampfte sich mit einem Ausdruck melancholischer Mißstimmung.

»Ich bin ein Profi. Sie lügen. Ich schweige. Sie glauben, daß Sie mich hinters Licht geführt haben. Ich schweige. Sie glauben, daß ich ein Idiot bin. Und ich schweige. Aber wenn Sie dort weiter herumschnüffeln, wird Ihnen etwas sehr Schreckliches passieren. Bleiben Sie ruhig. Hören Sie auf mit dem Detektivspielen. Lassen Sie Profis die Arbeit machen.«

García hatte recht. Ja, zum ersten Mal dachte ich, daß García recht hatte. Das alles war verrückt, dumm. Ich hatte mich von Félix' Phantasien mitreißen lassen, von seinen »Altereien«, weil die Alten nämlich »Altereien« veranstalten, genauso wie die Kinder Kindereien. Und jetzt lag Félix krank, schwerkrank in der Klinik; und ich hatte Angst und war entschlossen, keine einzige Frage mehr zu stellen. Ja, das Detektivspielen war vorbei, wie der Inspektor sagte. Wenn die Polizei mir Ramón nicht zurückbringen konnte, war es verrückt zu glauben, daß ich besser wäre als sie.

Nachdem der Inspektor gegangen war, wir, Wallie eingeschlossen, eine Runde Beruhigungsmittel genommen hatten, Adrián und ich verzweifelt miteinander geschlafen hatten und ohne großen Hunger versucht hatten, etwas zu essen, fuhr ich im Morgengrauen ins Krankenhaus, um nach Félix zu schauen. Nachts strahlen Krankenhäuser eine dunkle Atmosphäre aus und haben einen besonderen Hall, das Unterwasser-Echo der riesigen, geheimnisvollen Räume. Ich lief die nur schwach erleuchteten Gänge entlang und trat auf Zehenspitzen in das Zimmer. Félix dämmerte offensichtlich ruhig in dem sanften Halbdunkel der Nachtbeleuchtung vor sich hin. Ein alter Mann am frühen Morgen in einem Krankenhausbett. Wie in jener Heiligen Nacht mit diesem unbekannten Greis. Aber diesmal gehörte der Alte zu mir, und ich war ich.

Ich setzte mich an seine Seite. Es gibt Momente im Leben, in denen alles Tod ist. In denen der Alltag in Stücke bricht und sich das Schreckliche in ein unvermeidliches Schicksal verwandelt. Sadistische Rothaarige, die Augen herausreißen, vergewaltigte und erwürgte Mädchen, kleine Jungen, die Babys foltern und ermorden, Bettler, die bei lebendigem Leib von Neonazis verbrannt werden. Es gibt Momente, in denen man derart von Greueltaten überschwemmt wird, daß man sich wundert, relativ unbeschadet bis zu jenem Tag gekommen zu sein. Das Schreckliche ist so unvorstellbar, wenn man es sich vorzustellen versucht. Es will nicht in den Kopf und macht einen verrückt.

»Lucía ...«

Ich erschrak. Ich bemühte mich, in die Welt zurückzukehren. Ich war weit weg gewesen, sehr weit weg, am Abgrund.

»Lucía, was ist los?«

Es war Félix. Er war aufgewacht und sah mich an. Er hatte ein schönes, entspanntes, aufmerksames Gesicht.

»Nichts. Also, doch. Ich hatte ein wenig Angst. Aber es ist nichts. Es geht schon wieder. Wie geht es dir?«

»Was sagst du?« bemühte er sich und legte sich eine Hand ans Ohr.

»Wie es dir geht«, wiederholte ich laut und deutlich.

»Gut. Ich glaube, ich habe kein Fieber mehr.«

Ich berührte seine Stirn. Sie schien nicht mehr heiß zu sein.

»Du zitterst«, sagte Félix.

»Ich fühle mich nicht besonders«, antwortete ich und versuchte, die Tränen zu unterdrücken.

Félix tätschelte mir den Handrücken.

»Lucía, Liebes, ich habe keine Lust zu schlafen. Möchtest du, daß ich dir eine meiner Geschichten erzähle?«

Mit der Hinrichtung des Verräters Moreno begann alles zusammenzubrechen. Ich trank zuviel, und ich war nicht der einzige. Die echten Anarchisten, die Menschen, mit denen ich aufgewachsen war, waren derart maßvoll, daß es schon fast an Besessenheit grenzte: Sogar Kaffee erschien ihnen eine gefährliche Droge. Aber jetzt tranken einige von uns, und andere begannen, sich ihren Waffen und dem Geld, das sie damit erbeutet hatten, zu stark verbunden zu fühlen. Ständig stritten wir uns: Jeder hatte eine andere Vorstellung davon, wie wir weitermachen sollten. Ich fing an, mich von der Gruppe und meinem Bruder zu distanzieren. Ich tat dies nicht freiwillig und bewußt, aber mir fehlte eine ausreichende Bindung, ich driftete langsam ab. Ich fühlte mich leer. Wie ein zerknittertes Stück Papier, das vom Wind fortgetragen wird.

Damals, in dieser finsteren und kopflosen Zeit, lernte ich *Manitas de Plata* kennen. Das Datum werde ich nicht vergessen: Es war der 7. Mai 1949. Durch die Geschichte mit Moreno hatte die Organisation in Barcelona schweren Schaden erlitten. Dann hatte Víctor den Einfall gehabt, die *Solidarios* wieder auf den Plan zu rufen. Die Idee bestand darin, eine Stadtguerilla zu gründen, die vollkommen unabhängig von der Gewerkschaft im Untergrund tätig sein sollte. Die Aktivisten-Gruppe würde sich aus Personen zusammensetzen, die von außen kämen, für die Polizeiarchive saubere Leute, von denen die ansässigen CNT-Gewerkschafter nichts wüßten.

»Wenn dann noch einmal der Gewerkschaftsvorstand festgenommen wird, und so, wie die Dinge stehen, ist das gut möglich, wird er die *Solidarios* nicht verraten können«, sagte Víctor.

»Sehr gut, stellen wir noch einmal eine Gruppe Pistoleros in Spanien zusammen. Und dann? Was, meinst du, werden wir damit erreichen?« widersprach ich ihm. In letzter Zeit widersprach ich ihm sehr häufig.

»Wie, was werden wir erreichen? Du bist wohl doch nicht der Sohn deines Vaters. Wir werden kämpfen, verdammt noch mal, das werden wir erreichen. Gegen die Oligarchen und Faschisten kämpfen. Wie immer, Bruder. Wie immer.«

Víctor hatte recht, und gleichzeitig irrte er sich. Der Kampf führte uns nirgendwohin, aber andererseits war Kämpfen das einzige, was uns noch blieb. Also gab ich seinem Willen nach, wie fast immer.

Ich war der erste, der nach Spanien ging, als Vorhut, um alles vorzubereiten. Um ehrlich zu sein, ich war für die Mission dankbar: Sie verlangte von mir wieder äußerste Disziplin und befreite mich aus diesem lähmenden Zustand. Außerdem konnte ich bei dem Unterfangen sterben. Es war nicht unbedingt so, daß ich damals wirklich sterben wollte, noch nicht, das kam erst später; aber in jener Zeit hatte das Leben für mich auf jeden Fall seinen Glanz und seine Berechtigung verloren; und mich in Gefahr zu bringen, hatte zumindest den Reiz, daß ich meiner Existenz einen gewissen Sinn verleihen konnte: den, bis zum nächsten Tag zu überleben.

So kam ich Ende April 1949, nachdem ich heimlich die Grenze überquert hatte, nach Barcelona. Ich hatte ein paar herrliche falsche Papiere bei mir, die in Wirklichkeit in Ordnung waren. Sie hatten dem Geliebten einer Gewerkschafterin gehört, einem Jungen, der sich beim Sturz von einem Dach tödlich verletzt hatte; er war Waisenkind gewesen und hatte keine Familie, und die *Compañeros* waren so geistesgegenwärtig, den Leichnam heimlich zu beerdigen, so daß seine Papiere sauber geblieben waren. Ich war nun dieser Junge: Ich hieß Miguel Peláez, ich war von Beruf Maurer und dreißig Jahre alt. Tatsächlich war ich fünfunddreißig geworden und wußte nicht, wie man mit einer Kelle umgeht. Ich mietete mich in einer Pension auf den Ramblas ein und fand am Hafen eine Arbeit als Stauer. Dreißig Prozent meines Gehaltes mußte ich an den Vorarbeiter abliefern, der mich eingestellt hatte, und selbst so hatte ich noch Glück. Gemäß meiner Papiere, das heißt laut der Papiere von Miguel, war ich als *indiferente,* »gleichgültig«, eingestuft worden. Nach dem Bürgerkrieg wurden alle Spanier gemäß ihrer politischen Einstellung eingestuft in: *afectos al régimen,* »der Regierung gewogen«, *desafectos,* »feindlich gesonnen«, und »gleichgültig«. Die »feindlich Gesonnenen« hatten, wie man sich vorstellen kann, kein gutes Leben: Entweder saßen sie im Gefängnis, oder man hatte sie »gesäubert«; ihr Eigentum war im allgemeinen konfisziert worden, und sie konnten keine Arbeit finden. Die *indiferentes* hatten es da besser; aber in der Praxis konnten sie weder Meister noch Lehrer werden, noch als Beamte arbeiten, noch auf staatliche Unterstützung hoffen; und auch für sie war es nicht einfach, einen guten Job zu finden. Deshalb war ich ziemlich zufrieden, mir den Rücken als Stauer kaputtzumachen, selbst wenn ich einen Teil meines Geldes an den diensttuenden Mafioso abgeben mußte.

In jenem Monat Mai brach von einem Tag auf den anderen der Frühling aus. Ich wohnte in einer Pension auf den Ramblas, war als Miguel Peláez registriert und hatte außerdem unter falschem Namen ein armseliges Haus im Industrieviertel gemietet, das uns als Operationsbasis dienen sollte. Jetzt fällt mir gerade auf, daß ich gesagt habe, ich hätte dieses Haus unter falschem Namen gemietet, als wäre Miguel mein richtiger Name gewesen. Ich habe so viele Jahre lang ein Doppelleben geführt und im Untergrund gelebt, daß es mir manchmal schwerfällt, meine wahre Identität zu erkennen. Damals war ich in Erinnerung an meine Kindheit Félix Roble, für die *Compañeros* im Untergrund *Fortuna*, Arturo Pérez für den Fleischer, der mir das Häuschen am Stadtrand vermietet hatte, und Miguel Peláez für jeden, mit dem ich während meines Alltags in Barcelona zu tun hatte. Vor allem für *Manitas de Plata* war ich Miguel Peláez; und deshalb erscheint es mir heute noch so, als sei dies meine wirkliche Identität gewesen. Weil ich unter diesem Namen geliebt wurde.

In jenem Frühling setzte also das schöne Wetter von einem Tag auf den anderen ein. Es war Sonntagnachmittag, und ich hatte nichts zu tun. Ich verließ die Pension und ging auf die Ramblas. Der Himmel war in ein klares Blau getaucht, fast ein Smaltblau, und die Luft roch nach Blüten, nach Sommer und nach Staub, nach diesem festlichen Staub, der sonntags von den Füßen der Familien, die auf den Avenidas spazierengehen, aufgewirbelt wird. Die ersten warmen Tage im Frühling sind etwas ganz Besonderes: Sie kriechen unter die Haut, sie bringen auf die gleiche Weise das Blut in Wallung, wie sie den Saft in einen Baum schießen lassen. Sie führen dazu, daß man sich frisch und jung fühlt, sogar jetzt passiert mir das noch, wo ich doch schon fast tot bin; sogar jetzt führen die ersten warmen Tage dazu, daß ich mich fühle, als könnten aus meinen Fingern Blätter sprießen. Deshalb war ich ein wenig betäubt von soviel Leben, als ich die Straße hinunterging. Ich erinnerte mich an alte Zeiten, an meine frühe Jugend, als man mich *Fortunita* nannte und ich mit meinen Kameraden über die Ramblas spazierte, wir von der Bronze-Schicht, vor oder nach einem Stierkampf, und ich dachte daran, wie wir die Mädchen ansahen und ich die flinken und starken Beine spürte; und den geraden Rücken, der noch keinen Kummer kannte; und meinen ganzen Körper, einen jugendlichen Körper, der sich nach Vergnügen sehnte, dieser Körper, der leicht in den Hüften wiegend mit angeberischem Torero-Gang die Ramblas hinunterschlenderte, um die Mädchen zu beeindrucken.

All das war zu Ende, diese Welt war für immer untergegangen, und nicht einmal mehr die Ramblas waren das, was sie einmal waren: Jetzt waren sie Teil einer gedemütigten und besiegten Stadt. Aber der Frühling war noch der gleiche, und die Wärme, und der strahlende Himmel. Deshalb war die Temperatur an allem schuld. Wenn es nicht ein so schöner Tag gewesen wäre, hätte ich mich vorsichtiger, disziplinierter verhalten. Aber der Frühling hatte mir den Kopf verdreht.

Der Zufall wollte es, daß mich meine Schritte genau in dem Moment zur Plaza de Cataluña trugen, als sich dort folgende kleine Szene abspielte: Eine Frau wurde gerade von einem Mann heftig hin- und hergeschüttelt. Die Situation an sich war nicht besonders ungewöhnlich: In den Gäßchen in der Nähe der Ramblas schlugen die Zuhälter ihre Prostituierten ganz unverblümt, und unter den Arbeiterinnen gab es nicht wenige, die am Morgen ein blaues Auge hatten. Es waren aber nie die Frauen der Anarchisten. Oder fast nie. In den libertären Kreisen nahm die Frau immer eine besondere Stellung ein.

Aber auch wenn die Situation nicht besonders ungewöhnlich war, die daran beteiligten Personen waren es schon. Vor allem *sie*. Sie war eine Dame, ich weiß nicht, wie ich das am besten erklären soll. Sie trug ein maßgeschneidertes, kirschfarbenes Kostüm, einen schmalgeschnittenen Rock und einen sehr enganliegenden Blazer. Und einen kleinen runden Hut im selben Ton mit einem schwarzen Schleier über dem Gesicht. Damals war niemand so angezogen, so elegant, so raffiniert, so edel. Niemand trug am späten Nachmittag ein Hütchen mit Schleier. Sie sah aus wie eine Schauspielerin aus Hollywood. Es hört sich banal an, aber das ging mir damals wirklich durch den Kopf. In dem elenden und düsteren Spanien der vierziger Jahre schien diese Frau von einem anderen Planeten zu stammen. So war die Ästhetik der Hollywoodfilme für uns, ein Produkt vom Mars. Alles in allem, sie war eine beeindruckende Frau. Als Typ, durch ihr Verhalten, die roten und üppigen Lippen, die unter dem Schleier zum Vorschein kamen; mit dem wütenden Blitzen ihrer Augen durch den zarten Halbschatten des Netzgewebes.

In bezug auf ihn stellte ich mit Erstaunen fest, daß ich sein Gesicht kannte. Es war ein junger Schauspieler, der damals mittelmäßig bekannt war. Er war sehr wütend, außer sich. Er hatte die Frau an den Schultern gepackt, schüttelte sie wie ein Wahnsinniger und brüllte mit dröhnender Stimme: »Das kannst du mit mir nicht machen, das kannst du mit mir nicht machen!« Sie versuchte, den Stößen standzuhalten, indem sie sich an den Handgelenken des Mannes festhielt, aber ihre Kräfte ließen langsam nach: Ihr Kopf wackelte wie bei einer Gliederpuppe hin und her, die Füße verloren an Halt. Da schaltete ich mich ein. Ich weiß nicht warum. Ich hätte es niemals tun dürfen. Es verstieß gegen alle Regeln. Ein Untergrundkämpfer, der einen Auftrag hatte, durfte niemals den Ritter spielen. Aber ich nehme an, daß es zu sehr nach Sommer roch, als daß ich vorsichtig hätte sein können.

Ich näherte mich den beiden und legte dem Schauspieler eine Hand auf die Schulter: »He, was machst du, beruhige dich«, sagte ich zu ihm. Ich wollte mich auch nicht, wenn nicht unbedingt nötig, mit ihm prügeln. Aber der Kerl nahm noch nicht einmal meine Gegenwart wahr, so durchgedreht war er. Deshalb mußte ich ihm einen Stoß versetzen und ihn buchstäblich von der Frau wegreißen. Er sah mich verdutzt und nach Luft schnappend an, wie ein toll gewordener Hund, den man von einem anderen trennt. »Ruhig, so etwas macht man nicht, ist schon gut; du kannst das sicherlich auch anders regeln.« Doch er blickte weiterhin grimmig. Er zeigte mit einem Finger in meine Richtung und sagte: »Du ... *du* bist ihr Liebhaber ... Ich wußte es doch ... Ich wußte es ... Ich bring dich um.« Er gebärdete sich wie ein Verrückter. Deshalb mußten wir uns schließlich prügeln. Es war leicht; er warf sich wie ein wildgewordener Stier auf mich, ohne zu wissen, auf wen er einschlug. Er war es wohl nicht gewohnt, zu raufen. Ich schon, ich hatte darin Übung, und das änderte die Sache vollkommen. Ich wußte, daß eine Schlägerei mit dem ersten Schlag gewonnen wird und daß sich alles darum dreht, daß man derjenige ist, der diesen Schlag austeilt und dem anderen damit die größtmögliche Verletzung zufügt, weil man schlimmstenfalls keine zweite Chance dazu bekommt. Und man muß ohne Wut angreifen und einen kühlen Kopf bewahren, aber gleichzeitig darf man keine Nachsicht zeigen. Und genau das tat ich, und mit dem zweiten Fausthieb lag der Schauspieler ausgestreckt auf dem Gehsteig. Meine Fingerknöchel hatten dabei ganz schön gelitten.

Die Frau bückte sich, um den Besiegten zu mustern. Durch die Schüttelei war ihr das Hütchen heruntergefallen. Sie war sehr ruhig und sehr schön. »Damián, kannst du bitte kommen?« sagte sie dann und meinte damit jemanden, der hinter mir stand. Ich drehte mich um: Wir waren von Zuschauern umringt. Sie waren nicht stehengeblieben, als eine Frau durchgeschüttelt wurde, aber die Prügelei zwischen uns hatte dazu geführt, daß sich ein aufmerksamer Kreis gebildet hatte. Damián kam näher: Er war ein älterer Mann, den ich später ziemlich gut kennenlernte, und Pförtner des Theaters Barcelona, das sich direkt an der Plaza de Cataluña befand. »Bitte, Damián, bring ihn nach Hause. Und kümmere dich darum, daß es ihm gutgeht«, sagte die Dame zu ihm und steckte ihm einen Geldschein in die Tasche. Und Damián kümmerte sich um den Schauspieler und wurde dabei von ein paar Kulissenschiebern unterstützt.

»Danke«, sagte sie dann zu mir, gab mir die Hand und drückte sie so fest, als sei sie ein Handball-Spieler: Meine schmerzenden Gelenke krachten. »Ich heiße Amalia Gayo. Vielleicht kennst du mich. Ich bin Künstlerin. Ich arbeite in dem Theater«, fuhr sie fort und zeigte mit einer Bewegung des Kinns zum Barcelona. Damals zupften sich die Frauen die Augenbrauen aus und zogen sie mit einem sehr feinen Strich nach, aber Amalia hatte noch ihre richtigen Augenbrauen, sie waren sehr schwarz, einigermaßen breit und wunderschön auf der großen Stirn geformt, wie dicke Tuschestriche; und schon allein deswegen erregte sie Aufmerksamkeit, allein deswegen sah sie fremdartig und ein wenig wild aus. Sie trug die Haare offen, sie fielen ihr in Locken über die Schultern, und ihre grauen Augen hoben sich von der gebräunten Haut ab.

»Ich muß gehen«, fügte die Frau hinzu. »In Ordnung«, antwortete ich. Sie begann zu lachen; später sollte sie mir gestehen, daß sie meine üble Laune neugierig gemacht habe, daß sie gewohnt gewesen sei, daß sich die Männer reihenweise um sie prügelten. »Er ist ein guter Junge, aber wie Sie sehen, ein wenig verrückt«, erklärte sie in bezug auf den Schauspieler. »Das kommt vor«, antwortete ich. »Noch einmal vielen Dank«, sagte sie und gab mir wiederum die Hand; sie ließ sie kurze Zeit in meiner ruhen und fügte kokett hinzu: »Das meine ich ganz ehrlich; und ich verrate Ihnen, daß ich mich nicht häufig bei den Männern bedanke.« »Sie müssen mit den Männern sehr viel Pech haben«, antwortete ich. Sie lachte wieder: »Im Gegenteil: sehr viel Glück«, sagte sie und schritt anmutig davon. Ich sah ihr nach. Nach wenigen Metern drehte sie sich um: »Möchten Sie mich sehen?« fragte sie von weitem. »Ich würde Sie mit großem Vergnügen zu einem Kaffee einladen«, antwortete ich. »Ich meine im Theater!« lachte sie verschmitzt, zufrieden, daß sie mich drangekriegt hatte. »Ob Sie eine Aufführung sehen wollen. Sie fängt in einer halben Stunde an.« Ja, ich wollte. Etwas so Einfaches wie Ja zu sagen anstelle eines Nein brachte die Katastrophe ins Rollen und änderte mein Leben für immer.

Vielleicht sagt dir der Name Amalia Gayo etwas. Sie war auch als *Manitas de Plata* bekannt. Einige Spielzeiten lang hatte sie großen Erfolg: Sie war die unmittelbare Konkurrentin von Concha Piquer. Amalia sang genausogut wie die Piquer, und außerdem tanzte sie hervorragend. Aber was sie am besten konnte, war Gitarre spielen; das war etwas ganz Besonderes, weil es damals keine weiblichen Gitarrenspieler gab. Deshalb wurde sie *Manitas de Plata,* »Händchen aus Silber«, genannt. Sie erzählte, daß sie die Tochter eines Franzosen und einer spanischen Zigeunerin sei und daß Gayo der Nachname ihres ersten Ehemanns gewesen sei. Vielleicht stimmte das, vielleicht auch nicht: Sie war eine rätselhafte, geheimnisvolle Frau. Ich habe niemals wieder jemanden kennengelernt, der so war wie sie; alles, einfach alles an ihr war von einer außergewöhnlichen Intensität. Wenn sie lachte, wenn sie spielte, wenn sie sich ärgerte, wenn sie liebte, tat sie das mit soviel Bestimmtheit und Energie, daß sie das Lachen, die Kunst, die Wut und die Liebe zu erfinden schien.

Es gab glorreiche Nächte, in denen ich spürte, daß sie mich liebte, wie mich noch nie jemand zuvor geliebt hatte: Es war das Paradies. Aber am nächsten Tag floh sie vor mir und war wieder das nicht faßbare und geheimnisvolle Wesen. Sie war wie eine Flamme, man verbrannte sich an ihr und konnte sie niemals festhalten. Sie machte die Männer verrückt. Mich machte sie verrückt.

An jenem Sonntag im Mai begannen einige Monate voller Extase und Qual. Das Unglück begann. Es gibt keinen Mann auf der Welt, der nicht weiß oder ahnt, daß eine Frau sehr verletzen kann, welchen Schmerz sie einem bereiten kann, wie durch die Liebe die Pest kommt. Und ich meine damit nicht nur die Gleichgültigkeit, die Tatsache, daß sie einen nicht richtig liebt oder fallenläßt oder mit einem anderen betrügt. Das ist einfacher Herzschmerz, auch wenn er so stechend wie ein rotglühendes Messer sein kann. Nein, auf was ich mich beziehe, ist die wahre Gefahr, die von der Frau durch ihr Wesen ausgeht, ist all das Unsagbare, das das andere Geschlecht umgibt, ist der dunkle Spiegel, diese Perversion, die uns widerspiegelt. Die Frau, eine Frau kann all die Verrücktheit und die Zerstörung, die in einem schlummert, ans Licht bringen. Weil wir alle unsere eigene Hölle in uns tragen, die Möglichkeit der Verderbnis, die nur uns eigen ist, ein persönliches Bild der Katastrophe. Und so brach für mich durch Amalia der Sturm los.

Ich habe niemals etwas Vergleichbares für eine Frau empfunden. Meine Geschichte mit Dorita, meiner Braut, die ich durch den Krieg verlor und die ich sehr zu lieben glaubte, erschien mir nun wie eine oberflächliche Beziehung, fast kindlich, etwas mehr als eine erste, geschwisterliche Zärtlichkeit. Ich sage das nicht, um anzugeben, aber mit den Frauen lief es bei mir immer gut, und ich war mit ziemlich vielen zusammen. Doch alle standen sie in aussichtsloser Konkurrenz zu meinen Prioritäten: dem Anarchismus und meiner Leidenschaft für den Stierkampf. Im Gegensatz dazu bemächtigte sich Amalia meiner auf allen Ebenen. Sie war wie eine Sonne, ihre Anwesenheit brachte die Umgebung zum Schmelzen und Explodieren. Und so verschwand alles, sogar meine eigene Identität. Obwohl Amalia, wenn ich es jetzt so recht bedenke, vielleicht genau zu dieser Zeit für mich so strahlen konnte, weil mein vorheriges Leben bereits in die Brüche gegangen war. Meine Stierkampfkarriere war vorbei, die Faschisten hatten uns besiegt, der Anarchismus löste sich auf. Mit ihr, mit Amalia, fühlte ich mich, wenn alles zwischen uns gut war, wenn wir uns wie verrückt liebten, so lebendig und so unverwundbar, daß alle früheren Verluste wie durch Zauber aus meiner Erinnerung verschwanden. Diese Art Liebe ist wie eine Droge. Sie eröffnet einem das Paradies, aber sie bringt einen auch um.

Anfangs war das Vergnügen größer als der Schmerz. Kurze Zeit später begann der Schmerz das Vergnügen zu übertreffen. Und schließlich, das war das Schlimmste, *verwandelte* sich der Schmerz in Vergnügen, oder zumindest war das eine von dem anderen nicht mehr zu unterscheiden. Amalia traf sich weiterhin mit dem Schauspieler, der sie so geschüttelt hatte, und mich machte das mörderisch eifersüchtig. Ich begann, sie zu verfolgen, ich versteckte mich in übelriechenden Türeingängen, um ihr hinterherzuspionieren, ich machte ihr Szenen, ich schrie, ich heulte, ich erniedrigte mich, schüttelte sie ebenfalls, ich bat sie um Verzeihung, ich träumte davon, sie umzubringen. Erzähle ich zu schnell? Glaub mir, ich weiß nicht, wie ich es anders machen könnte: Die Erinnerung an jene Monate ist ein wirrer, düsterer Fleck in meinem Gedächtnis, wie die Erinnerung an einen Alptraum. Ich gab meinen Job im Hafen auf, ich vernachlässigte meine Arbeit im Untergrund vollkommen, ich zahlte keine Miete mehr, und eines Tages stellte man mir den Koffer vor die Tür. Sie nahm mich in ihrer Wohnung auf und gab mir Geld, damit ich leben konnte. Darin war sie immer großzügig. Sie war ein zärtlicher und aufmerksamer Henker.

Eines Nachmittags verließ ich gerade die Wohnung von *Manitas de Plata*, um sie nach einer Vorstellung vom Theater abzuholen, als mein Bruder vor mir stand. Er hatte mich ich weiß nicht wie ausfindig gemacht und am Hauseingang auf mich gewartet. Er hatte einen schrecklich verzerrten und harten Gesichtsausdruck. »Mir scheint, daß wir miteinander reden müssen«, sagte er und packte mich derart fest am Arm, daß er mir weh tat. Ich wehrte mich nicht. Damals war ich schon nicht mehr Herr meiner Sinne, ich dämmerte nur noch so dahin. Víctor erklärte mir später, daß er mit dem Entschluß gekommen war, mich umzubringen. Damals wußte ich das nicht, aber weil ich für die konspirative Wohnung keine Miete mehr gezahlt hatte, war der Vermieter hineingegangen und hatte die Flugblätter und Waffen gefunden. Ich war spurlos verschwunden, und das, zusätzlich zu meinem Verhalten im Fall Moreno, hatte dazu geführt, daß sie glaubten, ich hätte sie verraten. Deshalb war Víctor gekommen, um mich zu holen; aber als er mich vor Amalias Hauseingang packte und durch seine Hand spürte, wie sehr ich vor Fieber glühte, und meine Magerkeit und meinen geistesabwesenden und übernächtigten Ausdruck sah, verstand er, daß mir etwas Schreckliches passiert war. Und er verwandelte sich wieder, zum letzten Mal, in den großen Bruder, in den selbstlosen und großzügigen Beschützer. Er nahm mich mit, er ließ mich kaum meine Sachen in der Wohnung zusammenpacken; wir mieteten ein Zimmer in einer Pension, und dort pflegte er mich und hörte mir mit uneingeschränkter Aufmerksamkeit zu. Armer Víctor: Es war lange her, daß wir uns einander so nahe gefühlt hatten. Seit der Kindheit, seit dem Tod unserer Mutter, seit Mexiko.

Zwei oder drei Wochen später hatte ich meinen physischen Schmerz überwunden, der vielleicht eine Bronchitis war, die sich durch meinen vagen Wunsch zu sterben entwickelt hatte. Aber der seelische Schmerz blieb der gleiche. Ich verstellte mich vor meinem Bruder, sagte ihm, daß ich *Manitas de Plata* vergessen hätte, aber es stimmte nicht. Ihre Abwesenheit war wie eine offene Wunde in mir. Ich begann wieder im Untergrund aktiv zu werden, ich engagierte mich mehr als jeder andere, um die *Solidarios* zu neuem Leben zu erwecken, zum Teil, um mich bei den *Compañeros* zu entschuldigen, und zum Teil, um zu versuchen, mich durch den Kampf zu betäuben und die quälende Erinnerung an diese Frau auszulöschen. Aber das Verlangen nach ihr blieb, wurde immer heftiger und drängender.

Unterdessen verschlechterte sich die politische Situation zusehends. In den Wochen davor waren in Barcelona verschiedene Sprengkörper explodiert, stümperhafte Geschosse, die aus der Hand eines Amateurs zu stammen schienen. Die CNT-Gewerkschafter schickten wütende Botschaften nach Frankreich, in denen sie um Aufklärung baten, aus Angst vor einer Zunahme der terroristischen Anschläge, mit denen sie nichts zu tun hatten, derer man sie aber trotzdem zu beschuldigen schien: Sie hätten die Nachricht erhalten, daß es in Barcelona ein Kommando gäbe, das versuche, die *Solidarios* zu reaktivieren, und sie wollten wissen, ob wir für die Bomben verantwortlich seien. Die Führer in Frankreich setzten sich mit uns in Verbindung. Aber auch wir hatten die Bomben nicht gelegt, weshalb es ziemlich wahrscheinlich schien, daß es sich um eine Falle der spanischen Polizei handelte, um die Anarchisten zu kompromittieren. Wir entschieden uns, unseren Geheimstatus aufzuheben und uns zur Abstimmung einer gemeinsamen Strategie mit José Sabater, dem berühmten Führer der CNT, zu treffen. Die Zusammenkunft sollte in einer konspirativen Wohnung der Gewerkschaft stattfinden. Das war im November 1949. Es zerreißt mir das Herz, davon zu erzählen.

Das Treffen war für sieben Uhr abends anberaumt, und am Morgen hatte Víctor mich beauftragt, die übliche Runde zu drehen. Für das Leben im Untergrund galt die grundlegende Sicherheitsmaßnahme, in regelmäßigen Abständen zu überprüfen, ob bei den Mitgliedern der Gruppe alles in Ordnung ist, ob niemand aufgeflogen ist. Ich habe gehört, daß die Antifranquisten in den Jahren darauf diese Kontrollen per Telefonanruf machten, zu einer bestimmten Uhrzeit und mit einem vorher vereinbarten Klingelzeichen. Aber 1949 gab es erst sehr wenige Telefone, weshalb die Kontrollgänge persönlich gemacht wurden. Man vereinbarte eine Reihe von Treffen, und man mußte dort erscheinen und bestätigen, daß alles gut lief und die Organisation weiterhin intakt und dicht war, vor allem in Zeiten, wo eine solch wichtige Zusammenkunft wie jene anstand.

Ich sollte drei *Compañeros* kontaktieren; mit den beiden ersten gab es kein Problem, wir trafen uns zu den vereinbarten Zeiten an den vereinbarten Stellen. Ich war schon zu dem dritten Treffen unterwegs, als ich rückfällig wurde. Ich hatte aber auch wirklich Pech: Ich mußte einen Bus nehmen, dessen Haltestelle genau auf der Plaza de Cataluña lag. Ich hätte einen Umweg machen können, ich hätte, um den Platz zu meiden, zu Fuß bis zur nächsten Haltestelle gehen können, wie ich das in den letzten Wochen auch gemacht hatte. Ich tat es aber nicht. Ich rechtfertigte mich vor mir selbst damit, in Eile zu sein. Daß die Zeit knapp sei. Daß ich nicht weiter vor mir weglaufen könnte. Es lassen sich immer tausend Entschuldigungen finden, um die eigenen Fehler und Schwächen schönzureden. Ich glaube, daß ich nur noch einmal das hübsche Gesicht von *Manitas de Plata* auf dem Werbeplakat am Theater sehen wollte, das in einem riesigen Maßstab schlecht gemalte Gesicht, drei Meter hoch von der Stirn bis zum Kinn, und ihren in großen Buchstaben geschriebenen Namen lesen wollte. Wenn die Hoffnungslosigkeit der Liebe stärker wird, wenn man vor Herzeleid und Sehnsucht nicht mehr kann, beruhigt es ein wenig, den Namen der Geliebten zu sehen oder auszusprechen. Dem Alkoholiker geht es genauso. Wenn er dringend noch einen Schluck braucht und nichts mehr hat, betastet er gierig die leere Flasche und versucht auf diese Weise, seine Pein zu lindern.

Also ging ich mit zitternden Knien auf die Plaza de Cataluña, und dann geschah das Schlimmste, was mir hätte passieren können: Amalias Gesicht war nicht mehr da. Die Anzeigetafeln des Theaters waren neu und kündigten eine Komödie an. Ich ging zur Kasse, um nachzufragen; der Vertrag für das Varieté, dessen größter Star *Manitas de Plata* gewesen war, war abgelaufen. Ja, Amalia Gayo sei fort. Nein, sie hätten keine Ahnung, wo sie sei.

Ich spürte, wie die Welt unterging. Ich meine damit etwas Physisches, eine direkte Wahrnehmung des Nichts. Ich hörte den Lärm der Straße nicht mehr und hatte das Gefühl, in einer grauen Masse formloser Gebilde zu schwimmen. Amalia war fort. Sie war verschwunden. Ich würde sie niemals wiedersehen. Ich hatte sie für immer verloren.

Für einen Drogenabhängigen, und eine derartige Liebe ist eine Droge, besitzen die Worte »für immer« keine zeitliche Bedeutung, das heißt, sie breiten sich nicht vor einem in einer horizontalen Linie aus wie eine Folge von Tagen und Monaten und Jahren, sondern sie haben eine direkte und vertikale Wirkung, als würde sich unter den Füßen ein Abgrund auftun. Und man tut alles, um dieses Loch zu stopfen. Um den unerträglichen Schmerz des Absturzes zu mildern. Ich ging zu Amalias Wohnung. Ich weiß nicht, wie ich das gemacht habe, ich kann mich nicht daran erinnern, wie ich den Weg vom Theater bis zu ihrer Wohnung zurückgelegt habe. Ich sehe mich nur, wie ich vor der braun gestrichenen Tür stehe und wie ein Wahnsinniger auf die Klingel drücke, überzeugt davon, daß alles umsonst sei, daß sie schon fort war. Aber dann öffnete sich die Tür. Sie stand vor mir. Ihr Haar war ungekämmt, ihr Gesicht blaß, die Augen von dunklen Ringen umschattet. Sie war barfuß und trug einen Hausmantel aus chinesischer Seide. Ich erinnere mich, daß wir uns wortlos eine ganze Weile lang angesehen haben; und dann löste sie den Gürtel ihres Kimonos. Ich stamme aus einer anderen Generation, und ich mag nicht über so intime Dinge reden; aber ich kann dir sagen, daß ich mich in ihren Armen wiederum von meinem richtigen Namen losgesagt habe. Ich bin nicht zum dritten Treffpunkt gegangen, und ich bin auch nicht an diesem Nachmittag bei der Zusammenkunft mit den Führern der CNT erschienen. Um die Wahrheit zu sagen, es war nicht so, daß ich es vergessen hätte: Es war eher ein Opfer, eine Opfergabe, die ich Amalia innerlich darbrachte, die Opfergabe meines Lebens, meiner Würde, meines Verstands. Diese Art Liebe verlangt Opfer.

Mit dem unbarmherzigen Tageslicht am nächsten Morgen,

nachdem der Körper gesättigt und das Verlangen gestillt waren, begann mich das Gewicht der Schuld zu ersticken. Ich wußte, daß Víctor sich Sorgen machen würde, daß sie denken würden, die Polizei hätte mich festgenommen, daß meine Abwesenheit sie wahrscheinlich gezwungen hatte, sich vorsichtshalber aufzulösen. Mein Verhalten beschämte mich derart, daß ich wußte, ich mußte eine endgültige Entscheidung treffen. Ich riß mich zusammen, obwohl es mir sehr weh tat, und entschied mich, zur Pension zurückzugehen und mich dem Wutausbruch meines Bruders zu stellen. Ich erzählte Amalia – die weiterhin glaubte, ich wäre Miguel Peláez, und nichts von meinen Aktivitäten im Untergrund wußte – irgendwas und lief zur Pension zurück. Ich dachte daran, Víctor alles zu erklären und dann für immer aufzuhören und zu *Manitas de Plata* zurückzukehren. Um sie zu lieben und um sie zu hassen, zu leben und zu sterben. Ich wußte nicht, was mir die Zukunft mit Amalia bescheren konnte, aber ich wußte, daß ich nicht in der Lage war, ohne sie zu leben.

Zu meinem Unglück werde ich mich immer an jenen Morgen, an jene Szene erinnern. Als ich in den Hauseingang des Gebäudes trat, in dessen vierter Etage sich unsere Pension befand, war die Nichte des Pförtners gerade dabei, die Treppen zu putzen. Als sie mich erblickte, richtete sie sich sofort auf, lächelte und trocknete ihre roten und rissigen Hände an der Schürze ab. »Mensch, Cousin, Raimundo, wir hatten dich erst am nächsten Sonntag erwartet!« rief sie, oder so etwas Ähnliches, während sie die Arme um meinen Hals legte und mich auf beide Wangen küßte. »Gut siehst du aus! Und wie geht's Tante Domitila?« fuhr sie fort. »Gut«, antwortete ich, hellhörig geworden. »Der Onkel ist in der Kneipe. Wenn du willst, bringe ich dich zu ihm«, sagte das Mädchen, packte mich am Arm und zog mich vom Hauseingang fort. Sie war ein kräftiges und häßliches Mädchen um die fünfundzwanzig; wir überquerten die Straße, gingen einige Meter und unterhielten uns angeregt über absurde Dinge. Dann bogen wir um eine Ecke, und dort blieb das Mädchen stehen. »Ich weiß nicht, wer ihr seid, und ich möchte es auch nicht wissen«, sagte sie dann plötzlich ernst, »aber die Polizei wartet oben auf dich.« »Die Polizei?« fragte ich beunruhigt. »Und mein Bruder?« »Ah ..., aber hast du das denn nicht mitbekommen?« sagte das Mädchen; und sie zog ein Stück Zeitung aus ihrem Ausschnitt und gab es mir. »Komm ja nicht wieder hierher. Und wenn sie dich schnappen, ich habe dich nie gesehen«, sagte sie. »Warum machst du das?« fragte ich sie noch, bevor sie weglief. Das Mädchen zuckte mit den Schultern: »Mein Vater war in der Kommunistischen Partei. Und sie haben ihn umgebracht.« Da sieht man mal, welch seltsamen Lauf die Dinge nehmen können; ich, ein Anarchist und Sohn von Anarchisten, verdanke mein Leben einem Kommunisten.

Du kannst dir wahrscheinlich vorstellen, was in diesem Zeitungsausschnitt stand. Daß es zwischen der Polizei und zwanzig »Verbrechern« – so wurden wir immer von der Regierung genannt – eine Schießerei gegeben hatte. Daß ein Polizist und sechs »Banditen« getötet worden waren. Einer von ihnen war José Sabater, der Führer der CNT; ein anderer mein Bruder.

Mit der Zeit erfuhr ich, was passiert war. Ein *Compañero* war festgenommen worden und hatte unter Folter den Ort der Zusammenkunft preisgegeben. Dieser Unglückliche war Germinal, der Junge, der mich vor dem Krieg zu dem Abendessen bei Durruti begleitet hatte; und er war die Person, die ich bei meinem Kontrollgang als dritten hätte treffen müssen. Wenn ich zu dem vereinbarten Ort gegangen wäre, hätte ich sein Fehlen bemerkt und die anderen gewarnt. Aber ich hatte es nicht getan; und sie waren ahnungslos in die Falle gegangen.

Es gibt zwei Gedanken, die mich ganz besonders quälen. Warum schöpfte mein Bruder keinen Verdacht, als ich nicht zurückkam? Warum hatte er nicht das Treffen mit Sabater abgesagt, wo doch mein Kontrollgang nicht abgeschlossen war? Es gibt für mich darauf nur eine Antwort: daß Víctor die Wahrheit ahnte, ahnte, daß ich zu Amalia zurückgegangen war; und daß er mich decken wollte, mir eine neue Chance gab, in der Hoffnung, ich würde rechtzeitig zum Treffen erscheinen. Ich sagte bereits, daß wir in jenen letzten Wochen wieder ein sehr enges Verhältnis hatten.

Seine brüderliche Großzügigkeit, dieses vermutlich letzte Vertrauen in mich, macht es mir noch unerträglicher, mir vorzustellen, was dort in jener Wohnung passiert war. Am schlimmsten ist es, die Gewißheit zu haben, daß nur zwei fehlten, Germinal und ich. Jemand hatte sie verraten, jemand hatte sie denunziert, und es konnte nur einer von uns beiden gewesen sein, oder vielleicht auch beide. Ich bin Atheist, und ich bin davon überzeugt, daß es nach diesem Leben kein weiteres mehr geben wird. Ich will damit sagen, daß Víctor für immer starb, und er starb in der Überzeugung, daß ich ein Verräter bin. Es gibt keine Möglichkeit, daran etwas zu ändern, ich kann das nie wiedergutmachen. Viele Jahre lang war das ein unerträglicher Gedanke für mich. Ich habe nachts immer noch Alpträume deswegen.

Und tatsächlich, ich *war* ein Verräter. Ich hatte schuld an dem Gemetzel, und nicht der arme Germinal, der unter Folter gestanden hatte. Nachdem die Überlebenden der Schießerei im Gefängnis mit Germinal gesprochen hatten, waren sie absolut überzeugt davon, daß ich ein Spitzel der Polizei wäre: Schließlich und endlich blieb ich weiterhin verschwunden. Ich tat nichts, um diesen Irrtum aufzuklären. Ich wollte, daß sie mich haßten. Ich wollte, daß ich für sie der letzte Dreck war. Ich wollte mich demütigen, mich bestrafen, mir so weh tun, daß ich meinen Schmerz vergessen konnte.

Die Hölle existiert. Ich bin dort gewesen. Die Hölle sind all jene Jahre, in denen ich durch die Welt gezogen bin und versucht habe, meinen Erinnerungen zu entkommen. Die unbeschreibbare Einsamkeit, die Verrohung, die Agonie. Amalia sah ich natürlich nicht wieder: Ich hätte ihre Gegenwart nicht ertragen können. Ich fuhr sofort von Barcelona aus zur Grenze und überquerte zu Fuß die Pyrenäen. Ich hatte die Papiere von Miguel Peláez bei mir, die aufgrund eines seltsamen Zufalls sauber geblieben waren: Die Pension war auf den Namen meines Bruders gelaufen, und die *Compañeros* kannten mich als *Fortuna*. In

Paris besorgte ich mir einen Reisepaß und schiffte mich nach Lateinamerika ein. Dort lebte ich eher schlecht als recht. Ich erinnere mich nicht sehr gut daran, weil ich fast die ganze Zeit über betrunken war. Zuerst habe ich als Pistolero und Bodyguard für dieselben Oligarchen und Bonzen gearbeitet, die ich dreißig Jahre vorher mit Durruti bekämpft hatte. Dann war ich so fertig, daß nicht einmal mehr sie mir Arbeit geben wollten. Selbst die verabscheuungswürdigen Bonzen verachteten mich. Mich, der ich mich als Grünschnabel dreißig Jahre zuvor wie ein Fürst ihnen gegenüber gefühlt hatte. Wie ein Fürst des ehrenvollen Reiches der Armen, wie ein Teil der Vorhut der in der Luft liegenden, unvermeidlichen Revolution.

Und eines schönen Tages, wer hätte das gedacht, war die Hölle vorbei. Es geschah in Mexiko und war ziemlich seltsam. Ich hatte die Nacht in einem von ein paar Nonnen geführten Armenhaus verbracht und mich morgens am Brunnen im Hof gründlich gewaschen. Dann setzte ich mich nach draußen auf eine Steinbank und dachte darüber nach, wie ich wohl an ein bißchen Geld käme, um Alkohol kaufen zu können. Ich mußte etwa fünfzehn Stunden nichts getrunken haben. Schließlich setzte sich ein älterer Mann neben mich. Als er den Mund aufmachte, wurde mir klar, wo er herkam: Er war ein *gachupín*, ein Spanier, und nach Mexiko gekommen, um eine Schwester, die Nonne war, zu besuchen. Aufgrund meines Akzents erkannte er ebenfalls meine Herkunft und begann mich auszufragen: ob ich schon lange in Mexiko leben würde. Ob ich vielleicht aus politischen Gründen dort wäre. Und er beeilte sich, mir zu erklären, daß ich volles Vertrauen haben könnte, daß er, auch wenn er eine Nonne zur Schwester und niemals auf einer Seite gekämpft hätte, sich immer als Republikaner und Anarchist gefühlt hatte.

Das Erstaunlichste daran war, daß mich die Geschwätzigkeit des Mannes nicht störte. Im Gegenteil. Ich saß in der angenehm warmen Morgensonne auf der Bank, frisch gewaschen und mit noch nassem Haar, wurde von diesem Herrn mit Respekt behandelt und war vollkommen nüchtern. Und trotz meines nüchternen Zustands verspürte ich keine Lust, herumzuschreien, wie dies sonst häufig der Fall war. Dann fragte mich der Mann, was ich machen würde. Ich hielt meine Hände fest, damit er nicht merkte, wie sie zitterten, und antwortete: »Ich bin Stierkämpfer.« »Stierkämpfer!« wiederholte der Spanier bewundernd. »Ich liebe den Stierkampf. Habe ich Sie vielleicht einmal irgendwann gesehen?« »Ich weiß nicht. Ich hieß ... Ich heiße Félix Roble, *Fortunita*«, sagte ich zu ihm. Und ja, er hatte mich gesehen, er erinnerte sich an mich! Wir sprachen über verschiedene Stierkämpfe, über denkwürdige Schrittfolgen, meine eigenen Leistungen. »Warum kehren Sie nicht nach Spanien zurück?« fragte mich der Mann schließlich. »Es ist sinnlos, darauf zu warten, daß Franco geht, ich glaube, daß das mit dem Generalissimus noch lange dauern wird. Außerdem ändern sich die Dinge langsam; und viele Exilanten kehren jetzt zurück.« Während ich ihn reden hörte, wiederholte ich für mich in meinem Kopf: ›Ich heiße Félix Roble, ich heiße *Fortunita*, ich *bin* Félix Roble.‹ Es war, als hätte man mich für eine unendlich lange Zeit lebendig begraben und als würde ich jetzt langsam wieder den Kopf aus dem Sand strecken. Es war, als würde ich aus der Finsternis ins Licht zurückkehren. Dann wurde mir bewußt, welches Datum wir hatten: Es war November 1959, und seit dem Tod meines Bruders waren inzwischen zehn Jahre vergangen. Zehn Jahre in der Hölle, dachte ich, waren genug.

Seitdem habe ich nicht einen Tropfen Alkohol getrunken. Ich fand eine Arbeit, sparte so lange, bis ich mir die Rückfahrt leisten konnte, und kehrte zurück. Mit den Behörden hatte ich keine Probleme: Da ich nie festgenommen worden war, war mein richtiger Name relativ sauber; Sohn und Bruder, der ich war, vermutete man zwar, daß ich in irgendeine Art libertären Aktivismus verwickelt gewesen sein könnte, es war jedoch auch bekannt, daß ich die Gefangenen in Bilbao verteidigt hatte, und das war entscheidend. 1960 kehrte ich nach Spanien zurück. Ich war sechsundvierzig Jahre alt und hatte ganz weißes Haar, kannst du das glauben? So weiß wie jetzt.

Die Dinge liefen nicht schlecht für mich. Meine alten Freunde aus der Stierkampfwelt verschafften mir eine Arbeit als Getränkeverkäufer in den Dörfern der Sierra von Madrid. Ich arbeitete schon einige Monate lang, als die Guardia Civil in Gerona einen anderen Sabater bei einer Schießerei tötete. Den berühmtesten: Quico Sabater, den letzten Guerillero der CNT. Mit ihm endete der herkömmliche libertäre Aktivismus.

Ein paar Tage nachdem ich davon gehört hatte, mußte ich mit dem Lieferwagen in das Dorf Somosierra. Dort war Dorffest, und ich blieb. Damals war der Ort noch nicht asphaltiert, und es gab nur auf den Straßen elektrisches Licht, nicht in den Häusern. Auf dem erdigen Dorfplatz war ein Podest aufgestellt worden, und eine kleine Tanzkapelle spielte Pasodobles. Es war August, aber nachts kam immer eine leichte Brise auf, dieser kühle Wind der Sierra, der die Wangen der Mädchen rosig färbte und dazu führte, daß sie sich in ihre Perlon-Strickjacken hüllten. Die blassen, mit Kettenspitze umwickelten Glühbirnen wippten an den Kabeln. Kinder tobten herum und liefen hintereinander her, Jungen und Mädchen sahen sich mit schamhaften Blicken an, Ehepaare schwangen das Tanzbein zum Takt der Musikkapelle und wirbelten um sich herum eine Staubwolke auf. In Wirklichkeit war es ein sehr armseliges, sehr düsteres und sehr trauriges Fest, und trotzdem, vielleicht scheint das ja absurd, ich erinnere mich, daß ich mir dieses Schauspiel ansah und dachte: »Das hier ist das Glück.« Und fast wären mir die Tränen gekommen. Dann, stell dir nur vor, was für ein Klischee, wie simpel, forderte ich das erste Mädchen, das in meiner Nähe stand, zum Tanzen auf, nur um nicht weinen zu müssen. Und dieses Mädchen war Margarita, und sie wurde meine Frau.

Wir liebten uns sehr. Mit einer beruhigenden und komplizenhaften Zärtlichkeit. Wir waren dreißig Jahre zusammen, bis sie mich verriet, indem sie vor mir starb, obwohl sie jünger war. Wie seltsam sind wir Menschen doch: Jetzt habe ich dich viele Stunden lang wie ein penetranter alter Mann mit meinen Geschichten gelangweilt und dir einen Teil meines Lebens erzählt, und nun handle ich dreißig Jahre in ein paar Sätzen ab. Dieses Mißverhältnis in der Zeitmessung, das wir alle kennen, hat mich schon immer beschäftigt. Ich lese viele Biographien, das heißt, ich habe sie früher zumindest gelesen, als meine Augen noch besser waren, bevor ich wegen grauen Stars operiert wurde, jetzt ermüden meine Augen beim Lesen; und in allen Biographien passiert dasselbe, sie halten sich sehr lange in der Jugend auf, aber dann gehen sie über das reife Alter unglaublich schnell hinweg, als gäbe es nichts mehr zu erzählen, als hätte das Leben seine Substanz verloren. Oder als wäre die Zeit höllisch und schwindelerregend schnell vergangen. Das stimmt letztendlich tatsächlich: Je älter man wird, desto schneller vergeht die Zeit. Und ich glaube nicht, daß die Wahrnehmung einer unterschiedlichen Geschwindigkeit eine Täuschung und etwas rein Subjektives ist, sondern vielmehr eine physische Realität. Das zeitliche Empfinden eines Schmetterlings, der achtundvierzig Stunden lebt, muß zwangsläufig anders sein als das eines Krokodils, das hundertzwanzig Jahre alt wird. Bei den Menschen ist die innere Uhr in der Kindheit genauer, tickt langsamer; wenn man älter wird, rasen die alten Zellen auf das Ende zu. Und wenn ich dir meine dreißig Jahre mit Margarita in ein paar Sätzen erzählt habe, dann verdient der gegenwärtige Augenblick in meinem Leben kein Wort, noch nicht einmal einen Buchstaben: Er paßt in ein Seufzen, das sehr bald zu einem Todesröcheln werden wird.

Ich werde dir etwas sagen, das dich erstaunen wird: Es ist das erste Mal, daß ich jemandem mein ganzes Leben erzählt habe. Das erste Mal, daß ich nichts verheimliche oder etwas dazudichte. Margarita wußte niemals etwas von meinem früheren Leben, von meinen libertären Aktivitäten, vom Untergrund und von den Überfällen. Als wir uns kennenlernten, erfand ich für sie eine unauffällige Vergangenheit: Ich erzählte ihr schon, daß ich Stierkämpfer gewesen war und dann Anhänger der Republik, allerdings ohne auf irgendeiner Seite gekämpft zu haben; das sei dann auch der Grund gewesen, warum ich nach dem Krieg ins Exil gegangen war. So lautete auch meine offizielle Biographie für die Polizeiarchive, und ich wollte Margarita keiner Gefahr aussetzen. Wir lebten mitten im Franquismus, und die Diktaturen sind so: Sie füllen das Leben mit Geheimnissen. Mein Fall war nicht ungewöhnlich: Tausende von Familien verwischten derart sorgfältig ihre Vergangenheit. Und mit dem Beginn der Demokratie entdeckten viele erwachsene Söhne voller Erstaunen, daß ihr Vater zum Beispiel nach dem Krieg vier Jahre im Gefängnis verbracht hatte oder daß der Großvater hingerichtet worden und nicht im eigenen Bett gestorben war. Als die Demokratie kam, schwieg ich allerdings weiterhin. Weil ich vergessen wollte. So verlängerte ich meine Lügen. Und trotzdem war Margarita ohne Zweifel die Person, die mich in meinem Leben am besten kannte. Obwohl ich mich verstellt und gelogen hatte, *wußte* sie alles von mir. Die Identität ist eine seltsame Sache, vielleicht genauso seltsam wie das Verlangen und wie die Erinnerung und wie die Liebe. Weißt du, woran ich mich bei Margarita am besten erinnere, was mich am meisten an ihr rührte? Die Momente, in denen sie böse auf mich war. Sie war eine ordentliche Frau, und meine »Verstiegenheit«, wie sie das nannte, brachte sie aus dem Häuschen, wenn ich im letzten Moment meine Pläne änderte oder irgendeinen merkwürdigen Einfall hatte. Dann bog sie wie ein Eichhörnchen den Kopf zur Seite, sah mich schief an, preßte wütend die Lippen zusammen und schnaubte zwei- oder dreimal laut. Danach wußte ich, daß sie ein paar Stunden lang nicht mit mir sprechen würde. Heute gäbe ich alle Tage meines restlichen Lebens dafür – auch wenn das nur ein magerer Schatz ist –, daß Margarita wieder hier sein könnte, mich schief ansähe, mit mir böse wäre und schnauben würde.

Félix Roble starb nicht. Das heißt, er starb *damals* nicht. Wenn man es nämlich genau betrachtet, sind wir Menschen alle dabei zu sterben, wir alle legen in rasender Geschwindigkeit die kurze Strecke zurück, die die Dunkelheit vor der Geburt von der Dunkelheit nach dem Tod trennt; natürlich sterben einige, die Alten, die Kranken, ein bißchen schneller als die anderen, aber letzten Endes ist das alles nur eine Frage der Zeit. Félix starb also *noch nicht* und erholte sich langsam von der Lungenentzündung. Er verließ das Krankenhaus so frisch wie eine achtzigjährige Rose.

Unsere Suche war andererseits seit einigen Wochen zum Stillstand gekommen. Seit dem Treffen mit Li-Chao hatten wir überhaupt keine Nachrichten mehr erhalten. Inspektor García rief uns regelmäßig an oder kam vorbei, um uns in seiner üblichen lakonischen Art zu informieren, daß es nichts Neues gab. Anfangs hatten meine Sorge um Félix' Gesundheit und die stürmischen Gefühle meiner Beziehung zu Adrián verhindert, daß ich mir zu sehr Gedanken darüber machte, wann unsere Nachforschungen ins Stocken geraten waren: In meinen Kopf paßte nichts mehr hinein. Aber mit der Zeit wuchs meine Unruhe. Schließlich entschieden wir uns, von einer Telefonzelle aus noch einmal Manuel Blanco, den unglaubhaften ökonomischen Killer, anzurufen.

»Ja, ja, ja«, sagte der Typ am anderen Ende der Leitung mit starkem Nachdruck, als er mich erkannt hatte. »Ja, Señora, natürlich. Unser Geschäft mit den Kürbissen ist auf dem besten Weg.«

»Was?«

»Sie verstehen mich, oder? Der Posten Kürbisse, an dem Sie interessiert waren. Das heißt, Sie waren doch daran interessiert, oder? Also, der größte Kürbishändler Spaniens ist bereit, sich mit Ihnen zu treffen. Das heißt, wie wir es vereinbart hatten, oder? Sie-ver-ste-hen-doch«, sagte er derart betont und verschlagen, daß ich selbstverständlich genauestens verstand, daß er verschlüsselt sprach. Genauso wie alle, die sein Telefon abhörten, dies verstanden haben mußten. »Jemand wird sich in den nächsten Tagen mit Ihnen in Verbindung setzen und Ihnen mitteilen, wo und wann.«

Dieser Anruf schien alles von neuem in Bewegung zu setzen. Am nächsten Tag ging ich alleine aus dem Haus, ich glaube, ich wollte zum Supermarkt, als sich mir eine winzige Person in einem gelben Kapuzenregenmantel näherte: Es war ein regnerischer und unangenehmer Nachmittag. Gelbkäppchen sah mir in die Augen (wir waren gleich groß) und flüsterte:

»Du gehen molgen um zwölf Uhl mittags in Juan Callos Plimelo Palk, alabischel Galten.«

Sie war ein junges und hübsches Mädchen, vielleicht dasselbe, das wir in dem chinesischen Restaurant am Paseo de la Cuesta del Río gesehen hatten.

»Was?« rief ich aus, wohl eher, weil ich überrascht war, und nicht, weil ich die Nachricht nicht verstanden hätte.

»Du gehen molgen mittag in alabische Galten, Palk Juan Callos Plimelo. Um zwölf«, wiederholte Gelbkäppchen mit nicht gerade fernöstlicher Geduld.

»Warum?«

»Ist Nachlicht von elwüldige Li-Chao. Elwüldige Li-Chao sagen, dich intelessielt molgen gehen Palk Juan Cal-los Plimelo. Alabischel Galten. Du dich setzen Galten und walten ab, lange walten.«

»Wie, lange warten? Warum warten? Auf wen warten? Wird Li-Chao kommen?«

Das Mädchen zog unwillig die Augenbrauen zusammen.

»Du dich setzen Galten und walten lange. Setzen dich auf Bank in Pavillon. Nicht aufstehen. Keinen Klach machen. Dil velstecken. Und lange walten. Das ist alles. Hast du velstanden?«

Ja, ich hatte verstanden. Das kleine gelbe Persönchen drehte sich um und verschwand geschwind zwischen den Fußgängern, und ich lief in die Wohnung hinauf, um Adrián und Félix von der merkwürdigen Nachricht zu erzählen. Nach langer Diskussion, ob der Alte mitgehen sollte, entschieden wir uns dagegen. Im Park würde es kalt sein, und Félix erholte sich noch von seiner Krankheit, und außerdem kannte Li-Chao nur Adrián und mich, vielleicht würde es ihm nicht gefallen, daß sich die Zahl der Gesprächspartner erhöhte. Wenn es denn Li-Chao wäre, der käme.

In jener Nacht fiel ein sintflutartiger Regen vom Himmel, und am nächsten Morgen war die Welt überschwemmt und unfreundlich. Ich war vorher noch niemals im Juan-Carlos-Primero-Park gewesen, und ich glaube, daß diese Gelegenheit nicht gerade die beste für ein Debüt war. Der erst kurze Zeit vorher angelegte Park war von einer unermeßlichen trostlosen Weite, durch die der Wind strich. Darin standen frisch gepflanzte, rachitische Bäume und anspruchsvolle Skulpturen eines pharaonischen Postmodernismus. Die Tatsache, daß der Boden ein einziger Sumpf und der Himmel eine düstere und bleierne Masse waren, machte die Dinge nicht gerade besser. Außer ein paar Jugendlichen, die am Eingang Drachen steigen ließen, war niemand in dem riesigen Park zu sehen. Verschüchtert gingen wir hinein.

Der arabische Garten lag im hinteren Teil des Parks. In der Mitte der beschaulichen Anlage befand sich ein Pavillon mit ein paar Steinbänken. Wir kamen dort um zehn vor zwölf an, setzten uns auf eine der Bänke und warteten. Um Viertel nach zwölf spürte ich meine Füße schon nicht mehr, um halb eins schlotterten mir die Knie. Um Viertel vor eins fürchtete ich, daß das heftige Klappern meiner Zähne dazu führen würde, daß mir die Nase wie ein Eiszapfen abfiel. Was meinte Li-Chao wohl mit »lange«? Und auf was warteten wir zum Teufel?

»Ich glaube, da kommt jemand«, flüsterte Adrián.

Ich machte Anstalten, aufzustehen, aber Adrián hielt mich zurück.

»Erinnere dich an die Anweisungen. Ich glaube, Li-Chao will nicht, daß man uns sieht.«

Er hatte recht. Der arabische Garten war von Sträuchern umgeben und lag versteckt in einer Senke. Wenn man durch die Gitter des Pavillons spähte, hatte man jedoch eine relativ gute Sicht auf die Umgebung. Vor allem auf den sogenannten hebräischen Garten, der sich direkt neben unserem befand und relativ kahl und offen dalag. Über die Anhöhe dieses Gartens kam jetzt ein Mann. Er sah sich um und blieb inmitten der Ebene stehen. Er mußte an die dreihundert Meter von uns entfernt sein.

»Mir scheint, das ist ...« murmelte Adrián in mein Ohr und schnaubte leise.

»Ja, genau der«, stöhnte ich.

Es war das Schöngesicht, das uns überfallen hatte, als wir aus dem ›Glücklichen Himmel‹ herausgekommen waren, der brutale Kerl, der Wallie das Ohr abgeschnitten hatte. Es gab nicht den geringsten Zweifel, sein rothaariger Kopf leuchtete gegen den schwarzen Horizont. Jeder, der sich irgendwann einmal ruhig verhalten mußte, um sein Leben zu retten, weiß, daß man *absolut* still sein muß, daß das Fleisch zu Marmor wird und das Blut in den Adern gefriert und daß sogar das Herz zwischen zwei Schlägen anhält. So fühlten wir uns, versteinert und voller Todesangst, und beobachteten vom Garten aus den Rothaarigen.

Im Vergleich zu uns verhielt sich das Schöngesicht nicht besonders ruhig: Um sich aufzuwärmen, stampfte er auf den Boden und stieß wütende Dampfsäulen durch die Nase. Er wartete auf jemanden, das war klar. Schließlich sahen wir, wie er sich gerade aufrichtete und mit einer aufmerksamen und vorsichtigen Geste die Hände zu beiden Seiten des Körpers herabgleiten ließ. Da erschien eine neue Gestalt auf dem Weg: ein in einen blauen Mantel gehüllter Mann, dessen Erscheinung etwas seltsam Vertrautes ausstrahlte. Er grüßte den brutalen Kerl mit einem Kopfnicken. Und dann stellte er sich so, daß wir ihn von der Seite sehen konnten. Das dunstige Licht zeichnete die Umrisse seines Gesichts ab. Es war José García, der Inspektor.

Der Ort ihres Treffens war gut gewählt. Da der hebräische Garten so übersichtlich und weitläufig war, konnten sie einen Radius von mehreren hundert Metern überblicken. Wir waren natürlich zu weit von ihnen entfernt, so daß wir nicht hören konnten, was sie redeten. Wir beobachteten, wie sie eine Zeitlang miteinander sprachen, nickten und irgend etwas untereinander austauschten. Das Treffen dauerte kaum fünf Minuten. Danach gingen sie in verschiedene Richtungen davon.

»Jetzt haben sie uns wirklich drangekriegt«, meinte Adrián düster.

Und er hatte leider recht. Wir warteten noch eine weitere halbe Stunde im Garten, um sicher zu sein, auf keinen der beiden zu stoßen, und dann kehrten wir nach Hause zurück. Zuerst wollten wir bei Félix vorbeischauen; wir drückten jedoch fünf Minuten lang auf die Klingel, ohne daß er aufmachte. Ich wurde unruhig.

»Merkwürdig.«

»Vielleicht ist er in deiner Wohnung. Oder er hat sein Hörgerät ausgestellt und hört uns nicht«, sagte Adrián.

Ich versuchte dann, meine Wohnungstür zu öffnen, doch es ging nicht. Der Schlüssel schien von innen zu stecken. Das sprach für die These, daß sich der Alte in der Wohnung befand, doch andererseits kam uns das ziemlich ungewöhnlich vor. Und außerdem reagierte auch dort niemand auf unser wiederholtes Klingeln.

»Und was machen wir jetzt?«

Seit wir beim Verlassen des chinesischen Restaurants auf den Rothaarigen getroffen waren, hatte ich meine Wohnung verbarrikadiert, als sei sie der Sitz des CIA. Ich hatte eine gepanzerte Tür einsetzen sowie drei Hochsicherheitsschlösser und eine mit dem Türrahmen verbundene Alarmschaltung anbringen lassen, die bei einem Einbruch automatisch in der Zentrale eines Sicherheitsdienstes losging. Glücklicherweise ein privater, dachte ich jetzt erleichtert, als ich mich daran erinnerte, daß die Polizei in den Fall verwickelt war. Die Männer vom Sicherheitsdienst hatten mir gesagt, daß die Tür jetzt absolut einbruchssicher sei. Jetzt, wo ich sie nicht öffnen konnte, fing ich an, mich zu fragen, ob ich wohl ein Loch in die Wand schlagen müsse, um in meine Wohnung zu gelangen.

»Hör nicht auf zu klingeln«, riet mir Adrián.

Ich drückte so lange, bis die Sicherung durchbrannte und die Klingel keinen Ton mehr von sich gab. Wir traten mit den Füßen gegen die Tür und gingen dann hoch in Adriáns Wohnung, um von dort aus in meiner anzurufen (mit mechanischer Gehorsamkeit sprang immer wieder der Anrufbeantworter an). Und wir schrien, den Mund gegen das Türschloß gepreßt, Félix' Namen, in der Hoffnung, daß das Geräusch die gepanzerte Tür durchdringen würde. Ich begann mir danteske Szenen vorzustellen, Gänge, deren Wände von Blut geschwärzt waren, Fenster, die wie im Alptraum auf- und zuschlugen, brutal entstellte Körper.

»Es muß ihm etwas zugestoßen sein, das ist nicht normal, irgend etwas Schlimmes ist passiert ...«

»Also, die Polizei können wir nicht rufen«, sagte Adrián.

»Nein, bloß nicht die Polizei. Und wenn wir die Feuerwehr benachrichtigen?«

Genau in diesem Augenblick, nachdem wir fast eine halbe Stunde lang mit der Tür gekämpft hatten, hörte man, wie der Riegel zurückgeschoben wurde und die Tür sich vorsichtig öffnete. Auf der anderen Seite erschien Félix' verblüfftes Gesicht.

»Ah, wartet ihr schon lange hier?« sagte er.

»Wie, ob wir hier schon lange warten? Wir hämmern hier bereits eine halbe Stunde herum.«

»Was? Augenblick, ich stelle das Teil hier an«, sagte Félix und steckte ungeschickt das Hörgerät ein. »Entschuldigt, Kinder, aber ich bin auf dem Sofa eingenickt.«

»Was ist das für ein Geruch?«

Die Wohnung stank nach Desinfektionsmittel.

»Das? Ah, das waren die städtischen Kammerjäger.«

»Die wer?«

»Ja, zwei Männer von der Stadt waren hier. Es gibt eine Kakerlaken-Plage, und sie desinfizieren überall. Zuerst waren sie bei mir, und dann fragten sie mich, ob der Pförtner einen Schlüssel für deine Wohnung hätte. Da ich ja einen habe, habe ich ihnen aufgeschlossen.«

»Und du hast sie hereingelassen?« erschrak ich.

Félix sah uns mit verblüfftem Gesichtsausdruck an. Félix, der schlaue Félix, Félix, der alte Untergrundkämpfer, schien jetzt ein hilfloser Greis zu sein, dem jeder Idiot irgendeinen Unsinn auf die Nase binden konnte. Seit seinem Krankenhausaufenthalt hatte er sehr nachgelassen; und gelegentlich schien sein Gehirn nicht mehr richtig zu funktionieren.

»Mein Gott, Félix, was hast du da getan? Hast du wenigstens von ihnen verlangt, daß sie sich ausweisen?«

Verlegen fuhr sich Félix mit der verkrüppelten Hand übers Gesicht.

»Ja, stimmt. Du hast recht. Ich weiß nicht, warum ich sie hereingelassen habe. Wie dumm. Ich weiß nicht. Ich habe Kopfschmerzen. Mir ist ein wenig schwindelig.«

Wir setzten ihn aufs Sofa.

»O.k., mach dir keine Sorgen, ist schon in Ordnung«, tröstete ich ihn und bedauerte, daß ich ihn angeschrien hatte. »Eigentlich ist es egal, ob man nach ihren Ausweisen fragt oder nicht, sie könnten sowieso gefälscht sein. Außerdem könnten es wirklich Angestellte der Stadt gewesen sein.«

Aber innerlich dachte ich voller Angst: Und wenn sie nun Abhörgeräte installiert haben, wenn sie eine Bombe gelegt haben, und wenn ... Mir gefror das Blut in den Adern:

»Wo ist Wallie?« fragte ich mit erstickter Stimme.

»Wallie?« wiederholte Félix dumpf. »Ah, ja. Ich habe sie bestraft. Sie hat den Mülleimer umgeworfen, und ich habe sie zur Strafe in die Küche eingesperrt.«

Ich rannte zur Küche und öffnete die Tür; dort lag sie tatsächlich. Wie ein behaartes Sofakissen platt auf dem Boden. Als sie mich sah, versuchte sie aufzustehen. Etwas Seltsames ging hier vor, irgend etwas war hier nicht in Ordnung. Sie rutschte aus, die Läufe knickten ihr weg, sie stieß mit der Schnauze gegen den Boden; schließlich richtete sie sich wieder auf und begann im Zickzack zu laufen. Schwankend bewegte sie sich aus der Küche, und auf der Türschwelle übergab sie sich. Ich weiß nicht, was mir die Erleuchtung brachte, wodurch mir die rettende Idee kam. Ich blickte mich um und sah, daß Adrián eine Zigarette in die Hand nahm.

»Nein!« kreischte ich. »Zünde sie nicht an!«

Die Feuerwehrleute erklärten uns später, daß das ausgeströmte Gas tatsächlich hätte explodieren können. Und wenn das nicht funktioniert hätte, wären wir an einer Vergiftung gestorben. Wenn wir die Hündin nicht in der Küche eingeschlossen hätten, hätte die fortschreitende Vergiftung zu einer langsamen Betäubung geführt, zu einer kaum wahrnehmbaren Benommenheit. Mehrere Menschen wurden jedes Jahr von diesem hinterlistigen Tod ereilt: Wie sie hätten auch wir nichts gemerkt. Wer auch immer das gewesen war, es war klar, daß er nicht wollte, daß ich mich mit dem größten Kürbishändler Spaniens, wie dieser Blödmann von Blanco sagte, traf. Die Gasleitung hatte ein Loch. Es handelte sich um ein neues und glänzendes Kupferrohr, aber irgend etwas, vielleicht etwas Ätzendes, hatte unseligerweise das Metall beschädigt. Die Polizei, die von den Feuerwehrleuten verständigt worden war, nahm das Stück Leitung mit. Keiner der Polizisten wußte etwas darüber, daß es in Madrid eine Kakerlaken-Plage gab.

»Das kommt im Sommer vor. Aber jetzt ...«

Auf meine Bitte hin überprüften sie auch die Leitungen bei Félix und Adrián, aber beide waren vollkommen in Ordnung. Natürlich: Drei zur selben Zeit beschädigte Leitungen wären ein zu offensichtlicher Zufall gewesen. Die Polizisten waren ein wenig verwirrt, daß ich so sehr darauf bestand, daß sie die Leitungen in den anderen Wohnungen genauestens untersuchten. Wo ich doch so beharrlich wiederholte, daß das Loch in der Leitung wohl ein unglückseliger Zufall sein mußte. Was hätte ich ihnen anderes sagen sollen? Inspektor Garcías Verwicklung in den Fall hatte mich sprachlos gemacht.

Weil ich lügen mußte, wurde ich so nervös, daß ich mich dazu entschloß, Adrián und Félix die Polizisten und Feuerwehrleute verabschieden zu lassen. Ich ging unterdessen mit der armen Wallie auf die Straße, damit sie Luft schnappen und sich von der Vergiftung erholen konnte. Das Tier, dem es schon wieder besser ging, beschnüffelte gerade wonnevoll die übelriechendsten Blumenbeete der Plaza, als ich spürte, wie mir jemand leicht auf die rechte Schulter klopfte. Ich drehte mich um: Es war Inspektor García. Ich machte einen Satz und kreischte.

»Was ist denn mit Ihnen los?« wunderte sich der Inspektor. Er trug immer noch den blauen Mantel, den er am Morgen angehabt hatte.

»Entschuldigung«, heuchelte ich stammelnd mit plötzlich trockenem Mund. »Ich dachte, daß ... Meine Nerven gehen ein wenig mit mir durch.«

Ich sah mich um. Die Tür zu meinem Haus lag etwa hundert Meter weit entfernt, und in der vierten Etage befand sich hinter den Fenstern meiner Wohnung, die zum Lüften sperrangelweit offenstanden, ein Bataillon Polizisten und Feuerwehrleute. Aber sie konnten mich nicht sehen, mich nicht hören. Es mußte so gegen fünf Uhr nachmittags sein, und die Straße war wie leergefegt. Am anderen Ende des begrünten kleinen Platzes, da, wo sich die Kinderschaukeln befanden, paßten ein paar Mütter auf ihre spielenden Kinder auf.

»Ich weiß alles. Sehr unangenehm«, sagte García.

Ich verlor ein wenig die Fassung: Auf welches »alles« bezog er sich? Ob er uns am Morgen im Park gesehen hatte?

»Das mit dem Gas. Die Polizei hat uns informiert.«

»Ah, ja«, schnaubte ich und warf damit ein bißchen von meinem paranoiden Ballast ab. Und wich einen Schritt zurück.

García trat einen Schritt nach vorn.

»Sehr unangenehm«, wiederholte er.

Kam er mir nicht ein bißchen zu nahe? Zu nahe für das, was man normal und anständig und wohlerzogen nannte? Ich sah aus dem Augenwinkel über meine Schulter: Am Bordstein stand ein großes, schwarzes Auto mit getönten Scheiben. Man sah nichts, aber ich war mir sicher, daß darin jemand saß; und das Auto stand sehr nah, zu nah. Nur einen Schritt entfernt, oder einen Stoß. Wieder dieses Gefühl von Paranoia, das plötzlich unglaublich stark wurde. Unter meinen Füßen begann der Boden zu schwanken.

»Sie sind sehr sonderbar«, sagte García.

Ich war einen weiteren Schritt zurückgegangen und er einen weiteren nach vorne.

»Das ist ... der Schreck«, sagte ich, und war absolut ehrlich mit meiner Antwort.

García griff mich am Arm.

»Wir müssen aufs Kommissariat. Hier wartet schon der Wagen.«

Ich versuchte mich loszumachen, aber die Hand des Mannes umklammerte mich ziemlich fest.

»Warum? Wozu?«

»Damit Sie Anzeige erstatten. Es ist sehr wichtig. Kommen Sie. Los.«

»Ich kann nicht«, sagte ich und stemmte die Füße auf den Boden. Sehnsüchtig blickte ich in Richtung des Hauseingangs, ob nicht zufällig die Polizisten herauskämen, oder Adrián, um nach mir zu suchen. »Der ... der Hund. Ich bringe ihn hoch in die Wohnung und dann fahren wir, in Ordnung?«

»Der Hund kommt mit. Als Zeuge. Vergiftet. Wir werden eine Analyse machen lassen. Kommen Sie, schnell.«

García begann mich in Richtung Auto zu zerren. Er war fast soweit, sich nicht mehr zu verstellen: Noch eine Sekunde, und er würde mich vorwärtsstoßen. Ich könnte selbstverständlich schreien, ich könnte mich wehren, aber das würde meine Entführung nicht verhindern. Das Auto stand zu nah, und die Frauen auf dem Platz, die einzigen, die weit und breit zu sehen waren, würden nicht schnell genug auf die für Außenstehende immer verwirrende Auseinandersetzung zwischen zwei Fremden reagieren. Bis sie sich entschlossen hätten, sich in Bewegung zu setzen, wäre ich bereits weit weg.

»Ich habe meinen Personalausweis nicht bei mir!« rief ich.

»Das macht nichts!« antwortete García barsch. Und krallte seine Finger noch stärker in meinen Arm.

Ein Ball sprang uns vor die Füße. Wir blickten beide gleichzeitig nach unten und sahen ein ungefähr vierjähriges Kind, das in mehrere Schichten Jacken eingepackt war, als wäre es zu einer Nordpolexpedition unterwegs. Ich überlegte es mir kein zweites Mal: Ich beugte mich hinunter und nahm das Kind in die Arme. Einmal mußte es mir schließlich etwas nützen, daß ich so klein war: Ich konnte den Kleinen packen, obwohl der Inspektor mich weiterhin festhielt.

»Schauen Sie mal, was für ein hübsches Kind«, sagte ich, während sich der Kleine wie ein Aal in meinen Armen wand. Ich konnte den agilen Jungen nicht nur festhalten, sondern schaffte es auch, ihn trotz der Masse an Jacken, die ihn umgab, ordentlich in den Po zu kneifen. Das Kind begann wie am Spieß zu brüllen. García und ich blickten uns um: Eine Herde wildgewordener Mütter rannte mit fürchterlichem Gebrüll auf uns zu. Der Polizist ließ mich los.

»Hmmmm ... Wir erledigen das besser irgendwann anders«, sagte er.

Und er stieg schnell hinten in das Auto ein, das sofort startete und mit einem lauten Aufheulen des Motors die Straße hinunter verschwand. Ich stellte das Kind auf den Boden, und die Mütter umringten mich, in der klaren Absicht, mich zu steinigen. Deshalb sagte ich gleich, wer ich war, wie ich hieß und wo ich wohnte. Glücklicherweise kannte einer der Frauen mich vom Sehen:

»Ja, sie ist eine Nachbarin, das stimmt. Sie wohnt in dem Haus dort, ich kenne sie«, bestätigte sie mit finsterem Gesicht.

Dann versuchte ich, ihnen die Geschichte mit größtmöglicher

Gelassenheit zu erklären. Ich entschied mich, ihnen mehr oder weniger die Wahrheit zu erzählen. Die war schon an sich ziemlich unglaubhaft, so daß es besser war, nicht auch noch zusätzlich zu lügen.

»Ich habe doch schon gesagt, daß es mir sehr leid tut, aber ich glaube, daß dieser Typ versucht hat, mich zu kidnappen; deshalb habe ich das Kind gepackt, damit ihr darauf aufmerksam werdet und das verhindert«, wiederholte ich zum zehnten Mal.

»Du hättest auch ruhig deine verdammte Mutter packen können, Schätzchen«, sagte die Mutter des Kleinen mit der typischen Schlagfertigkeit der Leute aus meinem Viertel, das zum alten und volkstümlichen Madrid gehört.

»Ja, du hast recht«, stimmte ich ihr zu; ich fühlte mich langsam euphorisch, das war das Adrenalin, das mich nach der überwundenen Gefahr berauschte. »Wenn meine Mutter in der Nähe gewesen wäre, hätte ich auch nach ihr gegriffen. Also, es tut mir wirklich sehr leid. Was soll ich noch sagen? Wenn dir das nicht reicht, ruf doch die Polizei.«

Und ich ging Richtung Haus und lachte leise über meinen makabren Scherz.

Wie man sich vorstellen kann, ließ mich die Entdeckung, daß Inspektor García in die Sache verwickelt war, alles andere als kalt. Dank der Horde wutentbrannter Mütter hatte ich mich im letzten Moment aus seinen Fängen befreien können. Deshalb beschlossen Adrián, Félix und ich bei einer Notstandssitzung, die wie immer in meiner Küche stattfand, die Suche nach Ramón kurzzeitig einzustellen und schnellstmöglich an einen anonymen und sicheren Ort zu fliehen.

»Aber ihr müßt ja eigentlich gar nicht weg«, wandte ich nur kleinlaut ein, weil ich überhaupt keine Lust hatte, alleine wegzufahren.

»Ich werde dorthin gehen, wo auch du hingehst«, sagte Adrián sehr gefühlvoll, wie jemand, der eine Zeile aus einem Bolero singt. »Und außerdem scheint mir, daß Félix und ich hier auch nicht sehr sicher sind, wenn wir bleiben würden.«

»Natürlich nicht«, bekräftigte der Alte. »Ich habe auch schon eine Idee, wo wir hinfahren könnten. Häufig ist das naheliegendste Versteck das beste. Der Bruder von Margarita hat in Somosierra immer noch einen Bauernhof. Ein großes Haus, und er lebt dort allein. Er ist Witwer, und seine Kinder sind in die Stadt gezogen. Er hat mich oft gebeten, zu kommen und eine Zeitlang bei ihm zu bleiben. Er würde sich bestimmt freuen. Und auch wenn der Hof kaum achtzig Kilometer von Madrid entfernt ist, so liegt er in Wirklichkeit doch hundert Lichtjahre weit weg. Dort werden sie uns niemals finden.«

Der Plan hatte zusätzlich den Vorteil, daß er billig war. Damals befand ich mich in einer nahezu katastrophalen finanziellen Lage. Ramóns Gehalt war eingefroren worden, die Million Peseten, die vom Lösegeld übrig war, war auch aufgebraucht, und ich hatte seit ziemlich langer Zeit keine Zeile mehr geschrieben. Einige Wochen vorher war ich bei meinem Verleger gewesen und hatte ihn um einen Vorschuß für mein nächstes Buch gebeten; der stets liebenswürdige Emilio war sich in Entschuldigungen und übertriebenen Lobeshymnen auf mein Werk ergangen:

»Du weißt, daß mich dein ›Hühnchen‹ begeistert, du weißt, daß du unsere große Autorin bist, aber ausgerechnet jetzt laufen unsere Geschäfte fürchterlich schlecht; unsere Situation ist so problematisch, daß der Verlag vielleicht sogar den Bach runtergeht. Du kannst dir nicht vorstellen, wie leid es mir tut, aber ich kann dir nicht helfen.«

Adrián hatte niemals nur eine einzige Pesete besessen, und ich weigerte mich, die mageren Ersparnisse von Félix zu plündern. Aus diesem Grund begann unsere finanzielle Lage allmählich ziemlich besorgniserregend zu werden, weshalb Félix' Vorschlag mit besonders großem Interesse aufgenommen wurde. Wir entschieden uns, sofort zu fahren, und packten schnell die Koffer. Ich rief meinen Vater und meine Mutter an und erklärte ihnen, daß ich für einige Zeit nach Paris reisen würde.

»Sehr gut, Liebes, das kannst du nach dieser schrecklichen Sache mit der Entführung sicher gut gebrauchen. Wie sehr hätte ich mir damals gewünscht, nach Paris fahren zu können, wenn ich mich deprimiert fühlte! Aber natürlich, zu meiner Zeit war das unmöglich. Wo ich kaum über eigenes Geld verfügte und meine Karriere der deines Vaters untergeordnet hatte ... Und dann alles das wozu, fragst du? Und außerdem gab es ja auch dich, und ich konnte dich nicht allein lassen. Ich bereue es nicht, wirklich nicht, aber du glaubst nicht, wie gut du daran getan hast, keine Kinder zu bekommen«, sagte meine Mutter.

»Hervorragend! Dann kannst du mir ein wunderschönes

Jackett mitbringen, das ich bei einem Freund gesehen habe; es ist aus einem Geschäft auf den Champs-Elysées. Ach ja, hast du was von Ramón gehört?« sagte mein Vater.

Ihre Kommentare erstaunten mich absolut nicht: Beide hielten sich perfekt an ihre entsprechenden Rollen. Sie waren schon immer unfähig gewesen, mir das zu sagen, was ich eigentlich von ihnen hören wollte.

Eine halbe Stunde später hatten wir fertig gepackt. Ich verriegelte alle Fenster, verschloß die sieben Schlösser der Tür, und dann gingen wir auf Zehenspitzen, als wären wir Gefangene auf der Flucht, die Treppe hinunter. Es nützte nichts. Im Hauseingang standen zwei Riesenkerle, beide hatten einen dümmlichen und einfältigen Gesichtsausdruck, beide waren sorgfältig mit dem gleichen billigen und grauen Anzug gekleidet. Sie sahen aus wie zwei zu hoch aufgeschossene Jungen bei der Erstkommunion.

»Frau Lucía Romero?« fragte einer der Zwillinge mit ausgesuchter Höflichkeit.

Ich begann zu schwitzen.

»Ich weiß nicht, ob sie da ist«, antwortete ich. »Sie wohnt in der vierten Etage. Gehen Sie hoch und schauen Sie nach.«

»Frau Romero«, sagte der Junge unerschütterlich und zeigte mir seinen Ausweis. »Wir sind von der Sicherheitspolizei. Sie müssen mitkommen. Die Richterin Martina hat uns geschickt, damit wir Sie zu ihr bringen.«

»Die Richterin? Aber warum denn?«

»Keine Ahnung. Wir wissen nur, daß wir Sie mitnehmen sollen.«

»Aber das ... das ist nicht rechtens, das ist verfassungswidrig, das ist eine Entführung!«

Adrián machte einen Schritt nach vorn; der andere Kerl legte ihm sanft eine Hand auf die Brust. Er war zwei Kopf größer als Adrián und doppelt so breit.

»Übertreiben Sie bitte nicht, Señora; dramatisieren Sie das Ganze nicht.«

Welch tolles Vokabular, dachte ich unangebrachterweise; welch passender Gebrauch des Verbes »dramatisieren«. Wie hatte sich in letzter Zeit doch die Allgemeinbildung der Schlägertypen verbessert.

»Wir wollen Sie einzig und allein mitnehmen, damit Sie sich ein wenig mit der Richterin unterhalten. Das ist alles.«

Mich mit der Richterin unterhalten. Richter gefallen mir nicht besonders. Das sind Männer und Frauen, die erst jahrelang im Elend leben, sich mit ihren riesigen Gesetzestexten wie Kellerasseln einsperren, dann ihr Examen machen und sich plötzlich, ohne jegliche persönliche Reife, ohne je etwas im Leben erlebt zu haben, als Götter aufspielen und in ihrer unbarmherzigen Art über die Menschen richten. Außerdem war der einzige Kontakt, den ich vor dieser traurigen Entführungsgeschichte zu Richtern hatte, alles andere als erfreulich gewesen und hatte mein Vertrauen in die Arbeitsweise der Justiz ziemlich erschüttert. Eines Tages war mir einmal die Handtasche mit allen Papieren gestohlen worden; ich erhob Anzeige und ließ mir neue Papiere ausstellen, wie das in solchen Fällen üblich ist. Vier Jahre später wurde ich plötzlich mehrere Male bei Gericht vorgeladen. Jemand hatte einen Ford Fiesta, der auf meinen Namen eingetragen war, mit beharrlicher Unfähigkeit gegen verschiedene Objekte gedonnert: andere Autos, ein Schaufenster, ein abgestelltes Fahrrad. Was die Sache noch schlimmer machte, war, daß der Fiesta keine Versicherung hatte, und daraus ergab sich das Ansinnen der Richter: Die Geschädigten wollten Geld von mir, weil ich, rein rechtlich, die Fahrzeughalterin war. Ich schaffte es, herauszubekommen, daß jemand den Wagen über eine Agentur erworben hatte, und fuhr dorthin, um mit deren Chef zu sprechen:

»Selbstverständlich, natürlich erinnere ich mich an diesen Fiesta. Sie selbst waren vor vier Jahren hier und haben ihn gekauft, zusammen mit Ihrem Mann, dem Iraner«, antwortete der Kerl.

Es nützte mir gar nichts, zu schwören, daß es nicht mein Fiesta war, weil überall mein Name angegeben war. Ich mußte weiterhin alle Schäden begleichen, bis schließlich keine Anzeige mehr erstattet wurde. Vielleicht war der Kerl in den Iran zurückgekehrt, oder vielleicht war er an Leberkrebs gestorben, den ich ihm anderthalb Jahre lang jede Nacht wünschte, oder er hatte, das ist wohl am wahrscheinlichsten, den Wagen und die Papiere gewechselt. Das bewies mir, daß die Justiz nicht nur blind, sondern auch dumm war. Alles in allem war dies also nicht unbedingt eine vielversprechende Vorgeschichte, um Freudensprünge zu veranstalten, wenn man bei einer Richterin vorstellig werden sollte.

Einer Richterin, der gegenüber ich ein besonderes Mißtrauen hegte. Weil beim erstenmal, als wir miteinander sprachen, Inspektor García zugegen war. Welche Rolle spielte der schweigsame und dreiste García bei jener Befragung? Schon damals erstaunte mich die Gegenwart des Polizisten, aber jetzt wurde mir die Sache langsam unheimlich: Ob die beiden wohl unter einer Decke steckten? Natürlich gab es noch die wesentlich schlimmere Möglichkeit, daß diese beiden tadellosen und kindlichen Gorillas logen. Daß Inspektor García sie geschickt hatte. Oder die Terroristen von *Orgullo Obrero*. Oder vielleicht jener entsetzliche, rothaarige Schläger, der schon Adrián und mich bedroht hatte.

»Und woher weiß ich, daß Sie die sind, die Sie vorgeben zu sein, woher weiß ich, daß Sie mich wirklich zu der Richterin bringen?«

»Sie haben bereits unsere Ausweise gesehen.«

»Eine tolle Garantie. Die können gefälscht sein. Oder vielleicht sind sie echt, aber Sie verschleiern Ihre wahren Absichten.«

Der Gorilla, der mit mir geredet hatte, seufzte:

»Dann glaube ich, daß Sie keine andere Chance haben, als uns zu vertrauen.«

Und das tat ich. Die Intuition ist ein Impuls, eine elektrische Entladung, die in den Neuronen zirkuliert und unterschwellige Informationen transportiert, derer man sich noch nicht einmal bewußt wird. Ich war immer sehr intuitiv, und ich bin stets gut damit gefahren, wenn ich diesem ersten Impuls gefolgt bin. Jetzt sagte mir meine Intuition, daß diese Jungs nicht nach Gefahr rochen und daß es schlimmer wäre, sich mit ihnen anzulegen. Deshalb legte ich meine Hand auf Félix' Arm und drückte ihn beschwichtigend.

»Ich komme sofort zurück. Kein Grund zur Aufregung. Wartet hier auf mich.«

Eine Minute später saß ich auf dem Rücksitz eines Autos und fuhr Richtung Gericht. Oder das nahm ich zumindest an. Tatsächlich fuhren wir ziemlich viel hin und her und bogen unerwarteterweise um irgendwelche Ecken. Ich begann mich plötzlich voller Unruhe an die Situationen zu erinnern, in denen meine berühmte Intuition kläglich versagt hatte. Als ich irgendeinem Kerl das Motorrad verbeult hatte: Ich war aus dem Auto gestiegen, um mit ihm zu reden; er sah nämlich sympathisch aus, dabei erwürgte er mich fast. Und war da nicht diese andere Sache, als ich einem Typ, der superbillige, frisch aus den USA importierte Computer verkaufte, zweihunderttausend Peseten gegeben hatte und er sich dann als Betrüger entpuppte? Oder wie war das mit jenem anderen so tollen Kerl, mit dem ich in einer Bar geflirtet und der mir danach meine Tasche gestohlen hatte? Ich gelangte gerade zu der unheilvollen Überzeugung, daß ich mich in allen Situationen, in denen ich mich von meiner Intuition hatte leiten lassen, getäuscht hatte, als der Wagen eine letzte und merkwürdige Wendung machte und wir überraschenderweise in der Straße, wo sich das Gericht befand, herauskamen. Ich atmete erleichtert auf: Ich war in Sicherheit. Für einen Augenblick.

Die Richterin empfing mich in demselben elenden Kämmerchen wie beim erstenmal. Trotzdem gab es ein paar bemerkenswerte Unterschiede. Der wichtigste war, daß Inspektor García bei dieser Gelegenheit nicht anwesend war. Der verblüffendste war, daß die Richterin nicht nur in der Zwischenzeit ein Kind zur Welt gebracht, sondern daß sie ihren Sproß auch mit ins

Büro gebracht hatte. Er lag jetzt neben dem Tisch in einer Trage, in einem Wust aus Rüschen und Spitzen. Auch die Katze hatte geworfen: Behaglich lag sie in einer Ecke auf dem gelben Kissen und leckte mit der Grazie eines zufriedenen Tigerweibchens ein halbes Dutzend Kätzchen. Die Luft war heiß und stickig wie in einem Brutkasten, und es roch nach Talkpuder und Vormilch.

»Wir sind am Anfang vom Ende«, verkündete die Richterin mit feierlicher Miene, als sie mich erblickte.

»Gut«, antwortete ich, nur um etwas zu sagen. Ich wünschte mir gerade, dieses schwüle Zimmer, dieses Uterus-Büro zu verlassen.

»Sie werden entschuldigen, daß ich Sie so ohne jede Ankündigung habe kommen lassen, aber die Zeit drängt, und die Situation ist brenzlig.«

»O.k.«

»Ich werde offen zu Ihnen sprechen: Ihr Mann ist nicht mehr als die Spitze des Eisbergs. Ein Kronzeuge hat uns Fotokopien von Schecks, Ausdrucke, die hätten vernichtet werden sollen, und geheime Dokumente zukommen lassen. Dieser Mann arbeitete als Buchhalter für die Capital AG und die Belinda AG, die beiden Firmen, auf deren Konto Ihr Mann das unterschlagene Geld überwiesen hat; aber offensichtlich gab es dort Probleme. Der Buchhalter sagt, daß man ihn betrogen habe, daß man ihm nicht die vereinbarte Summe gezahlt habe und daß er jetzt um sein Leben fürchte. Möglich. Es ist auch möglich, daß der Buchhalter seine Kollegen erpressen wollte und daß dies nicht funktioniert hat. Die Gründe unseres Vertrauensmanns interessieren uns aber im Augenblick nicht. Das Wichtige ist die Information, die er uns verschafft.«

Die Richterin schwieg einen Moment, als müßte sie genau überlegen, wie sie fortfahren und bis zu welchem Punkt sie erzählen sollte. Mit einer gewissen Nervosität öffnete sie ein paar Mappen und klappte sie dann wieder zu, ohne ihnen irgendein Papier zu entnehmen.

»Aufgrund dessen, was uns vorliegt, glauben wir nicht, daß

Ihr Mann von *Orgullo Obrero* gezwungen wurde, Geld zu veruntreuen. Die Informationen, die wir haben, sind immer noch ein wenig konfus, weil dieser Buchhalter unverschämterweise versucht, Trümpfe in der Hand zurückzuhalten, und mehr lügt, als die Wahrheit zu sagen. Aber zum jetzigen Zeitpunkt besteht kein Zweifel mehr, daß es eine Geheimorganisation gibt, die dem Staat über verschiedene Ministerien Geld entwendet, große Summen Geld. Ihr Mann gehört zu dieser Mafia.«

»Das müssen Sie erst noch beweisen«, enfuhr es mir automatisch, mit einem fast animalischen Verteidigungsreflex: weil Ramón auf irgendeine Weise immer noch mein war. Aber in meinem Inneren kam ich langsam zu der schauerlichen Überzeugung, daß die Richterin Martina die Wahrheit sagte.

»Das werde ich Ihnen beweisen, machen Sie sich da keine Sorgen. Also, ich sagte Ihnen bereits, daß Ihr Mann zu dieser Mafia gehört. Sie hat Verbindungen zu gewöhnlichen Verbrechern und zu terroristischen Organisationen wie *Orgullo Obrero*. Ramón Iruña war aber nur ein kleiner Fisch: In den Fall sind hohe Verwaltungsbeamte verwickelt. Zum jetzigen Zeitpunkt haben wir sichere Indizien gegen verschiedene Generaldirektoren, drei Staatssekretäre, zwei Oberstleutnants und mindestens drei Minister oder Exminister. Die Korruption scheint innerhalb des Staatsapparates tatsächlich so weit verbreitet zu sein, daß man sehr aufpassen muß, mit wem man spricht. Inspektor García arbeitet zum Beispiel für sie.«

Ob das wohl eine Falle war? Versuchte die Richterin Martina mein Vertrauen zu erschleichen, damit ich ihr alles beichtete, was ich wußte? Das rosafarbene Bündel in der Trage fing an zu schreien. Die Justizbeamtin streckte eine Hand aus und schaukelte energisch die Wiege. Als ich María Martina kennenlernte, war sie mir schon recht klein vorgekommen, aber jetzt, ohne ihren üppigen Bauch und ohne das Kissen, sah sie winzig aus. Sie konnte den Kopf kaum über den klapprigen Schreibtisch strecken. Zum Teufel, dachte ich; diese Miniaturausführung von Frau sah überhaupt nicht aus wie eine Verbrecherin. Natürlich sah sie auch nicht wie eine Richterin aus, aber ich zog es vor, dem zweiten Teil meiner Überlegungen keine Beachtung zu schenken.

»Ja, das weiß ich. Das mit García, meine ich. Wir haben gesehen, wie der Inspektor mit einem Terroristen geredet hat.«

Und dann erzählte ich der Richterin in allen Einzelheiten, was uns passiert war. María Martina machte sich in ein kleines Heftchen Notizen. Sie tat das zitternd und eifrig und sah dabei aus wie eine Maus beim Anblick von Käse.

»Gut«, sagte sie schließlich. »Gut. Das paßt natürlich alles zusammen.«

»Also, ich verstehe überhaupt nichts mehr. Ihrer Meinung nach ist mein Mann dann gar nicht entführt worden?«

»Das können wir noch nicht mit Bestimmtheit sagen. Wir wissen nicht, ob die an der Korruption beteiligten Politiker mit *Orgullo Obrero* Probleme hatten oder ob Ihr Mann tatsächlich eine Zahlung an die Terroristengruppe verweigert hat. Es ist möglich, daß sie ihn entführt haben, es kann sich aber auch um eine Finte handeln. Dieser Fall ist immer noch voller Fragezeichen. Deshalb wäre es für uns tatsächlich sehr nützlich, wenn Sie den Kontakt zu dem sogenannten Kürbishändler aufrechterhalten würden. Was dieser Mann sagt, könnte uns irgendeinen Anhaltspunkt liefern.«

»Was sagen Sie?« erschrak ich. »Nein. Kommt überhaupt nicht in Frage. Ich denke nicht daran, mich mit diesem Kerl zu treffen. Ich kann nicht. Sehen Sie, ich habe Ihnen bereits gesagt, man hat versucht, mich umzubringen. Ich gehe. Wenn Ihre Gorillas mich nicht aufgehalten hätten, wären wir jetzt schon in einem sicheren Versteck.«

Die Richterin fuhr sich mit einer Hand übers Gesicht. Sie sah aus wie ein müdes Äffchen.

»Meine Gorillas ... Diese Jungs sind von der Sicherheitspolizei. Von mir ausgewählt. Die besten der Truppe, das kann ich Ihnen versichern. Sie sind die einzigen, denen ich vertrauen kann. Und ich habe nur diese beiden und einen weiteren, der gerade einen Spitzel überprüft. Diese drei Jungs haben gerade erst die Polizeiakademie absolviert und sind meine einzige Unterstützung. Ich bin allein. Ich habe noch nicht einmal meinen Mutterschaftsurlaub nehmen können, weil ich weiß, daß *sie* meine Abwesenheit nutzen würden, um den Fall ad acta zu legen.«

Sie schwieg einen Moment nachdenklich. Dann sah sie mir entschlossen in die Augen.

»Ich will Ihnen die Wahrheit sagen: Das alles ist gefährlich. Sogar sehr gefährlich. Trotzdem glaube ich, daß es für die Untersuchung sehr vorteilhaft wäre, wenn dieses Gespräch, das Ihnen der Kontaktmann versprochen hat, dieses Treffen mit dem größten Kürbishändler, stattfinden würde. Nur darum bitte ich Sie: Bleiben Sie in Madrid, bis Sie mit diesem Mann gesprochen haben, erzählen Sie mir anschließend, was er gesagt hat, und dann können Sie gehen, wohin Sie möchten.«

Die Verantwortung erdrückte mich. Ich saß auf der Stuhlkante und schluckte nur mit Mühe eine Dosis Angst und Spucke hinunter.

»Wer sind die Minister?«

Die Richterin lächelte schief:

»Das ist ein Geheimnis des Ermittlungsverfahrens. Aber nun gut, da ich möchte, daß Sie uns helfen, und ich Ihnen vertraue, werde ich Ihnen einen Namen nennen, der sehr häufig zitiert wird: Zurriagarte. Ich erzähle Ihnen das natürlich nur unter dem absoluten Siegel der Verschwiegenheit.«

Zurriagarte! Wie war das möglich? Er sah so vertrauenswürdig aus. Er galt doch als einer der ehrlichsten und anständigsten Politiker des Landes! War er nicht derjenige, der gesagt hatte »Keine Politik ohne Ethik«?

»Das ist nicht möglich ...«, stammelte ich.

»Ja, es ist nicht leicht, das zu glauben. Mich hat es ebenfalls erstaunt«, sagte die Richterin. »Obwohl ich langsam anfange, mir eine Vorstellung davon zu machen, wie sich das alles abgespielt hat. Das heißt, wie sich die Dinge entwickeln. Sehen Sie, das ist nicht mehr als eine Arbeitshypothese, aber nehmen wir einmal an, daß man Sie zur Ministerin eines Ministeriums ernennt, das in diese Mafia-Geschäfte verwickelt ist. Es betrifft nicht alle, aber doch einige. Gut, Sie werden also zur Ministerin ernannt, und Sie nehmen das Amt an. Ihre Ernennung wird öffentlich bekanntgegeben, es kommt der Tag der Amtsübernahme und Sie schwören den Amtseid, die entsprechenden Fotos werden gemacht, jeder beglückwünscht Sie und Sie gehen voll eitlem Stolz in Ihr neues Büro. Und dort, vor dem Büro, erwartet Sie ein Männchen mit einem schwarzen Aktenkoffer. Sie haben schon mit dem scheidenden Minister gesprochen, Sie haben sich bereits einen Überblick über die Sie betreffenden Angelegenheiten verschafft, Sie sind den Staatssekretären und den Abteilungsleitern und den Referatsleitern vorgestellt worden, aber bisher hatte Ihnen niemand von diesem Herrn mit dem schwarzen Aktenkoffer erzählt. Dann schließt der Mann behutsam die Bürotür und öffnet seinen Koffer. Und dann treten die unglaublichsten Dinge zutage: welche Verbrecher vom Ministerium bezahlt werden, wer für es stiehlt, wie sich die Korruptionsgelder von der Ministerebene bis nach unten verteilen. Und wie viele Tote auf dessen Konto gehen, weil es in dem Koffer auch Morde gibt. Dann können Sie zwei Dinge tun: entweder sofort auf das Amt verzichten, was zu einem unglaublichen Skandal führen würde, oder sich an die Vorstellung gewöhnen, daß das ebenfalls zum Ministeramt gehört.«

Ich weiß nicht, warum ich mich entschied, der Richterin Martina zu helfen, wo mir all das, was sie mir da erzählte, einen solchen Schrecken einjagte. Und dennoch, noch ehe die Justizbeamtin ihre Ausführungen beendet hatte, hatte ich den bescheuerten Entschluß gefaßt, die Heldin zu spielen. Vielleicht aus egozentrischen Motiven: Wir alle glauben gerne, daß wir unentbehrlich sind. Oder weil mich der reine Ekel anspornte.

»In Ordnung. Ähm. Ich bleibe hier.«

Die Richterin schloß für einen Moment die Augen und seufzte.

»Danke.«

Jetzt erschien mir das elende Büro nicht mehr wie ein schwüler Brutkasten, sondern wie ein der Strömung ausgeliefertes Schiffchen, in das sich die Überlebenden eines Schiffbruchs drängten, bedroht von einem Meer voller Haie. Das Baby fing von neuem an, auf unerträgliche Weise zu schreien.

»Sehr ... sehr süß, der Kleine«, sagte ich, um etwas zu sagen.

María Martina stand auf und nahm dieses taubmachende Bündel in den Arm.

»Es ist ein Mädchen. Entschuldigen Sie. Es ist eigentlich unglaublich, daß sie hier ist. Aber es ist so, daß ...«, die Richterin warf mir einen kurzen und beunruhigten Blick zu. »Ich möchte sie nicht alleine zu Hause lassen. Wissen Sie, ich erhalte so viele ... mmmmh ... unangenehme anonyme Briefe. Ich traue mich nicht, mich von ihr zu trennen.«

Von Angst und Wissen erdrückt, kehrte ich nach Hause zurück. Wissen nimmt immer einen gewissen Platz ein. Es gibt Wissen, das soviel im Gedächtnis wiegt wie eine Ladung Brennholz, und Wissen, das einen älter macht als eine schmerzhafte und unheilbare Krankheit. Es gibt Wissen, das tatsächlich eine schmerzhafte und unheilbare Krankheit *ist*. Es bleibt in einem drin wie eine zuckende Flamme. Ramón, zum Beispiel. Das Bild von Ramón in mir zerbrach immer mehr. Mein Verhältnis zu ihm wurde leidenschaftsloser, distanzierter. Um die Wahrheit zu sagen, ich fühlte mich schon nicht mehr als seine Frau, sondern vielmehr als seine Witwe, weil er für mich bereits halbtot war.

»Ich habe wieder ein Rätsel geträumt«, sagte Adrián an jenem Abend. Ich glaube, um zu versuchen, mich aus meinen düsteren Gedanken zu reißen.

Es war neun Uhr, und wir waren dabei, in der Küche etwas Brot mit Käse zu essen, das erste vernünftige Essen, das wir seit dem Frühstück zu uns nahmen.

»Es handelt von drei Männern in einer Hafenstadt«, fuhr der Junge fort. »Sie sind alte Bekannte und haben sich lange Zeit nicht gesehen. Sie beschließen, in einem Restaurant direkt am Meer zu essen; sie setzen sich an einen Tisch und bestellen drei

Möwenbraten. Ihre Gerichte werden serviert, und sie beginnen zu essen. Zwei von ihnen sagen nichts, aber der dritte ruft ziemlich aufgebracht nach dem Kellner. ›Aber ist das wirklich Möwe?‹ fragt er. Und der Kellner antwortet: ›Ja.‹ Dann steht der Mann mit einem Satz auf, läuft mit einem Aufschrei des Entsetzens aus dem Restaurant und erbricht sich ins Meer.«

»Klar, ein solches Gericht muß ja ekelhaft schmecken«, murmelte Félix mit vollem Mund.

Ich sagte nichts, weil sich der Käse an mein Gebiß geklebt und es gelockert hatte. Ich war deshalb darauf konzentriert, den Schaden möglichst unauffällig mit der Zunge zu beheben.

»Sehr witzig«, schnaubte Adrián.

»Außerdem ißt man keine Möwen. Jeder weiß, daß sie ekelhaft schmecken«, beharrte Félix.

Wie tröstlich waren doch Adriáns Rätsel, dachte ich, während ich zuhörte, wie sie zum x-tenmal miteinander diskutierten. Geheimnisse, offensichtlich ohne Zusammenhang, für die es dann ein Warum gab, eine Erklärung, einen guten Grund. Adriáns Rätselgeschichten halfen einem zu glauben, daß die Existenz im Grunde genommen einen Sinn hatte. Daß das Leben nicht chaotisch und absurd war, sondern ein riesiges Rätsel, das man lösen konnte, indem man über die Angelegenheit nachdachte. An all das dachte ich, als es an der Tür klingelte.

Es hat immer etwas Lächerliches, wenn man versucht, durch Schreien herauszufinden, wer auf der anderen Seite einer gepanzerten und mehrfach verriegelten Tür steht. Aber genau das taten wir, wir drängten uns voller Angst im Flur zusammen und brüllten wie die Wahnsinnigen.

»Wer ist da?«

»Lucía Romero?«

»Was wollen Sie?«

»Wir kommen im Auftrag von Manuel Blanco.«

Mir fiel auf, daß der Sprecher den Plural benutzte. Durch den Spion konnte man erkennen, daß es mindestens zwei waren. Gutrasierte, gutgekleidete, massige, unauffällige junge Männer.

»Und wer sind Sie?«

»Machen Sie bitte die Tür auf.«

»Wozu?«

»Sehen Sie, *Sie* sind daran interessiert, mit unserem Chef zu sprechen. Wenn Sie wollen, öffnen Sie. Wenn nicht, gehen wir.«

Der Kürbishändler. Da mußten sie genau heute im Auftrag des Kürbishändlers kommen. Langsam wurde es ein unendlich langer Tag. Ich machte die Tür auf.

»So ist es einfacher«, sagten die Kerle lächelnd.

Sie waren den Sicherheitspolizisten von María Martina sehr ähnlich. Dasselbe Alter, dieselbe Beleibtheit, ein ähnlich nichtssagendes, hübsches Aussehen, identische Kiefer gesunder Kaugummikauer, die noch nie eine Zigarette geraucht hatten. Der einzig wahrnehmbare Unterschied bestand darin, daß sie besser angezogen waren. Die Anzüge waren ebenfalls grau, aber es waren Markenanzüge. Die Privat-Gorillas bekamen offenbar ein höheres Gehalt als die Beamten-Gorillas.

»Wir kommen, um Sie abzuholen. Unser Chef ist bereit, sich mit Ihnen zu treffen. Jetzt sofort.«

»Und woher weiß ich, daß Sie die sind, die Sie vorgeben zu sein?«

»Mir scheint, daß Sie uns vertrauen müssen.«

Dieser Dialog kam mir bekannt vor.

»Die beiden kommen mit«, sagte ich und zeigte auf meine Freunde.

Der Gorilla sah mich zweifelnd an. Ich beeilte mich, etwas zu sagen, bevor er ein Nein von sich geben konnte und sich dann gezwungen sähe, dabei zu bleiben, nur um uns abblitzen zu lassen.

»Ich nehme an, Sie wissen, wer Herr van Hoog ist. Also dieser Mann ist der Freund von van Hoog«, sagte ich und zeigte auf Félix. »Und wir haben für Ihren Chef einen Brief von dem Holländer, der sich auf uns drei bezieht.«

Der Kerl nickte kurz:

»In Ordnung. Wir wußten bereits, daß Sie jemanden mitnehmen würden.«

Also setzte ich mich wieder auf den Rücksitz eines Autos, dieses Mal eingezwängt zwischen Félix und Adrián, und fuhr erneut mit unbekanntem Ziel durch die Stadt. Das sich später als nicht ganz so unbekannt herausstellte: Sanft hielt der Wagen vor dem Paraíso.

Einer der Schläger stieg zusammen mit uns aus und führte uns durch den gerammelt vollen Saal des Cafés zu einem Mann reiferen Alters, der alleine an einem Tisch saß. Am Nachbartisch versuchten vier graugekleidete Männer angestrengt, sich nicht anmerken zu lassen, daß sie offensichtlich Bodyguards waren. Der Mann machte uns ein Zeichen, daß wir uns setzen sollten. Er hatte auffallendes, silbernes Haar, das er mit Pomade zurückgekämmt hatte und das sich im Nacken kräuselte. Schwarzes Jackett, dunkelrote Hose, ein um den Hals geschlungenes Seidentuch und insgesamt das abstoßende Aussehen eines alternden Marbella-Playboys.

»Und was erzählt mein lieber Freund van Hoog?« sagte der Mann zur Begrüßung.

»Nichts Besonderes. Ähm. Es geht ihm sehr gut«, antwortete ich.

»Was hat er in bezug auf Ludmila entschieden?«

»Also ehrlich gesagt, ich weiß es nicht. Ähm. Ähm. Ich bin nicht dazu gekommen, ihn danach zu fragen«, improvisierte ich.

»Das letzte Mal, als wir bei ihm waren, hat er uns den ganzen Vormittag Geschichten aus seiner Jugend erzählt, als er in der Widerstandsbewegung gegen die Nazis gekämpft hat. Na ja, Sie wissen ja, wie er ist«, fügte Félix meisterhaft hinzu.

»Ein Phantast! Das ist er. Weil das mit dem Widerstand ... Nein, wirklich, das glaube ich nicht. Sie können jetzt sagen, was Sie wollen, aber van Hoog war immer dort, wo er eindeutig zu sein hatte.«

Der Typ lächelte hochmütig und selbstsicher und zeigte dabei ein paar wunderschöne Zähne, die pro Stück um die dreihunderttausend Peseten kosten mußten. Das war also der größte Kürbishändler: Er sah gar nicht so gefährlich aus. Tatsächlich fand ich ihn so gewöhnlich und durchschnittlich, daß ich die Dummheit beging, ihm zu widersprechen.

»Was wollen Sie damit sagen? Daß es besser gewesen wäre, den Nazis zu helfen?«

Félix versetzte mir mit dem Knie einen Stoß, und ich selbst bereute sofort, etwas gesagt zu haben. Aber die Sache war nicht wiedergutzumachen. Der Mann sah mich scharf an. Ich zuckte zusammen. Vielleicht war dieser seltsame Herr alles in allem doch nicht so gewöhnlich und durchschnittlich, wie er schien.

»Ich habe gehört, daß Sie gerne eine Information hätten«, begann er mit träger Stimme. »Und Sie scheinen wirklich nicht ganz im Bilde zu sein. Sehen Sie, ich werde Ihnen ebenfalls eine Geschichte erzählen, genauso wie mein Freund van Hoog. Aber bei dieser Gelegenheit geht es nicht um mich, sondern um meinen Großvater. Mein Großvater war Soldat, und 1921 war er in die sogenannte Niederlage von Annual verwickelt, die sich nicht nur auf Annual, sondern auf mehrere Orte im Norden Afrikas bezog. Das spanische Kolonialheer wurde im Sommer 1921 in nur zwanzig Tagen von den Rif-Rebellen geschlagen. Es waren nur ein paar zerlumpte, mit Macheten und Dolchen ausgestattete Kämpfer, aber sie massakrierten eine unglaublich große Zahl spanischer Soldaten, vielleicht 12.000 oder sogar mehr. Man weiß nicht genau, wie viele Soldaten es im Rif gegeben hatte, weil die Zahlen nach oben geschönt worden waren: Einige Kommandos hatten wohl die zuviel gezahlten Löhne eingesteckt.

Korruption, Feigheit und Unfähigkeit bei weiten Teilen der Offiziere waren der wahre Grund für die Katastrophe. Ich weiß das, weil mein Großvater zu den Feiglingen gehörte und mir davon erzählt hatte. Damals war er Oberst und diente unter General Navarro. Nach dem, was mein Großvater erzählte, hatte die Katastrophe im Rif etwas Danteskes. Das Heer brach zusammen, die Soldaten flüchteten und trampelten dabei über die Verletzten, die Unteroffiziere rissen sich die Abzeichen herunter, um nicht als Offiziere erkannt zu werden, und die Stabsoffiziere flüchteten in die Autos und überfuhren zum Teil die Körper ihrer eigenen Soldaten. Die Rif-Rebellen töteten die flüchtenden Spanier mit Steinen und folterten die Verletzten zu Tode: Sie nagelten sie an die Wand, sie verbrannten ihnen die Genitalien, sie fesselten ihnen die Hände mit den eigenen Eingeweiden.

Natürlich gab es inmitten dieses Grauens auch unzählige Fälle von unglaublichem Heldentum. Wie die 690 Reiter des Alcántara-Regiments zum Beispiel, die ein ums andere Mal den Feind angriffen, um den Rückzug der Truppen zu gewährleisten. Für den letzten Angriff hatten Pferde und Reiter keine Kraft mehr. 90 Prozent des Regiments fielen, der größte Verlust, den eine europäische Kavallerieeinheit je erlitt; als das spanische Heer das Rif zurückeroberte, fanden sie die Leichen der Soldaten des Alcántara-Regiments so vor, wie sie gestorben waren, immer noch in Kampfformation. Bei der Niederlage von Annual gab es eben alles, Heldentum und Niederträchtigkeit. Zum Beispiel war der General Navarro ein Held und der Oberst Morales ein Schuft. Wie finden Sie das?«

Ich zuckte überrascht die Schultern. Die Geschichte hatte mich fasziniert, aber ich hatte nicht die geringste Ahnung, wo sie hinführte.

»Ich weiß nicht. Wie soll ich es finden?«

»Es ist eine Lüge! Sie sollten sagen, daß das eine Lüge ist, weil es nämlich genau umgekehrt war: Der General Navarro verhielt sich wie ein Schurke, und der Oberst Morales starb wie ein Ehrenmann. Er kämpfte mit der Pistole in der Hand bis zum Ende, während alle anderen in seiner Umgebung flohen. Morales verteidigte sich gemeinsam mit nur ein paar Offizieren; sie hatten sich geschworen, sich gegenseitig umzubringen, um so zu vermeiden, daß sie von den Rif-Rebellen gefoltert würden. Schließlich wurde Morales verletzt, und er bat seine Kameraden, ihr Versprechen einzulösen, aber diese, zwei Oberleutnants, wagten es nicht, ihm den Gnadenschuß zu geben. Vielleicht machten sie aus ganz persönlicher Feigheit einen Rückzieher, weil sie dachten, daß sie, wenn sie einen Vorgesetzten töteten, vor ein Kriegsgericht gestellt werden könnten. Sie flohen und ließen den verletzten und wehrlosen Oberst an den Ausläufern des Izzumar zurück; und genau dort wurde Morales tatsächlich von den Rif-Rebellen zu Tode gefoltert. General Navarro entschied sich, sich mit seinen 2300 Mann in Monte Arruit zu ergeben, obwohl er wußte, daß die Aufständischen die Besiegten töten würden. Und so war es: Navarro floh zusammen mit neun Offizieren, einem Dolmetscher und sieben Soldaten der Truppe in das Haus eines hohen Mauren, und die Rif-Rebellen brachten die 2300 Soldaten um. Auch in diesem Fall verhielten sich nicht alle Offiziere gleich. Zum Beispiel lud Navarro Major Alfredo Marqueríe, den Vater des später berühmten Theaterkritikers, ein, bei ihnen zu bleiben. Aber der Major zog es vor, mit seinen Soldaten zu sterben. Wie finden Sie das?«

»Erschütternd.«

»Also ich finde, das war sehr dumm. Mein Großvater gehörte dagegen zu den Offizieren, die bei Navarro geblieben waren. Und er rettete sein Leben. Nach der Katastrophe von Annual wurden natürlich sachgemäß Untersuchungen durchgeführt, und einige Militärs, die es besonders genau nahmen, hatten Protokolle angefertigt, in denen eindeutig die Schuld des Oberkommandos festgestellt wurde, angefangen von General Berenguer, der das Heer in Afrika anführte. Aber glücklicherweise kam 1923 der Diktator Primo de Rivera an die Macht und verhinderte, daß die Verantwortlichen zur Rede gestellt wurden.

Sie sehen, die Feiglinge, die ihr Leben gerettet hatten, retteten schließlich auch alles andere, sogar ihre Ehre. Die Erinnerung der Menschen funktioniert nämlich alles andere als gut. Mein Großvater, der bereits von Haus aus vermögend war, machte anschließend gute Geschäfte, vergrößerte seinen Besitz und war am Ende seiner Tage ein ehrenhafter Patriarch, eine berühmte Persönlichkeit seines Vaterlandes: Eine große Straße in Madrid trägt seinen Namen. Mein Vater trat in seine Fußstapfen und konnte in den unsicheren Jahren der Nachkriegszeit den Einfluß unseres Namens noch vergrößern. Und dann kam ich, und ich habe auf derselben Linie weitergemacht. Heute sind wir eine der einflußreichsten Familien des Landes. Ich bin nicht in den Zeitungen zu sehen, und mein Gesicht ist nicht bekannt, aber es gibt keinen Palast, der mir nicht sperrangelweit offenstehen würde. Die wahre Macht bleibt immer unsichtbar.«

Der Mann unterbrach seine langweilige Rede und trank in einem Schluck das halbe Glas Sherry, das vor ihm stand. Uns hatte er noch nicht einmal gefragt, ob wir etwas trinken wollten. Wir hörten ihm mit trockener Kehle zu.

»Ich werde Ihnen sagen, wie ich das sehe. Wie die Welt ist. Manchmal gibt es zwischen Heldentum und Schurkerei kaum einen Unterschied. Für viele Männer, die in El Rif überfallen wurden, war es das erste Mal in ihrem ganzen Leben, daß sie sich zwischen Gut und Böse oder zwischen Ehre und Leben entscheiden mußten. Innerhalb weniger Stunden oder sogar Minuten war alles möglich: Sie konnten ihren Idealen treu bleiben und sich in die Hände der Folterknechte begeben, oder sie konnten sich verraten und überleben. Sie mußten wählen. Und alle wählten. Einige, die Heldenhaften, fielen und waren häufig einem schrecklichen Tod ausgesetzt. Andere, die Feiglinge, kehrten nach Spanien zurück, sahen, wie ihre Söhne heranwuchsen, machten Geschäfte, wurden manchmal, wie mein Großvater, zu gesellschaftlich hochangesehenen Männern. Was nützte es, die Foltern zu ertragen, was nützte das Opfer der Männer von Alcántara? Ich werde es Ihnen sagen: Nichts. Sie retteten kein Leben, weil die Rif-Rebellen sowieso ein Blutbad angerichtet hätten. Sie konnten die Stellung nicht halten, und das Territorium fiel in die Hände der Aufständischen. Und das Schlimmste ist, daß Spanien El Rif schließlich seinen Bewohnern zurückgab, das Land war nicht länger in der Lage, das überholte Kolonialreich aufrechtzuerhalten. Außerdem erinnern wir uns kaum an die Helden: Sie haben schon gesehen, daß ich Sie ganz einfach hereinlegen und sagen kann, daß der Tapfere ein Feigling war oder umgekehrt, ohne daß es jemanden im geringsten interessieren würde. Nein, die Helden sind ganz einfach unbrauchbar. Und die, die ein Land aufbauen, sind immer die anderen. Die,

die fliehen und verraten. Die, die ihre Schäfchen ins Trockene zu bringen wissen. Die Überlebenden, weil sie letzten Endes diejenigen sind, die die Geschichte schreiben. Ich sage das mit Stolz, weil es nicht einfach ist, der Besiegte zu sein. Ich habe die Wörter Feigheit und Heldentum benutzt. In der wirklichen Welt haben sie eine andere Bedeutung als die, die ihnen allgemein zugesprochen wird. In der wirklichen Welt bedeutet die Feigheit Weisheit und Heldentum Dummheit. Ich gehöre zu einem alten Geschlecht von Siegern, und wir haben immer gewußt, was wir tun mußten, um zu gewinnen. Dafür müßte man sich in die Illegalität begeben? Gut, ja, damit die Maschine läuft, muß es auch die Illegalität geben. Kommen Sie mir jetzt nicht mit toten und vergessenen Helden: Das sind lediglich ein paar arme Verlierer. Während man für uns Denkmäler errichtet und uns Straßen widmet. So liegen die Dinge, das ist die wahre Ordnung der Welt.«

Félix an meiner Seite rutschte auf seinem Stuhl hin und her und ballte die Hände zur Faust. Jetzt mußte *ich* ihm ermahnend einen Stoß mit dem Knie versetzen.

»Sie wollen wissen, was mit Ihrem Mann passiert ist. In der letzten Zeit höre ich außerordentlich oft, daß von Ihrem Mann gesprochen wird. Ich bin Ihren Mann und die Freunde Ihres Mannes langsam leid. Ein Mann in meiner Position geht nicht nur, wie ich Ihnen vorhin sagte, in den Palästen ein und aus. Ein Mann in meiner Position muß auch mit einfachen Leuten, mit Idioten, umgehen. Die Freunde Ihres Mannes sind Parvenus. Sie versuchen, sich in nur wenigen Jahren die gleiche Machtposition aufzubauen, an der Familien wie meine seit Generationen arbeiten. Und das ist natürlich unmöglich. Diese Weltordnung, auf die ich mich eben bezogen habe, ist eine gesellschaftliche, jahrtausendalte Konstruktion; die Wirklichkeit ist seit dem Anbeginn der Zeiten so organisiert, und sie hat Normen und eine Hierarchie. Aber die Parvenus verwechseln immer alles. Sie sind ignorant und außerdem plump, doch sie werden auch gebraucht, wie Sie wissen; jemand muß die schmutzige Arbeit machen, und die Parvenus sind bereit, alles mögliche zu tun, wenn sie nur weiterkommen. Für uns sind sie, wie soll ich es Ihnen erklären, wie Haustiere: Wenn sie anfangen, Ärger zu machen, wenn sie sich nicht mehr rentieren, werden sie durch andere ausgetauscht, und Ende. Dieses System ist zwar teuer, aber sehr effizient. Ich erkläre Ihnen das alles, weil wir uns genau jetzt in einer dieser Zeiten des Austauschs befinden. Sie wollen wissen, was mit Ihrem Mann passiert ist, und wir sind diese Trottel leid. Deshalb werde ich Ihnen helfen: Unternehmen Sie nichts, Sie werden in kurzer Zeit eine Nachricht aus erster Hand erhalten. Erzählen Sie das so der Richterin Martina: Sagen Sie ihr, daß ich ihr herzlich gern meine Mitarbeit anbiete. Ich will keine Probleme. Wenn Sie alles, was ich Ihnen gerade erzählt habe, verstanden haben, wird Ihnen klar geworden sein, daß mich keine Skandale interessieren, da ich ganz wesentlich zu der bestehenden Ordnung gehöre. Sagen Sie das auch der Richterin. Mal sehen, ob wir uns gegenseitig helfen und diesen dummen Vorfall ein für allemal vergessen können. Was meinen Sie?«

»Also, sehen Sie, ich danke Ihnen für Ihre Hilfsbereitschaft, aber ich wollte ...«

»Dann ist ja alles gesagt«, schnitt mir der Mann das Wort ab und streckte die Hand aus, um sich von mir zu verabschieden. »Bestellen Sie Herrn van Hoog viele Grüße von mir.«

Die Schläger vom Nachbartisch standen auf, um uns bis zum Ausgang zu begleiten. Das Treffen war zu Ende, und der Tonfall war so gebieterisch gewesen, daß man sofort hätte rauslaufen wollen. Doch Félix stemmte beide Fäuste auf den Marmortisch und beugte sich vor.

»Das Maß des Menschen«, sagte Félix.

»Was?« fragte der Kürbishändler.

Einer der Bodyguards packte meinen Nachbarn am Ellenbogen, aber sein Chef gab ihm einen Wink, daß er ihn loslassen solle.

»Was Sie vorhin gesagt haben«, fuhr Félix fort. »Das mit dem, was es nützt, sich anständig zu verhalten. Es dient dazu, uns das

Maß dafür zu geben, was wir sind. Schauen Sie, wir Menschen sind unfähig, uns vorzustellen, was nicht existiert; wenn wir über solche Dinge wie Trost, Solidarität, Liebe und Schönheit sprechen können, dann weil es diese Dinge wirklich gibt, weil sie zu den Menschen gehören, genauso wie Grausamkeit und Egoismus. In Extremsituationen verstärken sich diese Dinge, und deshalb gibt es alles, großartiges Verhalten und schäbiges Benehmen. Wozu das Opfer der Männer von Alcántara zum Beispiel dient? Also, damit wir so sind, wie wir sind. Auch wenn ihr Tod aus praktischer Sicht unnütz war, bestätigt er, daß wir Menschen auch *so* sind. Daß es selbst schlimmstenfalls immer etwas in uns gibt, das zum Besten fähig ist. Wenn es in Annual keine heroische Tat gegeben hätte, das heißt, wenn es diesen automatischen Impuls in den Menschen, Würde zu beweisen, nicht geben würde, wäre die Welt ein unbewohnbarer Ort, und wir Menschen wären wie wilde Tiere.«

»Kann sein«, antwortete der Mann und glättete sich kokett die kleinen Locken im Nacken. »Vielleicht haben Sie recht. Aber in dieser Welt würde ich zu den grausamen Tieren gehören, und Sie, mein lieber *Fortuna*, wären derselbe, der Sie jetzt sind, ein verdammter Verlierer. Alt, arm und dazu noch Anarchist. Ein bedauernswerter Lebenslauf, lieber Freund. Bei Ihnen folgte eine Schlappe auf die nächste.«

Er wußte also alles. Daß ich in Kontakt zur Richterin Martina stand, daß Félix in der CNT gewesen war. Er sah aus wie ein Schnösel, aber er wußte alles. Dort saß er, selbstsicher, strahlend vor Glück und in hohem Maße selbstzufrieden. Die Geschichten aus der Kindheit sind nicht wahr. Die Bösen zahlen am Ende nicht immer für ihre Schlechtigkeit, die Guten erhalten nicht immer eine Belohnung, die Gemeinen verzehren sich nicht vor Zorn und Sorge. Im Gegenteil, es gibt eine Unzahl von Bösewichten, die eindeutig glücklich sind. Ich packte Félix am Arm und zog ihn fort.

»Gehen wir.«

Er ließ es mit sich geschehen, vielleicht, weil er ein wenig benommen war. Die Jungs in Grau begleiteten uns bis zum Ausgang. Wir drei traten aus der Tür des Paraíso und blieben auf der anderen Seite des Bürgersteigs stehen. Wir versuchten, uns von der Kälte der Nacht beruhigen zu lassen. Ein wunderschöner, bläulicher und winterlicher Vollmond wanderte über die Flachdächer der Häuser. Wir blieben ziemlich lange wie gelähmt stehen, vielleicht waren wir einfach zu erschöpft, um weiterzugehen. Der Tag war unendlich lang gewesen. Als erstes hatten wir entdeckt, daß García ein Verräter war, dann waren wir kurz davor gewesen, bei einer Gasexplosion in die Luft zu fliegen, anschließend hatte der Inspektor versucht, mich zu entführen, danach hatte mir die Richterin erklärt, daß Ramón ein unglaubliches Schwein war, und schließlich wollte ein unsäglicher Mafioso uns überzeugen, daß die Welt ihm gehörte. Das alles ohne Pause oder Zeit zum Essen zu finden, wo wir doch nur ein bißchen Käse im Bauch hatten. Wir waren fix und fertig, und unsere Müdigkeit hatte sehr viel von einer Niederlage. Der Mond über uns war das erbarmungslose blinde Auge, mit dem uns die Finsternis betrachtete.

Resignation, das ist das Wort für die große Niederlage. Das Leben ist wie ein Zug, der gelegentlich Kriegsregionen und unzugängliche Gebiete passiert. Auf dem Weg lauern Gefahren, und häufig kommt es vor, daß der Zug entgleist. Es gibt jedoch viele Möglichkeiten, vom Kurs abzukommen. Zum Beispiel kann jemand direkt in die Hölle fahren, wie das bei Félix Roble für einige Jahre der Fall war. Andere wiederum schaffen es nicht, zu entgleisen, verringern nur immer weiter die Geschwindigkeit, werden Tag für Tag langsamer, bis sie schließlich ganz stehenbleiben. Ihre Passivität und ihr Mißerfolg haben sie halbtot gemacht, das Blech und die Ideen verrosten unter den Unbilden des Wetters.

Genau so war es Lucía Romero ergangen. Unsere Protagonistin befand sich zu Beginn dieses Buches in einer ähnlichen Situation.

Eines Nachts hatten Ramón und sie miteinander geschlafen. Das kam manchmal vor: Ramón bestand darauf, und sie fand keinen Grund, sich zu verweigern. Ramón wälzte sich auf sie, und Lucía runzelte die Stirn. Wenn sie miteinander schliefen, war das Stirnrunzeln das einzige, das bei Lucía anatomisch funktionierte: Vor Abscheu zog sie derart die Augenbrauen zusammen, daß ihr hinterher die Stirn wehtat. In dieser Nacht regnete es, und das Wasser prasselte sanft auf die Fensterbank in der Küche. Lucía hörte vom Schlafzimmer aus den kleinen Tumult der Tropfen, während Ramón sich auf ihrem betäubten und vielleicht toten Körper abquälte. Es war Urzeiten her, daß Lucía ihren eigenen Körper gespürt hatte, daß sie sich danach sehnte, sich in irgendeinem Mund zu verlieren, daß sie im Fleisch eines Mannes dahinschmolz. Jetzt erduldete sie Ramóns Keuchen und dachte an die Haie, diese glücklichen Kreaturen, die mehrere Zahnreihen besitzen, so daß sie sie, wenn sie eine Reihe verlieren, durch die folgende ersetzen können. Der Regen tropfte auf das Zinkblech der Fensterbank in der Küche, und in jedem Tropfen ertrank eine Sekunde, vergeudete Lebenszeit. Was würde aus der verlorenen Zeit werden? Vielleicht würde sie am Rande der Wege herumstreichen, auf denen sich auch die nicht geschriebenen Bücher befanden, die nicht gesprochenen Worte, die nicht gelebten Gefühle und Lucías Zähne, die echten, die bei diesem blöden Unfall mit der Wurzel ausgerissen worden waren. Jetzt hatte Lucía ein Gebiß und einen Körper aus Holz, der unter Ramóns Händen kein Gefühl zeigte. Würde sie je wieder Verlangen spüren? Tok, tok, tok, antwortete der Regen. Und Lucía verstand: nie mehr, nie mehr. Gut, sagte sie sich dann: Es ist offensichtlich, daß ich mich ergeben habe. Und fast fühlte sie sich im Frieden mit sich selbst.

Aus diesem finsteren und tödlichen Frieden riß sie die Entführung, die Freundschaft zu Félix und vor allem die Liebe Adriáns. Jemand, der einmal eine leidenschaftliche Affäre hatte, wird Lucías Fieber verstehen, weil sich die Leidenschaft immer wiederholt; sie ist wie eine Filmvorführung, bei der ein ums andere Mal derselbe Film mit demselben Liebhaber gezeigt wird. Und obwohl Adrián zwanzig Jahre jünger war als Lucía, war sie in ihrer Leidenschaft nicht eine Minute älter als dieser Junge, weil wir alle durch die Liebe geblendet werden und dumm und immerwährend jung bleiben. Darüber hinaus dauern die ewigen Leidenschaften im Durchschnitt sechs Monate; und verwandeln sich dann, wenn die Dinge gut laufen, in Liebesbeziehungen fürs Leben, die ungefähr zwei Jahre länger halten. Alles in allem hält dieser Gefühlskrampf im allgemeinen zweieinhalb Jahre an. Wenn Lucía diese ungeschriebene Regel des Herzens bedacht hätte, hätte sie sich keine Sorgen wegen des Altersunterschieds machen müssen: Bevor die Zeit sie in eine verfaulte Greisin verwandelt hätte, hätte sich die Beziehung längst in Wohlgefallen aufgelöst (was, wenn man es genau betrachtet, ein tröstender Gedanke war). Aber Lucía machte sich natürlich Sorgen. Nicht nur wegen des Altersunterschieds, sondern vor allem wegen ihrer unterschiedlichen Bedürfnisse.

Am Anfang war alles eitel Sonnenschein, weil wir Menschen uns zu Beginn einer Liebesbeziehung immer von unserer besten Seite zeigen, unersättlich in unserer zärtlichen Hingabe, glorreich in allem; aber dann erschöpft sich diese heroische Anstrengung, und an die Oberfläche tritt wieder unsere Mittelmäßigkeit. Auch bei Adrián und Lucía war diese Mittelmäßigkeit wieder nach oben gekommen und hatte begonnen, sie gegeneinander aufzureiben, wie Eisberge auf einem Meer, das immer mehr vereist.

»Ich habe mein ganzes Leben lang auf dich gewartet«, sagte Adrián zu Lucía, ohne sich bewußt zu sein, daß dies ein Geschenk von nur kurzer Dauer war. »Ich bin mir sicher, daß wir uns von anderen Inkarnationen her kennen, ich habe seit meiner Kindheit von dir geträumt.«

Er war noch ein Junge und verwechselte seinen Wunsch zu lieben mit der Liebe. Seine innere Unruhe war so groß, daß die Luft um ihn herum knisterte. So wie die Tage vergingen und die Beziehung immer angespannter wurde, erhöhte Adrián den Rhythmus seiner Liebesbekundungen:

»Ich liebe dich, ich liebe dich sehr, ich liebe dich so sehr ...« stöhnte er schweißglänzend und matt auf Lucía liegend.

Er suchte das Paradies, weil er nicht wußte, daß es diesen Ort nicht gab. Er suchte die Vollkommenheit, aber das schwarze Loch in seinem Inneren wurde immer größer. Es gab schroffe Gesten, bittere Worte zwischen ihnen. Eines Nachts sagte Adrián noch zu Lucía:

»Ich möchte dich heiraten, ich möchte immer mit dir zusammensein.«

»Denk dran, daß ich immer noch mit Ramón verheiratet bin.«

»Dann leben wir eben zusammen. Wir sind ein Paar, verstehst du das nicht?«

»Warum solche Eile? Geht es uns etwa nicht gut so? Außerdem mußt du noch viel zu viele Erfahrungen machen ...« begann Lucía wie bei so vielen anderen Gelegenheiten zuvor.

Aber dieses Mal verlor er die Nerven. Er sprang mit einem Satz auf, sie waren nackt und hatten im Bett gelegen, und zog sie an den Armen hoch. Adrián Hände waren zwei Zangen, schmerzhafte Eisen, die sich in ihr Fleisch bohrten:

»Laß mich los, du tust mir weh!«

»Warum behandelst du mich so? Warum sagst du das? Du machst mich ganz verrückt!« tobte Adrián mit hochrotem Kopf und rauher Stimme.

Und während er das sagte, schüttelte er sie wie einen Hampelmann, ihre Füße kamen kaum noch an den Boden, ihr Kopf schlug hin und her wie ein Glockenschwengel, so könnte ich sterben, so könnte er mich umbringen, ich weiß, daß diese Schüttelei manchmal tödlich enden kann. Aber bevor sich diese plötzliche Angst in eine starke und anhaltende Panik verwandeln konnte, öffnete Adrián die Hände und ließ sie auf den Boden herunter. Da stand der Junge und sah sie gebannt an, fast nicht wiederzuerkennen mit seinem Gesichtsausdruck. Er war in diesem Moment selbst nicht in der Lage, sich wiederzuerkennen.

»Es tut mir leid ... O Gott ... es tut mir so leid, Lucía ...«

Ein paar Sekunden lang standen sie einander wie betäubt und sprachlos gegenüber. Dann streckte er eine Hand aus und führte zögerlich einen Finger sanft über ihre Wange. Der Finger gelangte bis zum Mundwinkel, strich um den rosafarbenen Rand ihrer Lippen herum und drang mit einem kleinen Ruck in das feuchte und warme Innere. Speichelbenäßt kam er wieder heraus und begann, den Hals hinunterzuwandern, über den Hohlweg zwischen den Brüsten, hinunter zum Nabel, diese Oase, in der er einen Augenblick verharrte. Er beendete die Expedition, indem er, schon eilig, die Höhle zwischen den Leisten suchte. Mit diesem Finger in sich ließ sich Lucía im Bett auf den Rücken fallen. Adrián stieg mit der gleichen Verzweiflung auf die Frau, mit der ein halberfrorener Sherpa wohl zum letzten Grat des Mount Everest hinaufsteigen würde. All der Glanz, all die Erregung der ersten Tage hatten sich jetzt in eine beschwerliche Arbeit verwandelt, in die Angst, dem eigenen Begehren nicht gewachsen zu sein. Lucía spürte den Jungen auf sich, aber in Wirklichkeit hatte sie das Gefühl, er wäre sehr weit weg, ein Gefangener seiner selbst, wie ein wackerer Galeerensträfling darum kämpfend, einen mechanischen und wilden Orgasmus herbeizuführen. Nachdem er das Ziel erreicht hatte, klammerte er sich schließlich an Lucía:

»Ich liebe dich so sehr, wie ich niemals dachte, jemanden lieben zu können«, schluchzte er.

Und ihr wurde deutlich bewußt, daß die Geschichte auf ihr Ende zusteuerte.

Nach unserem Gespräch mit dem großen Mafioso konnten wir nichts anderes tun als abzuwarten. In Wirklichkeit taten wir den ganzen Roman lang ja nichts anderes, als darauf zu warten, daß jemand vorbeikäme oder uns anriefe oder sich sonstwie mit uns in Verbindung setzte; wir waren einer unvermeidlichen und beunruhigenden Passivität unterworfen. Ich begann langsam den Eindruck zu gewinnen, daß meine Wohnung eine Theaterbühne war, auf der ein Varieté aufgeführt wurde. Ständig gingen irgendwelche Leute ein und aus und schienen eine im vorhinein einstudierte Rede vorzutragen. Nur daß bei dieser Aufführung die »Bösen« so gut gespielt wurden, daß man Gefahr laufen konnte, tatsächlich von ihnen getötet zu werden.

»Haben Sie keine Angst: Mit der Unterstützung, die Ihnen der Kürbishändler indirekt zugesagt hat, wird niemand es wagen, Ihnen etwas anzutun«, beruhigte uns Richterin Martina, als wir ihr von unserem Treffen erzählten.

Sie mußte wohl recht haben, obwohl es mich anwiderte, daß ich dieser Kanaille mit den Schmalzlocken Dank schuldete. Also gingen wir relativ gelassen nach Hause, setzten uns abwartend an den Küchentisch, lutschten Orangen aus und tranken aus großen Tassen dampfenden Milchkaffee.

Am Nachmittag nach unserem Treffen im Paraíso klingelte es an der Tür. Ich spähte durch den Spion: Das gesamte Sichtfeld wurde von einer Person mit rotem und gelocktem Haar ausgefüllt.

»Ich glaube, es ist dieser Schläger, der uns nach dem Chinesen angegriffen hat«, zischte ich erschreckt.

Einen Augenblick standen wir wie gelähmt da und wußten nicht, was wir tun sollten. Dann hörten wir von der anderen Seite der Tür ganz deutlich eine verängstigte Stimme.

»Lucía! Lucía, bitte! Hilf mir!«

Das war Ramón. Ohne Zweifel, es war Ramón. Ich sah noch einmal durch das Guckloch: Jetzt ließ sich das zufriedene Gesicht des Schlägers ausmachen, und hinter ihm war ungenau ein anderer Mann zu erkennen. Das konnte mein Mann sein.

»Bitte, Lucía! Ich habe nur dich!«

»Ich muß aufmachen«, flüsterte ich bestürzt.

Félix nickte zustimmend, und Adrián, der in der letzten Zeit einen fürchterlichen Groll gegen Ramón entwickelt hatte, schnaubte nervös und böse. Ich schob die Riegel zurück und zog die Tür einen Spaltbreit auf, die Kette machte ich jedoch nicht ab. Das Schöngesicht und ein anderer jüngerer Typ standen vor mir. Von meinem Mann keine Spur. Der Rothaarige lächelte unangenehm: Er hatte einen kleinen Kassettenrecorder in der Hand und spulte gerade zurück. Dann lief die Kassette von neuem. Ich hörte wieder Ramóns weinerliche Stimme.

»Lucía! Lucía, bitte! Hilf mir! Bitte, Lucía! Ich habe nur dich! Ich bin in einer schrecklichen Situation! Laß mich nicht fallen! Bitte, begleite diese Männer! Sie haben mir versprochen, daß sie dir nichts tun werden! Sie werden dich zu mir bringen, und wir können uns dann unterhalten! Bitte, Lucía! Ich werde weiterhin festgehalten, und wenn du nicht kommst, weiß ich nicht, was aus mir wird!«

Der Kerl stoppte den Kassettenrecorder und verstärkte sein unangenehmes Bösewicht-Lächeln noch etwas.

»Bitte, Lucía ...«, wiederholte er spöttisch. Und zeigte auf die Kette.

Gut, auf genau das hatten wir in Wirklichkeit gewartet. Der Kürbishändler hatte es uns bereits gesagt: »Sie werden in kurzer Zeit eine Nachricht aus erster Hand erhalten«, hatte er versprochen. Und das war die Einlösung seines Versprechens. Das hoffte ich zumindest. Mit zitternder Hand machte ich die Kette los. Der Rothaarige schubste mit einem Finger die Tür auf und stolzierte in die Wohnung. Adrián, Félix und ich wichen bis ins Wohnzimmer zurück. Als Wallie das Schöngesicht wiedererkannte, sprang sie entsetzt auf und versuchte, sich unter dem Sofa zu verstecken. Ihr Kopf war das einzige, was unter das Möbelstück paßte. Der Rest ihrer rundlichen Anatomie blieb davor hängen.

Der Rothaarige begann, im Wohnzimmer auf und ab zu spazieren, er hob hier ein Buch auf, nahm dort ein Foto in die Hand und fuhr mit dem Finger über die Regale. Alles mit dieser verzerrten Grimasse, als wolle er überprüfen, wie ordentlich wir seien. Es war ganz klar, daß er uns nervös machen wollte. Der andere, sehr junge, beleibte Typ, der mehr den geklonten und einfältigen Wesen in den grauen Anzügen ähnelte, war mit gespreizten Beinen und verschränkten Armen an der Wohnzimmertür stehengeblieben.

»Nun ...« sagte das Schöngesicht schließlich. »Es sieht so aus, als hättest du auf einer höheren Ebene einen Freund ...«

Während er sprach, sah er uns nicht an; er war weiterhin von seinem eigenen Bild gefesselt, das er im Spiegel an der Wand betrachten konnte. Er sah sich von vorne an, klopfte mit dem Fingerrücken leicht auf sein winziges Doppelkinn und prüfte dann mit zufriedenem Gesichtsausdruck sein Aussehen von rechts und links. Mit seinen wülstigen Lippen gab er ein schmatzendes Geräusch von sich und lächelte erneut.

»Und dieser Freund möchte, daß du deinen Mann besuchst.«

»Wo ist er, wie geht es ihm?«

Plötzlich stand er neben mir. Der Rothaarige hatte sich mit unglaublicher Geschwindigkeit um sich selbst gedreht, einen großen Schritt vorwärts gemacht und war jetzt an meiner Seite. Mit der rechten Hand drückte er so sehr meine Wangen zusammen, daß mein Mund wie ein Fischmaul vorstand.

»Ich habe dir bereits gesagt, daß du nicht so viele Fragen stellen sollst. Ich habe dich gewarnt.«

Adrián wollte mir helfen, aber als er bei uns war, hatte mich der Schläger bereits losgelassen.

»He, du, faß sie nicht an«, sagte mein lieber Adrián im besten Spielfilmheldenstil und stieß seinen Feind gegen die Schulter.

Im nächsten Moment ging er in die Knie.

Offensichtlich hatte ihm der Schläger einen Faustschlag in die Magengrube verpaßt, obwohl ich die Bewegung noch nicht einmal wahrgenommen hatte. Ich beugte mich zu dem Jungen hinunter, der japsend nach Luft schnappte.

»Du Bestie!« schrie ich.

»Ruhig, Mädchen. Ganz ruhig«, sagte der Gauner. »Das ist nur ein Gratis-Transport. Ich bin gekommen, um dich mitzunehmen, auf diese Weise zahlst du kein Taxi. Gestalten wir das Ganze nicht unnötig unangenehm.«

Ich führte den keuchenden Adrián zum Sofa und versuchte, mich zu beruhigen.

»In Ordnung. Sobald er sich erholt hat, gehen wir.«

»Wie, gehen wir? Wer geht, Süße? Für diese Reise hast nur du eine Fahrkarte. Die beiden da bleiben hier.«

Félix räusperte sich.

»So geht das nicht. Schauen Sie, mein Herr, wir werden es nicht zulassen, daß sie alleine mit Ihnen fährt.«

Der Rothaarige fing an zu lachen:

»Was sagst du da, Opa? Daß ihr *was* nicht zulaßt?« sagte er spöttisch.

Mit hinkendem Schritt näherte sich Félix dem Kerl. Mir standen die Haare zu Berge. Den Alten würde es bei einem solchen Schlag wie dem, den Adrián abbekommen hatte, zerreißen.

»Laß, Félix. Ist in Ordnung, laß«, sagte ich beklommen zu ihm.

Aber Félix ging unerschrocken in seinem ungelenken Schildkrötenschritt weiter, bis er vor dem Gauner stand.

»Du sollst es sein lassen, Alter, hast du es nicht gehört, spinnst du?« Der Rothaarige zog, während er Félix am Kragen packte, verächtlich die Lippen nach unten.

Ich muß etwas tun, dachte ich, ich muß eingreifen. Sie standen mitten im Zimmer, kaum ein paar Meter von mir entfernt, Félix mit dem Rücken und der Schläger mit dem Gesicht zu mir gewandt. Und dann passierte etwas wirklich Spektakuläres: Plötzlich wurde der Rothaarige blaß im Gesicht, kurz darauf aschfahl. Ich sah, wie er Félix' Hals behutsam losließ. Und dann entdeckte ich, daß Félix ihm die Spitze seiner Riesenpistole in den Bauch gedrückt hatte.

»Gut. Dreh dich um«, sagte Félix.

»Vorsicht, Alter, mit solchen Sachen muß man sehr vorsichtig umgehen . . .«

»Dreh dich um!«

»Ich mach ja schon.«

Der Grünschnabel, der an der Tür gewartet hatte, trat zwei Schritte auf uns zu. Die Pistole, die Félix geschickt abwechselnd auf den einen oder anderen Gauner richtete, hatte seinen Vormarsch allerdings plötzlich gestoppt. Die Gestik und die Bewegungen meines Nachbarn, die Gelassenheit und Selbstverständlichkeit, mit der er mit der Waffe umging, hatten etwas, was ihn so gefährlich erscheinen ließ, daß man ihm gehorchte. Der Rothaarige drehte sich um. Dann packte Félix dessen Jackett am Kragen und riß es mit einem plötzlichen Ruck nach unten. Es drehte sich auf links, glitt über den Rücken und blieb auf halber Strecke zerknüllt hängen, so daß die Arme des Mafioso darin gefangen waren. Félix zog dem Rothaarigen von hinten die nun sichtbar gewordene Waffe aus dem Halfter.

»Und jetzt leg dich mit gespreizten Beinen auf den Boden.«

»Ruhig, Großväterchen . . .«

»Leg dich hin, oder ich schieße.«

Der Rothaarige ließ sich ungeschickt auf den Teppich fallen und schlug mit dem Kinn auf, da er die Hände nicht benutzen konnte. Adrián stand auf und ging in Richtung Tür.

»Bleib stehen, komm nicht näher!« stoppte ihn Félix. »Du da, zieh dir das Jackett aus.«

Der junge Gorilla sah Félix zweifelnd an.

»Mach, was er sagt, du Blödmann«, stöhnte das Schöngesicht vom Boden aus. »Willst du, daß er uns umbringt?«

Félix trat dem Rothaarigen mit dem Fuß in die Seite. Der Kerl schrie auf.

»Du willst also, daß er uns umbringt?« grummelte der Alte.

»Das hab ich nicht gesagt!«

»Wie, das hast du nicht gesagt? Ich habe es doch gehört! ›Ich will, daß du sie umbringst‹, hast du zu diesem Jungen gesagt.«

»Nein, nein! ›Willst du, daß er uns umbringt?‹, das habe ich gesagt, das habe ich gesagt! ›Willst du, daß er uns umbringt?‹«

Félix kratzte sich mit der freien Hand am Kopf:

»Na, dann habe ich das wohl falsch verstanden. Tut mir leid, das mit dem Tritt. Ich bin nämlich ein bißchen schwerhörig. Mal sehen, wie sieht es denn mit dem Jackett aus?«

Der Grünschnabel hatte es bereits ausgezogen und vor sich auf den Boden geworfen. Auch er trug eine Pistole.

»Zieh die Pistole mit zwei Fingern raus, ganz langsam, und wirf sie auf das Sofa.«

Der Junge gehorchte.

»Jetzt komm hierher, nimm die Lampe da und binde mit dem Kabel die Füße und Hände dieses Scheißkerls zusammen.«

Félix meinte eine kleine Holzlampe, deren Schirm aus einem Leopardenfell-Imitat bestand, ein postmoderner Firlefanz. Der junge Gorilla nahm die Lampe und fesselte den Rothaarigen sorgfältig.

»Hilf ihm aufzustehen.«

Jetzt sah der Schläger nicht mehr besonders gefährlich aus, mit den zusammengebundenen Füßen, den Händen auf dem Rücken, dem Jackett, das zwischen seinen Ellenbogen knüllte, und einem Lämpchen mit unechtem Leopardenfell, das ihm von den Handgelenken baumelte. Auf Geheiß von Félix und seiner Pistole hüpfte der Rothaarige, unterstützt von dem Jungen, bis zum großen begehbaren Einbauschrank. Dort hinein steckten wir ihn und verschlossen den Schrank zweimal.

»Du spinnst, Alter, das zahl ich dir heim, du wirst dich noch an mich erinnern!« schrie er drohend von der anderen Seite der Tür aus. Er schien etwas von seiner großkotzigen Art wiedergewonnen zu haben, nachdem er gemerkt hatte, daß wir uns darüber nicht aufregen würden.

Félix drehte sich gelassen zu dem anderen Schläger um.

»Und du wirst uns jetzt dahin bringen, wo du uns vorhin hinbringen wolltest. Und zwar uns alle. Klar? Ganz ruhig. Wir wollen keinen Ärger.«

Der Junge zuckte die Achseln.

»Von mir aus ...«

Die Autofahrt dauerte eine Weile. Wir verließen Madrid über die Autobahn Richtung La Coruña. Der Grünschnabel fuhr, und Adrián saß auf der Beifahrerseite. Hinten saßen Félix und ich. Erst hatte Félix die Pistole auf den Nacken des Gorillas angesetzt, aber nach ein paar Kilometern protestierte der Junge höflich:

»Schauen Sie, hier gibt es ziemlich viele Schlaglöcher, und nachher passiert noch ein Unglück.«

Félix fand das eine vernünftige Anmerkung und nahm die Waffe weg. Das waren aber auch die einzigen Worte, die der Junge während der ganzen Fahrt sprach: Er fuhr so ruhig, abwesend und gelangweilt wie ein Busfahrer, der eine sattsam bekannte Touristenstrecke entlangtuckert. Schließlich kamen wir an unserem Ziel an, eine Hundefarm in der Nähe von Valdemorillo, die, nach den Schildern zu urteilen, auf die Aufzucht von Dobermännern spezialisiert war. Der Typ hielt an, und Félix klopfte ihm anerkennend auf die schweren Schultern:

»Das machst du sehr gut, Junge. Mal sehen, ob du weiterhin so gelassen bleibst.«

»Nerv mich nicht, Opa«, antwortete der Junge in einem wohlerzogenen, fast freundlichen Ton, als wäre er Félix' Enkel.

Nachdem er aus dem Auto gestiegen war, ging er mit großen Schritten auf das Haus zu. Wir beeilten uns, ihm zu folgen.

Die Farm war eine schreckliche Konstruktion aus Beton und gelbem Backstein und erinnerte an eine Burg. Halb versteckt zwischen Pinien war sie von einem weitläufigen, eingezäunten Terrain umgeben. Wir hatten auf einem gepflasterten Hof vor dem Gebäude geparkt. Kein Mensch war zu sehen, nur die Hunde, die in den großen Hundezwingern einen riesigen Radau veranstalteten. Es mußte mindestens ein Dutzend Tiere sein.

Der Junge ging geradewegs auf einen der Käfige zu, den größten, der an eine Seitenwand des Hauses gebaut war. Darin bellten sich drei kräftige, beißwütige Dobermänner die Lunge aus dem Hals. Der Junge nahm eine kleine Pfeife, die er an einer Kette um den Hals trug, und pfiff zweimal. Als die drei Hunde die Pfiffe hörten, beruhigten sie sich auf der Stelle. Sie zogen den Schwanz ein und trotteten in die hinterste Ecke des Käfigs. Dort ließen sie sich artig nieder. Der Gorilla öffnete den Zwinger.

»Los.«

»Wirklich?« Adrián betrachtete zweifelnd die drei Viecher aus dem Augenwinkel.

»Die sind lammfromm. Die rechts da habe ich mit der Flasche großgezogen.«

Im Gänsemarsch betraten wir den Käfig und gingen auf die hintere Wand zu. Dort hantierte der Kerl an einigen Ziegeln, und augenblicklich öffnete sich eine Geheimtür. Hinter dieser befand sich eine zweite Tür mit Klinke und dahinter ein durchschnittlich großes Zimmer mit Holzfußboden, Stühlen, einem Tisch und drei weiteren verschlossenen Türen. An dem Tisch saßen drei übelaussehende Schläger mittleren Alters und spielten Karten. Sie waren hemdsärmelig, trugen Pistolen und sahen überhaupt nicht aus wie Terroristen aus der linksextremen Szene: eher wie Statisten aus einem Gangsterfilm. Der älteste von ihnen stand auf, als er uns sah. Er hatte eine Glatze und kariöse, gelbe Zähne.

»Ist sie das?« fragte er und zeigte mit dem Kinn auf uns.

»Scheint so«, sagte der Junge. »Es sind wohl keine japanischen Touristen.«

Der Typ antwortete nicht. Er zeigte mit einem Finger auf mich.

»Nur sie geht zu Ihrem Ehemann. Die anderen können hierbleiben und warten.«

Ich beeilte mich, etwas zu sagen, bevor Félix eine Schießerei anfangen würde.

»Ist in Ordnung. O.k. Wartet hier auf mich.«

Der Mann mit den verfaulten Zähnen ging auf eine der Türen zu, die einzige, die ein Schloß hatte. Er zog einen Schlüssel aus der Hosentasche und trat dann zur Seite, um mich vorbeizulassen. Ich hörte, wie er die Tür hinter mir wieder verschloß.

»Lucía ...«

Ramón sah dünner aus und hatte zerzaustes Haar. Er trug einen billigen Schlafanzug und Pantoffeln. Zitternd und blaß stand er in der Mitte des Raumes. Armer Ramón. Ich rannte auf ihn zu, und wir umarmten uns. Mein Mann schluchzte ein wenig in mein Ohr.

»Danke, daß du gekommen bist. Danke.«

»Wie geht es dir?«

»Gut. Schlecht. Nein, es geht mir gut. Mach dir keine Sorgen.«

Wir setzten uns auf das Bett, und ich nahm seine Hände. Die linke zeigte die beklagenswerte Abwesenheit des kleinen Fingers. Der Stumpf war gut vernarbt, aber immer noch weich und rötlich. Ich streichelte die vier Finger, die überlebt hatten, und unterdrückte meine Tränen.

»O Ramón, Ramón ... in was bist du da bloß reingeraten?«

»Ich kann dir alles erklären. Alles. Ich wurde erpreßt. Ich mußte es tun. Sie drohten mir, mich zu töten, dir etwas anzutun. Ich mußte es tun.«

Ich sah ihn ungläubig an: Er sah aufrichtig aus. Vielleicht hatte sich die Richterin in bezug auf Ramón doch geirrt. Letzten Endes hatte sie ja gesagt, daß es in der Geschichte noch viele offene Fragen gäbe. Ich sah mich um: Wir befanden uns in einem kleinen, fensterlosen Zimmer, das allerdings mit einem Bett, einem Sofa, einem Bücherregal und einem Fernseher einigermaßen wohnlich eingerichtet war.

»Aber wir haben doch schon bezahlt, wieso lassen sie dich denn nicht frei?«

»Weil ich sie kenne, weil ich weiß, wie sie sind. Oder weil sie mich als Geisel benutzen wollten, ich weiß es nicht. Aber gestern haben sie mir gesagt, daß sie mich freilassen würden. Allem Anschein nach gibt es wichtige Leute, die wollen, daß dies hier ein Ende hat.«

Armer Ramón. Er saß mit aneinandergepreßten Knien in einem groben Schlafanzug auf der Bettkante. Er sah aus wie ein Kind, das Angst vor der Dunkelheit hat. Das so bekannte Gesicht, seine Falten, die kleine Zickzacklinie am Kinn von jener Katze, die ihn vor vielen Jahren gekratzt hatte. Ich hatte die Wunde damals mit Wasserstoffperoxid behandelt, und Ramón hatte gezuckt und gejammert.

»O Ramón, Ramón.«

Ich weiß nicht, wie es passiert ist. Ich nehme an, es waren die Nerven, die Rührung, sich nach so vielen Monaten wiederzutreffen, oder Mitleid, ihn dort eingesperrt, in den Händen dieser abscheulichen Schläger zu wissen. Auf jeden Fall umarmte ich ihn, und dann umarmte er mich, und ich küßte ihn auf die Wange, und er küßte mich auf den Mund, und wir fielen rücklings auf das Bett. Billige Schlafanzüge lassen sich unglaublich leicht ein wenig öffnen. Ich versuchte, mich zu widersetzen, das Ganze erschien mir in dieser bedrückenden Situation unpassend: Die Entführer konnten jeden Moment hereinkommen und uns überraschen. Aber genau das erregte mich unbeschreiblich, und ich fand Ramón viel anziehender als jemals zuvor. Wir kamen noch nicht einmal dazu, uns auszuziehen: Es war der schnellste Quicky meines Lebens. Ein wenig verrückt, intensiv, eine Stichflamme; außer Atem trennten wir uns sofort wieder und zogen uns sprachlos die Kleidung zurecht.

»Und wann … wann haben sie dir gesagt, daß sie dich freilassen würden?« fragte ich noch halb betäubt. Ich versuchte allerdings, ruhig und besonnen zu wirken und suchte unter dem Bett nach einem meiner Schuhe.

»Sofort, aber ich mußte ihnen etwas versprechen«, antwortete Ramón.

»Was?«

Sein Tonfall gefiel mir absolut nicht.

»Dafür, daß sie mich freilassen, mußte ich ihnen versprechen, daß ich weit weg fahren würde. Nach Brasilien oder nach Zentralamerika oder auf die Insel Mauritius oder sonstwohin.«

»Wie?«

»Nun, ich muß für ein paar Jahre untertauchen! Damit mich die Polizei nicht verhören kann, verstehst du?«

»Nein, verstehe ich nicht. Das hört sich alles sehr seltsam an.«

»Es ist alles ganz einfach. Ich verschwinde, und du brauchst dir keine Sorgen zu machen. Sobald ich kann, rufe ich dich an und sage dir, wo ich bin. Und du kommst mich dort besuchen oder lebst mit mir da, wenn du willst. Oder du wohnst mit mir ein paar Monate lang dort und ein paar Monate lang in Madrid. Für ein paar Jahre. Bis *Orgullo Obrero* mich vergessen hat.«

»Ramón, ich verstehe überhaupt nichts. All das, was du mir da erzählst, erscheint mir absurd. Was verheimlichst du mir?«

»Ich verheimliche dir gar nichts. Das schwör ich dir, Liebes, wirklich. Habe ich dich jemals angelogen?« sagte Ramón mit überzeugendem Nachdruck. Und dann hielt er verdutzt inne und starrte mit glasigem Blick und offenem Mund auf irgend etwas hinter meinem Rücken.

Ich drehte mich um und folgte der Richtung seiner Augen: In der Tür stand Inspektor García. Es war wirklich García, auch wenn er anders aussah als sonst: Er trug eine schlechtgeschnittene, beigefarbene Hose, die sehr eng am Po anlag, und eine schwarze Zuhälter-Lederjacke. Außerdem hatte er sich die Haare anders gekämmt, und was am außergewöhnlichsten war: Er lächelte. Aus seiner Hosentasche baumelte ein Schlüsselanhänger mit der spanischen Flagge. Früher hatte er wie ein grauer und bürokratischer Polizist ausgesehen, eine Archiv-Ratte, und jetzt schien er einer von diesen üblen Kerlen zu sein, die Gefangenen die Zähne einschlagen.

»Es reicht, du Trottel. Laß den Quatsch und erzähl der Dame die Wahrheit.«

Ramón wurde leichenblaß:

»A... aber, was sagen Sie?« stammelte er.

»Entspann dich, Junge. Wir haben verloren. Diese Kuh von Richterin weiß alles. Und die Scheißkerle da oben haben uns verkauft, wir haben keine Chance mehr. Die Polizei ist kurz davor, uns zu verhaften, und dieser Typ verduftet. Fick dich sonstwohin. Aber erzähl deinem Mädchen endlich, worum es geht. Vielleicht können wir noch ein paar von diesen Blödmännern einlochen, bevor wir abhauen.«

»Aber Sie ...« sagte ich verwundert. »Sie sind so anders als sonst. Weder sind Sie so angezogen, noch sprechen Sie wie sonst ...«

»Natürlich nicht«, sagte García mit einem stolzen und eingebildeten Lächeln. »Da habe ich dich reingelegt, was? Das war nur ein Spiel, ganz einfach. Das heißt, ich habe nur so getan, als ob, kapierst du? Ich dachte, daß ich in dieser Aufmachung weniger verdächtig wäre, kapierst du? Ich kann auch Colombo nachmachen. Ich bin schauspielerisch sehr begabt. Ich habe schon ganz oft als Köder gearbeitet. Heute kann ich ein Junkie sein und morgen ein Mönch. Unter den Kollegen nennt man mich ›Marlon‹, wegen Marlon Brando. Und wozu all diese Verschwendung meiner künstlerischer Begabung, was meinst du? Damit uns jetzt so ein paar Scheißkerle ans Messer liefern.«

Ich wandte mich meinem Mann zu:

»Was geht hier vor?«

Ramón wurde rot:

»Ich kann dir alles erklären, ich kann dir wirklich alles erklären, du wirst sehen ...«

»Ich will nicht, daß du mir irgendwas erklärst! Ich weiß schon, was ich von deinen verdammten Erklärungen zu halten habe. Ich will, daß du mir alles von vorne bis hinten erzählst. Alles. Geradeheraus. Hast du verstanden? Die nackte Wahrheit.«

»Ich werde es dir erzählen, Süße. Dein Mann kassiert seit

ziemlich langer Zeit eine tolle Zulage. Das heißt, er hat im Ministerium Geld unterschlagen und gefälschte Berichte unterschrieben und so weiter. Aber es ist nicht so, daß er geklaut hätte. Nein, um Gottes willen. Seine Chefs hatten auch die Finger im Spiel. Alle hatten die Finger im Spiel. Minister, Militärs, einflußreiche Rechtsanwälte. Und noch mächtigere Banker. Aber wer dafür geradestehen muß, sind dein dämlicher Göttergatte und ich. Darüber könnte man sich wirklich aufregen.«

García schwieg einen kurzen Moment lang und versank erneut in einen Anfall von Selbstmitleid.

»Dann hat das also doch gestimmt, was die Richterin Martina gesagt hat ...« murmelte ich.

»Was hat diese Schlampe gesagt?« fragte García.

»Sparen Sie sich diesen rüden Ton, wenn es Ihnen nichts ausmacht.«

»Komm, Tante, jetzt spiel hier nicht die feine Dame, dafür bleibt keine Zeit. Was hat sie gesagt?«

»Daß Ramón in eine Korruptionsaffäre verwickelt sei, die verschiedene Ministerien beträfe. Und daß Sie etwas damit zu tun hätten.«

»Na klar. Stimmt. Ganz schön schlau, die kleine Schlampe.«

»Lucía, laß mich dir die Sache erklären«, mischte sich Ramón ein, der während unseres Dialogs geschwiegen und mit seinen Händen gespielt hatte.

Ich sah ihn böse an.

»Ich will keine Lügenmärchen mehr hören.«

»Nein, nein. Diesmal sage ich dir wirklich die Wahrheit. Schau, ich habe niemals ... ich habe nicht ... Ich habe viel über all das nachgedacht, vor allem während der letzten Monate, wo ich hier eingesperrt war, und mir ist klargeworden, daß ich allein nie etwas Böses getan hätte. Ich bin zu ... zu feige, glaube ich. Ich würde gerne glauben, daß ich auch zu anständig für so etwas bin. Das heißt, war. Also, ein bißchen anständig war ich ja schon.«

»Du wirst mir doch nicht anfangen zu weinen, du Heulsuse«, machte sich García über ihn lustig.

»Ich glaube, daß es auf der Welt eine Handvoll skrupelloser Menschen gibt«, fuhr Ramón fort, ohne auf ihn einzugehen. »Es sind nicht viele, aber es sind wirklich unsägliche Typen. Menschen ohne Prinzipien, die ihre Macht ausnutzen …«

»Was gibt es doch für böse Buben auf der Welt …« García lachte laut.

»Und dann gibt es noch eine Handvoll ehrlicher Menschen. Wirklich ehrliche Menschen, starke und großzügige Menschen voller moralischer Prinzipien, die niemals, selbst unter schlimmsten Bedingungen, etwas Böses tun würden. Aber auch von diesen Menschen gibt es nicht viele.«

»Gott sei Dank«, merkte der Inspektor an.

»Und ich glaube, daß es zwischen diesen beiden Extremen eine formlose Masse von Individuen gibt, die die große Mehrheit ausmachen, Menschen mit guten Absichten, die allerdings schwach sind oder feige oder zu ehrgeizig oder unsicher oder vielleicht dumm … Diese riesige Masse würde ihr Leben lang keinen Unsinn machen, wenn sie nicht in Versuchung geführt würde. In Zeiten des Sittenverfalls oder der Ehrlosigkeit oder der Korruption werden sie leicht zu Verbrechern oder billigen zumindest das Verbrechen und werden so zu Komplizen. Erinnere dich an das Dritte Reich: Jeder Deutsche wußte über die Vernichtungslager Bescheid, tat aber so, als gäbe es sie nicht.«

Die Ausführungen meines Mannes erinnerten mich auf beängstigende Weise an den Ramón von früher. An den fortschrittlichen Linken, der sich damit brüstete, während seiner Universitätszeit einer radikalen marxistischen Zelle angehört und auf der Flucht vor der Polizei mit Flugblattern um sich geworfen zu haben.

»Was für ein Geschwafel, um zu sagen, daß man ein gutes Geschäft gemacht hat«, schnaubte García.

»Ich bin einer von denen, Lucía. Einer von den Schwachen und Mittelmäßigen. Man wird nicht über Nacht korrupt. Man wird nicht vierzig Jahre alt und hat noch keinen Dreck am

Stecken, und plötzlich kommt ein Typ mit einem Krokodillederkoffer voller Scheine in dein Büro und sagt zu dir: ›Ich werde dir 200.000 Peseten zahlen, wenn du morgen deine Großmutter die Treppe hinunterstößt.‹«

»Scheiße! Was für ein bescheuertes Beispiel«, warf der Inspektor ein.

»So ist es nicht, wirklich nicht. Im Gegenteil, die Versuchungen sind erst einmal nicht groß, aber vielfältig, sie werden stärker. Weißt du, Leben heißt in Versuchung geführt zu werden. Während deines ganzen Lebens mußt du Entscheidungen treffen, die einen gewissen moralischen Kern haben. Und du entscheidest. Machst Schrittchen. Nach vorne, nach oben oder nach unten. Und jedes Schrittchen führt dich zum nächsten. Zum Beispiel beginnst du damit, eine kleine monatliche Zulage zu akzeptieren, um dein Gehalt aufzubessern. Es kann sich dabei um eine bescheidene Summe handeln, um 50.000 oder 100.000 Peseten, wenn es hoch kommt, und dieses Geld taucht in der Jahresabrechnung zum Beispiel als Ausgabe für Büromaterial auf. Ja, natürlich handelt es sich dabei um eine Unregelmäßigkeit, man weiß ja, wie die Verwaltung funktioniert, man muß ein bißchen schwindeln, weil, wenn man es nicht tut, die Bürokratie verhindert, daß du eine Gehaltserhöhung kriegst. Und du glaubst, daß du diese zusätzlichen 50.000 Peseten selbstverständlich wert bist. Du bist sie wert, sagt dir dein Chef, er ist derjenige, der sie dir zahlt, und er zahlt sich selbst nebenbei das Dreifache. Und außerdem, das ist doch so ein kleiner Betrag! Und alle kriegen doch dieselbe Zulage, da wirst du doch nicht so idiotisch sein und als einziger leer ausgehen.«

»Gut gebrüllt, Löwe!« lobte der Polizist.

»So fängt es an, mit einer Dummheit, und dann brauchst du langsam immer mehr Geld und kriegst eine immer lockerere Einstellung. Anschließend bitten sie dich für diese Zulagen um kleine Gefallen, und du gehst darauf ein; und so vergehen die Jahre, und du sagst weiterhin zu allem ja und amen; und schließlich findest du dich in einem verschlossenen Zimmer wie diesem wieder und erklärst deiner Frau, daß du ein Schwein bist.«

Fast hätte ich Mitleid gehabt. Fast hätte ich ihm verziehen. Aber dann erinnerte ich mich daran, was er mir angetan hatte. Die Angst, die Panik und vor allem der Betrug, dieser unerträgliche, unannehmbare Betrug. Und vor einigen Minuten hatte er mich wieder belogen!

»Ja, und erklärst mir, daß du ein Schwein bist, allerdings eins mit 200 Millionen in der Tasche.«

Ramóns Lippen verzogen sich zu einem Lächeln. Als er sich wieder unter Kontrolle hatte, seufzte er:

»Ja. Stimmt.«

»Und ich habe den Eindruck, daß du nicht bereit bist, dich zu ändern, auch wenn du die Sache jetzt sehr dramatisierst. Das heißt, ich glaube, du hast lieber 200 Millionen und bist korrupt, als unschuldig zu sein und sie nicht zu besitzen.«

Er seufzte erneut:

»Also, vielleicht hast du ja recht. Was soll ich machen, Lucía. Die Dinge sind nun einmal so. Tut mir leid.«

»Und *Orgullo Obrero*?«

»Gibt es nicht. Als wir wußten, daß man uns auf der Spur ist, haben wir diese Organisation erfunden. Und die Briefe geschrieben und so getan, als wären sie ein paar Jahre alt. Ein paar Monate vorher war ein ähnlicher Trick mit einem Typ in Valencia gelaufen, und es hatte funktioniert. Der Plan bestand darin, die Untersuchungen auf der ersten Ebene, das heißt unserer, zu stoppen. Die Richterin sollte glauben, daß das Geld an eine politische Gruppierung gegangen wäre, und nicht die Spur mit den Bankkonten weiterverfolgen.«

»Aber warum hast du die 200 Millionen nicht selbst abgeholt? Warum diese ganze Sache mit dem Safe?«

»So schien die Geschichte glaubwürdiger zu sein«, sagte García. »Ich hatte den Einfall. Eine tolle Idee, oder?«

»Und das mit dem Überfall?«

»Das geht ebenfalls auf mein Konto«, plusterte sich der Inspektor auf. »Um weniger Probleme zu haben. Weil eine Geldübergabe immer schwierig ist und man erwischt werden kann. Außerdem schien es so verständlicher, wenn dann dein Mann nicht wieder auftaucht. Das heißt, wenn das Lösegeld nicht gezahlt werden kann, dann könnten die Terroristen-Schweinehunde die Geisel umlegen, oder?«

»Und ich war so verzweifelt ... Was seid ihr für niederträchtige Kerle ...« empörte ich mich.

»*C'est la vie,* wie die Franzmänner sagen«, witzelte García. »So laufen die Dinge nun mal, Kleine. Dem hier mußten wir sogar den Finger abschneiden, obwohl er das nicht wollte. Aber er mußte sich fügen.«

»Und was hat es gebracht, hä?« antwortete Ramón ihm wütend. »Was hat es genützt? Wo jetzt das ganze Ding hochgegangen ist? Was hat es gebracht, daß du mir den Finger abgeschnitten hast, du Hornochse?«

»Aber was sagst du da, Mann, das war doch ein Meisterstreich. Und beschwer dich nicht, das Fingerchen ist dir schließlich gut bezahlt worden.«

»Wie, es ist dir bezahlt worden?« wunderte ich mich.

»Ja, also ...« Ramón wurde schamrot. »Es ist so, daß ... Das war nicht für den Finger, das heißt nicht nur für den Finger, sondern damit ich verschwinde. Die oben haben mich benutzt, damit sie ihren Kopf retten konnten. Als Gegenleistung haben sie mir weitere ... ähm ... weitere 200 Millionen gegeben. Deshalb habe ich eben gelacht, als ... Ich mußte lächeln, als ... Als du das mit dem Geld gesagt hast, das ...«

Er konnte nicht weitersprechen, weil er in ein unglaubliches Gelächter ausbrach, das von krampfartigen Zuckungen seines Zwerchfells und einem heftigen Schenkelklopfen begleitet wurde. Wie betäubt sah ich ihn an.

»Entschuldige ... Hihihi ... o entschuldige ...« sagte er schließlich, trocknete sich die Tränen und versuchte voller Reue, sich zu beherrschen. »Das sind die Nerven.«

Gut, wir hatten uns nichts mehr zu sagen. Wir hatten zehn

Jahre zusammengelebt, und ich kannte von ihm so intime Dinge wie den Geruch seines Körpers nach einer Nacht, in der er geschwitzt oder Fieber gehabt hatte. Aber wir hatten uns absolut nichts mehr zu sagen. Bis jetzt war Ramón ein Teil von mir gewesen, aber schon heute war er etwas Totes. Wie ein abgeschnittener Fingernagel. Organischer Abfall. Mir wurde bewußt, das alles zu Ende war; und ich hatte noch nicht einmal den Wunsch, ihm Vorwürfe zu machen oder von ihm Rechenschaft zu fordern. Ich wollte einfach nur weg; ihn vergessen und ihn nie mehr wiedersehen. Letzteres schien einfach, da Ramón und seine Kumpane in den nächsten Stunden an einen unbekannten Ort fliehen würden.

»Ich gehe«, rief ich aus und stürzte mit dem Gefühl, keine Luft mehr zu bekommen, Richtung Tür.

»Aber Lucía ...«, sagte Ramón mit bettelnder Stimme.

»Kein Wort mehr. Halte die Klappe. Ich möchte dich nie mehr wiedersehen. Verschwinde.«

García legte einen großen, mit Klebeband verschlossenen Umschlag in meine Hände:

»Nimm, mein Engel. Ein Geschenk für dich. Das sind eine Menge Unterlagen, die unwahrscheinlich interessant sind. Zeig sie der Richterin: Wenn diese Schlampe so schlau ist, wie sie aussieht, wird sie damit sicherlich mehr als einen einbuchten können. Sagen wir, dies hier ist eine Anleitung, wie man Arschlöcher drankriegt.«

Ich versetzte García einen Stoß, öffnete die Tür und verließ mit Riesenschritten das Zimmer. Draußen warteten Félix und Adrián, voller Unruhe wie zwei Leoparden in einem Käfig, auf mich. Ich sah sie an, klammerte mich immer noch an den braunen Umschlag und fühlte mich halb erstickt vor Kummer. Ramóns Haut. Das Fleisch eines reiferen Mannes, Muskeln, die von dem schon gelebten Leben gezeichnet sind. Diese Haut, an der die Zeichen der Zeit sichtbar waren, hatte mich gerührt, die besondere Weichheit, mit der sie unter meinen Fingern nachgab. Es hatte mich bewegt, mit Ramón zu schlafen, nicht nur, weil er es war, sondern weil er ein reifer Mann war. Er kam von weit her, wie ich. Félix und Adrián standen mir gegenüber und betrachteten mich gespannt. Ich schluckte mühsam die vielen Tränen hinunter:

»Es ist vorbei«, sagte ich.

Und ich fühlte mich erleichtert und ein bißchen dem Tode näher.

Ich habe gelogen. Ich habe inzwischen Hunderte von Seiten für dieses Buch geschrieben und darin fast ebensoviel gelogen wie in meinem eigenen Leben. Ich habe zum Beispiel in bezug auf meine berufliche Situation gelogen. Anfangs habe ich gesagt, daß ich in der Lage wäre, von meinen Texten zu leben. Es ist schon eine ganze Weile her, daß das der Wahrheit entsprochen hätte. Der Verkauf der Geschichten von ›Huberta das Hühnchen‹ ist in den letzten zehn Jahren langsam, aber stetig zurückgegangen. Und schließlich verschwanden die Bücher ganz aus den Regalen. Ich trug Eulen nach Athen: Ich widmete mich einer Sache, die mir sehr läppisch vorkam, und darüber hinaus machte ich sie auch noch schlecht.

Das Verlöschen meines Sterns als Kinderbuchautorin deprimierte mich immer mehr; anstatt mir andere Möglichkeiten zu suchen, meinen Lebensunterhalt zu verdienen, verließ ich mich mehr und mehr auf Ramóns Einkommen. Mit der Zeit wurde ich so zu einer ausgehaltenen Geliebten; ich, die ich immer die Rolle der passiven, traditionellen Ehefrau abgelehnt hatte. Dies trug dazu bei, daß wir uns immer stärker voneinander entfernten, und führte dazu, daß ich den letzten Funken Stolz, der mir geblieben war, auch noch verlor; ich kam an einen Punkt, wo ich noch nicht einmal mehr soviel Selbstvertrauen hatte, mit dem Kassierer in meiner Bank zu sprechen. Bis schließlich eines Tages das passierte, wovor ich mich so sehr gefürchtet hatte. Erinnern Sie sich daran, daß ich meinen Verleger um einen Vorschuß gebeten hatte? Nun, seine Antwort war nicht so, wie ich sie beschrieben habe. Im Gegenteil: Als ich Emilio um Geld bat, hustete er verlegen, erstickte dabei fast und zündete sich eine Zigarette an. Was mir ein sehr unheilverkündendes Zeichen schien, weil im Aschenbecher vor ihm bereits eine Zigarette brannte.

»Es ... es tut mir sehr leid, Lucía, aber es wird nicht möglich sein.«

»Kannst du mir denn nicht einen Vorschuß auf das nächste Buch geben? Hast du gerade kein Geld?« versuchte ich ihm zu helfen, damit er mir half.

»Nein, nein, das ist es nicht, es ... Lucía, ich kann dir keinen Vorschuß geben, weil der wirtschaftliche Erfolg deiner letzten Bücher wahrhaftig alles andere als vielversprechend war. Das heißt, daß wir immer noch nicht das reingeholt haben, was wir dir für die letzten fünf Bücher gezahlt haben. Und wir werden es auch nicht mehr reinholen können, weil die restlichen Exemplare makuliert werden.«

»Aber warum denn? Muß man so schöne Bücher wirklich einstampfen? Wartet noch ein wenig, ich bin sicher, daß sie sich doch noch gut verkaufen, das lag bestimmt an der Wirtschaftskrise ...«

»Mach dir nichts vor, Lucía. ›Huberta das Hühnchen‹ interessiert niemanden. Vielleicht ist es ein tolles Buch, das bestreite ich ja gar nicht, aber Kinder haben kein Interesse daran. Und die Exemplare, die wir noch haben, werden vernichtet. Sie lassen sich einfach nicht verkaufen, und die Lagerhaltung kommt uns zu teuer. Lucía, du weißt gar nicht, wie leid mir das alles tut und wie schwer es mir fällt, dir das zu sagen. Aber das mit ›Huberta‹ ist vorbei. Ich kann dir keinen Vorschuß geben, weil es überhaupt keine Vorschüsse mehr geben wird. Wir werden von dir keine Bücher mehr herausbringen.«

Ich spürte, wie ich in ein Loch fiel, wie ich wieder klein und zerbrechlich wurde, Alice im Wunderland.

»Aber ich könnte andere Tiere nehmen, ich könnte den ›Zierlichen Bären‹ oder ›Amanda die kleine Ameise‹ erfinden, was weiß ich, Emilio, bitte tu mir das nicht an.«

»Es tut mir leid, Lucía. Du weißt ja, daß ich nicht der einzige Teilhaber dieses Unternehmens bin. Wir haben entschieden, deine Bücher vorläufig nicht weiter zu verlegen. Aber das ist doch nicht das Ende der Welt. Probier es bei einem anderen Verlag.«

Ich traute mich natürlich nicht, das zu versuchen: Mein Selbstwertgefühl war so weit in den Keller gesunken, daß ich mich nicht in der Lage fühlte, eine weitere Absage zu verkraften. Wie merkwürdig ist das doch mit dem verletzten Stolz: Er ist wie ein Tier, das einem in der Brust heult. Und das Geschrei dieses gepeinigten Viehs macht einen verrückt, bringt einen dazu, daß man lügt, um es zu verdrängen. Um das Unerträgliche zu ertragen.

Los, Lucía: Streng dich noch einmal ein bißchen an, erzähl alles. Du kannst dieses Buch nicht beenden, ohne nicht all das zu sagen, was du sagen mußt. Zum Beispiel alles über Ramón. Weil ich auch von Ramón ein falsches Bild vermittelt habe. Meine Beziehung zu ihm war anders, als ich es bisher dargestellt habe. Ich habe behauptet, daß er langweilig war, und man wird sich fragen: ›Also, wenn er so fade war, warum hat sie dann mit ihm zusammengelebt?‹ Meine Antwort darauf: weil sie ihn liebte.

Anfangs, als ich Ramón kennenlernte, wenn ich seine Stimme am Telefon hörte, seine Haut roch oder an seinen Lippen knabberte, empfand ich für ihn die übliche verrückte Leidenschaft, die immer zu Symptomen wie Herzklopfen, Magenschmerzen, Angstschweiß, ekstatischen Anfällen führt. Und dann war das alles weg. Es verging, so wie Leidenschaften immer vergehen, in der Routine und der Gleichgültigkeit.

Ich bin die Schuldige, das weiß ich sehr wohl. Plötzlich waren Begeisterung und Verlangen wie weggeblasen. Mir passiert immer dasselbe: Das ist eine unvermeidbare Katastrophe. Nach ein paar Jahren schieße ich meinen Partner auf den Mond, oder vielleicht bin ich ja auch diejenige, die sich geistig dorthin begibt.

Dann löst sich der Schwindel auf, und der Traumprinz wird, wie ich plötzlich entdecke, zu einem ganz gewöhnlichen Mann, mit dem ich das Bett teile. Diese Entdeckung ist eine wahre Enttäuschung.

Wir Menschen beenden unsere Leidenschaften fast immer mit diesem Prozeß innerer Zerstörung. Doch die Tatsache, daß es sich dabei um die auf diesem Planeten am weitesten verbreitete Torheit handelt, vermindert nicht im geringsten mein Gefühl, verantwortlich und gescheitert zu sein. Weil es, auch wenn es gelogen scheint, ein paar Menschen gibt, die dieses unselige Schicksal nicht ereilt. Ich kenne eine Frau, die seit vierzehn Jahren mit einem Architekten verheiratet ist. Sie hat gemeinsam mit ihm eine hübsche Musterkollektion Kinder: Jungen, Mädchen, Blonde, Braunhaarige, eine vollständige Auswahl. Diese Frau und dieser Mann lieben sich immer noch heiß und innig. Manchmal schmeißen sie ihren Besuch sehr abrupt und fast unhöflich aus der Wohnung, reißen sich dann die Kleider vom Leib und vergnügen sich wie Jugendliche auf dem Sofa. Es handelt sich um den einzigen Fall dieser Art, von dem ich weiß: eine außergewöhnliche Seltenheit, ein unglaubliches Glück, wie ein Lottogewinn. Und dennoch, auch wenn es selten vorkommt, diese glücklichen Spezies gibt es: Und das macht einem das Leben schwer. Man stelle sich vor, es gäbe einen einzigen Menschen auf der Welt, der nicht sterben müßte. Eben diese Ausnahme würde dazu führen, daß das Sterben eine noch größere Ungeheuerlichkeit wäre, als es das sowieso schon ist. Mit der Liebe und dem Begehren passiert etwas Ähnliches: weil etwas in einem stirbt, wenn die Begeisterung für den anderen aufhört, wenn man nicht mehr den Wunsch verspürt, weiterhin dieselbe Person zu lieben. Andere können das, sagt man sich gequält, macht die Beine breit und setzt eine finstere Miene auf. Andere können das, nur ich nicht; und heimlich vergießt man Tränen über das, was man einst hatte.

Als ich Ramón kennenlernte, war es mir schon zu viele Male passiert, daß sich meine Liebe derart abgenutzt hatte. Ich hoffte, daß er, so ruhig und ausgeglichen wie er war, ein Mann, mit dem ich mich nicht ein einziges Mal stritt und von dem ich nie ein böses Wort hörte, das Ende meiner Pilgerschaft bedeutete. Und daß wir mittels seiner Gemütsruhe eine stabile Partnerschaft haben könnten. Aber nach wenigen Jahren erschien mir seine Gemütsruhe als Gleichgültigkeit, und ich kam zu der Überzeugung, daß ihm alles vollkommen schnuppe war. Nach wenigen Jahren hatte sich Ramón für mich in ein schwaches, lebloses und unerträgliches Wesen verwandelt. Wohin war die Schönheit der Welt entschwunden? All dieser Überfluß, in dem ich gelebt hatte, das Paradies der Leidenschaften, wo war es hin? Ich ziehe es vor, daß man mich betrügt und daß man mich verläßt, ich habe es lieber, den Geliebten zu verlieren, während der Liebestaumel anhält, und mir in schlaflosen Gewitternächten vor Kummer die Haare auszureißen, als noch einmal zu spüren, wie in mir die Himmelssterne verlöschen, wie die Gleichgültigkeit wie eine biblische Plage alles veröden läßt, wie am Ende nur noch der staubige Nachgeschmack des Schmerzes in der Kehle übrigbleibt.

Weil der Schmerz immer nach Staub schmeckt. Obwohl er bei mir einmal nach Blut geschmeckt hat. Das war vor drei Jahren, als ich in einen Lastwagen donnerte. Es war neblig, der Asphalt war rutschig, es war Nacht, ich fühlte mich sehr müde, ich fuhr viel zu schnell in eine Kurve, und dort befand sich der sehr langsam fahrende Lastwagen. Dies ist nur eine nüchterne Schilderung der Katastrophe. Ich habe viele Male in meiner Vorstellung versucht, irgendeinen dieser Zufälle zu verändern. Was wäre passiert, wenn kein Nebel gewesen wäre? Und wenn ich nicht so müde gewesen wäre und so schnell nach Hause gewollt hätte? Oder wenn die Straße nicht so rutschig gewesen wäre? Alle Eisenstangen dieser Welt bohrten sich in meinen Mund. Alle, bis auf eine, die mir den Bauch durchlöcherte. Ich war im sechsten Monat schwanger. Es war ein Mädchen. Die Beine, der Kopf, die Hände mit den gekrümmten Fingerchen. Ich hatte sie auf dem Ultraschall gesehen, mein Töchterchen, schwarz auf weiß, voll entwickelt, Wunder meines Fleisches. Ich habe sie bei dem Aufprall getötet; nebenbei verlor ich die Gebärmutter. Das war letzten Endes kaum von Bedeutung: Schließlich war ich bereits eine späte Erstgebärende, wie die Mediziner in ihrem beleidigenden Jargon sagen. Ich hatte all diese Jahre gebraucht, um mich endlich zu entscheiden, die innere Stimme zu besiegen, die mir riet, keine Kinder zu bekommen, das Überlebensgebot, das meine Mutter mir ins Ohr flüsterte. Und jetzt bin ich »leer«. Die Frauen, die sich derselben Operation wie ich unterzogen haben, sagen: »Ich hatte eine Totaloperation.« Als würden sie nur aus dieser Gebärmutter bestehen. Die sogenannten primitiven Völker verstehen nicht, was eine unfruchtbare Frau ist: Sie ist für sie eine fast gesellschaftsschädigende Abnormität. Und das hat sich in unser Gedächtnis eingebrannt. Wo sogar schon die Hersteller von Erotikartikeln eine Gummipuppe auf den Markt gebracht haben, die über dem Vagina-Ersatz einen Schwangerenbauch hat!

Der Kiefer wurde mit Metalldrähten gerichtet, das zerfetzte Zahnfleisch wurde sorgfältig zusammengenäht, aber das Kind konnte nicht gerettet werden. Ich bin eine Frau, die nicht weiß, was es heißt, zu gebären, und es gibt Menschen, die behaupten, man sei dadurch wie ein Fisch auf dem Trockenen. Ich war bei der Operation natürlich unter Narkose, als man mir das tote Kind aus dem Leib riß. Deshalb habe ich keine Erinnerung an diesen schrecklichen Augenblick. Aber jedesmal, wenn ich das Gebiß herausnehme und die schwarze und rötliche Leere der oberen Hälfte meines Mundes sehe, erinnere ich mich an den Moment, als sich die Eisen in mein Gesicht rammten; und an den Schmerz und daran, wie Blut, Knochenstückchen und Fleischfetzen herausschossen. Blut, Fleisch und Knochen, von Schmerz begleitet, wie beim Gebären. Mein Mund ist das Grab meiner Tochter.

Über all das, was ich gerade erzähle, habe ich noch niemals gesprochen. Man kann auch lügen, indem man etwas nicht ausspricht, und das habe ich in diesem Fall getan. Zum Beispiel habe ich Adrián niemals etwas von meiner Schwangerschaft erzählt. Natürlich folgen Lügen auf Lügen, so wie Regentropfen auf bereits gefallene Tropfen fallen. Weil meine Beziehung zu Adrián auch nicht so war, wie ich sie dargestellt habe. Alles, was ich erzählt habe, stimmt in gewisser Hinsicht, oder zumindest zum Teil. Aber es gäbe vieles hinzuzufügen. Unerträgliche, endgültige Details, die das Gleichgewicht des Erzählten verändern würden.

Wir kamen aus unterschiedlichen Galaxien, wie zwei Kometen, die sich flüchtig im Universum treffen. Er kam aus der Kindheit und hatte vorher noch niemals eine dauerhafte Partnerschaft gehabt; er wollte mit mir ein Haus bauen, gemeinsam von einer Zukunft träumen, er wollte, daß wir uns ewige Treue schwören, bis es uns zu den Ohren herauskäme. Ich kam von dem beschwerlichen Übergang ins reife Alter und wußte nun, daß die Ewigkeit immer ein Ende hat. Deshalb versuchte ich, ihn auf Distanz zu halten, vernachlässigte ihn, wies ihn ab. Je mehr er mich forderte, desto mehr erstickte ich; und je stärker ich mich ihm verweigerte, desto begieriger versuchte er, mich festzuhalten. Wenn er sich dann aber zurückzog, machte ich einen Schritt nach vorne, und dann verfolgte ich ihn und forderte ihn. Die Liebe ist ein perverses Spiel.

Adrián begann eifersüchtig zu werden. Wir beide wurden verrückt, wenn man unter Verrücktheit versteht, daß man keine Kontrolle mehr über das eigene Tun hat, die Gefühle sich verstricken, man die eigenen Worte nicht mehr versteht, feststellt, daß man steht, wo man eigentlich dachte, daß man sitzen würde. Wir weinten sehr viel, manchmal der eine über den anderen, gelegentlich gemeinsam; wir verletzten uns gegenseitig, obwohl keiner von uns beiden dem anderen weh tun wollte. Wir machten unser Leben zu einem Melodram, und inmitten dieses Tangos ließen wir unsere Träume spaziergehen. Er war für mich die Illusion einer zweiten Jugend, das Trugbild all meiner nicht gelebten Leben, der Kinder, die ich nicht bekommen, der Dinge, die ich nicht getan, und der Jahre, die ich vergeudet hatte; und vielleicht war ich für ihn die letzte Jugendkrise, die zwanghafte Wiederbelebung der vollkommenen und zerstörerischen Liebe zur Mutter. Aber ich war nicht seine Mutter, und ich werde niemals Mutter *sein*. Ich bin nur eine verblühte Tochter in den Vierzigern, eine halb zerstückelte Tochter auf dem Weg des Lebens. Da stehe ich nun und erfinde Wahrheiten und erinnere mich an Lügen, um mich nicht in dem endgültigen Nichts aufzulösen.

Wir sind nichts als Wörter, Wörter, die im Äther widerhallen. Gemurmelte, gebrüllte, herausgespuckte Wörter, die millionenfach wiederholt oder kaum ausgesprochen werden. Ich glaube nicht an das Jenseits, aber ich glaube an die Wörter. All die Wörter, die wir Menschen seit Anbeginn der Zeiten gesprochen haben, schweben immer noch um uns herum im Magma des Universums. Das ist die Ewigkeit: ein unhörbarer Lärm von Wörtern. Und vielleicht sind die Träume auch nur das: Vielleicht sind es die Sätze der Toten, die sich uns im Schlaf in den Kopf setzen und in uns Bilder erzeugen. Ich bin sicher, daß alle Töne um uns herumkreisen: der Schrei »Land in Sicht!«, mit dem Rodrigo de Triana während der ersten Reise von Kolumbus die amerikanische Küste begrüßte, das klagende »Auch du, Brutus?« des sterbenden Cäsar, das süße Wiegenlied, mit dem mich meine Mutter in den Schlaf sang. Ich erinnere mich nicht an das Lied, aber ich bin davon überzeugt, daß es noch in meiner Nähe ist, und das tröstet mich. Manchmal glaube ich zu spüren, wie die Worte meiner Mutter vorbeiziehen, wie ein leichter Luftzug, der meine Stirn zärtlich streichelt; und ich habe immer noch die Hoffnung, daß ich irgendwann einmal nachts diese Worte auffange und sie wieder erlebe, als wären sie neu.

(Ich weiß nicht, was aus mir geworden wäre, wenn ich Félix nicht an meiner Seite gehabt hätte. Als wir schließlich die ganze Wahrheit über Ramón herausgefunden hatten, als wir nach

Hause zurückkamen und ich mich völlig ausgelaugt fühlte, als klar war, daß Adrián und ich keine gemeinsame Zukunft vor uns hatten, wußte Félix mir das zu sagen, was ich hören mußte, um wieder aus dem Loch herauszukommen.)

Ich habe eine gute Nachricht für dich, Lucía. Mir scheint nämlich, daß du dich zu sehr mit dem Tod und der Vergänglichkeit beschäftigst. Schönheit existiert immer, sogar im Schrecken, sogar im Alter. Ich werde dir ein Beispiel geben: Wahrscheinlich weißt du es nicht, aber wir alten Männer und Frauen lieben bis zum Ende. Selbst wenn wir schon keine Kraft mehr dazu haben oder es keine Gelegenheit mehr gibt, den Akt zu vollziehen, verlieben wir uns in den Arzt, die Krankenschwester, die Sozialarbeiterin. Es gibt Menschen, die sich über diese letzten Gefühle lustig machen, sie erscheinen ihnen lächerlich und grotesk, aber für mich ist das eine ebenso ernsthafte Liebe wie jede Liebe, wenn man jung ist. Und genauso schön. Zum Beispiel liebe ich dich, Lucía, entschuldige. Ich liebe dich, und weißt du, ich glaube, daß ich aus reiner Angst, dich zu verlieren, kurz davor war, an einer Lungenentzündung zu sterben. Ich denke dabei an Amsterdam, als Adrián und du ... Doch ich möchte nicht, daß du mich mißverstehst: Natürlich liebe ich dich, aber ohne dabei etwas zu wollen. Mir reicht es, dich zu lieben, und daß du dir ab und zu meine Geschichten anhörst.

Weißt du, wie Margarita, meine Frau, gestorben ist? Sie war zehn Jahre jünger als ich, aber sie bekam Alzheimer. Alzheimer ist eine schreckliche Krankheit: Sie raubt einem nach und nach das Gedächtnis. Man hat dann nicht nur keine Zukunft mehr, sondern sie raubt einem auch die Vergangenheit. Du hättest meine arme Margarita sehen sollen: Sie, die so ordentlich und gewissenhaft war, fing an, das Licht anzulassen, die Wasserhähne nicht mehr zuzudrehen. Eines Tages weinte Margarita den ganzen Nachmittag über, weil sie vergessen hatte, wie man die Schnürsenkel bindet. Sie wußte, welches dunkle Leiden sie erwartete, und sie zog es vor, zu gehen. Ich hätte sie bis zum Ende gepflegt, bis sie sich in die leere Hülle ihrer eigenen Person verwandelt hätte. Aber Margarita war so gewissenhaft, so peinlich genau in allem und so sorgfältig, daß sie ihr Scheiden genau planen wollte. Ich sah, wie sie sich ihren letzten Trank bereitete, wie sie eine Kapsel Schlafmittel nach der anderen öffnete und das Pulver in eine große Tasse mit Milchkaffee schüttete. Ihre Fingerchen waren immer noch so beweglich, ihre Hände immer noch kräftig und flink, die bewundernswerten Hände einer starken Frau, die zärtlich sein, einem Hahn den Hals umdrehen, einem Kind den Po saubermachen und einem Sterbenden den Schweiß abtupfen konnten. Margarita bewegte sich mit einer Leichtigkeit und Bestimmtheit durch die Küche, als würde sie statt eines Todestranks eines ihrer köstlichen Gerichte zubereiten; und als sie alles fertig hatte, setzte sie sich mit ihrer unschuldig aussehenden Tasse in der Hand an den Frühstückstisch und trank sie in kleinen Schlucken leer. Durch das Fenster schien eine kräftige Februarsonne, und die Küche erstrahlte, alles aufgeräumt und sauber, wie an einem fröhlichen Sonntagmorgen. Margarita nahm meine Hand und sah durch die Scheiben. »Was für ein schöner Tag«, sagte sie und lächelte. Siehst du, Lucía: Selbst am Ende des Seins existiert die Schönheit.

Es gibt Momente, in denen es traurig macht, alt zu sein, und es gibt Zeiten, in denen es unerträglich scheint. Dann füllt sich der Kopf mit der Sehnsucht nach allem, was man verloren hat, und die Melancholie, etwas niemals mehr tun zu können, erstickt einen. Niemals mehr werde ich wie früher Herr über meinen Körper sein, keine süßen Nächte der Jugend mehr verbringen, keine Hoffnung mehr auf Zukunft und Stärke haben.

Und trotzdem, meine liebe Lucía, ist das Alter kein so trostloser Ort. Es gibt etwas in diesem Alter, das einen beschützt, etwas, das einen für alles entschädigt: eine gewisse Akzeptanz, ein gewisses Verständnis. Zum Beispiel beginnt man, wenn man so alt ist wie ich, den Tod etwas besser zu verstehen. Wir Menschen glauben, daß der Tod ein Feind ist, ein Fremder, der uns nachstellt und ab und zu versucht, durch Krankheiten in uns einzudringen. Aber so ist es nicht. In Wirklichkeit sterben wir nicht an etwas Äußerem oder Fremdem, sondern an unserem eigenen Tod. Wir tragen ihn seit dem Tag unserer Geburt in uns, und er ist etwas Nahes und Alltägliches, so natürlich wie das Leben. Es ist das Einleuchtendste von der Welt, und trotzdem weigert sich unser Gehirn, es zu akzeptieren.

Wenn man so alt ist wie ich, merkt man schließlich, daß es innerhalb des Chaos eine gewisse Ordnung gibt. Vielleicht ist das ein Schutz gegen die Trostlosigkeit und die Sinnlosigkeit, aber dennoch bin ich jeden Tag fester davon überzeugt, daß die Harmonie existiert. Daß es über dem Getöse der kleinen Dinge eine universelle, erhabene Ruhe gibt. Sie ist so universell und so erhaben, daß sie sicherlich wenig tröstlich wirkt, wenn das Schreckliche auf das Hier und Jetzt niederstürzt. Aber manchmal tröstet sich das Bewußtsein mit dieser alles umfassenden Wahrnehmung des Gleichgewichts, mit der Erkenntnis, daß alles irgendwie zueinander in Beziehung steht.

Der Schmerz, zum Beispiel. Wußtest du, daß es eine genetisch bedingte Unfähigkeit gibt, Schmerz wahrzunehmen? Ja, wirklich, das gibt es; und die Kinder, die mit dieser Krankheit geboren werden, sterben sehr früh, weil sie weder die Verletzungen spüren, die sie sich zufügen, noch früh genug Infektionen bemerken. Das sind Kinder, die sich beim Aufstützen auf glühende Öfen verbrennen oder stundenlang in der gleichen Position verharren, so daß ihnen oft die Arme und Beine absterben. Das heißt, daß sogar der Schmerz, so greulich, so unvorstellbar, so unzulässig er ist, einen Platz im System einnehmen kann, eine Daseinsberechtigung hat: Tatsächlich hilft er uns, daß wir am Leben bleiben.

Die innere Harmonie der Dinge. Genau das habe ich versucht, dem Kürbishändler zu erklären. So sehr ihm das utopisch und lächerlich erscheint: in das, wie wir sind, spielt notwendigerweise das Gute hinein. Es stimmt schon, daß die Kürbishändler in jedem Zeitalter zu gewinnen scheinen; aber wenn man einmal die Entwicklung der Menschheit als Ganzes betrachtet, kann man sehr deutlich die ständige Spannung zwischen dem Lebensbejahenden und dem Todbringenden erkennen, zwischen dem Willen zu verstehen und dem zu plündern. Die Geschichte hat sich nach und nach auf diesem Kampf aufgebaut, und man könnte sagen, daß trotz allem die Vernunft und die Einsicht gewinnen werden. Heutzutage ist man zum Beispiel auf der ganzen Welt zu der Auffassung gelangt, daß die Sklaverei menschenunwürdig ist, auch wenn es weiterhin heimlich Sklaven gibt und sich andere Formen der Sklaverei entwickelt haben. Aber die Auffassung an sich hat sich in das gesellschaftliche Bewußtsein eingeprägt. Das erscheint nicht besonders erwähnenswert, aber es ist ein Fortschritt: weil diese gemeinsame Übereinkunft, die von allen Parteien freiwillig akzeptiert wird, die Grundlage der Zivilisation bildet. Ich habe dir bereits gesagt, daß das Wort alles für uns ist.

Erlaube mir, daß ich dir von den Pinguinen erzähle, diese ungeschickten Vögel, die zu Millionen in der Antarktis leben. Wenn die Pinguinbabys aus den Eiern schlüpfen, müssen die Eltern sie allein lassen, um im Meer nach Nahrung zu suchen. Das führt zu einem großen Problem, weil die jungen Pinguine nur mit einem zarten Federflaum bedeckt sind. Er reicht nicht aus, um bei den extrem niedrigen Temperaturen am Südpol ihr Überleben zu sichern. Deshalb drängen sich die Küken auf den Eisschollen zusammen, um sich gegenseitig zu wärmen. Tausende von frischgeschlüpften Pinguinen, dicht aneinandergekuschelt. Damit die, die außen stehen, nicht erfrieren, bewegen sich die kleinen Küken ständig nach dem Rotationsprinzip, so daß keines der Kleinen länger als ein paar Sekunden der eisigen Kälte ausgesetzt ist. Wenn wir Menschen diesen findigen Trick anwenden würden, könnte man das als Beispiel für Solidariät untereinander sehen; aber die Pinguinküken verstehen im Gegensatz zu uns nichts von großen Worten. Daß sie sich gegenseitig beschützen, hat damit zu tun, daß sie so größere Überlebenschancen haben: Es handelt sich um einen Edelmut, der durch das genetische Gedächtnis, durch die simple Zellinformation, vorgegeben ist. Was ich dir, Lucía, mit all dem sagen will, ist, daß das, was wir das Gute nennen, bereits im Inneren der Dinge selbst liegt, in den vernunftlosen Tieren, in der blinden Materie. Die Welt besteht nicht nur aus Raserei und Gewalt und Chaos, sondern auch aus diesen ordnungsliebenden und brüderlichen Pinguinen. Man braucht vor der Wirklichkeit nicht soviel Angst zu haben, weil sie nicht nur schrecklich, sondern auch schön ist.

Ich werde dir etwas erzählen, das ich noch nie jemandem erzählt habe. Es war vor sieben Jahren, wenige Monate nach Margaritas Tod. Damals konnte ich es in der Wohnung nicht aushalten, und ich verbrachte die Tage draußen auf der Straße. Es war Winter, es war kalt, und ich gewöhnte mir an, nachmittags in die große Palmenhalle im Bahnhof Atocha zu gehen. Ich ließ mich auf einer Bank nieder und schlug in dieser warmen Gewächshausatmosphäre die Zeit tot. Eines Tages setzte sich ein ungefähr zwanzigjähriger Junge direkt neben mich; er trug Anzug und Krawatte und hatte eine Aktentasche bei sich, die er sich auf die Knie legte. Er durchwühlte mit offensichtlicher Unruhe die Aktentasche; dann zog er einen Notizblock heraus, der mit einer winzigen Schrift beschrieben war, und fing an, wütend die Blätter durchzulesen. Es sah ganz so aus, als würde er etwas suchen, das er nicht fand, und diese vergebliche Suche machte ihn allmählich immer nervöser. Schließlich gab er auf und saß unbeweglich da, mit glasigen Augen und starrem Blick: Er schwitzte sehr und mußte sich die Krawatte lockern. Ich weiß nicht, warum mir dieser Junge so sehr auffiel, aber ich fühlte mich von seinem Schicksal wie gefesselt. Ich betrachtete ihn sehr genau und direkt. Der Junge war nämlich so sehr in seine Verzweiflung vertieft, daß er mich nicht einmal wahrnahm. Er war schlank, hatte schwarzes Haar und dunkle Augen, und sein Gesicht sagte mir gar nichts; und trotzdem kam er mir so vertraut vor, als würde ich ihn schon ewig kennen. Weshalb ich nicht mehr anders konnte und ihn ansprechen mußte. Ich sagte zu ihm: »Mach dir keine Sorgen.«

Der Junge fuhr auf und sah mich befremdet an.

»Was sagen Sie?«

»Ich sage, daß du dir keine Sorgen machen sollst. Wir alle haben uns einmal so wie du jetzt gefühlt. Es gibt Momente im Leben, in denen man das Gefühl hat, alles wäre grau und düster. Und dann haben wir Angst, die Zukunft nicht ertragen zu können.«

Die Wörter strömten nur so aus meinem Mund. Der Junge sah mich sprachlos, aber auch interessiert an. Ich begann langsam unruhig zu werden: Ich kannte diese Situation, das, was gerade vor sich ging, war mir schon einmal früher passiert.

»Ich werde dir etwas sagen, weil ich es erlebt habe. Diese Momente gehen vorbei, das schwöre ich dir. Wir sind in der Lage, sehr viel mehr zu ertragen, als wir möchten. Deshalb solltest du ruhig bleiben. Eines Tages, in vielen Jahren, wirst du dich an deine Angst von heute erinnern, und sie wird dir unbegreiflich erscheinen. Und ich werde dir noch etwas sagen: Es ist sogar möglich, daß du dich nach diesem Moment zurücksehnst.«

Diese Alltagsweisheiten sagte ich ihm. Und wenn ich diese Sätze jetzt hier mit lauter Stimme wiederhole, erscheinen sie mir altväterlich und ziemlich platt. Aber der Junge hörte mir zu; und das Erstaunlichste daran war, daß ich merkte, daß ihm meine Worte halfen. Sein verstörtes Gesicht entspannte sich, und seine Atmung wurde ruhiger.

»Das hört sich gut an«, sagte er und seufzte. Dann lächelte er leicht errötet: »Fällt das so sehr auf?«

»Was?« fragte ich.

»Daß ich total fertig bin. Fällt das so sehr auf?«

»Ein bißchen. Vielleicht fällt es nur mir auf.«

Der Junge lächelte wieder. Er machte die Tasche zu, stand auf und streckte mir die Hand entgegen.

»Danke.«

Als er in Richtung Bahnsteig ging, entdeckte ich die Erklärung: Seine linke Hand, die Hand, mit der er die Tasche trug, war verstümmelt. Es fehlten dort mindestens zwei Finger.

Dann kam plötzlich alles über mich, die Erkenntnis, die Erinnerung, das Erstaunen. Ich hatte dieselbe Situation erlebt, aber von der anderen Seite, Lucía, von der anderen Seite. Halt mich jetzt nicht für verrückt, glaub jetzt nicht, ich sei ein schwachköpfiger Alter. Vor vielen Jahren, als ich noch jung war, befand ich mich in einer ähnlichen Situation wie dieser Junge. Das war 1933: Durruti hatte gerade in Aragón einen Aufstand organisiert, der von der Regierung brutal niedergeschlagen worden war. Ich fühlte mich sehr schlecht: Ich war nicht bei Durruti gewesen, ich hatte nichts für die Sache getan, ich dachte, ich hätte mich wie ein verfluchter Bourgeois verhalten. Ich weiß nicht, was den Jungen im Bahnhof bedrückt hat, aber ich glaube, daß er sich in jenem Moment selbst überhaupt nicht mochte, und genauso ging es mir an jenem Nachmittag 1933. Auch ich hatte auf einer Bank gesessen und war ganz versunken in meinen Kummer gewesen. Da war ein alter Mann auf mich zugekommen und hatte sehr nett mit mir geredet. Er hatte mehr oder weniger dieselben Worte benutzt wie ich, als ich Jahre später mit dem Jungen sprach. Dieselben Worte, derselbe Altersunterschied, sogar die Palmen um uns glichen sich: Jene Begegnung fand auf der Esplanade in Alicante statt, ich war wegen eines Stierkampfs in der Stadt. Verstehst du, was ich dir damit sagen will? Selbst ich traue mich nicht, das klar auszusprechen; aber ich bin heimlich davon überzeugt, daß wir alle irgendwann einmal in unserem Leben auf unser zukünftiges Ich treffen. Oder auf den, der wir einmal waren. Versteh mich bitte richtig, ich meine keine Reinkarnationen oder Gespenster. Ich spreche von einer Wirklichkeit, die jenseits der Zeit und des Raumes liegt, von einer harmonischen Kontinuität, die unendlich viel größer ist als wir. Es gibt ein Ganzes, das uns umschließt, eine riesige und nicht entzifferbare Landkarte, von der wir ein Bestandteil sind. Ich glaube nicht, daß es Gott oder den Himmel oder die Hölle gibt; aber vielleicht gibt es eine Art universellen Rhythmus, der uns trägt. Irgendwo dazuzugehören, das ist das große Bestreben der Menschen: Deshalb haben die Gläubigen die Religionen erfunden. Und wir Anarchisten glaubten an die Revolution, um dieser Flüchtigkeit irgendeinen Sinn zu geben. Heute glaube ich dagegen eher an die taube und blinde Ruhe der Materie, an eine übermenschliche Transzendenz, Ursprung aller Schönheit.

Für mich zeigt sich diese Kontinuität in dem unaufhörlichen Gewirr von Stimmen. In allem, was wir Menschen uns gegenseitig von Generation zu Generation erzählen. All diese Wörter, die im Äther treiben, seit jemand die erste Silbe gesprochen hat. Aus diesem Grund, weil wir nur Wörter sind, habe ich dir während der letzten Monate meine Geschichte erzählt. Ich bin Félix, der Glückliche, *Fortuna*, der Glückspilz: Ich habe überlebt, und ich bin achtzig Jahre alt geworden, auch wenn es mich viel Zeit und Kraft gekostet hat. So viele Stunden, so viele Tage, soviel Mühsal und so viele Gefühle. Und all das reduziert sich jetzt am Ende meines Lebens auf ein Häufchen Wörter, die ich aus mir herausgelassen habe. Ich habe mich deinen Ohren anvertraut, um nicht ganz zu sterben. Ich habe mein Leben in deine Hände gelegt.

Ich bin allein, und das gefällt mir.

In der letzten Zeit hat sich sehr viel verändert. Adrián ist fort, er hat sich zu seinem restlichen Leben aufgemacht. Er wohnt jetzt in Bilbao und hat dort mit gleichaltrigen Freunden zusammen eine Plattenfirma für alternative Musik gegründet. Er lebt in einer Wohngemeinschaft, besitzt keinen Pfennig, und ich glaube, er ist glücklich. Er macht das, was seinem Alter entspricht, und ich bin sicher, daß es eine Menge Mädchen geben wird, die begeistert wären, mit ihm die Matratze auf dem Boden, den Haufen dreckiger Strümpfe im Schrank und das schmutzige Gemeinschaftsbad zu teilen. Eine entzückende Aussicht, die ich mir für mein Leben nichts mehr vorstellen kann. Aber wir mögen uns und schreiben uns sogar regelmäßig.

Auch Félix ist weg. Ich konnte seinen Widerstand brechen und ihn auf eine Urlaubsreise nach Palma de Mallorca schicken. Wie ich mir schon gedacht hatte, hat er sich mit meiner Mutter angefreundet. Von Zeit zu Zeit rufen sie mich an, so aufgeregt und fröhlich wie zwei Teenager, erklären mir bis ins kleinste Detail, an welchen Stränden sie in den letzten Tagen gewesen sind, welche Spaziergänge sie gemacht, welche Bücher sie gelesen und sogar, was sie gegessen haben.

Ich bin davon überzeugt, daß sie sich mögen, daß sie eine heiße Achtziger-Liebe erleben, und dieser Gedanke bereitet mir eine seltsame Genugtuung, eine tiefe Erleichterung, etwas, das ich immer noch nicht ganz verstehen kann.

Ich bin also allein, und das gefällt mir. Nachdem ich so viele Jahre mit Ramón zusammengelebt habe, erobere ich nun meine Wohnung wieder, und zwar genauso begierig, wie sich ein Kolonialstaat vom Mutterland unabhängig macht. Jetzt bin ich die Prinzessin meines Wohnzimmers, die Königin meines Schlafzimmers und die Herrscherin über meine Stunden. Ich räume die CDs nicht mehr weg, ich lese bis um fünf Uhr morgens und esse, wenn ich Hunger habe. Zusammenleben heißt nachgeben. Heißt, mit einem anderen zu verhandeln, immer einen Preis zu zahlen, die Minuten und stillen Plätzchen im Leben zu verlieren. Für den Verlust alltäglicher Rechte erhält man selbstverständlich etwas: Behausung, Zärtlichkeit, Gesellschaft, Sex, Zeitvertreib, Komplizenschaft. Wenn die Partnerschaft schlechter wird, funktioniert das Geschäft mit dem Zusammenleben jedoch nicht mehr. Am Ende meiner Zeit mit Ramón konnten wir uns nichts mehr geben. Ein gelangweiltes Paar ist wie eine ungemütliche Herberge mit zu vielen Gästen. Trotzdem bin ich bereit, eine andere Herberge auszuprobieren. Aber ohne etwas zu überstürzen, ohne mich mit Phantasien zu berauschen; nachdem ich vergeblich nach dem idealen Mann gesucht habe, ahne ich, daß es lohnender ist, nach irgendeinem guten Mann zu suchen.

Ich habe in den letzten Monaten sehr viel gelernt. Ich weiß jetzt zum Beispiel, daß wir um die Vierzig eine zweite Pubertät durchmachen. Es handelt sich um eine ähnlich klare und endgültige Übergangssphase wie in der Jugend; beide Altersstufen teilen tatsächlich sehr ähnliche Erlebnisse. Wie zum Beispiel körperliche Veränderungen: der Körper, der sich mit vierzehn Jahren zu verformen beginnt, das Fleisch, das mit vierzig beginnt zu erschlaffen. Oder der Verlust der Unschuld: Wenn man in der Pubertät die Kindheit begräbt, begräbt man an der Grenze zum reifen Alter die Jugend, das heißt, man verliert den Rest Arglosigkeit, den man noch besessen hat. Aha, das war also das Leben? Die Altersschwäche der Eltern, das eigene Altern, der Verfall, der unerträgliche Verlust? Und dann der Verrat, die Lügen, die Korruption, die Niederträchtigkeit?

»Was für eine abscheuliche Welt«, beklagte ich mich eines Tages vollkommen niedergeschlagen. »Die Politiker lügen, die Journalisten lügen, die Nachbarn lügen, alle Welt ist bestechlich und korrumpierbar, angesehene Männer unseres Landes sind in Morde verwickelt, und den Kürbishändlern wird niemals ein Haar gekrümmt, und es werden weiterhin Straßen nach ihnen benannt. Die Zeiten waren noch nie so schlecht.«

»Das ist frustrierend, stimmt, aber trotzdem muß man das nicht so dramatisieren«, sagte Félix. »Schau, ich bin in dieser Hinsicht ein Optimist. Du weißt ja, daß die Pessimisten glauben, daß die Dinge so schlimm sind, daß sie schon nicht mehr schlimmer werden können, während wir Optimisten glauben, daß das durchaus noch möglich ist. Aber ernsthaft, in Wahrheit glaube ich, daß wir Menschen uns der Enttäuschung stellen müssen; und daß es in allen Epochen große kollektive Desillusionierungen gab. Nimm zum Beispiel diesen Roman von Flaubert, ›L' Éducation sentimentale‹. Der Protagonist hat als Junge an der Revolution von 1848 teilgenommen. Und als älterer Mann war er in bezug auf seine jugendlichen Träume genauso ernüchtert, wie ich es hätte sein können, als ich sah, daß die libertären Ideale langsam zerbröckelten. Und trotzdem sind all diese Träume, die sich auf die eine oder andere Weise in jeder Generation wiederholen, notwendig, damit sich die Welt weiterdreht. Du sagst, es hat noch niemals eine so schlechte Zeit gegeben? Nein, das glaube ich nicht. Es sind schon andere Utopien in die Brüche gegangen, wie bei der Französischen Revolution zum Beispiel, sie haben sich in ein schreckliches Blutbad verwandelt. Da wir heutzutage in sehr anpassungsfähigen und mittelmäßigen Zeiten leben, verwandeln sich unsere Utopien in schmutzige Geschäfte, Schwarzgeld und Schweizer Konten. Und vielleicht ist es sogar besser so, als daß sie einen guillotinieren.«

»Also das hört sich für mich sehr altmodisch an«, sagte Adrián. Dieses Gespräch fand nämlich zu einer Zeit statt, als wir noch eine Dreier-Clique bildeten und den ganzen Tag gemeinsam verbrachten. »Das heißt, daß die jugendlichen Träume Flausen sind, die wieder vergehen, oder? Das sagt mein Vater jedenfalls. Ein ziemlich langweiliges Denken.«

»Ich sage nicht, daß es Flausen sind, eher im Gegenteil. Siehst du, daß du mir nicht zuhörst? Ich sage, daß genau diese Utopien die Welt bewegen. Aber ich glaube schon, daß es zwischen den Utopien und der Wirklichkeit eine unüberbrückbare Distanz gibt. Wachsen heißt verlieren und sich selbst betrügen: Man verliert die geliebten Menschen, verliert die Jugend, verliert das eigene Leben, und oft verliert man schließlich auch die eigenen Ideale, und ab da beginnt man sich selbst zu betrügen. Nur daß es Menschen gibt, die sich so kläglich betrügen, daß sie zu niederträchtigen Verbrechern werden, wie all diese Gauner, die jetzt durch die Korruptionsaffären bekanntwerden. Und andere, die sich zu helfen wissen und mit einer gewissen Würde die heftigen Angriffe der Wirklichkeit schlucken, sich vielleicht auf kleine Kämpfe zurückziehen, aber eine gewisse Aufrichtigkeit beibehalten.«

»Aber warum müssen wir uns auf kleine Kämpfe zurückziehen?« protestierte Adrián von neuem.

»Man muß sich nicht zurückziehen: Es gibt nichts Makelloses. Die Welt stellt dich auf die Probe, macht dich blind, treibt dich. Und wir Menschen sind eitel, ambitiös, schwach. Wir sind in Wirklichkeit erbärmlich, und das Leben ist voller Versuchungen. Deshalb häuft jeder von uns seine Schweinereien an, und wir rollen sie wie Mistkäfer vor uns her: Lügen, die wir ausgesprochen haben, um vorwärtszukommen, Gefühle, die wir vorgetäuscht haben, um nicht allein zu sein, Feigheiten, in denen wir uns nicht gerne wiedererkennen wollen. Aber man darf diese Scharmützel nicht mit den großen Kämpfen verwechseln: Es gibt moralische Grenzen, die einen, wenn man sie übertritt, zu einem Schurken machen, und das sind die Betrügereien, die man sich nicht leisten darf.«

»Mal sehen, ob ich das verstanden habe: beim Kartenspiel darf ich schwindeln, aber ich darf keine Genossenschaftswohnungen bauen und dann mit dem Geld nach Brasilien fliehen«, machte sich Adrián lustig.

»Lach du nur. Wahrscheinlich glaubst du in deinem Alter, daß das Gute und das Schlechte klar voneinander zu trennen sind, aber in Wirklichkeit leben wir in einer zwiespältigen Welt ohne Profil. Und trotzdem treffen wir Tag für Tag Entscheidungen, die praktische und moralische Auswirkungen auf unser Leben haben werden. Deshalb solltest du für dich persönliche Verhaltensregeln finden, oder du endest wie der unselige Ramón. Du hast jetzt gut reden, aber mal sehen, wie dein Leben so wird. Ich weiß nicht, warum, aber ich könnte mir gut vorstellen, wie du zu einem dieser Geldhaie mutierst, die damit ihr Geld verdienen, die Wohnungen armer Menschen, die ihre Hypotheken nicht zahlen können, zwangsweise räumen zu lassen. Nur so als Beispiel.«

Und dann sagte Félix etwas, an das ich glauben möchte, etwas, das mir wahr erscheint:

»Es gibt allerdings eine Sache, die einen für all das entschädigt, und das ist das Wissen. Je älter man wird, desto mehr weiß man. Das ist der einzige Bereich im Leben, in dem man mit der Zeit besser wird, aber er ist wichtig. In der Unschuld liegt soviel Unwissen, das sie mir kein sehr erstrebenswerter Zustand erscheint.«

Es stimmt, daß Wissen befreien kann. Vor kurzem war ich mit meinem Vater essen. Wir saßen in einem Straßenrestaurant, um das schöne Wetter genießen zu können. Vom ersten Augenblick an war das Treffen anders als alle anderen vorher. Er kam mir plötzlich alt vor: Kein Wunder, schließlich ist er bereits achtundsiebzig. Aber vor jenem Tag hätte ich es mir noch nicht einmal vorstellen können, daß mein Kannibalen-Vater den allgemeinen Gesetzen des Alterns unterworfen ist. An jenem Restauranttisch sah ich jedoch auf einmal einen Greis, der nichts von einem Menschenfresser hatte. Im Gegenteil, er bestand hartnäckig darauf, nur ein bißchen Gemüse zu essen, um schlank zu bleiben. Es war ein unterhaltsames und friedliches Essen; wir lachten, bis uns die Tränen kamen, und wir stritten nicht ein einziges Mal, ganz im Gegensatz zu unseren früheren Treffen. Beim Nachtisch, von dem Gespräch und dem Wein berauscht, kam mir in den Sinn, ihm eine ungewöhnliche Frage zu stellen:

»Was ist eigentlich genau zwischen dir und Mama schiefgelaufen?«

Meine Neugier schien ihn in keinster Weise zu überraschen. Er goß sich den Rest Rioja ein und seufzte.

»Das ist eine lange Geschichte.«

»Ich habe Zeit.«

»Erst habe ich mich übel verhalten, und dann hat sie sich übel verhalten, und anschließend haben wir uns beide mies benommen, und schließlich haben wir uns gegenseitig ziemlich weh getan. Aber gut, wenn du nach einem Schuldigen suchst, hier sitzt er. Ich war derjenige, der angefangen hat. Ich war ein Arschloch, mein Kind. Und entschuldige den Ausdruck.«

Aber ich war nicht auf der Suche nach einem Schuldigen. Diesmal nicht.

»Was ich gerne wissen möchte, ist, was geschehen ist. Warst du irgendwann einmal wirklich in Mama verliebt?«

Mit gespieltem Entsetzen zog mein Vater die Augenbrauen in die Höhe:

»Verliebt? Sehr! Wie ein Irrer. Wie waren beide sehr jung. Und Amanda war so schön, du kannst dir gar nicht vorstellen, wie schön. Sie strahlte förmlich. Sie war die vielversprechendste junge Schauspielerin des spanischen Theaters. Wir waren ein tolles Paar. Als wir unsere Verlobung bekanntgaben, waren wir plötzlich sehr gefragt. Überall mußten wir auf einmal Interviews geben, wir wurden auf der Straße gegrüßt, die Theaterintendanten rissen sich um uns, und sie war so fröhlich und so hübsch ... Es schien, als würde uns die Welt zu Füßen liegen, weißt du, als wäre das Leben ein großes Fest ... Kurzum. Unglaublich.«

Mein Vater färbte sich das bißchen Haar, das ihm geblieben war, ein alter Schauspieler-Trick. In dem unerbittlichen Mittagslicht konnte man allerdings den weißen Haaransatz hervorragend erkennen. Mit der natürlichen Haarfarbe sähe er viel besser aus, dachte ich, als ich mich an das weißhaarige Haupt von Félix erinnerte.

»Und was ist passiert?«

»Ich weiß es nicht. Wir haben aufs falsche Pferd gesetzt. Wir hatten Pech. Wir hatten zwei oder dreimal eine schlechte Saison, die Stücke, in denen wir auftraten, hatten keinen Erfolg, es tauchten neue Schauspieler auf, die dem Publikum besser gefielen, und wir schafften es nicht, beim Film unterzukommen. Vielleicht waren wir nicht gut genug, was weiß ich. Oder zumindest ich: Deine Mutter sagt immer, sie sei eine hervorragende Schauspielerin gewesen und ich hätte ihr die Karriere verdorben. Vielleicht stimmt das. Kurz nach der Heirat, als alles gut lief, gründeten wir unsere eigene Truppe, und in den zwei oder drei Jahren, in denen wir keinen Erfolg hatten, ruinierten und verschuldeten wir uns bis in alle Ewigkeit. Wir mußten deshalb jede Art von Arbeit annehmen, schreckliche Rollen, um aus dem Elend wieder herauszukommen. Aber auch das half nicht sehr viel.«

»Und dann fingen die Probleme zwischen euch an.«

»Ja, natürlich, das ist doch klar. Das ›Mit dir gehe ich durch dick und dünn‹, das ist doch Blödsinn. Außerdem ist das Leben als Schauspieler sehr hart. Wir sind sehr eitel, das stimmt schon, aber das Quälendste ist, daß man den Mißerfolg direkt in der ersten Reihe mitbekommt. Alle scheitern doch, oder fast alle, oder? Die Mehrheit der Menschen erreicht im Leben nicht das, was sie will. Wie du selbst, oder? Du wolltest immer eine erfolgreiche Autorin sein, und da stehst du nun, bist auch nicht mehr ganz jung und verfaßt diese blöden Hühner-Bücher.«

»Toll, Papa, vielen Dank.«

»Entschuldige, mein Kind, versteh mich nicht falsch. Du hast viel mehr erreicht als ich, ich bin wirklich ein Nichts, und ich glaube, daß es gut ist, sich dessen bewußt zu sein und das so schnell wie möglich zu verdauen. Es ist normal; wir kommen fast alle in ein Alter, wo wir zurückblicken und sehen, daß wir nicht das erreicht haben, was wir wollten. So ist das Leben nun mal. Leben heißt Scheitern. Aber die Menschen scheitern in ihrem Heim, unter Ausschluß der Öffentlichkeit; doch das Schlimmste ist, wenn du auf der Bühne *vor aller Welt* scheiterst, wenn man es dir anmerkt, wie schlecht es dir geht.«

»Du deprimierst mich langsam, Papa.«

»Das muß wirklich nicht sein. Ich bin ein hervorragender Komödiant! Allein bei meinem Anblick müßtest du schon vor Lachen platzen.«

Ich hob die Hand, um den Kellner zu rufen.

»Das müssen wir feiern«, sagte ich.

»Was?«

»Daß wir zwei Versager sind, die ihre Situation begriffen haben. Herrlich! Leiden, um Erfolg zu haben, hat ein Ende, Angst zu haben, daß bei einem etwas schiefläuft, hat ein Ende. Uns kann es einfach nicht mehr schlechter gehen. Was für eine Befreiung!«

»Ja, mein Kind, du hast wirklich recht. Vor allem was mich angeht, wo ich doch schon bald den Löffel abgebe. Für mich einen Whisky! Und zum Teufel mit der Prostata!«

Wir prosteten uns zu und tranken, als wären wir gute Freunde. Niemals habe ich mich so gut mit meinem Vater gefühlt.

»Erzähl weiter«, sagte ich schließlich und lehnte mich behaglich in meinem Stuhl zurück.

»Was?«

»Erzähl weiter. Wir waren an der Stelle, als es bei euch langsam beruflich abwärts ging und ihr euch immer schlechter verstanden habt. In der Zeit wurde ich geboren, oder?«

»Nein, nein, das stimmt nicht. Das war in den vierziger Jahren. An dich haben wir damals noch nicht einmal gedacht.«

Er schwieg und starrte nachdenklich in sein Whiskyglas.

»In Wirklichkeit war es gar nicht so, weißt du«, sagte er schließlich. »Es war nicht so, daß die Beziehung wegen finanzieller Schwierigkeiten gescheitert ist. Gut, ja, wir stritten mehr und waren sehr viel reizbarer, das schon. Aber wir liebten uns. Wir waren fünf Jahre miteinander verheiratet, und wir liebten uns noch immer. Bis es dann passierte.«

Wieder schwieg er. Auch ich sagte nichts: Vertrauliche Gespräche sind gewöhnlich auf so dünne Erzählfäden aufgereiht, daß man nicht zu sehr am Garnknäuel ziehen sollte, um den Faden nicht zu zerreißen.

»Wir bekamen einen Vertrag bei einer Wanderbühne, eine lange Tournee durch die Provinz: Bilbao, Zaragoza, Valencia, Barcelona ... Weißt du, es war nicht unbedingt das, was man sich unter einer tollen Arbeit vorstellt. Es war volkstümlich, mit Musik und Liedern und dazwischen ein paar kleinen komischen Nummern, und das machten deine Mutter und ich. Aber gut, es war ein Vertrag, wir wurden bezahlt, und wenigstens konnten wir zusammensein. Deshalb sagten wir zu. Und dann drehte ich durch.«

Mein Vater bewegte sein Glas, und das Eis klingelte wie ein kleines Glöckchen.

»Wegen einer Frau. Es war keine Liebe, Lucía, das schwöre ich dir. Es war sehr viel mehr. Es war eine Krankheit. Schon als ich sie das erste Mal sah, verlor ich den Verstand: Ich konnte an nichts anderes mehr denken als an ihre Augen, ihre Hände, ihre Worte, ihre Stimme, ihren Mund. An ihren wunderschönen Körper, der für mich zum einzigen Platz auf der Welt wurde, wo ich mein Leid ein wenig lindern konnte. Ich litt unsäglich. Diese Frau war für mich wirklich kein Abenteuer, sondern eine Katastrophe. Wenn ich nicht bei ihr war, fühlte ich mich, als würde ich mit dem Tod ringen, und wenn ich mit ihr zusammen war, sehnte ich mich danach, zu sterben. Ich habe immer noch nicht verstanden, was mit mir damals los war, aber ich war außer mir, so sehr außer mir, wie ich es danach nie wieder war. Ich verhielt mich vollkommen unmöglich. Ich machte schreckliche Dinge. Zum Beispiel ließ ich deine Mutter in einem elenden Pensionszimmerchen in Zaragoza sitzen. Fast ohne Geld und ohne Arbeit. Die Frau, wegen der ich vollkommen durchdrehte, war der Star des Ensembles, das uns unter Vertrag genommen hatte.«

»*Manitas de Plata*«, sagte ich; die Worte rutschten mir so raus, bevor mir bewußt war, was ich sagte.

Mein Vater starrte mich sprachlos an:

»Dann wußtest du es?« stammelte er schließlich.

»Nein. Nein, ich weiß gar nichts«, erklärte ich. Ein Schaudern lief mir über den Rücken. »Ich hatte keine Ahnung, Papa, wirklich keine Ahnung. Es ist reiner Zufall. Ich habe vor kurzem etwas über einen Star aus den Vierzigern gelesen und ... Also habe ich es erraten. Es war *Manitas de Plata*.«

»Ja ...« seufzte er. »Amalia Gayo. Eine außergewöhnliche Frau. Ein Wesen von einem anderen Stern. Weißt du, ich trage ihr das nicht nach. Ich glaube, den Schmerz habe ich mir in erster Linie selbst zugefügt. Sie war der Katalysator. Durch sie fühlte ich das Leben in einer Weise, wie ich es vorher noch nie gefühlt hatte. Meine nachhaltigste Erinnerung. Verstehst du, was ich sagen will? Ich bin mir sicher, daß, wenn ich sterbe, was sehr bald sein wird, ich mich an sie erinnern werde.«

Wieder waren wir für eine Weile still. Schließlich räusperte ich mich und fragte ihn:

»Und was war mit meiner Mutter?«

»*Manitas de Plata* verließ mich nach einigen Monaten; und dann machte ich mehrere Tage lang ziemlichen Unfug, als letztes trank ich in einem Zug drei Flaschen Cognac. Ich wachte in einem Krankenhaus auf, und dort saß deine Mutter. Man hatte sie in Madrid angerufen, weil sie natürlich weiterhin meine Frau war. Und sie kam. Sie pflegte mich mit unglaublicher Energie während der sehr langen Genesungszeit. Die dauerte mindestens zwei Jahre; und ich beziehe mich hier nicht auf die physische Gesundheit, sondern auf die seelische. Und dann, nachdem sie es geschafft hatte, meine Wunden zu heilen, konzentrierte sie sich ganz darauf, sich dafür zu rächen, was ich ihr angetan hatte. Sie machte mir viele Jahre lang das Leben zur Hölle.«

»Mama machte dir das Leben zur Hölle?«

»Ja, ich weiß, daß sie offiziell immer das Opfer war, sicherlich fühlt sie sich auch so, und vielleicht hat sie sogar recht, weil ich derjenige war, der als erster die Regeln gebrochen und sich gemein verhalten hatte. Aber sie hat mich dafür büßen lassen. Sie war ein Tyrann, sie fing an, sich Liebhaber zu suchen ...«

»Mama hatte Liebhaber?«

»Ja, mein Kind, ja. Auch das sollte dich nicht zu sehr erstaunen, meine liebe Lucía! So etwas passiert ständig. Hast du nicht auch einmal ganz modern zu den Verfechtern der freien Liebe gehört? Das Leben ist nun mal so. Vielleicht hatte deine Mutter keine bösen Absichten dabei, vielleicht wollte sie weiterhin mit mir zusammensein und mit mir neu anfangen und glücklich sein, aber das Leid, das ich ihr zugefügt hatte, vergiftete sie, und sie konnte sich nicht im Zaum halten. Schließlich und endlich fing ich nach einer gewissen Zeit an, mir ebenfalls Geliebte zu suchen, und es kam dann, wie es kommen mußte. Wir respektierten uns immer weniger, wir beschimpften uns immer mehr, die Situation wurde immer unerträglicher.«

Letzten Endes war mein Vater also gar kein Kannibale, sondern ein ganz normaler Mensch voller Ängste, Schwächen und Fehlern. Ein armer Mann, der wegen einer Frau den Kopf verlieren und alles über Bord werfen konnte. Zum ersten Mal nahm ich ihn richtig wahr, und ich hatte Mitleid mit ihm. Und in diesem Augenblick begann sich in meinem Kopf eine Idee zu formen, die schließlich erstaunliche Dimensionen annahm: Wenn mein Vater kein Kannibale war, dann war auch ich nicht die Tochter des Kannibalen.

»Und ich?«

»Also du kamst am Anfang vom Ende. In dieser Zeit versuchten wir noch, miteinander auszukommen und eine normale Familie zu werden. Aber wie du siehst, hat es nicht geklappt.«

Das hatte ich tatsächlich gesehen. Schon als ich noch klein war, hatte ich gemerkt, daß die Beziehung meiner Eltern nicht funktionierte, und jetzt, als reife Frau, entdeckte ich, daß es meine Eltern schon vor meiner Geburt gegeben hatte und daß meine Existenz nicht das Wesen ihres Lebens ausmachte. Mehr noch, ich wurde mir jetzt bewußt, daß meine Eltern mich nicht um meiner selbst willen gezeugt hatten, sondern mit dem Ziel, sich besser zu verstehen, sich mehr zu lieben. Was für eine seltsame Beziehung haben doch Kinder zu ihren Eltern: Wir ergreifen von ihnen Besitz, wir machen sie zu den unverrückbaren Eckpfeilern unseres Universums, zu den Ursprungsmythen unserer Interpretation der Wirklichkeit. Wenn wir an sie denken, sehen wir sie als unveränderbare Punkte in der Landschaft, wie Theatervorhänge, die die Bühne zieren, auf der sich unser Leben abspielt. Wir weigern uns anzuerkennen, daß unsere Eltern nicht nur unsere Eltern sind, sondern auch unabhängige Personen, Wesen aus Fleisch und Blut mit einer anderen Wirklichkeit als unserer eigenen. Vielleicht können diejenigen, die selbst Kinder bekommen, früher die kindliche Perspektive durchbrechen, aufgrund derer sie ihre Eltern als reine Zugabe zu sich selbst sehen; wir jedoch, die wir keine Kinder haben, die wir dazu verdammt sind, bis zum Ende unserer Tage als Söhne und Töchter zu leben, neigen dazu, in dieser Bauchnabelschau, in der betrügerischen, kindzentrierten Erinnerung zu verharren.

Ich mußte einundvierzig Jahre alt werden, mein Mann mußte »entführt« werden, und ein Junge, der nur halb so alt war wie ich, mußte mir sagen, daß er mich liebt, und Félix, vor allem Félix, mußte mir sein Leben erzählen, damit ich die Scheineltern freilassen konnte, die ich wie Geiseln in meinem Innern festhielt, diese eindimensionalen, schematischen Eltern, an denen das eine oder andere Mal mein eigenes Bild zerschellte. Jetzt weiß ich, daß meine Eltern komplexe, für mich nicht greifbare Persönlichkeiten sind. Freie Menschen, die ich mir jetzt in ihrem früheren Leben vorstellen kann, wie sie, bevor ich da war, glücklich waren. Ich sehe sie vor mir, wie sie in leuchtenden Festsälen tanzen, sie in knisternde Seide und Rüschen gehüllt, er nach Eau de Cologne und Haarpomade duftend, jung und voller Leben und Begehren, wie sie sich unter dem nächtlichen Sternenhimmel im Takt eines kubanischen Liedes bewegen. Es ist Sommer, und der dunkle Schatten einiger Palmen, deren Blätter sich gegen den Himmel abzeichnen, ist zu sehen, und auf der Bühne, zwischen dem von Scheinwerfern angestrahlten, funkelnden Messing der Instrumente, singt Compay Segundo, ein noch junger Mann, mit verführerischen Augen und dem Duft der Frauen noch auf den Lippen: ›Ich bin verliebt, Clarabella, du Frau meines Lebens, geliebtes Wesen, das ich niemals vergessen werde; deshalb glaube ich, wenn ich dich betrachte und sehe, wie schön du bist, daß ich niemals sterben muß.‹

Jetzt, wo ich mich geistig von meinen Eltern befreit habe, fühle auch ich mich freier. Jetzt, wo ich sie losgelassen habe, damit sie das sein können, was sie möchten, glaube ich, daß ich langsam anfange, ich selbst zu sein. Die Identität ist etwas Verwirrendes und Merkwürdiges. Warum bin ich nicht jemand anders? Ich könnte zum Beispiel María Martina sein, die standhafte Richterin; oder ich könnte Toñi sein, die verschollene Tochter des Alten, der damals im Krankenhaus gestorben war. Ich könnte die Frau des Iraners sein, die mit meinem Namen ein Auto gekauft hat, oder die wirkliche Geliebte von jenem Constantino, der seine Frau mit mir gequält hat. Natürlich könnte ich auch Félix sein und mich bereits am Ende meines Lebens befinden, mit allem hinter mir und nur noch sehr wenig vor mir. Oder ich könnte sogar die Schriftstellerin Rosa Montero sein, warum nicht? Wo ich soviel im Laufe dieser Geschichte gelogen habe, wer könnte da sicher sein, daß ich jetzt nicht Rosa Montero bin und das Leben dieser verwirrten und plappermäuligen Lucía erfunden habe, und das von Félix und all den anderen? Aber nein. Ich bin nicht wie die Autorin aus Guinea, und ich habe diesen Roman auch nicht erst auf *bubi* geschrieben und ihn dann ins Spanische übersetzt. Und außerdem habe ich all das, was ich gerade erzählt habe, wirklich erlebt, vor allem meine Lügen. Alles in allem scheint mir, daß ich heute beginne, mich im Spiegel meines eigenen Namens zu erkennen. Die Spiele in der dritten Person sind ausgespielt: Auch wenn sich das unglaublich anhört, ich glaube, ich bin ich.

Ich habe gerade die Fernsehnachrichten gehört: Die Korruptionsaffäre ist wieder aufgerollt worden. Mit Hilfe der Unterlagen, die Inspektor García uns gegeben hatte, konnte die unerschrockene Richterin Martina zwei Minister, zwei Ex-Minister und ein halbes Dutzend hoher Funktionäre sowie den rothaarigen Schläger ins Gefängnis bringen. Letzteren hatte die Sicherheitspolizei aus dem Schrank in meiner Wohnung befreit und direkt in das Gefängnis von Carabanchel gebracht. Offenbar konnte er vor ein paar Jahren von dort fliehen. Inspektor García und Ramón sind untergetaucht, und vom Kürbishändler war natürlich nicht ein einziges Mal die Rede. Die gewaltige Anstrengung der Richterin Martina hat lediglich dazu geführt, daß die Spitze des Eisberges sichtbar wurde. Aber glücklicherweise ist das Leben sehr viel mehr als all das, es ist größer als das fremde und sogar größer als das eigene Elend. Die Nachrichtensprecherin hatte auf meine Beteiligung bei der Aufklärung des Falles hingewiesen:

»Die Richterin Martina konnte bei ihren Untersuchungen auf die Unterstützung von Lucía Romero zählen, der Kinderbuchautorin und Ehefrau von Iruña, einem der in den Fall verwickelten Personen. Romero, die nichts von den Aktivitäten ihres Mannes wußte, bemühte sich auf eigene Faust um Aufklärung des Falles und schaffte es, eindeutiges Beweismaterial vorzulegen. Für ihre gute Tat erhielt sie eine spontane und unverhoffte Belohnung: Die Geschichten von ›Egon das Entlein‹, der berühmtesten Figur der Autorin, sind in ganz Spanien zu einem großartigen Verkaufserfolg geworden.«

Um die Wahrheit zu sagen, es interessiert mich nicht. Es ist mir schnurzpiepegal, daß diese blöde Tante von Francisca Odon und ihr schwachsinniges Entlein aus meiner vermeintlichen und plötzlichen Popularität Nutzen ziehen. Es hätte mir ohne Zweifel sehr gut getan, mit meinen Büchern ein bißchen Geld zu verdienen; aber ich hasse ›Huberta das Hühnchen‹ so sehr, daß ich ihr lieber keinen Gefallen schuldig bin.

Ich habe eine Stelle in einem Kindergarten gefunden. Ja, in

einem Kindergarten, Kinder nerven mich nämlich nicht mehr so sehr wie früher: Jetzt finde ich sie nur noch die Hälfte der Zeit abscheulich. Ich arbeite vormittags, und das, was ich verdiene, reicht gerade so zum Leben. Nachmittags kann ich mich dann dem Schreiben widmen. Ich glaube nicht, daß ich noch ein Kinderbuch schreiben werde: Von jetzt an werde ich nur noch für Erwachsene schreiben. Manchmal fällt es schwer, das zu glauben, aber es stimmt, daß man im Leben immer dazulernt. Man entwickelt sich, wird weiser und reifer. Und der Beweis dafür ist dieses Buch. Weil ich all das, was ich gerade erzählt habe, wirklich erlebt habe, konnte ich diesen Roman erfinden.

Da es sich um eine Geschichte mit einem Happy-End handelt, sollte ich noch hinzufügen, daß Wallies Leben seit Ramóns Verschwinden sehr viel bequemer geworden ist. Das Tier hat nämlich vom Sessel meines Exmannes Besitz ergriffen und genießt jetzt ihr hohes Alter gemütlich zwischen Kissen thronend. Der alte Kannibale hat eine Rolle als Opa bei einer Fernsehserie bekommen und ist glücklich. Er glaubt, daß er jetzt den Ruhm erlangt, der ihm immer versagt war (eines Tages muß ich Félix fragen, ob jener Mann, der *Manitas de Plata* vor dem Theater Barcelona geschüttelt hat, mein Vater war).

Das muß die Reife sein; mir scheint, als würde ich mich mit dem Leben versöhnen, sogar mit seinen Schattenseiten. Der Rest meines Daseins wird in einem Rutsch vergehen, und ich werde sterben, und es werden sofort vierhundert Jahre vergehen und dann vierhunderttausend, und dann werde ich noch nicht einmal den langen Traum der Dinosaurier gestreift haben. Das ist in Ordnung, ich akzeptiere das: Heute glaube ich, die Welt zu verstehen. Morgen werde ich sie schon nicht mehr verstehen, aber heute meine ich, ihr Geheimnis ergründet zu haben. Ich sehe mich in der Zeit und im Raum treiben, mich an die markierten Wege auf dem unsichtbaren Plan der Dinge haltend. Wie ich älter werde und wie ich mich vielleicht in eine dieser Alten im Rollstuhl verwandele, die ein Flugzeug nach dem anderen um den ganzen Globus nehmen. Wie ich mich vielleicht, wenn ich es jetzt so bedenke, in jene Greisin verwandle, die ich einmal im Aufzug eines Flughafens traf, diese zahnlose Alte, die zu mir sagte: »Genieße das Leben, solange du kannst.« Einverstanden, ich werde es versuchen. Trotz des Verlusts und des Verrats und der nächtlichen Panikanfälle und des immer lauernden Schrekkens. Schönheit gibt es nämlich immer, wie Félix sagt. Und außerdem werden wir uns doch nicht schlechter benehmen als die Pinguine.

Einige Anmerkungen

Ich möchte gerne noch auf die Quellen hinweisen, derer ich mich für den historischen Hintergrund dieses Romans bedient habe: den hervorragenden Artikel von Marcelo Mendoza-Prado über die Abenteuer von Durruti in Amerika, der am 27. November 1994 in ›El País‹ erschienen ist; das wunderschöne Buch von Hans Magnus Enzensberger, ›Der kurze Sommer der Anarchie. Buenaventura Durrutis Leben und Tod‹ (Frankfurt am Main, 1972); das zweibändige Werk ›Los Anarquistas‹, herausgegeben von Irving Louis Horowitz; die dreibändige ›Crónica del antifranquismo‹ von Fernando Jáuregui und Pedro Vega; ›La España del siglo XX‹ von Manuel Tuñón de Lara; ›Durruti‹ (dt. ›Durruti 1896–1936. Bilder eines Lebens‹, Hamburg 1996) von Abel Paz; ›Anarquismo y revolución en la sociedad rural aragonesa‹ von Julián Casanova sowie ›Historia de España‹ von Ramón Tamames.

Darüber hinaus möchte ich noch etwas hinzufügen, das offensichtlich gewesen sein dürfte: Auch wenn die geschichtlichen Daten der historischen Wahrheit entsprechen, so habe ich mir doch die künstlerische Freiheit genommen, einige Szenen auszuschmücken. So entspricht es zum Beispiel den historischen Tatsachen, daß in den Nachkriegsjahren einer der katalanischen Führer der CNT ein Polizeispitzel war und daß er – nachdem man ihn entdeckt hatte – von zwei anarchistischen Pistoleros erschossen wurde, die zu diesem Zweck eigens aus Frankreich gekommen waren. Aber die Szene an sich ist natürlich vollkommen frei erfunden, und außerdem habe ich die Namen der drei beteiligten Personen verändert, um nicht Gefahr zu laufen, die Gefühle der Angehörigen zu verletzen.

Es stimmt ebenfalls, daß der berühmte José Sabater im November 1949 bei einer Schießerei mit der Polizei ums Leben kam; doch der arme Germinal, der den Ort der konspirativen Zusammenkunft an die Polizei verraten hat, ist von vorne bis hinten meiner Phantasie entsprungen.

Es ist mir wichtig, daß dies deutlich wird, weil die Realität eine empfindliche Materie ist, die häufig die Fiktion imitiert. Schlimmstenfalls taucht nämlich von irgendwoher ein Germinal auf (ein schon im wahrsten Sinne des Wortes libertärer Name), und seine Nachfahren sehen sich noch gezwungen, den guten Ruf des Großvaters zu verteidigen. Denn das Leben steckt – wie Adrián, einer der Figuren aus diesem Roman, sagen würde – voller seltsamer Zufälle.

Und schließlich möchte ich noch eins erwähnen: Bei den Anarchisten habe ich mit größter Bedachtsamkeit einige Figuren frei erfunden, im Gegensatz dazu haben jedoch die Stierkämpfer, auf die ich mich in meinem Buch beziehe, wirklich gelebt. Wenn ich hier die richtigen Namen von *Crespito*, Teófilo Hidalgo und Primitivo Ruiz nenne, so deshalb, um sie aus dem schwarzen Vergessen des Todes zu befreien, als bescheidener Tribut an ihr heldenhaftes und schreckliches Leben.

Rosa Montero